K.I.N.G.

薛西斯 著

天災對策室

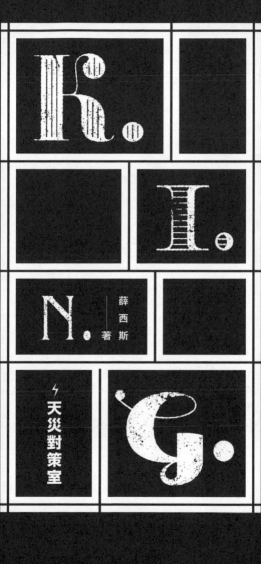

目錄

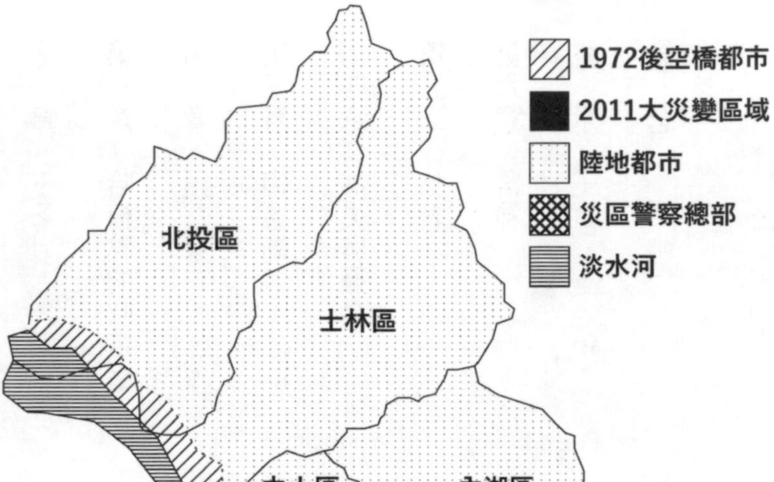
1972後空橋都市
2011大災變區域
陸地都市
災區警察總部
淡水河
北投區
士林區
中山區
內湖區
大同區
松山區
中正區
大安區
萬華區
南港區
信義區
文山區

臺北市行政區域圖

序章　王Σ

光速比音速快了——

快了幾倍？

那一刻鐘聲響了，老師的聲音就被淹沒在後頭，只看見他的口型，好像描繪了一個悠長的數字。

於是放學後她腦子裡一直轉著這件事。摩天大樓的倒影，在玻璃空橋間無限曲折。在這樣一座透明都市裡，光可以暢行無阻，全力奔馳，一定走得很快，到底快了多少倍？她小心翼翼將數字搬上搬下，進一位又退一位，退一位又進一位，答案的輪廓才能漸漸浮現出來——

「。」

但在那一瞬間，一切都戛然而止了。

聲音太大了，反而什麼也沒聽見，都市裡所有的聲音都消失了。她看見遠遠那一頭，東方像蠟燭一樣的高塔疲軟下去，天上下起了玻璃的雪。月光被雪銳利的邊緣割開，滿天折射的光稜刺痛了眼。

就在那一刻前所未有的……她不知道那是什麼，她一生未曾見過那樣的景色，世界的次序由中心向外幅散，變得層次儼然，銳利鮮明，就好像將一架鋼琴從頭按到尾，白黑白黑白黑，每一根弦發出的聲音都精準就位——算出來了。

光速比音速快了八十八萬兩千三百五十二倍。

但她沒有產生任何實感，她心裡只想：我的光走得遠比聲音更慢啊！

走了那麼久那麼久，走到連所有聲音都靜止的這一刻——

終於走進我的眼中了。

第一章　哈梅林的吹笛手

穿過最後一座高架橋，空橋都市已被遠遠拋在身後。日影斜斜地越過肩頭來，久違的腳踏實地之感，令鍾灰不由得長吁出一口氣——又比往年更熱了。

在空橋都市裡，這樣的感覺不強烈，玻璃空橋盤根錯節，光線都被空橋一層層過濾掉了。但陸地都市就不同，太陽已經下山，熱氣還是不斷從地面蒸騰上來，鍾灰穿著單薄的棉質上衣，那是廉價的消耗品，料子透得連肌膚的顏色也蓋不住，依然熱得滿頭大汗。或許是因爲她身上扛很多行李——但若考慮到這些東西就是她所有家當，那麼實在擔不起「很多」二字，更不必說背上那個登山包是她跟同事借的，甚至不能歸入她的財產。

上次踏進這一帶是快十年前的事，但鍾灰對附近的街道格局仍很熟悉，穿過嘈雜的鬧街，幾個轉彎便繞進住宅區的巷弄間。

每到黃昏時分，這裡便透出一股舒適的靜謐感。或許因爲這裡是「天災」不會去碰的陸地都市，所以住戶始終保持著安逸的態度。這種雷打不動的樣子，正是鍾灰最討厭的地方。

巷角那一戶人家種的茉莉花斜出矮牆一叢來，馥郁的花香和一股焦油臭氣攪和在一起，一個鬈髮的男人靠在矮牆邊抽菸，他穿著一件發皺的襯衫和一條老舊的牛仔褲，腳下全是菸蒂。兩人目光只接觸一瞬，鍾灰便像被燙傷一樣，立刻別開了眼。男人的眼神非常刺人，像打量敵人一樣盯著鍾灰。

「小姐，從空橋都市來的啊？」

男人輕佻地開口搭訕，鍾灰閉口不言。他伸指彈掉菸灰，歪著嘴笑道：

「小心點啊，像妳這樣年輕的女孩子，不要被霧裡的怪物吃掉了。」

怪人。鍾灰綳直身子，加緊腳步越過男人。

一轉進小巷，立刻看見父親的畫室。老化的白色壓克力招牌上，用醜陋的印刷字體寫著「畫室」二字。門把上的黑漆已剝落大半，信箱裡塞滿汽車貸款的廣告，這屋子永遠散發一股無人照管的死亡氣息，只有門前一盆矮小的日日春還勉強抽了花。

鍾灰停下腳步，心裡像被擰了一把。眞不想踏進去，眞不想再跟這個人扯上關係。

但已經走投無路了，身上眞的一毛錢也沒有了。鍾灰無視門鈴，直接推開大門——這扇門永遠關不緊也鎖不上，只要知道使力訣竅就可以輕鬆打開。他大概也不會費心去翻修吧？那個人永遠只活在自己的城堡裡。

首先映入眼中的，仍是壁上那幅駭人的月亮。

畫布幾乎塡滿整面牆，拂曉天際孤獨的明月，在雪地上印出一道道轍痕。

雖然畫題爲〈日昇〉，畫的卻是黎明的月亮，半點也看不見日頭的形跡。這幅畫最不可思議的地方，在於畫中幾乎不用深色，僅以一片濃淡不清的灰色調含糊帶過。但他下筆的方式又如此狡猾，將畫面切割得十分立體。

雪地投下的月影。蛋殼灰的天際。絹印痕般的月亮。一切都既潔白又汙穢。

在畫面的正中央，有一團黑色的陰影，鍾灰每次看見這幅畫，就忍不住猜想那到底畫的是什麼？既像一株枯木、又像一個跪地祈求的人影。但鍾灰很難想像那是人影——父親畫得最好的是風景，尤其是雪景，然而簡直像厭棄人類一樣，父親的作品中，她連一張臉孔也沒看過。

因爲大門永遠關不上，一樓後來也就不太使用，父親又不開車，沒有當車庫的價値，至今堆著些雜物和畫具。鍾灰國中時騎的腳踏車扔在牆角，蒙上一層灰，輪框都生鏽了。鍾灰爬上窄長的階梯，這是屋裡唯一還保持乾淨的地方，以前的臥房在三樓，她打開門瞄一眼，幾乎變成倉庫了，灰塵撲面而來，讓她連打幾個噴嚏。

隱約可窺見四樓的燈光。

鍾灰深吸一口氣，必須提起勇氣才能向上走。關係再怎麼壞，那個人也是血緣上的父親。她的住處被天災毀了，不但身無分文，還欠一大筆貸款。這種時候來投靠最後的親人，並不是什麼可恥的事。

但她還是本能地害怕四樓——四樓是父親的城堡，他的畫室。父親大部分時候都待在這裡繪畫，面街的那一側是整面寬廣的落地窗，從前父親最喜歡在冬日早晨拉開窗簾，眺望遠方被大霧籠罩的空橋都市。

畫室大門半掩著，從裡面透出微弱的燈光，鍾灰聽見有人說話的聲音，於是停下腳步。

「再去處理暗部已經沒什麼意義了，今天就到這裡，等顏料乾了以後再考慮吧。」

「可是老師，現在還不到九點。」

「我已經累了。何況最近發生那麼多可怕的事，早點回去也沒有壞處。」

「我回家又不會經過空橋都市。」

「歹徒難道就不會從空橋都市過來嗎？」

畫室裡很安靜，放大了兩人的聲音。父親向來是團體開班授課，就是最小的班級，起碼也有四、五人，但現在聽起來屋裡只有一個學生，這讓鍾灰很驚奇。

那女學生沉默片刻，忽然問道：「老師，你覺得那是人類的犯行嗎？」

「不然呢？」

「大家都說那是天災引起的。」

「我們這一代人不信那一套，那擺明就是綁架——好了，快點走吧！」

父親的聲音裡帶著一股急不可耐的焦躁，他粗暴地推開大門，示意女學生快點離開。鍾灰來不及閃避，被大門搧個正著。「哎喲！」

「妳……」

她在這裡出現似乎帶給父親很大的衝擊，他瞪著她看很久，像認不出她來，一句話也不說。鍾灰只好按著吃痛的鼻子，尷尬地先開口打招呼：「嗨，爸。好久不見。」

「小、灰？妳怎麼會在這裡？」

「我碰上天災了……難道你沒有看新聞嗎？」

「所以呢？」

「我的房子就是在那一區的堤岸公寓啊，完全炸毀了。」

「堤岸公寓？那種東西也能叫房子嗎？」鍾灰鼓起雙頰，不滿地說：「我怎麼可能住得起陸地這裡的房子？我所有錢都拿去繳頭期款，現在是真的走投無路了，讓我借住一陣子吧！」

「妳的工作呢？」

「商場那裡也被波及，我們還是被災區警察撤離的。應該過幾天就會正式收到資遣通知，所以……」鍾灰偷覷父親愈來愈難看的表情，在他來得及開口之前，先發制人道：「等我找到工作就會走了！」她迅速越過父親，踏入畫室：「有錢會還你的。再怎麼討厭我，也不會想看親生女兒露宿街頭吧？」

父親一副忍氣吞聲的樣子，鍾灰甚至能察覺背後他恨恨的目光。但他什麼也沒說，大概是不想在學生面前繼續家醜外揚。

初次拜訪父親畫室的人，多半會被眼前的陰暗嚇一跳，甚至懷疑真能在這種地方作畫嗎？這裡與一般畫室最大的不同，就是昏沉的採光。屋裡三面牆全漆成黑色，面街的一側裝設寬闊大落地窗，並掛上厚重的植絨窗簾。

屋裡四處布著燈，光是天花板上就懸吊四條燈軌，還有各式立燈、壁燈和檯燈，方便父親選擇喜歡的光源。漆黑梁柱與天花板上貼著薄薄金箔漆飾，只需一點微弱光線，就能透過金箔反射營造出奇異的光彩流動。

但最叫人毛骨悚然之處，多半還是牆面上鑲嵌的大量昆蟲標本——彷彿壁紙，上百個標本箱嚴絲合縫地填滿了牆面，一點多餘空隙也沒有，顯然經過嚴謹規劃，看起來就像一座死亡的博物館。

屋裡開了三盞燈，亮度強弱不同，大概是爲了調節出必要的燈色。窗簾被風灌得微微鼓起，但室內仍飄散一股濃烈油脂揮發味。女學生坐在畫架前，似乎剛收拾好畫具。她向鍾灰微微一笑，兩人都注意到彼此出現在這個空間裡的異質性。

女孩的臉蛋窄長，肌膚透出豐澤的光采，筆直漆黑的頭髮像絲緞一樣垂到胸口，有一對上挑的漂亮眼睛。她穿著清潔的短袖白襯衫、整燙的黑色百褶裙，學號底下繡著像王家紋章一樣的校徽——鍾灰沒能一眼認出是哪裡的校徽，不過那麼囉嗦的設計，想必是貴族私立學校。

「那麼老師，我先走了。」

「嗯。」父親心不在焉地說：「一個人回去嗎？不聯絡一下家裡？」

「沒關係。車站很近，五分鐘就到了。」

父親想了一想，忽然回頭看鍾灰一眼道：「對了，妳陪她走到車站吧！」

鍾灰沒想到自己會被點名，一下沒反應過來：「啊？」

「最近有誘拐犯出沒，好幾個年輕女孩失蹤了，我不放心她這個時間一個人回去。」

鍾灰愣道：「我也是年輕女孩吧。」

「失蹤的都是十六、七歲的學生，妳不用太擔心。」

鍾灰心裡恨恨地想，這也能叫父親嗎：「那種不正常的人下手時還會東挑西揀嗎？」

父親沉默片刻：「就因爲不正常才會東挑西揀。我們哪可能了解那種人的想法？」

這人總是這樣詭辯，嘴上占點便宜也好。鍾灰不悅道：「那你怎麼不自己去送？」

少女似乎察覺兩人之間的火藥味，客氣地說：「我自己走就可以了。」

但父親不依不饒：「妳不是回來找我幫忙的嗎？我拜託妳一點舉手之勞的小事，難道也要斤斤計較？」

這話正踩著了痛處，鍾灰哼一聲，將行李往畫室門口一丟，拿了把傘就走。

入夜後，這帶住宅區十分寧靜。小戶人家比鄰而立，偶爾透出燈光與談笑聲。鍾灰痛恨這種溫暖的家庭感，空橋都市沒有正常居住環境，適婚年齡者中單身就占七成以上，如果有得選，才沒人想在那種地方建立家庭。

女孩低垂著頭，落在鍾灰身後約一步的距離。她說自己叫應時飛，是附近知恩女中的學生，過完這個暑假就升上三年級。

說起知恩女中，就連鍾灰也很清楚，那是這帶有名的千金小姐學校。從畫室往南走一段距離，就是中山區公、私立名校最密集的地區。其中私立的知恩女中、崇平實驗中學、還有市立的立誠高中又被稱做「中山大三角」，三校相距很近，學生互動非常密切。

應時飛說，她在去年底來到父親的畫室，介紹她過來的人是學校的美術老師，以前也在父親門下學習過。不過，父親不久前收掉其他課堂，現在剩下她一個學生。

「收掉了？爲什麼？」

「老師年紀也不小了，他這幾年身體不太好，沒有體力負荷太多學生吧。」

鍾灰無話可說，她對父親身體狀況一無所知，搬走後兩人一次也沒聯絡過。父親年輕時的作品帶來相當豐厚的收入，即使停掉畫室，生活大概暫時無虞。只是近十年來他創作量銳減，心力都移到教學上了。

但應時飛話鋒一轉，又說：「而且老師也說，想多花一點時間培養我。」

這比收掉畫室更叫鍾灰詫異——父親待人律己都非常苛薄，對學生時常感到不耐。別說自己沒聽過他一句好話，就算是那些真正一流的學生，也很少被他如此看重。父親過去從未開過個別指導課，若他肯爲應時飛破例，想必她是有些特別之處。這樣一想，剛才匆匆忙忙，竟沒來得及看一眼應時飛的作品。

「不過我現在才知道老師有女兒呢！老師很少提起自己的事。」

「哦……因爲我很早就搬出去了。」

「妳跟老師感情很好吧！我還是第一次看到他那麼有活力的樣子。」

「那看起來像感情好嗎？」

「是呀，我跟我父母就絕對不會這樣說話。」應時飛笑道：「尤其老師呢，是個就算非常生氣也會隱忍在心裡的人，沒想到他竟然也會跟人吵架。」

「那也不叫吵架吧……那只是他單方面挑我刺。」

父親那種一把柴悶在心裡燒的性格最叫人討厭，這點她說的倒是沒錯，但其他部分鍾灰就不敢苟同：「不過妳猜錯了，我們感情一點也不好，我們至少七、八年沒見過面了。」

「咦？爲什麼？」

「就說了感情不好啊。」鍾灰草草敷衍過去：「倒是剛才說的誘拐犯是怎麼回事？這一帶地價這麼貴，我還以為治安很好。」

「不是的，失蹤案都發生在空橋都市那一側哦。」

「在空橋都市？」

「是啊，妳沒聽說過嗎？我還以為妳是從空橋都市來的，應該會知道才對。」

「哈哈……空橋都市這種事滿多的，沒辦法都記得。」說完鍾灰一愣：「妳怎麼知道我是空橋都市來的？」

「妳們剛才有說啊。」

鍾灰想不起來自己和父親說什麼了，但她記得剛剛應時飛掛著禮貌的微笑在一旁等候，沒想到竟然仔細在聽他們說話嗎？

「但不是說失蹤的都是年輕學生嗎？空橋都市裡幾乎沒有學校啊。」

「是過去打工或假日去玩的學生。」

「啊、等等！」鍾灰驚呼：「難道你們說的是『哈梅林的吹笛手』嗎？」

「對，那邊好像是這樣稱呼的。」

鍾灰聞言感覺不太好意思，所謂「那邊的稱呼」，指的是獵奇報刊上的聳動標題。「哈梅林的吹笛手」是今年六月開始發生在空橋都市的一連串失蹤事件，至今才兩個多月，已經失蹤十幾個人，而且都是在光天化日、熱鬧人多的地方不見的。但鍾灰對這件事稱不上特別關心，本來空橋都市治安就不算好，加上是天災列管區，各種匪夷所思的怪事如家常便飯，是出名的三不管地帶，甚至警察機構和陸地側都是分開的。

「妳們應該比我們更了解現況吧？」

「不……其實我們也不太關心這些。」鍾灰尷尬地笑道：「關心了也沒什麼用。妳知道吧？空橋都市這裡的警察，跟陸地都市是不一樣的。我們歸災區警察管，破不了的案子，他們都往天災頭上一推就了事。」

住在空橋都市的人常說，要死也要死在空橋都市外，意思是這樣才有機會破案，否則可能會被災區警察當成天災搓掉。不過這對陸地都市的高中生或許有點殘酷，因此鍾灰話到嘴邊又吞回去了。

「那為什麼要住在那麼危險的地方呢？不回來跟沈老師一起住嗎？」

「人生總有些無可奈何的考量嘛……空橋都市治安比較差，但懂得訣竅的話，也沒有想像中那麼危險啦。」

「避開人禍可能有訣竅，避開天災也有嗎？」

「當然啦，我們那裡有天災預報的，不走的話災區警察還會直接來趕人喔！但這次的事件還沒弄清楚是天災還是人禍吧？」

「大家都說是天災引起的怪談。」

「為什麼？空橋都市裡發生的失蹤案，是普通犯罪的比例比較高喔。」

「因為情況太詭異了呀！那些人呢，並不是普通的失蹤——而是整個人直接消失了喔。」

「直接……消失？」

「就像變魔術，失蹤者在目擊者面前活生生消失了！」應時飛偏了偏腦袋，似乎在考慮更恰當的說法：「不對，或許比直接消失還要浪漫一點，聽說是像散掉的霧，整個人變得愈來愈薄，最後就不見了。」

應時飛露出不合時宜的虛幻微笑，鍾灰覺得那絕不是適合用浪漫來形容的事。

「那些證詞真的可靠嗎？會不會是看錯了？」

「可是，空橋都市的怪談不都是這個樣子的嗎？我雖然很少去空橋都市，但聽說過很多更誇張的！像是長著羊頭奔跑的西裝怪人、會大合唱〈命運交響曲〉的整排路燈，還有半夜拿著長槍在橋上巡邏，全身都在放電的幽靈……對了，最近還有一個更厲害的！聽說各處的空橋下會突然結出很大的蝶蛹，外殼看起來就像鏡子一樣閃閃發亮。而且午夜十二點一到，就會有人影從蛹裡爬出來耶，這都是真的嗎？」

真是如數家珍啊。看著一臉興奮的應時飛，鍾灰麻木地想，對她這種土生土長的陸地孩子來說，空橋都市怪談就跟電影情節差不多吧？如果沒有在這裡長期生活過，很難真正習慣與理解空橋都市那宛如異界的一面，鍾灰零零碎碎在空橋都市裡住超過十年，才敢勉強說自己算一個空橋市民。

用上「怪談」這兩個字，完全是陸地人的思維，空橋都市裡沒人叫那怪談，那就是天災的一部分，是一種自然法則。空橋都市與天災像兩股纏在一起的繩索，同時誕生，或許有一天同時消亡。年底就要舉行「空橋都市建設五十周年紀念」活動，這種活動都要選正向的一面包裝，絕不能說是「天災爆發五十周年紀念」——

但明明就是同一件事。天災爆發後，臺北市西部幾個行政區受到重創，之後進行重劃列管，因爲引起天災的巨大能量據說還籠罩在這些區域。現在俗稱的空橋都市，正式名稱叫「克氏能量特別列管區」。

這種新形態能量除了造成各種破壞性災難，更可能「引起原子軌域的扭曲，改變物質的本質」——鍾灰不太懂那在科學上是什麼意義，反正中學課本裡這樣寫，她就囫圇呑棗地背下來。但她知道那在日常生活中會怎麼表現。她看過一葉葉花瓣變成昆蟲飛遠，看過一棟大樓瞬間融解成一灘泥水。

空橋都市裡這種事多如繁星，不過，大部分其實很平庸，不會都表現得那麼誇張。基本上只要多注意天災預報、跟隨災區警察指示，對生活影響有限……堤岸公寓被捲進天災，鍾灰算是不幸抽中上上籤。

應時飛剛才提起的結蛹，在空橋都市裡俗稱「幽靈蛹」，鍾灰倒沒有親眼看過，只是身邊很多同事會討論，至少比討論失蹤案多得多——因爲有趣，是少數不那麼平庸的天災。鍾灰不知道失蹤案和天災有沒有關係，但對陸地人來說，因爲事件發生在空橋都市，失蹤案就有了特殊性，登上八卦媒體大受渲染。

只是應時飛一副貴族小姐的氣派，想不到會對這些低俗閒話好奇。

應時飛忽然笑瞇了眼，說：「妳是不是在想，我看起來不像會關心這種八卦的人？」

「啊……」

「其實我本來也不太關心，不過，最近連學校都已經發出通知，要求學生假日不要過去空橋都市，所以難免多關注一點。」

「失蹤的都是學生嗎？」

「好像大部分都是，立誠跟崇平加起來就失蹤了三個人，我們學校也有人不見，是今年畢業的學姊。」

「立誠……我記得那是男校吧？」還是說這十年間改成混合制了呢？但應時飛立刻點點頭，鍾灰問：「不是說專挑年輕女孩下手嗎？」

「不是喔，失蹤者也有男生，只是女生多一點。不過，把新聞標題寫成年輕女孩誘拐案，看起來比較有煽動性吧！尤其丟的還是那所大小姐學校知恩女中的學生呦，一定很能滿足讀者獵奇的胃口。」

應時飛若無其事地說出辛辣的言論，鍾灰不知怎麼回應，尷尬拉開話題：「學校有人被捲進這種事，妳們應該嚇壞了吧？」

「嚇壞，爲什麼？」應時飛困惑地說：「我跟那位學姊不熟，就算她不見，也沒什麼特別的感覺。當然多少還是會有一點在意，那些小報雖然筆法下流，內容卻沒有亂寫喔。學姊失蹤的情況就跟他們說得差不多，是直接在朋友面前消失，這在學校都傳開了。」

「既然如此，就聽學校的話，別過去空橋都市就好吧？反正天災不過橋，很少襲擊陸地這邊的。」

應時飛聽她這樣說，猛一下收住腳步：「妳也覺得是天災嗎？」

鍾灰在空橋都市看過不少怪事，雖然那些太平庸的事件很難區分是天災或人爲，但如果凡事都想得太仔細會沒辦法生活下去，經常不會考慮太深。

「不是說像變魔術一樣直接消失了嗎？那也只能當作天災了吧？」

「但是，既然像魔術，不也表示可能利用某種巧妙的戲法欺騙了觀眾嗎？」

鍾灰認眞思考一下，但既然不知道具體情況，也很難說出有價值的意見。應時飛又說：「妳有沒有聽說過一個實驗？魔術師連續往天花板丟了三次球，前兩次球都回到手中，但到第三次，球就好像穿過天花板一樣，憑空消失了——妳知道爲什麼嗎？」

「嗯……」

「因爲第三次魔術師根本沒有把球丟出去。」應時飛做了個拋擲手勢，雙眼盯著不存在的拋球軌跡：「人類的眼睛跟大腦，是一搭一唱的說謊大師哦。我們的動態視力並不好，所以眼睛盯的其實並不是球，而是想像中球移動的軌跡——也就是魔術師的視線方向。這就是魔術的本質。」

「聽妳這樣講，難道妳覺得是人為的嗎？」

剛才她好像問過父親類似的問題，鍾灰不知道她到底想要得到什麼答案。不過，父親大概不會認同什麼天災怪談。父親一輩子都住在陸地都市，他的童年甚至沒有天災存在。對他來說，「天災」不過就等同地震、颱風，是一種新型態的自然災害而已。他的想像極限也到那裡，他永遠無法理解為什麼這種克氏能量既能崩斷山脈、引起海嘯，又能將大樓變成一灘泥水融化、能讓路燈唱歌。

大型螢幕牆上閃爍刺眼的提示燈，候車月台已在眼前，下一班車幾分鐘就會進站。將人送到這裡，她的任務就算大功告成。鍾灰環視周圍，三三兩兩的學生興高采烈地交談，大概剛從補習班下課，應該沒什麼好擔心的。

鍾灰好奇地又問了一次：「妳聽說過什麼嗎？為什麼會覺得是人為啊？」

應時飛垂下眼瞼，說：「我也不知道。」停頓片刻，又說：「不過，我常常在想，或許下次就換我消失了也不一定。」

鍾灰不明白那是什麼意思，但還沒來得及開口，她已迅速穿過剪票口。當她越過鍾灰身邊時，能聞見她身上一股清潔的蘭花香味。

「謝謝妳陪我走到這裡，沈小姐。再見。」

「我——」

但電車已進站，她微笑朝鍾灰揮揮手，轉頭就朝車廂跑去。

於是鍾灰那句：「我不姓沈。」停留在空中，誰也沒有聽見，一會兒被風吹散了。

鍾灰有記憶以來，空橋都市都懸在水面上。據說這兒有過真實陸地，不過，那甚至是父親出生前的事了。與他們不同，父親那一代的人講起「天災」，首先想到的一定是鋪天蓋地的大水。一九七二年八月六日深夜，一陣山搖地動，無數人從睡夢中驚醒，以為發生前所未見的大地震——或許那也是一種形式的地震沒有錯，只是規模差太多。那是只能用「天崩地裂」來形容的恐怖，淡水河沿岸發生劇烈斷層錯動，從北投至萬華沿岸一帶、向東延伸至大安、信義，土地沉陷超過五公尺，中山以東則如崛起的山脈一般，地面產生異常抬升。伴隨地形劇變而來的，是呼嘯而來的大浪，海水從淡水河灌入臺北盆地，淹沒這片產生畸形落差的土地。不計因地層錯動倒塌崩毀的建築，當時凡低於三層樓的建築幾乎全部滅頂，四十萬戶房屋受強烈損害，死傷超過三萬人以上。

但這噩夢一夜只是開端，此後全球各地類似異象紛紛湧現，「克氏能量」這個新詞正式走進人類生活。沒人知道引起毀滅性災難的力量從哪裡來，又能讓它往哪裡去？當它穩定時頂多引起一些無傷大雅的怪談。但若失去控制，就會爆發各種形式的災難——地震、海嘯、暴風、大雪、爆炸、蒸發……按專家的說法「只要是你能想像到的任何能量釋放形式」——人類沒有能力給一個甚至不知全貌的怪物命名，日後於是統稱為「天災」。

這場天災對全臺都造成打擊，只是其中沒有比臺北盆地更慘的，臺北市西部幾個行政區幾乎全滅，市民清楚自己家園已永遠成為淡水河一部分，紛紛向地勢更高之處退守。

不過，被淹沒在水中的都市，倒也未就此遭到遺棄，仍持續進行可能的修復。在初步救災工作完成後，一系列被稱為「空中願景」的都市重建計劃展開了。除在水下進行耐高壓與腐蝕的加固工程外，更在高樓間架起無數座空橋，將都市完全垂直化，變成一座真正的水上之城。

這些橋樑取代道路，成為空橋都市中主要的移動方式。兩棟大樓間平均每五層樓就有一座空橋連接，也設置專供車輛通行的轉接層。為免密集橋梁遮蔽日光，橋面採用特殊強化的鋼骨玻璃，讓太陽至少照進都市底層。

此後五十年來，天災沒有一日停歇——但只發生在空橋都市內，按國家的說法，這是因為克氏能量大部分都集中在此處。而且，天災的激烈程度已大幅降低，恐怖的地殼劇變不再發生，偶爾仍有水患、爆炸，以及被陸地人稱做怪談的種種異象。不過，隨著對克氏能量更多研究與理解，人類發展出一定程度的預知技術，漸漸學會與暴虐的自然和平共存。

但到了鍾灰這一代人，一旦提起天災，首先會想到的不再是洪水，而是大爆炸——那就是後來稱做「大災變」、一口氣將空中願景先鋒地信義特區夷平、這五十年來最慘烈的一場天災。

大災變發生的時候，鍾灰還是國中生。

她還記得那天放學沒多久，她想過去信義特區找母親。她可以在小會議室裡寫作業——母親公司規模很小，員工不多，彼此都很親近，常有人帶小孩來辦公室就近照看。

鍾灰的父母在她上小學那一年離婚，兩人沒爭執太久就談妥，因爲母親決絕到近乎冷酷。她是個一下定決心就充滿魄力的女人，離婚手續一完成就帶她搬出去，也立刻把她的姓氏改過來。

不過，母親沒有可以依靠的娘家，因此鍾灰從小下課後就沒人照管。大多時候鍾灰會留在學校，大一點就待在補習班，或者去母親工作的地方等她下班。她不喜歡待在學校或補習班，雖然去辦公室要和那些叔叔阿姨打招呼，總有點不好意思，但還是和媽媽在一起更開心。

她打電話過去，母親跟她說今天應該可以早一點走，等她下班後，兩人一起去附近的餐廳吃大餐吧！於是鍾灰出發前往最近的空橋都市——前往信義特區，搭空橋都市內的懸軌電車更方便。空橋都市內有自己的交通系統，比從陸地側過去要快得多。

但那一天電車難得延遲了。不知出了什麼事，下一班車竟然要等上半小時。鍾灰在轉乘站內一面盯著牆上時鐘，一面漫不經心地回想今天學到的東西。光速和音速，她喜歡算數，所以在心裡默算著光與聲的差距……忽然眼前一切景色，轟然一聲——

她還能記起那一刻雙眼的刺痛。

東方那座如蠟燭般高聳的大樓，像垮倒的骨牌一樣坍陷。空中美麗的透明鋼骨都市，在一瞬間變得如棉花一樣，輕飄飄地、彷彿失去所有重力般地、沉入了海底。

大災變過去十年，信義區從最繁榮的空橋都市變成了一座廢墟，至今死者屍體都找不全，她連媽媽的遺骨也沒能見上一面。那一天電車延遲，對鍾灰來說非常幸運。鍾灰很清楚這一點，但在夜半獨自醒來，想起自己身邊已經一個人也沒有時，她也會忍不住產生這樣的念頭——

要是那天能搭上前一班車就好了，現在就不必這樣一個人孤零零了。

鍾灰只有十四歲，舉目無親，只好又搬回去跟父親住。父母離婚後她就沒再見過父親。兩人話不投機，平日很少交談，父親只是在盡他的社會義務，供給她食物和居所。爲了脫離這令人窒息的囚籠，她拚命考上離家遠的學校，之後靠著學貸和半工半讀，一次都沒有再回來過。

ϟ

鍾灰先是被刺眼的陽光吵醒，才聽見手機鬧鈴聲。

好久沒有直接看過太陽了——與陸地側的都市不同，住在空橋都市裡很難被陽光直射。鍾灰從地上爬起來，背部硬得像一件漿過的襯衫。她昨晚搬進自己的舊房間睡，屋裡堆滿紙箱與雜物，近十年山積的灰塵非常嚇人，費了她九牛二虎之力才騰出一塊小空間，至少可以縮著身子睡覺。

頭像宿醉後一樣痛，太早起了。昨晚聽應時飛說了那些，她忍不住上網看失蹤案的消息到半夜。

最初爲事件冠上「哈梅林的吹笛手」之名的，是一家叫《棋盤郵報》的網路社群媒體。他們主要提供各種空橋都市的訊息，鍾灰發現自己其實也有訂閱。《棋盤郵報》上有幾十個專欄，既有普通生活情報、天災觀測消息，也有目標讀者爲陸地人的空橋怪談介紹。

哈梅林的吹笛手頗受這家媒體青睞，寫成一系列追蹤報導。事件最早從六月中開始發生，目前疑似與此案相關的失蹤者已高達十四人。失蹤者都是年輕學生，空橋人和陸地人都有。因爲人是在空橋都市裡消失，這個案子目前歸災區警察管轄，但至今似乎沒有取得任何進展。報導的執筆者顯然痛恨災區警察，每隔兩三篇就嚴加撻伐他們的無能與行事不透明。

雖然看到凌晨兩三點才睡著，隔天鍾灰卻還是在六點準時醒來。平常這時候差不多就要更衣化妝、準備出門上班。不過現在已經沒必要了，失業的巨大空虛感此時才迎面襲來。

畢業以後，鍾灰就一直在空橋都市萬華、大同一帶的百貨工作。

大同區是空橋都市內少數幾個大型商圈——會住在空橋都市的人通常經濟狀況不太好，大都是白天來空橋工作，晚上就過橋回陸地的家。所以這裡的休閒娛樂產業大多小而粗糙，最高檔豪華的百貨公司都在陸地那側。

從前唯一能跟陸地一拚的特例是信義計畫區——最早開始以空中都市概念重建、被指定爲「重建計畫展示區」的就是信義區，那裡適應空中都市計畫的速度非常快，很快就重新凝聚活力，建立爲繁華精緻的商業區。

然而，「大災變」將信義特區徹底摧毀了。

於是，大部分商圈只能灰頭土臉、稀稀落落地又回到了西邊。中正、大同區不像信義是指定特區，分到的錢少，大樓都很寒酸，當地商家似乎也對改建興致缺缺，大型百貨只有少數幾家。

而鍾灰就在這裡工作，並和同事分租舊大樓改裝的密集公寓。她住的那一區叫「舊後驛」，以前好像是百貨原料的批發地，雖然已經淹沒五十年，還是經常聞到一股濃濃的塑膠味。據說第一次天災發生的時候，那一帶水面上漂滿各種保麗龍和瓶瓶罐罐，甚至還有人攀住一大塊泡棉墊而得救。

但密集公寓不但房租貴、居住環境差，萬一遇到天災又跑不掉，只能財產打包多少算多少，因此鍾灰一直想搬出去。就在今年初，她終於攢出一筆錢來買堤岸公寓。堤岸公寓說得好聽，其實大家都叫這樣的小屋「消波塊」——正如其名，這是漂浮在水面上的單元結構住屋，只有最基本的生活機能，勉強能讓人屈身睡上一覺。

雖然只有膠囊大小的空間，至少是個棲身之所，漂浮在水面上，隨時可以依天災預警靈活逃命，機動性很強，即使水位持續上升也能應付，就像現代的遊牧民族。

僅管只能籌出頭期款，鍾灰認爲這就是未來趨勢，跟長期繳的租金比起來，她小算盤打了又打，怎麼算都穩賺不賠。事實上，她認識不少人睡自用車，如果不是沒駕照，她可能也會這樣做，早早從那爛公寓裡搬出去。

只是千算萬算，她怎麼也沒算到的竟然是天災——那可是她狠心投資消波塊的最大理由啊！這次雖然發布預報，鍾灰也事前就將消波塊移到他處，但天災規模跟範圍都比預報說得更大，明明好多年沒出過這種烏龍！

於是鍾灰的小算盤嘩的一聲碎了，她才剛付了頭期款的投資血本無歸，保險金和國家紓困補償絕對不夠，更不用說爲了避免所謂的「天災詐騙」，保險光審核就要等上三個月。想到這裡，鍾灰眼前一片暗無天日，如果有選擇，當然沒有人想住在這麼危險的地方，可是陸地都市的房租非常昂貴，她也只能負擔起這樣的住處啊！

最後她終於決定和尊嚴妥協——回來投靠住在陸地都市的父親。

鍾灰躡手躡腳地前往二樓的浴室盥洗，一切動作都放得很輕，唯恐吵醒父親。搬回這裡，雖然名義上是自己家，卻有在外人家作客的不自在感，反而沒有她住不到半年的小消波塊愉快。

就在水流的嘩嘩聲中，樓下忽然傳來轉動鑰匙的聲音。鍾灰豎起耳朵，立刻關掉水龍頭。是父親出門嗎？他是一個一板一眼的人，一直都沒有學會不用鑰匙就開門的方法。

鍾灰跑出浴室，往樓下瞄了一眼。父親的室內鞋放在大門口，皮鞋和傘也不在，看來確實出門了。但是，這個時間不會太早了嗎？他出門要做什麼？何況夏天六點前天就全亮了，外面馬上會變得又亮又熱。

伴隨一陣咿軋聲響，大門開了，鍾灰這才驚覺不是有人出門，而是有人進門，從她的角度可以清楚看見，踏進家門的是一雙磨損老舊的骯髒軍靴——

那絕不是父親的鞋子。

對方左右顧盼一番，迅速將門帶上。鍾灰倒抽一口涼氣，將身體縮到樓梯後，不敢發出聲音。進門的男人動也不動，專注凝視牆上的畫。第一次看到父親畫作的人，經常會為畫中的空曠蒼茫而震懾，小偷也不例外。

男人很快回神，在一樓四處走動查看，但他似乎不認為這堆垃圾裡有值錢財物，轉往二樓進發。鍾灰忙轉身躲進父親臥室，鎖上房門。她記得父親房內有一支電話子機，但屋裡一片昏暗，現在不可能開燈。鍾灰瞇著眼四處查看，沒有找到電話。

父親不在房內，果然不知為什麼一早出門了。鍾灰四處尋找能幫她脫身或自保的東西，沒想到父親的房間遠超預想的整潔，甚至可說到空曠的程度——考慮到一樓的慘況，父親即使睡在垃圾堆裡，她也不會太意外。

或許他平日幾乎住進畫室了，這臥室比他本人更不食人間煙火，只有床被勉強看得出有使用過的痕跡，其他一應物事都充滿強烈無機質感。以前媽媽還在的時候，這裡不是這樣的。

這樣一想，鍾灰忽然發現是哪裡讓她覺得屋子空了——牆上的結婚紀念照消失了。

大災變後鍾灰搬回家裡住過一段時間，她記得那時還在，這十年間拿掉的嗎？但離婚那麼多年都沒拿掉，這些年裡發生什麼事，讓那個把一樓堆成廢墟的父親，突然下定決心扔掉結婚紀念照？

再仔細看看四周，發現不只結婚紀念照，連母親的梳妝台也扔掉了，房間因此空出一個怪異的角落。先前父親明明就當普通書桌用的，再怎麼樣也不必整個丟掉吧？鍾灰莫名一陣火起，父親是不是把跟母親有關的東西全都扔了？雖然不記得當初母親留下什麼，但屋裡空成這樣，大概什麼也不剩了。

五歲那一年，爲了慶祝她的生日，一向不喜歡出門的父親，勉爲其難帶全家去空橋都市玩。他們去了空橋都市歷史博物館，博物館在水下建了隧道，沿途可以看見空橋都市水下的地基與遺跡，三人還在水底隧道拍合照。照片一直放在父母臥室，鍾灰好喜歡那張照片，搬家後問母親照片在哪裡。母親說，她沒有拿走，留在家裡了。

於是鍾灰大吵大鬧，鬧著鬧著，母親也哭了。那是他們離婚後她第一次看見母親掉淚，母親哭著說，留給你爸爸當紀念啊，我們走得那麼乾淨，什麼也沒留給他，他有一天一定會後悔的。所以至少那張照片留給他吧，讓他到那個時候，還有點東西可以懷念。

但什麼也沒有了，就連那張照片也不見了。

就在這時傳來門把轉動的聲音，鍾灰嚇得魂飛魄散，這才想起自己是來躲小偷的。對方顯然沒有放棄的打算，激烈搖動門把一陣後，鍾灰聽見有東西插進鎖孔裡，上下撬動的聲音。

鍾灰恨自己考慮不周，完全忘了對方就是靠這個吃飯的，必須先找個地方躲起來才行——她打開父親衣櫃，架上寥寥幾件清一色的衣物，她想也不想就鑽進去。

「嗚呃——」衣櫃角落不知塞了什麼，鍾灰往裡爬時大腿被撞了一下，她伸手摸索，似乎是一口方型的盒子，剛才扎到她的就是盒子尖角。盒子表面摸起來光滑冰冷，可能是金屬材質。

櫃門從空隙透入微弱的光，鍾灰瞇細眼睛，很快就適應黑暗。那東西猛看像一口小小保險箱，蓋上卻有一面透明觀景窗——眞要說，更像一口比較深的標本箱，可是她沒有見過用金屬做的標本箱。

這時門外傳來喀一聲，鍾灰肩頭一震，對方已經順利撬開門了，軍靴沉沉的腳步聲在屋內踱來踱去，鍾灰從內側緊緊拉住門把，祈禱對方千萬不要打開衣櫃。她聽見那人在屋內四處翻動，父親房裡空蕩蕩的，他遲早都要查到這裡，現在後悔也來不及了，正不知如何是好，她發現櫃門內側竟掛了一柄拐杖。

拐杖？父親的腳受傷了嗎？但他看起來不像有異狀，不過現在沒時間多想了，鍾灰如撈住救生圈般握緊拐杖，心想，既然跑不掉，那就狠下來一拼好了。

幾乎就在同時，男人小心翼翼拉開了櫃門，他隱約看見鍾灰的身影，不由得發出「咦」的一聲，他探頭進來的瞬間，鍾灰狠狠將拐杖往他腦門一砸——

雖然使盡全身力量，但她沒能給出致命一擊，男人的反應很快，一察覺有東西朝他掃來，立刻彎身閃避。不過，拐杖還是打中他了，男人發出一聲哀號，同時馬上抓住拐杖。鍾灰扔開拐杖，像隻兔子一樣從男人左側空隙鑽了出去，但男人立刻往後一抓，猛拖住她的手臂。

「放開我！」鍾灰放聲尖叫，拚命想甩開他，塗得五彩繽紛的尖銳指甲，狠狠掐進男人皮膚裡。男人悶哼一聲，鬆手將她推開。

一陣天懸地轉，鍾灰腦袋撞上牆邊的桌子，她忍住疼痛，迅速從地上爬起來，頭也不回地奪門而出。但男人還是快了一步，他再一次朝鍾灰伸出手，可是鍾灰這一次學聰明，衝向門邊時她順手抓了離自己最近的東西——一口馬克杯。她想也不想就將馬克杯往男人頭上砸去，匡啷一聲，那眞是下了死勁，馬克杯碎成幾十塊飛出去，杯裡竟然還裝了一種黏稠不知名的深色液體，發出濃厚的油耗臭味。

男人的額頭被敲破一個洞，流出汩汩鮮血，液體鋪頭蓋臉而下，鍾灰分不清哪些是血哪些是黏液，它們夾纏著滴進男人眼睛裡。鍾灰本能地連退幾步，男人一面伸手猛擦眼睛，一面哀號道：

「眼睛、我的眼睛好痛啊！妳是誰！爲什麼會在這裡，妳是小偷嗎？」

「你才是小偷呢！」

鍾灰朝他齜牙咧嘴，一時心裡卻有些沒底。這不像是小偷該有的反應，他是誰？難道是父親朋友嗎？

「我不是小偷……等等，我們別吵了，能先給我一點水嗎……拜託？我的眼睛眞的好痛。」

鍾灰緊抓門框，死死盯著眼前的男人。雖然可能只是失手一時嚇壞，但男人那樣子實在不像窮凶惡極之徒。生死存亡的危機感漸漸消褪，鍾灰緊繃的肌肉鬆弛下來。

「我保證！我眞的不是壞人，我是有理由才跑進來的！」

「什麼理由？」

「先給我一點水吧，拜託。」

鍾灰猶豫片刻，她不知道父親杯子裡裝了什麼鬼東西，如果是顏料甚至一些化學藥劑，男人可能眞的會瞎掉。反正他看來暫時也沒辦法做什麼，鍾灰跑進浴室裝杯水給他，男人如獲大赦，拚命用水沖洗眼睛。

「謝謝、謝謝，得救了。」

鍾灰撿起地上拐杖握緊，仍不敢放鬆警戒。

「你說你不是小偷，那你是什麼人？」

「我才想問這個問題呢！妳又是誰？」

「我是這裡正正當當的住戶！」鍾灰大叫：「你闖進別人家裡到底做什麼？」

「好好好，別生氣。我是來找一樣很重要的東西……不過，從法律的角度來看，說我是小偷也沒錯吧。」

「找什麼？」

「不好說，搞不好會牽涉一起重大犯罪。」男人一面嘆氣，一面緊張兮兮地左顧右盼，大概也害怕父親隨時回來：「總之，這裡不是說話的好地方，我們換一處好嗎？我保證會好好跟妳解釋的。」

鍾灰不知該不該相信他，但又對他說的話很在意。

「你先出去，去門外等我。」鍾灰警戒地說：「我等等就下去。」

男人從善如流地離開，鍾灰將弄亂的房間復原，又上三樓拿了手機和防身道具。原以爲男人可能乘機跑掉，事實上那樣鍾灰反而還鬆口氣，但他很老實地在門口等候。

「先在附近找個簡餐店什麼的坐下來吧！」男人一手摀著紅腫的眼睛，有氣無力地說。

鍾灰瞄一眼手表，這樣折騰一陣，竟然也快八點了。雖然大部分店家都還沒開始營業，至少還有早餐店。男人輕車熟路，轉出小巷，指著對街的速食店「皇家騎士」。

「去那裡怎麼樣？早餐我請客吧！」

雖然還是有點不安，至少是公共場合。鍾灰隨他穿過馬路，店裡不少學生正嘻笑打鬧，也有穿著筆挺西裝、看起來還沒睡醒的上班族茫然進食。被周圍溫暖的咖啡香氣包圍，她緊繃的情緒漸漸放鬆下來。

一會兒男人端著兩個托盤上樓，推到鍾灰面前：「不用看，兩盤都一樣。不知道妳喜歡吃什麼，就先跟我點一樣了。」

男人顯然也餓壞了，一臉疲憊地開始吃起早餐。鍾灰拆開漢堡包裝，淌汁的雙層肉餅裡夾了一張飽滿的太陽蛋，油酥香四溢的薯餅，讓她覺得這個男人似乎也沒有想像中那麼可惡。她又喝一口飲料，這次差點沒吐出來，竟然是像濃縮糖漿一樣噁心的奶昔。

「嗯，該從哪裡說起好呢……對了，先從妳怎麼會在那裡出現好了？我以爲那個家裡沒人才進去的，我明明記得沈憐蛾是獨居的單身男人……」

難道不該先從自己爲何擅闖民宅談起嗎？鍾灰沒好氣地指出這一點，男人說：「說得也是。」又有些狡猾地笑了：「不過，我也得根據妳的身分，考慮能說到什麼地步。」

什麼啊！到底有沒有搞清楚理虧的是誰？但鍾灰轉念一想，既然都跟他來這裡，也沒必要浪費時間賭氣，問出目的比較重要。她說：「我在那裡打工。」

「打工？打工爲什麼會住那裡？」

「我本來住在空橋都市，但被最近的天災波及，老師先收留我兩天。」

「原來如此……」男人像想到什麼似的忽然遞出菸盒：「抽一根？」

「我不抽菸。」

「是嗎？好吧，感覺妳也不太像會抽菸的樣子。」

從窗口射入的陽光，使男人抽菸的側臉變得明晰立體起來，左眼的紅腫稍微消退，凌亂虯結成一團的頭髮垂到額前，鍾灰猛一下想起自己在哪裡看過他了——這不就是昨天巷口那個可疑鬈髮男子嗎？或許因爲現在光天化日，他倒沒有昨天那樣可疑了。跟那老氣的髮髻與菸不離手的樣子相比，五官甚至有幾分稚氣。

「你、你——」鍾灰指著他的鼻子，男人道：「幹麼？」

「你昨天晚上也鬼鬼祟祟地守在畫室附近吧？」

男人盯了她幾秒，忽然恍然大悟般叫道：「啊！原來是妳啊！那個空橋都市妹！難怪我覺得眼熟，妳昨天揹著一堆行李走進巷子對吧，原來是去沈憐蛾的畫室。」

「什麼空橋都市妹？也太沒禮貌了！」

「我說得又沒錯，難道妳不是空橋都市來的？」

鍾灰嘟噥道：「你怎麼看出來的？」

「打扮嘛！只有空橋都市的人搞不清楚兩邊溫差，穿得像頭冬眠的熊進陸地，最後熱到受不了，只好把衣服一層層脫掉、綁在腰上或脖子。而且妳還穿著防水的難看膠鞋，妳住在比較靠近水的地方吧，堤岸公寓？」

「穿著難看膠鞋還眞不好意思啊。」鍾灰惡聲惡氣說：「但把年輕女孩比喻爲冬眠的熊有點過分了吧？」

男人興高采烈地說：「別爲這種小事生氣嘛！既然妳也是空橋都市的人，那解釋我是誰就容易多了。我是《棋盤郵報》的編輯，妳聽過吧？住空橋都市的人，沒有不訂閱我們家專欄的。」他從口袋裡抽出一張名片，上面印了「棋盤郵報」的標誌和名字「許世常」，確實不像亂說，仔細一看，竟然還擔任副主編的位置。

「有沒有看過我的專欄啊？別看我現在整天寫這些獵奇小報，以前也是眞正跑新聞的人。」他竟然爽快地將自家媒體評爲獵奇小報：「雖然點閱率最高的一向是怪談，但我專欄寫的是些更有現實味的東西哦。」

「比如說？」

「像是政府的黑幕啊。」

鍾灰並不覺得這個主題就更有現實味：「什麼黑幕？」

「妳總知道災區警察吧？」

災區警察是負責管轄空橋都市的特別警察，與陸地都市的警察機構完全分開，鍾灰也不知道爲什麼，除了在天災現場疏散民眾、協助救災外，他們其他工作都和陸地警察沒差太多。鍾灰私下猜想陸地人不想被調來這裡，所以才另組一支當地人的警隊。

不過，空橋人對這點一直很不滿，因爲這種安排使警力嚴重不足，造成這裡的犯罪率一直都比陸地高。再加上一旦遇到破不了的案子，最後有很高機率都會用天災結案，不了了之，也不知道這些「天災」懸案裡有幾分摻了水。但像她這種奉公守法的老百姓，既不會犯罪，也沒機會捲入犯罪，因此一向不甚關心。

「我寫的專欄就是這個：災區警察、法庭、還有支援他們的後勤組織ＨＣＲＩ——妳知道ＨＣＲＩ四個字是什麼的縮寫嗎？」

「不知道，是什麼？」

他氣憤道：「他媽的，我也不知道！到現在都沒人知道ＨＣＲＩ是什麼縮寫，這還不黑嗎？這些機構打著天災的名義，拿著國家安全的盾牌爲所欲爲，案子隨便辦、資金隨便請，當然需要媒體公正的監督。」

「公正嘛……」她覺得《棋盤郵報》這樣一個內容農場，實在不需要給自己這麼大的期許。

忽然許世常想起最重要的一件事，大叫一聲：「對了，我該怎麼稱呼妳？」

「我姓鍾。」

「哎，鍾小姐聽起來也太生分了。叫什麼名字？」

鍾灰覺得生分地叫她鍾小姐就好，但許世常說：「如果妳不講，我就叫妳空橋妹或打工仔。」最後爲求省事，鍾灰還是報上了名字。他沉吟片刻說：「那就叫妳小灰吧，小灰，這樣可以嗎？」擺明帶點討好的套近乎，大概怕鍾灰之後反悔把他扭送警局。

「隨你高興，總之你趕快告訴我爲什麼擅闖民宅。」

許世常乾笑兩聲，這回他不再東拉西扯，爽快回答：「我想找一系列沈畫家畫的肖像畫。」

「你搞錯了，沈老師從不畫人像的，他一直都只畫風景畫。」

「不，他畫喔。」鍾灰想許世常應該是誤會了什麼，但他一副胸有成竹的樣子，隨即又說：「正確說嘛——

是他畫過，而且那還是他的專長！他在少年時代專門畫肖像畫，得到很不錯的評價。」

「我怎麼從來沒聽說過？」

「當然，畢竟是很久以前的事了，他換題材時甚至未成年，所以至少快四十年吧。」

雖說她對父親的少年時代陌生是理所當然，但還是有種被外人看輕的不快感。

「怎麼樣，最近有注意到類似肖像畫的作品嗎？」

「沒有，我沒看過。」

「我想也是，大概沒這麼容易找到……」許世常咬著指甲，顯得有些焦躁，他又問：「對了，妳既然在畫室打工，多少和他也有點互動吧，妳覺得他是怎麼樣的人？」

「幹麼問這個？」

「我能查他的生平背景，查不出他的人品性格啊。」

鍾灰想了想，說：「沈老師脾氣很壞。」

雖然是想盡可能取信於許世常，多套出一點消息，這些話也不能說是違心之論：「你知道藝術家都是這樣，有點脾氣，可是有的人不好捉摸，只要一投入作品，就能看到他閃閃發亮、很可愛的一面。但沈老師不是這樣，他不愛講話，講話也都是高高在上假道學的批評人。然後對自己的作品好像沒熱情，總是一副被強盜逼著畫畫的樣子。開畫室教書反而好，當老師嘛，高高在上一點也還能勉強接受，至少不必看他不情願畫畫的模樣。」

「妳好像很討厭他啊。那爲什麼還要待在這裡打工啊？」

「反正就……混口飯吃啊，而且誰不討厭自己的上司啊？」

鍾灰原本只是想糊弄過去，沒想到許世常點頭如搗蒜，似乎對此很有共鳴。

「但你們不是專做空橋都市的報導嗎，什麼時候改做藝術專題了？找我……找一個肖像畫家封筆前的夢幻作品？他甚至不是空橋都市的畫家耶！」

「不是，我們沒有要做藝術，我對那個一竅不通。」許世常按熄菸頭，不知何時菸灰缸裡已菸積如山：「妳聽說過哈梅林的吹笛手嗎？」

這還眞巧，自己昨晚才熬夜看他們的獵奇報導到凌晨：「是那起失蹤案吧？」

「妳知道那就好說了，我就是爲了調查失蹤案來的——我剛才說的重大犯罪就是這個。」

「我們畫室跟失蹤案有什麼關係？」

「這件事我只獨家告訴妳啊！」他壓低聲音說：「就我所知，目前失蹤的人都在空橋都市被畫過一幅肖像畫——**而我認為畫肖像畫那位藝術家，就是這間畫室的主人**。這件事，災區警察應該還不知道。」

「你說什——」

「當然，沒看到實際作品當不成證據，所以我想找到那些肖像畫。」說完，他朝鍾灰示好地笑了：「這樣妳能明白我爲什麼要闖入他家了吧？我沒別的辦法了。只是沒想到這麼巧，妳正好在那裡寄住。但我可沒有惡意啊，不如說我是爲了社會正義……」

鍾灰沒有聽他繼續說什麼，一下陷入茫然。許世常大概以爲她得知雇主的黑暗祕密後嚇壞了，換上一副溫柔口吻：「怎麼樣，妳要不要幫我調查？妳就住在那裡，要找畫像比我簡單多了，我會支付妳一筆費用的。而且如果眞能證明肖像畫跟失蹤者的連結，不也是功德一件嗎？」

許世常雙眼閃閃發光，鍾灰終於明白他冒險留下的眞正理由：與其說他想自證清白，不如說想收買她當線人。鍾灰重新梳理剛才那番話，如果許世常沒有說謊，那麼，失蹤的青少年被哈梅林的吹笛手帶走之前，父親都曾選擇他們做素描的模特兒——

「你……懷疑沈老師能夠預知天災嗎？」

許世常聞言一愣，隨即詫異地笑了。

「預知天災？哇！妳的想法眞奇特耶！我從來沒有這樣想過，天災的預言者啊……不過，連國家機器運轉的天災預報都做不到多準確，人類可能有這種本領嗎？對一般人來說，還是另一種想法更直覺吧？」

「另一種想法？」

「那些人都是在他畫完肖像畫後失蹤——與其說他預知天災，不如說就是他下手的，更合邏輯不是嗎？」

鍾灰氣得拍桌大罵：「你怎麼能這樣無憑無據汙蔑人？」

許世常十分驚訝：「也不用這麼生氣吧？我不覺得我的想法很奇怪啊！」

「最先開始報導哈梅林的吹笛手的不就是你們家嗎？」

「我們可沒說過那是天災吧？我用『吹笛手』三個字，就是覺得背後有人爲可能。」說完，他露出冷淡笑容：「妳眞的覺得那些人是因爲天災消失嗎？妳住在空橋都市應該很清楚，那裡的失蹤案大都是人爲犯罪。」

「但這些人不是普通的下落不明，是被目睹憑空消失了耶！這是你們自己寫的吧？」

「哎，我們這種內容農場，隨便信個一半就好了。受訪者這樣說，我也只能這樣寫啊！但我可沒親眼目睹過消失的瞬間喔！更別說他們那種搖擺的態度……我都懷疑有些目擊者是受到我們的報導影響呢！謠言這種東西啊，加油添醋以後就會變成不得了的怪物。相比之下，捲入犯罪事件的可能性不是更高嗎？比如遇上搶劫殺人，屍體往水下一扔，配合天災的時機，一下就被海水捲到不知哪裡去了。」

「搶劫爲什麼專挑學生下手，學生哪有錢？何況搶就搶，幹麼動手殺人，殺人和搶劫的量刑差那麼多。」

「哎呀，妳還眞了解那裡的犯罪生態。那麼，被人口販子綁架怎麼樣？在空橋都市裡不少見喔。」

「但是，事件發生的區域非常固定不是嗎？」鍾灰反駁道：「幾乎全部都在大稻埕保護街那一帶。」

所謂的大稻埕文化保護街，指的是空橋都市大同區建立的文化藝術特區。利用空橋都市重建機會，街道複製了日治時代的老街風景。平日空蕩蕩，但假日會有各種攤販和藝文表演進駐，是相當熱門的觀光景點，陸地人尤其喜歡來拍照打卡。

「是啊，那又怎樣？」

「這麼短時間內失蹤了這麼多人，就算是災區警察，想必也盯得很嚴。如果你是人口販子，會在這種情況下、在同一個地區繼續出手嗎？」

「照你這樣說，你是要擁護天災的可能性了？」許世常很開心似笑了：「本來我應該要高興才對，畢竟我就是靠寫天災八卦賺錢嘛！好吧，那我再提出一種可能性——犯人不得不繼續向災區警察挑釁的可能性。」

「你可別編什麼推理小說啊，現實生活中才沒那麼無聊的事，挑釁災區警察有什麼好處？」

「好好，是我的用詞不妥當，不該說挑釁——應該說是必要吧！換句話說，嫌犯不斷出手，其實是體內產生了一股強烈的衝動，是一種不可抗力。」

鍾灰這下明白他的意思了，這倒很像獵奇小報寫手會想出的答案。

「受害者都是介在十六至十八歲的青少年，有明確一致的特徵，符合連環殺人魔有下手偏好的特性。」

「現在還不能肯定是殺人事件吧？」

「已經十幾個人不見了，卻還沒找到半個人的下落。如果是關在某處的話，一個人要控制那麼多年輕力壯的青少年，尤其還有男生，並不是很容易吧？商業大樓白天還是有很多人進出的，住宅單元又非常狹小密集，隨時都有被鄰居察覺的風險。但是，如果這是一起殺人事件就另當別論了，殺害對象以後，只要設法處理掉屍體就可以，雖說棄屍也有被發現的風險，但視處理手段，總比養著十幾個大活人要可行得多。」

鍾灰已開始感到不舒服，這個人先因肖像畫懷疑父親涉案，現在又說起殺人魔，到底想暗示什麼？

「你不是專寫天災怪談的記者嗎？就算這是殺人案，也是警察的工作吧？如果你相信自己的線索，爲什麼不直接去找災區警察？」

許世常深深嘆口氣說：「好了，正題就要開始了。我問妳，這家畫室的主人，妳對他的背景了解多少？」

雖然是親生父女，兩人實際相處的時間非常短，鍾灰實在不敢說對父親熟悉。大概看出鍾灰的猶豫，許世常輕鬆地說：「他呢，實在是個非常有趣的人。」

就算是鍾灰也能感覺出來，這裡的「有趣」絕不是風趣幽默的意思。但父親是個一生獻身藝術的無聊男人，有什麼值得讓人感到有趣的？

「我剛才一進門就看到那幅超大型油畫，畫的是雪地的月亮吧？眞的很驚人，雖然我對藝術沒什麼興趣，也有一種被嚇到的感覺。剛才說到肖像畫，妳看過他畫的肖像畫嗎？」他從手機裡調出照片，是一系列黑白分明的肖像畫翻拍。「真的太久了，現在資料也不好找，而且他以前的畫很少拍賣，我也是費了很大心力才弄到這一點點。如果妳願意來我們社裡一趟，可以給妳看更多清楚的書面資料。」

鍾灰無法辨認那是不是父親的作品——但畫中確實有他某種印記。

父親是非常擅用光線營造畫面的畫家，那些肖像最特別的地方，便是比起凸顯主題人物的五官特色，似乎更試圖捕捉一種神韻。眉眼流轉的瞬間、仰首垂頭的片刻，一喜一悲都讓父親以誇張的光線與凌厲的塊面切割捉住了。雖然不知道跟本人像不像，但每位畫中人都傳達出獨特的個性。

但是，跟父親現在的作品實在相差太大了。

不但題材不同，用色的特徵也完全不同。肖像畫上光影的對比非常強烈，甚至可說到了激昂的地步，有如古典主義派獻給上天的聖畫。和父親現在偏好那種模糊曖昧、在同一個色系中細緻刻畫調子的風格大相逕庭。如果這些真的是父親的舊作，那麼，裡面隱藏著她從沒見過的父親，鍾灰覺得自己好像窺見了月球的背面。

「畫得很好啊。」

「是吧？當時也頗受好評，他畫的人抓住了一種特殊的神韻，好像在那靜止的一瞬間，畫中人會突然抬起眼看你，那是連攝影都很難抓到的一刻——嗯，評論家是這樣說啦，不過我也看不懂，到底多特殊我也不清楚。

「沈憐蛾的雙親都是從事藝術工作的人——他父親是職業畫家，母親是畫商。兩人讓他從小就接受很好的美術訓練，所以雖然這些都是他未成年時……大概是十二到十六歲左右的作品吧，不過技巧都非常純熟，甚至有點老成的氣質，完全看不出是青少年的作品。不過，這些作品雖然獲得稱許，但有點不上不下，一直找不到一個突破的契機，尤其跟他姊姊當時得到的評價比起來——哦，妳好像不太驚訝啊，妳知道他有姊姊這件事嗎？」

「嗯……多少聽說過。」

許世常頗感詫異：「那妳比我想得還了解他呢，搞不好根本不用我在這裡班門弄斧，妳該不會其實是他的大粉絲吧？」

「才不是。知道一點老闆的事不奇怪吧？」

「是嗎？我連我老闆叫什麼都常常忘記呢！」許世常大笑：「總之，捨棄了那陰暗的肖像畫以後，他停筆好長一段時間，接著前往歐洲留學，開始只畫無機質的冰冷風景，沒想到反而大受好評，也算歪打正著了吧？不過，沒想到他封筆快四十年，最近竟然又開始畫肖像畫了！」

「爲什麼？」

明明是在談論自己的父親，卻只能不停發問，讓鍾灰很不甘心。

「這個嘛！具體原因我也不太清楚。不過他畫了快兩個月左右，今天他也是出門畫畫去了。」

「怎麼可能……」許世常說的才不是她認識的父親：「他才不會挑這種時間出門畫畫。」

「是眞的。我觀察他一陣子了，就是肯定他現在會去空橋都市寫生才闖進畫室的。」

「空橋都市？」

「對。他畫的是肖像畫啊，總需要模特兒吧？他每週末都會固定前往空橋都市，在那裡繪製遊客的肖像畫。不過我也不太清楚爲什麼要這麼早出門，現在就算去空橋都市也沒人吧？」

「你是怎麼知道肖像畫這件事的？」

許世常沒什麼幹勁地說：「反正通過一些管道，我跟這一帶的學生有接觸，尤其是失蹤者的朋友，我們也有這方面的人脈吧！」

「不是先去拜訪失蹤者的家屬嗎？」

「妳不懂陸地都市的人吧？『天災』這種東西不是每個人都接受的，尤其老一輩的人很排斥，所以從他們的朋友開始比較快。而且，去空橋都市玩，通常也是和朋友一起去吧！」

他說，最開始提到肖像畫的，是知恩女中的學生。

那是七月上旬的事，她們四個朋友在假日前往大稻埕文化保護街。她還記得那時大約是下午兩點，他們先在陸地中山區這一邊吃過午餐才過去。雖然天氣炎熱，但進空橋都市以後，陽光會被空橋過濾大半，加上臨水，經常霧氣蒸騰，非常涼爽，大家都喜歡在最熱的時候來空橋都市。

那位畫家就坐在某座空橋入口前。他本來專心低頭畫畫，她們經過時瞄了他的畫布兩眼，與畫家眼神交會。是畫家先開口搭訕的，他問：「妳們是知恩女中的學生嗎？」

女孩們點頭，但沒穿制服，不知道爲什麼他看得出來，他說：「背包上別的那個徽章，是知恩的校徽吧！」

畫家是大約五十多歲的男人，戴著一副褐色鏡片的金框眼鏡，頭髮灰白，穿著整燙過的白色薄襯衫和鐵灰色長褲，看起來就是位有教養的體面老紳士，所以她們並沒有覺得太反感。

「叔叔你認得我們的校徽？」

「我的畫室剛好有一個知恩女中的學生。」

女孩們聽了便嘻笑問叫什麼名字，看她們認不認識，但畫家報出的名字她們沒有印象，她們說：「大概是低年級的學妹吧！」

畫家的作品乍看像一幅抽象畫，但再看一眼就會發現，其實是畫了一個年輕男孩。他只是簡筆勾勒，但五官輪廓非常清晰，而且一眼就能感覺到畫中人的年輕與活力。那幅畫看起來已經接近完成了，他收起畫布問：「我在替來往的行人畫素描，妳們能不能當我的模特兒呢？大約畫三十分鐘左右就可以了。」

「哎！我們沒有錢啦！」

「沒關係，我不收錢。」

「眞的嗎？爲什麼？叔叔，這該不會是什麼跟高中女生搭訕的新手法吧？」

畫家露出僵硬的笑容說：「我沒有什麼不好的企圖，我的女兒年紀比妳們還大了。」又說：「我不是在這裡擺攤的街頭藝人，只是做寫生練習而已，所以不收費。但畫完的作品也不會給妳們。」

女孩們討論一陣，最後有點可惜似地問：「不能拿走作品，那可以拍照嗎？」

「當然可以。」畫家很大方地回應。於是她們就猜拳推舉其中一人當模特兒，畫家讓她在他帶來的椅凳上坐下，簡單指示了姿態，便專注地垂下眼，拿起炭筆在畫布上打輪廓。

「他畫的東西眞的很漂亮，怎麼說呢——跟一般街頭畫的紀念似顏繪不太一樣，比較像會掛在美術館裡的那種東西，很有藝術感。又不用錢。」

就如畫家說的那樣，三十分鐘都不到就完成了。女孩們都非常喜歡那張畫，雖然不是像照片的素描，也不是可愛的卡通化人物，甚至猛一看有點像抽象畫，但細看時就能發現，模特兒的輪廓特徵與氣質都躍然紙上。

她們在一旁驚呼讚美，還問：「眞的不能拿走嗎？」

畫家搖了搖頭說：「眞的沒辦法，不過，拍照沒有關係。」

四人都拍了好幾張，這時才後悔隨便用猜拳讓出機會，紛紛纏著畫家問能不能幫另外幾個人也畫一張。但畫家似乎非常疲累，連笑容都顯得勉強，或許是剛才維持長時間專注，耗盡體力了。她們只好又多拍幾張照片，向畫家道謝後就離開，之後整天都在觀光街上閒逛。

到傍晚時，她們準備回去陸地區——在這裡大家都有心照不宣的默契，天色開始變暗時，人流會很快散光，外地人最好快點離開。但她們待得比預期中更久，當天天氣又不好，外面天色迅速變暗，大樓裡有些店面已經打烊。她們不敢再走一段路去搭電車，就待在還亮燈的小店附近，準備叫車。

那女學生說，當她一抬頭時，發現站在角落的朋友身影變得十分模糊。

「我才想叫她不要站在那麼暗的地方，過來一點。」

但正準備開口時，朋友就從眼前不見了。

「那眞的很恐怖。」說到這裡的時候，女學生都快要哭了：「因爲很暗，我以爲她是彎進轉角去了。我的個性本來就很容易緊張，趕快追過去要她不要亂跑，可是一轉過去，那一排的店面早都關門了，不但很暗，而且一個人都沒有。」

「我們在那裡大叫很久，但是沒有人回應。找了整層樓都找不到，打她的電話也不通。我們眞的不知道要怎麼辦，在附近又找了一陣子，但周圍人變得愈來愈少，店也都一間間關了，我們實在太害怕了。」

後來她們實在不敢繼續待下去，只好趕快叫車離開空橋都市，一回到中山區，她們立刻就去報案。

「那個時候其實心裡都已經覺得完蛋了，那種時間一個人在空橋都市落單，光用想像都覺得會出大事。」

警方立刻和空橋都市的災區警察聯絡，也在該區進行搜索，但沒有找到她的下落。他們調閱大樓內的監視攝影機，但沒有拍到她的蹤影，無法確知當時情形。

「她們說，事後回想起來，也不覺得朋友是彎進暗處，而是朋友的身影變得愈來愈模糊、愈來愈淡，最後就消失了。而且也不是那時才開始這樣想，下午就有好幾次覺得朋友看起來怪怪的。」

「那爲什麼那時候沒說？」

「空橋都市本來霧就很濃，走遠一點身影都會變得不清楚，所以也沒有多想吧！」

「原來如此……」

「等等，妳不會就這樣相信了吧？」

「可是，是當著她們的面直接消失耶！」

許世常不耐地說：「不，朋友身影『變薄』、『變模糊』的印象，都是事後才說的。那時哈梅林的吹笛手已經開始刊載。換句話說，也可能正好相反，是因爲看到我們的報導，才產生不可靠的記憶。」

「可是其他人也都做出了這樣的證詞不是嗎？」

「有是有啦……」許世常有點言詞曖昧：「好吧，其實只有一個。只有第一個受訪者這樣說。」

「什麼？」

「但很有意思嘛，我就專程寫成一篇報導，加上那個吹笛手的標題增加吸睛度……結果刊載出來以後，其他失蹤案的目擊者陸續跑來聯絡我，說他們好像也有這樣的印象，但因爲太詭異了，一直以爲是自己看錯。」

「你是說之後的受訪者都是受到你的報導影響嗎？」

「我可沒這樣講啊，我只是說不能排除這種可能性。」許世常立刻推諉責任：「一開始我們也沒想到會有這種後果啊，我又不是跑社會線的，不管怎麼說就是娛樂性報導而已。說到底，人怎麼可能一眨眼就消失呢？」

眞的不可能嗎……

十年前，母親遇上那場史上最大的天災。大部分屍體都沒找到，據說是天災的衝擊太大了，別說全屍，勉強找到殘肢斷骸的都已經是幸運中的幸運。

死者名單是根據事後調查與民眾通報，統計當時哪些人在附近而列出的。只要事發時在信義區一定範圍內，就直接判了死刑。事後有很多人當時不在災區而遭誤報，死亡名單每天都劇烈變動。因此，雖說母親已入鬼籍，但那只是政府擅自幫她決定的。其實在頭兩年鍾灰還經常想著，也許媽媽還活著，有一天會重新出現在她面前。

當然，沒有一場夢能作上十年，她早就醒了。

只是，至今她連母親哪怕一丁點的遺骸也沒見過，母親的死始終無法產生實感。對她來說，母親的存在，也是一眨眼就消失了。

「喂！怎麼了？我該不會踩了妳什麼地雷吧？」

「沒什麼。」鍾灰忙回過神：「不過啊，該不會你自己就是你說的那些排斥天災的老一輩吧？這些事不就因爲無法解釋才叫天災嗎？憑什麼否定人憑空消失的可能性？」

許世常的臉垮了下來，顯然這話正踩到他痛處。

「而且，該不會什麼被畫肖像畫的事，也是受你的報導影響吧？」

「這倒不是。」許世常慌張地說：「再怎麼樣我也不可能爲了受訪者的妄想擅闖民宅吧，肖像畫的事是眞的，我還看過其中幾幅的照片。」

「但還是太武斷了吧，你的說法可能讓人身敗名裂耶。」

「我知道啊！」許世常焦躁地說：「我就是沒有證據，要不然我今天跑來這裡幹麼？我還不打爆災區警察熱線，叫他們馬上把沈憐娥抓起來？」

「這樣說不會太過分了嗎？」

「過分？妳還眞替他著想！如果是我，光聽到這些就不想繼續待了，誰想冒著跟殺人犯共事的風險？」

「別直接叫人家殺人犯啦！」

「我才想叫妳別太相信他咧，我不知道妳爲什麼這麼維護他，但他比妳想得複雜多了。這不是他第一次扯進這種事，他有案底。」

「你說什麼？案底？」

許世常將菸蒂一股腦倒進垃圾桶，冷笑道：「妳就沒想過他是爲什麼封筆的嗎？才十六歲，人物畫畫得好好的，爲什麼突然就不畫了？甚至沒在臺灣把書念完，就匆匆送出國去，這些事妳都不知道吧？」

「停筆……停筆有很多理由，有什麼奇怪的？他家裡負擔得起留學的支出，去國外學畫很常見啊。」

「妳知道他有姊姊，那他姊姊跟著一起出國了嗎？他們姊弟一起學畫，妳現在有聽過他姊姊的消息嗎？」

鍾灰一臉迷茫：「我記得她很年輕就過世了。」

「妳竟然連這件事都知道。」許世常詫異地說：「那妳知道她怎麼死的？」

「不是……生病嗎？」

鍾灰童年跟父親一起生活的時間，只到上小學前。關於姑姑的事，她反而多半是聽母親說來的。但母親自己知道的也不多，他們結婚時姑姑已經過世十幾年，自然很少特別提起。而且母親說，父親不太喜歡提起她的事。知道姑姑也是畫家以後，鍾灰自認多少明白父親不想多談的心情——但她從未想過可能還有其他理由。

「不，她是遭人誘拐殺害。」

鍾灰臉色一下變得蒼白，許世常自己似乎也不喜歡這個話題，感覺他不想多說細節：「就跟現在的情況很像，當時也有很多年輕女孩連續失蹤，唯一的差別是後來確認她們全部死了，沈憐蛾的雙胞胎姊姊就是最後一位受害者。也就在這一年他停止作畫，隔年就出國深造，過一段時間才又重拾畫筆。但他在歐洲那段時間的作品就不再出現人像了。」

鍾灰腦袋一陣麻木，這些事她從來都沒有聽說過，花了一段時間才回過神來：「可是，那又跟我們說的事有什麼關係？我……沈老師也是受害者吧？遇到這麼恐怖的事，一定深受打擊，所以——」

「妳覺得他是因爲深受打擊所以停筆、所以才送去國外散心的嗎？要這樣想也可以，不過，他有一段時間被警方當成重大嫌犯之一。」

「什——爲什麼？」

「他在案發前跟主嫌有過相當密切的接觸，而且他不但刻意隱瞞這件事，還向警方做了僞證，警方有一段時間甚至認爲他是共犯。」

「他做了……什麼僞證？」

「不知道。」許世常聳了聳肩：「他那時未成年，很多消息都被保護起來。後來警方也輕輕放過他了，沒有繼續追查下去，似乎已不再認爲他有嫌疑，但我不知道爲什麼。」

「那犯人呢？犯人最後怎麼說？」

「沒抓到。」

鍾灰一句話也說不出來，許世常用指節敲了敲桌面：「我話就說到這裡，我的名片留著吧！雖然妳應該不在嫌犯鎖定的目標內，但誰能保證什麼呢？勸妳趕快換個打工才好。當然妳要留我也攔不住，但如果發現什麼可疑的事，或是發現肖像畫，都趕快跟我聯絡吧！」

ϟ

對鍾灰來說，「父親」始終是面目模糊的。

網路上找到的父親，大都是他從歐洲留學回來後的資料。父親成名晚，沒有幾篇文章提到他的少年時代，即使有也只是寥寥數筆。而且那些文章，她大都看過了——小時候她經常上網搜索父親，因爲只能透過這個方式來認識他。但在姑姑的失蹤案中，父親一直只以一個隱諱的代號出現，用他的本名搜索，根本不會找到這些。

鍾灰是用年分和「少女」、「誘拐」這些關鍵字逆推回去才找到一些線索，當年雖是撼動社會的大案，畢竟是資訊不發達的年代，現在網上留存的大多不是一手資料，只是後人整理過的案件概要，如果想知道更多細節，或許得上圖書館找報紙微縮膠卷。

事件大致經過跟許世常說的差不多，受害者本名受保護，姑姑只以「沈姓少女」四字帶過，未提身家情況，鍾灰甚至不能肯定那就是姑姑。事件公開消息似乎不多，找來找去都差不多，事發狀況的描述也不甚清楚。

鍾灰打開窗戶，讓涼爽的夜風灌進來，帶走屋內暑氣。習慣了籠罩在霧中的空橋都市，陸地都市對她來說變得像一個火盆。明天找一副窗簾掛上吧！記得小時候這個房間裡，窗上掛著一副挖了星形小洞的黑色塑膠簾，那是她跟爸爸一起挑的，太陽升起時，窗簾會從鏤空的地方透出光，好像星空一樣耀目。

這個家就像一座屹立在過去的城堡，變化明明不大，卻令鍾灰陌生。大概因為自己已經變得太多、走得太遠。只有站在夠遠的距離時，她才發現自己從來都不知道這座城堡真正的模樣，它一直埋在歷史的塵燼中。今天也沒跟父親打到照面。其實她很清楚，想知道一切怎麼回事，最簡單的方法就是直接問父親。但能那樣做嗎？她不知道，眼光斜斜望向二樓。

今天就連一聲「晚安」，也沒能好好地說。

那天夜裡，鍾灰難得作了一個夢。

夢中什麼也沒有，只有父親蒼白的背影，在黑暗中閃閃發著光。

鍾灰躡手躡腳靠過去，父親正在畫畫，鍾灰最喜歡看他畫畫的樣子——爸爸畫畫的時候非常專心，雖然總是皺著眉頭，好像很痛苦。但他還是沒有停止，一定很喜歡畫畫吧？所以就算難受也不能放棄，就是這種一心一意的堅持，讓鍾灰忍不住對繪畫著迷。

鍾灰總在這個時候跳到他背後嚇他，父親有時會因為這樣歪了筆，在畫布上留下一道長長的瑕痕。但他從來沒有對鍾灰發過火，轉過身的時候，他臉上驚訝的表情，會慢慢變成笑容，然後他會高高舉起幼小的鍾灰，在空中晃啊晃。

「怎麼辦？小灰害爸爸的畫壞掉了！」

「那我幫爸爸畫回去！」

「好啊，要畫什麼？」

父親將畫筆遞到鍾灰手中，畫作是他最神聖不可侵犯的領域，從來誰都不許碰一下，只有鍾灰例外。鍾灰拿著畫筆隨便塗抹，將父親的圖面破壞得更厲害，但父親一直哈哈笑著，不時說些：「這不是很好的發想嗎？」、「哇！爸爸沒想過還可以這樣畫呢！」

直到兩人都沾了滿臉滿身的顏料，母親進來喝住為止。

「老公，你自己要全身沾滿顏料就算了，幫小灰洗澡的人可是我！」

「那妳拿這裡的油去幫她洗掉顏料吧！」

「那是能塗在小孩身上的東西嗎？你要殺了我女兒嗎？」

鍾灰看父母鬥嘴，也跟著開心地笑起來，什麼時候這樣的景象漸漸消失了呢……

不知不覺，自己在父親如幽靈般枯槁的背後停下腳步，他筆下是女人窈窕的身影——這是鍾灰第一次看見他畫肖像畫，像煙霧一樣柔軟的曲線，美麗低垂的眼睫。即使不是寫實的素描，也能一眼認出那是誰。那是已離去十年的母親，鍾灰抬起眼，母親就站在畫布之後，帶著溫柔的笑容，凝望她與父親……

隨著畫布上的輪廓愈來愈完整，畫布那一頭母親的身姿，就變得愈來愈稀薄。有如任晚風吹散的霧靄，鍾灰想大叫母親不要走，但喉頭發不出聲音。

終於母親的身影完全轉印到父親的畫布上，連一點痕跡也沒有剩下。她那雙眼通過畫布看著鍾灰，像是她的靈魂已被吸入畫布中……同時，「父親」也緩緩回過頭來。

根本看不出父親的輪廓，那只是一具眼眶凹陷成黑洞的白骨。

父親大部分畫作都堆在二樓收藏室、四樓畫室和地下室裡，沒有系統化的整理方式。鍾灰於是把一幅幅畫都拿出來檢查。雖說加上未裱框的畫布起碼上百幅，但聽許世常的說法，父親描繪的肖像畫應該不是很大，超過一定大小的不必檢查。不過，找了很久，仍沒具體收穫。別說許世常講的肖像畫，父親少年時代的作品，似乎一幅都沒留下來。

正式作品會妥善收藏，若只是練習之作，父親的保管就非常隨便，因此，也不能排除放在臥室和書房內的可能——但拿打掃做藉口進出書房還說得過去，臥室未免就有些隱私，父親在家時不便進出。偏偏父親幾乎足不出戶，尤其鍾灰回來以後，連日常所需都由她出外採買打理，更給了父親不必出門的理由。就這樣連著苦惱了幾日，終於今天傍晚，父親說要出門一趟。雖然不知道他要做什麼，不過這是少見的機會。

父親出門以後，鍾灰立刻前往他的房間。

或許是一個人住慣了，父親沒有鎖門的習慣。和上次看到的沒有太大差別，父親的房間非常空曠，如果藏著十幾幅肖像畫的話，應該不難找到。她將抽屜全部打開一輪，裡面只有些日用之物。她又檢查床底、櫃底，但只吃了滿嘴的灰。最後她再一次打開那天躲藏的衣櫃，將疊放的衣物一一拉開檢查，什麼都沒有。

她伸手將架上衣服一字拉開——

「啊……」

櫃裡空蕩蕩，只有一口奇怪的金屬盒塞在角落。鍾灰上次躲進衣櫃時被它撞一下，大腿現在還有瘀青。

鍾灰遲疑片刻，將盒子從衣櫃深處拿出來。這其實不是她第一次看見這盒子，小時候就放在家裡了，但那時並不是藏在衣櫃裡，而是放在父親書房的抽屜內。

有一次父親忘了鎖上抽屜，她就把盒子偷出來玩。但盒子並沒有什麼好玩的地方，因爲根本就打不開，裡面也不像有裝東西。於是幼小的鍾灰一下就失去興趣，又把盒子塞回原處。

沒想到父親回家以後，發現盒子有被動過的痕跡，他誤以爲母親動了盒子，與她大吵一架。鍾灰根本不敢出來承認凶手是自己，但母親大概猜到是她做的，索性幫她認了這個罪。而父親氣頭過後，或許也察覺了眞相，於是就什麼都不再說，只是將這金屬盒收到其他地方。

鍾灰很久都沒有想起那個盒子過——事實上，如果不是父親大發雷霆，很可能她現在也不記得了，沒想到父親還保管著。鍾灰將盒子拿到燈下仔細檢查，外表就像全新的，一點老化或生鏽的痕跡都沒有。既然它至少有二十年歷史，若不是材質特殊，就是父親平日會費心保養吧。

它很像畫室裡的標本箱，但鍾灰以爲標本箱的價値來自裡面的標本，金屬盒卻是空的，鍾灰不明白爲什麼要這麼珍重收藏。而且，這個家的標本其實不是父親的收藏，是好幾代累積下來的，據說是祖母家族的遺產。

鍾灰與父親分開得早，對父親的家族理解不多，只隱約從母親聽說過，祖母來自相當裕福的家庭，家族裡很多人都有收藏藝品的嗜好，畫室裡的標本不少是昂貴珍品。祖母是畫商，她想，這或許也能算某種收藏家吧！

鍾灰將盒子翻來覆去檢查，用力扳了幾下，但打不開。她又搖了搖盒子，將兩眼貼在盒蓋上朝角落窺視，裡面確實什麼也沒有。盒底兩邊各有一道凹槽，原以爲是防蟲蛀用的藥槽，但凹槽內貼了兩張像電子零件的金屬薄片。此外，盒底雖然鋪了一層厚紙，卻也不太像標本箱常使用的無酸紙。再仔細看，盒蓋使用的竟然不是透明玻璃，而是淺色的色板玻璃。

她也在盒子的四角發現明顯焊接痕跡。換言之，這大概不是工廠流水線出產的商品，而是手工製品——搞不好，這根本不是什麼標本箱，只是自己受到畫室那陰鬱的牆面影響，才產生先入爲主的印象。

這時背後傳來一陣腳步聲，鍾灰猛然回頭，腦中飛快運轉搪塞父親的藉口。然而，門口的人不是父親。是應時飛。

她穿著知恩女中的制服，身上揹著畫袋夾，一副似笑非笑的表情。鍾灰被她看得狼狽，忙將東西物歸原處，惡人先告狀地問：「妳是怎麼進來的？」

「稍微知道施力技巧的話，大門可以直接打開。」應時飛一臉無辜：「對不起，這樣做有點像小偷吧？其實我有時候是這樣進來的，但老師好像沒有特別注意過這件事，我都擔心他的警戒性太低了。」

「那妳怎麼發現門能開的？」

應時飛笑瞇瞇地說：「老師說，畫家有一雙會觀察的眼睛，比有一雙靈活的手更重要。」

父親眞有臉說這種話，那扇門的事他住了幾十年都沒發現。她又問應時飛：「妳在這裡做什麼？」

「今天有課。」

「畫室在四樓吧？」

「嗯，因爲平常樓上都很暗。看到光嚇了一跳。眞的很對不起。」

「沒事，我只是在打掃。」鍾灰指了指門邊的吸塵器，竟生出一點狡猾的慶幸：「不過，我爸不在家，現在上去畫室也沒人。」

「老師出門了嗎？」應時飛詫道。就連自己溜進父親房間鬼鬼祟祟，她都一副巍然不動的樣子，不知此時又吃驚什麼了：「老師去做什麼呢？」

「我不知道，反正不關我的事。」

應時飛眨眨眼，她的五官天生帶笑，隨時都是一副怡然自得的樣子。那種面相平時雖然討喜，但在別人倜促時也加倍惹人厭。

「那妳知道老師什麼時候會回來嗎？」

「不知道，我就說我不知道他去幹麼了。他該不會是忘記今天妳會過來吧？」

「嗯……我也不曉得。」應時飛也很困惑：「這不是我第一次碰到這種情況，老師最近傍晚常不在家呢。」

「是嗎？」

「是呀，我有幾次只好回去了。有幾次留在這裡等他，有時候很快就回來了，有時候又拖很久，不知道去做什麼了。」

「妳沒有問他嗎？」

「老師會跟我道歉一下，但我只是個學生，也不好意思問東問西的呀。」

鍾灰心想，按父親的個性，如果早知道會晚歸，應該會提前說一下才對。

「妳如果有他的電話就打給他，不然妳想等的話，就上去畫室吧，我幫妳開門。」

「好的，我去畫室等老師，謝謝妳。」

鍾灰甩掉那種黏膩的不快感，帶應時飛進四樓畫室。

應時飛來畫室的時間不固定，但週間幾乎會來三、四次，有時假日也會來。父親從前經營畫室時，開了兩個班級，一班一週只上兩次課。就算是準備考試的學生，也沒有到應時飛這樣密集的程度。何況應時飛每天下課後擠出時間過來，應該也有課業壓力吧，難道不會累嗎？但應時飛說：「我是高中加入美術社才開始學畫的，所以老師訓練嚴格一點也沒辦法。」

父親今天似乎使用比較特別的燈具，鍾灰替她裝設回原本常用的幾盞普通檯燈。

「在這麼暗的畫室繪畫，不會覺得很不愉快嗎？」

「不會啊，在暗的地方特別好控制光源。」應時飛搭起畫架，一面從畫袋裡拿出自己的畫具和作品。這時鍾灰才想到，這段時間跟她也打過不只一次照面了，但還沒看過她的作品。

「妳畫的是什麼？」應時飛將畫板安置在架上，但作品還在素描勾勒的階段，鍾灰凝神看了一會才看出她畫的是什麼：「這是……蛹嗎？」

「這樣就看得出來嗎？」應時飛似乎很開心，畫布正中懸著巨大的蟲蛹，蛹的尾端緊緊吸附枝幹，一條黏稠細絲將蛹室與枝幹綑在一起。

「嗯，形狀畫得很準確啊。而且……」鍾灰蹙了蹙眉，雖然還在初胚階段，但應時飛筆下的蛹帶著一股不安定的氣息，好像一別開眼，蛹室就會悄悄裂開一道細縫，讓裡面的東西爬出來一樣。

「蛹好像要裂開了。」

眞不可思議，明明一道暗示裂痕的筆觸也沒有。鍾灰看了很久，仍想不出這幅畫到底用什麼方法畫出即將破蛹的效果。

「哇！眞不愧是老師的女兒。」

鍾灰不明白這是什麼意思，這時應時飛從畫室角落搬來另一張畫，那是一幅已經完成裝框的畫作，畫布比應時飛的約大上兩倍，上頭畫著完全相同的內容。

「這是……」

「是我臨摹的原本。」

兩幅畫雖類似——不，甚至可以說有著一模一樣的輪廓，但應時飛畫中那種快破裂的不安定感，在範本中卻沒有。這幅畫非常寧靜，讓觀者產生一種隔著畫布、靜靜守護牠破蛹的感覺。

「原來妳是在臨摹嗎？」

「這是老師給我的功課——他準備了一系列讓我臨摹的作品，但要我從中作出不同的新意。所以妳說的完全正確喔，我要畫的並不是單純的蛹，而是破蛹而出的瞬間。不過，底稿也還沒畫到那個部分，現在看起來應該跟範本沒有兩樣才對，妳能看出來眞的好厲害。」

「這樣厲害的應該是妳才對吧……」

鍾灰不知道這些範本是誰的作品，至少絕對不是父親——她沒見過父親畫這種東西。但她又想自己也不知道父親畫過人物畫。她一幅幅看那一系列範本，畫面角落裡都有奇特符號，可能是畫家的簽名，但不是父親的。

「這些範本是誰的畫啊？」

這些畫的主題多半是昆蟲，以各種姿態的蝴蝶最多，偶爾也有一些螳螂、蜜蜂之類的，應時飛選中的蟲蛹，倒是絕無僅有的一幅。

「老師說，這是他姊姊的作品。」

「咦？」鍾灰幾乎要跳起來，應時飛看她那樣子也嚇了一跳：「怎麼了！有什麼奇怪的嗎？」

「不，只是……」

「老師的姊姊……那就是小灰姊的姑姑吧？她畫得眞的很好，每次想要怎麼從她的作品裡翻出新意，我都要絞盡腦汁才行。小灰姊，妳跟她熟嗎？妳姑姑也是職業畫家嗎？」

「妳問這個要幹麼？」

「我沒有要刺探什麼啦！」應時飛忙說：「因爲如果是老師的姊姊、又是畫家的話，應該也很有名才對吧？但我好像沒有聽過這樣的人物，也找不到她的消息。老師又不肯告訴我她的名字。」

「找不到是正常的，她已經過世了，也沒來得及留下什麼名作。」

「啊……對不起，請節哀。」

「不用道歉啦！而且我也沒什麼好哀的，我出生前姑姑就已經死了，差不多就是妳這個年紀走的吧。我根本不認識她，所以沒什麼感覺。」

應時飛大驚失色：「怎麼會這麼年輕！難道有什麼特殊的遺傳病嗎？」

「不是。她捲入一件連續殺人案。」

一脫口而出鍾灰就後悔了，又不是値得大肆宣揚的事，果然滔滔不絕的應時飛立刻沉默下來，表情變得有些難看：「這、這樣啊。這眞是……太殘酷了。」好像被一場突襲打亂陣地，她顯得很狼狽，連幾句客套話都不記得說。但鍾灰也不想繼續聊這件事，便主動帶開話題：「爲什麼要選這幅啊？我姑姑畫了那麼多蝴蝶，蝴蝶應該比較漂亮吧？」

應時飛垂下眼睫：「我已經畫過很多幅蝴蝶了。」鍾灰不知道她爲什麼忽然露出這麼落寞的表情，她又說：「不過，也不是漂不漂亮的問題。看到這幅畫的時候，很自然就被觸動了，讓我想起失蹤案的事。」

「失蹤案？」

「小灰姊，妳還記得上次我說那個空橋底下結蛹的怪談嗎？」

「啊……妳是說『幽靈蛹』吧？」

「對！就是那個名字，玻璃樹枝的幽靈蛹。」

「玻璃樹枝」是陸地人對高架橋的美稱——從高處俯瞰縱橫交錯的空橋，就像枝幹茂生、玻璃長成的大樹。但是忽然有一天，這些樹枝底下長出了蛹。

鍾灰不記得蛹是何時開始出現，她只記得那一陣子天氣很熱，大概是五月以後的事。結蛹現象幾乎遍布整個空橋都市，不過，最初網路上討論還沒有明確提及「蛹」這個意象。這是因爲拍到的照片都很模糊，只能勉強看出橋下吊著一條長長的銀色物體。有人還懷疑那是不是黑道私刑，因爲從黑暗中望去，橋下隱隱發光的條狀物，就像一具被吊死的裸屍。

然而這樣的「屍體」隔天起來就不見了，然後過一段時間又在其他地方出現，再怎樣凶惡的私刑，也不至於密集到這種地步。於是這種論點很快不攻自破，不久，事件又有了新發展，有人目擊「屍體」背後裂開一條縫，裡面爬出一團模糊人影。

吊在橋下的東西到底是什麼？爬出來的東西又是什麼？引起更多關注後，懸吊物的描述變得更加仔細：有人說那是幽靈的巢穴、有人說那是正在蛻皮的蛇精、還有人說那是桃太郎故事裡會結出嬰兒的果實。同時，更多清楚的外觀描述出現：有人說材質像鏡面一樣會反光，有人說它有著如蟲蛹的外觀——

「蛹」與空橋的「樹枝」形象一拍即合，八卦媒體篤定這會大受陸地人歡迎，於是名稱拍板定案，怪談的雛型也慢慢穩定：橋下結出了幽靈的蛹。

如果說應時飛是被這個怪談吸引而繪製了蛹，那還可以理解，可是——

「幽靈蛹跟失蹤案有什麼關係？」

「小灰姊，妳就住在空橋都市裡，那妳有目擊過蛹裡的幽靈嗎？」

「這倒沒有。」聽說蛹大都出現在深夜，那種時間鍾灰可不想在空橋都市裡到處遊蕩。

「聽說幽靈都是青少年喔，所以有一種說法：那些幽靈，其實就是被吹笛手帶走的失蹤者。」

鍾灰還是第一次聽見這種論點，她愣了一會兒才說：「可是，失蹤的人為什麼會跑進蛹裡啊？」

應時飛不明白她的意思：「怪談就是什麼都有可能發生不是嗎？」

「可是我記得失蹤案是今年六月才開始的吧？但蛹好像比它早一個多月就出現了。這樣的話，五月的蛹裡跑出來的又是誰呢？那不是很奇怪嗎？」

應時飛睜大了眼：「怪談會這麼有邏輯嗎？」

「邏輯……哎、說是這樣說啦！」

鍾灰嘴上應和，心裡卻有一股說不出的彆扭。所謂「什麼都有可能發生」這種話，是既無法被證明也無法被證偽的。鍾灰在空橋都市待十幾年，確實見過很多荒誕景象。但她覺得荒誕中還是有一條荒誕的規矩，這些形形色色的天災一定有某種運作邏輯存在，因為，如果完全不講道理，那就不會有天災預報出現了。

前陣子，陸地都市發生一起恐怖事件——一個高中男生拿著菜刀衝進超市，一口氣刺傷十幾個人，超市裡都是老人和家庭主婦，所以他沒遇到什麼有效的抵抗，最後有兩個人流血過多死了。他被逮捕後至今沒開過口，陸地那邊的新聞整天都在討論他爲什麼殺人，卻沒有一個結論。鍾灰身邊好多同事都說那實在太可怕了，不知道陸地人爲什麼可以忍耐這種事——空橋都市從沒發生過這種事件，而今年陸地都市這已經不是第一起了。

在空橋都市不管犯罪或天災，至少都有理由、有預報可以遵守，只要不去危險的地方、不去涉入犯罪團體，大致就能保障安全。相較之下，陸地都市特有的這種「無緣無故」，對他們來說更加恐怖。

空橋都市的荒誕，有時比陸地都市更講道理。

鍾灰先前工作的百貨大樓，外牆上裝了一座醒目的鐘。鐘面上的羅馬數字和時分針都是ＬＥＤ燈條組成，到晚上會變換各種方式閃爍，就像煙火一樣很好看。有一次，鍾灰在那裡發現了天災。

四十樓外側有一個小陽台，是給時鐘維修工人使用的，從那裡出去可以直接走到時鐘正下方。時鐘共占三層樓牆面那麼大，鐘面兩側裝設白鐵梯子，讓工人可以爬上去。天災就發生在每天晚上九點整——在代表九點鐘Ｉ和Ｘ的燈條中間，會像吹肥皂泡一樣，啵啵啵膨脹出一顆顆圓球，發著和燈條一樣的光。

接著泡泡形狀開始改變，變成一頭頭發亮的小雛鳥，理理毛、伸伸翅，很可愛的樣子。但它長得不像任何鍾灰看過的鳥，更像一隻紙鶴。過了一會兒，牠們的體型變得有鍾灰的手掌那麼大，牠們在燈條上排排站好，將翅膀舒展開來、然後按照順序、抖了抖身子飛向夜空——

可惜飛得不遠，至少還在鍾灰視野所及之內，就看到它的翅膀慢慢粉碎，像落盡的香灰一樣墜入黑暗之中。連續好幾天，鍾灰都差不多在那個時間過去看時鐘，每天都在一樣的位置出現紙鶴。鍾灰試著把紙鶴抓起來過，但徒勞無功，即使抓住也很快就碎了。就這樣觀察一週左右，有一天，事情卻發生奇怪的變化：紙鶴出現的時間竟然改變了！

本來九點鐘出現的紙鶴，現在卻要等到十點整。鍾灰不知道爲什麼，除了時間外，紙鶴還是循著它原本的規矩：浮現、變形、振翅飛遠、化成灰燼。就這樣連著三天過去，鍾灰終於發現問題出在哪裡——

時鐘壞了。比標準時間慢了一小時。

鍾灰平常顧著等那些鳥，沒仔細注意過鐘面。她隔天通知工務處，維修完畢後，紙鶴出現的時間便正常了。

在那之後又過了半個月，災區警察下達通知，要封鎖四十樓以上三層樓半天。等災區警察離開後，紙鶴就再也沒有出現了。鍾灰感到有一點寂寞，但那次經驗也在她心中留下深刻的印象：好規矩啊！比人類還老實，即使錯誤虛假，紙鶴也遵守著那鐘面上的時間規律——她不知道怎麼把這種荒誕的邏輯告訴應時飛。

「也不是說有沒有邏輯……只是我想像不出來怎麼把人塞進去？我聽說那些蛹在橋下慢慢長大的。」

「蛹裡出現的不都是幽靈嗎？幽靈又沒有實體，應該沒有什麼塞不塞得進去的問題吧？」

「如果真的是幽靈，那代表這些失蹤的人都已經死了嗎？」

兩人立刻陷入沉默，誰都不願這樣想。剛才還笑嘻嘻的應時飛，臉色變得有些蒼白。鍾灰忙改口：「也不一定就死了吧，也有所謂靈魂出竅啊！何況現在也沒人知道失蹤案是不是天災，如果是普通犯罪，討論這些就沒有意義了吧？」

「是人爲犯罪的話，會比較好嗎？」應時飛用有些哀愁的眼神看她：「小灰姊，天災也會殺人嗎？」

鍾灰感覺不太舒服，算了一下應時飛的年紀。奪走母親的大災變發生時，她大概六、七歲，是還不太記事的年紀吧！住在安全的陸地都市遙望橋那一頭的毀滅，大地的巨響與破碎的霓虹光，像電影特效一樣……而她問自己天災會不會殺人，這個問題純潔得簡直可恨。

「這也不是什麼好不好的問題。不過，要我選的話，我會希望是人爲的。」

「爲什麼？」

「人爲的話，只要把凶手抓起來就沒事了吧？」

「天災就不行嗎？災區警察不是會把天災抓起來嗎？」

「我不知道。」鍾灰苦笑：「災區警察那麼厲害的話，就不需要特別劃分出空橋都市了吧？我覺得大部分時候我們都只是在逃跑——預報處跟我們說哪裡會有天災、災區警察把我們疏散到安全的地方。就是這樣而已。」

應時飛沉默下來，一會兒她說：「我跟妳相反，我比較希望是天災。」

「爲什麼？妳擔心不是天災的話，陸地都市也會有危險嗎？」

「不是這樣的。」應時飛又露出落寞的神情：「是天災的話就不會有凶手了，就不需要怪罪任何人了。」

「不是只要怪罪凶手就好嗎？那有什麼不對嗎？」

「還要怪罪那些製造出凶手的人。」

鍾灰不明白那是什麼意思，但這時樓下傳來開門聲，大概是父親回來了。應時飛肩頭一跳，哀求般看著她：「今天的事請妳不要告訴老師，其他我以後再跟妳說。」就匆匆轉身準備畫具，鍾灰也不太想跟父親打照面，於是說了聲：「那我就不打擾妳們上課了。」

那天以後，鍾灰開始在意起應時飛的畫。

當然，也有一部分是欣賞藝術的心情，但最重要的是，應時飛說的那些話始終在她腦海縈繞不去。

她的圖每天都在變化，輪廓已經固定，裂縫大概等塗亮部時才畫上，其他部分則用熟褐鋪上細致陰影。陰影鋪得輕淡透明，與其說是爲了便於後續的工作進行，不如說是因爲蛹殼就快裂開了——它漸漸變得像煮熟的餃子一樣半透明，成蟲肢體的陰影，從那半透明膠狀的組織間透出。

到目前爲止，蛹的形狀和臨摹範本幾乎沒有差別，但鍾灰能感覺到蛹蓋陰影下，微微顫動的蝴蝶前肢、骨碌窺視的巨大蟲眼……只是這樣想像，就令鍾灰背上寒毛直立。

明明全都藏在沒有畫出來的地方，存在感卻比畫面上任何一處都強。不得不說，應時飛不論選材或技巧都聰明老練極了。她的畫令鍾灰感到不安，不過，這絕不是負面批判，不如說單靠一幅畫便能表現出這種張力，正是她具有強烈才能的證明。她將深海一樣的寧靜，表現出風雨欲來的緊張感。

不知不覺，鍾灰竟期待起這幅畫破蛹的一天。

開始鋪設顏料後，應時飛就沒有把畫帶回家過，一直放在畫室裡。鍾灰總等家裡最後一盞燈也熄滅以後，悄悄進入畫室，拉開一點窗簾，讓微弱的月光透進來。

黑暗中，蛹殼隨時都像要破裂一樣。

八月最後一天，耳邊蟬鳴噪響，鍾灰在候車月台忍不住抬頭，想尋找噪音哪裡來的，卻怎樣都找不到，最近的行道樹也在街道另一頭，蟬聲原來能傳那麼遠嗎？但鍾灰還是感覺很懷念，至少還有蟬聲，空橋都市沒有土地，樹木都是在特別建造的公園裡集中管理，平時一棵都見不到。

如果沒有人提起，很少有人特別注意到這件事——其實不只植物，空橋都市就連動物都很少。除了自然生態的匱乏之外，街上也幾乎見不到流浪動物。雖然沒有特別禁止民眾飼養寵物，但如果你住在上下舖式、把自己塞進去後就所剩無幾的空間裡，通常就不會想再找另一個、不管是人或任何生物來跟你分享。

至於躲在暗處的動物——空橋都市的建築物沒有「翻新」的選擇，多半很老舊，或像很醜的拼貼畫般拚命往上加蓋。但環境其實很清潔，跟陸地都市比起來，空橋都市噴藥除蟲積極到異常，很少見到蚊蟲老鼠。

今天鍾灰從空橋都市回來，剛結束一場令人充滿挫敗感的面試，但好消息是她收到通知，國家理賠的程序開始啓動，比把她當成賊拷問的保險公司乾脆迅速多了，這讓鍾灰對預報失準的仇恨心稍微減少一些。鍾灰已經決定，只要確定保險金下來，不管工作找到沒有，都要盡快搬出去，再這樣一直待在畫室裡不是辦法。

電車終於進站時，鍾灰的手機忽然響起。

她嚇了一跳，面試才剛結束，雖然自己知道凶多吉少，公司這麼快就做出結論未免也太傷人——但拿起手機一看，竟然是應時飛的號碼。

最近她和應時飛漸漸能說上一些話，雖然多半只在送她去車站那幾分鐘的路程裡，而且她們很少談論彼此的私事，所以鍾灰也不覺得兩人變得親密。大多時候她們總在聊哈梅林的吹笛手，不知道爲什麼，應時飛很喜歡這個話題，熱中追蹤一切相關討論，甚至會天馬行空提出許多想法，然後詢問鍾灰的意見——作爲空橋都市的居民，鍾灰似乎被她視爲一位怪談權威。

因爲許世常對父親的懷疑，鍾灰心裡對失蹤案總有一點芥蒂，但她倒不討厭陪應時飛聊這些，她想，自己以前也是這樣的，抱著這年紀少女特有的一種故弄玄虛。兩人交換過手機號碼，但其實從未聊過，這是第一次應時飛主動傳訊息過來。鍾灰打開簡訊，裡面只有簡短的一行話——

「我想抓住哈梅林的吹笛手，妳可不可以幫我？」

鍾灰嚇一跳，這也是她的故弄玄虛嗎？猶豫片刻，她還是回了信：「什麼意思？發生什麼事了？」

「我會逼他現出原形。」

「怎麼做？」

但應時飛沒有多說，她很快回覆：「今天中午我會去畫室，我們在那裡講。」

鍾灰本來打算在空橋都市閒逛一會兒，到傍晚才回去——太陽太大了，她不想大白天在陸地都市移動。但應時飛都這麼說了，鍾灰覺得也不是什麼大事，因此她告訴應時飛，大約一小時後她就會到家。

正午時分，陸地都市的陽光毒辣，即使戴著太陽眼鏡低頭快步行走，混了玻璃沙的柏油路面仍強烈反光，刺痛行人的眼睛。

一進家門，陰涼的氣息立刻讓她鬆了口氣，屋裡很安靜，只有吊扇旋轉的聲音，時間像被罩進一口深色的玻璃瓶。桌邊堆滿鍾灰每天清掃出來的垃圾，報章雜誌用珍珠繩捆成三疊，乾裂的顏料和過期的松脂油分門別類整理成幾口紙箱，細小揚塵在空中漂浮著。門口擺了應時飛的皮鞋，她已經先到了。不過，鍾灰忽然想到，今天不是各級學校開學典禮？典禮這麼早就結束了？

鍾灰爬上二樓，應時飛有告訴父親今天會過來嗎？其實鍾灰也不知道父親在不在家，但二樓沒看見他的身影，一點聲音也聽不見，是在畫室嗎？鍾灰在走廊上發呆一會，心裡很不安，總覺今天家裡和平常不同——

對了，屋裡好像比平時更亮。

她像聞到食物氣味的狗一樣四處張望，光從天頂直接穿過樓梯間下來，但家裡沒有天井。鍾灰瞇細了眼抬頭上望，就在這時，樓上傳來一陣細微響動。剛開始聲音不大，聽起來是有人在說話，這個時間只可能是父親和應時飛。但畫室在四樓，那扇大門非常厚，如果不是高談闊論，要讓二樓的人聽見並不容易。

鍾灰慢慢往樓梯間靠近，聲音漸漸增大，現在可以聽見男女的對談聲。男人的聲音像被悶住的槍口，含糊不清，女人的聲音愈來愈尖銳憤怒。

鍾灰忽然感到強烈的恐懼，她說不清爲什麼，但有預感將要發生不好的事。她朝樓上大叫一聲：「爸爸！」同時奔向四樓，愈往上跑，周圍就變得愈明亮，光果然是從四樓注入的。抬頭已能看見畫室一角，那個房間就算把燈全部打開，也總是陰暗無比，此刻卻亮得刺眼。

「爸爸……」

究竟發生了什麼？比起震驚，鍾灰更多的是駭然，但她根本沒有思考時間，只聽畫室中爆出一聲尖叫：

「不要靠近我！」

一向緊閉的畫室大門，現在正大大開敞。鍾灰衝入畫室，屋內長年的黑暗被一掃而空，彷彿蟄居於此的魑魅魍魎都被陽光消滅殆盡。風聲呼嘯作響，落地窗和黑色窗簾朝往兩側大開，簾子被狂風鼓成了波浪狀——

應時飛就站在窗前，身子微微後仰，以不可置信的眼神瞪著父親。

她好像張口說了什麼，但鍾灰不敢肯定，因爲這一刻一切都那麼安靜，只看見應時飛單薄後傾的肩、被狂風颳起的亂髮，好像一只弓著身軀的蝴蝶，終於向空中展開了翅膀。

父親向她伸出手，而應時飛——

變得透明。

像被狂風吹散的霧，應時飛的身影變得愈來愈薄、愈來愈薄。

然後，從她的眼前消失了。

父親衝向窗前，匍匐跪倒，像壞掉的玩偶一樣持續發出淒厲的哀聲。

咚。

響亮的重物墜地聲。

鍾灰腦中一片空白，停止流動的時間，在這一刻慢慢回到軌道上。

父親的哀號戛然而止，轉變成一種動物受屠宰時的顫抖呻吟，鍾灰只能想到這個比喻，因爲那一點也不像人類能發出來的聲音。鍾灰全身發冷，不想驗證那恐怖的答案，但她無法停下腳步，她拖著顫抖的兩條腿，一路走近窗邊，強迫自己不許閉上眼睛——

然而，底下什麼也沒有。

畫室門前的小巷，在日光的刷洗下，像一匹潔白挺括的麻布一樣。

第二章　預言家

夜半床頭發出尖銳鈴聲，劇烈震動。

黑子在心中默念，五、四、三、二、一——

就算天塌下來她也永遠允許自己賴床五秒才睜眼，這樣對精神比較健康。黑暗中她的眼睛像某種貓科動物一樣銳利，她跳下床，一面滑看訊息一面打開衣櫃準備著裝。她總是先套上黑色長褲和穿上薄襪，等確定訊息內容再決定要不要換制服上衣。

但手機顯示她錯過的第一條訊息就讓她心涼：北區指揮小組通知，今日陸地都市發出信義警報——有「王」過橋了。

她立刻想起「大災變」，後腦嗡嗡地震動起來，恐懼彷彿有了實體，從腦幹沿脊椎直下，滲入骨髓，走遍全身。腦對身體下達各種相反的指令：快點跑、不能跑、跑不動……她全身都僵住了。但她隨即恢復理智，如果是第二次大災變爆發，指揮中心恐怕連發出警告的機會都沒有。她立刻確認第二條訊息，仍是指揮小組傳來，是更多警報內容的細節：警報發生在今天下午一點四十五分中山區內，持續時間僅十二秒，但強度很高。

她竟然覺得鬆了口氣，雖然不是小事，至少不是第二次「大災變」。而且警報發生在中午卻現在才通知她，表示情況應該在控制內。她迅速上網看了一圈即時新聞，似乎沒見到什麼駭人的災難，心上大石既然落下，她有了慢條斯理的餘裕，一條一條慢慢檢視其他錯過的電話和訊息。

沒辦法，最近真的太累了，空橋都市很不太平，雖然所有人都不想承認，但這次出現的恐怕是繼大災變後最麻煩的大傢伙，每天光是想著這件事，她就開始期待退休的那一天。

最後兩條訊息來自隊上，樸素簡短：「速至中山分局」、「已派員前往疏通」。她嘆口氣，不知具體情況，但最討厭跟陸地都市警察打交道的工作，畢竟他們是外人，又對災區警察的工作一無所知，溝通常有障礙。

她換上制服襯衫——光以這個來說就好了，爲了讓民眾有他們是「警察」的實感，制服雖然顏色不同，但型制上盡可能做得很類似，胸前口袋上方也繡上了階級章。不過，階級章循的不是警察標準。黑子胸前繡了三道銀線與一顆星，讓陸地警察經常誤以爲她是分局長等級的高官，其實那代表的是她的中校軍階。至於臂上警徽，乍看和陸地警察極爲相似，不過警徽背面黏了一張微型GPS定位器，只要以災區警察身分出勤，他們的一切行動都會受到監控。

最近體重似乎又開始直線墜落，皮帶已經拉到最後一孔，還是能塞進好幾根指頭。她進浴室潑自己一臉冷水，順便從藥櫃裡摸出一條深棗紅的唇膏。到外人的地盤去，最不可少的就是盛氣凌人的官架子，千萬不可看來蒼白軟弱無血色。

她在計程車後座整裝完畢，考慮到有跟陸地警察起衝突的可能，也預先通知了那裡的憲兵指揮部。抵達時快凌晨兩點，警局內很安靜，老邁的值班員警正在打瞌睡，年輕的雙臂環胸，橫眉豎目瞪著先到的新人同僚。

同事態度壓得很低，好像自己罪孽深重，向陸地警察拚命解釋他們來此的理由——太年輕了，兩邊都是。年輕員警不想屈服於他們這種特權單位，她的菜鳥同事則還不懂得動用官威——官威，這可比什麼「王」賜與的超能力還好用一百倍。

她的鞋跟故意製造出吵鬧的聲響，所有人都抬起頭來，就連那個睡得直打呼嚕的老警察都醒了。眾人目光集中在她身上，一開始幹這種事時她也會緊張，現在早就麻木了。

「人在哪裡？」

「呃——是那邊的……」

靠牆的長凳上坐了兩個人，一個是約五十多歲的男子，頭髮已有一半斑白。雖然神情茫然，但坐得挺直，像是長年養成的習慣。一開始黑子以爲他是運動員，看他的體態又不像，男人的手腕很細，形如枯骨，不像是有運動習慣的人，看不出他是做什麼的。

在他身旁的則是個二十幾歲的年輕女孩，染成淺棕色的捲髮剛好蓋住耳際，隱約露出貼在耳垂上的小花耳環，她穿著一身白色的短袖洋裝，指甲塗成和耳環同色的鮮豔海藍，成爲這陰鬱警局內一道明亮的風景。兩人都垂著腦袋，女孩在她進門時稍微抬頭看一眼，男人始終一動不動，黑子感覺他的精神狀況不太妙。

「學姊！」

先趕來這裡「疏通」的是最近剛通過集訓的新人葉善存，黑子一進門，他就露出如見天神降臨的眼神。

「對不起，學姊。」他小聲說：「我好像搞砸了。不管好說歹說，他們還是不能接受讓我把人帶走，或至少做點緊急處置……」

「處置什麼？」黑子訝道：「這是什麼狀況，那兩個人做了什麼？幽靈蛹在哪裡？」

從她收到的情報來看，大約十二小時前，陸地中山區一帶發出信義警報。因爲持續時間很短，當時指揮中心並未向總部全員通報，而是先指派兩支沒有勤務在身的小隊前往附近勘查。但地毯式搜索周圍半徑兩公里，沒有任何成果，直到不久前忽然出現新的進展，才聯絡她立刻過來處理。

黑子負責的本來就是幽靈蛹的案子，所以她直覺就認爲觸動信義警報的是幽靈蛹，把她叫來也是這個原因。但葉善存一臉愧疚地說：「不是幽靈蛹，過橋的是哈梅林的吹笛手。」

黑子像一臺過熱的機器，瞪著他好幾秒才開口：「吹笛手？爲什麼會是吹笛手？」

「我也不太確定現在是怎麼回事。總之今天下午這兩個人報警，說他們負責的畫室裡，有學生被哈梅林的吹笛手綁架了，學姊知道吹笛手的狀況嗎？」

黑子點點頭，雖然不是他們負責的案子，開長官會議時多少會聽說一些其他案子的狀況。

「那就好說了……」葉善存很快向她總結畫室失蹤案的始末：「他們說學生當著面直接消失，堅持是被空橋都市的哈梅林吹笛手綁架了。但因爲報案在陸地這裡，搞得一團亂，剛剛情報才整合到我們手上。一般情況下當成瘋子胡言亂語就算了，偏偏那間畫室離發出信義警報的位置非常近，所以上面讓我們優先過來確認。」

黑子又回頭看牆邊兩人一眼，忽然像明白了什麼，露出若有所思的神情：「事情發生的時候，這兩個人都在畫室，但跟失蹤者有直接接觸的是那位先生，對吧？」

「對。」

「難怪上面會把我叫過來，大概是擔心有人類宿主的可能。」

「我是希望先幫兩人都注射抑制劑，或至少先服藥，但……」

「他們在這裡已經待了至少半天。反正也來不及了，我先來幫他做個快篩吧！」

說完，她便朝男人大步走去，除下手套，左手粗暴按住他的頭頂，像在檢查一顆頭顱的模型，將他的腦袋摸了一輪，最後扳開他的口腔，手硬生生塞進他嘴裡。

「咕、嗚……」

一直面如死灰的男人終於因痛苦皺起了臉，若非如此，黑子幾乎要以爲他是個充氣橡膠人。一旁的女孩完全僵住，像看怪物一樣盯著她，直到男人發出哀號，她才回過神來，掐住黑子的手臂用力搖晃：「妳在幹什麼？妳這個暴力警察！快放開他！」

黑子斜睨她一眼，隨即鬆開抓著男人的手，轉而掐住她的下顎，把剛才對男人做的事全對她做了一遍。

「嗚哇——」女孩發出慘叫，一旁警員這才如夢初醒，怒喝道：「快停手！」但早在他喝斥前黑子便收手了，她在制服上隨便擦擦，重新戴上手套。

「兩個都沒什麼特別的感覺，就算眞的是宿主，活性大概也不高。」黑子毫無幹勁地說：「不過，那男的我還是要帶走，做進一步檢查，也好跟上面交代——警官，這個人能先交給我們災區警察嗎？」

「當然不行，事情發生在陸地區就該歸我們管！」年輕警員氣憤道：「何況這個人根本還不能確定是罪犯，現在只是——」

「根據空橋都市特別條例的規定啊，合理懷疑目標對象有引起天災之風險或危害國家安全之可能時，我們災區警察可依法定程序進行查驗和拘捕喔。」

「妳說什麼？」女孩驚呼：「危害國家安全？」

「什麼法定程序？你們程序在哪裡？而且那指的應該是在空橋都市的緊急情況！」

「啊，是這樣嗎？法條上好像沒有規定得這麼清楚喔？我們的值勤範圍明文規定是『有天災現象發生之虞』的地區。」

「陸地都市哪有什麼天災！」

「唉，天有不測風雲嘛！你也不要那麼鐵齒。再說，判斷會不會發生天災就是我們負責的工作啊！」

「這簡直是……」

「球員兼裁判，對吧？不過事到如今，要修訂這部天災防救法的難度很高，國會至少要有……不記得了，反正這就是民主的必要之惡啊！你就當作當年大家被天災嚇壞，集體做出愚蠢的決定好了。」年輕警察氣得臉都脹紅了，黑子微微一笑，放軟了語調：「不要這樣啦，學弟，幫個忙啊，你也不想把事情鬧大吧？」

災區警察並非受正規警校訓練出身，沒有經過公職考試，至今招募方式都不對外公開，跟他們才沒有什麼「學長姊」的關係。而且雖稱「警察」，但災區警察根本不是警籍，這是警界公開的祕密，從來沒人知道他們在幹什麼，陸地警察一向稱他們「空橋特務」。

老警察在這裡值勤十幾年，這也是第一次碰上災區警察，他拉了拉年輕警員，意示他不要硬碰硬：「反正到時候出了什麼問題，也是法院跟他們交手。」

年輕警察恨恨地咬了咬下唇，但終究退開幾步，黑子一副鬆了口氣的樣子：「感謝，幫大忙了。」又低聲指示葉善存道：「帶上車，是開一級的標本車來吧？」

「是、當然的！」

「那好，讓他坐後面當標本。不要靠他太近，不要假設王一定在他身上，也可能沾在衣服或什麼地方。出來前再打抑制劑就可以，但你的槍給我拿好，保險打開。」

「是！」葉善存打開他帶來的黑色大皮箱，拿出一副手銬、一件反光材質、像醫院病服的東西。沈憐蛾毫無抵抗任他幫自己套上那件病服，「喀」的一聲，葉善存俐落地銬住沈憐蛾手腕：「抱歉，可能會不太舒服，但請稍微忍耐一下。」

中山分局的員警面面相覷，不知道這是演哪一齣。女孩跳起來死死抓住葉善存：「你們要對我爸做什麼？」

「學姊，這位小姐也要一起嗎？」

「不用，先專心處理那個男的。」這樣的場面黑子見多了，她扳開女孩手腕，聽她因吃痛發出哀聲，涼涼地說：「小姐，別對我們的人動手動腳，我可以讓妳被關七天喔。」

但女孩沒有退縮：「又沒有證據證明我爸犯罪，你們這樣把人套上、套上……」她顯然也不知道該怎麼形容那些東西，慌張地尋找措辭：「對了，我們要找律師，你們不可以就這樣把人帶走。」

「可以，當然可以，妳爸爸是現行犯啊！」黑子一邊回頭低聲向葉善存下指示：「先把人帶回去。」

「要說我爸是現行犯的話，至少也得有死人吧！應時飛的屍體在哪裡？那根本只是、只是——」但她什麼也說不出來，雙肩不停顫抖。

啊，真可憐，大概是親眼目睹了吧！只是不曉得她看見的是哪一個——是王的現身，或是父親殺人的現場呢？黑子也不知道哪一個比較好。

「抱歉啦，其實我現在也還搞不太清楚狀況。不過，就算你爸不是現行犯——不對，不管你爸是什麼清白良民，我也可以帶走他，這是社會賦予我們的權力喔。」黑子指了指臂上銀線繡成的警徽：「我們是災區警察啊！和天災有關的事情，必須以最高層級優先處理。」

女孩還在掙扎，黑子順手拿起長椅上的手銬將她銬住：「妨礙公務，下次就不只是這樣了。」說完，她提起桌上的公事包，揚長而去。她的同伴已先行帶走沈憐娥，因此她招了一輛計程車離開。

這齣鬧劇太一氣呵成，不知過多久，分局的警官們才想起鑰匙在自己手上。他們替鍾灰解開手銬，不久前兩邊還劍拔弩張，但現在他們爭吵的理由已經消失了，父親被以如此藐視王法的方式帶走，兩方竟同仇敵愾起來。

「唉，不知道怎麼會扯上他們單位，事情又不是發生在空橋都市裡！」

「現在不是嘆氣的時候吧？」鍾灰大叫：「那樣算綁架了吧！你們是警察耶！不打算作任何行動嗎？」

「那也沒辦法，妳沒聽他們說嗎？人家是動用了空橋都市特別條例『執法』，不是什麼綁架。」老警察嘆道：「小姐，我勸妳也不要再鬧下去，那些人跟我們不一樣，我們是叫做人民公僕，才好聲好氣聽你們在這裡鬧警察局。那些人是眞正的特務，妳惹毛他們，做掉妳都不用寫報告。」

「什麼特務？他們不就跟你們一樣，都是警察嗎？」

「空橋都市的警察才不是警察，全部都是一線四星，難道都沒在升官的啊？一定有問題啊！」老警察指著自己胸前的階級章說：「但是，妳有看到剛剛那個女的三線一星嗎？我告訴你，空橋都市的警察，妳只要看到不是一條線的，就要小心，不是普通人。」

「我才不管是執法還是綁架，我現在就要去空橋都市的警察局！」

關於「永遠不會升官」的災區警察傳說，鍾灰聽過不少，但她一直覺得那就類似《棋盤郵報》八卦，不必太當一回事，沒想到陸地警察也這樣看。這時她才感到恐怖，那些人到底做什麼的，爲什麼可以隨便綁走父親？

「妳要去也可以，但大概沒用啦。那種不是一條線的，不歸一般單位管，不會進空橋都市的警察局。」

「什麼？那……他們會把我爸帶去哪裡？」

「不知道。剛剛我們也打去抗議了，完全不理我們啊！」老警察冷淡地說：「妳還是乖乖等他們聯絡吧，我想再怎樣也不至於殺人滅口啦。」

鍾灰心都涼了，不敢相信這個時代還會發生這種事，但她很快清醒過來——在這裡繼續糾纏吵鬧都沒用，現在的敵人是災區警察，要確保父親安全的話，一定得動起來做些什麼。想到這裡，鍾灰又重新打起精神，只要知道接下來該做什麼，不管多困難，至少有跨出一步的機會。

鍾灰離開警局，撥出一通電話。

她身邊都是和她一樣的普通老百姓，沒人會和災區警察有什麼瓜葛。但棋盤郵報的許世常可能就不一樣了。他們專門報導空橋都市的消息，許世常還說自己專做災區警察的報導，一定知道得比一般人更多。

留下許世常給的那張名片，現在看來是個明智的決定。鍾灰站在街角，一面搓著手臂，一面將手機開成擴音，等候許世常的回音。

傍晚下過一場雨，凌晨的街頭略帶寒意，機械聲嘟嘟響著，現在已經快半夜兩點，鍾灰也沒指望許世常會立即回應，但她還是不敢掛斷電話。終於，電話那頭一個睡迷糊的聲音響起：「棋盤郵報，爆卦以外都不受理。」鍾灰感動得要哭出來，大叫他的名字。

不到二十分鐘許世常就開著一臺破舊的老爺車出現，在要撞上鍾灰前才猛停下來，尖銳的煞車和喇叭聲同時響起。他三步併作兩步跳下車，來勢洶洶，鍾灰連退了幾步。

「這到底是怎麼回事！」

「那個、畫室……」

「我不是早就警告過妳了嗎？爲什麼不相信我！」

許世常朝她怒吼，鍾灰嚇得縮起身子，本來要說的話全都吞了回去，但他很快便察覺自己的失態，表情放軟了些，嘆道：「抱歉，找妳發脾氣也沒有用。」這時鍾灰才注意到他不但滿眼血絲，而且臉色很蒼白。

「不……沒關係。但災區警察——」

「事情明明發生在陸地這一邊，災區警察爲什麼會跨過空橋……而且動作還這麼快？妳說畫室的學生失蹤了，到底發生了什麼事？」

鍾灰一句都答不上來，至今她也不知道自己看到的那幕是什麼。但對她來說，現在的當務之急不是這個。

「我知道的全都可以跟你說，但你能不能先告訴我，災區警察會把人帶到哪裡？剛才有一個警章是三條線的災區警察跑來，突然把人上銬押走。局裡的人跟我說他們不是一般的災區警察，去空橋都市的分局找也沒用。」

許世常眼睛一亮：「三條線的警察？」

「我不知道，我也不記得了，我沒有看那麼清楚，他們說的是眞的嗎？那些人不是普通的警察，是特務？」

「嗯……差不多吧。」

鍾灰想起看過特務機關折磨人的電影，這才慌起來：「他們會把人帶到哪裡？爲什麼會突然把他帶走？」

「我又不會通靈，怎麼可能知道？」許世常焦躁地說：「失蹤是什麼時候發生的？妳那時也在現場嗎？但為什麼……為什麼這次沈憐蛾會挑這麼近的人下手？」

「才沒有什麼下手！那根本不是什麼失蹤案，她是從窗口掉下去的。」

「掉下去？」

「明明掉下去了……可是底下什麼都沒有。」

回想起那一幕，鍾灰仍感到毛骨悚然，那到底是什麼？自己到底看到了什麼？許世常抓住她的雙肩搖晃：

「喂，振作一點！到底是怎麼樣妳講清楚啊。」

鍾灰搖搖頭：「你先跟我說怎樣才能找到這些災區警察，我才告訴你。」

許世常考慮片刻，答道：「會待在空橋都市分局的，確實都是那些『不會升官』的災區警察。」

「『不會升官』到底是什麼意思？」

「因為他們根本不是警察！他們只是輪調進空橋，一輩子當災區警察的時間大概就三個月，升什麼官？」

「輪調？為什麼？」

「進來輪班、普通維持治安的那一批都是軍人，海陸空軍都有，我知道的也只有這樣而已。至於那群不是輪班、會好好升官的……真正的『災區警察』，我先說啊，他們也不是警察，但我不知道他們是什麼身分，查不到他們真正的單位。」鍾灰愕然看著他，許世常晃了晃車鑰匙：「上車吧！我知道災區警察還在空橋都市裡租了好幾間辦公大樓，雖然不曉得租那些辦公室做什麼，如果他們不在空橋的分局，大概就剩這些地方能碰運氣找找了。不過，應該不難找。」

「真的嗎？」

「中山區裡他們租的大樓有三間，我想他們不會捨近求遠，一間間找下去就是了，這種時間正常大樓裡不會有人，他們在的話應該很明顯。」

「那我們快走。」

許世常不知從哪裡摸出一根菸來叼上，但打火機連按了幾次都啞火。

「我可以帶妳過去，不過妳要先回答我一個問題。」

「說說說，只要帶我去，我什麼都說。」

「妳這樣做有什麼目的？」

「啊？」

「沈憐娥只是妳打工的老闆，妳急成這樣也太不正常了吧？」許世常懷疑地打量她：「這樣說起來，妳連他有姊姊的事情都知道，該不會……其實妳是什麼單位派來臥底的吧？」

「單位？啊……哈哈哈。」這個人，該不會是諜報電影看太多了吧？鍾灰似乎可以理解他在《棋盤郵報》寫專欄的理由了，她乾笑兩聲，說：「單位的話……家庭單位吧——他不是我打工的老闆，他是我爸。」

ϟ

電梯在五十八樓停下，黑子這才想起自己忘記帶門禁卡了。

配合事件發生的區域，他們的分部地點經常搬遷，這些臨時辦公室都只是租用一般商業大樓，平均一次只短租三個月。大樓會有自己的門禁系統，因此每次換據點就要換一張門禁卡，跟普通的上班族沒兩樣——至於眞正的總部，黑子常覺得根本不需要設置門禁，因爲根本沒有活人會想進去那個地方。

黑子也像所有普通上班族一樣，經常忘了帶門禁卡就出門，今天這種緊急任務時忘記更是家常便飯。被傳得有如戰時情報員的他們，其實只是薪水拿得沒別人多的普通公務員，上班族笑話集他們基本上都能產生共鳴。

黑子嘆口氣，敲了敲玻璃門。本來想在新人面前維持一下可靠的前輩形象，看來只到今天了。聽「嗶」的一聲，機器亮起綠燈，那矮小可愛的新學弟來爲她開了門，黑子很高興看見他的眼神仍充滿敬畏。

「嫌犯呢？」

「先做了初步的抽血檢驗，也注射了抑制劑。」

不像嚴謹穿好全套防護裝備的葉善存，黑子跳過防護衣，意思意思戴上手套和鞋套，這些防護衣的效果還沒有他們的制服好。

穿過玄關，畫家就躺在檢查室的正中央。

「那個……他們說要花一點時間才能把儀器都設置好，所以先做基本的生物檢驗。」

「嗯，本來沒想到有檢查活人的需要吧。」

葉善存大概是第一次看到檢查室，眼神充滿驚駭，稱之「儀器」實在太客氣，那整個房間根本就是一臺巨大機器。這個檢查室是他們從總部搬過來的，四面牆都用抗放射隔離合金打造。將信義總部完全封鎖的高牆，就是用這種特殊合金建成。

爲了方便監視，門上開了一口觀察窗，裝上二十毫米厚的鉛玻璃，並漆上深色的隔離塗層，當然那麼薄的塗層防護效用非常有限，跟合金牆面完全沒有可比性，說是塗安心的也不爲過，因此一般研究員進來第一件事就是穿好防護裝備。

檢查室內部猛一看像間機房，列滿好幾排巨大的黑色方型機器，但若細看就會發現，每臺機器長得都有點不同，提示燈也是五顏六色，只有技術人員能分清楚它們的區別。此外還有些像醫院裡會出現的機器，剛才研究員說要設置的就是這些裝置，它們輪流發出令人不安的隆隆運轉聲。

沈憐蛾換上一件白色病人服，被蒙住雙眼、拘束四肢，平躺在一張玻璃床面的金屬床上。床的左側裝設懸臂支架，上面接了三臺奇形怪狀的機器。其中一臺輪型的白色機器，在畫家頭頂一邊嗡嗡叫著一邊旋轉，有時幾乎近到只離他鼻尖幾公分。就連葉善存都看得頭皮有點發麻，但畫家一動也不動，是被注射了鎮靜劑呢，或是嚇得動彈不得了？

「抽血結果至少要等三小時吧！其他篩檢狀況怎麼樣，圭叔？」黑子隔著玻璃窗外的通話器朝裡面問。

檢查室內有四位技術人員，一位矮小、光禿腦袋的老人從裡面出來，摘下那副砷綠色的厚重護目鏡，用白衣的邊角擦拭鏡片。老人說：「都是陰性。」

的話，ＫＩＮＧ大概也還沒有時間修改宿主的細胞。」

「別這麼失敗主義啊，能採檢體的部位也不是那麼多。再說了，事發到現在還不到二十四小時，時間這麼短

「根據我的經驗，沒有的就是沒有。」

「通常等抽血出來的結果比較保險。」

「又撲空了嗎？」

「你知道他被懷疑是吹笛手的宿主吧？吹笛手持續兩個月以上了，怎麼可能一點東西都測不到？」

「在今天前，你們可沒人把吹笛手當一回事。」圭叔說。黑子鬧彆扭似反擊：「調查過了，但什麼痕跡都沒留下，我們又能怎樣？何況，現在整個空橋西區都是幽靈蛹的地盤，根本不可能有其他小型的王盤據。」

「那麼，也許它比想像中大哦。妳看，這不是過橋了嗎？這表示它連我們信義的王都不怕了。」

黑子一語不發，片刻後她嘆了口氣：「也不是沒想過，只是沒人願意繼續想下去。那樣表示現在市內有兩隻β級的王——王見王，還能有比這更慘的情況嗎？我們連一隻都應付不了！」

「反過來想，兩個既然勢均力敵，打起來說不定讓你們漁翁得利啊？」

「互相殘殺是很好啦，但要是眞的哪一邊獲勝、把對方吃掉了，我們也很頭大，不知道會變成什麼超級大怪物。唉！今年是什麼豐收年，爲什麼會一口氣跑來一堆這種大傢伙？說眞的，我倒寧可吹笛手跟我們無關，你沒看到那陸地警察怎麼瞪我的樣子——他以爲我們愛搶啊？我們才希望這案子歸他們管呢。」

「現在什麼都沒測到是好事。」圭叔慈祥地說：「不然光我和妳現在站在這裡，搞不好都被寄生了。」

「那是你們ＨＣＲＩ的想法——我們可恨不得它趕快現身讓我們處理，早死早超生。」

圭叔微微一笑：「什麼時候對妳來說，ＨＣＲＩ已經變成『你們』啦？」

忽然，他皺了皺眉，黑子敏銳地追問：「怎麼了？」

「妳有沒有感覺剛才震了一下？」

「有嗎？該不會是地震吧？」

「不是，比較像——」但圭叔還來不及說完，周圍便劇烈搖動起來。

「是天災嗎？」

「今天沒有任何天災預報啊！」

震動很快停止了，果然是普通地震嗎？不對，震動不是從腳下傳來的，更像從高處——黑子抬頭看天花板一眼，周圍牆壁不斷發出怪異的聲音。

「現在去通知這層樓所有人躲進檢查室。」

「可是，如果是天災的話……」

「如果是連預報局都預測不到的天災，跑也跑不掉的。不如先躲進檢查室。」

「妳呢？」

「異狀好像從樓上傳來，我上去檢查。」黑子俐落地指揮眾人：「這裡有多少武器？全都給我。」

圭叔立刻小跑步進檢查室，其他的研究員與技術人員一起幫忙，從裡面搬出好幾口大箱子。葉善存目瞪口呆——與一般警察沒有不同，災區警察每人有一把配槍。唯一差別是他們使用火力更強大的改造麥格農手槍，這是為了有效射穿非生物宿主。此外，他們使用特製的擴張彈，會在擊中目標時炸開，彈頭混合少量隔離合金，可以有效壓抑ＫＩＮＧ的活性。這就是為什麼他們不負責處理普通犯罪事件——他們的槍，不是對人類開的。

但他沒有想到檢查室裡還藏有其他武器，一字列開的衝鋒槍、散彈槍、狙擊槍，甚至有兩位女性研究員正滿頭大汗將一臺輕型機關槍提出來，說這裡是空橋都市軍火販的基地大概沒人會懷疑。

黑子像拆聖誕禮物一樣粗暴地打開每一口箱子，最後她抱起一把散彈槍，十二鉛徑，要壓下那種槍的扳機，可連葉善存也會感到很吃力。掂了掂幾件武器的重量後，黑子又揹上一副火焰噴射器的背包，並撈走掛在圭叔脖子上的護目鏡。

「等等，學姊——」葉善存終於能感受到事情的嚴重性了：「我也一起去吧！」

「不行。現在外面是什麼狀態完全未知，對你來說太危險了。」

「可是——」

「我是這裡唯一受過足夠訓練、並跟王有正面交手經驗的人。最重要的是，我有能力直接解決它。」其他技術人員倒非常清楚狀況，一句話都沒多說便紛紛進檢查室避難，黑子拍拍葉善存的肩，謹慎往門邊靠去。就在同時，室內傳來一連串爆破的霹靂響，一股焦味隨後冒出。屋內燈火全部熄滅，部分電路大概燒壞了，黑子暗暗祈禱，希望燒掉的只是盞電燈或老舊冷氣就好，千萬別是那些用人民稅金堆出來的昂貴儀器。

她回頭喊了一聲：「立刻跟總部請求支援，還有，保護好沈憐娥。」隨後便潛入黑暗之中。

電梯緩緩上升。

雖然往上持續加蓋，底層還是原本七零年代的老建築，電梯似乎很久沒有修繕，老舊燈泡一閃一閃，燈光的顏色泛著深青。背後原本是一扇大鏡子，但全部用絕緣膠帶貼起來，或許有人抱怨過鏡子恐怖或不吉利，不過，許世常覺得貼成這樣更令人發毛。

「信不信隨便你，我知道的全部都說了。」

鍾灰信守承諾，將畫室裡發生的事鉅細靡遺說一遍。其實她也有很多問題想問，但現在胃裡絞成一團——陰森詭異的大樓、底細不明的災區警察、被國家暴力擄走的父親，全讓她緊張得不得了，如果不是心心念念父親安危，她早就吐出來了。

「不，我沒有要懷疑妳的意思。不過，妳沒有看到屍體啊……」

「你想說什麼？」

「人明明應該掉下去了、屍體卻憑空蒸發，這中間還有很多可能性，比如說……」

「我不想知道，我現在只想趕快找到我爸。」

許世常乾笑兩聲：「說得也是，現在不是考慮這些的時候。既然連災區警察都驚動了，或許他們掌握更多我們不知道的事。這對我也是個好機會。」

鍾灰詫異地瞪了他一眼：「你想偷災區警察的情報？」

「不入虎穴，焉得虎子呢？我也早就想弄清楚這群人是什麼底細了。」

「他們可是殺人也不用寫報告的特務喔，剛剛的警察叔叔說的。」

「反正能查多少算多少囉。」

「你這麼拚命幹麼？」

「如果這件事真的跟哈梅林的吹笛手有關，我希望不要再繼續發生事件了。」

這時鍾灰才注意到，他一路過來菸都沒停過手。雖然不願這樣想，那天如果不是鍾灰阻撓，說不定他真的會找出什麼線索。但鍾灰把他趕走，拒絕跟他合作，沒多久，畫室真的就出事了。

他心中的悔恨恐怕不比鍾灰更少，鍾灰也有點後悔自己惡劣的態度，正想出言安慰，就聽許世常哈哈笑道：「別擺出那麼難看的臉色嘛，難道是現在才開始害怕嗎？」

「什麼？」

「仔細一想，妳竟敢深夜跟來歷不明的男子前往空橋都市的老舊商業大樓——」

鍾灰剛湧起那一點微弱的同情心立即消滅了：「我呢，高中開始就一直自己在外面生活了。」

「嗯？」

「所以學了很多防身的方法——我是說，防身的方法，不是防身術。」

「那有什麼差別？」

「在真正遇到襲擊的時候，防身術是沒有太大用處的。所以我都使用道具。」

許世常看了她一眼，穿著單薄洋裝，連個口袋也沒有，不知道「道具」藏在什麼地方。他想起那天淋了滿頭馬克杯裡的不明液體，於是不敢再囉嗦了。

電梯在最頂樓停下。走廊上有微弱的照明，是晚上八點以後自動點起的夜燈。有些辦公室燈還亮著，有些一片黑暗，據許世常所知，災區警察每次租用辦公大樓都是租一整層，這裡應該全部都是他們的人。

「賓果！可能就是這裡了。」許世常從夾克口袋裡摸出一疊卡片，就著昏暗的燈光確認，然後將其中一張遞給鍾灰：「這裡的辦公大樓有預設的門禁機器，用這張卡可以刷開。當然如果災區警察重新安裝門禁的話就沒轍了，妳自己想辦法碰碰運氣。妳爸應該就在那些燈亮的辦公室裡，我想找有沒有什麼有趣的資料，所以會去搜其他的辦公室。」

「謝謝你……」

「不用。到時候關於應時飛，我還有很多事要問妳。」

說完，他便轉身走入西側昏暗的走廊中，與鍾灰分道揚鑣。

東側走廊共三間辦公室亮著，本來以為是災區警察的基地，門禁應該更森嚴，但實際上只裝設普通的玻璃門。鍾灰湊到門前，踮起腳尖往裡窺看，裡面是常見的辦公室座位隔間，大部分人坐在位置上。隔音並不是很好，隱約能聽見冷氣運轉聲和偶爾有人起來裝水的聲音，沒有人在說話。她感覺父親不像會在這種地方，於是繼續往前走，走廊一片死寂，頭頂照明燈甚至一閃一爍，平日連恐怖片都不太敢看的鍾灰，此刻內心異常冷靜。

第二間辦公室似乎將左右兩間打通合併，因此比其他間格局都大。大門是整片噴砂玻璃的對開自動門，勉強可以看見內部，但一進門是待客的玄關，辦公區域被擋在玄關後。鍾灰取出門禁卡，只聽嗶一聲，機器燈閃爍片刻，鍾灰屏氣凝神等待，兩秒後玻璃門向兩側大開。

鍾灰鬆了口氣，不知該說是運氣好或是災區警察管理太隨便。

玄關進門處擺放一排長型置物櫃，沒上鎖，櫃裡掛著幾件在警局看到的反光服，還有手套、鞋套、護頭等等，看起來非常詭異。鍾灰小心翼翼翻了翻，沒一項她叫得出名字或知道用途的。誰知這時，身後忽然傳來一陣嗡嗡聲。鍾灰回頭一看，身後玻璃門竟然狂震起來，她以為是自己誤觸警報了，但很快她就發現是整層樓都在搖。

該不會是天災來了！她正想拔腿就逃，但整層樓的警報器都叫起來，外頭忽然衝出一群人，另外幾間辦公室的人都朝這裡跑來。鍾灰大驚失色，想找個地方躲起來，頭上傳來一陣輕微爆破聲，辦公室內照明已經熄滅了。

那群人衝了進來，在伸手不見五指的黑暗中，似乎沒有人注意到自己的存在。搖動還在持續，鍾灰抱頭縮在置物櫃邊，這時，辦公室裡衝出一個女人。烏黑頭髮削齊及肩，蠟白的肌膚讓她在黑暗中像一具骷髏，但鍾灰還是一眼就認出她——剛才在警局裡威脅她的災區警察！

在警局第一眼看見她時，鍾灰就對她的外表留下很深的印象。雖然有些不合時宜，但鍾灰第一個念頭是「好像時裝雜誌上的模特兒」。

女人長得遠稱不上漂亮，五官甚至有些平板，但正是這樣的平板，讓光在她臉上不會留下任何骯髒的陰影。她的身材也不算很高，但很修長，因爲她實在太瘦了，甚至到有點病態的程度，是靠著災區警察筆挺的制服才勉強撐住那塌陷的身形。

但這看著像一把枯柴的女人，此刻手裡抱著一挺長槍，背上掛著一排像瓦斯罐的東西，一副自殺炸彈客的打扮。喀答一聲，玻璃門開了，女人朝逃生梯的方向奔去。

鍾灰愕然望著她揚長而去，但沒能分神太久，因爲身後再次傳來怪異的機械聲，同時牆上閃爍著昏暗的光——奇怪的聲光都從辦公室深處傳來。鍾灰這才想起最初的目的，忙將女人拋於腦後，乘機跑進辦公室內。

那些聲光很快消失，屋內重歸一片死寂。鍾灰嚇一跳，怎麼一個人都沒有？剛才明明那麼多人衝進來。她瞇細眼睛，觀察四周。辦公室裡很空曠，只有幾張白色便桌和椅子。老實說，這裡跟她想像的截然不同，她並不是期待看到多豪華氣派的辦公廳，但再怎麼說也不該這麼寒酸吧？

桌上凌亂擺了十幾口黑色的大箱，她一手拿著手機照明，一手打開箱子檢查。箱蓋很重，單手打開很吃力，但更叫人震驚卻是箱裡的東西——一架輕型機關槍！鍾灰目瞪口呆，每個箱子都打開來看，全都是黑幫電影裡才會看見的大型槍枝。這裡到底是災區警察辦公室還是犯罪分子地下兵工廠？父親眞的是被抓到這種地方嗎？

辦公室沒有其他隔間或屏障，幾乎一目了然。可是，從外面看這裡，不應該這麼小才對。鍾灰拿著手電筒四處小心探索，很快就明白了理由。在她面前，立著一堵金屬的高牆——

不對，那不是牆。鍾灰花了十幾秒才理解自己見到什麼。事實上，他們只是將一間巨大的鐵皮屋搬進來罷了，仔細看就能發現外牆拼裝的痕跡，他們將部件搬進來，然後在這裡組了一間屋中屋。

為什麼？這是什麼東西？父親就在這裡面嗎？

鍾灰朝牆後大喊：「有人在嗎？」但沒有任何反應，她不清楚這堵牆多厚，如果還有隔音裝置，就算敲爛這扇牆，裡面的人可能都無法察覺。這難道是躲避天災的最後碉堡嗎？置物櫃裡的怪異裝備、一屋子胡來的重火器，還有這座巨大的金屬屋──

這些災區警察平常到底在做什麼？

鍾灰繞了金屬屋一圈，一點可乘的縫隙也找不到，雖然有像玻璃窗的東西，不過內部放下一面鐵閘，看不到裡面。父親是被剛才那個女人帶走的，按理說人應該在這間辦公室，如果他也和其他災區警察一起躲在裡面，表示他們判斷這是目前最好的選擇吧！

鍾灰心想，反正自己也拿這小屋沒辦法──她從一開始就不認為可以從災區警察手裡把人搶回來，只是希望至少和父親保持聯繫、避免他遭到不當刑求什麼的。既然如此，不如去找剛才那個女人。

心意已決，鍾灰毫不猶豫轉身離開。

通往逃生間的門已被那女人打開，遠遠看見樓梯盡頭有微弱的光照進來。鍾灰快步登上逃生梯，通往頂樓的門大開，強風從中灌進。頭髮颳亂蓋住了臉，洋裝因灌了風而膨脹起來，她深吸一口氣，頂著風鑽出逃生門。

站在頂樓，更能感受到今夜滿月大得異常。

空橋都市已陷入沉睡，但空橋的交疊反射與水面倒映的滿月，讓整座都市籠罩在微光之中。與一片漆黑的辦公大樓相比，外頭簡直明亮如白晝，讓鍾灰不自覺瞇細眼睛。

那個女人在水塔上，正拔槍對著銀色的滿月。

不，她的槍口不是對著月亮。女人扣下扳機，一陣火星爆濺，槍聲響起的同時鍾灰聽見淒厲尖叫，但她不知道那是什麼東西發出來的。滿天落下星星一樣的明亮粉末，頭頂傳來一片厚重嗡嗡聲，愈來愈急、愈來愈沉，好像天空中滿滿都是振翅的昆蟲，令人頭皮發麻。可是抬頭時什麼也看不見，只有一片濃重的陰影，將滿月蝕出一道瑕痕。

女人再次舉槍瞄準，陰影在原地分合聚散，似乎知道她手中武器有強大殺傷力，正在等待更好的攻擊時機。

令人屏息的對峙不知持續多久，女人一直保持著同樣姿勢動也不動，忽然尖嘯聲再次響起，鍾灰忍不住摀住耳朵，一道狂風破空而來，女人抬高槍口，毫不猶豫扣下扳機。她的肩膀向後猛地一抽，子彈殺傷力非常強大，射中陰影的瞬間便當場爆炸，炸開的火花雖然不大，仍使敵人發出淒厲哭號。

陰影向後散開，女人沒有緩下，立刻又朝空連發數槍，那團影子像被狂風吹散，趁這個空檔，女人將長槍向後一扔，伸手到腰後摸索。但那片陰影的反應也很快，女人露出這短暫空檔時，即使被剛才的槍擊打亂陣地，牠們仍立刻把握時機向下俯衝。

陰影鋪天蓋地而下，但女人早就知道了，她拉出一條蛇形長導管，導管的槍口對準天空——

巨大的火舌從槍口噴出，伴隨一股硫磺與不知名混合物的焦臭，天上的陰影被燒成灰燼，灰燼落下時閃放強光，尖叫聲此起彼落。

女人站在無數團墜落的火焰中，零落火星甚至噴在身上，鍾灰不知道她是否考慮過脫身，就在這時，女人纖細的身軀忽然被向後急扯，肩上出現兩道細長陰影——鍾灰發出驚呼，終於看見那東西的眞正形象了。

怪物高張的兩片翅膀完全透明，翅膀上流動的膠狀黏液閃現著彩虹色的光，翅膀下的醜陋身軀覆滿糖果色的纖毛，纖毛中露出一排尖牙，長滿倒鉤的前肢緊緊嵌住女人肩膀。

鍾灰從未見過如此醜惡的怪物，像是某種畸形的昆蟲，牠頭頂長了十數顆果凍般的肉瘤，當鍾灰動念的時候，那肉瘤便骨碌碌地向後旋轉，透明膠質的表面一個連著一個映出鍾灰的身影。

「啊、啊……」怪物一定看見她了，鍾灰想逃跑，雙腿卻完全使不上勁。她不知道那怪物到底是什麼，但她知道一件事——

天災就要發生了……**只要看見「那種東西」，很快天災就會發生了**。

女人發出一聲尖叫，怪物的前肢撕裂她的制服，露出肌膚，蟲肢上的倒鉤被她的鮮血沾汙。女人大概就到這裡了，鍾灰心想，自己必須趕快逃走才行。

但女人還沒放棄，她拔下腰間手槍，朝身後怪物猛按下扳機，長滿果凍般複眼的腦袋噴出大量膿汁，怪物發出憤怒叫喊，槍的後座力太大，女人的肩膀以詭異姿態扭曲，但她絲毫不以為意，乘機將左手湊到嘴邊，用嘴咬下皮革手套。

「啊！那是——」

果然沒錯。

在警局時鍾灰也看見了，但驚鴻一瞥，不敢肯定是不是看錯。女人的手上……同樣充滿「那種東西」。被打爛半張臉的怪物朝她張開血盆大口，女人將左手塞進怪物嘴裡。只要闔上嘴巴，怪物就會將她的手咬下來，鍾灰全身戰慄——然而，當她這樣想時，眼前出現不可思議的景象。

怪物開始消失了。

不，應該說怪物的身體正漸漸崩解——糖果色艷麗的纖毛變得黯淡汙穢，像枯葉一樣迅速從怪物身上脫落。那彷彿薄蠟織成的翅膀也開始融解，怪物再也發不出任何聲音，尖牙失去力量，身體剩餘部分像一片片黑色的雪，窸窸窣窣從女人肩頭落下。

最後它的身影化成一點星芒，緩緩墜落。那一刻，鍾灰彷彿聽見它摔成一團爛泥的聲音。

女人倒抽一口長氣，跪倒在地哀號著，雖然不知她用什麼方法消滅怪物，肩上的傷口還是持續冒血。籠罩天空的陰影拉高了，看見同伴被那樣消滅，剩下的怪物似乎感到畏懼，停在原處盤旋，誰也不敢靠近。

女人冷笑一聲，再次挺直負傷的身軀。

但是，沒有用的。

她已經不知殺了多少那種怪物，天空依舊被黑色陰影遮蔽。鍾灰甚至看不出數量到底有沒有變少，或者不知不覺間又有更多怪物群集過來了呢？可是女人毫無畏縮之意，視死如歸的氣勢甚至令鍾灰感到神聖。彷彿預知了自己的死期，女人長嘆一聲，脫下破爛的外衣罩在頭上，同時伸長左臂，指向空中的陰影。

如白骨般的手臂，在鍾灰眼中比月色更明亮。

她想做什麼？為什麼對那些怪物伸出了手？那是最後的掙扎嗎？怪物猶豫許久，但看她動也不動，似乎不再有任何威脅，終於不顧一切朝她俯衝直下。鍾灰閉上雙眼，不願目睹這一刻——

「。」

但在那一瞬間，一切都戛然而止了。

聲音太大了，反而什麼也沒聽見，都市裡所有的聲音都消失了。

那一刻鍾灰覺得腳下輕飄飄的，好像踏穿了雲，她隨時就要隨斷垣殘壁一起墜落，她腦中浮現滿天破碎的玻璃，一切彷彿回到大災變爆發——

但天崩地裂沒有發生，鍾灰猛然睜開雙眼，夜空消失了，大地進入白晝，好亮、眼睛好痛。鍾灰的雙眼痛苦哀嚎著讓她閉上閉上閉上，但她腦中卻只響著中學老師的那句話：光速比音速快了——

快了幾倍？她想不起來，她想不起來了！

她的頭劇痛不已，轟然爆裂聲隨著那道令人敬畏的強光，如一道長矛貫穿了天際。

強光之中，鍾灰看見一道人影輕飄飄落了下來，天上那一片烏雲瞬間掃淨，空中盤旋的黑影紛紛墜落，像是流星的碎片，只閃爍了片刻，便沉入空橋都市的水底，再也看不見了。

鍾灰緩緩睜開眼睛，被強光折磨的刺痛感稍微好轉，但眼角還是不停滲出淚水。淚眼模糊中她隱約看見屋頂上多出一條身影，然後是一個男人的聲音：「妳沒事吧？」

「我的天啊！」女人大聲哀號：「得救了！真的得救了！你再晚來十秒，我就死定了！」

鍾灰沒能仔細聽進兩人說什麼，她看著那個男人，完全無法移開目光，受到有如天啓般的衝擊。就和大災變那天一樣，她站在空橋都市裡，望著滿天炸裂的玻璃，割碎了夜空、割碎了滿月，卻讓她的世界徹底改變——從此以後，她看見了本來不該存在的東西。

每次只要看見「那種東西」，不久後附近就會發生天災。她聽說有劇毒的昆蟲，身上都會帶著豔麗色彩——

自己看見的，一定就是類似這種意義的東西，非常美麗，也非常恐怖。

但她無法別開眼睛，因爲布滿男人全身的「那種東西」實在太驚人，完全超越常理，先前看過的一切都無法比擬，是她這一生見過最夢幻的景色。男人收起長棍，鍾灰看不太出那是什麼——說是警棍太長，說是登山杖又太短。剛剛他就是用這個東西擊敗那些怪物嗎？那陣強光又是怎麼回事？

「爲什麼妳一個人出來對付王？沒有其他人了嗎？」

「都是研究員跟技師，還有一個菜鳥，只能我上了。」

「怎麼可以這樣？死誰都可以，就是不能死妳。」

「你這樣說我是很高興啦……」女人苦笑：「但這樣的話拜託別在其他人面前說喔，你已經夠討人厭了。」

兩人一面交談，一面從水塔上下來。鍾灰這才想到附近沒有遮蔽處，必須趕快躲起來。但現實中她一動不動，像傻瓜般一直盯著男人。男人也穿災區警察制服，但和女人不同——他沒戴手套，沒裝備護目鏡，只有手上一柄伸縮長棍，甚至不像女人一樣配槍。他臉上沒有任何表情，走到鍾灰面前，靜靜對上她的雙眼——

他身上的風景，眞美麗啊。

鍾灰走神的同時，男人已行雲流水地拔下女人身上的槍。槍口正對鍾灰的腦袋，他持槍的姿態十分優美，雙手一點顫抖也沒有。

「妳是什麼人？」

「我……」

然而鍾灰什麼也沒聽進去。這個人身上有行走的流光，輝煌燦爛，就算三秒後就要爆發天災，鍾灰也無所謂了。這是本能，就像烏鴉看見亮晶晶的小東西，忍不住想銜回巢裡一樣。

「不打算回答嗎？」

鍾灰恍恍惚惚，完全沒有注意男人的手指已貼近扳機。反而是被奪槍的女人先反應過來，怒斥道：「你在幹什麼，那是可以指著人腦袋的東西嗎？」

「如果她是人類的話。」

「當然是人！我知道她是誰，這是普通市民而已！」

「如果是一般人，看見了今天的事，也不能放著不管。」

「要管也不是歸我們管。把槍還我，現在！立刻！」

女人怒不可遏，男人掙扎片刻，心不甘情不願將槍還給女人。女人哼一聲，緩緩走到鍾灰面前，上下打量她五秒：「我沒記錯的話，妳是那個畫家的女兒吧？爲什麼妳會出現在這裡？」

鍾灰這才回過神來：「我……對了！我爸，你們把我爸抓到這裡了吧？」

「妳是怎麼找到這裡的？」

「你們這種擄人行爲眞的合法嗎？我們要聯絡律師，就算是災區警察也不可以——」

「好了好了，妳想見妳爸吧？」女人冷冷打斷她：「想的話就閉嘴，乖乖跟我過來。」

三人沿逃生梯下樓。電力應該恢復了，從門縫間隱約透入走廊上的微弱照明。

那俐落的女人走在最前頭，她的制服襯衫撕爛了，隨便綁在腰間，裡面只穿一件坦克背心，腰上綁了一把像獵刀的武器。脫下外衣後就更明顯了，女人瘦到病態的地步，肩胛骨像兩把鐮刀一樣凸出來，靠近肩膀的地方，有兩道醜陋駭人的疤痕。

面無表情的男人則殿後，感受到他熱切盯著自己——雖然鍾灰很清楚他的視線就與他對準自己的槍口沒有差別——她還是有點不好意思。

「啊！」回到辦公室門前時，女人發出哀號。

「怎麼了？」

「我今天忘記帶門禁卡了。」她偏著腦袋貼在玻璃門縫隙上，哀號道：「爲什麼我們這麼窮！連安裝用指紋或什麼都好啦全套新機器的錢都沒有嗎？」

「那妳怎麼進去的？」

「菜鳥來幫我開門，覺得是服務長官吧。」

「再叫一次。」

「可是出來前我叫他們全部進檢查室避難了……」

「所以現在等於裡面沒人對吧？」

「你要這樣說也是可以，你呢？你沒帶嗎？」

「我很少進辦公室。」

「那就是沒帶嘛！」

男人充耳不聞，直接伸出食指往機器輕輕劃過。只聽見啵的一聲，機器冒出一陣小小火花。玻璃門顫抖了一下往兩側退開，接著就再也沒有動作過了。

女人驚呼：「你在幹什麼！」

「這樣就可以進去了。」

「你這不是把門弄壞了嗎？你以為我們很有錢嗎？」

「隨便找個報修理由就好了。」

「你說的這麼輕鬆是因為報告是我在寫啊！」

「進去。」男人輕輕推了一下鍾灰的肩膀。

「你到底有沒有在聽我說話？我今年已經警告過你同樣的事快十遍了吧？我不想再寫報告了！你知道我們隊上弄壞東西的頻率已經是第二名的八倍了嗎？」

「是嗎？我不記得了。」

他們推推攘攘進了辦公室，生死一線的緊張感早已蕩然無存，屋裡除了照明恢復以外，和鍾灰潛入時沒有太大差別。男人逕直走到金屬屋前，看了女人一眼。

「這要怎麼開？」

「呃……我有點久沒遇到這種全員避難的狀況了，我記得應該是——」

話還沒說完，男人又朝門上機器伸出手，牆上擦過一道微弱的亮光，他往門上一推，裡面傳來氣密鎖啵一聲鬆開的聲音。

女人抱頭哀號：「這個的維修比辦公大樓防盜門還麻煩一百倍啊！」

和外頭剩半條命的照明不同，金屬屋內燈火通明，響著儀器穩定運轉的機械音，或許裡面使用獨立供電系統。差點被腳下凌亂的電線絆倒，鍾灰環顧四周，一列列閃著燈的大型機器嗡嗡作響。地上十幾個人抱膝而坐，各個都一臉疲倦。一見門打開，他們全驚訝抬起頭，鍾灰認出其中一個是先前在警局帶走父親的災區警察。

屋裡正中央擺了張鋼製的床，床上架了好幾臺詭異機器，一個男人蒙著眼、四肢被固定在床上，全身接滿電線，奇怪的機器在他頭上轉來轉去，鍾灰一眼就認出那是父親：「爸爸！」

她使勁想拔下父親皮膚上黏的電線，但地上一個老頭子立刻跳起來，像要拚命一樣地拉住她：「不要動！妳拔了電線全部要重來啦！」

「天啊！你們對他做了什麼？」鍾灰大聲尖叫，但父親似乎早就失去意識，她又慌慌張張摸他的脖子，確認是不是還有脈搏。角落某個研究員有氣無力地說：「放心，肝跟腎都還在啦。」

「好了好了，都先出來吧！」那個瘦得像骷髏的女人似乎是這裡的頭領，她拍拍手意示大家不要吵鬧：「我跟大家說明一下現在的情況。好不容易平安無事，放輕鬆一點。」

「這兩個外人——」

「反正她也看到剛才的事了，把話講清楚一點，才好杜絕後患。」

眾人緩緩從屋裡出來，在警局裡帶走父親、長得像國中生的那個災區警察問：「黑子姊，所以剛剛外面確實是……」

「是附近王的宿主。」

「但怎麼會跑來這裡？」

「不知道，大概跟王突然過橋有關。」叫黑子的女人一臉疲憊：「恐怕這幾天空橋都市不會太平。」

那老研究員問：「宿主是什麼東西？」

「可能是蟲子。剛才震得那麼厲害，是因爲牠們蓋滿整棟大樓樓頂，不停拍擊翅膀。倒不是大不了的傢伙，只是數量很多，而且大概餓壞了，攻擊性很強。」

「『沒什麼大不了』是什麼程度的『沒什麼大不了』？」

「被我單手弄死大概要花兩到三秒的時間吧。」

「就這樣？要是被這種東西弄死的話妳也太丟臉了吧？」

「可是數量眞的太多了啊！沒聽說過猛虎難敵群猴嗎？」黑子不滿地說：「幸好楊戩來得及時——說起來你怎麼來得這麼巧？萬一來的不是你，今天搞不好就全滅了。」

楊戩？是那個二郎神「楊戩」？這是他的眞名嗎？聽起來實在太假了。

鍾灰忍不住偷瞄男人一眼，他依舊一臉無風無雨的樣子。

「我收到緊急通知的時候人剛好在附近。我過來很容易。」

「啊！說得也是。眞好，難怪他們不給你配車，你就是一臺活體磁浮列車。」黑子回頭向那資淺警察說：「還沒跟你介紹，這是我們副隊長，也是我們隊上最資深的警官——楊戩。你是第一次見到他吧？」

「我不叫楊戩，我的名字叫——」

「沒關係，大家叫綽號就好了，比較親切。」黑子哈哈大笑：「你應該聽過這位學長的大名吧？不過不必跟他學習，反正他有用的本事我們都學不起來，像藐視長官或破壞公物這些本事也沒有學的必要。楊戩，這是善存，剛通過訓練進來的新兵，我相信他應該也有一些荒謬的綽號……嗯，不過善存本身聽起來就像個綽號了。」

善存唯唯諾諾地向楊戩自我介紹，態度僵硬，不時偷覷楊戩反應，似乎已超過對學長的單純敬畏。

「反正過來的人是你眞的很幸運啊。就像叫了計程車，結果來的是高級跑車一樣。」

「黑子姊，高級跑車就不會出來跑計程車了吧？」

「年輕人對這個世界的理解還是太淺薄了。」

楊戩打斷他們：「要聊天之後再說吧，黑子，妳不能先把情況跟我說明一下嗎？」

黑子沒有直接回答他，而是看向鍾灰：「嗯……沈小姐，我可以這樣稱呼妳吧？」

「我姓鍾。」

「哦、好吧，那麼鍾小姐，妳也看見剛剛的場面了吧？」

「那些怪物……到底是什麼！」

「那還用說？災區警察出手對付的，**當然是天災啊！**」

「天……災？」

其實鍾灰多少猜到答案，但實際聽黑子這麼說，還是覺得難以接受。天災會引起山崩地裂、風雲變色，製造各種匪夷所思的現象，甚至可能是讓應時飛消失的元凶。但**鍾灰從沒看過抱著那樣強烈殺意襲擊人的天災**。

「哎，不是吧？妳不知道什麼是天災嗎？」

「我當然知道！可是爲什麼天災會是……剛剛那些怪物想殺了妳吧？天災會攻擊人嗎？」

天災會攻擊人嗎——簡直就像先前應時飛純潔的疑問：**天災會殺人嗎**？

但對空橋都市的人來說，這兩者存在決定性的差異。

會，天災當然會殺人，天災的恐怖鍾灰比誰都了解。大災變爆發時，她人就在離現場不到幾公里處，親眼見著整個信義區倒下。那種震撼，甚至讓她一瞬間忘了什麼叫恐懼——而等她想起來以後，就一輩子都無法忘懷。現在只要聽到類似爆炸的聲音，鍾灰就會覺得腳下有一種虛浮感，好像自己正在下陷。

不過，通常鍾灰很快就能恢復清醒。她還能控制自己的恐懼，或許因爲當時她仍離災難中心有一段距離，但有些人就不是這樣。

鍾灰之前工作的百貨公司裡，有一位叫「萬年三樓」的樓管。不論樓層怎麼異動，她永遠都不會被調到三樓以上。據說她以前在信義區百貨公司上班，大災變時，她人在某座空橋上。空橋硬生生斷成兩截，她從四十幾樓高的空橋掉下去，可是每一次她覺得自己要著地時，下面一層的空橋又斷了，於是她就這樣一直往下掉、一直往下掉……最後她奇蹟似地掛在斷橋邊緣，保住一命。但那無盡墜落的恐怖，永遠也無法消失。她至今都不敢去太高的地方，三樓就是她的極限，每次樓管要異動管理樓層時，主管都會盡可能對她放水。

天災當然很恐怖，但面對它更像面對山川大海、幽冥鬼神，它一直都在那裡，一動不動，是人類踏進它的禁區，不是它追著人類跑。空橋都市布滿天災，那是生活的一部分，每個人都平均承擔著風險，所以可以忍耐。

但是，如果天災是剛才那種一路追殺人的怪物——鍾灰想起陸地都市拿著菜刀衝進超市殺人的高中男生——事情就完全不一樣了。如果天災會對人懷抱殺意，他們還可以逃到哪裡？

黑子盯著她，恍然大悟道：「原來如此，妳沒看過寄生在動物身上的情形啊！說得也是，那表示我們工作勤奮。畢竟除了人類以外，空橋都市裡的活物，我們都是盡量排除的。」

「寄生？這是什麼意思？」

「問太多對妳自己也沒有好處。」黑子朝她微微一笑，但眼中已沒了笑意，鍾灰知道接下來的話是威脅：「妳今天看到的一切，還有關於我們的事，都不可以隨便說出去，希望妳把這點記在心上。如果妳保持安靜，我保證接下來什麼事都沒有。妳父親的情況我們還要花一些時間釐清，不過絕對不會傷害他，最好的情況下，畫室的事也不會牽連到他，所以請妳們父女務必配合。」

「可是——」鍾灰還要追問，但楊戩已不耐煩地打斷兩人：「這兩個人到底是從哪裡來的？」

葉善存立刻向他報告：「是哈梅林的吹笛手相關涉案人。」

楊戩皺起眉，一臉疑惑：「哈梅林的吹笛手？那是什麼？」

黑子無奈道：「就是你吵了一個月的那件事，大稻埕的連續失蹤案。」楊戩旋即面色大變，黑子忙正色道：「我先警告你，還沒辦法肯定真有什麼哈梅林的吹笛手存在，目擊消失的只有那兩個人。」她用目光示意鍾灰父女：「但我還沒有要全盤相信他們的意思。」

楊戩不滿地說：「我早說了，那個能消滅一切的王確實存在。」

「我們也沒不信你啊，你報告以後，不就馬上開了隊長會議討論這件事嗎？」

「沒有馬上。那是在大稻埕開始大量出現失蹤案以後的事，而且最後還是不了了之。」

黑子深吸一口氣，忍住和他吵架的衝動：「講過一百次了，證詞難核實、沒有留下明確證據，大稻埕一帶已經加強監測器安裝了，但都沒有結果。老實說，很難判別是不是眞的和王有關。尤其空橋都市西邊是蛹的地盤，很難理解爲什麼大稻埕會出現新的王……所以暫時交給憲兵隊調查，可別說我們放任失蹤案不管啊！」

「那現在爲什麼又歸我們了？」

「因爲它過橋了。」

楊戩愣了幾秒才反應過來，凜聲道：「今天下午的警報就是這件事引起的嗎？不是幽靈蛹？」

「不知道，陸地都市那裡沒發生結蛹。而信義警報響得最激烈的那一帶，有人在一瞬間憑空消失了。要當巧合的話有點勉強。反正也出現了現行犯，先把人搶下來沒有損失。」

「我爸才不是什麼現行犯！」

楊戩瞄了她一眼，轉而望向沈憐蛾。他打量人的目光好像一把刀，兩三秒將一個人多餘的部分全部切除，只留下讓他能簡單分類的輪廓。

「但爲什麼交給我們隊上？爲了幽靈蛹，我們已經耗盡人手了。」

「還不能說是交給我們——正確來說，**是交給我**。」黑子說：「可能的宿主是人類，才優先派我過來。」

「結果呢？他有測出任何被寄生的反應嗎？」

黑子一臉怨恨地說：「生物測試都做過了，目前沒有反應，等物理測試。」

鍾灰不太能跟上他們的對話，剛才一路聽下來，她只能大略明白他們一直在追著一個叫「王」的東西，那是什麼？和天災又有什麼關係？不過，至少這句話她聽出了一些端倪——

「沒有反應，那是不是表示我爸是無辜的？能放我們走了嗎？」

黑子一臉欲言又止，圭叔說：「沒有這麼簡單啊！要是這麼容易找出來，災區警察也不會年年缺人了。何況，我們現在連它傳播的機制都不知道。我說句嚇人的話啊，雖然大家都做了隔離措施，難保我們之中沒有誰已經被KING寄生了。」

這時，病床上的機器忽然發出一陣嗶嗶聲，鍾灰跳了起來：「爸爸！」

圭叔過去按掉開關：「第一階段檢查結束了，可以先看一下能量頻譜的反應。」

黑子苦惱地說：「總之先幫他鬆綁吧！被綁了幾個小時也不是開玩笑的。讓他先休息一下，我再想想下一步該怎麼做。」

楊戩則問：「有沒有當時現場狀況的報告？」

黑子努努下巴要葉善存拿中山分局的筆錄過去，楊戩飛快讀了大致經過，表情變得愈來愈奇怪，最後，他終於抬頭環顧眾人，問：「我看不懂，這是我的問題嗎？」黑子放聲大笑。

「我是認眞的，我看不懂。一開始說被綁架、後面又說墜樓，到底是怎麼回事？而且那裡明明是陸地都市，筆錄裡也從頭到尾都沒有第三者出現，他們爲什麼會立刻覺得是一個『吹笛手』把人帶走了？連吸毒過量的人講話都比這有邏輯，知道報案人是誰嗎？我們有必要跟對方直接談談。」

「你說的那些毒蟲證詞都是我做的。」鍾灰沒好氣地說：「看見那女孩墜樓的就是我。」

雖然這樣說，鍾灰也無法肯定自己到底看到了什麼。那時她看見應時飛從窗口倒下，身影愈來愈淡，終於徹底消失。但此刻鍾灰不敢太信任自己的記憶了——那種情況下，怎麼想都應該是掉下去了，事實上她也聽見重物墜落的聲音。

應時飛「墜落」時父親人就在窗邊——離得那麼近，鍾灰幾乎要怕他跟著一起摔下去，接著父親跪倒在地、發出哀號，鍾灰這才如夢初醒，連忙趕到窗邊。正午強光幾乎吞噬整條街，她必須很費力才能直視反光的地面。即使如此，地上並沒有應時飛的身影——不，甚至連一點血跡也看不見。

小巷的寬度不到五公尺，兩側都是低矮平房，沒有騎樓，景色一目了然，根本想不出應時飛能用什麼方式脫身。就算眞辦得到，應時飛又有什麼理由這樣做？

應時飛墜落後，鍾灰抓著父親大力搖晃：「到底發生什麼事了？」

「什麼……什麼事？」父親全身都在顫抖，她從未見過父親如此無助的樣子。「應時飛到底……」但她甚至不知道該怎麼說——是你將應時飛推下去的嗎？爲什麼地上沒有應時飛的屍體？應時飛……眞的掉下去了嗎？

光想這些都讓鍾灰懷疑自己腦子不正常，更不要說質問父親了。而父親只是抱著腦袋，發出微弱嗚咽。望著縮成一團的父親，鍾灰漸漸清醒。不能連她一起陷入混亂，必須盡快取回秩序，其他事再來一件一件處理。

她將落地窗全部關好上鎖，窗簾也拉上，以免父親在神智不清的狀況下做出危險的事，接著她奪門而出，檢查家門前的巷子。必須鼓足勇氣，鍾灰才能放開視線、仔細檢查周遭每一寸土地——

什麼也沒有。

並不是從四樓看不清楚，而是地上眞的一無所有。鍾灰蹲下身，使勁皺著鼻子嗅聞，甚至在地上摸索，唯恐血跡藏匿在地面某些髒汙之間而她漏看了。但地面就是條再普通不過、褪了色的柏油路，她伸手捻起細小的砂石碎塊，湊到鼻尖，只有淡淡的瀝青與塵土味，還有一點陽光曝曬後的溫度。

一定有更合理的解釋——比如說，其實應時飛平安落地，自己轉身逃走了？但再怎麼說畫室也有四樓，眞的可能完全沒事嗎？而且，就算眞的這麼幸運，地上難道不會留下一些擦撞痕跡嗎？

鍾灰回到畫室，狼狽的父親冷靜下來。不，那該說是冷靜嗎？父親兩眼茫然坐在凳子上，口中喃喃自語。

「爸，到底發生什麼事？你和應時飛——」

「時飛……什麼時飛？」

「剛剛應時飛從窗、窗——」她幾乎要喘不過氣：「從窗口掉下去了啊！」

「我聽不懂妳在說什麼，她怎麼會在這裡。今天是開學典禮，她要去學校啊！」鍾灰張口結舌，有一瞬間自己差點要被他說服，會不會眞的是她產生幻覺？但她迅速清醒過來，應時飛傳來的訊息還在手機螢幕上。而父親正一臉絕望地看著她、像在徵求她的意見：「對吧？小灰，妳說對吧？今天是開學，時飛不會來畫室。」

「可是我聽見你們吵架的聲音……」

「我爲什麼要和她吵架？」父親的語氣變得恍恍惚惚：「對了，剛才看到的應該是幻覺吧……沒錯！這樣就解釋得通了，一定是我最近太累了。」

「等一等！你要去哪裡！」

父親搖搖晃晃起身，鍾灰想抓住他，但他逃命似加快腳步，隨後將自己反鎖在二樓房裡。鍾灰拚命敲門，可是完全沒有反應，她感到雪上加霜。

不論如何，都要盡快釐清狀況再說。她拿出手機，試著打電話給應時飛。要確定她現在到底處於什麼狀況，嘗試找到她本人最快。說不定剛才一切眞的都是幻覺，一會兒應時飛就會接起手機，壓低聲音說對不起、現在在學校、不方便講電話——

一片死寂之中，她聽見一種昆蟲振翅般的細微震動聲。

鍾灰左右張望，聲音從樓下傳來，她下到一樓找到震動來源。應時飛的書包放在沙發一角，背帶打成一個漂亮的蝴蝶結，那是高中女生特有調整背帶長度的方式，工整得近乎潔癖，不會錯的，一定是她的書包。

鍾灰打開書包，一陣摸索，很快便找到了應時飛的手機。她沒有設置來電音樂，只有一陣陣冰冷的震動。

她又想起門口的皮鞋，那時畫室傳來的爭執聲是應時飛的聲音嗎？她不敢肯定，但是，不論剛才畫室裡發生了什麼事，應時飛肯定都來過。

鍾灰抬眼望向二樓，父親的狀況明顯已經不正常了，他是受到太大打擊，開始胡言亂語嗎？或者他是在說謊，試圖掩蓋自己的罪行？又或是他跟應時飛約好，一起演出這場荒唐鬧劇來嚇嚇她？鍾灰頭痛得不得了，唯一知道剛才究竟發生什麼事的人，只有父親，但他現在連句話也不能好好說。

到底該怎麼辦才好？

如果應時飛眞的平安無事，她會在哪裡？很可能會回家，但鍾灰沒有聯絡她家裡的方法。而且，人從四樓摔下來，卻不等畫室的人來救她，反而獨自逃走，怎麼想都只有一種可能：**在畫室的人就是加害她的凶手**。如果她順利回家，家人一定會馬上報警。

但是，如果她沒有回家呢？

那一刻，鍾灰腦中出現一個殘酷的念頭：**趕快把書包和鞋子扔掉**。

今天應時飛應該去學校參加開學典禮，地上沒有屍體，誰也不知道應時飛去了哪裡，巷子裡沒有監視器，只要把這些東西銷毀，沒人能說應時飛的消失和他們有關。

什麼都不要說、什麼都不要想，最後事情就會自然而然地消失。

鍾灰望向沙發上的書包，爲自己的想法戰慄，應時飛也許正在某個地方哀求幫助。可是，就算自己報警又怎麼樣？剛才那些荒謬的事能對警察說嗎？有人會相信嗎？她自己都不相信，好像什麼都是假的，只有應時飛的物品是眞的，不知不覺，她起身向沙發走去，搖搖晃晃，朝書包伸出了手——

喀。

樓上傳來的怪聲叫鍾灰幾乎放聲尖叫。

但那不是什麼怪聲，那是父親開門的聲音。剛才還像瘋了一樣的父親，竟然從反鎖的房中出來了，他換上一身筆挺清潔的衣服，所有憂慮和恐懼彷彿一掃而空，神情輕鬆。這反而叫鍾灰更害怕，父親面上掛著釋然的微笑，說：「不用擔心，我已經報案了。」

「報案？」鍾灰大叫：「報什麼案？」

「當然是關於時飛的事。我剛才終於想通了，那一定就是哈梅林的吹笛手吧！」

「什、麼？」

父親一臉正色，他是認眞的，正是這一點令鍾灰感到前所未有的恐怖。

「妳也看到了吧？她就那樣從窗前消失了——並不是掉下去，而是消失了！」

父親果然看到了，不是自己一人的幻覺，鍾灰已經不知道她到底希望眞相是什麼了，胃裡像投了一顆鉛錘那樣不停往下沉。父親繼續說：「人不可能就那樣憑空消失，一定有什麼原因才對。我剛才終於想明白了！沒錯、就是那個叫吹笛手的魔術師，不是時飛憑空消失，而是她被眞正的哈梅林的吹笛手帶走了。」

「你到底在說什麼……」

「時飛跟我說她要戳破吹笛手的眞面目，說她要揭穿讓人憑空消失的魔術戲法……她講的每一句話我都聽不懂，什麼哈梅林的吹笛手，人怎麼可能憑空消失？那不是空橋都市替綁架案編的鬼故事嗎？但……我沒想到那是眞的！小灰，眞正的吹笛手一定一直都在旁邊窺伺，然後從空中把她帶走了。也許他乘著一張隱形的飛毯，把差點掉下去的時飛接走，送到安全的地方了。」

「爸爸……」

「如果眞的只是那樣就好，但我聽說哈梅林的吹笛手已經帶走了好多人，而且他們都沒有再回來了啊！我們要趕快報案才行，我們這裡的警察比空橋都市認眞多了，如果他們能跟災區警察聯手……」

鍾灰沒有繼續將父親的囈語聽下去，她心想，父親瘋了。

之後是一連串的混亂。警方接獲報案後很快抵達現場，應時飛的隨身物品確實都在沈家，但鍾灰父女的證詞令他們很頭大。警方通知應時飛的家人，也聯絡知恩女中，希望確認下落。若是其他情況，或許還能當作瘋子或酒鬼亂報案，但目前確實找不到應時飛的蹤跡。尤其應時飛幾乎所有隨身物品，甚至鞋子、外套都留在畫室，很難想像會跑到哪裡。

一般這種情況下，最可疑的就是鍾灰父女，偏偏又是他們主動報案。於是警方只能建議兩人先通報失蹤，好好休息再重做筆錄，甚至暗示謊報觸法。

可是不論重做幾遍筆錄結果都一樣，鍾灰把她能說的都說盡了，頭好痛、好想回去休息，但情況變得愈來愈複雜，員警的臉色愈來愈難看，他們似乎一直收到新指示，既不肯向鍾灰說明現在的狀況，也不讓他們離開，一直拖到凌晨，這齣鬧劇終於上演至巔峰一幕——

災區警察跨過空橋，踏進陸地警察的地盤了。

「天啊！妳們父女眞是瘋了，遇到這種事，竟然自己跑去報案？」

聽鍾灰說完前因後果，黑子爆出一連串不人道的笑聲。

鍾灰不悅地說：「妳好歹也是人民稅金養的警察吧？怎麼還能笑成這樣？」

「我擺出一張哭喪的臉有什麼用？如果這跟天災無關，我一點忙也幫不上，等陸地警察行動就是了。如果有關——那我老實說，那女孩子已經沒救了，我的同情心還要留給活人呢！」

鍾灰沉默半晌，問：「所以……這個狀況到底是不是天災？」

「我不知道。」黑子老實說：「如果你們父女的證詞百分之百眞實，聽起來確實很像典型的天災。」

「我們眞的沒有說謊！」

黑子不置可否地笑了一笑：「嗯，當然，你們都這樣說。反正現在我們也只能從妳爸身上查下去了。」

鍾灰懷疑地說：「可是天災不是不會過橋嗎？」

黑子聳聳肩：「通常來說是這樣。」

她那模稜兩可的回答令鍾灰很不滿：「但你們一定是有什麼根據才過來的吧？我才不相信我爸幾句胡言亂語就會讓你們出動。」

黑子沒有反駁，只以敷衍的笑容看著她。鍾灰愈來愈不安，好像以前對天災的知識都不再管用：「是政府說陸地都市絕對不會發生天災的啊！如果陸地都市也會出現天災的話，那還專程把我們劃一區出來幹麼？」

「是啊，這也是要請妳出去以後保持沉默的一件事囉。」

「妳在威脅我嗎？怎麼樣，災區警察要把我滅口嗎？」

「建商會排在前面，應該是輪不到我們動手才對。」黑子咯咯笑了起來，那種輕浮的態度讓人摸不清她有幾分是認眞的：「凡事一定有他的極限在，所以才需要我們災區警察的存在啊，我們現在就在調查事情跟天災有沒有關係了嘛。」

「什麼調查？你們不就是把我爸綁起來，用一堆奇怪的機器拷問——」鍾灰恍然大悟：「等等，你們調查事件和天災有沒有關係的方法，就是檢查我爸？」

「畫室也派人去清查了，不過測量結果還要再等一段時間。」

「我問的不是這個，我是說你們到底想從他身上檢查出什麼？」

「當然是檢查他身上的天災濃度了。」

「濃度？」天災是用濃度算的？鍾灰一陣頭昏腦脹，不對，她的話裡還有更難理解的地方：「天災可以用那些機器檢查出來嗎？」

「當然，不然天災預報怎麼發布的？難道妳以爲災區警察用眼睛看就能知道哪裡有天災嗎？」

鍾灰一片混亂，他們在說的天災是同一種東西嗎？爲什麼這跟鍾灰理解的天災完全不同？而且……鍾灰的記憶緩緩復甦，不對，剛剛他們不是這樣說的，他們一直重複說的是……

「妳們說的那個『王』又是什麼？」

黑子沉默下來，收起輕浮的笑容，有點挑釁似看著她：「什麼王？」

「妳們說我爸身上沒有測出王的反應。還說了寄生、人類宿主什麼的。那什麼意思，跟天災有什麼關係？」

「哎呀！結果都聽進去了嘛，眞傷腦筋。」但她看起來並不像眞的傷腦筋：「所以呢？妳覺得是什麼？」

鍾灰沒想到她會那麼乾脆地把問題推回來，一時啞口無言，黑子又追問：「說說看嘛！反正妳已經看到太多了，我也沒覺得能就這樣蒙混過關。」

「王……就是天災的意思嗎？」

「很接近了，還差一點。」

「被那個王寄生的話，就會產生天災？可是我不懂？王到底是什麼……是一種寄生蟲嗎？」

「這比喻還不錯。王確實有點像超大型寄生蟲，但本質是能量。其實妳一定聽過這個名字——所謂的王，大致就是指分布在空橋都市裡的克氏能量。學術上我們叫克氏能量K. I. N. G.，所以有些人叫它『王』。」

「克氏能量？」

「哎呀！我以為你們國中課本都會有寫？現在年輕人已經不學了嗎？」

「我當然知道那是什麼！但是……那不是一種很大的能量團塊嗎？會改變萬物原子組成，也可能會引起各種災難……」

「差不多吧！我是老師的話會給妳打七十五分。」

「可是妳說會寄生……會寄生在人類身上的能量？」

「不只是人——不管生物或非生物，王可以寄生在任何妳想像得到的東西上。情況好一點的話，只會引起一些怪事。糟一點就變成我們今天碰到的那種怪物。動物成為宿主很容易會變成那樣，我們盡可能避免空橋都市有太多活物，就是這個理由。」

鍾灰心想，可是空橋都市有一百六十萬人口啊！難道那樣就無所謂嗎？

「當然，最糟的結果，是王全面失控。如果一直找不到理想的宿主，克氏能量可能會轉成不同形式崩潰。大災變就是那種狀況——大災變釋放的能量，相當於六千顆原子彈。」

那之後整個信義特區就像神話中沉進海底的王國一樣，高樓大廈一瞬崩塌入海，鍾灰是親眼看著這一幕的，但換成數字時，還是難以想像的觸目驚心。

「妳們覺得我爸被那個、王……寄生了嗎？」

黑子卻搖搖頭：「老實說，王以人類為宿主的情況很罕見，我們還是會優先清查畫室周邊。只不過按當時現場狀況的描述，確實不能排除妳父親是宿主的可能，為求安全起見，我們還是會檢查一下。」

「是宿主的話會怎麼樣？他會變成像那些蟲子？還是……」

大災變的恐怖回憶又湧上心頭，但鍾灰同時想到：如果父親確實是他們說的宿主，那麼應時飛的事……就不能算在他頭上吧？應時飛只是很倒楣，碰上了過路天災，就像鍾灰的消波塊被炸毀了。

「也不是什麼都會變成那樣的，王對不同宿主會產生不同的反應。」

「如果他真的是宿主，你們會怎麼做？」

「我們是災區警察啊！還能怎麼辦呢，當然是要把天災消滅掉了。」

「天災可以消滅嗎？」她想起在大樓屋頂上那場惡戰，詫道：「就像妳剛才那樣用槍把天災殺死？」

「我說得可能不太精確，天災是一種現象，現象是無法消滅的。正確來說，我們消滅的是引起天災的那股能量——也就是ＫＩＮＧ。」

「王也可以殺死嗎？」

「可以，只要有宿主的話。」黑子說：「王是能量，本來也是無形的東西，被宿主困住的話，我們就有可以施力的目標了。」

「這是什麼意思？」

「比如說，妳的思想也是一種無形的東西吧？」鍾灰懵懂地點了點頭，黑子又說：「可是，妳的思想必須依賴妳才能存在。我消滅不了無形的思想，但我可以消滅有形的妳。」

鍾灰好像明白她的意思了，她直冒冷汗：「妳們要對我爸——」

黑子盯著她緊張的樣子，忍不住哈哈大笑：「不用怕，就算他是宿主，理論上也不會殺他的。」

「理論上……」

「確實，就我們的立場來說，王寄生在生物上，要比寄生在無生物上要容易處理多了。**因為只要殺掉宿主，寄生在上面的王就會完全消滅**。無生物可就沒什麼『殺掉』這麼簡單的概念了。但我們的工作本來就是保護人民不受天災侵襲，可以的話絕對不想傷害你們的。只不過，有時總會有無法控制的意外發生嘛！比如那個鐵軌上有小孩的難題一樣，對吧！」

「妳在玩文字遊戲嗎？」

「我只是不喜歡給人不能百分百兌現的承諾。就算是我自己的同事，也還有沒保住過的呢。」

鍾灰盯著她的眼睛，想看她是不是在說謊，但她輕鬆地說：「妳放心吧！要消滅妳的思想，我可以洗腦妳、欺騙妳、改變妳，也不一定就要殺了妳，對吧？我們還有很多殺掉宿主以外的方法，可以有效消滅王。」

「妳一定要用這麼恐怖的比喻嗎？」

「恐怖的回憶才留得久嘛！怎麼樣，還要繼續拷問我嗎？」

考慮片刻，鍾灰謹愼地說：「那我再問最後一個問題，可以嗎？」

「是是，已經不差這一個了，請吧。」

「妳和那個楊戩，也是天災嗎？」

黑子原本游刃有餘的笑容，瞬間就垮了下來。

但她沒有失態太久，很快便恢復鎭定——鍾灰這樣猜並不奇怪，她恐怕是看到楊戩消滅那些怪物的瞬間了。楊戩對付敵人的手段，向來沒有任何寬容與妥協的空間，他會直接將對方化爲灰燼……不，或許連灰燼也不復存在，那是從原子層級開始的破壞。

頭一次見到楊戩「清場」的人，很難不覺得他就是化作人形的「天災」。對上王時他們如此弱小，但楊戩不同，他是唯一一個能徒手將王撕裂的存在。

「我們可是活生生的人唷，叫我們天災也太傷人了吧！」

「妳又想躲開話題了，妳知道我問的是什麼意思。」

「妳的判斷是對的，我們確實都是王的宿主。不過，我們不會叫自己天災，我們是『士兵』。」

「士兵？」

「是呀，我們的力量來源就是王，當然是士兵了。」她略一停頓，又說：「只不過，我們是以一群消滅王爲己任、臨陣叛變的逃兵。」

「這裡所有人都是士兵嗎？」

「哎呀，剛才不是說最後一個問題的嗎，妳想把我們整個組織的底都摸清是吧？沒有這麼便宜的事呦！不如妳先回答我幾個問題吧——妳是怎麼找到這裡的？」

鍾灰這才想起許世常，不知道他是否平安無事。

「妳們一離開我就叫計程車追上去了。」

「不可能，我在那裡攔妳的時間，夠他們跑很遠了。妳不想說也沒關係，我會查出來的。第二個問題，在屋頂上妳看到多少？」

「我看到妳拿長槍和噴火瓦斯罐攻擊那些怪物，然後那個男的從隔壁大樓的屋頂上跳下來。」

「噴火瓦斯罐。」黑子噗哧笑了一聲：「那妳幾乎看了全程嘛！爲什麼不跑？」

就在這時，楊戩忽然開門進來，鍾灰的眼神忍不住跟著他打轉——他全身都像在閃閃發光。

「抱歉打擾妳，畫室的監測器已經安裝好了。」

「畫室那裡怎麼樣？」

「暫時沒有異狀，監測器第一次出報告大概要再過八小時。」

黑子看他一副苦海深仇的沉重表情，忍不住笑道：「怎樣，你還要說什麼？」

楊戩立刻像鬆了一口氣地說：「我們現有的技術，每次一遇到非典型的王就顯得很稚拙，完全無法應對。ＨＣＲＩ的研究一直沒有新突破，或許跟國際情勢阻撓，使我們無法跟先進大國交流技術有關，但最近幾年是否有太過怠惰的跡象？」

黑子翻了個白眼：「拜託你這些話見到他們時千萬忍下來。」又說：「你這樣講不公平，畢竟離什麼都能有新發現的蜜月期已經很久了，研究早就到達瓶頸，要產生突破的門檻變得很高。不過你跟我說這些也沒用，我不但早就離開ＨＣＲＩ，就算還在那裡，也不是什麼能說得上話的位置。」

「我知道，我只是想抱怨。」

黑子被他的誠實逗樂了，哈哈一笑，揮揮手示意他離開。從頭到尾，鍾灰的目光始終無法從他身上離開。直到他已經離開很久，鍾灰仍舊沉迷似盯著門口。「幹麼，愛上他啦？」

黑子突然在耳邊放大的音量叫鍾灰嚇得大叫出聲。

「啊！臉紅了。」黑子故作羨慕地說：「年輕人真好啊！不過沒想到我們家楊戩還能放這種類型的電，真是叫我太震驚了，妳到底看上他哪一點？」

鍾灰大聲抗議：「我沒有！」

「我們一般都會盡量避免跟普通市民產生私人關係，但妳要問他的八卦我會回答唷。」

「我才不想知道。」

想了一下，她又說：「他本名真的叫楊戩嗎？」

「當然不是。」

「那他叫什麼？」

「現在這個對妳來講已經變成有價值的情報了，我不會這麼輕易給出去的。等我想到什麼需要拷問妳的重大問題再說吧！」

「我對他沒有什麼私人興趣——」

「好，知道了。」

「好吧，也不能說沒有……不過不是妳想的那樣。」

黑子笑得兩眼彎彎：「我想的哪樣？」

「他很……奇怪，對我來說很奇怪。他全身都……」鍾灰考慮了很久選詞，才猶豫地說：「跟大部分東西都不一樣，看起來閃閃發亮。」

「哇，現在年輕人示愛的方式都這麼大膽嗎？」

「我就說了不是了！其實那也不是發亮，但我不知道要怎麼跟別人說明妳們身上出現的那種東西，只好先用閃閃發亮比喻。反正，妳也會發亮，剛才天上那些蟲子也會發亮。」

黑子聞言，面上的笑意凍住了：「這是什麼意思？」

「就是字面上的意思啊！妳們看起來都很奇怪，我唯一想得到的共通點，就是妳們都是天災——不，你們兩個的話，要算士兵吧？但是，士兵之間也有什麼差別嗎？」

「差別？我和楊戩有什麼差別？」

「雖然都會閃閃發光，但他跟你們又不一樣，他很誇張，全身都是那樣，其實盯他太久的話，我會有點不太舒服。剛才那些蟲子的話，只有翅膀跟肚子上的細毛會發光。妳的話——」像要碰觸什麼易碎物一樣，鍾灰伸出一根手指，指向黑子還戴著手套的左手，說：「妳只有左手是那樣的……」

聞言，只聽砰一聲——

黑子像被燙到一樣，猛一下抽回左手，從椅子上跳了起來。然後她立刻朝門外大叫：「圭叔！圭叔！馬上替我準備另外一組檢測機器。」

鍾灰從來沒對身邊的人提過，大災變那一夜以後，她得到了一種「超能力」——當然，她很快就知道那不是超能力，那只是一種病。

鍾灰經常能看見「那種東西」——她無法說明那是什麼，那像一張薄膜貼紙，貼紙上描繪著不可思議的景象，貼在她平常看見的世界中。貼紙上的景象完全超出她大腦能理解的範圍，在她可用的語言中，找不到與之匹配的詞彙，因此她很難向其他人描述自己看見了什麼。

醫生說，那應該是幻視的一種。

我的眼睛出現什麼問題了嗎？她問。醫生用憐憫的眼神看著她，說，不是這樣的，妳的眼睛沒有發生任何變化——出現變化的是大腦，是妳腦內神經傳導物質出現變化，妳知道嗎？有些盲人也會作有視覺的夢，如果對大腦某些部位施以輕微電擊，就能製造類似效果。

醫生說，她的例子確實有比較奇怪的地方，但不能說完全沒有發生的可能。大災變後，許多人都產生急性壓力反應，失去親人、住所、工作，使很多人陷入強烈的憂鬱之中。其中一些反應激烈的，甚至會聽見死去親人的聲音、看見他們的面龐——就像妳這樣。醫生說。妳有沒有發生其他的狀況，比如聽見不存在的聲音或味道？

鍾灰說，都沒有啊。她又問，醫生，那我要怎麼辦才好？醫生說，我幫妳開一些藥物，妳再觀察看看情況吧？於是鍾灰吃了兩個半月的藥，但事情沒有改變。每次去見醫生，他只是漠然地調整幾種新用藥，對她說：

「這是很常有的事，每個人對藥物的反應都不太一樣。」

看著醫生輕鬆的態度，鍾灰忽然想，連醫生都不太緊張，爲什麼自己要緊張呢？只是眼前的景色像被貼上一層詭異的貼紙，其實也沒有發生壞事不是嗎？後來她不再複診了，她對自己說，醫生開的新藥健保沒有給付，負擔不起。她從沒有跟父親提過這件事，不想回頭跟他要這筆錢。但同時，心底一直有另一個聲音響著：

為什麼要去看診呢？

看醫生的目的是要將病治好對吧？可是不把這個病治好，又有什麼不對嗎？

既不傷害別人，也不傷害自己。事實上，那些東西的出現，帶給她一成不變的生活很多樂趣。她沒有告訴醫生，雖然無法找到適當言語描述，其實她很喜歡自己看見的東西，有些甚至會讓她心跳加速、難以呼吸。

她找了很多相關的書來看，迫切想知道世上是否有人與她一樣。這才發現原來她不必感到羞恥，不必向醫生隱藏自己喜歡那種東西。很多產生幻視的人其實都跟她一樣，非常享受自己看到的景色，因爲那些景色有時比夢境更加瑰奇，是現實中見不到的樂土。

不過，她的情形跟他們一定又不太一樣吧！

其他人看見的，只是「不在合理範圍內的東西」。但鍾灰看見的，卻是「不在理解範圍內的東西」。幻視發作比較激烈的時候，她甚至會暈眩頭痛，因爲大腦被迫去理解在它能力範圍之外的東西。

就像把鯨魚畫在一張無限延長的紙上，即使海是無窮無盡的、鯨魚是自由自在的，牠也永遠不會知道，大海上方還有一道邊界。

對鍾灰來說，見到「那種東西」的感覺，就好像躍出了紙面的鯨魚。

探出紙面並未帶來任何不便，反而像把她失去已久的東西又還給她了，那種失而復得……她不知道這樣說是否妥當，其實她從未眞正感受失去什麼過，反而是得到的時候，才漸漸明白那裡曾有一個空虛的洞。

在紙上游泳的鯨魚，終於知道了紙外還有空氣。

醫生說她生病了，這句話理論上沒有錯。但是，生病這件事本身是錯的嗎？她的幻視既不痛苦，也沒有致死的可能性，爲什麼醫生要用那種可憐的神情看她？爲什麼想要「治好」她？

那一天開始她忽然明白，大家將是非跟善惡混淆在一起了。人類將「病」和痛與死做了連結——因爲痛與死是惡的，於是病是惡的。這是沒有出口的循環，先將惡視爲病，再將病視爲惡。

與其說她病了，不如說她跟大多數人不太一樣而已。但人類是群居動物，少數就是一種惡。

惡又成爲了病，於是少數變成了病。

雖然醫生認爲她是因大災變的精神創傷引起大腦暫時功能失調，但鍾灰的幻視症在那之後就一直沒好過。幻視並非隨時隨地都會發生，只會發生在固定的事物上——而且就她記憶所及，只發生在空橋都市裡。

有一次，幻視就發生在她打工的大樓裡。

那時同一層樓的鄰居是一所「末日教會」，鍾灰不太確定那個宗教團體眞正的名字，但那些團體大同小異，將天災歌頌爲他們經典裡宣揚的末日。因爲宗教和派系種類太多，鍾灰沒眞正記起過誰，一律統稱爲末日教會。

末日教會只要見到外人，就會非常積極宣教。每次遇到對面辦公室裡出來的人，鍾灰都盡量閃躲。但畢竟共用同一層大樓，低頭不見抬頭見。她們那一層樓的布告欄、甚至整個大樓的電梯裡都經常貼滿對方的傳單。

有一天，幻視就這麼出現了——在末日教會的傳單上，開始貼上了薄薄一層「那種東西」。

雖然自己只能用這麼彆扭的方式稱呼，那其實是很美的景色，跨過異界來見她，不辭千里、不分晝夜。

看見那個的時候，鍾灰會輕微暈眩和呼吸困難，不過不要一次看見太多就沒有問題。以前看到傳單就避之唯恐不及的鍾灰，那段時間竟總忍不住在傳單前駐足，著迷看遍每一個角落。就連上面的文字也不放過，像把盤底舔乾淨那樣，依依不捨地反覆流連。時至今日，她都還記得一些教義和口號。

她還試過偷偷撕下一張傳單帶走，但被對方的人發現了——也因爲這樣，將近半年她被對方的人纏上，他們似乎誤以爲自己對教義很感興趣。不是這樣的，鍾灰試圖解釋，她拚命說「因爲你們的傳單做得很好看」，但對方完全沒有聽進去，他們深深相信鍾灰一定被教義吸引。好像喜歡一件東西的外表，就必須一起喜歡它的內涵。

讓鍾灰更嘔的是，傳單帶回去以後，貼在上面的「那種東西」就消失了！爲免繼續被騷擾，鍾灰強迫自己不再關心那些傳單，早到遲退，出辦公室必與人同行。

但有一天下班時，鍾灰發現電梯上出現了新的傳單。看一眼應該還好吧？不要被對方發現就好了。她確認電梯裡沒有其他人後，忍不住探頭去看，這次的傳單上描繪了一個白衣男人的聖像。

「啊……」

聖像正在流淚。

那緊閉雙目、面現垂憐之色的聖像哭得那樣傷心，讓鍾灰跟著爲他心痛起來。那是頭一次鍾灰產生理解他們教義的衝動——所謂教義，就是畫像上這個人想說的話吧？他哭得那麼傷心，自己難道就不能聽他說一下嗎？

聖像的淚水滴滴答答浸溼了他白色的長衣，沾濕了電梯的鏡子，甚至在地板上流成一道細細的小河，鍾灰的鞋襪被河水淹沒，好冰，鍾灰感覺自己的指尖快被凍僵——

她猛然警醒，不對！她的幻覺一向只局限於視覺而已。

她用力踩踏地面，水是眞的，有水從門縫淹進電梯了！鍾灰發現電梯早就停住不動，她死命敲打開門按鈕，但電梯動也不動，鍾灰大聲尖叫、猛按緊急通話鈕，全都沒用，電梯完全壞了，而且裡面根本收不到訊號。

聖像還在哭泣，鍾灰剛才的憐憫之心蕩然無存，剩一股巨大的遷怒之意。

水位持續升高，她抓著靠牆的扶手踩上去，拚命維持平衡，幸好可以摸到天花板，她拿包包猛砸天花板，推開天井一道小縫。生存本能激發所有潛力，她顫抖著抓住天花板縫隙，像個體操選手一樣慢慢把自己的身體推上去。爬上電梯頂部，水已經快淹過半個電梯，如果電梯的顯示面板還沒壞，這裡應該是十二樓，水能淹到這種地方只有一個可能——發生了天災。

幸運的是因爲電力受損，樓上的電梯門是開的。她戰戰兢兢從電梯頂爬到樓上，大樓內還有其他人，正在進行疏散，鍾灰忙加入他們。剩下就簡單多了，災區警察跟救難隊員抵達現場，他們順利逃出大樓。

那次恐怖的經驗後，讓鍾灰開始對她的幻視產生一種戒慎恐懼之情。但她漸漸從中發現了一種奇特的規律。如果她發生幻視，不久附近一定會出現匪夷所思的怪事、甚至天災——考慮到空橋都市內將所有超現實事件都視為天災，可以說，她的幻視與天災有某種緊密關聯。

鍾灰並沒有太驚訝，可能是因為她從以前就常有一種感覺：幻視是大災變賜給她的東西。大災變奪走了母親，然後給了她一些補償。與天災有所聯繫，似乎也不奇怪。

偶爾鍾灰也會懷疑，自己的狀況和一般幻視有些出入，但既然沒帶來不便，她也就沒有追根究柢的意思。她從未想過，或許她的幻視確實不是「病」，而是她在大災變那一夜最初湧入腦中的想法——

超能力。

背好酸——後頸和肩部都很僵硬，但背部尤其疼痛，因為一直被迫保持躺姿，甚至無法翻身。她在這裡維持平躺的狀態至少四個小時了？現在換她全身黏滿電線，蒙著雙眼被綁在冰冷的金屬床上，只能聽到來往不斷的腳步聲。一會兒她聽見那個叫圭叔的老人說話：「可以了。」

隨後就是一陣嗶嗶聲，機器似乎停止運轉。她不知道這是代表折磨結束，或是又有新麻煩要開始。有人過來拆下她手腳上的電線，圭叔揭下蓋在她眼睛上的黑布：「還好嗎？」

鍾灰沒有回答，因為答案是「不好」。眼前昏沉沉的，她試著想把背挺直，但身體鬆弛無力，胃裡一直有股嘔吐感翻湧。恍惚間她看見黑子與楊戩站在門口，黑子和檢查室裡其他人一樣，套上像隔離衣的裝束，楊戩像侍衛一樣站在她背後，依舊一身筆挺制服。為什麼只有他不必穿上隔離衣？

「結果怎麼樣？」

圭叔搖搖頭，黑子的聲音忍不住拔高：「你是說又是撲空一場？她身上也沒有王？」

「正好相反，一定有，但我們的機器測不出來。」

黑子瞠目結舌，半晌才反應過來：「這是什麼意思？」

「抽血結果出來了，她一定是宿主，KING在她體內很穩定，這是長期寄宿的結果，但測不到能量反應。」

「你是說她的王沒有在作用？是因為太弱了嗎？」

「不一定，也可能是作用時放出去的能量不多，她的細胞改寫程度很高，代表KING是很活躍的。但我們幾乎沒遇過這種案例，可能是目前國內沒有紀錄可參考的全新類型。」

聞言許多人都露出害怕的樣子，黑子倒是很冷靜：「怕什麼。我在這裡呢！」又說：「所以呢？怎麼處理比較好？既然你說沒有太多能量向外發散，又是穩定長期寄宿，我想應該沒有隔離的必要了吧？」

「我認為是這樣的，不過謹慎一點，再觀察一下比較好。」

葉善存問：「這麼奇怪的特性，該不會就是我們這次在追的王？」

「應該不是。」黑子說：「她說她大災變後就開始能看見王了。」

我看見的……是王嗎？鍾灰模模糊糊地想，卻無法感到高興。

「不論如何，我要立刻連絡總部。先放她下來休息吧，但記得看好她。」

「放心，楊戩在這裡的話，一隻蟲子也跑不出去的。」

他們鬆綁了鍾灰，但只拆除和連接儀器的裝備，她身上還是套著那一身隔離裝。大部分的人都離開辦公室，只有楊戩留下來，他拖了一張摺疊躺椅和毛毯過來，還拿了一些充飢的蘇打餅和水給她。

「楊警官，我爸在哪裡？」

「他在其他辦公室，那裡比較適合休息。」

「我不能也過去嗎？」

「妳的狀況還不明朗，檢查室才有足夠的隔離能力。」

「隔離……什麼？」

這裡好冷，為了維持大量儀器運轉，冷氣開得很強。即使長年生活在陰冷的空橋都市，鍾灰還是難以忍耐，她緊緊用毛毯將自己裹成一團。

「隔離妳身上的王，避免感染其他人。」

「所以大家才要穿著那個奇怪的衣服嗎？王是有傳染性的嗎？」

「視情況可能有。」

「那你不怕被我傳染嗎？」

「我不會被傳染。」

「爲什麼？」

楊戩沒有回答，鍾灰雖然想追問，但直視楊戩的話頭會變得很痛，她閉上眼睛、縮起身體，剛才連續受了幾個小時的罪，一放鬆下來，疲倦立刻包圍全身。

「楊警官，我的手機可不可以還我？」

「那些不歸我管，妳要做什麼？」

「我想聯絡朋友……」發生這麼大的混亂，不知道許世常是否平安。

「現在恐怕沒辦法讓妳和外界聯絡。」

「那我和爸爸什麼時候才能走？」

「看上級的指示。」

鍾灰連抵抗或抱怨的意志也變得薄弱，檢查室看不到外部狀況，手機也被沒收，連現在幾點都不知道。濃厚的睡意漸漸襲來。

再睜眼時，檢查室裡一個人也沒有，不知道睡了多久。但根本看不到外面狀況，甚至不能判斷現在是白天或晚上。她窸窸窣窣爬下病床，眼睛很不舒服，昨晚戴著隱形眼鏡就睡著了。她試著喊了幾聲，但沒人回應，甚至連看守她的楊戩也不在，該不會這段時間發生了大事吧？天災又出現了嗎？最重要的是——父親呢？

鋼製庫板門密得連一條縫也沒有，她記得昨天門被楊戩弄壞了，於是試著拉了拉門把。但門文風不動，好像有一股怪力堵在外頭。她一面使勁拉門，一面朝外大喊：「有沒有人——」

剛喊出聲的瞬間門就拉開了，好像外面那股怪力陡然消失，但門外什麼也沒有，楊戩隻身一人。

「剛剛……」

「隔離服不必穿了。」

楊戩替她解開後頸上的綁帶，俐落剝下整件隔離服，鍾灰覺得自己好像遊樂園裡的玩偶裝工讀生。

「跟我來，黑子有話要跟妳說。」

直到楊戩帶她到電梯前，她才驚呼：「我們要離開嗎？」

「嗯。」

「那個黑子不在這裡嗎？其他人呢？我爸呢？」

「我們派人送妳父親去更安全的地方。」

「安全？這裡不安全嗎？你們送我爸去哪裡？」

「跟這裡差不多的地方。」

「那爲什麼我要跟他們分開走？我不能跟我爸待在一起嗎？」

「問題不要那麼多。」

終於電梯到頭，被拘禁整晚的鍾灰趕緊衝出電梯，呼吸一口自由空氣。

兩人走出旋轉大門，略帶寒意的空氣迎面而來，大樓前拉上凶案現場會出現的封鎖線。在封鎖線附近活動的人都穿著銀白制服，類似她剛才穿的那身隔離服，但剪裁精煉許多，上面用銀色的線繡了「HCRI」幾個字。

他們朝楊戩點了個頭，兩人穿出封鎖線，在一輛深色廂型車前停下腳步。車門滑開，黑子腿上放了一大盆塑膠盒裝的生菜沙拉，她正一面狼吞虎嚥，一邊招手要兩人進來。楊戩彎低身子要鑽進車內，被黑子勉強騰出的手推開：「你給我坐最後面，鍾灰進來。」

幾乎是楊戩入座的同時車就發動了，黑子巧妙地趕在引擎聲響起前將最後一口咖啡倒入口中。

「吃過東西了嗎？接待室裡應該有點吃的。」

「還沒，我一起來就看到人都不見了。」

「我想也是，所以幫妳買了一份。」

她把一個超大紙袋扔到鍾灰腿上，一面說：「紅色的是火焰地獄辣椒雞腿，黃色的是蜂蜜芥末照燒豬肉，綠色的是……我忘記綠色的是什麼了，看妳自己有沒有冒險心吧！飲料有紅茶和冰咖啡。」

車裡加上她總共四人，或許另外兩份是留給楊戩和司機吧。鍾灰猶豫一下，有點對不起另外兩人，她還是決定挑最保險的選項。早上喝咖啡會心悸，但飲料全是塑膠封膜杯，所以她全部跳過。

「我們要去哪裡？」

「去一個對妳來說應該像凡爾賽宮的地方。」

「凡爾賽宮？」

黑子喀哧吃掉最後一條胡蘿蔔棒：「我們總部。跟這種破舊要刷晶片卡的落後辦公大樓不同，很帥喔。」

「黑子，說話莊重一點。」

前座的司機開口了，是個滿頭白髮、聲音低沉的男人，從後視鏡稍微能看見他的眼睛，昨晚沒見過他。

「不講得有趣一點，人家可能一下就失去興趣跳車了嘛！我是絕對不會讓她跑掉的，她搞不好是我這次的最大業績呢。」

約三十分鐘後車速猛然加快，可稱之奔馳。原來是周圍車流消失了，剛才行駛在上班時間的車陣中，速度才這麼慢。鍾灰飛快瞄一眼儀表板，差兩分鐘十點，跟她預期的差不多，但她想不起來空橋都市內什麼地方會在這種時間冷清至此？漸漸地，連大樓和空橋都變少了，鍾灰很想確認現在在哪裡，但手機被拿走了。

又過一段時間後，車速漸漸緩下。

鍾灰努力貼在車窗玻璃上，想看清他們到底在哪裡，車外宛如一片荒地——這在空橋都市中是很不自然的形容詞，附近霧很濃，人煙稀少，毫無生氣，周圍大樓都很低矮，而且看起來很新，似乎不久前才蓋好，甚至可以感覺到還沒正式啓用。好不容易從建築物裡走出一些人，卻都穿著剛才那種像隔離衣的制服。鍾灰看見有棟建築物上懸了一張大布條，寫著「媒體參訪A區」，還畫一個大箭頭，附近有四、五臺白色廂型車，車身上印著不同新聞臺的標誌。

他們很快穿過這一區，接下來連大樓都不再出現，車行在一條寬敞筆直的巨大空橋，鍾灰感覺他們正在往地勢更高的地方走。不久，空橋前方出現一列高聳混凝土牆，頂端插滿鐵絲網，幾乎將前路完全堵絕，牆的正中是一道金屬大門，在這座透明都市裡，這樣的存在非常突兀。車在入口前稍微停下，通過掃描後大門開啓一小部分，駕駛降下車窗，門上的通話器傳來人聲。

黑子報出一串編號，螢幕掃瞄她的臉孔，車通過後大門隨即封閉。他們又往前駛了一段路，開始陸續有建築出現，都是低矮方正的黑色大樓，高度完全一致，雖然低矮但占地寬廣，大樓之間很接近，樓頂用空橋連結成一個寬廣的平台。

黑子抱著公事包靈活跳下車，鍾灰忙跟著下去，強風不停颳起。鍾灰穿洋裝，得費盡全身力氣拉住裙襬。

「我們要去哪裡！」鍾灰在風聲中朝黑子努力叫喊，黑子說：「接下來是走路沒辦法到的地方。」

鍾灰瞇著眼想看清風的來處，隨即周圍響起震耳欲聾的低沉噪音，抬頭望去，遠方數架直升機緩緩升空，將這要塞內濃霧吹薄的正是一架架往來密集的直升機。其他幾人已司空見慣，一個穿著連身飛行服的男人走來向黑子行禮，領著四人搭電梯前往樓頂。樓頂地面上用亮色漆寫了大大一個H字。過一會兒遠處傳來轟隆響聲，一架直升機緩緩駛近降落。

「上去。」

黑子將鍾灰推上直升機，自己也熟練地跳上去，鍾灰還沒坐穩當，便感到身體一陣搖晃，直升機快速拔高，身體好像一下被往下抽空，飛機晃得實在太厲害，貼在窗上往下望，但什麼也看不清。

「沒搭過直升機嗎？平常也可以搭定期船的，不過今天急著回總部，忍耐一下吧！反正五分鐘就到了。」

「才五分鐘那爲什麼要搭、搭——」

「剛剛說啦，不這樣過不去總部的，那裡的空橋全部被炸掉了。」

「等等，難道妳說的總部是——」

螺旋槳排開周圍的濃霧，升空後一切視野障礙都消失，鍾灰將目光投向遠方。雖然仍很模糊，但隱約看見一座被高牆包圍的孤島雛形。那一刻，鍾灰終於明白他們要去的地方是哪裡——

災區警察的總部，十年前被大災變炸成廢墟的信義計畫區。

二〇一一年三月十二日，前所未有、毫無預警的超大規模天災，襲擊了空橋都市東部最繁華的信義計畫區。這場日後被稱做大災變的毀滅性災難，實際上究竟發生了什麼事、為何事先連一點苗頭都未能察覺？至今國家也未能給出一個完整交代。

從公開資料看來，幾乎半個信義區都炸毀，瞬間塌陷的大樓沉入海中，遠遠望去，東方好像破了一個大洞。從外人眼中看來，要說被核彈炸出一個天坑也不奇怪。然而起爆點究竟是哪裡，國家語焉不詳，專事天災研究的國家學術機構「象山研究所」就在受災範圍內，也有一種陰謀論說這場爆炸是實驗失敗引起的意外。

不過，真正的答案是什麼，恐怕永遠不會有解答了。由於災區空橋幾乎全數崩毀，信義區形同孤島。救難隊在最短時間內撤離信義區周圍居民，國軍與災區警察聯手將信義區完全封鎖，不但將與信義區相連的最後幾座空橋全數破壞，並在周圍水面拉起電網、築起水上圍欄，人員出入受到嚴格管制。

政府宣稱該區域將有高機率再度爆發天災，在這樣的狀況下，誰也沒辦法一探究竟。信義特區進入軍管狀態，成為空橋都市的「城中之城」，這樣的狀況持續十多年。雖然隨著重建進行，部分區域已經逐步開放，不但開始有少量商店進駐，在特區管理人員的陪同下，媒體也可進行有限度的採訪。

但以象山研究所為中心，周圍一帶始終重兵封鎖。橋梁從未重新接通，陷如孤島。政府在周圍建造浮牆，牆愈築愈高，後來連飛行路線都受管制，據說浮牆頂端也完全封閉，與其說圍牆，不如說更像一座高塔——

這座傳說中的高塔，現在就矗立在鍾灰面前，經過十年持續改建，變得無堅不摧，牆上突出無數碟形平台，直升機就在平台上降落。

四人下機後，直升機隨即遠颺離去，飛官沒有進入此層禁制區的權限。黑子通過牆面上裝設的機器掃描部，連一道細縫也沒有的牆面，立刻打開一道小門。

這次出現在眼前的是一道非常狹長、用某種磨砂金屬鋪成的長廊，由於廊道過於窄小，甚至不容比肩，四人必須成列前進，鍾灰覺得自己好像走在太平間的冰櫃裡。大約走了十分鐘，走廊終於來到盡頭。黑子解除門禁，眼前出現一個小小的電梯膠囊艙。

「進去。」四人要擠進這個膠囊有點勉強，幸而黑子細得剩一把骨頭，算多騰出半個人的空間。

電梯緩緩下降，原本一片黑暗的牆面逐漸轉爲半透明，像一個深色的玻璃藥瓶。鍾灰聽見刺耳的嗡嗡聲，像翅膀拍打的聲音，那令她不由想起昨夜屋頂上的驚恐記憶，她貼在玻璃牆上抬頭看——

沒有天空。

高牆的頂端早已封死，雖然描畫著天空的景象，甚至連雲朵飄動的樣子都栩栩如生，但鍾灰很清楚，那是人造的天空，關掉投影，只會剩下混凝土與金屬構成的天花板。

空中盤旋數不盡的無人機，若將目光投向遠方，就能看見牆面，牆、牆、牆，目力所及這個世界被無限延伸的牆面環繞。

但最叫鍾灰訝異的是，眼前景色非常熟悉——小時候，她經常去母親工作的地方等她下班，時至今日，那繁華的夜景仍在她腦海中鮮明閃爍。總部內有很多地方，還保留信義特區的印記。那幾棟最負盛名的百貨大樓仍在原處，只是有些像被大刀攔腰削斷，有些以不自然的角度扭曲。

大部分建築都做過一定程度改建，修補毀損的部分，大樓間用空橋接起，機械手臂在這些空橋間進進出出。此外還有很多奇形怪狀的建築，鍾灰看不出他們的功能，有些甚至加裝排煙設備，煙筒就直接通到外牆上，像一群大型工廠。但隨著電梯往下降、能將整個總部盡收眼底時，鍾灰便愈來愈難受，那是大腦面對大量無法解析的資訊時產生的負擔感——

這裡所有建築靠近水面的基部，都被天災鋪天蓋地塡滿。平常若只看見一點還能忍受，可是這裡實在太多了、太多了……彷彿一個通往地獄的入口。

電梯門打開的同時，鍾灰癱軟倒下，腦袋撞上牆角。頭腦好痛，四肢發軟，全身力氣都被抽乾，大腦要求所有能量都爲自己服務，就爲解讀眼前這異界而來的風景。

「怎麼了！」

「痛、好痛……我的頭……」

黑子驚慌道：「怎麼會？KING應該不會對人體造成這種直接的——糟糕，楊戩！」

楊戩已經按下緊急通話鈕，請求醫療中心的支援。

「妳撐著點，馬上就——」

「不、不用、等一下……我沒事、我可以。」

「別胡說！妳已經變成這樣了，不要逞強！」

「不是逞強，我知道……發生什麼事。」

鍾灰喘息著擠出聲音。她使勁閉上眼，眼前畫面一遮斷，那壓倒她思考能力的巨量資訊立刻斷流。過一會，大腦慢慢恢復運轉，看見楊戩時也會如此，但程度輕微許多，身體還能承受——這裡眞的太超過了！

「我暫時不能睜開眼睛。就像這樣扶著我走可以嗎？」

「好。」就連面對怪物時也面不改色的黑子，聲音聽來很慌亂，令鍾灰感到很有趣。

「我眞的沒事，只是我一口氣見到太大量……天災吧，所以腦子一時負荷不來，眞的太多了，天災好像蓋滿了這裡每一寸土地。」

黑子愣了片刻：「對。沒辦法，這裡被天災正面擊中。妳應該猜到了吧？這裡就是當年的信義特區。」

「被天災擊中就會變成這樣嗎？」

「算是一些殘餘物吧……妳可以想像崩潰的王就像爆破的榴彈一樣，碎片嵌入這片土地的每一個角落。我們只能慢慢用掩埋、覆蓋的方式來處理。要連這裡都清理乾淨，大概得花上數百年的時間吧……到時候這座島還在不在都不知道呢！」

黑子話裡透出一股無奈與寂寥，廣袤的大地與漫長的歲月——她們在對抗的就是這樣巨大的事物嗎？

「不過王會讓妳負荷這麼大嗎？」黑子詫異地問：「我們每天都在這裡進出，從來沒有誰有這樣的反應。」

「跟王應該無關，只是……」

鍾灰猶豫著如何說明，這時黑子停步：「到了，我們趕快進去吧，這樣應該就會好很多了。」說著推了推她的肩膀，鍾灰聽見身後傳來門關上的聲音。「妳可以睜開眼睛了，這裡的建築隔離性很好，看不見外面。」

鍾灰緩緩睜開眼，頭頂是令人昏昏欲睡的冰冷燈光。黑子攙著虛弱的鍾灰，穿過一小段光滑大理石鋪成的走廊，很快來到大堂玄關，穿過玻璃旋轉門，在門上可以看見銀白的HCRI標誌，這裡就像普通企業的接待大廳，地板和牆面都是潔白的透光雪花石。一群穿著白大褂的人已在此處等候，甚至抬了一具擔架過來。

「沒事了，她已經好多了。」

「還是做一下簡單的身體檢查比較好。」一個穿著醫生白袍面無表情的男人說。鍾灰瞄一眼他的衣服，胸口上也用銀線繡了HCRI四字，和今早在大樓外那些人很像。這個單位和災區警察有什麼關係嗎？

黑子點點頭：「好，反正遲早也是要做的，人先給你帶去。不過她剛剛受到KING的衝擊，身體還不是很舒服，先做基礎的檢查就好，不要給她施加太大的壓力。」

男人皺起眉：「受到衝擊是什麼意思？為什麼？你們有這樣的問題嗎？」

黑子說：「我不會。但每個人的KING都不同，會有什麼反應也是因人而異的。要我跟你解釋我痛起來的時候是怎麼樣的嗎？」

「不必了，請跟妳自己的醫生抱怨，我不是災區警察的心理治療師。」

「就是這種態度才會讓你成為總部最不受歡迎的人。」

男人惡意地笑道：「嗯？是我嗎？」

他的目光越過黑子，楊戬正站在她身後一步距離，但一句話也沒說。他自討無趣的「嘖」了一聲。

「最後一次打抑制劑是什麼時候？」

「大約四個小時前吧！」

「好，我知道了。」

男人示意鍾灰跟他走，黑子在他背後吐了吐舌頭，又親切地對鍾灰說：「放心，不會有事的，而且等等測完他們還會給妳一些零食。」

「妳和楊戬呢？」

「我們還有點事要辦——算了，也沒什麼好瞞的。我打算招募妳進來，現在必須向上級正式報告。等妳的健檢狀況出來以後，他們大概就會給出結論。」

「招募我？妳是說——」但鍾灰的話還沒說完，便被那口罩男粗魯地推著後背往前進了。

黑子朝她揮揮手，與楊戬一同走向反方向的電梯。

上次這樣破格招募，已經不知道是多少年前了。招募新成員通常由HCRI主導——透過國民健檢資料，他們判斷有潛力的新人，進行一連串謹慎布局，慢慢篩選可用人材。災區警察從未有置喙權力。不過，相對於HCRI這種「由上至下」的菁英式篩選，他們災區警察也擁有一種「由下至上」式的破格招募特權。

值勤時，災區警察經常會與王正面對上，雖然機率很低，一旦遇上人類宿主，便須加入許多複雜考量——黑子認爲，這也是這回上級指派她處理沈憐蛾的緣故，她在這方面，有其他災區警察沒有的優勢。作爲與王交鋒的最前線，在與人類宿主對峙時，災區警察擁有判斷最佳處置方式的權限——這通常是指兩種情況：

第一、當KING徹底失控時，他們可以當場擊殺宿主而不須問罪。

第二、也就是現在的狀況：當他們遇上「有用」的宿主時，可以跳過HCRI的提名權，直接招募對方。

知道鍾灰能看見王時，黑子就決定這樣做了。這樣說有些不好意思，但鍾灰在此刻出現讓黑子幾乎要相信命運的存在。這個能力簡直就是幽靈蛹的剋星，正是他們現在需要的一切！

雖說後續還有很多冗雜的官僚程序，但只要等醫療中心那裡確認鍾灰是宿主，且寄生狀況安定，不至於帶來危險。這件事就算塵埃落定八成，剩下就是鍾灰的意願了——黑子很有把握，鍾灰會答應的。

電梯在頂層停下。

當災區警察提出破格招募後，將進行審議會議，全體委員幾乎都由ＨＣＲＩ研究員組成。主宰總部的力量分爲兩道：一邊是長年投入ＫＩＮＧ的科學研究、隸屬中研院的ＨＣＲＩ，另一邊則是軍方。

隨著「天災」的威脅日益惡化，ＨＣＲＩ不得不與軍方攜手合作。軍方的加入引進不少官僚腐舊息氣，對他們的研究造成一定程度阻礙，但也是在他們的協助下，順利培植起災區警察。一般審核流程中，名單由ＨＣＲＩ提出，軍方針對這份名單進行篩選。但由外勤破格招募的人員則正好相反，等於是由軍方提出名單，因此審議委員由ＨＣＲＩ擔任。

乍看之下，似乎各擁一半兵符，實際上並非如此。在人事任用上，ＨＣＲＩ具有壓倒性的決定權。這麼多年來，他們打掉過無數軍方的名單——原因很簡單，ＫＩＮＧ的力量是否達標、是否能控制、是否有危險性？只要提出明確數據就能輕易堵住對方的嘴。因此，雖有破格招募權在，外勤要帶新人進來其實不容易。但黑子是例外，不論現在和ＨＣＲＩ關係如何，她的意見都很難被輕慢對待——

因爲整個災區警察中，只有她一人是ＨＣＲＩ的研究員出身。

鍾灰小小口啃著抽血後得到的起士蘇打餅乾，舔去唇上的鹽粒。

昨晚在檢查室裡被那些儀器折騰好幾個小時，她本來已經做好再熬一次的心理準備，沒想到這次的測試竟然像黑子說得一樣，只是一般健康檢查。她被抽了兩管血，雖然心裡有點不自在，不知道隨便把自己的血交給才認識一夜的陌生團體是否妥當，但她實在累壞了，連抵抗的力氣也沒有。

門打開了，剛才帶她進來的醫師隨手拋來一瓶利樂包果菜汁：「甜的。」

說完，又是一個紙盒落到鍾灰面前，裡面有兩顆泡芙和一塊填滿奶油的餅乾。終於來點有味道的點心了，鍾灰欣喜若狂地撕開包裝，醫師冷笑道：「像狗一樣。妳沒吃早餐嗎？」

「有啊，但只吃了一口……」就沒辦法再吃了。鍾灰一臉委屈，她到現在還是不曉得那三明治裡包的到底是什麼東西，那眞的是做給人類的食物嗎？

「哎，災區警察做事還是一樣這麼粗暴啊！反正一定是秦知苑買的早餐吧？眞可憐，那個女人的味覺已經徹底崩壞了。」

「秦知苑？」

「哦，就是帶妳進來那個女的。她的警察都叫她黑子吧？她的本名是秦知苑。我跟她是大學同學，也是HCRI時代的同事，所以還是習慣用這個名字。」

鍾灰問他字怎麼寫，默默記下。本來還想問他楊戩眞名，但想起早先他對楊戩明顯的惡意，還是放棄了。

「趕快吃一吃補充血糖啊，等等還要再抽更多血，不要昏倒了。」

「什麼！還沒抽夠嗎？」

「證明妳是KING的宿主倒是夠了，但還要確認它對妳的身體影響到什麼程度。」

「它會對身體造成什麼影響嗎？」

他聳聳肩：「可大可小。」擺明了沒有要說清楚的意思：「如果是長期宿主的話，你們的細胞會發生一些變化。聽知苑的說法，妳應該已經被寄宿十年以上了。」

如他預告，鍾灰這次抽的血量不是一管可以形容——比起抽血，不如叫捐血，新鮮血液被一袋一袋抽走了。他給那一包甜食是有意義的，鍾灰覺得眼前景色已有些模糊。

「血液分析需要一點時間，妳還走得動吧？接下來要測試妳的KING可以用到什麼程度。」

雖然這樣問，男人好像不是眞的很在乎她走不走得動，鍾灰從休息室被帶到另一個封閉小房間，眼前有一面電視螢幕和一臺像顯微鏡的儀器，四周都是隔音泡棉，男人將她獨自鎖在房中，暫時離開。鍾灰湊到儀器鏡頭上，但什麼也沒看到。大約過了十分鐘，男人推著一架推車回來，車裡裝著許多蒙黑布的箱子，他手上戴了像騎士盔甲一樣的金屬手套。

鍾灰不安道：「該不會還要測試視力什麼的吧……」

男人乾笑：「妳以爲是小學生入學健檢嗎？」

他從蒙黑布的箱子裡取出幾件物品，鍾灰很困惑，那些東西都再普通不過——包括一個熱水壺、一副眼鏡、一副頭盔——他是要分配災區警察的裝備給自己嗎？正當鍾灰一頭霧水時，男人從箱子裡拿出一把剪刀。

啊——瞬間鍾灰就明白了：「你要測試我看到天災的能力？」

男人不置可否，繼續從箱中取出各種物品：「要老實做答，不管妳看不看得見。」男人排列桌上物品，一面說：「我們這裡已經有一些可供比對的數據，如果看不見而裝看得見、或是看得見卻裝看不見，對妳和妳父親都會有不良影響。」

鍾灰嚥了口唾沫，這時才有緊張的感覺：「剪刀……還有書、戒指，上面有天災。」

男人沒有說她的答案對不對，只是將東西又放回箱裡，這一次他將黑布掀起一部分，箱子的正面是透明玻璃：「現在呢？」

「沒有變。」

「請妳按下椅子右手邊的藍色按鈕向後轉。」

鍾灰小心翼翼按他的指示做，椅子便自動轉半圈。鍾灰面前是一整面鏡牆，從鏡中可以看到身後的男人與高於視平線的桌面。

「看得到所有箱子嗎？」

「可以。」

「現在回答我，哪些東西跟其他不一樣。」

他的聲音如此冰冷如機械，好像答錯一次就會受到嚴厲懲罰，令鍾灰坐立難安。

鍾灰如實做答，結果還是跟剛才一樣，沒有改變。從鏡中她窺見男人微微皺了眉，但沒有多說什麼，只是將箱子全部放回推車，指示道：「現在請按左手邊紅色按鈕轉回來。」男人收拾好箱子，類似顯微鏡的機器已推到她面前：「請注視鏡頭下的畫面，一面搖動右邊黑色轉軸捲動畫面。」

鍾灰照他的指示做，覺得自己像在做電玩遊戲的基礎訓練，顯微鏡下出現一連串照片，轉動轉軸就會切換到下一張。鍾灰持續枯燥作業，但和剛才不同，沒有一張照片出現天災，如此重複約五十張左右，男人終於喊停，讓她鬆了口氣。

「一個都沒有嗎？」

鍾灰搖頭。他收回顯微鏡，背後電視牆慢慢亮起。

「現在請看螢幕中的景象。」

畫面有些晃動，是一段遊行的實錄影像，攝影從高處向下拍，拍入喧鬧的人聲鼎沸，但聽不清在說什麼。攝影者應該待在室內，她聽見微弱類似冷氣的運轉聲。鍾灰認不出這是何處，參與遊行的人都不像亞洲人。

「如果出現ＫＩＮＧ的反應，就請妳出聲喊。」

鍾灰慌忙聚精會神，遊行的人潮穩定向畫面右方前進，一波又一波的人推進，在鍾灰眼裡就像不停往前拉的膠卷。毫無變化的前進持續了三十分鐘，鍾灰什麼也沒看見。無聊影片終於結束，她兩眼發疼抬起頭來，那男人一臉一言難盡的表情。

「怎麼了？我做錯了嗎？」

「不，只是……很有趣，非常有趣，很值得做研究的參考。雖然還需要盡可能探究妳的極限到哪裡，不過今天到這個程度就可以了。」那就是可以休息的意思吧？鍾灰內心歡呼，男人關掉電視又問：「最後我再問妳一個問題就可以了。」

鍾灰戰戰兢兢點頭，男人問她：「妳照鏡子時，會看見ＫＩＮＧ嗎？」

鍾灰聞言一愣。但男人沒再追問，靜靜等待。鍾灰仔細思考很久，洗澡、洗臉、化妝、更衣、出門前的檢查……每天都看過無數次的、自己的臉孔與身體。

沒有，她從未在自己身上看過ＫＩＮＧ。

鍾灰向他搖頭，男人面上露出細不可察的微笑。

「這樣……很奇怪嗎？」

「不。我說了，很有參考價值。測試到這裡就好，妳可以去外面休息一下，血液分析結果出來後，我會將報告交給知苑。」說完他打開房門，示意鍾灰先行。

鍾灰腦子裡暈糊糊的，不知道究竟在自己身上該看見或該看不見才正常。但黑子的話在腦中清晰響起：「我們的力量來源就是王，當然是士兵了。」

那被視為天災的不祥之物，與他們從來都共享同一根源。

鍾灰回到接待室，桌上又多好幾個甜食紙盒，她跳過蘇打餅，默默揀出全部的泡芙吃光。雖然從進總部以後一切都令人充滿不安，但塞了滿嘴甜膩卡士達的時候，就覺得好像什麼難關都能撐過去。

這時楊戩忽然走進接待室，鍾灰急忙將滿嘴食物都吞進去。

「我聽說測試結束了。」

「嗯、嗯……」

「那我先帶妳在院區四處走走，之後正式的消息會由黑子告訴妳。」

鍾灰忙跳起來追上他，原本想問要不要吃泡芙，還剩一個，但他一說完就轉身走掉，而且走得實在太快。

「那個黑子說她要招募我……是什麼意思？是要讓我當災區警察嗎？」

「嗯。」

「可是我什麼都不會，體力也不好。」

「我們會有武術和射擊訓練，但災區警察最需要的不是體力，黑子認為妳的能力對我們會有很大幫助。」

「你是說可以看見天災……王的能力吧。」鍾灰遲疑道：「那你覺得呢？」

「我們本來就有測量、誘捕和排除王的能力，通常這已經足以應付大部分的情況，也能提供相當準確的天災預報。不過，面對這次這種β以上的對手，甚至能在沒有實體媒介的情況下高速傳播，我們的手段根本緩不濟急。如果能讓妳監視全城，就有機會找出它的移動模式，甚至追上它。」

鍾灰聽他念了一大串天書，裡面沒有她想聽到的答案：「α、β又是什麼……從昨晚開始我就一直聽你們說王，一下說是寄生蟲，一下說能量；一下說傳染，一下說它會跑，到現在我還是不明白那是什麼東西。」

「我不是研究中心的人，無法說得很清楚。不過既然妳知道王是一種能量，應該比較容易理解。剛才說的α、β，就是我們簡單區分能量等級的方式。我們判斷，幽靈蛹至少是β以上的王。」

「那哈梅林的吹笛手呢？」鍾灰一點也不關心幽靈蛹，她和父親又不是為了那個才被帶走的。但楊戩搖搖頭：「不知道，現在剛展開調查。」

牆上有一排如垛孔的窗戶，降下的百葉窗遮住外面景色，他指著窗後：「這裡是第一研究中心的院區，總部跟空橋都市差不多，建築間依靠空橋連接，不過這裡的橋都是隔離材料打造的隧道。為了減少感染風險，我們會盡量避免暴露在外。妳似乎無法直視外面太久，我就不打開百葉窗了。」

鍾灰想起先前問過為什麼他不會被感染，他沒有回答，但此刻鍾灰覺得似乎沒必要再問了——這個人全身上下都是王的印記，甚至滲出他的制服，彷彿從他體內深深透出一樣，連一寸風平浪靜之地都沒有。

她剛踏進特區時，黑子指著眼前風景說，這裡是被天災正面擊中的地方，那股力量就像爆破的榴彈碎片，深深嵌入這片土地的每一寸——就像楊戩一樣。那樣的他，應該沒有更多給王的容身之處了吧。

「第一研究中心大樓的西側屬於ＨＣＲＩ的醫療中心，東側則屬於我們災區警察。本來研究室跟災區警察的辦公室應該分開比較好。不過，災區警察經常要使用醫療資源，我們也會定期去那裡做身體檢查。」

楊戩帶她穿過一扇金屬門，想必就是他所說區分東、西兩側的隔門。門上畫了陌生的三角形標誌，雖然不知道意思，但感覺出嚴厲的警告意味。

他們搭電梯前往六樓，這裡每一層樓都是一樣的風景，環型走廊彷彿永無盡頭。每通過一段相等間隔，便會出現一扇和前面一模一樣的門，讓人產生自己在原地踏步的恐怖感。

「災區警察以八人為一小隊，目前全台總共有三十六小隊，在各地執行勤務。因為每個人擁有的KING差異很大，能力也差很多，視需要會有機動調到別組的情形。我們是第一小隊，請進。」

辦公間寬敞得驚人，正中央空出一條大走道，將座位區分成左右兩側——左邊辦公桌一律是黑色的，共有八個隔間空位，應該是災區警察的座位。開車載他們過來那個滿臉陰沉的巨漢，還有那個長得很可愛的新人警官都在位置上。雖然黑子現在不在這裡，但她的座位是哪個一目了然——大量紙本文件凌亂蓋滿了桌面，上面用一盆草料似的生菜沙拉壓住。

「這是黑子招募進來的新人，鍾灰。」楊戩的聲音毫無抑揚頓挫：「等正式任職令下來，就會成為我們的一分子。黑子應該拿到任命授權就會回來，我還有事，必須先離開。善存，你跟我來。」

長相可愛的警官立刻蹦起來：「我、我嗎？」

「盡快多累積和王正面接觸的機會比較好。」

鍾灰驚呼：「等等！黑子不是要你帶我多認識這裡嗎？」

楊戩似乎有些困擾：「這裡的人能說明得比我更清楚。」

沒給鍾灰理論機會，他又像剛才一樣馬上轉頭就走，留下鍾灰一個人。剩下的全都是不認識的生面孔——雖然那個巨漢開車載他們過來，但鍾灰一路上都沒和他說過話，而且他的眼神好恐怖，鍾灰不敢開口。

就在鍾灰驚慌不已時，白色辦公桌那一側，一位女性起身朝她走來。她穿著一身清潔的瓷白色套裝，但再仔細一看會發現除了顏色以外，和黑子他們的災區警察制服一模一樣。

一開始鍾灰還以為那是HCRI的制服，但沒看到那個醒目的標誌，而且繡上了災區警察的警徽。她又想到那個「不會升官的災區警察」傳說，於是往她胸前瞄一眼，可是並沒有代表職等的階級章。

「歡迎妳加入我們。」女人朝她露齒一笑，與災區警察肅殺的氣氛格格不入，女人蓬鬆蜷曲的長髮披在肩頭，整個人散發出柔和的氛圍。她有一雙柔和帶著水霧的圓眼，加上左眼下那顆小小的淚痣，好像隨時都要哭泣一樣：「我是第一小隊的內勤組長，我叫謝露池。」

ϟ

首先戴上一層絕緣橡膠手套。

雖然沒有特別向黑子提起，幽靈蛹出現以後，楊戩的狀況開始變得不太穩定，所以他重新將限制力量用的警棍帶在身上，以免再發生大災變那一陣子的慘況。

這不是太意外的事，感受到幽靈蛹在這座城市裡遊走，他體內的力量便蠢蠢欲動。他們與KING千絲萬縷地牽連在一起，就像連接大海的江河，每當有異常的王出現時，便如海上生潮，所有川流的枝脈都震盪不已。

腳下踩著瀝青混凝土鋪成的高架橋，底下沒隔幾吋就是水，有股奇特的陌生感。地面下陷以後，部分高架橋被淹沒，也有一些勉強高過水面，空橋都市繼續沿用這些陸橋做基盤，是少數非透明的道路。

站在這裡往東方望去，隔著一層水霧便能看見陸地都市。楊戩已經有很長一段時間沒去過陸地都市了，基於王不過橋的道理，除了黑子有時必須去行政會議報告外，他們很少有機會靠近陸地都市。

雖然有些人休假會前往陸地都市，但楊戩沒興趣，他在空橋都市出生與成長，一直都能感覺到陸地都市不屬於自己。在陸地都市裡，他不知道要做什麼，陸地都市有信義的王看管，他擁有的一切在那裡都是多餘，甚至是災難。但空橋都市不一樣，他永遠有事情可以做，即使非他輪值的日子，楊戩也習慣入夜後在空橋都市徘徊。

然而最近似乎有什麼力量推起波瀾，以往慣用的規則都在失效。

他帶著葉善存穿過橋上拉起的封鎖線，守在橋上兩個災區警察看見他，都露出詫異的表情：「怎麼會是你來，黑子呢？」

「在跟上級作報告，暫時脫不開身。」

「報告？報告什麼——啊！我聽說昨晚發生有王過橋的騷動，是跟那件事有關吧？」

「差不多。」

那兩人互望一眼，沉吟片刻：「也眞是辛苦你們了，不過，不是眞的有王過橋了吧？」

「信義的王確實產生了反應，但現在還不確定發生什麼事。東西能讓我看一下嗎？」

兩人和楊戩保持一個微妙距離，指著地上一口像睡袋的大型黑色防水袋：「體積比較大，我們暫時沒準備夠大的隔離箱，所以就用袋子裝。我們覺得直接弄碎不好——你們應該也想要完整的吧？」

楊戩在袋前蹲下，拉開拉鍊，裡面垂出一隻蒼白的手。

葉善存倒抽一口涼氣，楊戩倒是面無表情。但再仔細一看就會發現那不是眞人的手——手實在太蒼白了，完全沒有肌膚的顏色，更像是柔軟的滑石雕像，看不到血管或肌膚的紋路。

楊戩說：「你們稍微退後一點。」

那兩人慌忙拉著葉善存退開，楊戩把拉鍊完全拉開，暴露出裡面的東西。那東西猛一看像具蒼白人體，但除了剛才垂落的手臂外，其他部分幾乎已看不出完整形狀。

葉善存慢慢才敢睜大眼睛——那東西的頭部像融化的蠟一樣糊成一團，事實上，葉善存是依靠牠類似五官的凹凸才判斷出它應該是「頭部」。不只如此，肢體其他部分也有類似現象——有些和頭部一樣像是融化，有些被腐蝕出一個個孔洞。右半身比較不同，像是拿鑿子用力捶打而碎掉，葉善存很難想像這到底是什麼。

「怎麼樣，是你們要的東西嗎？」

楊戩封上袋子拉鍊，說：「還不能肯定，確實和目前拍攝到的影像非常相似。但以往沒辦法撐這麼久，大概十幾分鐘內就會消滅。是什麼減緩了KING的逸散速度？」

「大概是這個。」

他們指向另一口黑色防水袋，葉善存探頭過去，裡面裝著一團烏黑爛肉。必須非常仔細才能看出那是一整袋死去的烏鴉。

袋中飄來陣陣肉香，這些烏鴉遭到高溫火焰燒灼，部分已經焦爛——葉善存很猶豫是否該稱爲烏鴉。雖然被燒掉部分，但仍可看出牠們身軀異常巨大。此外，頭部結了一個腫大肉瘤，還會微微抖動，好像一戳就會流出汁水。喙與爪都經過特化，不但向內大角度倒鉤，內側還有許多密密麻麻的小刺。翅膀雖在燒灼的過程中劇烈毀損，仍能看出原來樣子十分畸形。葉善存終於難以忍受地別開了眼：「這些東西到底是……」

「是附近 α 的宿主。」其中一人說：「那個雕像一半都被咬得坑坑巴巴吧？就是這些東西在搶食。」

「宿主……跟那晚黑子姊遇到的東西一樣嗎？」

「嗯。不過那天的宿主應該是昆蟲，這些多半是某種鳥吧。」

葉善存根本不想稱這種東西為鳥，那災區警察又很困擾地說：「最近空橋都市的動物宿主增加了，攻擊性也很強，恐怕是很多小型的王被幽靈蛹擠壓了生存空間，變得愈來愈不穩定。」

「你們是怎麼發現這個的？」

「今天下午兩點左右，有民眾打電話通報，說橋上好像有人被老鷹攻擊。我們一聽說是動物，就知道有麻煩了，馬上過去處理。當時這些怪物圍在地上，像禿鷹分食腐屍一樣，在撕扯一團白色的人形物體——我們本來以為真的有民眾受害，但將牠們全部擊殺後，發現只是一團石膏像似的東西。不過已經爛了大半，也不知道是本來就這樣，或是被那些鳥弄壞的。原本要直接處理掉，但隊上有同仁說，這跟你們最近在查的東西有點像，所以我們就先進行隔離，通知你們過來確認。」

「非常感謝。」

「不用謝，大家都是互相幫助。」他們保持客套的冷淡：「但這種狀況有過先例嗎？到目前為止，好像沒聽說過有其他王跟幽靈蛹衝突的消息？」

「這不算衝突。幽靈只是天災的殘餘物，它們是來分食能量的。但蛹的王不是寄宿在這些石膏像裡，絕對沒有其他小型的王能跟它正面衝突。」

「你們還沒找到蛹的宿主是什麼嗎？」

「找不到，它移動的速度太快了。」

災區警察欲言又止：「那過橋的事你們現在怎麼判斷，會是幽靈蛹嗎？」

「不清楚，還在調查。」楊戩避重就輕地帶過去，這裡如果再提起吹笛手的話，恐怕會使他們更加困惑。「這是我們第一次在離邊界這麼近的地方發現幽靈蛹的痕跡。老實說，本來我們完全沒想到天災頭上，還以爲眞的是雕像或人體模特兒什麼的，因爲這裡離陸地都市太近了。」

「目前爲止，確實沒有蛹靠近這一帶的紀錄。」

「這表示它在拓展邊界嗎？而且這明顯是在往東走吧！」

那兩人的表情都變得很凝重，葉善存不解道：「往東走有什麼不對嗎？」

「東邊有信義特區的王啊！」

「啊……」

「大部分的王都不喜歡往陸地都市靠近。最近許多小型α跑到邊界，這很少見，但也是逼不得已——因爲原本的生存地盤、整個空橋都市的西半部，都被幽靈蛹占據了。蛹跟一般小型α不同，它的移動能力很強，先前它會一直固守在西邊，我們一致認爲這是因爲它也想迴避信義的王。」

葉善存訝道：「也就是說，它現在不怕信義的王了嗎？」

楊戩否定道：「的確有可能力量更加茁壯，因此打算拓展獵食範圍——但是，反過來說，也可能是信義的王出了問題。」那兩人似乎沒考慮到這樣的可能性，都露出詫異的神情。他說：「不過也多虧這樣，才讓我們得到非常珍貴的東西。謝謝你們。」

那兩人客氣地推辭了幾句，又說：「對了，我們沒料到會派你過來。不過既然你都來了，能不能順便幫我們清理掉這些東西？樣本已經取好了，按照標準程序，還是要消毒一遍。」

「我知道了。那請稍微後退。善存，你跟他們一起退開。」

他將雙手按在那裝滿鳥屍的袋子上，確認三人都退開一段距離後，他便閉上雙眼。葉善存詫道「這是要——」但話還沒說完，便聽嚓一聲，眼前爆出一陣強光與白色的火焰，炎熱的風擦過面頰，過一會兒，那白焰便薄薄散去，地上什麼都不剩了。另外兩人靜靜望著這場面，眼底閃過不知是嫌惡或仰慕的情緒。

「好了，這樣就可以了。」

「感謝，簡直乾淨俐落。」

楊戩扛起那個裝著像雕像的袋子往車子的方向走，葉善存忙道：「我來吧！」一路過來自己什麼忙也沒幫上，但楊戩說：「不用。還不知道這個有沒有感染性，我來比較安全。」

「可是——」

「我不會被感染的。」

後座裝了一口長得像保冷箱的巨大金屬箱，楊戩將袋子塞進裡面，又仔細封上箱蓋。這是災區警察使用的隔離裝置，用抗放射的特殊合金打造，避免ＫＩＮＧ的能量脫逃。

不只如此，他們開的這台公務車暱稱「標本車」，因為這種車在前後座之間會用一面隔離強化玻璃完全隔開。被隔絕在後座的宿主，就像陳列標本。此外，車頂四個角落都裝設特殊的照射燈，在特定頻譜電磁波反覆照射下，可一定程度抑制王的活性。

「學長，那個東西……真的是幽靈蛹嗎？」

「外型確實很類似，而且若完全與王無關，是不會招來其他宿主攻擊的。」

「但是從先前拍到的影片看起來，裡面的東西不像這麼結實的樣子，更像是……一團要散掉的霧。」

「影像太模糊了，而且，那也可能是殘餘物已經快要消解的關係。」

「殘餘物？」

「如果把王比喻成一棵樹，它產生的異象就像樹上結的果實，上面只有一點王的剩餘能量，而且落地後很快就會腐爛。所以這個東西移動到邊界時，那些小型的宿主才敢攻擊它，捕食它最後一點能量。」

但哈梅林的吹笛手就沒有製造什麼果實，不如說，它將一切都無情帶走了。

「學長，我等等可以看一下那個東西嗎？」

「不行。」

「呃……」

「KING正在慢慢消散，現在打開的話，可能連完整的形狀都無法維持。我們要盡可能帶足夠的分量回去給HCRI。這麼好的機會，不會再有下次了。」

葉善存去發動車子，前方臨時路障已撤開，他們平穩地駛離快速道路。剛加入災區警察時，他便聽說楊戩是「萬年副駕」，從不親自開車，本來他還以為是老學長的威嚴，不過從剛剛那個樣子看來……他猜楊戩或許怕機器受他的力量影響。

一面開車，他一面問：「我們之前都沒有順利回收過這些蛹的殘餘物嗎？」

「蛹消失得太快了。等我們收到目擊線報前往時，多半早就爛光了。」

「今天為什麼不一樣呢？是通報得早嗎？」

「這次是有那些鳥幫忙困住了王。當然會有這種機會，也是因為蛹的行動模式開始發生變化……」

「困住？我以為它們是我們的敵人！為什麼它們要幫我們？」

楊戩露出不解的表情：「敵人？好吧，如果要消滅的對象就是敵人的話，那它們確實算敵人沒錯。它們沒有要幫我們，王的行為沒有意志、沒有好惡，完全依賴於求生欲。」

「那為什麼它們要攻擊那些蛹？」

「那是一種捕食，那就是求生欲。小型分散的王會捕食比牠們更弱小的王，來壯大自己的力量。」

葉善存這才想起集訓時確實有說到，當他們清理汙染現場時，有時也會使用王的力量，當時也提及了捕食云云。但他認為那不是他的工作範圍，因此聽得不仔細。

「真是奇怪的力量。」他說：「弱肉強食、自相殘殺的力量。學長，我們也會被這些怪物捕食嗎？」

「通常來說不會，除非它們真的太餓了。」

「為什麼？」

「因為我們擁有的王比它們更強，對它們來說，我們才是掠食者。」

葉善存沉默不語，腦中又浮現剛才那蒼白的火焰——只要一擊，楊戩的力量就能將那些怪物灰飛煙滅。烏鴉包圍蛹分食的模樣，與這一幕完美重合。

巨大貨車緩緩駛進隧道內，總部內的空橋全做成隧道，與外部隔離，避免移動時直接暴露在天災中。但至少穹頂都是玻璃打造，壓迫感不會那麼重。但從剛剛開始，隧道頂部就完全是金屬覆蓋，而且每行進一段路就會通過一道像哨卡的地方，通關後背後立刻有鐵門關上。雖然沿途都點著明亮白熾燈，還是讓人充滿窒息感。

「前面開始就是第三研究中心的院區。」前面忽然出現一道轉彎，謝露池靈活地打轉方向盤，這臺小卡車在她手裡就像玩具一樣：「我想了一下，覺得先帶妳去見王比較好，歷來的新人都會去那裡經歷一次洗禮。」

「見……王？王是可以見得到的嗎？」

「不，王是沒有實體的，知道爲什麼它叫王嗎？」

「呃……」鍾灰想像中出現戴著王冠的粗暴巨人，大概是因爲它那壓倒性的力量吧？

「王本來是四字縮寫：K. I. N. G.，其中I指的就是王的不可視性——INVISIBLE。後來大家也就順勢叫它王了，很適合嘛，擁有那種力量，簡直就像殘酷的暴君一樣。」

「那我們現在……」

「它雖然不是擁有具象的東西，但被我們用具象困住了——有點像把水裝進瓶子裡那樣吧！」

很快隧道來到盡頭，謝露池伸手出車窗刷通門禁。總部內所有地方都像這樣重重禁制，但很快鍾灰就發現，與其說是要避免閒雜人等出入機密地，不如說是爲了將某些東西層層隔離——最好的證據就是，那些畫三角形警告標誌的金屬門，一定會等前一扇門關上後，下一扇才打開。

她們駛入一處寬敞的停車場，謝露池迅速把車停好，說：「稍微等我一下，我去登記進出。」

「不能直接進去嗎？」

「如果是秦知苑的話就不需要換證了，我本來以爲她應該會更快回來，不知道那裡發生了什麼事。」

「妳不算是災區警察嗎？我看妳和黑子她們的制服也不太一樣。」
「我們是內勤，不會到外面去捉王，負責的多半是資料分析、戰術規劃的工作。」
「啊！我知道了，妳就是那個HCRI的人吧！」
「也不是。」
「咦……」
「有點混亂吧？」謝露池苦笑：「災區警察和HCRI，妳看成兩個完全平行的組織比較好。HCRI隸屬中研院，提供足夠知識和後援給災區警察。而捕捉王的苦工就交給災區警察做，但我們的直屬上司並不是HCRI。」
「那妳們的直屬上司是誰。」
「國安局。」她朝鍾灰眨了眨眼：「所以接下來帶妳看的東西，都是國安層級的重大事務，絕對不可以對外洩漏哦，要好好記住這一點。」
鍾灰拚命點頭，昨夜之前，她是個連缺錢欠債都只敢選擇合法打工、一次警局也沒進過的良民。
很快謝露池就取得通行許可。兩人搭上大堂入口富麗堂皇的電梯，電梯兩旁柱子上還有浮誇的天使雕像，這裡應該是直接用當初百貨大樓改建而成，毫無研究所的氣氛。
「爲什麼災區警察要分成內外勤？」鍾灰問：「我還以爲HCRI就是災區警察的內勤。」
「我們比較像是銜接HCRI跟外勤的橋梁吧！HCRI雖然對王鑽研透澈，不過對前線戰場的實際樣貌非常陌生，這部分就由我們內勤補足了，我們裡面有一半是外勤出身。」
「之前是外勤……妳也是嗎！」
「是哦。」
「那爲什麼會從前線退下來？」
「當然是因爲我們被王捨棄了。」謝露池輕鬆地說：「當外勤的唯一條件就是成爲宿主。不過，王的寄宿不會永遠持續，就算是感染再厲害的病毒，也有治好的一天吧？所以這個職業的壽命，一般來說不會太長。」

「這樣啊……」鍾灰抬眼望向周遭，周圍一切如常，這裡沒有王的蹤跡。但她知道在某個角落裡，她能看見來自異界的風景。有一天，寄宿在她體內的「病」也會離開嗎？

「當然，也不只這個理由。其實，大部分ＨＣＲＩ的研究員都不太喜歡一直跟我們接觸——畢竟對他們來說，災區警察就像一劑被病毒感染的樣本。雖然有研究價值，要感染也沒這麼容易，但每次碰面時他們都還是如臨大敵、得做好全副防禦措施，那樣要朝夕相處在同一間辦公室裡，還是有點困難吧。」

「可是我聽醫療中心那裡的醫生說，黑子是ＨＣＲＩ出身呢！」

謝露池一愣，面上浮現一種不知說是痛恨或是輕蔑的神情：「那個人……稍微有點不一樣。她是個真正的瘋子，不要用一般的標準去看她比較好。」

「瘋子？」

「為了成為災區警察，她跨過了人類絕不能跨過的線。」這時電梯停下，她淡淡一笑：「好，快過來吧！」

研究所是一座方形迴廊建築，挖空的中庭被一座像煙囪、通天的黑色大樹貫穿，與他們之間隔了一道厚重深色玻璃，令人想起水族館的觀景窗。

「先帶妳去見各種王的標本。」

「標本……」

謝露池開啓迴廊上其中一扇門，門後出現驚人的巨大空間。

房間向上打通至少三樓，裡面擺列無數直達天頂的鋼架，如果要取高處的東西，就必須穿過樓梯爬上二樓、三樓。地板、牆面、樓上的環形走廊以及如禮拜堂般弧形的天頂全都是打磨光滑的白色石料，室內燈光充足，令這些石面如鏡子般反射清潔的光輝，室內充滿難以言喻的無機質感。溫度非常低，鍾灰不自覺縮起了身子。

每排鋼架都空至少兩公尺，走道十分寬敞，鍾灰覺得這裡就像一座會時時噴灑消毒液的圖書館，不同的是，架上擺的不是書，而是陳列一面面玻璃窗，不同層架間高度寬度略有差異，適應擺放在窗內的各式物品——

鍾灰忍不住閉上眼睛。

窗內琳瑯滿目，全都貼滿了「那種東西」。

深吸一口氣，她再次睜開眼，幸好並不是所有東西都非常刺眼，有些窗內是空的，有些幾乎看不到王的存在。每一面窗玻璃上都有投影字幕，描述內藏品資訊，雖然鍾灰大部分都看不懂，上面只有一連串編號，和一些密碼般的不明術語縮寫。

「這些都是α。」謝露池說明道：「消滅王之前，我們會盡量保留很小一部分樣本下來研究。這裡的溫度、濕度，隔絕裝置，都是爲了每一位王量身打造的。」

簡直像保存名畫的美術館一樣……同時，鍾灰感到不可思議，在她們的日常生活背後，潛伏這麼多的天災樣本。楊戩說王是能量、謝露池說王像病毒，黑子說王像寄生蟲……

「這一樓所有房間都是標本儲藏室嗎？」

「不只這一樓喔。」

「我們的生活中有這麼多的王……」

「不，有些是國外的樣本。」

「國外……也有嗎？」

「當然了，只是不一定叫天災，每個地方表現形式都不同。我們也是受到很多幫助才研究到今天這一步。」

繞這個房間走一圈，就幾乎花了三十分鐘。就像在逛博物館展覽，謝露池偶爾看到特別案例，還會向她解說。不過，就像她提到的，這裡的王全都是α級。

「一個β也沒有嗎？」

「有的，不過不在這裡。就算是放在這裡的α，也是相對穩定而無攻擊性的。β區的管制非常嚴格，沒辦法說去就去。」

「哇……那γ區的管制該不會是軍事要塞的等級吧？」

謝露池笑道：「正好相反哦，γ沒有任何管制，踏進總部的人都能看見——其實，妳就看到了。」

「什麼？」

「就在外面中庭啊！」

「什麼？妳是說那棵樹嗎？」

聽到樹，她抿著唇笑了：「對。」謝露池帶她出了標本室，指向窗外中庭那如一株黑色巨木的存在。原來那不是黑色的樹，而是一體成型的黑色啞光金屬筒。

「這就是信義特區的王，國內唯一已知的無主γ。」

鍾灰整個人都貼到玻璃上，彷彿這樣就能看清楚王每一寸細節。好像剛才走馬看花一圈虧人了。但再怎麼用力睜大眼，鐵皮一樣是一塊鐵皮。仔細看跟走馬看花並沒差別。而且，鍾灰也沒看出這座黑塔的特殊之處。

「鍾灰，妳一點感覺都沒有嗎？」

「什麼感覺？」

「大部分的士兵第一次見到它的時候，都會覺得有點……害怕嗎？怎麼說呢？類似看見壯麗風景時對大自然的敬畏感吧？身體還會不自覺顫抖呢！當初我就是這樣的。」

「爲什麼？」

「因爲它是非常強大的王啊——這裡就是當初大災變的爆發點。只釋放一小部分的能量，就造成那種地獄般的景象，所以我們體內的王都非常害怕它。」

「大災變……就是從這裡開始的？」

「對。因爲它長期找不到適當的宿主，引起能量崩潰。剩下沒有釋放的部分，就一直留在這裡不動。它沒有形狀、沒有實體、沒有宿主，我們也不知道拿它怎麼辦才好，又不能靠近，只能使用厚度足夠的隔離材料擋住，到現在都還在持續加固中。」

鍾灰盯著那棵黑色大樹，打從心底毛骨悚然。像看穿她心裡在想什麼，謝露池又說：「雖然有著令人畏懼的一面，但它對我們而言，也是如同避風港一般的慈母。」

「妳說什麼？」鍾灰不自覺拔高了聲音——慈母？就是這個東西奪走了她的母親啊……

「之前過橋的騷動，還沒跟妳說明過是怎麼回事吧？」

「嗯……」

「劃分空橋都市和陸地都市的，除了空橋設施和海平面以外，最重要的就是信義的王。靠著它的存在，我們才得以保證陸地都市的安全。我們的王非常強大，大部分的王都不敢接近它，因此以它為圓心，我們拉出一道保護的帷幕——像弓弧一樣包圍住文山、南港、松山、內湖、士林、北投六區，在天災初次爆發時，這幾區受到的損害較少，大部分居民也都撤守到這裡。無論如何，這一次我們都得保證陸地都市的安全。但是，僅憑目前的技術是不可能做到的。所以只能借重信義的王的力量。」

「可是要怎麼做？」

「以信義為中心輻散，我們拉出高架電纜與電塔，將信義的王傳送出去。」

「啊……」

「某些你們以為是高壓電塔的東西，其實是傳輸信義的王的纜線，連結到第三研究中心的底部。我們用高強度的隔離合金製作管線，讓王能依循管線在陸地都市內移動。說好聽點叫隔離、輸送，其實我們也沒有把握能做到什麼地步，對γ的了解實在太少了。不過目前運作還算順利，我們在每個通過點持續做能量的量測，也確實能偵測到信義的王。」

鍾灰不自覺將目光投向腳下，日復一日，史上最大天災正不斷通過那裡——為了保護他們：「你們怎麼可以這樣做……毀了信義特區的也是它啊！」

「妳對它生氣嗎？」

鍾灰答不上來。她應該要對信義的王生氣才對——然而眼前什麼也沒有，黑色的大樹，如一口上了封條的棺材，鍾灰連想像裡面是什麼東西也做不到，難以言說的虛無感湧上心頭。

謝露池將手輕輕貼在窗玻璃上，像要觸碰王一樣：「我也有很重要的人被它殺死了，可是現在反而是感激它牽制其他王的心情比較多——大自然有恩澤的一面，也有殘酷的一面，我們只能概括承受。只是，有時我也覺得很不可思議……」

「什麼不可思議？」

「其實人也是這樣的啊。人的恩惠，經常也會與殘酷相伴。但和原諒自然不同，我們很難輕易原諒人，我們就是沒辦法低頭承受。我常常在想，是不是我們對『人』太嚴苛了呢？」

「妳說『原諒』好奇怪。」

「是嗎？」

「『原諒』是對和自己差不多的同類才能產生的感情吧？沒有人會爲自然生氣、羞辱，因爲沒有人會把自己跟大自然放在同一個天平上。」

謝露池好像想說什麼，但她終究沒有開口。只是轉過身，指著信義的王說：「這次過橋的騷動，就是我們的王在中山一帶的通過點偵測到強烈的能量波動，一般來說，這種情況通常是附近有其他的王侵入它的地盤。」

「就是發生在我家的那件事嗎？」

「時間上是吻合的，位置也很接近。不過沒有找到任何篤定的證據，畢竟，畫室沒找到KING殘留的痕跡。可是能那個王很快就離開了，也可能是發生了超出我們知識範圍的事。現在要下任何判斷其實都太早，只不過這十年來都沒發生過這種事，妳應該也可以想像我們爲什麼會高度緊張。」

「既然信義的王這麼厲害，那爲什麼不把它的管線也拉到空橋都市，保護空橋都市的人？」

「空橋都市的天災密度已經太高，硬要拉過去的話，在那裡生存的王也會產生嚴重抵抗。而且我們沒有把握信義的王能被分配到什麼程度，否則，全臺灣都仰賴它的庇護就好了。」

謝露池的說話方式，鍾灰還是很不能適應——殺死母親的大怪物，在她口中如慈愛守護的神明。雙手染滿鮮血的慈愛，那樣還能叫作慈愛嗎？

「事實上，我們連傳播方式都還無法百分百掌控——妳知道我們怎麼把KING分成$\alpha\beta\gamma$嗎？」

「楊戩說是依賴能量的強弱。」

「那也是一種基準，不過，最主要的區分方法還是看傳播方式。我們日常生活中大多天災都是α引起的，威力不會太強，雖然會帶來損失，但都在可承受跟預防的範圍內，而且也容易鎖定範圍。在傳播途徑上，α幾乎只有直接接觸，比如說——」她作勢要和鍾灰握手，鍾灰愣愣地伸出手來，謝露池立刻將手縮回去了：「如果我的KING主要寄生在手上，這樣一個動作就有機會轉移到妳身上。」

見鍾灰一臉驚恐的樣子，她笑說：「不用擔心，人類宿主通常都很穩定，不會那麼容易轉移的。不過如果宿主是非生物的話，就要盡量避免直接接觸。」

她繼續說明：「至於β和γ，因爲很少遇到，知道的情報也很有限。這種KING的能量通常遠高於α，一旦天災由它們引起，可能會造成非常巨大的損害。而且傳播方式甚至不需要依賴直接接觸。」

「不需要直接接觸……那要怎麼傳播？」

「空氣、電磁波、聲波……很多種可能性，我們也還沒全部理解。不過就算是這種方式，至少還是有介質存在，傳播還要時間、還有阻絕的可能。最麻煩的是γ，這也是目前所知最難觀測但規模最大的一種——事實上，我們根本不知道γ的傳播方式是什麼，只知道至少目前信義的王還能被我們設計的管線控制動線。」

鍾灰驚呼：「怎麼可能完全不知道原因……」

「最主要是案例太少，沒辦法進行研究。雖然有些假說在建立，不過一切都還在理論階段，無從證實。」

「那……建立這個研究所，把信義的王關在這裡，眞的有意義嗎？」

謝露池輕笑兩聲，看上去有幾分無奈：「妳說得沒錯，其實，理論上是建怎樣的囚籠都關不住的，像我們現在站在這裡，只有一步之遙，但被寄生的機率可能和遠在千里之外的人差不多——好像命運、不，天災一樣啊，不是嗎？」

黑色大樹如此寧靜，忠實執行自己的任務，將王囚禁在深遠黑暗中。但時時刻刻分分秒秒，可能都有或大或小的能量試圖逃脫。

「怎麼樣，現在妳能看到任何KING跑出來嗎？」

「什麼都沒有。」

「是嗎？那太好了。雖然這裡隨時都有監測警報，一旦外洩了，我們應該會得到通知。不過未來若有妳在，我們會省下很多麻煩。」

「等等。」鍾灰打斷她：「我還沒說過要加入妳們吧！」

謝露池不可思議似眨了眨眼：「當然、當然。」她忙說：「妳的情況比較特殊，是被秦知苑強行招募，一般我們都會走正規流程。」

「正規流程是怎麼樣的？」

「首先做身體檢查，經過一段時間訓練後，進行體能測驗、筆試和一對一面談。通常在進入流程以前，就會先簽下保密協定。妳應該很清楚我們這裡的東西不能隨便洩漏出去吧？」

「嗯……」

「所謂保密協定，並不單純是禁止妳洩漏這裡的機密——而是要求妳，若進入測驗流程後沒有通過考試、或通過考試後卻反悔不願進這裡工作。出於保密需要，同意我們對妳進行一些記憶清洗的簡單處置。」

「什、什麼叫記憶清洗？」

「沒有妳想得那麼可怕，就是一些深層催眠，還有……」但她就沒有再說下去了，眼神飄得很遠：「但妳的情況太特殊了，妳的能力是我們現在最需要的東西，就算妳本人沒有那個意願……恐怕也很難拒絕。」

「……」

「當然我們還沒有打算做到那個地步，何況對我們來說，隊員的忠誠心也很重要。」電梯不知何時已經上來，她輕推鍾灰的肩膀讓她進去，一面說：「我們對妳的背景做過簡單調查了，妳被不久前的天災毀了財產、丟了工作，現在暫時在父親的畫室打工吧？」

鍾灰一臉愕然，謝露池輕鬆地說：「不用緊張，把我想成情報能力好一點的獵人頭就可以了。當災區警察福利還是不錯的，底薪普通，不過外勤的值勤加給很高哦。也有配給宿舍，受的所有訓練都是國家替妳買單。更重要的是這個工作其實做不了太久，通常五、六年就是極限了。退休以後不管是要轉調內勤、行政或是離開單位，都任妳自由選擇。」

兩人離開第三研究中心，車程中鍾灰滿腦子想的都是被招募的事，對她來說，這件事實在太遠離日常生活了——王的捕捉、寄生，好像在作夢一樣。

她現在就像無根的草，完全不知道下一步，其實不排斥這個機會。而且這是國家單位，總不會是惡質詐騙。感覺加入以後就像成為公務員，一輩子都很有保障，再也不必像以前省吃儉用、打很多份工、孤獨生活。

可是，她知道的還太少了，背後會不會有很多他們刻意迴避不談的風險？再說，這是國家的工作，一旦接受，想跑時恐怕很難跑掉。

鍾灰苦思的樣子全落在謝露池眼底，她溫柔地說：「我知道這些東西一時三刻也消化不完，妳可以再考慮一下，不過如果加入我們，還有兩個很大的好處。第一是我們會保障妳的身體安全，終身的，妳的健康狀況將會完全由國家包辦。」

「身體……安全？」

乍聽像公司包含的員工健檢福利，但謝露池的神情嚴肅得多：「王在宿主身上有時會留下無可磨滅的傷痕——妳說妳擁有這個能力已經接近十年，雖然似乎沒有出現什麼後遺症，但也不能保證未來不會有。如果發生這樣的事，我們會擔保所有的後續治療。」

「我未來可能會染上怪病嗎？」

「這是機率問題。我們出事的機率就是比別人高，不過，國家使役我們，也會成為我們的後盾。ＨＣＲＩ的醫療中心就是為此存在的，我們會提前預防篩檢，就算眞的出事了，ＨＣＲＩ也會妥善治療。」

病症……鍾灰心想，如果以一般人對病症的定義，那麼長期幻視的自己確實已經出現病症。不，若要這樣說的話，從那個像人體炸彈一樣的楊戩開始，這些人難道不都算身患怪病嗎？

「第二個好處是什麼？」

「跟妳父親有關。」

「妳們要對我爸做什麼！」

「別急。」謝露池苦笑：「哈梅林的吹笛手跟妳父親扯上了關係，但我們還很難證明是王的所作所為，我們不能排除畫室裡發生的事是普通犯罪──考慮到天災不過橋，事實上是普通犯罪的機率還比較高。」

鍾灰明白她的意思，畫室的失蹤案會由災區警察接手，完全只是因為信義的王剛好在那個時間發出警報。否則不論他們再怎麼聲稱自己看見什麼怪事，都只會被陸地警察當成綁架犯意圖脫罪的遁詞。

「如果妳能幫我們證明哈梅林的吹笛手確實是天災，就能幫妳父親洗脫冤屈──不論他與王扯上什麼關係，我們都能保證他的平安。說起來，妳那天也在畫室現場吧？妳有見到天災嗎？」

鍾灰嚥了口口水，如果現在她說「是」的話，他們父女是不是就可以立刻擺脫這些紛擾？但面對這龐大的國安機構，鍾灰實在不敢隨便開口，萬一被拆穿的話，一定會變得更可疑。

「那時候應時飛一下就掉下去了，我很慌張……所以什麼都沒注意到，我不敢說到底有沒有。但是我爸……真的沒有做什麼壞事。」

「那樣自然是最好的了。」幸好，這個答案似乎早在謝露池預料中：「不過，這件案子一旦從我們手裡放掉，就不會再回來了，到那時候案情如何發展、陸地警察如何辦案，誰也插不了手。」

回辦公室時，黑子已經回來了，鍾灰小心翼翼檢查一圈，但沒看見楊戩的身影。辦公室非常安靜，外勤那一桌只有黑子和葉善存兩人，葉善存大概是菜鳥，不太敢跟黑子任意搭話，除此以外所有人都埋頭苦幹自己的事，沒有人說話。黑子應該是帶著上級的許可或否決回來的，但她感覺黑子的表情不是很好看，發生了什麼變數嗎？

「妳回來了！」見鍾灰進門，黑子面上掃去烏雲，但馬上陷入沮喪：「抱歉，我沒拿到鍾灰的任職許可。」

謝露池面現詫異之色，顯然完全沒料到會受到阻撓。

「也不是被打了回票，但上面說要等一下再決定。一群老王八蛋……他們的靈骨塔可以排隊等啦，王要過橋是可以等的嗎？」

鍾灰好奇道：「爲什麼要等一下？」

「本來差點就要過了，但醫療中心的報告進來之後，他們就突然說要等更詳細的報告出爐，不知道那裡到底報了什麼東西上去。」

鍾灰想起醫療大樓裡的冗長測驗，還有醫師玩味的表情。她怯怯問：「我的身體出了什麼問題嗎？」

「不，我想倒不是這個問題。」黑子斷然說：「如果是這種問題，不需要等詳細報告出來，他們立刻可以安排處置方式，我也應該早就會收到醫療中心那裡的通知。應該是他們自己也還不清楚是什麼情況，我當災區警察這麼多年了，從沒遇過這種事。」

黑子這一番不明不白的解釋，叫鍾灰更不安了。一直保持沉默的謝露池開口：「明白了。但總不能把人無限期扣在這裡，接下來要怎麼做？」

「先讓她先回去吧。」

「這樣安全嗎？」

「已經派人待在沈家，隨時監視情況了。」

「如果吹笛手是王引起的話，這樣恐怕還是不夠的。」

「我知道，我會再安排。」黑子有些不耐煩地說：「不論如何，從各種跡象看，就算吹笛手眞的存在，應該還不至於衰變到不可收拾的程度。只能催醫療中心加快速度，我會拜託教授他們放行快點，不要阻礙正事。」

謝露池想了一下，說：「由我去申請臨時約聘的許可如何呢？」

黑子一愣，她又說：「上面或許是考量到後續承諾的問題，才要深入討論。但我們本來就會派人持續監視她，那麼在這段期間，只是稍微借用她力量的話，應該沒有關係吧？」說完她轉頭望向鍾灰：「當然我們也會付該給的薪水跟津貼，雖然是用時薪算，但跟正職沒有差別。」

難道她就滿臉寫著在意薪水幾個字嗎，謝露池微微一笑：「還有，妳也可以利用這段時間仔細考慮，約聘期間最機密的情報不會讓妳接觸。因此將來即使後悔，也不必擔心被國安單位綁死。就當一份實習，如何呢？」

這份協議幾乎全面包辦鍾灰想得到的優點與不想負責的缺點，確實非常吸引人。看鍾灰明顯動搖的神情，她說：「我在這兩天會處理這件事，妳考慮一下吧！」

當天傍晚，鍾灰在災區警察的護送下回到畫室。門口有兩個人正在閒聊，雖然穿著便服，但鍾灰知道他們也是負責看守的警力。

怎樣都好，鍾灰已經沒有力氣去思考多餘的事，終於回家了，她非常疲憊，發生這麼多事，其實還不到一天。她現在只想換掉一身髒衣服，洗一個乾淨的澡，把在總部染上那身像消毒水的氣味從身上一洗而盡，然後倒在床上呼呼大睡。

然而當她進門時，這個念頭就消失了。父親坐在一樓的破舊沙發上，被一堆紙箱和雜物包圍著，他垂著腦袋，身影顯得比平時更單薄，一聽見鍾灰進門，他就立刻抬起頭來。「爸爸。」鍾灰搶在他之前開口，但也不知道接下來要說什麼，父親也是，他張著嘴，半天都沒擠出一個字來。

鍾灰默默走到他身邊坐下：「我沒事。」過一會兒，她又補上一句：「你也會沒事的。」父親似乎有滿腹的話想說，終究又吞了回去。他們好像一直都是這樣的關係，無話可說。

隔天醒來時已日上三竿，鍾灰總算覺得一身疲憊洗盡。聽說人在睡眠時，大腦會整理白天接收的情報，鍾灰以為自己會夢見災區警察和一場外星人大戰。但腦子大概累到連整理的力氣也沒有，一夜好眠。

獲得充分休息後情緒高昂，一面飛快盥洗，她思考接下來該怎麼做。家裡的事、應時飛的事、災區警察的事，實在太多混亂的事同時糾纏在一起，害怕也沒用，必須從能做的事開始解決才行，至少現在災區警察和她算是站在同一邊的。

就在這時，床上鈴聲響了。鍾灰呆愣幾秒才反應過來，昨天她的隨身用品都經過消毒後才還給她，並裝在一口會微弱反光的防水袋裡，她因爲累壞了，連確認的欲望也沒有。對了，手機拿回來了！她趕緊吐掉口中的牙膏泡沫，撲到床上，有二十幾通未接來電和訊息，全都是許世常傳來的。「哎呀呀……」鍾灰甚至來不及看他都寫了什麼，趕快回一封簡訊「我沒事」，不到三秒鈴聲就響了。

「妳妳妳……」電話那一頭沉默了半天，許世常終於整理好自己想說什麼：「不行，要問的事實在太多了。我以爲妳被他們殺了，我已經在猶豫要不要報警了！」

「你以爲報警會有用嗎？」

「就是知道沒用才猶豫啊！」

「那你打算怎麼辦？」

「如果公權力無法讓正義得到伸張，只能靠我們媒體的力量口誅筆伐了。」

「啊！原來是要把我寫成新的獵奇小報內容。」

「妳一定要把事情說成這樣嗎？」

鍾灰忍不住笑了，昨天一直處於緊繃狀態，現在才有回到日常正軌的感覺。對面聽見她笑了，似乎也鬆了口氣，他說：「我們見個面吧！」

「怎樣？要從我這裡挖出一些情報嗎？」

「是啊！根據情報價值，我還會付錢跟妳買呢。」

鍾灰換了衣服，本來想先看看父親狀況，但他一直將自己鎖在房裡。一樓大廳裡，葉善存蜷縮在沙發上打遊戲機，一看見她下樓就跳了起來。

「我只是要出門跟朋友見面，我不會逃走的。」

「抱歉，工作職責。」

鍾灰想了想，無奈地說：「那可以不要穿制服嗎？朋友會害怕的。」毋寧說許世常若發現對方是災區警察，一定會更開心，又多一個蒐集情報的對象。

葉善存開心地說：「嘿嘿，沒問題。」馬上毫不害臊地解下上衣。制服裡穿著樸素的短袖上衣，天氣很熱，能脫掉厚重的制服也舒服得多。但這樣一來腰上的槍就變得很突兀，最後他還是一臉委屈地借了一件外套。

「你帶了武器嗎？」

「是的。」他有些不好意思地說：「我們跟學長不一樣，沒辦法直接作戰，只能依賴武器。如果王突然出現了，我必須要有能力應對才行。」

兩人前往電車站，葉善存很客氣地與她保持一段距離。陸地都市和空橋都市的電車原則上算是同一條路線，在交界處都有銜接站點，只不過電車系統已完全拆為兩套，兩邊負責營運的公司也不同。

空橋都市內全都是走電車專用的縱向空橋，有一部分甚至是掛在橋下的懸軌電車。因為不必考量橋面上的交通，速度非常迅捷，陸地都市則是地下鐵與地面輕軌並行。

穿越中山區的主要電車路線是紅線，車廂上畫著飛舞的鳳蝶——臺北市電車以蝴蝶為吉祥物，不同顏色的路線有不同的代表蝴蝶，比如中山紅線就叫「大鳳蝶線」。但這可不是什麼推廣生態教育的一環，這只是捷運公司舉辦投票的結果。

陸地人一直覺得電車在空橋上行駛很浪漫，尤其因著那「玻璃樹枝」的美名，也有人將空橋電車比喻為樹枝上五顏六色的毛毛蟲。大概因為這樣，蝴蝶得到壓倒性高票。但空橋這邊沒什麼人理他們，照樣還是紅線、綠線的叫。說起來最初舉辦投票時，好像就沒多少空橋人有興趣。

鍾灰跟許世常約在行天宮後面，天災發生的時候，中山區以行天宮為界線，只沉陷西半邊。當時大家都說這是關老爺保佑、天災過不了行天宮等等，原本就是國內首屈一指的大廟，香火變得更加鼎盛。即使到了今天，行天宮一帶地價還是很高，大家相信就算天災把玉山都淹沒了，也絕不會淹過行天宮來。

行天宮西側的空橋都市文化業叢集，有許多媒體出版業的辦公大樓。不知道是因為跟陸地都市很近，或是因為有行天宮「加持」，那裡與一般空橋都市的氛圍不同，少了空橋區特有的陰暗氣味。

許世常工作的《棋盤郵報》也在這裡，她們約在附近連鎖速食店碰面，因為她不想讓葉善存的存在太突兀。

不過許世常似乎假日還在加班，遲到了約二十分鐘。他出現時十分匆忙，滿頭大汗，連襯衫都皺巴巴的：「抱歉遲到。我剛才緊急交稿，寫到最後一秒啊，按下送出鍵才出來的。」

「我多點了一杯。」鍾灰將多點的草莓奶昔推到他面前。

「謝謝。」

「假日還要加班啊？」

「昨天的事鬧得也不小啊！」

鍾灰到今天都還沒勇氣去看應時飛的消息，不知是否已開始在媒體上傳播。

許世常猛吸一口草莓奶昔，還沒吞下去便感嘆：「啊！真好喝！」又追問：「昨晚到底發什麼事，那些災——」鍾灰豎起食指，暗示他不要提起那個詞彙。不知是否出於職業敏銳度，許世常很快就反應過來，低聲說：「有他們的人在這裡？有人跟蹤妳？監視妳？」

鍾灰搖搖頭：「不是什麼大事。」說完，她將自己昨晚的經歷簡單交代了一遍——出門前她就仔細想過了，災區警察的事不可能向任何人透露，必須編出另一套情節。她說，昨晚她一下就被災區警察抓到，和父親一同被移送到其他分部據點。

「哪裡的分部？」

「我不知道，車窗貼了黑色的隔熱紙，什麼都看不到。」

「沒有用衛星定位確認嗎？」

「手機被沒收了。」

「那帶你們去其他分部到底幹麼？」

「他們替我爸做了一些檢查，說是要釐清他跟哈梅林的吹笛手的關聯。」

「檢查？是怎樣的檢查？」

「他們要求我看到的東西全部都不能說出去。」

許世常嘆口氣，早就知道是這樣：「能活著出來就是好事了。不過，至少確定他們是爲了哈梅林的吹笛手行動，所以他們確實把這件事視作天災現象……」他顯得很苦惱。站在他的立場，一直認爲事件是人爲犯行。

「應時飛的事有什麼新消息嗎？」

「畢竟事發也才沒多久，又不是在惡名昭彰的空橋都市發生，所以現在先當成普通失蹤案處理，到處聯絡親人、朋友、師長同學，想確認她有沒有只是逃家翹課的可能。」許世常嘆道：「陸地警察大概也沒有遇過這種案子吧？第一嫌疑犯自己跑來報案，結果人又被災區警察帶走。」

「應時飛的家人……有說什麼嗎？」

應家很清楚她是去畫室以後失蹤的，不論如何，最可疑的對象一定是父親吧？換位思考，如果自己是應時飛的家長，要不是災區警察守在門口，搞不好已經衝去畫室要父親償命。但許世常聞言，卻露出微妙的表情。

「怎麼了？」

「他們家到底是什麼狀況，我也不太清楚。說失蹤還不到二十四小時，會再試著聯絡看看，說不定只是鬧著玩，不好意思驚動大家……天啊，不見的是十七歲的年輕女孩子耶！當父母的人一點都不擔心嗎？她有跟妳提過自己家裡的狀況嗎？」

「沒有，我和她……」

不熟。鍾灰想這樣說。但在應時飛消失前那段時間，她們每天共享下課走到車站的五分鐘，應時飛總是熱心和她分享各種哈梅林的吹笛手最新理論，還有最後傳給她的訊息……如果是自己失蹤，母親就不必說了，就算是那麼討厭她的父親，應該也不至於是這麼冷淡的反應吧？

「聽有在繼續跟進的同行說，好像以前就常有逃家前科，所以父母以爲這次也是吧！老實說我也嚇了一跳，她看起來完全不像是會逃家的樣子啊！」

鍾灰詫道：「等等，你認識她嗎？」

許世常從胸前口袋抽出一根菸，隨即又察覺這裡貼了禁菸標誌，只得摸摸鼻子又放回去：「嗯，她就是我盯上沈憐蛾的消息來源啊。肖像畫的事，就是她跟我說的。」

「什麼？」

「幹麼那麼吃驚？」

鍾灰幾乎說不出話來：「可是她、她為什麼會知道肖像畫的事？」

許世常聳聳肩：「我哪知道？她不是妳爸的學生嗎，知道也不奇怪吧？」

如果不要把事情想得太複雜，答案不是很簡單嗎——她每天都來畫室上課，難道不會是父親主動告訴她的？或者，她自己先看見父親重拾畫筆的那些肖像畫，向父親問出來的？可是，鍾灰在家裡根本沒發現過半幅肖像畫，父親也從未提起過——那對父親來說，應該不會是太愉快的事。而且若她早知肖像畫跟失蹤案的連結，為什麼還要說那些什麼天災、人為的，向鍾灰迂迴打探？

「我們聊過好幾次哈梅林的吹笛手，但她什麼也沒跟我說。」

「她恐怕也沒辦法相信妳吧？妳是沈憐蛾的女兒，她怎麼知道妳站在哪邊？有戒心也是理所當然的。」

說得有道理，但鍾灰就是覺得哪裡不太對勁：「你是怎麼和她認識的？」

「她是自己主動跑來《棋盤郵報》找我的。」

許世常說，應時飛初次到報社拜訪，是在今年七月中下旬左右的事，當時許世常的連載已經寫了半個多月——本來許世常只是當塾檔的犯罪新聞做採訪，事實上，當時他甚至沒有特別意識到這是連續事件，只知道大稻埕附近好幾個去玩的年輕學生走丟，許世常的第一反應就是那附近治安惡化。

空橋都市整體治安不是太好，但大稻埕算相對狀況好一點，因為那裡很早就被列為都市規劃的重點地區，是有歷史文化保存價值的區域。附近不像空橋都市典型的高樓大廈式景觀，特別打造磚、石等古樸風格的建築。而且空橋街道寬闊、建築相對高度也低，幾乎沒有隱蔽性。

七月初，許世常首先訪問其中一起事件相關人，除了失蹤者的親人、朋友外，因為事件發生在白天，也詢問了大稻埕附近商家，不過沒得到什麼有價值的消息。然而，當他訪問當天和失蹤者一起去大稻埕的朋友時，卻察覺一個有趣的現象：他們不約而同提到了失蹤者並不是走散或被人帶走，而是不明不白就從眼前消失了。

許世常覺得這是個有意思的話題，便繼續深入挖掘，他們跟許世常聊開後，又說了更多細節——朋友在途中輪廓漸漸變淡、像溶解那樣慢慢消失。

即使在那個時間點，許世常也根本沒把那些話認眞聽進去，他只是憑著寫作者的本能察覺到有些可以操作的元素。以《棋盤郵報》的性質來說，比起寫實的犯罪報導，這種帶點空橋都市特有風情的怪談要受歡迎多了。最近這幾個月，空橋都市異常風平浪靜，唯一有話題性的怪事就只有「幽靈蛹」一件而已。他自己寫過一兩篇、但很快就覺得沒意思而收手了，因爲每個人都在寫——除非放下羞恥心，像其他人一樣連基本職業道德都放棄、全部憑空創造，不然現有的情報就那幾件，寫來寫去都差不多。

於是他把握失蹤案的特質，半虛半實地渲染一番神祕消失的現像，甚至還取了更能吸引點閱率的標題——**「哈梅林的吹笛手」**。但其實他自己也沒放在心上，反正總比寫什麼災區警察年度預算之類的題材吸引人。

然而，專欄刊出後一段時間，他陸續收到幾個讀者聯絡。他們說，自己的朋友前一陣子也在空橋都市失蹤了，而且就像許世常的報導，是在眼前憑空消失的。但那實在很荒唐，他們一直覺得是自己看錯了。

許世常沒太當一回事，這種事他碰得多了，人人都想成爲故事中的主角。不過，這倒多爲他新增不少素材，於是他將這幾件失蹤案拉起連結，寫成系列報導。又過一段時間，許世常正爲下一期新題目絞盡腦汁時，他再次收到讀者來信。原以爲又是一位「朋友憑空消失了」的目擊者，沒想到，寄信人說她知道哈梅林的吹笛手是誰。

那就是他和應時飛最初的接觸點。

兩人約在陸地都市見面，女孩在信中說得很清楚，她連絡許世常是因爲看了他寫的一系列哈梅林的吹笛手報導，雖然她嘗試跟更多人聯繫，但目前持續追蹤這件事的記者，似乎只有許世常一人。

這系列報導沒有其他報社跟進，大概同業都有點職業敏銳度，多少看出許世常巧妙的誇張羅造之筆。

應時飛告訴他自己在畫室上課，她的老師畫了一系列肖像畫，而目前所有失蹤者都出現在老師的畫上。

「高中女生特有的幻想啊。」許世常說，他第一個反應就是這樣，女孩說她的老師可能利用畫肖像畫的機會挑選目標、再將那些人綁架。說得繪聲繪影、細節詳實，甚至還出示她拍下的肖像畫照片。

但這相關性在許世常眼裡未免還是有些薄弱，首先，總樣本才四個人，說是巧合也不算說不過去。其次，畫像並不算非常寫實的素描，這樣眞能準確判斷誰是誰嗎？

再來關於綁架的細節，女孩當然一點也說不出來，根本沒人知道在光天化日、受害者還與朋友同行的狀況下，綁架要如何進行？許世常又問她，用肖像畫挑選綁架目標的意義又是什麼？綁架難道不是挑選贖金高的或好下手的爲第一要務嗎？爲什麼又要留下畫讓她有機會看到？

「也許他有特定的下手喜好？畫是戰利品……」

許世常嗤一聲笑了，女孩大概犯罪電影看太多了，以爲她遇上不世出的連續殺人魔了吧？這個年紀的孩子正是對自己存在的特殊性最敏感的時期，經常有把身邊事物無限放大的傾向。

「那妳覺得這幾個人有什麼相似點？」其中竟然還有一個是十分高大的男孩，除非他是什麼地產大亨的兒子，否則綁架怎麼會找這種目標下手？

女孩咬著下唇，一句話也說不出來，許世常心想，雖然是青春期少女的幻想，畢竟排解了自己一天的無趣煩悶，於是難得大發慈悲，沒有用任何尖銳話語戳破她的幻想。

「如果這麼害怕的話，就不要再去上課了吧！」

「我會證明給你看的！」但女孩只留下這一句話，就揹起書包跑走了。

聽完後，鍾灰沉默半晌，才說：「完全看不出來。」

「看不出來是什麼意思？」

「她很崇拜我父親，上課時也看不出有害怕他或懷疑他的樣子，雖然會和我聊哈梅林的吹笛手，但也沒有什麼奇怪的舉動過。如果她私底下一直視我父親爲殺人狂或綁架犯，那也隱藏得太好了。」

不如說，那種情況下還能保持若無其事的親近，未免也太詭異了。鍾灰又問：「她說要證明是什麼意思？」

許世常嘆道：「我也以爲她要麼就是明白自己太敏感，要麼就是趕快逃離畫室，但是我沒有想到她竟然選第三條路——她留下來，然後繼續……等失蹤案發生。」

「……」

「她一看到肖像畫，就立刻拍照傳給我，要我去找這是什麼人。」許世常壓低了聲音：「當然她自己也去找，最後幾個案子的受害者幾乎都是三中的學生，她用學校裡的人脈很快就找到了。雖然說那些畫不是寫實素描，但重點把握得很準確，比起死氣沉沉的證件照，每天朝夕相處的同學認得更準確。

「然後事情就演變成……我沒辦法不當她的話一回事了。最後那四起案件，有三起都等於是提前預言的。她傳照片給我的時間，都比受害者被通報失蹤的時間更早。更不要說裡面有一個人……她提前找出那個人的姓名跟學校，要我立刻去查這個人現在是不是安全，結果就像妳知道的，到傍晚時那個學生的親人去報案了。

「到這種地步我也不可能再嘴硬了，老實說，當事情開始漸漸照她的預言……不，或許該說是照妳父親的畫像逐次發生時，我終於開始有動作，雖然可能為時已晚了。」

「你是說跑到我家……」

「不，我首先去調查了沈憐娥這個人的生平。」

鍾灰胃裡一陣沉沉的，想起第一次和許世常見面時，他對父親那諱莫如深的樣子。許世常此刻面上的神情難以形容，該說是憤怒或是悔恨呢：「那時我就想，我……或許該早點把她的話當一回事，沈憐娥確實太奇怪了。然後我開始去畫室附近觀察，想蒐集更多資訊，但是還來不及找到什麼就……唉！好了，我知道的事已經全部告訴妳了，現在換妳說那天應時飛失蹤的情況了吧？」

「我以為你會繼續問我災區警察的事。」

「妳講了出事我也沒辦法負責啊！何況我現在更想趕快找到應時飛的下落，哪怕一點蛛絲馬跡都好。」

「我知道了……我盡量告訴你就是了。」

災區警察對失蹤案也是一樣搖擺不定，要是屆時他們覺得自己搞錯了、事情跟天災無關，父親會怎麼樣？會被丟回陸地警察手上，被當作綁架犯甚至殺人犯處理嗎？

她仔細回想那天的事，全部告訴許世常，希望他發現一些自己沒注意到的細節。但說到應時飛消失那一段時還是猶豫了——她無法肯定那一刻究竟看到什麼，她當然希望這件事是王造成的，但如果不是呢……

許世常苦惱地咬著拇指，不過，他沒對鍾灰的說詞提出質疑：「她打算怎麼跟妳舉發哈梅林的吹笛手？」

「我怎麼知道？」

「妳說妳當時第一個反應是認爲應時飛逃走了，對吧？」

「只能這樣想，地上什麼痕跡都沒留下。」鍾灰無奈地說：「但四樓絕不是摔下去能平安無事的高度。」

「也是有彈到遮雨棚後，從十幾樓摔下來都沒事的例子，不過妳家四樓窗口下去幾乎沒什麼緩衝，就這樣直接摔到地面的話，至少骨頭也得摔斷一兩根才對。就算腎上腺素大爆發，能不能在這麼短的時間內跑得不見蹤影，也很難說。」

「對吧！你也是這樣想吧！」

「她自己要逃走可能性是很低的，但是，這不代表別人不能帶她逃走啊！」

「你是說有人在底下接住她，然後帶她逃走？爲什麼要這樣做？」

「不知道。但她想找出眞相的執念很強，會做出什麼事根本沒人知道。」

「可是先別說我們那裡沒有騎樓，根本沒地方躲，揹著一個人應該也跑不快吧！從她掉下去到我追下去，時間非常短。」

「何必要揹？直接用車子載走就好了，說不定從一開始就有同謀的貨車在那裡等著，鋪上救生軟墊，等她掉下來以後馬上加速駛離。」

「什麼同謀！一個高中女生哪會有那種夥伴？」

「誰知道？而且我也沒說一定是應時飛的同謀啊，搞不好是沈憐蛾的。仔細一想，如果他眞的是綁架犯，要持續這樣不留下行蹤的犯案，有同伴支援反而更自然。」

見鍾灰面露慍色，許世常慌忙說：「是妳自己要問我意見的！我只是提出可以科學解釋的方法。」

「我回來時可沒看到什麼同謀的車！」

「可能就是算準妳進門後才開進來的，車只要保持發動狀態，要進出是很快的事。妳爸呢？妳爸當時應該是離窗戶最近的人，如果是他還有可能看到巷子底下有沒有別人，他有說什麼嗎？」

昨天那樣折騰過整晚後，鍾灰都還沒和父親好好說過話：「他那天受到很大打擊，精神都不太正常了。」

「說得也是，案還是他自己去報的，眞是瘋了。不過，他就算說了什麼證詞，也不能採信。」許世常抓了抓腦袋說：「我可不是要抓著妳爸當凶手打，目前和所有事件關聯性最高的人就是他，妳懂吧？」

鍾灰悶悶地點了點頭，又問：「那你呢？我被災區警察帶走以後，你有找到什麼東西嗎？」

「後來大樓忽然停電，我差點被鎖死在門裡。燈亮後他們動作很大，我只好先跑了。雖然沒有翻幾間辦公室，不過很奇怪，沒搜到什麼算得上重要的東西，這裡的防範會這麼疏漏，大概是因爲眞的沒有重要機密。」

「你何必預設一定有什麼機密？」

「難道妳相信沒有？」

鍾灰知道他想的「機密」是政治酬庸或不合法金錢流向這類東西，但災區警察的祕密比這嚴重多了。

與許世常告別後鍾灰心裡悶悶不樂，本來想直接回家，不知不覺坐過站。她想，這樣也無所謂，就在交界處換乘了電車，前往空橋都市。

這條路線會經過大稻埕文化保護街，也就是哈梅林的吹笛手案發處，對此葉善存不可能沒有察覺，但他什麼也沒說，默默和她在車上保持最遠距離。

這一帶完全是觀光區，週間冷清，但一到週末就很熱鬧，都是陸地都市來的人。雖然短短兩個月內，前往大稻埕而失蹤的青少年已有十幾人，但似乎未對人潮造成太大影響，不過，確實能感受到青少年的比例降低了。

稍一低頭，就能看見腳下的淡水河面。這幾年水位仍持續上漲，不少人提議將電車站遷往更高處的空橋以策安全，但受到陸地市民很大反對，因爲大稻埕街低矮而貼近水岸，從目前的電車站位置前往更加方便。

反正今天也是風平浪靜、氣候晴朗，讓人暫時忘記天災的暴虐。

鍾灰沿著懸軌電車的軌道往河堤走。七〇年代末，這裡跟信義特區一樣被賦予了特殊意義的指標計畫，開始一系列重建工作。但跟積極向天空伸展的信義區相反，大稻埕很大程度地保留了天災前低矮的原貌，是最沒有空橋都市特色的地方。在天災發生幾年前，這裡就已經爲文化保存與都市開發的問題爭執不休，只不過天災的大浪像個大巴掌，原有的經濟、政治考量，全被大自然壓倒性的暴力給摧毀了。

重建計畫發展得很順利，街寬輕易調整重劃，大稻埕保護街幾乎是一座日治都市的複製品，與隔壁街區的大樓景色相比，此處簡直有如一座凹谷，天氣晴好時，甚至低頭就能看見沉在水下的舊都。

淡水河畔以高架道路爲基礎重建了碼頭，小艇、游船星羅棋布，一座超長的玻璃空橋直通淡水河對岸。碼頭廣場前，統一反戴白色鴨舌帽的年輕人整齊劃一的舞步有如軍操，樂聲震耳欲聾。依偎在橋畔的情侶交換吃彼此的冰淇淋。

鍾灰沿著碼頭一路向南，穿過空橋進入新南街。

此處橋樑低矮，臨水而建，寬闊的橋面上刻意多鋪一層仿磚的材質，只爲重現古舊的街廓氣氛。周圍建築多以經特殊處理的紅磚、洗石子建材築成，民居、洋行、戲院一應俱全。

穿著古典的紳士淑女與人力車通過橋面，這些人是常駐文化街的演員，但下午五點後就會離開。新建成的區塊完全成爲一座舞台村，販賣的與其說是實用商品，不如說是老舊的生活氛圍。事實上，這裡連一戶眞正的住宅也沒有，但隔不遠處淡水河面上就有許多漂浮的「消波塊」公寓，這樣的對比讓鍾灰感到說不出的虛無。

父親繪畫的地方不固定，不過根據許世常的說法，都在南街一帶的空橋。她四處詢問是否有人記得在橋邊寫生的畫家，這裡到處都能見到街頭藝術家，因此必須盡可能仔細描述父親的外型。

出乎意料的是，確實有不少人記得父親，這裡許多藝術家更加年輕、打扮也充滿自我主張，像父親那樣上了年紀、外表中規中矩的老男人反而令人留下印象。統整這些說法來看，父親大都是週末一大早就到，到接近傍晚時離開。他多數時候待在新南街一帶作畫，不會去沒有遮蔭的碼頭地帶。

但他並非只爲青少年素描，從鍾灰問到的資訊來看，顯然他也爲成人、甚至老人繪畫，這個發現令鍾灰感到振奮，換言之，所謂「利用畫肖像來搭訕、鎖定目標」這樣的理論是站不住腳的。另外，除非大氣變了，否則父親幾乎整天都待在同一個地方，不會到處移動。這樣的話，他應該也很難下手去「綁架」人吧？

這一帶屬於步行區，沒有縱向的電車軌道，空橋兩頭都連接著建築物入口。要讓人從橋上憑空消失，如果不是把人拉進建築物裡，就是把人直接推下水裡。前者的可能性要高得多，但建築物內部一般都有監視攝影器，被拍攝到的機會很高。空橋上則大多沒有攝影機，而且陰天時水氣多、溫度低，經常朦朧在大霧中。

可是要把人推進水裡，不但會發出很大的聲音，若不想引人注意，也必須讓受害者無法求救。還有，推人下橋的綁架犯無處藏身，或許可以一起翻過護欄跳下水……但以父親的年紀和體能，根本不可能做到。

葉善存忽然開口：「妳想調查哈梅林的吹笛手……啊，抱歉，我好像跟得太近了，嚇到妳了嗎？」

「不……沒關係。葉警官，你不用跟我隔這麼遠沒關係，反正現在也沒別的人在旁邊。」

「好！」他很高興似說：「以後就是同事了，也不用叫我葉警官呀，我叫葉善存。」

「也說不上什麼調查，只是想來這附近走走……你對失蹤案很了解嗎？」

「才不呢。其實幾天前我根本也不知道什麼吹笛手，我對案件的理解，都是生吞猛啃資料來的。」

兩人並肩在空橋間行走，葉善存和自己身高差不多，加上一張稚氣討喜的娃娃臉，一開始鍾灰還懷疑他是國中生，但再怎麼樣災區警察也不至於雇用童工吧……鍾灰不太想知道答案，不敢多嘴過問。

「災區警察沒有對失蹤案採取過行動嗎？」

「沒有，我們追蹤天災的方式主要還是靠安裝在空橋都市裡的監測器。」

鍾灰驚呼：「監測器？那是什麼？」

葉善存靦腆地笑道：「我也不太懂那是怎麼做的。不過，跟那天檢查妳跟沈先生身上有沒有土的反應，應該是差不多的原理。空橋都市裡大量裝設這種監測器，發現有能量反應時就會過去調查。對了，天災預報應該就是根據監測器回報的資料發布的。」

鍾灰這才明白為什麼每次自己發現天災後，通常沒過多久災區警察就會採取行動。她又問：「那麼發生失蹤案的時候，都沒有偵測到王的反應嗎？」

「也不能這樣說，這些監測器只是普通機器，跟信義警報不一樣。要完整觀測到能量頻譜最少要四小時，除非王很穩定留在原地作用，不然基本上是偵測不到的。幽靈蛹就是這樣，雖然它到處出現結蛹，但王的本體很快就跑掉了。」

「所以災區警察才完全沒有注意到這件事嗎？」

「我們也會蒐集空橋都市裡的怪談情報，但吹笛手的情況又比較特別。因為沒有明確的直接證據，也不能排除是普通犯罪，之前只在各隊隊長的會議裡討論過要不要深入調查下去，聽說意見一半一半。」

鍾灰點頭表示理解。忽然她想到：「既然你是外勤的話，應該也是士兵吧？」

「對。」

「那你的ＫＩＮＧ是什麼？」

葉善存似乎感到困擾地偏了偏腦袋：「這個嘛……」

「不方便說嗎？」

「不，只是我也不知道怎麼說明比較好。嗯……簡單來說，我可以強迫讓王分裂。」鍾灰很捧場地發出一聲驚呼，葉善存苦笑道：「不用那麼驚訝，這不是什麼很厲害的本事，很多同事的能力跟我類似。其實就是把比較大的王拆解成幾個小一些的王而已——它們會透過吞食同類來壯大自己，我的能力就是反過來吧！」

「分裂是什麼意思啊？」

「我會讓它們原本寄生的環境變得難以忍受，這時候就算旁邊的目標不是最理想的，它們也會盡量往那裡分散能量。大部分的王都必須透過直接接觸的方式來寄生目標，所以它們轉移的介質比較容易控制。」

「聽起來好厲害喔。」

「不，這個能力的限制很多。比如說，我們很難在正面對戰時發揮功能，因為無法準確擊中目標。」葉善存苦惱地說：「我剛剛也說了，大部分的王都必須透過直接接觸來發揮影響力，我也一樣，我必須直接摸到被王寄生的目標，才能強迫它分裂。但實戰中這種機會不多，通常都是讓我們去碰實驗室裡已經抓到的。」

「既然都抓到了，幹麻還要做這件事？」

「妳知道黑子姊的KING嗎？」

鍾灰搖搖頭，她只記得黑子徒手讓那怪物融化了。

「黑子姊的叫『獵犬』。」

鍾灰詫道：「王都會有名字嗎？」

他尷尬地笑了笑：「沒有，只有編號。但大家私下都會取綽號……當然我還太菜，沒有啦。」

「獵犬實在不是很好聽耶。」

「對啊。但我現在想起來，覺得滿傳神的，因爲黑子姊的王可以把對方的王直接吃掉。」

「吃掉？」

「就是直接消滅掉對方身上的王，並據爲己有的意思。其實所有的王都有這種特性，它們會捕捉更弱小的王來強化自己──妳知道KING的本質是一種能量吧？所以捕食可以想像成一直吸收能量的意思。黑子姊的獵犬在其中又特別誇張。」

「強化自己……那黑子的王不是會變得超級厲害嗎？」

「不，聽說獵犬會有這麼瘋狂的攻擊性，就是因爲它一直保持在飢餓狀態，吃下去的王馬上就被消化掉了。所以吃得再多，也不能直接轉變爲黑子姊的力量。」

「但是如果能直接吃掉對方的話，碰上什麼王都贏定了吧！」

「實際情況沒這麼理想，獵犬也不可能無止盡吃個不停啊！我就是因爲適合配合獵犬，才被派來隊上。我可以把王裂解成比較小的規模，再交給黑子姊慢慢處理。不然憑我的資歷，怎麼可能進得了一軍。」

「啊……」簡直像一把牛排刀似的，鍾灰又問：「對了！那楊戩的KING到底是什麼？」

「妳沒看見嗎？」

「看過一次，但所有東西都被他燒掉了，根本不知道發生什麼。他是會人體發火的那種超能力者嗎？」

「不是的！學長可以釋放非常高強度的電力。妳說的燒掉，應該是他製造驚人的超高壓電把敵人電焦了。」

「哇……」

「很嚇人吧！雖然那天也是我第一次見到他，但他超級有名。HCRI有一支團隊專門負責研究他們這種宿主，那個實驗室被叫做『重火器班』。」

這時，鍾灰爆出一陣驚呼，葉善存詫道：「怎麼了？這麼值得驚訝嗎？」

「不是，楊戩！楊戩就在那裡！」

「什麼？」葉善存看了半晌卻什麼也沒有發現：「等等！在哪兒啊！」

鍾灰快步擠過人群，楊戩沒有穿制服，兩手插在口袋裡，肩上扛著一個大旅行包，背向兩人大步前進。「楊戩！」再喊了一聲他才回過頭來，似乎頗驚訝兩人出現在這裡。

葉善存一樣驚訝，這是他第一次見到楊戩便服打扮，他的背影遠遠看去，就和空橋間穿梭的年輕人沒什麼不同，才認識他一天的鍾灰究竟是怎麼一眼認出來的？而楊戩似乎也在想一樣的問題。

「你們怎麼會在這裡？」

「鍾小姐剛才有事出門，所以我得跟著她……」

鍾灰反問：「你呢？」

「我要去妳家。」

「我家？」鍾灰一愣：「去我家爲什麼要扛著旅行袋？」

「我向黑子說了，我也過來陸地都市支援。我和善存會在沈先生的畫室住下來。」

鍾灰瞪大了眼，但又沒有拒絕他的權利。

「我們要監視王的動向。另外，考慮到這次的王有能力進陸地都市，萬一它出現了，或許我在附近待命會比較安全。」

「但學長先前一直在處理蛹的事吧！」

「會先全部交給黑子跟文哥。反正蛹發生時，比較不會有正面衝突的危險。另外，其他小隊也會派員過去支援他們。」

想起那晚楊戩如何消滅樓頂的怪物，鍾灰能理解爲什麼正面衝突的工作要交給他。做那樣的工作不會害怕嗎？換成自己呢？如果她成爲災區警察，也會讓她正面去對抗那些怪物嗎？不——她可絕對不幹。

鍾灰扳著手指算了一下，他剛才說的「文哥」大概就是開車載他們去總部的陰沉巨漢，還有沒見過的其他成員嗎？不然加上楊戩、葉善存和自己，這個小隊的外勤人員竟然只有五人，而且她跟葉善存還是最近加入！

三人叫了計程車回去。家裡雖然有四樓，但這幾年父親在屋裡堆滿雜物，保持整潔的只有恆溫定濕的收藏室。即使最近鍾灰已清出不少空間，勉強能做客房的只有一間，剩下一人就只能睡一樓的雜物間或畫室了。

葉善存登時自告奮勇：「客房就給學長吧！我來住一樓就可以。一樓不是也有沙發嘛！」但楊戩沉吟片刻說：「不，我去住畫室吧！」

「學長，請您不用跟我客氣。」

「我沒有要客氣。」楊戩說：「就我所知，出事的地點是畫室對吧？」

「對。」

「既然如此，若事件確實與王有關，它返回時也可能優先接近畫室，由我看守在這裡比較保險。」他既然都這樣說了，葉善存也沒有反對的餘地。

楊戩的到來迫使父親不得不從房裡出來，他出示警證，說明自己來意。而父親只是面無表情地看著楊戩，對於又有新的災區警察進駐這件事，似乎已經麻痺了。於是安置工作就全權交給鍾灰，她先帶葉善存去客房，再帶楊戩上去畫室：「不好意思，只能委屈你先住這裡了。」

楊戩說就算睡地板也無所謂。不過鍾灰心想，她家畫室的地板可是舒服得不得了，只要不介意被幾百雙昆蟲的眼睛盯著，在那微涼而散發香氣的原木地板、昏暗的光線中沉沉睡去絕對是件享受。

鍾灰告訴他二三樓各處的配置，或許是出於職業習慣，楊戩聽得非常仔細，甚至像租客勘查場地一樣，確實地打開房門檢查。推開畫室大門，首先入眼的便是如舞蹈教室般空蕩、寬闊的木頭地板。面街的大窗攏上黑色的厚重絨質窗簾，屋裡一片漆黑，只有牆上時不時會閃過微弱的反光，這裡與其說是畫室，不如說更像家庭劇院。

鍾灰打開天花板上兩盞大燈，室內頓時變得明亮起來。楊戩這時才知道那些微弱反光的來源是什麼——窗緣間裝飾了華麗的金色浮雕，只要從簾外滲入一點陽光，就會在室內形成一道讓光線回環往復的路徑。

「這扇窗是面向空橋都市的，夏天時西曬很強。」鍾灰解釋說：「只是嫌熱的話還可以開冷氣就好，可是我們經常有控制光源的需求。」

「所以這裡才有這麼多燈嗎？」

「對，只要搭配得當，各種光源狀況都可以模擬。」

原本預期這裡應該擺滿畫作，但這異常的畫室裡只用昆蟲標本塡滿了南北兩面牆，令楊戩想起第三研究中心的KING標本室，沈憐蛾或許是個標本愛好家。

至於大門兩側，一邊列了兩張長型矮桌，堆放各式畫具和不知名的瓶瓶罐罐，角落則擺了少許畫架、畫布。另一邊則是一座多格木櫃，看起來有點像中藥行的抽屜，從上面塗汙的痕跡來看，似乎是專門放顏料的櫃子。櫃子幾乎延伸到天花板，櫃旁擺了一架鋁梯和一張小矮凳。

「發生這種事，畫室也得暫時歇業了，就請你隨意使用，要拉開窗簾也可以。」

「這裡就是那女孩掉下去的地方嗎？」

楊戩站到窗前，雖然才經過一天，顯然他已確認過一輪事件的始末。鍾灰吃力地拉開面西的窗簾，夕陽殘照仍舊強烈，壓過室內的白熾燈，將畫室染成一片鮮豔的橘紅，鍾灰向他說明：「當時這扇落地窗是打開的。」

落地窗是簡單的耳形扣鎖，操作簡便，他試著將落地窗打開，並不費力，就算是應時飛，兩手應該也能輕易拉開。窗外沒有陽台或任何緩衝的平面，拉開窗後一不小心就有可能失足墜落。

不過，平時應該不會有打開落地窗的需求，落地窗左右兩側，都有一扇供換氣用的小窗可以開啓。他低頭往下看，卻發現底下二、三樓都有稍微突出的窗台，只不過大約只有十公分左右。他指著底下的窗台問：「她有沒有可能掉下去以後落在窗台上？」

鍾灰蹙眉道：「那麼窄的距離很難吧？」

楊戩沉吟片刻，似乎不太能認同，鍾灰想起那晚他是從旁邊的大樓直接跳下來的，大概對他來說這不是件難事。終於楊戩退讓似說：「如果是垂著繩子降下去的話，應該就有機會吧？」慢慢垂降下去的話，窗台確實能做爲落腳點，鍾灰問：「但跳到窗台上以後呢？」

「三樓或二樓的窗戶有鎖嗎？可以開窗後逃進屋裡，立刻把繩子剪斷。」

「但這不可能幾秒鐘內就完成吧？我爸一看她要掉下去，立刻就衝到窗邊了。」父親至今都沒完整說出他在窗邊看見了什麼，但如果看見這種事，也不至於保持沉默、陷自己入罪吧？

楊戩估算了一下畫室的寬度，除非預期沈憐蛾會呆站在那裡一動不動，不然應時飛應該不可能有充分時間完成這一切，他點點頭又問：「爲什麼只有四樓是落地窗？」

「偶爾可以畫街景和空橋都市的景色，以前對面的房子也沒有那麼高。」

「可是都拉上了這麼厚的窗簾，令尊平時有在畫街景嗎？」

鍾灰解釋道：「啊……這個畫室不是他一個人的。這是我爸的老家，他小時候就住在這裡了。他父母都是從事藝術行業的人，所以他跟他姊姊從小就開始畫畫，畫室當時就由他們姊弟共同使用。」

「那他姊姊呢？現在人在哪裡？」

「我姑姑……很年輕的時候就過世了。」

楊戩頷首表示理解，幸好沒再追問，姑姑是捲入連續誘拐殺人案而死的……現在鍾灰完全不想提起這件事。

「令堂呢？或者妳有兄弟姊妹嗎？事件發生到現在，我好像只看過妳一個人，沈憐蛾沒有其他家人了嗎？」

「啊……」鍾灰一下就愣住了。

「怎麼了嗎？」

仔細一想，確實如此。雖然是件很簡單的事，鍾灰心裡卻受到一股奇怪的衝擊。

在這之前她總告訴自己，母親去世後，父親就是自己在這世上唯一的親人了。因天災而受害的她，尋求唯一親人的幫助也是理所當然的，並不需要感到丟臉。那種孤獨感讓她舒坦很多，不得不向父親求助的不甘心，變得不再那麼刺人。但她沒有特別想過，自己對父親來說也是世上唯一的親人了——

父親與她一樣孤獨。

「呃……不，沒事。我媽已經過世了，我也沒有兄弟姊妹。應該只有我一個人了。」

「原來如此。」

楊戩如機械般冷冰冰的回覆，讓鍾灰有點不高興。雖然不是要他說什麼，但一般人聽到這樣的話，多少會客套安慰兩句吧。

「總之，就先委屈你打地鋪吧！」鍾灰關上落地窗：「我會去雜物間找找看有沒有多的床墊棉被。」

「沒關係，我向上面申請了睡袋。」

「申請睡……袋嗎？」似乎多了一個讓人不想加入災區警察的理由：「那你會需要桌椅之類的嗎？那裡有畫畫用的椅子，如果需要桌子的話，我可以去搬來。」鍾灰想像刑偵片裡警察在牆上桌上貼滿各種線索的圖紙，但楊戩只是冷淡地說：「不必，應該用不上。」

楊戩的行李非常少，似乎連拆開整理的必要都沒有，他只從裡面拉出一件外套，便將行李推進牆角：「接下來大部分時間我都會待在這裡，盡量不會妨礙你們的日常生活。」

鍾灰心想，他們也沒什麼值得妨礙的日常生活。

「還有什麼我需要知道的事嗎？」

「應該沒有了吧。」鍾灰想了想：「你們晚餐要吃什麼？」

「……」沉默許久，楊戩終於勉為其難開口：「我們會叫外賣。」

「那樣太可憐了吧？」鍾灰詫道：「我就算住消波塊，也會準備卡式爐自己煮耶。」

「沒關係，我吃外賣就可以了。」

「可是我不想吃。」

「……」

「你不是說不會妨礙我們的日常生活嗎？」

兩人穿梭在小巷間，晚風中夾著淡淡一股煙氣，是附近住家準備開伙的味道。

楊戩穿著普通的白上衣和牛仔褲，揹著不甚相配的花俏環保提袋，鍾灰很好奇他是否有武裝，如果有又藏在哪裡，總不會是放在她的環保袋裡吧？但轉念一想，楊戩根本沒有攜帶武器的必要，他自己就是超強大的火力。

這一帶走路十幾分鐘內就有兩個市場，西邊是早市，因此她帶楊戩去東邊的黃昏市場，那裡規模雖然小一些，但營業到傍晚。楊戩似乎第一次見到這樣的場所，一路目不轉睛。

鍾灰好奇道：「你沒看過菜市場嗎？」

「空橋都市裡沒有這樣的地方。」

「你也住空橋都市嗎？」

「對。」

「我以為你們的薪水負擔得起陸地的房子。」

「我們經常在空橋都市巡邏，配給的宿舍大部分都在空橋都市內。」

「可是，不會偶爾來陸地這裡走走嗎？」

「我很少過去。」

鍾灰也不常去陸地都市，畢竟她和陸地都市唯一的牽繫就是父親，而兩人已多年不見了。即使如此，輪休時還是偶爾會跟同事去玩，陸地的百貨公司眞的高檔多了。

「那你的家人也一起住在空橋都市嗎？」

「我沒有家人。」

「啊……啊、啊。」鍾灰立刻張口結舌：「抱歉。」

「爲什麼要道歉？」

「就是……」這一問鍾灰反而說不出話來，她乾笑兩聲掩飾尷尬：「那你一直都待在空橋都市嗎？」

「我是在空橋都市的教會長大的，ＨＣＲＩ收養我以後，就一直住在大安的舊總部。」

「ＨＣＲＩ收養你？爲什麼？」

「他們從兒童義務健檢資料中發現我可能是宿主，因此想對我進行研究，並定期爲我做身體檢查。成年以前，都由他們供應我教育和生活費用。」

「哦……」鍾灰忽然想起那天謝露池說的事——國家會擔保你們的身體健康——不覺便脫口而出：「被王寄生後有帶給你什麼病痛嗎？」

「我不知道。」

「咦？」

「我一直都是這樣，所以我沒辦法比較。不過，並沒有什麼不方便的地方——如果妳想問的是這個。」

「啊……」鍾灰覺得她能明白楊戩的意思。**人類無法理解不存在自己世界的事物**，不論別人怎樣描述得津津樂道，都好像隔了一層紗一樣。

比方說，她聽說世上有一些人天生就缺乏同理他人的能力，即使殺人放火、傷害別人，心裡也不會有半點難受。心痛是能被教育的嗎？鍾灰不知道，對那些人來說，或許像是薄紗後的幻影。

鍾灰絕對不想靠近這種人，但也覺得那不能算是他們的錯，生命中有許多「與生俱來」，對她來說沒有好壞，只能靠著小心翼翼觀察外界，爲自己判斷出適合生存的標準。她想楊戩說的大概就是這個吧？

這一刻，鍾灰心底產生了一股竊喜之情——這個人是我的同伴，我也有天生無法理解的事物。

「不過你說一直……你被寄宿多久了？」

「按他們的說法，我被寄宿的時間點應該在我出生後不久。」

「出生？難道ＫＩＮＧ會遺傳嗎？」

「不，與遺傳無關，是它選上了還是嬰兒的我。」

這樣說來，楊戩幾乎一輩子都是宿主，鍾灰詫道：「但那天他們跟我說寄宿時間不會太久啊。」

「是，平均五至六年，再長十年就是極限了，我是比較少見的特例。」

「十年……」鍾灰在心底算了一下，那麼，自己似乎快接近極限了，她美好的「病」就要離開她了嗎？

接下來，鍾灰支使楊戩去買洋蔥和雞蛋，買這種東西沒什麼陷阱，不容易出錯，自己則去買豬肉和青菜。出事前煮好的飯還堆在冰箱裡，她不想浪費，反正冷凍過的隔夜飯大鍋拌炒一下就能糊弄過去了。對了，醬油好像也沒有了，得繞去附近的超市才行。在這些柴米油鹽的機械勞動中，她終於能從昨晚的事抽離出來，假裝她的生活還是安穩的日常。

但這樣平凡的日常生活，有些人已經失去了。

動念瞬間又被打回現實，她偷瞄了一眼手機，還是沒有任何關於失蹤案的新消息。

第三章　幽靈蛹

首先將蛋液倒入炒鍋，蛋香隨濃厚的油煙蒸騰而起，葉善存迅速將凍乾了兩夜的米飯倒入，白米立即染成金黃色。他熟練地翻炒大鍋，鍾灰在一旁抓準時機，撥入洋蔥丁和蔥蒜末，葉善存則將醃漬充分的肉絲倒進鍋中，仙人潑墨一樣朝鍋裡撒了幾點醬油。

「蔥再下去一次！快點！」

「好、好……」鍾灰毫無用武之地，只能唯唯諾諾服從。

雖然是消耗冰箱食材的手段，但料理一點也不馬虎，鍾灰深吸一口氣，炒飯散發日光般暖和蓬鬆的香氣。

「哇！好香！完全無法想像這是冰了兩晚的剩飯！」

「以後飯不要再冰隔夜了！如果不是交給我的話，一般是沒辦法弄成這樣的。」

「那還不是因爲你們非法拘留了我們快兩天……」

兩人愉快地鬥嘴，只有楊戩一臉麻木地坐在桌邊。

擦完桌子、擺齊碗筷以後他就沒有任何用處，一直像雕像一樣坐在位子上。

「還有什麼需要我做的嗎？」

「學長只要在那裡等開飯就可以了。」

「但是——」

葉善存不耐煩地說：「你什麼都不要做就幫大忙了。」

他們也不是不讓他幫忙，不過剛剛他差點把洋蔥燒掉了。

「……」

「啊、抱歉，學長，我不是故意的……」

「好啦好啦，那你去叫我爸來吃飯吧！」鍾灰指著二樓盡頭的寢室：「他的房間在那裡。」

楊戩露出微妙的表情，但沒有多說什麼還是乖乖過去了。鍾灰心情愉快，順手推掉了最討厭的工作。

雖然一半是認識不到一天的外人，久違坐在餐桌前，她還是滿開心，好久沒有這樣好好吃一頓飯了——住在消波塊時不用說，搬回這裡後通常是她煮好就放在廚房，父女各自拿回去吃，兩人不會一起用餐。

楊戩規矩地敲了幾下門，裡面沒有反應。他停了五秒又繼續敲，就這樣重複了五次，終於屋裡傳來聲音。

「有什麼事。」

「晚飯準備開飯了。」

「我吃不下，你們吃吧。」

「但是煮了四人份。」

對面沉默片刻：「所以呢？」

「如果你不出來吃，就會多一人份。」

對面繼續保持沉默，楊戩不知道這沉默代表什麼，他只是專注地想，如果是普通電子鎖的話，自己就能輕易破壞了。當然粗暴一點的手段也是有的，別說這麼普通的木板門，就是石門鐵門也不在話下，但黑子只是派他來做監視工作，這樣似乎太過火了。

正在他猶豫不決時，門打開了。沈憐蛾像看珍稀動物一樣從頭到腳打量他一輪，然後越過他直接走到飯廳。

葉善存在餐桌下給他比了個大姆指：「學長，你好厲害啊！」

「為什麼？」

「這是沈畫家第一次肯理我們！你該不會還能發送什麼操作腦波的電波吧？」

「ＫＩＮＧ沒有腦波，這種能力對我們的工作似乎沒有什麼幫助。」

父親繃著一張無表情的臉，假裝完全沒聽進去他們在胡說八道什麼，只低著頭吃飯。但和昨晚相比，他的臉色已緩和許多，似乎精神也好了些。

鍾灰鬆了口氣又想，就讓楊戩跟父親這兩個人互相折磨一下，一起提高社會化程度，似乎也不是壞事。

兩天後，災區警察親自派了謝露池過來。

「妳的狀況特殊，上面很快就發下許可了。」大概其中有她優秀的斡旋能力吧，謝露池顯得很得意：「事涉機密，通常外聘人員不會牽扯進和災區本部關聯太深的事情，甚至不知道我們的存在。不過妳是例外，既然妳已經知道大部分的事，我們可以開放更多權限給妳。」

他們顯然很有信心，即使最後放棄鍾灰，也有確保她不會洩漏機密的方法，想到這裡，鍾灰一陣毛骨悚然。但既然他們不擔心守密問題，又是出於什麼考量而延遲對鍾灰的正式招募呢？這令她更不安。

謝露池除了帶來任職令外，手上還提了一個名牌高級紙袋：「雖然先前說讓妳多考慮幾天，不過事態緊急，今天就要請妳下決定。約聘關係要終止容易得多，也沒有我們對正式職員的某些嚴格要求，妳不必太擔心，就當作替國家打工吧。安全部分妳也可以放心，我們將楊戩分配給妳就是這個理由。」

聽見「分配」二字，楊戩的眉毛跳了一下。

待遇是按時薪計算，但這絕對是鍾灰這一生做過眾多打工中最高的數字，就算跟相對高薪的正職工作相比也高得驚人，頭一次鍾灰體會到生命的價值被金錢認可是種什麼感覺。

「可是妳們要怎麼算我工作的時間啊？」

「妳值勤時至少要有一個災區警察陪在身邊，所以出勤時數就跟他們一起算就可以。」

謝露池說得很隨便，可以感覺出他們其實不太在意多給少給。啊……人民的稅金啊！

剩下大多是解約方式、保密要求和其他福利，除此以外沒有太過苛求的條款，鍾灰學生時代打過多少工就吃過多少虧，掌握合約的速度精準又快速。

畫室暫時歇業，家裡沒有收入，她當然也沒有打工的薪水。雖然吃住暫時不成問題，但她身上還揹著消波塊的貸款。也不知道父親有多少存款，說不定還得靠自己養他。鍾灰腦中只轉了幾下，就決定了——先簽吧！日後後悔也不遲——老實說，若不能反悔的話，他們應該連這份協議也懶得給，直接採用更強硬的手段了。

鍾灰在文件上簽下自己的名字，謝露池很滿意地笑了笑：「太好了，鍾小姐，謝謝妳的合作——啊！從今天開始妳就是我們的一員了，叫妳鍾小姐會不會太見外了？妳的朋友都怎麼叫妳呢？」

「小灰……吧。」

「那好，小灰，這是妳的制服。」

謝露池遞出手中的名牌紙袋，鍾灰往裡頭一看，是一套黑色的災區警察制服，全部包著薄薄的塑膠封膜，除了上衣外，還有各一套的長褲、窄裙，以及警帽、肩章和警徽臂章。鍾灰感到心頭蹦蹦跳著。

「這都是給我的嗎？包括這個警徽？」

「嗯，當然了。不過因爲妳沒有軍人身分，沒有階級章。衣服如果不合身的話再告訴我，我是按照第一印象幫妳拿的。」謝露池朝她眨眨眼：「不過我看人的眼光一向很準。」

謝露池回去後，鍾灰將塑膠袋全部拆開。在百貨公司工作的時候她也有一套制服，是更加柔美而曲線畢露的，還有一頂羊毛氈藥盒帽。災區警察的制服則冷酷得多，一點都不可愛，是恰好方便行動的合身剪裁。

但她喜歡得不得了。她拿在鏡前比劃，謝露池說得沒錯，她尺寸拿得很準，鍾灰想像換上這套制服筆挺風發的自己，心中雀躍不已。

「小灰——」

這時，門口忽然傳來父親的呼喚聲。鍾灰像被逮到做了壞事的孩子一樣，連忙將制服紙袋塞到床底下。父親站在她的房門口，目光還頻頻向樓下看，一臉困惑：「那又是什麼人？那也是災區警察嗎？」雖然型制一致，但謝露池的內勤制服一身雪白，和父親先前見過的外勤完全相反。

「是……啊。」

「他們又派人過來做什麼？還是來找妳的，妳做了什麼嗎？」父親眉頭緊皺，顯然很不自在。

瞬間鍾灰產生一股衝動，想告訴父親他們要招募她成爲災區警察——但這樣的念頭只存在很短的時間，就算父親對她毫無期待，大概也沒想過要一個成爲警察的女兒。他想要的是能承接他的才氣、像應時飛那樣的女兒吧？鍾灰不敢想像會從父親那裡得到什麼回應，於是開口的勇氣又萎縮了。

隔天，鍾灰便前往總部接受訓練。上回匆匆繞一圈，這次才算和全隊正式見面。除了楊戩仍留守畫室外，隊上幾乎全員到齊。據說有較大型的王出現時，全隊從總部消失整個月是家常便飯，但今天爲她破例了。

黑子一見她就笑得合不攏嘴，親切攬住她的肩頭：「上次只來得及跟妳打聲照呼，抱歉啊！上面那些老傢伙，年紀大了就變得更怕死，讓他們蓋個章都要蓋進棺材裡了。」

鍾灰小心翼翼環顧屋內一圈，扣掉楊戩跟自己，在場穿黑衣的外勤警察竟然只有三人，白衣的內勤警察則有五人。除了上次帶她去標本室的謝露池外，還有兩位三十多歲的男性、一位俐落短髮的女性，以及一個紮著兩束大麻花辮，戴一副大圓框眼鏡的女孩。

那女孩看起來年紀跟鍾灰接近，或比她更小一些。鍾灰記得上次謝露池說內勤大多是從外勤「退休」下來的，其他組員至少都有三、四十歲了，不知爲何只有女孩年紀輕得驚人。

「還沒向妳正式自我介紹過——我是第一小隊的隊長，我叫秦知苑。不過，妳應該一直聽他們叫我黑子吧？妳也跟著這樣叫就可以了。我們接下來應該比較沒有照面的機會，但遇到什麼問題都可以來找我抱怨。」

說完，她伸手比向那天開車載他們來總部的男人。男人的身材非常高大，剛硬如豬鬃的灰白頭髮長到肩頭，胡亂翹起。他的眼神看起來十分陰鬱，鍾灰至今仍一句話也不敢跟他說。男人朝她略點了個頭，黑子說：「這是阿文，妳叫他文哥就好。接下來他和我會負責處理另一邊的行動。善存妳應該已經很熟悉了，他只比妳早進來一個多月左右，不過，他是經過正規招募流程進來的，受過非常紮實的訓練。接下來他還有楊戩會和妳一起行動。」

「然後楊戩嘛……」黑子似乎猶豫著怎麼說明才好：「他的個性是有比較不近人情的地方，但也不能說他是壞人，妳就當作是超能力帶來了一點人格上的後遺症，稍微忍耐一下就好了。」

不算壞人？這是什麼微妙的評價……身為隊長，她好像完全沒有要維護楊戩的意思。

「總之，在和ＫＩＮＧ有關的事情上，除非他的行動太反人類，不然盡量不要和他起衝突。如果遇到天災的襲擊，全部交給他處理就可以，不需要擔心他的安危。注意這兩點就差不多了。」

「『太反人類』是什麼意思？」

「啊、嗯……」黑子絞盡腦汁考慮許久：「碰到了就知道了。反正希望妳不要碰到，但真的碰到了就打電話給我，不要跟他起衝突。」

這有如「在山上遇到熊時如何逃生」的指示讓鍾灰更不安了，比起如何應對ＫＩＮＧ，如何應對楊戩似乎是更重要的生存守則。

「除了這幾點，他還是個很不錯的人的，要好好相處。」黑子草率地為她的隊員下了結論，趕忙進入正題：「接下來這一週必須對妳進行密集訓練。除了關於ＫＩＮＧ的知識、應對方式，還有武術和射擊訓練。」

鍾灰露出緊張的神情，黑子說：「雖然我們的工作不是跟歹徒搏鬥，但被寄宿的東西毫無規則可言，有時候比犯罪分子還危險。」

「可是我連跟人打架的經驗都沒有！」

「放心，不用打架。今天開始我們會幫妳準備基礎訓練，不過因為事態緊急，沒辦法練滿到合格時數，必須先讓妳集中去找吹笛手。所以我希望妳外出時，盡可能和同伴一起行動。」

鍾灰忙戒慎恐懼地點頭，現在她似乎是隊裡的大累贅。

「那我們隊上的外勤就全部介紹完了——」

「外勤總共就只有五個人嗎？」

「一個小隊編制通常是八位外勤人員，我們這樣四捨五入算差不多啦！」

「哦……」但鍾灰又想，她和葉善存都是這一個月內新加入的成員，換言之，之前隊上只有三名成員嗎？外勤人員的基本要求是持有ＫＩＮＧ——要找到適當人選確實比較難，但再怎麼說人數也太少了。這時忽然有個人開口：「而且，隊上的一號位置永遠是要留給英士的。」

英士？那是誰？鍾灰正想開口問，但黑子繼續發言：「內勤部分就交給露池好嗎？」

「嗯。」謝露池冷淡地回應：「我之前跟她大概說過我們在做什麼了，時間有限，我想盡快帶她熟悉KING的習性。」

內勤組的人員也不多，謝露池機械式地跟鍾灰介紹一輪每個人的名字，他們被點到名時，或友善或冷漠地向鍾灰打一聲招呼。鍾灰頭暈腦脹，這麼多的名字，聽完前面就忘記後面了。

謝露池招呼內勤組那個特別年輕、綁著一頭長長麻花辮的女孩過來。她的頭髮顏色染得很淺，雖然必須穿著無個性的制服，但全身上下叮叮噹噹掛滿了裝飾品，她甚至打了一個鼻環，女孩朝她眨眨眼，但鍾灰不記得她的名字了。她說：「下週開始就請多多指教了。」

「咦？什麼意思？」

「受訓結束後，我也會一起搬進妳家的畫室喔。」

鍾灰瞪大了眼，女孩笑容滿面地說：「黑子姊把人手分成兩邊。內勤只派我一個人過去陸地都市。露姊她們還是留下來處理幽靈蛹，因爲幽靈蛹的資料實在太多太繁瑣了。」

謝露池望向黑子：「秦隊長，妳還有什麼要跟鍾灰交代的事嗎？」

「啊、呃，應該暫時沒有了。」

「那麼人先交給我可以吧？」

「嗯……好。」

「接下來我會安排基礎訓練，兩個人都跟我過來吧，」

謝露池帶兩人前往十六樓——東西兩側的大樓基本上並不相通，只有十六樓例外。不過，災區警察的識別證刷不過醫療中心，因此即使從十六樓跨到西側大樓，也無法搭電梯到底下樓層。十六樓破格打通兩側，是因爲這裡被安排爲射擊訓練場。除了災區警察，也有一些掛著HCRI識別證的研究員正在隔間內練習。

明道：「搜查巡邏的工作由秦知苑分配，但基本的防身策略會由我負責。」

「不論是災區警察或HCRI的研究員，都必須學會使用槍枝的方式，這是自保最簡單的方法。」謝露池說

「露姊的槍法很厲害，比那些現役外勤都準唷。」

「不用幫我宣傳。」謝露池好氣又好笑地說：「我的射擊成績確實還過得去，所以之後有什麼使用槍枝上的問題，除了這裡的教練外也可以問我。不論在總部或分部，練習時都使用訓練場的槍枝就可以。雖然之後會配給妳，不過，在總部內基本上槍枝都會被強制上鎖。」

「我不用先……鍛鍊體力什麼的嗎？」

「體術訓練需要更多時間，因此我會先教會妳使用槍。我們使用的槍枝和一般武裝不同，了彈有經過特殊處理，擊中宿主時，能有效抑制王的活性。當然，要除去王是很難的，不過至少可以爭取到逃命的時間。」

「逃命……」鍾灰努力回想那份契約裡是否有談到更多關於生命保障的部分。

「所以基本槍法要準，槍枝的重量也要好好習慣，這是爲了保護自己。不過，不用那麼緊張，妳出勤時會和楊戩一起行動，有他在不必太煩惱安全問題。」謝露池微笑道：「接下來還有一週作特訓，學槍的事待會再說吧！首先要讓妳知道妳接下來的任務是什麼。」

她們離開射擊場，謝露池走得非常快，鍾灰必須小跑步才能追上她。麻花辮女孩倒是一派輕鬆的樣子，還安慰鍾灰：「反正我知道簡報室在哪，所以妳跟不上露姊也沒關係，她走路是臺北人平均速度的一點七五倍喔，這樣妳就知道有多快了吧。」

「跟外表那副樣子完全搭不起來啊……」

「還有更多搭不起來的地方喔。」

鍾灰想了想，終於忍不住壓低聲音問道：「是說……露池姊是不是和黑子關係不太好啊？」

「嗯。」女孩乾脆俐落地點頭。

「爲什麼？」

「我不知道。」

「咦？沒有理由嗎？」

「不是，是她們仇結得太早，我那時候還沒進來。」

「可是都沒人會討論……之類的嗎？」

「嘿嘿，妳是說八卦對吧！大家怎麼可能不想知道呢？不過知情的老人都封口不談，我們也只能從一些奇怪的小事裡瞎猜。露姊大概幹過一些很恐怖的事──剛才不是講在總部裡槍枝都上鎖嗎？」她附耳過來小聲說：「這條規定就叫『謝露池條款』，不要問我爲什麼，我不知道。」

謝露池停下腳步，好奇瞄了兩人一眼：「妳們在聊什麼？」

「沒事喔，我跟她介紹簡報室的位置。」

簡報室位在東側四樓，幾乎占據半層樓寬，與其說是簡報室，不如說是一座寬闊的圖書館。正中央的投影螢幕上展示了整個臺北市區的地圖，謝露池問：「看得出這是什麼嗎？」

鍾灰不安地轉動眼珠：「呃……」

「這是目前空橋都市和陸地都市的劃分圖，左半邊紅色部分是空橋、右半邊綠色部分是陸地。可能和妳想像中有點不一樣，一般人會以空橋和進水有無來區分兩側，實際上，我們是以信義的王能照看到的範圍區分。」

「所以，雖然有些地方被當作陸地都市，其實還是有被天災襲擊的危險嗎？」

謝露池無奈地說：「我們災區警察就是要避免這樣的事發生。」又道：「不過，那天哈梅林的吹笛手發生的位置，是毫無疑問的陸地區，當時周圍幾個通過點都起了劇烈波動。我們要讓妳以這裡爲中心點，向陸地都市進行輻射式的搜索。」

「不用搜索空橋區嗎？」

「我們的第一要務是要避免有王在陸地區徘徊。」

謝露池顯得很爲難，但旁邊的麻花辮女孩安慰道：「妳也不用太擔心，空橋都市有黑子姊在顧，畢竟那邊也是有個被判定為β級的大王，聽說會增派其他小隊過來支援她們。」

「β級……妳們說的是幽靈蛹嗎？」

「哦，秦知苑向妳說過了？」

「先前聽他們提過好幾次，一直說什麼『王見王』的，但我不太清楚細節。」

「妳之前住在空橋都市吧？那麼，對幽靈蛹這個怪談有印象嗎？」

鍾灰點點頭：「但我記得沒有發生什麼太大的事吧？好像只是橋上出現幽靈還什麼的。」這種程度在空橋都市很常見：「不像失蹤案……」

「對，『幽靈蛹』對市民來說幾乎是無害的——」謝露池面色凝重地說：「但對我們來說，它可能是今年最危險的王。」

雖然沒有造成災害，這個事件很快就引起災區警察的注意。並非因為它產生的現象，而是因為它出現的位置——大部分的天災都有集中在同一區域的特性。因為α的感染通常需要直接接觸，傳播速度緩慢。

然而，「幽靈蛹」出現範圍橫跨半個空橋都市，除了北投、士林這兩個北區的空橋都市，其他地方都有目擊紀錄，甚至有過同一時間出現在相距十公里以上地點的紀錄。即使寄宿對象是生物，這樣的移動軌跡也很不尋常。蛹出現很快，消失也很快。按目前目擊報告來看，大約十分鐘內蛹就會完全形成。蛹室破裂後，會從中爬出一道灰白類似人形的影子。之後蛹殼迅速萎縮消失，而白影則在空橋都市遊蕩，也就是人們所稱的「幽靈」，同樣過一段時間後就會消散不見。目前為止，災區警察還沒有一次能成功在蛹消失之前順利採集到蹤骸，白影就更不必說了，它的移動似乎沒有規律，維持時間也未知。即使派員巡邏、隨時監看網路上的情報討論、甚至在各處空橋底部安裝監視器。但等他們出動趕及現場時，蛹多半都已完全消滅，災區警察一籌莫展。

雖然不知道它的能量規模、運作方法，但根據其異常的出沒，災區警察判定應是β級以上。空橋都市已有多年不曾出現過β，即使它至今沒有展現任何侵略性，也沒有能量崩潰的跡象，災區警察仍不敢掉以輕心。

麻花辮女孩嘆了口氣：「說是這樣說啦！但現在吹笛手率先過了橋，它和蛹到底誰比較危險就很難講了。」

謝露池立刻說：「前提是吹笛手確實存在。」

鍾灰不解道：「你們好像一直都不太相信有吹笛手？」

「災區警察調查過，但沒有成果。」謝露池說明道：「蛹的出現、消失都會留下明確可見的痕跡，但吹笛手不是這樣，到今天我們也沒辦法證明它是不是普通犯罪——如果是的話，交給各分局的憲兵會更好。」

麻花辮女孩說：「不過，最重要的一點還是這個——以邏輯來說，吹笛手是不應該存在的。」

「邏輯？」

「市內有幽靈蛹這麼強大的王，地盤範圍又很廣。其他β如果出現，應該會盡量避開它，或是直接和它廝殺——那時就會引起驚人災害。目前爲止，吹笛手發生的範圍主要在大稻埕一帶，這種固守一方的特色，確實很像普通的α。但大同區也是蛹的地盤，如果吹笛手是一般α，根本不可能在那裡存活那麼久，要嘛逃走，要嘛被吃掉，至少目前空橋都市內其他α都是這樣的。可是這個沒人當一回事的吹笛手——啊！楊戬例外——卻忽然在一夜之間過了橋，甚至連信義的王都驚動了。」

謝露池嚴肅地說：「山茶！信義的王到底爲什麼波動、畫室的事又和這有沒有關係，目前都還沒證據。」

原來她叫山茶啊……鍾灰忙在心裡默記下來，她又問：「楊戬？爲什麼他例外？」

「他是最早堅持要調查吹笛手的人喔，他在空橋都市巡邏的時候好像碰上了。」

「碰上……是說他也曾目擊過消失場面的意思嗎？」

「大概是吧！他很堅持那種狀況一定是王，之後聽說大稻埕有類似事件持續發生，他就一直跟上面吵，吵到最後只好開了一次北區隊長的會議，也到處加裝監視器了。但眞的什麼也沒查出來，如果不是事情跑到陸地都市來了，大概就這樣一直放著不管吧！」

謝露池嘆道：「這就是我們要仰仗妳的地方了，至少要知道是不是眞的有王在陸地都市裡。」

「可是我要怎麼找它呢？」

「只能從最基本的巡邏做起。先從疑似出現吹笛手的中山區——也就是以妳家畫室爲中心，向外輻射狀巡邏。我們會盡量讓妳能在市內便捷移動，也會盯著陸地都市，確認有沒有類似的事再次發生。」

「類似的事？」

「露姊，不用這麼委婉啦！」山茶好心解釋：「露姊的意思就是，賭賭看會不會再發生一次失蹤案。」

「我們當然不希望這繼續發生。」謝露池口吻略帶譴責：「我說的不一定是失蹤案，而是性質相近的事。」

「性質相近是什麼意思？」

山茶搔搔腦袋：「首先，王是有自己個性的。外勤本身就是宿主，向你們說明應該比較容易。以妳來說，妳身上展現的特質就是『能看見KING的存在』，而在楊戩身上展現的特質是使他能『控制雷電』。」

「差距好大啊……」

「不必想得太複雜，就當作念動力或超能力來理解就可以了。當然，站在研究者的立場，就會試圖為KING的特質建立一套分類系統。」

「那吹笛手的特質是什麼？」

「不知道。」山茶乾脆地說：「如果單看它引起的幾件案子，似乎它可以讓某樣東西消失。不過，這樣的說法太籠統了，而且也很奇怪。」

「奇怪？為什麼？」

「因為歷史上引起『消失』事件的王其實並不多，從海內外紀錄上看來，有幾起比較具代表性的事件——包括一九六四年發生在墨西哥灣南部的『酸沼』：在那起事件中，王吐出強腐蝕性液體包裹目標，以極快的速度將其溶解。乍看之下，很像是目標消失。

「再來就是一九八八年鹿特丹港的『大烈日』，那次的本質其實更接近自燃現象——目標之所以會消失，是因為遭遇瞬間超高溫，跨過熔點達到沸點而直接蒸發，從結果來看，當然也會讓人以為是憑空消失了。」

案例就像刻在腦袋裡一樣，山茶流利背誦：「最後，就是一九五〇年代開始，一直到九〇年代才解決的，北大西洋『百慕達三角洲』現象，進入特定海域的船隻會無故消失。這件事很有名，我應該也不用太囉嗦。不過呢，比起墨西哥灣和鹿特丹的事件，我覺得百慕達的本質離『消失』更遠喔。因爲消失的船隻，殘骸最後都在其他海域重新出現了，換句話說，它運作的方式其實只是將目標硬搬到其他地方而已。這些案例就結果來說都是消失，但追根究柢的話，本質更接近其他的東西。」

「一九五〇……這麼早以前就有天災存在了嗎？」

「嗯，HCRI也在那個時候就有雛型存在了。不過KING的存在眞正浮上檯面明朗化，還是要等到七二年，它的能量轉換方式往最壞的方向走——引起大量自然災害的時候開始。」

「但妳竟然連五〇年代的例子都舉得出來……」與其說驚嘆於事件的不可思議，不如說鍾灰更驚嘆於山茶對這些案例如數家珍。謝露池笑說：「就算在總部裡，山茶也是有名的『國王狂』，甚至放棄進HCRI而投入我們前線喔。」

「反正我也考不上啦。」

鍾灰詫道：「山茶不是退休的外勤嗎？」

山茶立刻不滿地說：「當然不是！哎，除非能力超群，不然至少也要做個五、六年才退休吧？我看起來有那麼老嗎？」

謝露池不悅挑眉：「妳這是什麼意思？」

山茶連忙轉移話題：「反正，我們現在也只能先調查無緣無故的失蹤事件，但不要直接認爲吹笛手的特質就是——咻！的一聲讓東西消滅比較好。」

鍾灰點頭表示理解，又問：「這樣的話，災區警察也掌握了幽靈蛹的特質嗎？」

「那個呀……」山茶與謝露池面面相覷，同時露出無奈的表情。謝露池說：「其實我們現在也還一頭霧水。但我們認爲，它的特質比較接近『複製』——也就是『無中生有』的能力。」

無中生有的「幽靈蛹」，還有消滅一切的「吹笛手」……

「和吹笛手完全相反耶。」

「是啊！」山茶碎嘴道：「說眞的，兩個怎麼不乾脆打一架，至少幹掉其中一個，我們就輕鬆多了。」

一面抱怨，山茶也一面出示了幾張「蛹」的近距離影像——鍾灰對其中幾張有印象，或許曾在網路討論串上看過：「這照片不是災區警察拍的，我們幾乎沒眞正追上過它。」

照片雖然模糊，仍可勉強判斷橋下掛了個類似號角的東西，上頭有明顯的節狀紋路，確實有點像蟲蛹。不過，和一般蟲蛹最大的不同是，它看起來像金屬或某種會強烈反光的材質。山茶說明道：「有『複製』特質的KING，通常能製作某件東西的贗品出來。雖然表現形式上有差別，但大致不會脫離這個定義太遠。」

「『某件東西』是指什麼？」

「最常見的就是直接接觸到的東西。比如說，如果這個KING現在附著在那邊的門把上——」山茶指向簡報室的對開自動門：「啊，沒有門把！那就麻煩妳發揮一下想像力了。總之，我們三人都轉動門把走出去，在這個過程中發生接觸，它讀取了我們所有外型甚至內在的資訊，接著就可以製造出一個與我們相仿的贗品。」

鍾灰十分訝異：「複製人？有這麼可怕的KING嗎？」

山茶大笑：「拜託，這哪算可怕？還能有比楊戩更可怕的嗎？」

她又繼續說：「我調閱過所有類似特質王的資料——考察海內外歷年結果，大約有五十二件相符。影響有大有小，細節也各自不同。以我剛剛的例子來說，雖然三人都碰了門把，但有的會一人也不放過的全部複製；有的就隨心所欲，隨機複製了其中一人。有的會裡裡外外都複製完整，連妳爸媽都分不出妳和贗品的區別；有的就虛應故事，只複製了一張毫無能動性的皮囊，就像一具抽成眞空的充氣娃娃。這樣可以明白嗎？」

鍾灰忙點頭，但山茶隨即又說：「不過，雖然我用『複製』來舉例，但也不要把我的話全吞下去比較好。我們現在都還不知道複製對象是什麼——從蛹裡爬出來的人形，妳能想像原始樣本是什麼嗎？」

想像那個畫面，鍾灰嫌惡地搖了搖頭：「眞的有那種東西存在嗎？」

「對吧！與其說複製，不如說像個風格噁心的前衛藝術家。」

鍾灰疑惑道：「那……爲什麼你們會覺得KING是在複製某些東西，而不是它自己創造出某些東西呢？」

「啊！這裡！這裡就是大重點、卡死HCRI一百年的派系分裂神聖大論辯了！」山茶竟然兩眼放光，一臉興奮：「我問妳！『創造』的關鍵是什麼？」

「呃……我不知道。」

「當然是意圖吧！」山茶迫不及待地說：「有想要製作出來的東西，有想傳達的意念，於是在腦中描繪想像、藍圖、然後動手，這就是創造的本質。」

鍾灰不明白她想說什麼，山茶看她像看著一隻掉進陷阱裡的小動物般充滿憐憫之情：「好了，現在考題來囉！如果妳覺得這位國王大人的能力特質是創造，那麼請問，它腦子裡想的是什麼呢？」

「腦子裡想什麼……KING有腦子嗎？」想了想，鍾灰又說：「它有意志嗎？」

看山茶的表情，鍾灰就知道自己落入了陷阱——不是令自己爲難的陷阱，而是替山茶架好一座大舞台的陷阱，謝露池哀嘆一聲，顯然那是她最不想看到的狀況。

「這就變成哲學問題了。那妳有意志嗎？猴子有意志嗎？」

謝露池似乎拿山茶說話的方式也很沒轍，連忙補充道：「當然，我們不會認爲地震或颱風有意志存在，王也一樣，它的出現視同這些天災即可。但就像颱風只會發生在一定緯度的地區，王也有發生偏好，有些人就會把這視爲王的意志展現。」

「什麼是王的發生偏好？」

「比如說，它傾向對人類情感強烈的地方發生反應。」

「情、感？」鍾灰艱難地重複一遍，幾乎以爲自己聽錯了什麼。

「對，就是人類的情緒。這樣說吧！當它在外流散並想尋找宿主的時候，一個平靜的人跟一個憤怒的人，它會傾向選擇後者。」

「那如果不想被寄宿，只要經常保持心靈平靜就好了嗎？」

「理論上是這樣的……」謝露池說，但立刻受到山茶反駁：「心靈平靜難道不也是一種情緒嗎？人類以爲自己的心風平浪靜，其實大腦還在活躍運作著呢！王唯一不感興趣的只有死人的腦波，那對它來說才叫眞實的平靜。」

「可是，它不也會寄宿在人類外的東西上嗎？」鍾灰想起齜牙咧嘴的昆蟲，那有所謂「情感」可言嗎？

「哎呦，學得很快嘛！」山茶大聲讚美。

「這是因爲要寄宿在人類身上並不容易。」謝露池說：「愈複雜、高等的動物寄宿就愈困難，妳可以將它寄生於無生物或低等動物的行爲，視作KING在尋求暫時的避風港。」

「與其說困難，不如說是挑嘴啦。」

「山茶，不要選這麼擬人化的用詞。」謝露池不滿地說：「人類的理性會抵抗它的入侵，這也是很重要的關鍵啊！」

「露姊，我不喜歡這樣的說法。妳這樣好像在批評宿主的意志力不夠堅強一樣。」

「我才沒有這個意思。而且，有時候反而是精神夠堅強的人才能接納它。」

「哎！算了算了，反正我沒當過宿主，沒有發言權。」山茶嘟著嘴說：「總之，寄宿在人類身上確實沒有那麼簡單，能穩定下來的更少！所以外勤人數才會只有這麼一點，現在全臺灣不超過三百個人，而且折損率又很高，還有外聘傭兵呢！可以說，王的最愛偏偏跟它的相性爛到爆。」

那麼，爲什麼是自己？

如果被寄宿是這麼不容易的事，爲什麼王會選上她？鍾灰不明白，大災變發生的那一天，她心中到底產生了怎樣的感情，才讓王決定委身於她？不只是她，黑子、這裡所有災區警察，甚至是幽靈蛹和吹笛手的宿主，都是爲什麼而得到這樣的力量？

還有楊戩，楊戩被寄宿時還是個嬰兒……如果王的寄宿標準是強烈的情感和意志，嬰兒又有什麼吸引條件呢？

但她又想，不論理由多麼荒誕，至少都還有理由。這世上多的是更野蠻的不幸，讓人連選擇的機會都沒有。鍾灰經常覺得，人降生在世的一刻，命運就決定了一半，誰在哪裡生下你，又把你生得怎麼樣，人的意志在其中不起半分作用，那才是最不講道理的隨機抽獎。

山茶兩手合十，可憐兮兮地說：「屈從團體多數暴力、支持各位冷酷理論的我，承認就如諸君所說KING沒有意志。所以囉，當然也沒有眞正的『無中生有』，背後一定有某條規則存在。對王來說，讓它運作的至高無上法則，只有一條：那就是宿主。鍾灰，有沒有聽過『向宇宙下訂單』？」

鍾灰茫然點頭，山茶笑道：「就是這樣，王就是那個宇宙。它以宿主強烈的意志與情緒爲食，因此會服從宿主的命令，或者說——會回應宿主的願望。當然，是用什麼方式來回應就難說了。露姊，妳可別罵我啊！我已經盡量選我能找到最中性的用詞了。不過，如果王完全不理宿主死活的話，那災區警察的存在就不合理了吧？透過訓練，人類宿主確實可以憑自己的意志力操縱身上的王。」

「那、如果吹笛手的宿主眞的是人類，他讓那些人消失……」

見鍾灰一臉爲難，謝露池溫聲道：「妳想問這樣算不算用超能力殺人，對吧？不過，也有很多宿主根本不知道自己被寄宿。大部分宿主在被HCRI找上之前，都不知道自己有特別能力的存在。另外，所謂以情緒爲食，有時也不見得是指宿主本身的情緒。山茶，妳應該有些例子可以舉吧？」

「當然啦！」山茶一臉急不可耐，好像等待這一刻已經很久的樣子：「比如說，大概八年前在嘉義就有一個案例，王的寄宿對象是一尊木製的神像。」

「神……像？」

「木頭神像本身當然沒有情緒啦，但是每天來參見它的信徒卻不一樣呢！如果在這個位置上能夠保證它獲得足夠的情緒……在此暫且想做是它的『食物來源』，那麼對王來說這就是一個舒服的安身之處。」

鍾灰點頭表示明白，但她忍不住懷疑，像父親那樣一個人，寡言少語，醉心虛幻的畫中世界，對王來說他有任何魅力嗎？他有成爲宿主的可能性嗎？

「所以，如果蛹的本質是某種『複製』，倒也不必想像一定有個眞正的蟲蛹或什麼存在，最重要的還是看它到底接觸了什麼事物和情感——爲了回應這種情感，王才製造出那樣的東西。我們現在陷入的困境，就是連它接觸了什麼都不知道。」

「這次楊戩有帶回一點幽靈的碎片，化驗後也許能得到更多線索，至少能知道它接觸到什麼東西……」謝露池嘆了口氣：「但爲什麼會複製成這樣，就難說了。」

要猜出這位喜怒無常的王到底在「想」什麼，總叫他們這群不學無術的士兵苦惱不已。

ϟ

鈴鈴——

按下剎車時，接觸不良的腳踏車鈴總跟著響起。不過，臨時弄來的車，不好意思抱怨太多。楊戩牽著腳踏車進門，巷口沒有停車的空間，腳踏車只能停進畫室一樓。

黑子那裡傳來指示，鍾灰至少要受訓七天，這段時間陸地都市就暫時由他看守。雖然還有信義的王這道屏障在，畢竟天高皇帝遠，黑子擔心有攻擊性的吹笛手再次發動，因此這幾天楊戩都一早就騎著腳踏車在街坊巡邏——只要自己維持在乾電池程度的發電量，就能警告吹笛手這裡還有另一個大型的王在，因爲能量很低，也不至於強烈到引起信義的王反應。

鈴聲似乎引來鄰居的注目，二樓窗口有人探出頭來。這幾天都是這樣，那個消失女學生的事沒辦法壓太久，傳聞的野火似乎很快已經燒到這裡來。因爲發生在陸地都市，媒體並未直接將此案與空橋都市的失蹤案連結。但中山一帶治安一向很好，應時飛的失蹤引起不小恐慌。雖然災區警察極力要求把畫室有關的消息暫時壓下來，還是很快就有風聲走漏。鄰居都知道沈憐蛾長年獨居於此，突然冒出這麼多陌生人，也引起周遭不少疑竇。

登上二樓時楊戩想，今天是第七天了，按理說今晚鍾灰就會回來。經過長春市場時，他會按葉善存的囑咐順便買菜回來，但今天只買了剛好的分量。

他聽見餐廳傳來一陣哄笑聲，三個人圍著桌子打牌，桌上開了幾罐啤酒，還有便利商店的下酒零食。

「哦，學長！回來得剛剛好！」葉善存朝楊戩熱烈揮手：「牌咖三缺一！」

另外兩人是其他小隊過來輪班支援的警員，不知道是不是顧慮他的緣故，黑子都專門調資歷最淺、對他一無所知的新進人員過來。那兩人向楊戩打過招呼，楊戩把食材放進冰箱：「缺人的話，怎麼不找沈畫家？」

「欸——怎麼可能找他？而且他也只肯理你吧！」

「跟他講話好像以前被老師叫去辦公室的感覺，好恐怖喔。」

「再說，現在時機也……」

幾個人面色有些尷尬，指了指走廊那一頭沈憐蛾的房門——門虛掩著，剛才被打牌聊天的聲音蓋過去了，現在楊戩才注意到裡面有人在談話——說那是談話聲還太客氣了，完全是兩人在爭吵。

「鍾灰大概二十分鐘前回來了，露姊有上來跟沈畫家打了招呼。」葉善存怯怯說：「沈畫家好像很反對鍾灰當災區警察，從剛剛開始就一直是那樣了。」

楊戩大步朝臥室走去，背後傳來幾人倒抽涼氣的聲音：「勇者——」

「當災區警察有什麼不好，爲什麼就不能誠心替我高興？」

「妳有什麼本事去當災區警察，心裡難道沒有一點自知之明嗎？」

「我清楚我自己在做什麼。」

「妳很清楚嗎？是嗎？妳從小就是這樣，自己能做什麼、不能做什麼都搞不清楚。如果沒有天分，努力下去也是可以的，但妳做任何事情都沒有定性。」沈憐蛾厭煩地說：「學畫不也是很快就放棄了嗎？學業也是、工作也是，念的書跟出來做的工作有關嗎？從來沒有一個工作穩定做過幾年的，到底累積什麼下來了？就是一直反覆的打工，現在還打工到警察單位了嗎？妳甚至沒有一個可以好好住的地方！」

「放棄學畫是我的問題嗎？」鍾灰大叫：「最反對我畫畫的人不就是你嗎？」

「我爲什麼不讓妳畫畫，妳也很清楚才對，難道我是在害妳？再說，就算我阻止又怎麼樣？你以爲我爸媽就沒有勸過我停筆嗎？我還不是畫到今天這一步了？」

屋裡安靜了片刻，楊戩能聽見鍾灰激動的喘氣聲。

「你要批評我畫畫的事就算了……」鍾灰咬牙切齒地說：「但你又懂什麼是災區警察啊！你現在還有警察專

業了嗎？一輩子當個畫家活在象牙塔裡、對這個社會一無所知，就比我到處打工來得驕傲了嗎？」

「妳——」

「你又盡過幾天當父親的責任，少擺出一副父親的架子來壓人了！」

鍾灰砰一聲摔開門，衝了出去。

等鍾灰回過神時，已經不知跑出去多遠，周圍一片黑暗。這帶都是住宅區，路燈數量本來就少，又容易被民居院落的樹影遮擋，四面門戶緊閉，杳無人聲，她拿出手機想確認位置，手機沒電了。自己到底跑到哪裡去了？入夜後風還是有點冷的，鍾灰放慢腳步，左右逡巡，但看不到住戶的門牌在哪裡。其實就算知道這裡是幾街幾巷也沒什麼差別，在陌生的地方倒不是覺得害怕，只是感到孤獨。

這時，身後忽然傳來一陣鈴響，鍾灰嚇得連忙回頭——

是楊戩。他騎著腳踏車跟在後面，看見鍾灰回頭，遲疑地按了按車頭燈。

「請不要單獨行動。」

「啊……」

「我們不會干涉妳的私人生活，但希望妳外出時一定要跟災區警察行動。」

謝露池交代過很多次，外出行動時一定至少有一位災區警察陪同，但鍾灰還沒有成為災區警察的實感。

「妳要去哪裡？」

其實她沒有眞的想去的地方，只想從家裡逃走：「一定要跟災區警察行動……那你要跟我出門嗎？」

「當然。」

本來想遷怒刁難一下，但他答應得太爽快，反而讓鍾灰不好意思起來：「我想去喝酒。」

楊戩一愣，鍾灰自暴自棄地重複一遍：「我心情不好，所以想出門喝悶酒。我就是要去做這麼無聊的事，這樣你也要跟嗎？」

「我的目的是要保護妳的安全，跟妳做的事無不無聊沒有關係。」

鍾灰哈哈笑了：「那今天你的酒錢就由我請客吧！」但一看錢包囊空如洗，鍾灰的慷慨又萎靡下來。

「高級的酒吧就下次吧……」她清點一下現鈔，謹慎計算還能做什麼：「我們看個晚場的二輪電影吧。」

鍾灰拿了楊戩的手機導航，二輪電影院絕不會開在這種寸土寸金的地方，必須進空橋都市。楊戩的淑女車發出喀拉喀拉的聲音，慢慢駛過玻璃橋面。鍾灰收起剛才的滿身尖刺，安順地坐在後座。

「楊警官，我可以問你一個問題嗎？」

「我不姓楊。」

那你姓什麼——本來想這樣問，鍾灰又想，這一陣子災區警察多半先叫她沈小姐。但她也不姓沈。想說爲什麼的話，自己就會說了。

「那我就叫你楊戩好了，楊戩。」

「妳要問我什麼？」

「你上次說到災區警察宿舍，對不對？我也可以分配到宿舍嗎？」

「我不知道，妳應該還不是正式的警員。」

「這樣啊……」

「妳需要分配宿舍嗎？但我們的宿舍都在空橋都市一側。」

「嗯，可以的話想搬出去，總是不好意思在那裡住太久。」

「那裡不是妳家嗎？」

「不是。」

「爲什麼？沈憐娥不是妳父親嗎？」

「是啊。不過，也不是有血緣關係，就能有緣分做家人。」

楊戩似乎很困惑，鍾灰想起他是空橋都市的教會收養的孤兒，沒有血緣相繫的家人。

母親過世以後，主動過來聯絡的人是父親。

因爲根本找不到遺體，政府爲大災變受害者舉行聯合葬禮，一切都被包裹在集體化中，沖淡了那股喪失感。

每天祭奠會場都人聲鼎沸，會場正中央擺了一具特別巨大的棺木，好像這樣才裝得下所有死者。棺木後方是好幾排大鐵架，架上貼滿像符紙的死者蓮位，密密麻麻，鍾灰握緊領到的收據，不斷反覆念誦編號，像在圖書館找一本書那樣，得繃緊精神按圖索驥，才能在高度一致化的牌位中找到母親的亡靈。

焚香燒紙的煙氣不分晴雨，始終繚繞不絕，鍾灰懵懵懂懂換上黑色喪服，作爲眾多喪主之一，她還沒有弄清楚現況，也沒有想過未來怎麼辦。

喪禮連續舉辦七天，一半日子都是連綿大雨。鍾灰每天茫茫然坐在公共喪堂裡，觀察旁邊的人，每天都是生面孔，大部分人都是輪流來的，死者不只有一個親屬。

只有她天天都來，聲勢單薄地。不知爲什麼，那讓她覺得自己好像很對不起母親。

那天她一如往常坐在長椅上，腳上是學校規定的黑皮鞋，身上洋裝還是母親朋友替她買的，因爲她沒有黑色的衣服。新衣不太合身，裙襬蓋過膝下，她踢蹬著兩條腿，過長的裙襬下露出小半截蒼白的小腿，看起來很陌生，像長在別人身上。

她今天來得很早，外頭陰雲密布，看起來就更暗。靈堂裡還沒有人，她喜歡這個時間，這時的寧靜讓她比較有安全感，不會產生被別人大家族的哭天搶地比下去的劣等感。

但今天的寧靜沒有維持很久，突如其來的隆隆雨聲破壞了這一刻——有人打開了門。

她轉過頭，只見一個穿著黑色西裝的男人，淋濕了半邊身體，狼狽地衝進來。雖然撐著寬大的黑傘，他還是笨拙地滿身是水。鍾灰開始時有點生氣，男人破壞了她和母親的寧靜時刻。但再多看兩眼，她很迷惑，好熟悉的臉孔，這是誰……鍾灰茫然想著，那男人把傘往門邊一扔，搖搖晃晃走到大棺材和香爐前。

棺材就像一座慰靈碑，鍾灰每天都想，是不是空位比較大就能放入比較多的靈魂？棺材後貼著上百張畫了蓮花的紙靈位，風一刮進就鼓鼓突起，好像隨時想振翅飛去，男人的目光在上頭逡巡著，忽然哇一聲哭了起來。

他合十雙掌，一面哭一面不知念著什麼。看著他大聲哭泣的樣子，鍾灰認出來這是誰了——

「爸爸。」

回過神時，自己已經走到他身邊。男人詫異地望著她，一臉茫然。說得也是，已經快十年沒見過了，上次父親見到自己，她甚至還沒上小學呢。

和父親在畫室玩耍的記憶變得很模糊了，父親的臉孔也是。這麼多年來，她靠著不斷上網搜索父親的報導，勉強支撐住父親的輪廓。但父親不喜歡受訪，照片不多，角度經常也很刁鑽，所以鍾灰沒有立刻認出來。報章雜誌和童年模糊的記憶鎔鑄出一個幾乎全新的父親……

「你是……畫家沈憐蛾吧？」

「我是小灰啊。我是你的女兒。你還記得我嗎？」

男人一句話也說不出來，只是慢慢瞪大眼睛——那還嘩啦啦不停掉著淚水的眼睛。

喪禮結束後，鍾灰便搬去和父親住。

雖然是十年前的模糊印象，但鍾灰還記得父親的畫室，那裡有永遠拉上窗簾的落地窗，整面昆蟲標本的牆面。父親很討厭別人踏入他的聖地，沒有允許誰都不能進去畫室，只有鍾灰例外，小時候，父親會幫她準備兒童用的畫架和畫布，讓她跟自己一起畫畫。教她顏料和各種油料的使用方式，教她紙張、筆觸的選擇，教她他會的所有技法，父親或許認眞考慮過將她培育爲畫家。

直到那一天爲止。

父親將她的畫全部撕掉了。

剩下的或者剪掉、燒掉，她記不清那天的事了，只記得畫框砸破牆上的標本盒，盒蓋上的玻璃都碎了，盒底的泡棉砸凹出一個坑。從不曾大聲說過話的父親，瘋了一樣朝她咆哮。

母親當時匆匆趕來，大概她從未見過溫文的丈夫如此暴跳如雷，嚇得一句話都說不出來。回過神，她在畫室中和父親爭吵，那時的鍾灰聽不懂，她只是被單純的恐懼支配，站在原地大哭、大哭……父親朝她尖叫，不要再哭了、不要再哭了，想哭的人是我！爲什麼會發生這種事？**為什麼到現在都還要陰魂不散跟著我！**

那次爭吵在鍾灰心中留下一道恐怖傷痕，此後她沒再靠近過畫室。

但過了幾天後，父親又恢復若無其事。他們依然過著一家三口平淡生活，只是鍾灰知道，某些東西徹底變了。不過，婚姻比鍾灰想像得更堅韌，那兩人都還想努力恢復什麼，於是一起忍耐著撐住這張網子。

又拖過了兩年，鍾灰很快要上小學了，先前父親非常熱中教她畫畫，所以沒有和同齡孩子一樣去上幼稚園，一直待在畫室裡。母親開始煩惱該去哪間小學，頻頻詢問附近鄰居意見。鄰居家也有差不多年紀的孩子，摸著鍾灰的腦袋，向母親推薦自己孩子去的學校。

「哇！沈畫家的女兒，一定也很有藝術天分。」

那是父親名聲最鼎盛的十年，他在國外聲名大噪，連帶當了幾年臺灣之光。即使是對藝術一竅不通的鄰居，也知道隔壁住著有名的大畫家。母親和父親討論了她的學校，父親一臉茫茫然的，似乎不太仔細聽。最後他才說：「我們不要念這裡的學校好不好？搬去遠一點的學區吧！」

「爲什麼？」

「這裡街坊都是認識的人……」父親艱難地說。

母親垂著頭沒講話，似乎向父親妥協了，只說：「但是也不能太遠，總要考慮帶她上下學的問題吧？」

幾天後，父親又對母親說：「我這幾天一直在想，讓小灰跟妳的姓吧？」

「什麼？」

「一天到晚被指指點點是誰的女兒也很麻煩吧？姓氏不一樣的話，就不會那麼容易就讓人注意到她是我的小孩。反正現在改母姓也很容易了。」

鍾灰不是很明白父親的意思，但只聽那些話，也感到非常悲傷。爸爸不想讓人知道我是他的孩子，爸爸不想要我這個孩子。父親的要求是讓兩人關係徹底破裂的最後一根稻草，母親大發雷霆，乾脆提出離婚、帶走了鍾灰。就這一點來說，父親的願望實現了，鍾灰的姓氏與戶口再也與他無關，若不做到刨根挖底的地步，絕不會有人連結到他倆的關係。

長大後，鍾灰慢慢理解父親憤怒的理由。雖然無奈，也沒有辦法怨恨父親。畢竟已經分開十年，恐懼的記憶和快樂的記憶一樣——都還留在那兒，但也都變得很淡薄了。可以的話，鍾灰想選擇快樂的記憶。

喪禮後再會，父女倆對彼此都很陌生，必須從頭開始相處。鍾灰搬回父親在中山的畫室，父親對她十分客氣，換言之也可說很冷淡，有時鍾灰覺得他像想避開危險的動物。雖然想回到從前親近的日子，父親似乎仍很厭惡她。那時父親已經比較少畫作品了，一週開幾堂畫室課，鍾灰放學後幫忙打理雜事，但兩人很少交談。就這樣相安無事一段時間，有一天，鍾灰問父親自己可不可以用畫室。

「可以啊，但妳要做什麼？」

「我想畫畫。」

父親顯得很困惑：「妳有在畫畫嗎？」

母親過世後一段時間，鍾灰暫時沒辦法再提起畫筆。但現在情緒已漸漸平復，她覺得或許能再試看看：「有。媽媽一直有讓我去上課。」

父親沉默下來，像在忍耐著什麼。過了一會兒，他很勉強地說：「畫室裡的東西妳隨便用吧！」

鍾灰非常開心，連聲向父親道謝。於是她重拾畫筆，在繪畫的過程中，她感到心靈變得平靜許多。父親對她畫畫這件事沒多說什麼，只是她在繪畫時就會刻意避開，直到知道她高中選報了美術班。

「妳打算一直畫下去嗎？」

「嗯，以後大學也想選這方面的科系。」

父親緊皺的眉頭，陰雨欲來般的聲音，讓鍾灰產生不祥預感。「還是……不要這樣做吧？」父親的語氣竟然近乎討好：「不要繼續畫畫了。」如果是一般家庭，當然不希望子女走上這種不穩定的道路，但父親自己就是畫家，獲得了巨大的成功，爲什麼要反對？

「爲什麼？」

「妳不適合。」

他遲疑片刻，又指著鍾灰的畫說：「這樣的東西，玩玩還可以。但是要繼續發展下去，根本沒有前途。妳浪費太多年時間了，受的訓練也不紮實，妳媽只是讓妳當玩票的興趣。」

「不夠好的話，我就繼續練習下去。」

「妳繼續練習下去也是浪費時間，不如拿來好好培養別的一技之長。」

鍾灰聽他那樣說很受傷，但努力抵抗：「可是，我喜歡畫畫。我畫不好的地方，爸爸你也可以教我啊。」

這話一出，父親臉色立刻沉下來了：「我不會教妳。」

「但是——」

父親以近乎憎恨的眼神看她：「妳想繼續畫下去嗎？有一天被人問起的時候，說妳是我的女兒嗎？」

不可以嗎？鍾灰心想，但不敢說出口。

父親打開落地窗，將她的畫連著畫具都扔下去，歇斯底里地大叫：「妳的畫只會讓我非常難受，請妳不要再畫了！我就拜託妳這件事而已。」但她沒有眞正聽清楚父親說了什麼，畫架摔落地面肢解，發出響亮的聲音。

鍾灰順利考上了心儀學校的美術班，同學知道她家裡是畫室，都很羨慕。她偶爾還是在畫室畫畫，但父親不再迴避，反而會故意走進來，當著她的圖面提出許多意見。

剛開始鍾灰還能當是畫家的指導而忍耐，但漸漸一切變得難以忍受，父親的言語愈來愈尖銳，想將父親的建議聽進去，但只要一拿起畫筆、想到父親又要過來、從他嘴裡不知又要吐出什麼話，就覺得很難受。原本喜歡的畫面，愈看也愈歪曲醜陋。不管下筆在哪裡，都覺得焦躁不安。

於是她帶著畫具到外面寫生，離開畫室。剛開始情形確實有一些好轉，但很快的，父親的聲音又在腦中陰魂不散地響起。看同學們興高采烈地提筆，鍾灰總很羨慕，自己一拿起筆來，胸口就說不出的沉重。

父親對她這樣的轉變，感到非常高興。不見鍾灰畫畫的時候，他總是對她特別友好。鍾灰畫得愈來愈少了，只用來應付課堂上的作業，很快能力便遠遠跟不上同學，不到一年，再也撐不下去，選擇轉入普通班。父親好像早就知道結果似的說：「所以我說妳不適合畫畫，畫畫要更有耐性才行，妳這不是一下子就放棄了嗎？」

妳這不是一下就放棄了嗎？

鍾灰很不甘心，但沒辦法反駁。父親是對的，放棄的人是自己，父親從來沒開口說過一次不准去畫——不，即使父親眞的這樣說了，如果自己眞心想畫下去，一定也會努力抵抗到底吧？

說到底，就像父親講得那樣，是她太軟弱。如果沒有父親般剛強頑固的意志，如何能像他那樣畫到最後？如果自己再努力掙扎一下就好了，可是這樣眞的有意義嗎？或許父親說的都是實話，再繼續下去也毫無意義。父親只是在一條無望的道路上拉了自己一把。

之後，鍾灰再也沒有踏進父親的畫室一步過，鍾灰既不打算繼續往這方面發展，也沒有特別嚮往的科系，就維持著現在水準，看能讀哪裡就讀哪裡。她以準備考試爲由，搬進學校宿舍，一次也沒有再回家過。考上大學後傳了一封簡訊給父親，簡單說自己念什麼學校和科系，父親殷切回覆道，這次不要再像以前那樣無定性、自己選的東西就要堅持到底。鍾灰看著那句「和以前一樣」時忽然感到很生氣——

你和我一起生活的時間才多久，你懂什麼我的「以前」？

但那生氣竟也如父親嘲笑的一樣，毫無堅持，不過片刻，一股虛無感湧上心頭，咬牙切齒的感覺也煙消雲散了。鍾灰過起半工半讀的生活，勉強能夠支付生活費和學費。她沒有再和父親見過面，聯絡漸漸疏遠——就像他們一開始那樣。父親似乎也不覺得這樣有什麼奇怪，或許他還鬆了一口氣吧。

ㄣ

楊戩騎了不算短的路程，來到西門町商圈。

這裡幾乎全是步行空橋，大樓之間靠得很密集，外牆貼著各式店家的招牌，眼花撩亂。在鍾灰熟門熟路的指示下，他們很快就找到隱身在老舊大樓裡的二輪電影院。

「以前有時候我們下班會來看電影。」鍾灰說：「很便宜，買一張票進去哪一廳都可以。老闆也知道我們不可能占他便宜看到太晚，這裡有很多奇怪的人出入。」

楊戩看一眼手表，鍾灰頭也不回地說：「怕什麼，今天不是有你當保鑣嗎？」她讓楊戩隨便把腳踏車停在空橋上，大廳甚至連管理員也下班了，鍾灰熟練地按下電梯鈕說：「不過，其實也沒那麼怕。」

「為什麼？」

「真的是什麼樣的人都有啊——雖然有看起來像流氓和毒販的人，不過，也有西裝筆挺的上班族、看起來很普通的家庭主婦。偶爾從影廳裡走出來，外表很恐怖的人眼角也會掛著眼淚。那種時候我就覺得，還會來看電影的話，應該也不是什麼真的大壞人吧。」

「我很少看電影。」

「我沒說那樣你就是壞人喔。」

售票亭裡老闆打著瞌睡，鍾灰買了兩張票。像老舊的打孔車票，上面除了日期以外什麼也沒印。鍾灰走進戲廳裡才開始看兩側的海報看版，楊戩問她：「妳不知道有什麼電影就進來了嗎，要是都不想看怎麼辦？」

「錢花了就會想看了。」

鍾灰一廳一廳海報仔細地看，最後在《烈焰紅裙》前停下腳步。好像受到海報上那盛放鮮花般的大紅裙吸引，鍾灰目不轉睛盯著海報，露出羨慕的眼神：「就看這個吧！」

「這是什麼？」

「不知道，大概是蠢男人被蛇蠍美女騙財騙色的愛情片吧。」

楊戩懷疑這樣還算愛情片嗎？不過並沒有說出口。影廳裡根本沒有其他人，但電影已上演到中途，兩人隨便找個位置坐下，鍾灰不知從哪裡生出一包蝴蝶餅零嘴塞給他。畫面上一對男女交換著沒有任何情報的無厘頭對話，半路加入的楊戩完全看不懂劇情在幹什麼，但鍾灰似乎津津有味。

「妳很喜歡看電影嗎？」

「普通。我只喜歡看愛情片。」

「如果男主角只是被騙財騙色的話，應該算懸疑犯罪片吧？」

「不，這叫沒有愛情的愛情片。」

「沒有愛情的話，還算愛情片嗎？」

「當然了。」鍾灰仍專心盯著銀幕：「我就喜歡看這種片子。不過不太好找，大概看五十片才會出現一片吧。」楊戩覺得這大概是影迷的奇怪嗜好，不敢多加評論，只好問：「這種片什麼地方好看？」

「在愛情片裡擔綱男女主角，就像被一種無形的法律規定要談戀愛吧？但這種愛情片允許他們不愛對方。就算被命運規定應該好好愛惜彼此，還是可能做不到——但是，做不到也沒關係，還是可以有新的故事展開。原來人其實比想像中的更自由，所以讓人覺得很安心。」

「安心……嗎？」

「不過呢……最讓人安心的一點，其實是看到最後，你還是會覺得他們是愛過彼此的。」鍾灰忽然笑出聲：「不然就不算愛情片了，對吧？」

她轉頭眨眨眼看著楊戩：「你很少看電影嗎？」

「我沒有什麼嗜好。」

「是因爲工作太忙了嗎？災區警察的工作會壓迫到下班後的消遣時間嗎？」

「不，我想只是因爲我是很無趣的人。」

「沒考慮過發展興趣嗎？」

楊戩看著自己的雙手說：「除了ＫＩＮＧ的力量以外，我沒有特別擅長的事。」

「興趣又不是說自己擅長的事，而是做了會讓自己開心的事啊。怎麼樣，有嗎？」

「嗯。那樣的話……或許算吧。」

「什麼什麼？」

「我會彈琴。」

「啊？」幸好影廳裡沒有其他人了，因為鍾灰發出失禮的大叫。大概是彈琴的纖細形象，和這位得到同僚「不算壞人吧」如此勉強評價的人實在太格格不入了。

「鋼、琴嗎？」

「嗯，我小時候在教會，合唱時會幫忙伴奏。」他說：「不過，我沒受過正規訓練，彈得也不特別好。」

「哇，好想聽你彈彈看啊，不過總部應該沒有鋼琴吧？」

「沒有。」

「那你現在還彈琴嗎？」

「假日會去附近的教會，帶那裡的小朋友唱歌。」

完全是品行端正的大好青年！哪有黑子說得像山裡野生的熊那麼恐怖？不過，說到空橋都市的教會，該不會是那些末日教會吧？以前被邪教嚇怕，鍾灰不敢隨便多嘴，萬一是個虔誠的教徒，想拉自己進去就不妙了。

「唱什麼歌？也唱給我聽吧！」

「就是一般的聖歌而已，而且，我唱得不好。」

「既然這裡沒辦法彈琴，那至少唱一下嘛！」

「聖歌很長。」

「短短哼一段就好。」

楊戩考慮了一下：「那麼，我唱別的吧。」他說完竟然真的低聲吟唱起來，鍾灰嚇一跳，本來只是想鬧鬧他，沒想到他當真了。

他哼的曲子鍾灰沒有聽過，不知道唱得準不準，但那是很奇特的曲子，不像鍾灰聽過的聖歌，她覺得音調好像不太和諧，卻有種令人平靜的感覺。

曲子很短，一下就唱完了，他轉過頭來，像要討獎賞一樣直望著鍾灰。眞可愛。

「唱得很好啊，這是什麼曲子，好特別。」

「這是我小時候聽見的曲子，我不知道名字，只能很模糊地記著它。我不想有一天忘記，所以才學鋼琴，用樂譜的方式記下來。」

「就只有這麼短一段嗎？」

「嗯，這就是全部了。」

眞不可思議，他這樣一說完，鍾灰試著回想那首曲子，卻發現已經完全想不起來了。

「那妳呢？除了看電影外，還有別的興趣嗎？」

「我喜歡畫畫。」

「但我畫得並不好。」她馬上補充這一句，好像不加上這個但書，自己就犯下什麼欺君之罪。但頭一次在別人面前說出自己喜歡畫畫這件事，不知爲什麼讓鍾灰感到很輕鬆。

「畫得不好？妳父親不是畫家嗎？」

「我就知道你要講這個，你一張嘴我就知道你想講什麼了。」鍾灰抱怨道：「那你覺得你生的小孩就會放電嗎？老天賜給我們的東西，也不一定什麼都以血緣爲標準吧？」

「我說的不是才能。」楊戩很認眞地說：「妳父親既然是畫家，應該可以從技術的角度指導妳吧？我不太懂藝術方面的事，不過我覺得繪畫似乎不是單純依靠才能的一件事。」然後，他有點抵抗似地說：「還有，雷電不是才能，是ＫＩＮＧ。」

這有什麼差別嗎？但她沒說出口：「不過你講得沒錯，畫畫是我爸教我的。我小時候第一個拿到的玩具就是我爸的顏料和畫筆，跟住在畫室裡沒兩樣。有一次我還差點把顏料吃進肚子裡，搞得我媽都很生氣。」

往昔快樂的記憶又在眼前浮現，小孩的記憶到底從哪一個時間開始累積的？鍾灰有時候想，那些快樂的日子會不會都是自己後來虛構的想像？

「我每年都會送我爸好多畫，生日、父親節……只要媽媽跟我說，這個節日可以跟爸爸一起慶祝哦，我就會送一幅畫給爸爸。」

「現在不送了嗎？」

「我爸媽很早就離婚了，我跟我媽住。」鍾灰扳著手指算：「但我媽在大災變裡過世了，我只好又回去住我爸那裡。不過，也只住了兩年多吧，我後來就搬去學校宿舍了，畢業後也自己在外面住。」

「你們似乎不是很親近。」

「是啊，你沒發現我跟他不同姓嗎？是我爸叫我改的喔。」

「為什麼？改姓好像不是很常見的事。」

「他不想要我頂著他的姓，以免讓他蒙羞啊。他一定打從心裡希望沒生過我這個小孩。」

「蒙羞？為什麼？」

「因為我呢——」

有一瞬間，她想說出眞正的理由，但那股勇氣一下就萎縮了，楊戩只是個認識不到幾天的陌生人。**自己竟然不敢講出口**——鍾灰為此感到憤怒，平時她總覺得那是件無所謂的小事，科學昌明的現代社會，誰會在乎這種事？小題大作的父親簡直愚蠢至極。但這一刻她才知道原來虛張聲勢的人是自己。再怎麼鈍的刀子，被冰冷地割了一百萬遍以後，傷口都是會痛的。

「我……反正我沒有才能當畫家，不符合他的期待。」

「我不太懂畫家的世界，但這是影響這麼大的事嗎？」

僅是不符合期待，就會讓他蒙羞——是否他們對「蒙羞」的看法差距太大？楊戩以為至少得到殺人放火這種程度，才會讓人不惜割斷親緣也想撇清關係。

不，即使如此，會做到那種地步的人應該還是不多。是他對親緣的想法和一般世人差距太大嗎？畢竟他沒有親人，對家庭關係的一切理解都來自他的想像，沒有經驗做支撐，或許一般家庭就是這樣的。

「好啦，不要再說我的事了。」

不知什麼時候電影來到最後一幕，青綠的水花包圍雪白的遊艇，紅裙的女主角站在尖尖的船頭，像朝觀眾告別一樣揮著手。黑暗中只有銀幕一閃一爍，鍾灰依舊看得入神，楊戩還是沒看懂半點，他心想，不知最後兩位主角怎麼了，他們曾經愛過彼此嗎？

兩人離開電影院，周圍黑漆漆的，楊戩突然很好奇：「看電影的時候會看到KING嗎？」

「不會，我好像不能透過影像看到。」

「妳看到的KING都是什麼樣子的？」

「就是本來不存在的東西會冒出來吧。」鍾灰仔細思考該如何說明：「好像世界貼了一層貼紙上去，貼紙上會出現很多連想像都無法想像的東西。雖然很累，但也很有趣。」

「會累嗎？」

「嗯，因為大腦是第一次看見那種東西啊，也要花點時間理解吧。」

「那會討厭這個能力嗎？」

「不會。」鍾灰回答得斬釘截鐵：「也很有趣嘛，而且——因為我爸那個樣子，其實我有一段時間不敢再畫畫了，後來還是因為KING才又提筆的。」

「為什麼？」

「我的王就像貼在世界上的一層貼紙——貼紙上的景色很美麗喔，我想把那樣的景色紀錄下來，畫了很多以它為主題的作品。」

「妳的畫，我也可以看看嗎？」

「可以啊！下次給你看吧！不過，我也不知道自己有沒有如實把KING重現出來。」

「不是照實畫下來就好嗎？」

「嗯……也沒有那麼簡單，不是有為了畫出地獄而發狂的畫家嗎？王帶來的景色太難形容了，在腦裡很難留下清楚的記憶，也找不到表現的手段。對了，你有沒有作過一種夢，醒來雖然有印象，但是說不出來、寫不出來、畫不出來，可是你知道那個東西就在那裡，爲了想起它的樣子，你只能像無頭蒼蠅一樣亂試。」

楊戩若有所思：「我應該知道妳的意思。」

「對吧！那就是我看到ＫＩＮＧ的感覺。」

因爲父親，鍾灰失去動筆的勇氣，但王帶來的風景，讓她心中的火苗還能保持一點溫度。

「而且，畫不畫得出來是一回事，最重要的是，畫ＫＩＮＧ的時候，我覺得提筆的恐懼消失了。」鍾灰說：「我可能畫得不夠好，但是，世界上只有我能畫這個，連我爸爸這麼優秀的畫家也不行，**他一生都看不見我看見的東西**——光是這樣想，我就覺得沒什麼好怕的。我爸爸瞧不起我又怎樣？我也可以瞧不起他呀！嘿嘿，聽起來好像有點負面吧！可是想對抗負面的時候，有時候就要更比它負面才行。」

那樣幼稚的優越感，讓自己變得強壯起來。

「妳也看得到我身上的ＫＩＮＧ吧？那我看起來又是怎麼樣的？」

「啊……」

鍾灰一時語塞，楊戩的眼神非常專注，像個好學的學生，等待她的回應。他是眞的很想知道……但是，鍾灰沒有任何具體的語言能用來描繪。

即使在所有ＫＩＮＧ之中，他也是來自異界的、最美麗的風景。

隔天一早，山茶也搬來畫室。鍾灰整理過的房間騰出一個位置讓山茶睡。終於收拾打理完畢，聽見窗外傳來一陣引擎發動的低鳴聲。她探出腦袋，只見門口整列了三台摩托車。

門口楊戩和葉善存正在檢查車子，一看她下來就把一頂安全帽塞到她手中。鍾灰問：「現在是在幹麼？」楊戩戴上安全帽，對她的疑惑似乎也很疑惑：「準備開始巡邏。」

「要騎車巡邏嗎？」

「走路的話效率太低了。」

「當然不能騎太快。」葉善存從後視鏡上拿起安全帽：「妳還要留意附近有沒有KING呢！」

爲了不遮蔽她的視線，三人當中只有鍾灰分到瓜皮帽，另外兩人都是全罩式的安全帽。

「我們不可以搭電車嗎？」

「電車的路線是固定的，沒辦法深入巡邏。」

「那……開車？」

「小巷不容易開進去。」葉善存雙手合十，偷瞄了楊戩一眼：「然後就是，學長他……」

「我很容易弄壞汽車。」楊戩無所謂地自我招認：「我的能力有時會影響車內儀器。」

「怎麼了，騎機車有什麼問題嗎？」

鍾灰尷尬地嘿嘿兩聲笑：「其實我呢……沒有駕照。」

「啊！」葉善存露出震驚的表情，就連雷打不動的楊戩似乎也很不可思議。

「幹麼？」鍾灰不滿道：「爲什麼要一副預設全世界的人都會騎機車的樣子？」

「也不是全世界啦，只是一般來說臺灣人的話……」

「要騎我也是會騎的好嗎？我只是沒駕照而已。總不能無照駕駛啊，我們怎麼說都是警察吧？」

「爲什麼不去考？」

「我就一直住在空橋都市啊！」鍾灰理直氣壯地說：「那裡根本沒有人在騎車吧？」

空橋都市的道路全以橋樑取代，格局方正寬闊，大型空橋便於車輛行駛、小型空橋僅供徒步。建築內的轉接層都以汽車爲考量設計。最重要的是，空橋區電車系統比陸地還方便，騎機車既不特別便利，也沒有必要。

「好吧，我們還是不要帶頭知法犯法比較好。」葉善存老實將多出來的機車牽去停好：「反正妳坐後座也比較好專心巡邏，那妳要坐誰的車？」

「……」

「好，那抽機車鑰匙吧！」葉善存沒收楊戩手上的鑰匙，笑得青春洋溢：「天啊，我們好像大學生喔。」

鍾灰伸手一抽，是楊戩的鑰匙。

她覺得有點開心，但機車眞的就沒問題嗎？眼神一投向楊戩，他便說：「我不會弄壞機車，機車內部沒有那麼多精密的電子設備。」

巡邏路線以畫室爲中心，螺旋形由內向外拓展。吹笛手先前一直固定在大稻埕，移動能力沒有幽靈蛹那麼誇張，因此他們決定從周邊開始搜索。

依據先前醫療中心的測試，鍾灰無法透過影像觀測到ＫＩＮＧ的存在，這使他們能安排的搜索方式變得有限。每天一早，他們就像繪測地圖那樣忠實走遍每條道路，約到傍晚七點左右暫時收工，因爲日落後能見度變差，鍾灰效率也跟著受影響。稍事休息後他們接著前往裝設夜視鏡的據點，讓她在高處鳥瞰。連續幾日下來，鍾灰幾乎不眠不休地監視整座陸地都市。

然而，沒有太大收穫。

鍾灰閉著眼睛，上面蓋一條熱毛巾，平躺在自家畫室的地板上，葉善存靠在牆邊打遊戲，鍾灰不斷聽見雷射槍嗶嗶的刺耳音效，她眞不明白，上班整天都要拿槍了，下班怎麼還有興致玩這種遊戲。

就像非洲草原上的獵豹，這幾天下來，鍾灰只要醒著就得維持高度專注查看周圍。和只是充當司機和護衛的兩人比起來，不但精神疲憊，雙眼也承受很大負擔：「你們這樣眞的不違反勞基法嗎……」

「我們是適用公務人員的法規喔。」

「可是我是約聘的打工仔吧？」鍾灰哀號道：「楊戩呢？他怎麼又不見了？」

「去附近巡邏了吧，學長可是災區警察裡有名的工作狂。」

「他去巡邏也不能幹麼啊，他又看不到王。」

「他不是去找王，算是像普通警察巡邏街坊而已吧。他行動的話，可以有威嚇其他王的效果。」

鍾灰拉下熱毛巾，看了葉善存一眼：「啊？」

「就跟信義的王是一樣的原理啊——學長也有威力強大的王，光是稍微釋放一點電力，就會能讓大部分的王都感到畏懼。他在空橋都市的時候就是這樣做的，聽說就算不是輪到他值勤，晚上好像也經常會在街上遊蕩。」

「眞虧他敢在晚上的空橋都市亂跑啊……」

「那個人連天災都不怕了，應該也不會害怕犯罪分子吧？」

鍾灰好奇道：「那他跟信義的王誰比較強？」

「誰比較強嗎……我覺得好像沒辦法這樣直接比耶，學長的能力幾乎是爲破壞特化的，但我們又不知道信義的王有什麼樣的能力。」

「哎，是這樣嗎？」鍾灰詫道：「但它不是引起了信義特區的大爆炸嗎？」

「那是能量釋放的結果，不是它本身的特質。信義的王當年就是因爲一直找不到宿主才崩潰的，既然沒有宿主，就沒有顯現的媒介，當然就沒人知道它到底是什麼了。」

「但如果有其他王入侵地盤，它還是會產生反應吧？」

「應該是吧。」

「那樣的話，像楊戩這麼強大的——」

鍾灰猶豫了，楊戩應該是行使王的力量的士兵，若貿然將他稱爲王，好像會模糊某道必須嚴守的界線。

「妳說學長在陸地都市行動，會不會引起信義的王反應嗎？理論上，應該會喔。」

「那、哈梅林的吹笛手會不會其實是……」

「不會。因爲我們幾乎不過橋啊！」

「咦？」鍾灰瞪大了眼，葉善存放下手邊的遊戲機：「災區警察只活在空橋都市裡而已。我們要過橋的話，都要特別經過申請。因爲申請過程很麻煩，搞得我們休假也懶得過去玩了。」

鍾灰一臉震驚，他忙說：「妳還沒有這個限制啦，妳現在還是約聘嘛！不過，能引起信義的王這麼大反應的對手，就算在災區警察裡應該也很罕見。我們已經確認過當天所有同僚的行蹤，以及通過點周圍是否有不尋常的事發生——結果最不尋常的，就只有妳們畫室出的事了。」

鍾灰困惑道：「王發動一定會引發怪事嗎？」她的能力就像水面下的伏流，在看不見的地方寧靜運作著。

「不一定啦！但如果激烈到引發其他王的敵意，應該很難無聲無息。對了，妳知道學長爲什麼叫『楊戩』嗎？」鍾灰搖搖頭，葉善存一臉神祕說：「聽說他以前有一次値勤，力量沒控制好，把一座廟都直接炸掉了。」

「天、天啊……」

「從此以後大家就叫他二郎神。」

「爲什麼？二郎神是雷神嗎？」

「嗯……我也不知道，我沒研究。反正，如果有這麼強大的王在陸地都市現身，通常會很顯眼的。」

鍾灰想，可是她眞的什麼都沒看到……會不會它又跑回空橋都市了？但最近沒再聽說空橋發生失蹤案。

「善存，那你自己怎麼想啊？」

「不曉得耶……從一開始吹笛手就給我一種很詭異的感覺，不像蛹，我們連它製造的殘餘物都採集下來、也送去分析科化驗了。但吹笛手什麼都沒留下，我們好像在追著空氣跑一樣。老實說，我自己也不知道到底是不是眞的有吹笛手存在，聽說總部也在調查是不是可能有其他原因。」

「嗯……」

「我們在這裡最多守到週五。」他屈指算著時間：「按ＨＣＲＩ的標準，連續十四天內沒有偵測到第二次信義警報的話，表示王已經離開的機率很高。這樣的話，我們也可以鬆口氣了。」葉善存重新拿起遊戲機，輕快地說：「妳應該也會被調回空橋都市專心找幽靈蛹吧！那裡應該不用這麼急迫搜索，就不必這麼辛苦了。」

然而，鍾灰的心情卻很難像葉善存一樣輕鬆。和其他災區警察不同，**對鍾灰來說，吹笛手的存在是必要的。**

因爲，如果一連串的失蹤事件都和ＫＩＮＧ無關，就不得不回頭去叩問那個最初的問題——

應時飛爲什麼消失了？

將相片盡可能無損放到最大，黑子吋吋檢查蛹的細節。雖然目擊證詞中出現過很多次金屬及鏡面的描述，但難得有機會拍到這麼清晰的照片。照片中，蛹正好結在臨水的空橋底部，路燈倒映在水面、水面上的燈光又反射回蛹身上，強烈展現其反光特質。

她首先想起某些蛺蝶科的蛹，像羅馬戰士打磨如鏡面的肩甲。是鏡子嗎？不，鏡面會更平滑、反射率更高，這個蛹殼看起來有點粗糙，更像是不鏽鋼、白鐵、某種磨砂金屬……王在某個地方接觸到這種金屬，並將它鑄煉成蛹的形狀。爲什麼是蛹？宿主的願望嗎？是什麼願望？如果宿主不是人類，那蛹的意象有什麼意義？

不行，現有資訊太少了，不可能找出答案。如果能得到一部分蛹的殘骸就好了，王的複製不是單純的無中生有，只要知道蛹殼是由什麼構成的，至少可以推測王接觸了什麼東西。

雖然沒能取得蛹，其實他們不算毫無進展，不久前楊戩帶回幽靈的殘骸。之前，黑子一心希望取得蛹，從沒想過幽靈有實體。她以爲那是煙霧，一些無意義的懸浮微粒，沒想到楊戩竟拿回一具石膏像般的東西。

剛才收到謝露池的訊息，幽靈的組成分析出來了。如果眞是無意義的東西，謝露池只會在訊息裡交代了事，不會專程把她叫回。構成幽靈的物質顯然比想像中更驚人。

這段時間她幾乎沒有回總部。除了追蹤幽靈蛹外，也會處理一些小型的王。雖然她強烈要求吹笛手交給其他隊伍，讓她隊上所有人都能支援幽靈蛹，不過上頭很明確希望吹笛手的事要優先解決，至少要確定陸地都市是乾淨的。如果黑子需要更多人手支援，他們可以調派其他小隊過來。外勤就算了，但內勤人員配合久了已成習慣，貿然調人過來需要時間磨合。

爲了應付這個狀況，黑子將隊伍分成兩邊。幸好幽靈蛹和吹笛手的性質相差得遠，現階段需要的力量不同：幽靈蛹的危險性低，但有大量目擊情報需要分析，因此外勤留下她和阿文，而大部分內勤也都留在她這裡。

而吹笛手那邊的當務之急，則是要確認它是否進了陸地都市，並避免一切可能的災難，但除此以外，吹笛手沒有留下太多能研究的線索，因此她將最強的火力楊戩調過去保護鍾灰，內勤只派了最資淺的山茶過去。

一回到隊上的辦公室，一股濃厚的豬油味鋪天蓋地而來，黑子胃部一陣緊縮，好餓，整個上午四處奔波，什麼都沒來得及吃。看來他們也是拖到現在才吃飯。黑子皺了皺鼻子，飢餓的同時卻一陣反胃，合成香精不但複製了豬骨濃厚的香味，連那股葷食的腥氣也忠實重現了。

那就是死物的味道……

身後傳來腳步聲，謝露池手上捧著一個不鏽鋼大碗，碗裡是吃到一半的泡麵，她隨便拉了張椅子坐下，頭髮還翹得亂七八糟，大概剛剛乘機補了個眠。

「午餐吃這種東西啊，對身體不好吧？」

「是早午餐。」謝露池面無表情地吞了幾口泡麵，指向電腦螢幕：「化驗中心那裡的報告出來了，我跟周主任先討論了一下。事情有點複雜，所以就讓妳跑一趟了。」黑子也是這樣預料的，否則謝露池才不會想跟自己打照面。不過，如果是很重大的結果，化驗中心應該也要照會她這個隊長一聲才對，竟然直接跳過她了。

化驗中心的主任，是以前隔壁實驗室大她兩屆的學長，記憶中是個嚴謹虔誠，儼然將科學當神學對待的人。對他來說，理解科學家不該做什麼事，似乎比理解科學家該做什麼事更重要。雖然以前稱不上熟人，但大災變以後他就在她的頭上畫一個大叉叉，將她歸檔在科學家的——不，也許是人類的黑名單。

「首先是楊戩帶回來那個類似石膏像的東西——其實拿回來的時候就已經開始嚴重分解，有完整保留下來的部分，頭部大約一半，左邊上肢、腰部到膝蓋都還算狀況不錯。」

「所以那個眞的是人類的外型？」

「妳沒有看過嗎？」

「那幾天太混亂了，又馬上送進化驗中心，我只有看到照片。」

「嗯，是人類的外型沒有錯。我去詳細看過隔離保存的部分了，連五官的大致形狀都算清楚，肢體部分就更不用說，非常精細，簡直像百貨公司的假人模特兒。」謝露池出示各個角度的清晰近拍給她看：「畢竟只是些殘餘物，能量逸散很快，雖然立刻採用最高規格的隔離方式，還是持續崩解，現在剩下的應該更少了。」

「這是……女人嗎？」

黑子不太肯定地開口——面部雖然被其他王攻擊而破損嚴重，仍能看出不似男人輪廓，顱骨更加窄小、沒有剛硬的稜角。不但讓人覺得是女性，還是相當年輕的女性。

「對，其他身體部位也可以證明這點。」

謝露池出示剩下的照片，黑子忽然皺起眉：「等等，她穿的那個裙子是——」

「我們認爲是制服的百褶裙。」

「是……女學生嗎？但能肯定是制服嗎？」這個石膏像般的東西沒有顏色，也缺乏更精緻的紋路細節。

「左半部上肢可以看出上衣特徵，我們比對過臺北市內所有國、高中女生制服，很快就找到一樣的制服。」

謝露池說出學校名稱時，黑子聽見心裡嗡的一聲——啊！果然。那正是她的母校，歷史悠久的公立明星學校。所以她才覺得眼熟，就算是千篇一律的百褶裙設計，畢竟自己穿了整整三年，還是能看出些不同。

「高中生？」

「我們是這樣推論的。另外，她左手上拿著這個東西。」

謝露池這次展示左上肢部位，部分胸腔與肩臂完整保留下來，曲線圓滑的手臂、小巧的手掌，確實很像少女的肢體。她提了一個長方型盒子。

黑子產生一股不祥預感，她皺起眉頭：「這個東西我之前好像有看過？」

「我想妳說的是這個。」謝露池播放一段影片，那是八月初左右目擊者拍到的影片，破蛹而出的幽靈在空橋間茫然穿梭。因爲拍攝距離稍遠，畫面不是很清晰，但仍見到人影手中提著類似的長形盒子。

「這是怎麼回事？」

「拿這團石膏像和影片比對，當時不清楚的細節就有更多解讀方式。像這個飄動的東西，很可能是她的裙擺，後頸這裡則是束起來的馬尾。」

「妳認爲這是同一個人嗎？」

「盒子雖然毀損了一半，不過，從殘餘部分仍可大約推知原貌。我們認爲是樂器盒，以標準型制來說，可能是裝長笛的盒子。」

「長笛？」

「可能是正在學長笛吧，社團或是課後才藝，已經從這方面去找了。我想先確認那個盒子到底是什麼東西、蛹中孵化出來的人有什麼樣的規則。」

「規則是什麼意思？」

「先前的影像都不夠清楚，我們甚至不敢百分之百肯定那是人形。現在既然確定了，我比較在意的是，孵化出來的人都有什麼特徵、什麼差異？每次都是同一個人嗎？至少，這個『長笛手』很可能不是第一次出現了。」

長笛手這三個字，登時令黑子頭痛起來，那令她想起陸地都市那一側，還有個眞身不明的吹笛手在遊蕩。她反覆比對兩邊照片，不知是不是錯覺，先前那些不清不楚的截拍，現在好像都能看出些輪廓來了。

「妳認爲呢？」

「當然不會都是同一個人，從蛹裡爬出來的幽靈，每次都不太一樣，我看過所有照片和影片，大都不像帶著那個長笛盒，而且外型也有不小差距。」

「那就是說，蛹可能會重複複製某些特定對象。」黑子尋思片刻，忽地想起：「對了，這個雕像的成分到底是什麼？妳應該是爲了這個叫我回來的吧。」

謝露池立刻皺起眉，表情不太好看：「他們認爲那個應該是……骨頭。」

「什麼東西的骨頭？」

「人的骨頭。」

「妳說什麼！」黑子的聲音猛一下拔高八度：「怎麼會是那種東西？」

「我也不知道爲什麼啊！但就組成成分來判斷的話，最接近的是人骨。」

「所以妳才馬上開始調查學校，妳懷疑確實有這個『人』存在。」

謝露池默默點頭，黑子盤算起來：蛹複製的樣本竟然是眞正的人體？考慮到它活躍於空橋都市，確實有很高機會接觸在那裡往來的人群。再說到成分——那東西完全由骨質構成，也就是說，王與樣本有接觸的部分只有骨頭……但爲什麼只有骨頭、爲什麼跳過身體其他組織？黑子腦海中浮現一台X光機掃描往來行人的景象，它是用什麼方式接觸人體，爲什麼只選擇骨骼來複製？

黑子提出自己的疑問，謝露池嘆道：「我們和主任討論過這個問題了，最後結論是：不需要把事情想得太複雜。只複製骨頭，很可能是因爲它實際接觸到的東西，就只有骨頭而已。」

就算是黑子也花了幾秒才明白這話背後的意思，她瞪大雙眼：「妳是說，它複製的對象並不是人類，而是一具白骨？等等，爲什麼可以直接跳到這種結論？」

「不只是白骨，還可能是骨灰。」謝露池說：「因爲這些東西沒有留下任何遺傳物質，否則我早就根據遺傳物質來找樣本主人了。」

埋在土裡的屍骨，就算經過千年也還有機會查出DNA，要讓遺傳物質徹底消失，必須經過相當高溫的焚燒，恐怕火葬的遺體可能性較高。

「沒有考慮過是王省略了遺傳物質的複製嗎？」

「不可能，現有紀錄從沒有過這種形式。如果複製生物的細胞組織，王絕不會放棄最重要的遺傳特徵。」

「可是空橋都市哪來的屍體讓它複製？」

「空橋都市犯罪率那麼高，要說哪裡藏著屍體一定有吧。」

「但這不是普通屍體。」黑子反駁：「要燒到連遺傳物質都不剩需要一定程度的高溫，這不是普通人燒東西啊！大概只有火葬場、焚化爐才能做到這種程度。」

「我知道，可能有死人的地方我們都查了。除了空橋都市的殯葬業，我們也調查其他有焚化爐的設施。」

「但是，葬儀社火化遺體時通常是裝在木頭棺材裡吧？」

「這有什麼值得注意的嗎？」

「這個幽靈……是被包在蛹裡面的。如果幽靈的本體是白骨，那個像金屬一樣的蛹殼又會是什麼東西？」

謝露池沉吟片刻，她首先直覺想像當然是棺材，不過就像黑子說的，沒有把屍體放進金屬製棺材的道理。

「骨灰罈好像也沒聽說過用金屬做的。」

「靈骨塔呢？放置骨灰罈的櫃子可能是金屬製的。」

「可以查一查。」黑子聽起來有些猶豫：「不過，這些寶塔在陸地都市比較多吧？尤其山區那一帶，講究藏風聚水什麼的。空橋都市的塔位大概都是市營的，不是很多。」

謝露池突然露出厭惡的表情：「我也聽過臺北車站置物櫃有人放骨灰的都市傳說。」

幽靈看起來全都很年輕，如果那代表一群年少的死者，黑子實在很難想像他們被排排放進靈骨塔裡的樣子。不論如何，這都是繼續查下去才能有線索的事。她又問謝露池：「目前有的影片、照片裡，幽靈的臉部夠清晰嗎？有可能從幽靈的外表追蹤出那是什麼人嗎？」

「好，我試試看。就先從市內近期失蹤的青少年開始比對。」

然而要說市內近期失蹤的青少年……那不就是大稻埕的失蹤案、在陸地都市引起風波的哈梅林吹笛手嗎？兩人大概不約而同想起這件事，面色都變得凝重起來。

「更快尋找王的方法？」

雖然鍾灰專程騰出空間讓山茶睡，但她幾乎是不睡覺的。山茶大部分時間都窩在一樓沙發上，徹夜研讀所有關於吹笛手的資料，每次看到鍾灰下樓，她就會馬上大叫：「電費會叫災區警察出的！」

平時鍾灰不太敢打擾，但今夜趁葉善存跟楊戩休息後，她偷偷溜下樓向山茶求教。

「爲什麼要露出這麼吃驚的表情？那不就是我們現在最大的任務嗎？」

「說是這樣說啦。唉，不過比起把吹笛手找出來殲滅，上面應該更想證明陸地現在已經乾乾淨淨了而已。」

「什麼嘛！到底爲什麼陸地都市就這麼寶貝，王在空橋就沒關係嗎？」

「也不是沒關係，只是說反正空橋人已經習慣了嘛。」

「哪有這種道理！我們空橋都市稅是有繳比較少嗎？」

山茶聳聳肩：「搞不好眞的有喔。好啦！回來說王的事，雖然說災區警察都不喜歡把王擬人化，但想要更有效率找到王的話，最重要的還是得理解它到底在關心什麼。」

「那要怎麼做？」

「人事時地物的5W原則囉——妳知道吹笛手之前引發的案子有哪些特色嗎？」

「大概知道。」

「那就好說啦！一般我們在抓王的時候，會設法重現它喜歡的環境，或布置能吸引它的誘餌。」

「誘餌？」

「最好的誘餌當然是理想的宿主，一級大餐啊！不過，這沒那麼容易找到，退而求其次就只能給它感興趣的目標了。通常只能用5W原則去推論。但說推論，其實跟瞎猜差不多，我們都自稱『揣摩上意』啦。」

「那連猜都猜不到的時候呢？」

「那就只能準備一些弱小的王給它。」

「做什麼？」

「妳是傻瓜嗎？當然是給它吃啊！就像用塗滿花生醬的餅乾騙老鼠進籠子一樣唷，訓練時不是說過了嗎，它們有捕食同類的特性嘛。」

「可是，我們有能拿來做這種事的王嗎？」

「有啊，妳以爲標本室裡藏那麼多王是幹麼的？其實那就是個大型冷凍食品倉庫啦。」

「……」

「本來最有效率的方法應該是布置好籠子吸引它過來，這樣妳就有機會更快找到它。但那裡是陸地都市，我們要放其他的王進去當誘餌，會受到很大的政治阻力……妳應該也可以想像吧？」

「那就只能想辦法找出它感興趣的目標了。」

「但我們對吹笛手的理解又太少了。我這陣子都在研究先前發生在空橋都市的事件。」

「有什麼發現嗎？」

她搖搖頭：「報告內容太少了。我覺得很像在說人家壞話，不過我覺得先前負責的人沒有認眞調查。我後來跑去看《棋盤郵報》，結果八卦雜誌寫得還比較詳盡呢！」

「最初把這些失蹤案連結在一起的就是《棋盤郵報》。」

「對！『憑空消失』的記述最早就是從這裡開始的。那個記者的嗅覺很敏銳呢！災區警察眞該試著招募他。」山茶隨口道，但鍾灰知道那完全就是騙點閱率的歪打正著：「但目前只有目擊者曖昧的證言，災區警察唯一有做的事，頂多就是調閱附近監視錄影帶，還有確認那一帶王的監測器有沒有反應，都沒什麼收穫。」

「就是因爲這樣，災區警察才判斷不是王造成的……」

「是啊，只有楊戩在那裡吵。但找不到就是找不到，失蹤案是交給阿兵哥他們當一般犯罪在查的。」

空橋都市內沒有眞正的警察，完全由軍方掌控，發生犯罪都由憲兵調查。

「我聽說他們也沒查出什麼來，兩頭都卡住了。失蹤者很多都是陸地都市的人，家屬三天兩頭跑來吵鬧，阿兵哥受不了，所以咬著憑空消失的那些證詞，想把案子的壓力推回給我們。我講句有點缺德的話啊……」山茶壓低聲音說：「吹笛手跑去陸地都市大鬧，說不定是最好的結果了，這樣才眞正把重兵放下來調查了嘛！」

「說是重兵，現在調查的也只有妳一個人啊！」

「唉……是沒錯。」山茶豪壯的氣勢登時萎縮：「我跟妳分析上級官僚心態，現在他們希望的就是不要出事，就這樣而已。他們才懶得管吹笛手的眞相，跑進陸地都市的不是吹笛手也無所謂。」

「不是吹笛手？有這種可能嗎？」

「現在讓我們判斷是吹笛手的唯一理由，就是妳們父女的證詞喔！」山茶的眼神充滿玩味：「妳知道嗎？因爲妳可以看見天災，我在總部還聽過有人懷疑是不是妳乾脆賭上一把，把妳們父女的犯罪，推到本來不可能發生在陸地都市的天災頭上。」

「才沒有這種事！而且，我那天什麼也沒看到！」

「我也是覺得這樣太陰謀論啦！不過，吹笛手本來存在的所有規則，幾乎都被畫室事件破壞了。」

「吹笛手的……規則？」

「就是剛才說的人事時地物囉！本來最大的特徵是地點和人物——集中在大稻埕一帶，失蹤者都是十多歲的青少年。就是有這種一致性，才會被視為連續事件啊。突然跑到畫室來實在很突兀。」

「其他呢？時間有什麼特徵嗎？」鍾灰想起自己在大樓鐘面上遇見的、那準時的天災。

「目前沒有，早中晚都出現過。不過，根據王當時的活躍程度不同，作用本來就會花上一點時間。」

「應時飛是一瞬間就消失了。」

「那就表示當時的活性非常高、作用劇烈——大概也是因為這樣，才引起信義警報。」山茶翻了翻手上資料，又說：「時間的話，也有季節、氣候這些因素。不過吹笛手才出現兩個月，在季節方面沒辦法找什麼規律。至於氣候，大稻埕的事件幾乎都發生在陰、雨天，畫室事件則在非常晴朗的正午……但這能不能列入考慮也很難講啦，畢竟空橋都市的天氣本來就很差。」

「王也會有對季節跟氣候的偏好嗎？」

「當然囉！空橋都市裡是不太容易監測啦，因為我們發現王後都會希望盡快殲滅啊。不過從總部收藏的標本——啊！其實不用說到標本，光說你們就好了，你們會定期做健康檢查吧！有些人會在冬天或夏天比較活躍喔。」鍾灰趕緊想了想自己，竟也想不起什麼時候見到的KING會比較多。

「天氣也是。妳知道雨後會有很多蝸牛跑出來嗎？以前就有過這樣的事件哦！宿主是蝸牛，所以怪事都只發生在雨天。」山茶想了一下，說：「老實說，幽靈蛹那邊也有一點類似。」

「蛹也只在雨天出現嗎？」

「不，正好相反，晴天發生的頻率高很多，通常是晴天晚上。空橋都市天氣陰天比較多吧，所以蛹喜歡在晴天出現的特色，就變得很顯眼。」

「爲什麼？」

「這就不太清楚了。可能溫溼度會影響活性？或者就是和宿主的特性有關。」山茶說：「就只有這樣了。跟畫室的共通點，除了應時飛算是符合受害者特性，並沒有明顯關聯。所以妳也可以理解爲什麼只派我一個人過來吧？上面主要想確認陸地都市到底有沒有王進來，至於吹笛手的案子到底怎麼一回事，現在沒有特別想法。」

「怎麼會沒有明顯關聯呢？」

「不然還有什麼？」

鍾灰愣住了，不明白山茶爲什麼那樣困惑地看著她，畫室和吹笛手的關聯性遠不止於此啊！父親他——她頓時領悟，對了，災區警察並不知道父親去空橋都市畫肖像畫的事。那是許世常從應時飛那裡得來的消息，但他還沒有把握，因此不曾在報導上披露過父親的事，只有私下調查。自己最初將兩件事連結在一起，是因爲許世常的那些話，加上災區警察的行動，很自然就產生一種父親是事件核心的錯覺。但不是這樣，站在災區警察的角度，吹笛手只是附加的，他們關心的是信義警報。

如果王的行動標準既不是受害者身分、也不是發生地點，而是**圍繞著父親、或父親筆下的肖像畫⋯⋯**

「怎麼了？」

「我⋯⋯」

這件事該告訴災區警察嗎？鍾灰猶豫不定，萬一到時候眞的哪裡也找不到吹笛手，災區警察決定將事件還給陸地都市，會不會反而成爲將父親推落深淵的一擊？可是，假如肖像畫與王有關聯，或許只要找出肖像畫，就能找出哈梅林的吹笛手。該走哪一步才好？鍾灰坐立難安。

「如果在陸地都市怎麼樣都找不到吹笛手，最後要怎麼辦呢？」

「空橋的失蹤案姑且不論，應時飛的案子會交還給陸地警察，就看他們怎麼辦。」

鍾灰心想，不論如何，一定要先跟父親弄清楚肖像畫的事才行。

今天也是晴空萬里。

空橋都市的蔚藍天際，與那一頭陸地都市的天空幾乎要連在一起——平時總被一片陰雲薄霧隔開。評量空橋都市天氣的方法就是往東眺望，如果能看見信義總部的高牆，那天必定天氣晴朗、空氣品質良好。

開槍後，除了硝煙味外還混了一種難以言喻的味道，在子彈的火藥裡，爲了抑制王的活性而添加的成分，每隔一段時間就會更換，黑子說不出到底有沒有效。這次出現的王附著在一臺自動販賣機上，目前似乎沒鬧出大事，是日常固定巡邏發現的，天氣熱得要命，黑子心想，怎麼不鬧個免費吐飲料的怪談也好。

前置工作組已先幫忙圍起現場，否則朝販賣機瘋狂開槍的他們看起來嗑過頭的流氓——遇上生物宿主時以擊斃對方爲第一目標，只要宿主死亡，它們體內的KING就會直接消滅。

而遇上非生物宿主時則一律先開槍，削減目標物的活性，再由黑子處理，避免王忽然暴起傷人，畢竟有時無法完全掌握王的特質，這是他們運作多年的心得。

自動販賣機上開了三個孔，還冒著燻黑的煙。黑子摘下手套，左手貼在機器冰冷的外殼上，一邊百無聊賴地盯著右手手表。一、二、三——她的原則是等候二十秒，規模不大的王大概在這個時間內就能「吃」完。

其實，即使不倒數計時，自己也能明確感受到體內不同的感覺——方式因人而異，當KING在體內運作時，宿主大致都能察覺和平時不同，好像有某種東西在震盪。據說大災變發生時，很多宿主體內都像大地震。

當然，那還算好的了……對黑子來說，「進食」是一件很不愉快的行爲。

她向自己的主治醫師詳細描述過，那就像接受一個很粗暴的推拿。接觸點從她的左手開始，好像有一隻大掌貼著她的手掌，用排山倒海的力量將她的手掌往後壓，壓到腕骨都要折斷，而且那折斷的感覺不會停在手腕，而是會像波的傳遞一樣，繼續往後推進……橈骨和尺骨彷彿要被扭成一股雙螺旋，接著手肘關節處傳來駭人劇痛，該怎麼形容……就像一根針插進蛀空的牙齒根部吧。

接著，強烈的爆炸擠壓感衝過上臂肱骨，有如一臺超大聯結車衝進窄小的隧道，運氣好一點的話，一切會在抵達肩膀以前結束。但如果目標再強大一些，那就要通過鎖骨這個令人難受的臨界點——非常痛，簡直不是人類語言可以描述的劇痛，黑子完全理解爲什麼古代酷刑會在這個部位穿孔，何況ＫＩＮＧ通過這裡可是比穿孔更驚人的折磨，黑子甚至懷疑生孩子都沒這麼痛。

但是，她的醫生只會很冷漠地提供差不多的意見：妳太瘦了、至少要再增重二十公斤、就算覺得噁心也要多吃點肉。身體強壯起來，妳的脂肪和肌肉都會保護妳、協助妳承擔那種力量。

黑子以前當研究員時，也會定期爲宿主進行身體檢查和提供醫療建議，那時的自己在他們眼裡是不是也是如此——盡一點業務上的忠誠心，但偶爾不小心暴露出你死活都無所謂、冷眼看待研究樣本的表情。

只是需要優質蛋白質和脂肪的話，素食也能達成目標，她已經很努力在規劃自己的菜單了。如果她的醫師只能這種提供像衛生署官僚式的建議，她直接找健身教練還比較實際。比如楊戩的發電方式類似電鰻，取決於他的肌肉結構，所以他少年和成年時的能力差異很大，怎麼就沒聽說他的醫生建議他練成阿諾史瓦辛格？

——十八、十九。

忽然，身上那種椎心刺骨的疼痛停止了。

一切消失得無影無蹤，連一點餘留痛覺都沒有。黑子鬆了口氣，二十是她設定的「鎖骨極限」，超過二十秒還沒吃完的話，通常就要捱那一下穿過鎖骨的痛，接下來ＫＩＮＧ通過整個胸腔，等待第二個極限點到來。所以，雖說大家都認爲她跟楊戩是最強組合，她最需要的其實是葉善存那種夥伴，至少讓她分次處理。不過，這次的情況實在太危險，她希望新人盡量跟楊戩待在一起。

她收回貼在販賣機上的手，空橋反射出自己的倒影。一身筆挺襯衫與黑色西裝褲，不耐煩的三七步站姿，讓她看起來像一個脾氣不好的販賣機業務員。

她忍不住笑了，重新戴回手套，文哥問：「處理完了？」

「嗯，可以收隊了。」

剛「進食」完畢的短暫時間，是最舒服的時刻。等她的王把食物消化完了，又會開始哀號喊餓，那時左手就會以另一種形式痛起來。

文哥指揮其他人做收尾工作，他們搬走彈痕斑斑的販賣機，並開始拆除路障，同時通知經過附近的電車可以重新復駛。黑子很慶幸自己能和他共事，她還在HCRI工作的時候就認識文哥了，那時的他也不是宿主，只是支援維護空橋都市秩序、被他們戲稱爲「阿兵哥」的輪調軍人。這個工作就是這樣，大家來來去去，做久了非常孤獨，有熟識的人在身邊總會安心一些。

「妳的身體還好吧？」

「沒問題，這隻算小CASE。」雖然比想像中能量更強一點，黑子還是比較喜歡非生物宿主，生物宿主很容易失控，要制服牠們很少不掛彩的。長期以來，他們力圖保持空橋都市動物淨空，但最近因爲蛹壓迫其他王的生存地盤，導致它們在邊界遊蕩，也會對動物下手。

採摘樣本完畢，兩人回到總部。塡寫出勤報告並將樣本交回樣本管理室，謝露池正在黑子位子焦躁等候。

「怎麼了？」黑子訝異地問。很少看見露池這麼暴躁，她眼下有兩個深深的黑眼圈，大概是好長一段時間沒睡好覺了。

「我們回頭徹查了所有疑似跟幽靈接觸過的報告。」

「妳是說結蛹報告嗎？」

「不，不一定和蛹有關，我們找的是曾在空橋都市看過白色幽靈的人。初期很多報告沒有被關聯到蛹這裡來，只被當成是普通的撞鬼怪談。我們把網路上能找到的討論全部重新檢視了一遍，研究幽靈的移動軌跡。」

「怎麼會突然想到要研究軌跡？」

「因爲現在我們知道幽靈是重複出現的。」謝露池不耐煩地說：「以前以爲幽靈是隨機遊蕩。但既然幽靈會重複出現，那麼同一個幽靈，每次的行動之間有任何規律嗎？我想知道這一點。」

「結果怎麼樣？」

「目前民眾發現幽靈的模式，大致可分爲三類——首先是直接看到幽靈從蛹裡爬出來的人，但結蛹的位置多半在橋底，因此發現者大部分是在對面空橋或是下層空橋看到的，沒辦法立刻追蹤幽靈去向。這種案例中就算拍下影像，通常也是隔一座橋追拍，所以很模糊，而且很快就追丟了。第二種模式則幾乎和蛹無關，只是單純在路肩看到有人遊蕩而靠過去看看的狀況——這經常被當成普通的都市恐怖傳說，我們在這方面有不少疏漏。」

「恐怖傳說？」

「是啊，在路邊看到一個女孩單獨靠在橋邊走，開車靠過去想搭訕，結果轉過頭來——卻沒有五官，有聽過這樣的恐怖故事吧？但蛹的狀況比這還可怕哦。這裡有一個報告是這樣的：七月十四日，出現在空橋都市討論版的『市民大道』這一篇文章，作者提到他在凌晨三點看見全身穿白的女生在路邊走，當時因爲很暗，沒有看得很清楚，他就慢慢開到她旁邊，本來想搭訕，搖下車窗一看，才發現很詭異，那女生不只衣服，連皮膚、頭髮、五官全部都是石膏像一樣的灰白色。她完全沒有注意車子開到自己旁邊，只是一直往前走，他嚇得渾身都軟了，沒有再追上去，幽靈的身影慢慢就不見了。」

「確實很像靈異故事的情節啊……沒有追下去的例子嗎？」

「當然有，這就是第三種模式：追蹤幽靈。這裡有一個八月底的案例，在總統府一帶，也是類似情況。但車主膽子比較大，在後面保持距離跟上去。幽靈走得很慢，車子也必須慢慢行駛，但中途就放棄了。」

「放棄？爲什麼？」

「放棄通常有兩種原因：第一，幽靈走一段距離慢慢散掉了。大概就是能量已經消耗完了。」

「這倒很合理，連我們都很難追上幽靈。第二種原因呢？」

「幽靈穿過了橋，直接走在空中。」

「咦？」

「幽靈雖然有石膏像般的實體，也是用兩條腿走路，但完全無視空橋直接穿過空中，就好像那裡有路一樣。」

「這是什麼意思？爲什麼會這樣？」

「我們之前都只在意蛹出現、幽靈出現這兩件事，卻沒有追蹤幽靈去向。根據目擊者提供的時間、地點，我們往回追這幾個月的空橋都市監視影像。雖然不可能蒐集到幽靈移動全程，但重現出不少部分。」

「結果呢？」

「畫出了這樣一張地圖。」謝露池展示地圖，上面畫了幾好幾道不同顏色的線，她說明道：「我們利用這些拍到幽靈影像的監視影像，試圖分析幽靈的面孔，最後結論是，這四個月來出現的幽靈大約有八到十二人。」

「八到十二？爲什麼有這麼大誤差？」

「沒辦法，目前空橋上加裝的監視器覆蓋率還不到百分之三十，解析度也不高，紀錄很有限，就算幸運拍到，面孔經常很模糊，這是現在精準度的極限了。不過，不管是幾個人，都有一個類似的趨勢——」

她快速切換幾張圖，看起來都很像，都是臺北市區的地圖，只是上面的彩色線條略有變動，切換到最後一張時她抬起頭，看著黑子：「怎麼樣，看出來了嗎？」

這些線條雖然分散，卻有一個微妙的一致性：「全部都……**往陸地都市的方向前進**？」

「對。雖然這些幽靈大概是跨不進陸地都市，不過，不管起點是哪裡，這些幽靈永遠都向東走。」

「這是怎麼回事？」黑子苦笑：「幽靈要大舉進攻陸地都市嗎？」

謝露池卻滿面嚴肅地搖頭：「我認爲不是這樣。如果我們單看同一個幽靈的表現——這是以那個手提長笛盒的幽靈爲例，她每次出現時的移動軌跡是這樣的。」

這一次地圖上出現大量黃色的細虛線，雖然每一條線的起點位置都不同，但能明顯感覺到在靠近陸地都市的時候，線條開始收斂聚攏了。

「這是代表她每次從蛹裡孵化以後，都朝同一個目的地前進嗎？」

「不只是她，其他幽靈也都出現這樣的特色。」謝露池皺眉道：「與其說要進攻陸地都市，我覺得他們更像是……**想要回家**。」

「我的天啊。」黑子毛骨悚然：「我們之前說過要搜尋這些幽靈有沒有本尊，對吧？」

「嗯，不只大稻埕失蹤的那群人，我比對了近年來市內失蹤的所有青少年。」

「結果呢？」

「沒有一個符合。」

雖然早知道事情不會那麼順利，黑子還是恨恨地嘆了口長氣：「那些幽靈到底是從哪裡冒出來的？」

「一五一號……」葉善存把健保卡塞進診間外的小箱子，一面評估前面的人數、試圖理解複雜的叫號規則。「看起來大概要再等半小時以上吧？」他回到沈憐蛾身邊。老人垂著頭坐在椅子上，葉善存沒有穿制服，他們看起來像一對普通的父子。

「下次可以提早跟我說，我們一早出門就不必排這麼久了。不過，沈畫家你還好嗎，怎麼突然來看醫生？」

「沒事。年紀大了，都是例行的檢查。」

「哦……如果突然有什麼不舒服的話，可以跟我們說。我們那裡也有醫生。而且有一些比較特別的檢查，可以由我們那裡來做。」

「又要像上次一樣，把我像牲畜一樣綁起來，抽血、掃描嗎？」

葉善存有些尷尬地笑了：「那個時候情況比較緊急一點，一般是不會這麼粗暴的。」

「你們那樣做到底想查出什麼？」

「嗯……想像成天災會引發一些汙染吧？就像核汙染那樣，如果當時畫室發生的事確實跟天災有關的話，我們擔心你會受到汙染。」

「不是都說天災不過橋的嗎？」

葉善存也只能打哈哈道：「但是，您是親眼看到應時飛在面前消失的吧？如果不是天災，就沒有其他科學方法能夠解釋了。」

「反正你們也不相信我吧……我看得出來。」

這段期間，災區警察仍定期派人過來輪值，在鍾灰他們外出巡邏時進駐畫室看守。對大部分災區警察來說，天災過橋是一件很難理解的事，大概也就不知不覺將那種態度顯露在臉上了。

「如果真的不相信，就不會派這麼多人在這裡守著了。我們是絕對不希望災區警察進出陸地的事被知道的，現在鄰居都覺得我們很可疑呢！」

等待看診的時間比想像中更久，回到畫室已經快晚上九點，鍾灰和楊戩巡邏還沒回來。忽地，沈憐蛾停下腳步，葉善存問：「怎麼了？」

「你有沒有……聽到什麼聲音？」

葉善存仔細查看周圍，但沒有發現什麼不對勁的地方：「沒有啊，你聽見什麼了嗎？」

「好像有人跟在我們後面。」

附近很暗，根本看不出不平常之處，葉善存警戒起來，一手按住腰間的槍。隨即他想起這裡並不是空橋都市。在這之前，他只有在空橋都市巡邏的經驗，而且都是和資深的同事一起行動，偶爾碰過幾次王的騷動，影響都不大，加深了他相信自己能拔槍應對的想法。

但是，這裡是陸地都市啊！如果這裡出現王的話，那只能是——

喀擦。一道閃光亮起，沈憐蛾立刻擋住眼睛，葉善存驚駭地拔槍指向閃光來處，差一點要扣下扳機。

幸好他沒有這樣做，因爲閃光的來源只是個拿著手機在拍攝他們的男人。

「喂！你在做什麼！」

葉善存怒氣沖沖朝對方走去，他的手甚至有點發抖，自己差點就要扣下扳機了。他在空橋都市受的訓練是絕對不能遲疑，失誤總比被攻擊好——但那是在空橋都市，他們的敵人都是宿主，這可是普通市民啊！

他們的槍爲應對王而特別改造過，人類不會被子彈內的特殊成分影響，但爲了射穿甚至不是生物的宿主，他們的槍支火力強大，彈頭也是會炸裂的擴張彈，那是連戰場都禁止使用的非人道武器。

然而，對方一點也不害怕，理直氣壯站在原處：「他就是那個畫家、對吧？」

「什麼？」

「殺死女學生的那個畫家啊！警察祕密把他保護起來了，連照片都不曝光。」

「你在胡說什麼？」

「別騙人了，我看到他的名字了！」

葉善存先是感到訝異，然後才覺得男人有點面熟——對了，那件花俏的襯衫，好像剛才在醫院裡也見過這個人。那麼是在排隊看診時他窺見了畫家的名字吧，爲了保護身分，診間的叫號螢幕會把姓名馬賽克一個字，但沈憐蛾的名字太特別了。

「快點把照片刪掉，你這樣是侵害別人的隱私！」

「什麼隱私，隱藏變態殺人犯的資料才是侵犯市民的隱私！」

葉善存想搶他的手機，但那人很快靈巧地跳開了，他橫眉豎目地說：「幹麼！你憑什麼搶我的手機？就算你是警察，也沒有權力不准我拍照吧！」

葉善存連揮兩次都撲空，當然他有武器，可是絕不能對人使用——忽然啪擦一聲，一道刺眼的強光亮起，他差點以爲那人抓住空檔又拍了一張照片，但接著他聞到一股怪異的焦味。

楊戩從昏暗路燈下走出來。

男人手機冒著煙，螢幕已經全黑了，他徒勞無功按幾下按鈕，最後一臉不悅地將手機塞回口袋。

「網路上連半張他的正面照都找不到，殺人犯憑什麼這樣被輕輕放過？」

「你說的殺人犯，是我爸爸。」鍾灰從楊戩身後探出頭來，細聲說道。

男人上下打量鍾灰一陣，冷笑一聲說：「既然自己也有女兒，爲什麼要傷害別人家的女兒？」

「我爸爸不是殺人犯。」

「哼！妳是他女兒，當然幫他說話。」

「不是的，你完全搞錯了。那個女孩子根本沒有死，而且，去報案的人就是我。」

那人愣了一下：「沒有死……那樣的話，爲什麼會派這麼多警察來？」

「那是擔心我們被眞正的凶手盯上了。」鍾灰懇求般說：「能不要曝光我爸爸嗎？拜託，我可以用生命跟你保證，他絕對不是凶手。事情發生時，我也在場。現在不公開他的身分就是因爲他也是受害人。」

「這……」

「而且，那女孩的生死還沒有確定，你這樣做，也會傷害到她的。」

「我……我要怎麼做自己決定。」最終男人逞強地反抗了幾句，訕訕走了。

楊戩在一旁插嘴：「何必多費唇舌，反正我已經把他的手機弄壞了。」鍾灰收起剛才那張可憐兮兮的臉，刻薄地說：「你不知道現在照片自動上傳很簡單嗎？」

葉善存嘆道：「唉，但這件事果然還是沒辦法繼續壓下去，一定會有愈來愈多謠言傳出去。」

「如果我能找到吹笛手，你們能怎麼幫我爸洗清嫌疑？」

「妳可以放心。」楊戩淡淡說：「這種事情我們很有經驗。到那時候，什麼都不會留下的。」

父親還沒回過神來，僵在路口，鍾灰忙朝他走去：「爸，你沒事吧？」

「嗯……」

「你怎麼這麼晚還出門？」

葉善存本來要開口解釋，但沈憐很快打斷他：「一些小事。我請葉警官陪我去了。」嚴格來說，是葉善存按規定不得不跟著他才對。

四人慢慢走回畫室，父親從口袋裡摸索出鑰匙，笨拙地打開大門，顯得非常疲累，他將雨傘往牆邊一掛，拖著沉重的步伐上樓。鍾灰注意到他的袋子裡裝了一捲塑膠藥包，連忙追了上去。

「你去看醫生嗎？你生病了嗎？」

「沒有。老人定期的檢查而已。」

「你又不老！」

「唉。」父親嘆了口氣：「妳要一直站在門口嗎？進來吧。」

父親的房間很空曠，鍾灰甚至找不到一個適當能坐下的地方，只好尷尬地靠在牆邊。

「謝謝妳剛才替我說話。」

「沒……那沒什麼。」

「那至少謝謝妳相信我。」

她相信父親嗎？鍾灰不知道，至今都沒能好好談談，但該說什麼，鍾灰也很掙扎，唯恐用錯一個字就激起父親的憤怒。

「爸爸，應時飛到底是怎麼來這裡的？」

「她在學校參加美術社，他們社團的老師方遠志，以前是我的學生。本來她想退出社團了，遠志覺得很可惜，就帶她過來我這裡。」

「你覺得她很適合畫畫嗎？」

「嗯，她沒受過正規訓練，但作品有生氣。技巧那些都可以再磨，但野心和衝勁是沒有東西擋得住的。」

鍾灰很羨慕，如果有誰也能對自己說一句這樣的話，她就會繼續畫畫，而不是成爲災區警察了。

「那種東西眞的看得出來啊？」

「那當然了，妳也不要太小看自己的爸爸。」

「但她不是說要退社嗎？」

「本來就是玩票性質吧，也有升學考試的煩惱，她不知道自己的潛力在哪裡。」

「那你怎麼勸她的。」

「她帶了一些作品過來，我就問她想畫什麼。」

那是不容易回答的問題，當時應時飛苦惱一會說：「我想畫出『瞬間』的感覺。」

沈憐蛾問她：「什麼叫瞬間呢？」

「我不知道。就是太短了，用言語也無法捕捉有效的定義，才想用畫的。」她老實說：「可是，我連該畫什麼才好也不知道。照理說既然是一瞬間，應該畫什麼都可以，只要找到能展現驚奇片刻的事物就好了。」

「既然如此，有沒有考慮過攝影呢？」

「攝影的話，必須在那裡耐心等待瞬間的出現吧？那樣的話，人的想像力豈不是自由得多嗎？」

「這樣啊。」沈憐蛾想了想：「那麼，其實妳是想說一個很短的故事。」

「故事……」

「繪畫是一個平面的世界，是空間的、橫向的、陳列性的，沒有言語和時間存在——本來應該是這樣的，但確實有一個魔法，能讓繪畫變成縱向的、深度的，能讓繪畫能爭取到說故事的『時間』。妳知道繪畫中用什麼來表現時間嗎？」應時飛搖頭，那正是她苦惱的課題。

「是光和影——所謂的時間，就是太陽一寸一寸從東走到西的過程，一幅畫中妥善的光影運用，可以巧妙地暗示非常短暫的時間。」沈憐蛾本來就是運用光影的高手，或許這也是社團老師推薦她來這裡的緣故。

「她想畫的東西太抽象了，如果有明確的作業練習，能讓她更好掌握到適合自己的主題。我跟她說，留下來這裡畫一年，再決定要不要繼續下去。」

這樣的話，其實也差不多到時限了。她畫的那幅破蛹，或許就是最後一幅練習。

「那你希望她留下來繼續畫嗎？」

「當然了，她那樣的人，沒辦法好好伸展才能，摧折在這裡的話就太可惜了。」

父親的聲音充滿了惋惜與渴慕之情，鍾灰比誰都清楚，看到令他讚嘆的作品時，父親就會展現那樣的情緒。那一方面讓鍾灰鬆了口氣——父親絕不會做出傷害應時飛的事，他眞心希望她繼續畫下去，他不會親手扼殺自己想要的藝術。另一方面，鍾灰感到幾分落寞，父親從未向自己展現這樣的感情。

「她呢？她自己怎麼想？」

父親神色微微一動，細不可察地嘆了口氣：「我也不明白，她的意向很模糊，但……」

「是家裡反對嗎？」

「不，我不覺得她家裡反對，感覺她很受寵，她要做什麼家裡就由著她。在來畫室前，她學過樂器、陶藝、書法……」父親說：「其實，我覺得她沒有把畫畫看得很重，我真的不明白她到底最在乎什麼。」

鍾灰很詫異，如果應時飛不在意的話，會忍受那麼密集的課程嗎？「爲什麼這樣覺得？」

「她很聰明，聰明人有應付的習慣。」

「又不是被槍逼著來上課，不想學不要來就好了。」鍾灰奇怪道：「而且她還跟我說你想多留一點時間給她，所以才把其他課都停掉了，是眞的嗎？」

父親遲疑片刻，緩緩點頭。

「爲什麼？」

「我跟她只約好一年而已。有野性的直覺很好，但技術還有很多需要打磨的地方，那是需要花時間的。」

「但她既然不那麼重視這件事，爲什麼要答應你？」

「或許是想試試看吧，有段時間也是很誠心畫著的。只不過後來……我也不明白什麼地方出了錯，她的注意力轉移到其他方向。尤其是失蹤案，空橋都市開始出現失蹤案以後，她就一直對那件事坐立難安的樣子。」

「你是說哈梅林的吹笛手嗎？」

「對……就是這個名字。」父親困惑地說：「我不太懂空橋都市的習慣，爲什麼要替這麼惡質的犯罪事件取名呢？但她好像很在意那件事，常常問我的意見。大概是因爲失蹤者和她年齡相近吧？聽說也有同校的學生。」

「那你跟她說什麼？」

「我要她不要想那麼多、盡量避免去危險的地方，尤其是空橋都市，不要跟朋友貪玩，晚上早點回家。」

父親給的是再平凡不過的建議，很像陸地人會說的話。但鍾灰很清楚，應時飛心中產生的並非這樣素樸的不安，她是因爲發現肖像畫與失蹤者的關聯而如坐針氈。鍾灰猶豫片刻說：「應時飛從畫室消失的那天，其實有打過一通電話給我。」

「什麼？」父親詫道：「妳怎麼沒有說過這件事？」

「那之後那麼混亂，我也找不到機會啊！」

父親急切追問：「她跟妳說什麼？」

「她說，要抓住哈梅林的吹笛手，逼他現出原形。」

鍾灰不太記得應時飛的用詞了，這段時間以來，除了配合災區警察調查外，她一直不想再去看那封訊息。但父親沉默下來，表情變得很難看：「那是什麼意思？」

「我怎麼會知道！」父親劇變的面色叫鍾灰不安起來：「那天我回家的時候，聽見你們在樓上爭吵。爸爸，應時飛那時到底跟你說了什麼？」

「她說……我是哈梅林的吹笛手，她要揭穿我的魔法。」

鍾灰緊盯父親的表情──是嗎？是你嗎？但父親僅是無比困惑：「我不明白，爲什麼她這樣想呢？」

「然後呢？她要怎麼揭穿魔法？」

「她跑到窗邊，打開窗……那是她打開的嗎？我記不起來了，我混亂得不得了，我只記得想過去拉住她，但她就那樣掉下去了。」被迫回憶起那天，父親似乎很難過，不過，或許是和衝擊的當下拉開一點距離，現在他終於能好好思考：「不對，眞的掉下去了嗎？如果掉下去的話，至少也會有……可是她就那樣憑空消失了。」

「你那時候還說是哈梅林的吹笛手出現了。」

「她掉下去之前，一直在和我說吹笛手的事，我想我那時一定是頭腦不清楚了，才會說出那些話。但是，我也確實看到她在我眼前消失了啊！」

父親給應時飛的才華很高的評價、希望她不要放棄繪畫，爲此窮盡努力。但是，父親知道應時飛懷疑他涉入誘拐案、甚至還跑去找《棋盤郵報》的記者，希望許世常能找出他的犯罪證據嗎？

「爸爸，你知道哈梅林的吹笛手是怎麼一回事嗎？」

「知道，你們已經對我說無數遍了。災區警察也覺得那個什麼吹笛手就是我，是嗎？但他們只是抓我去抽血、掃描，這樣到底能看出什麼，他們是想採集我的DNA嗎？他們其實有凶嫌的線索嗎？」

「也不是這樣……」

「我把那件事的報導全部看過一遍了，那些名字和臉孔，我眞的一點印象也沒有，我根本不認識那些孩子，也沒有對他們做任何殘酷的事。爲什麼他們可以這樣就認定我與事件有關？」

鍾灰終於忍不住說：「爸爸，有一件事，報上沒有說、警察也還不知道，現在只有我聽說過，其實，失蹤者還有一個共通點……**他們失蹤前，都在空橋都市裡被一位街頭畫家畫過肖像畫。**」

父親先是一愣，隨後他慢慢瞇細了眼，露出鍾灰未曾見過的險惡神情。

還想問他肖像畫的事、想問他姑姑的事，但看見父親的表情，鍾灰非常害怕，剩下的話都說不出來了。

「妳想說什麼？」

「前陣子那幾個週末，你一大早去空橋都市都在做什麼？」

「警察……」鍾灰聽不清父親說了什麼，父親冷笑幾聲，又重新說了一遍：「這一次想好好當警察了，所以先從審問我開始嗎？」

「我沒有要審問你的意思。」

「我還以爲妳相信我。」

「我相信啊！我只是想知道——」

「我去空橋都市做什麼，和妳有什麼關係？」

「我不是說了嗎？那些失蹤者都被畫過一幅……」

「妳是從哪裡聽說的？」

鍾灰咬著下唇：「有……我也有我的情報。」

「哦，情報啊。不愧是警察。」

「你幹麼這樣陰陽怪氣的說話？」

如果是王下手的，父親可能不會知道。但眞的是這樣嗎？楊戩和黑子都是有意識地使用自己的能力，至於鍾灰，雖然不知道幻視是ＫＩＮＧ的影響，至少很清楚周圍發生異變。父親難道眞的完全沒有知覺嗎？

「所以你到底有沒有去畫肖像畫？拜託了，爸爸，請你告訴我這件事，這對我很重要。」

「就算有畫過肖像畫又怎麼樣？我什麼也沒做。」

「畫畫的時候，你有感覺到任何不對勁的地方嗎？應時飛出事那天，你也爲她畫了肖像畫嗎？畫像在哪裏？拜託你拿出來，或許這是最大的關鍵。」

父親面色劇變，然後他立刻說：「沒有，我不知道什麼肖像畫，我這輩子從沒畫過肖像畫。我本來就不畫人像，難道妳不知道嗎？」爲什麼要說謊？因爲父親不知道那些畫像都被拍照並交到許世常手中了嗎？父親以爲自己少年時代是肖像畫家的事她不會知道嗎？鍾灰賭上最後一把，朝他大叫：「你騙人！你年輕的時候不是畫過肖像畫嗎？爲什麼後來封筆了？跟姑姑的死有關嗎？」

父親雙眼暴睜，好多年了，除了撕掉自己的畫那次以外，鍾灰再沒見過父親那樣憤怒的神情。

「滾出去——」

他砰一聲站起身，將鍾灰推向門口。

「發生了什麼事？」鍾灰撞上身後的人，楊戩正站在房門口，剛巧扶了腳步踉蹌的鍾灰一把。

他說：「我在樓上聽見很大的爭吵聲。」但父親遷怒似連他也一起發火：「都從我的家裡滾出去！」

父親重重摔上房門，鍾灰感到全身脫力。雖然早就習慣父親的態度，受他嚴厲苛責的時候還是很害怕，害怕之後，湧上來的就是強烈的沮喪與無力感。

「妳們父女又吵架了嗎？」冷不防楊戩的聲音傳來，鍾灰抬起頭，昏暗的過道中，楊戩獨獨與眾不同，他的王在周身流轉，到了發亮刺眼的地步

「也沒有到『又』的程度吧？」鍾灰不太高興地說：「好像我們天天吵架似的，你每天是待在這裡幾小時——啊，笑什麼？」

「我沒有笑。」

明明就笑了。但鍾灰倒沒有眞的生氣，反而鬆了口氣——父親的怒吼令人恐慌，一旦被那種無力感支配，她

就會萎靡下來，覺得什麼也做不成。但楊戩的笑讓她覺得那似乎不是什麼大事，每個家庭都常發生。

「你們在吵什麼？」

鍾灰不知道肖像畫的事是不是該跟楊戩說，他看出她的猶豫，說：「我聽見你們在說肖像畫什麼的。」

「嗯……只是一些關於肖像畫的討論。」

「但沈畫家不畫肖像畫吧。」

鍾灰差點跳起來：「你怎麼知道？」

「我住在畫室裡，沒有看過半幅人像畫。所以我問過他。」

「問他？你怎麼問的……」

「他也畫聖經故事，妳應該見過類似的作品吧？」

藝術史上許多創作都源自對宗教的奉獻，鍾灰雖然沒有信仰，對此也不陌生。楊戩又說：「妳父親畫了拉撒路的復活——知道這個故事嗎？」鍾灰搖搖頭，楊戩說：「我很喜歡這個故事。」

「這個故事是說，耶穌的門徒拉撒路病死四天以後，受到耶穌呼喚。他的手腳和臉上都還包裹布巾，就從埋葬的墓穴裡走了出來。我看過畫這個故事的，多半是畫被眾人包圍的耶穌、或者被拉撒路被耶穌喚醒的樣子。但妳父親畫了墓穴，還有墓穴裡隱約伸出來的手。一張人臉也沒有，很奇特。」

其實鍾灰覺得他喜歡這個故事比較奇特，楊戩很少表露自己的好惡，鍾灰實在也沒從拉撒路的故事中聽出什麼像會吸引他的元素。

「我爸不是教徒，可能對經典內容有點誤解吧。」

「不，我不這樣覺得。還有一幅聖母領報也是這樣，加百列在畫中只看得到一雙翅膀。」

「聖母領報是什麼東西？」

「天使加百列告知聖母受胎的喜訊。」

「喔……抱歉。」鍾灰感覺自己似乎有些不敬了，不過，不知道爲什麼父親會想畫這個？鍾灰早已習慣父親畫中沒有人的面孔，但她倒沒細看過父親都畫什麼主題。照楊戩這樣的描述，確實莫名其妙，這些畫本來不就是爲了描繪人物而存在的嗎？

「那也太奇怪了吧……」

「也不能這樣說，妳父親畫得很好，他畫的聖母領報即使沒有半張面孔，也讓人感覺到畫中充滿了喜悅。只是和我以前看到的畫法都很不同。我問他爲什麼這樣畫，他說自己不擅長畫人物。」

「你和我爸感情什麼時候變得這麼好啊，還會聊畫？」

「畫室是他的地盤，我只是暫時借用。他還是常來畫畫，也問我們查案進度、有沒有應時飛的消息。」

鍾灰目瞪口呆：「那他爲什麼不直接問我？」

楊戩說：「我不知道。」

鍾灰扁了扁嘴，她也自知強人所難。何必要楊戩回答，自己難道不曉得？比起關係惡劣的女兒，和外人開口還更容易得多。但楊戩愼重思考片刻後，又認眞說：「也許他很想跟我說話。」

「啊？」

「我覺得他很想說話的樣子，可能畫畫的時候很無聊吧。」

「我爸話很少。」

「是嗎？」楊戩竟顯得不太認同：「他滿喜歡聊天的。反而我不擅長說話，跟我聊天應該很無聊。」

「……」

「既然你們沒事，那我回去畫室看守了。」

「等等！」鍾灰伸手拉住他袖口，楊戩露出詫異的神情，她囁嚅著說：「有件事……就是肖像畫的事，我想聽聽你的看法。」和自己相比父親似乎對楊戩更願意放下戒心，靠楊戩旁敲側擊，或許比她硬碰硬還有用。

她將肖像畫的事全部告訴楊戩，只是盡可能輕描淡寫一些。原以爲楊戩會對自己的知情不報發火，不過他似乎沒什麼情緒反應，叫鍾灰鬆了口氣。

「我大概有什麼地方激怒了他，他不肯承認肖像畫的事，但是如果你和他關係不錯，或許由你……」

「我不認爲沈畫家隱瞞妳的事，就會願意告訴我。」

「他肯對你說的話比對我還多呢！」

「那只是因爲我是外人。對外人什麼話都可以說，因爲不會說眞正重要的話。」

鍾灰沮喪地垂下肩：「……我應該把這件事告訴黑子嗎？」

「不必。」楊戩立刻說：「黑子那邊也在忙幽靈蛹吧。把山茶和善存找過來，我們自己處理就可以。」

肖像畫這個新線索帶給山茶很大的激勵，她鬥志高昂地說：「假設肖像畫的事都是眞的，那我們最好徹底清查一遍沈憐娥的畫具，除了畫家本人，也不能排除王寄宿在無生物上的可能性。」

「但是我平常都會出入我爸的畫室，沒有看到奇怪的地方。」

「那肖像畫呢？」山茶追問：「沈先生有替應時飛畫過肖像畫嗎？」

「我不知道。肖像畫的事他都不肯說，家裡也一幅畫都找不到。」

葉善存一臉苦惱：「可是，如果吹笛手眞的寄宿在肖像畫上……那它是怎麼作用的啊？我完全不能想像！」

楊戩顯得非常積極：「它的傳播和發動方式或許非常特別，所以才連幽靈蛹都找不到攻擊它的方式。」

山茶對此不甚關心：「大概有三分之二的王都是被回收後才搞清楚作用機制的，我們先把能做的事做完再說。現在最重要的是先找出這些肖像畫，在實際看到畫之前，都不能排除假情報的可能性。」

楊戩望向鍾灰：「妳說肖像畫的消息，最早是從《棋盤郵報》的記者那裡聽來的——能約他出來見面嗎？」

「一、二、三……眞的是三條線！」許世常嘖嘖稱奇。

「我跑了空橋都市這麼久的新聞，這還是第一次看到官階這麼高的災區警察。老實說，你們這幾條線到底代表什麼意思？不可能跟陸地警察是走同一個系統吧？」

楊戩僅是微笑不答。

服務生送上飲料時，忍不住多看三人一眼，換上災區警察制服的楊戩十分顯眼。但他對周圍刺探的目光視而不見，他似乎是第一次踏進這種地方，對周圍的一切都充滿好奇，甚至研究起桌上的牙籤盒——在名為「風向雞」的義式簡餐店裡，每一桌都擺了一個金屬製的小巧風向雞擺飾，輕輕按一下雞冠，它就會啄起一根牙籤。

「能出示一下你的警證嗎？」

楊戩從口袋裡拿出印著警徽的手冊，許世常湊近前看，那上面果然印著楊戩死板的證件照，再往下看他的名字與職級……楊戩飛快把警證收起，許世常不滿地說：「我還沒看清楚呢！」楊戩揚起一邊的眉，鍾灰像為調皮孩子致歉的父母一樣，低頭說：「抱歉，他就是這樣。今天專程找你出來，是想再問幾個肖像畫的問題。」

「等等，災區警察才是我主要的報導內容啊！」許世常擺擺手：「要我吐消息，總得擺出點誠意來吧？」

「什麼誠意？」

「我在空橋都市跑了半輩子新聞、追著災區警察的車尾燈跑，這竟然還是我第一次採訪到『真正的』災區警察。你們這批躲在輪班國軍後面的災區警察，平常神神祕祕到底都在做什麼？合法消耗市民稅金？」

鍾灰已準備幾套說詞想糊弄過去，但楊戩單刀直入地回答：「防範天災，處理天災現象。」

「喂，這是你們長官上電視時會說的話吧？處理天災，天災是要怎麼處理啊？用超能力嗎？不要背公關守則給我聽了，我要這種官方書面稿有什麼用，給我一點能拿出去說的情報吧！」

「用超能力處理天災，不可能嗎？」

「當然不可能啊，災區警察的遴選標準是什麼，傻子嗎？」

「如果讓你看見超能力，你就會相信我們的工作是處理天災了嗎？」

「怎麼可——等、等等等，你說什麼？」

「我說超能力。」楊戩伸出食指，指著牙籤盒風向雞的頭頂：「比如像這樣。」

他將拇指和食指圈成一個圓，風向雞忽然「咄」的一聲，腦袋朝下重重一沉，叼起了一根牙籤。

許世常冷笑道：「哦，原來災區警察的遴選標準是變魔術嗎？」

「魔術？」楊戩偏了偏腦袋，又重新圈起手指，只見風向雞的腦袋微微一晃——

咄咄咄咄咄咄咄咄咄。

鍾灰和許世常同時爆出慘叫，只見風向雞以工業機械的速度飛快朝牙籤盒裡猛啄，因爲速度實在太快，牙籤就像爆炸的碳酸飲料一樣以駭人的速度朝四面八方猛噴出去，鍾灰抱著腦袋「啊啊啊」大叫不止，許世常則早她一步恢復神智，眼見牙籤一瀉千里之勢無法阻擋，他伸出兩掌想蓋住風向雞。

只聽楊戩輕輕「哎」的一聲，縮回了手，但許世常動作實在太大，楊戩還是慢他一步，許世常碰到他的手指——瞬間他斷的倒抽一口涼氣，一股劇痛通過指尖。他整個人朝後倒去，即使抓住椅背，膝蓋仍撞上桌底，草莓奶昔潑濕了他整條牛仔褲。

「喂！你沒事吧！」鍾灰跳了起來，楊戩涼涼地說：「不要碰我，我身上現在的電壓可能有致命性。」

「……」

「就像你說的，我們是一群超能力者，用超能力對抗天災。怎麼樣，你有材料可以寫了嗎？」

許世常咬著下唇，那神情是既感羞辱卻又困惑。鐵定是楊戩衣服裡藏著什麼魔術道具吧，但他兩隻手都毫無遮掩，並沒有做什麼奇怪動作。難道鍾灰是共犯嗎？或者機關是用語音操縱嗎？可是有什麼機關可以搞成這樣？光看風向雞擺頭那誇張的速度，就算許世常並非魔術愛好者，也覺得這絕不是普通魔術可以解釋。

草莓奶昔滲過布料緊貼皮膚，許世常眼見整條腿散發出甜膩的化學香精味，只得氣急敗壞地去了洗手間。服務生匆匆趕來，看著眼前兵荒馬亂的景象目瞪口呆。

「請問這是發生了什麼事？」

「這個好像壞掉了。」楊戩若無其事地將牙籤盒遞給服務生。

服務生走後，鍾灰大力拉扯他的袖口抱怨：「你怎麼可以——這樣、這樣不就暴露了嗎？」

「暴露什麼？」

「就是災區警察和王——」

「放心，他不會相信的。」

「可是——」

「他會很疑惑吧。覺得一定有機關，但沒辦法反駁。就讓他抱著這樣的懷疑就行了，反正什麼證據也沒有。」

靜下心來一想，關於災區警察的奇聞軼事也不缺這一件了。災區警察是超能力特種部隊、是調查外星人的祕密部隊、是爲了與敵國作戰培養的科學怪人——這種八卦沒少見過，鍾灰自己也從未當眞。

「不過……以後還是不要做這種事了吧？」

「爲什麼？」

「爲什麼？」鍾灰皺眉：「當然是因爲很危險啊。你剛剛差點電到人家了吧？」

很快許世常從洗手間回來，半條腿像淋過大雨一樣，至少一身草莓味是消失了。他唰一聲拉開椅子，瞪著楊戩的眼神裡仍帶著不安和不信任。

「用一個魔術交換我的情報，感覺怎麼樣都是我虧啊。」

「你可以用剛才看到的事畫情造謠，沒有關係。」

許世常冷哼一聲：「不過，堂堂災區警察，竟然也會看《棋盤郵報》這種內容農場，你眞的考慮相信我們這樣的情報源嗎？」

「對我們的工作很有參考價值。」楊戩面無表情地說：「我們的目標是防範天災，任何市內不尋常的消息都要注意——我們公關部門裡也有安插在《棋盤郵報》的作家。」

鍾灰許世常不約而同發出今天第二次大叫，周圍的人紛紛朝他們投來不安的目光。楊戩難得露出惡意的笑容：「把你知道的事情都告訴我，我就考慮告訴你是誰。」

「切——狡猾的傢伙。好了！到底想知道什麼？」

鍾灰忙將自己向父親追問肖像畫、卻被他惱羞成怒趕走的事說了一遍。

「他竟然拒絕承認啊……眞想不到。」

「什麼啊，最懷疑我爸的人不就是你嗎？」

「是怎樣，我現在不夠懷疑妳爸，妳還不滿意就是了？」許世常不耐煩地說：「我是覺得很奇怪，如果失蹤案跟他無關的話，爲什麼這件事不能說？難道他自己也知道肖像畫跟失蹤案有連結？」

鍾灰嘆氣，她也回答不了這個問題：「我找過家裡了，但是完全找不到你說的肖像畫啊！」

「那樣的話，表示畫大概不放在家裡。」

「我爸哪有那麼多地方藏畫啊！連叫他去銀行辦個保險箱大概都不會。」

「那麼，或許是事後銷毀掉了？」

如果父親本來就打算毀掉，爲什麼又會讓應時飛看到呢？說到底，父親重新提筆的理由究竟是什麼？

楊戩插嘴道：「我聽說那些肖像畫有被拍下來，能把照片給我嗎？」許世常這次倒是很大方地將照片全部展示給楊戩，他則拿手機一張張拍下複製。

「至少確實有這些畫的存在。」

「但也不代表就是我爸畫的啊。其實我一直在想……有沒有可能是應時飛說謊？」

「妳是說，她隨便給我一堆假畫，再宣稱是妳爸畫的嗎？」

「我不知道……但她看起來也不像那樣的人，你不覺得嗎？」

「怎麼會問我，妳跟她應該更常碰面吧？」

「我跟她不太熟。」鍾灰無奈地說：「我也想問我爸，但他現在戒心很重，一談到這個就大發雷霆。」

「失蹤者的朋友也有拍過肖像畫的照片啊，和應時飛給我的基本上一致，所以我是不認爲她說謊。」

楊戩看完全部照片，每一張都謹慎地拍下來。許世常看他那麼土法煉鋼的樣子，有點可憐地說：「其實你可以叫我用藍芽傳啦，還是你要加我ＳＮＳ？我是不討厭跟災區警察打交道喔。」

「ＳＮＳ是什麼？」

「不會吧，現在是二十一世紀對吧？」

「我對這些電子儀器的使用不太熟悉，我很容易把他們弄壞。」楊戩唯一使用的通訊軟體就是災區警察內部的加密聯絡系統。

「還演啊老兄？」

鍾灰現在完全明白楊戩說得沒錯——那種恰到好處、介在超能力跟騙術之間的表演，堵住了許世常的嘴，但又不至於讓他輕舉妄動。要是像自己一樣，第一次就看到他那「天災」的一面，可就沒戲唱了。

能力是發電還真方便啊，鍾灰心想，表演個魔術什麼的，一定很容易就能吸引女孩子注意力吧？自己的能力怎麼就這麼倒楣，只會讓她被奇怪的教徒纏上，還差點被淹死在電梯裡。

「總之是非常有幫助的消息，感謝你的協助。」

「什麼嘛，這種討人厭的官僚口吻，你要不要頒給我一張榮譽市民證算了？」

「我應該沒有那種權限。」

「喂，許世常。」鍾灰開口打斷兩人：「你上次說我爸是在我姑姑死後封筆的，對吧？關於我姑姑的事，你還知道多少？」

「我上次已經把能說的事都跟妳說過啦。」

「再小的事也好。」鍾灰猶疑地說：「老實說，比起肖像畫，我爸似乎更氣我提起姑姑的事。」

「那也不代表就跟失蹤案有關啊。」

「也許和失蹤案無關，但我想至少和他不肯說肖像畫的事有關。」

看她這麼堅持，許世常嘆了口氣，放棄抵抗似的說：「我知道了，那今天就跟我跑遠點吧？」

他依舊開著那臺破舊汽車，車頭凹陷一大塊，板金烤漆整片整片地脫落，狼狽露出裡頭金屬的原色。鍾灰不清楚這臺車發生過什麼事，看上去像連續撞死了十個人似的。不過，這反而讓楊戩感到很舒坦，他說：「我最容易弄壞新車。」

「你們到底怎麼回事？」許世常一面駕駛一面不悅地說：「雖然我也不喜歡別人碰我的車啦，但你們兩個竟然是搭電車來的。是怎樣，現在年輕人連開車這麼基本獨立的事都不會了嗎？」

鍾灰跟楊戩幾乎同時應聲：

「我會開車只是沒有駕照。」

「我有駕照只是最好不要讓我開車。」

雖是老舊得令人捏把冷汗的車，但許世常的駕駛技術很好，一路車行平順，或許內部有經過改裝，鍾灰甚至覺得車駛得比災區警察那一輛輛新燦燦的警車還要快很多。

「我們要去哪裡？」

「關渡，所以稍微有點距離。知道那裡有什麼嗎？」

「以前是很有名的濕地吧……」河口交界處完全被倒灌的海水淹沒了，不過許世常說：「我們不是要去河口，是要去山上。」

「那裡跟我爸有什麼關係？」

「那裡有一所美術館，妳姑姑最後一場畫展就開在那裡。」頓了一下，他又說：「也死在那裡。」

像毫無準備被人狠狠打了一拳，一陣痙攣感通過鍾灰的腹部。

「我花了不小工夫才查出來。除了這案子實在太老，也是因爲最後的細節，幾乎全被警方壓下來了。」

「爲什麼？」

「太殘忍了，引起太大的社會恐慌了。」

雖然這樣說，許世常依舊穩穩握著方向盤，面色如常地直望前方道路。車內沉默了片刻，鍾灰終於怯怯問道：「爲什麼……凶手還做了什麼？」

許世常好像這才想起鍾灰算當事人，突地閉上了嘴，鍾灰忙說：「你可以跟我說沒關係。我根本不認識我姑姑，也沒什麼感情，我不會覺得難受。」

「我覺得那是個人聽了都會難受的事……」

「拜託你，如果什麼都不告訴我，我也沒辦法追查我爸到底發生了什麼事。」

「唉……好吧！」許世常嘆了口氣，稍微放慢了車速：「凶手肢解了那些女孩，然後將一部分殘骸用冷凍快遞直接寄到受害人家屬手上。」

鍾灰臉上的血色一下都消失了，許世常無奈地說：「我就說吧？」

她僵了許久才問：「他為什麼要這樣做？」

「誰知道變態殺手在想什麼啊？那照片眞是……反正，也許是示威，或者炫耀自己的戰利品？但不論怎麼說，因為有那些遺骸，至少能百分之百確認死者的身分。」

「照片能給我看看嗎？」

許世常搖搖頭：「還是不要吧。連我都噁心了好幾天吃不下飯。」過一會兒他又說：「不過，切口都很平整乾淨，受到很仔細的處理，是像製作標本一樣細緻的功夫，所以才說可能是戰利品，可以感覺到凶手珍愛的心情。據說他還會留言給死者家屬，不過留了什麼言我就不知道了。」

「我爸他們也收到留言了嗎？」

「理論上是吧。」

「他從我姑姑身上拿走了什麼？」

「不知道，我剛才就說了，最後幾件案子消息都被嚴密封鎖，我這裡的管道也沒能弄到更多了。不過——妳爸不就是當事人嗎？再也沒有比他更清楚的人了。」

「你不是說他做了偽證嗎？」鍾灰意興闌珊地說：「他都能對警察說謊了，會對我說實話嗎？」

車沿陸地都市的邊界行走，左手邊就是廣闊如湖海的淡水河。天災後河面幾乎拓寬了兩倍，水岸邊不再有生態濕地的空間，因為漂浮著無數單元公寓消波塊，遠遠那一頭能看見山稜模糊的輪廓。行駛一陣後許世常驅車向東，地勢漸漸變高，道路也變得崎嶇，可見依山而建的校舍。鍾灰問：「我姑姑就是在這裡出事的嗎？」

「不知道。」許世常聳聳肩：「她當時人應該在美術館裡處理畫展的事。到底是怎麼被帶走的，至今也沒人清楚。不過，妳爸應該就是在這裡遇見凶手的。」

「遇見凶手？」

「根據他的供詞，那天清晨他一個人跑進後山寫生——光是這一點就很奇怪吧？到底誰會在那種天都還沒亮的時候跑進山裡？」

許世常說美術館在學校裡，不過那裡應該不是案發地點，出事的地方在杳無人跡的山上。校園呈狹長型，後門連接親山步道，沿途他們也看見一些健行的民眾。許世常說：「以前這裡可沒有這麼熱鬧，整片過去都是荒山野嶺。總之，他在山上待到當天傍晚，遇到另一個也是來寫生的男人。妳父親說，那個人開了一臺廂型車進來，車裡放了畫具，還有好幾個大型的工具箱。男人有和他攀談一些繪畫的話題，之後男人開車載他下山。」

鍾灰詫道：「他就這樣搭上陌生人的車嗎？」

「畢竟他自己也帶了畫具啊，有車可搭輕鬆得多吧。」

楊戩也問道：「他在山上待了一整天？寫生這麼花時間嗎？」

「這也是警方覺得奇怪的地方之一。而且當天他姐姐的畫展是開幕首日，難道不會去幫忙什麼的嗎，待在美術館裡應該更合理吧？但那一整天，他完全沒踏進美術館一步過。」

「他對此怎麼說？」

「說姊弟吵架了。」

「吵架……」鍾灰若有所思，許世常說：「他是說一些繪畫技巧上的爭辯啦，不過聽說爲了畫展的事，兩人本來就鬧得不太愉快。畫展一開始好像是打算姐弟作品一起展出的，但最後只選了姊姊。他心裡多少會有競爭意識吧？那一場畫展受到不小注目，畢竟他們姊弟只有十六歲而已啊。警方也把這一點考量進去，不能排除他因爲這樣動了殺意。」

「殺意？怎麼可能會爲這種事殺了自己的家人？而且我爸那時候才幾歲啊，哪有能力殺人！」

「有時候就因爲年紀小，動手的理由更不現實。而且，警方也不認爲他是實行犯啊！最大嫌犯是他在山裡遇見的那個男人，換句話說，他也可能只是借外人的手除掉他姊姊而已。」

「他也是受害者耶，搞不好差一點就是他被殺人魔下手了啊！」

楊戩冷靜地打斷兩人：「應該不只動機這一點理由吧，警方眞正把他當作共犯調查的原因是什麼？」

「對，你之前說我爸做了僞證……」

「首先是他最初沒有說實話，他一早就遇到那個人了，卻說在山上沒碰到人，警察逮到矛盾才改口。」

「就算這樣也……」

「妳聽我把話說完。」許世常皺起眉，接下來要說的內容也令他充滿厭惡：「那個人在後門放妳爸下來就掉頭走了。從門口到美術館有一段距離，至少要走上二十分鐘吧，爲什麼不好人做到底、載他進學校呢？」

「一般車輛通常不能直接進出校園吧？」

「不過沈憐蛾住在學校會館，也有畫展相關人員的通行證，出示給警衛的話就能輕易通過了。」

「但是，這也不是什麼大不了的事啊。」

「是沒錯，但後來找到了更簡單的理由解釋──在登山步道入口附近的男廁裡，發現一套被丟棄的男用襯衫與長褲，上面染滿了血跡，事後並確認跟沈迷蝶的血型一致。」

「那又……怎麼樣？那跟我爸做僞證有什麼關係？」

「問題就是在這裡。」許世常道：「有人目擊到那個男人離開廁所的場面了。對男人的外型描述，跟沈憐蛾的說法幾乎是一致的。從時間上來看。差不多他送沈憐蛾回學校以後，就折回去換掉衣服。所以在校門口放沈憐蛾下來的理由就變得很簡單──因爲入校門口時會通過警衛，一身鮮血絕對會被發現。」

「啊……」

鍾灰終於知道問題出在哪裡了。

「警方找到染血衣物和證人前，沈憐蛾只說搭了一個男人的便車回學校。」許世常一臉匪夷所思地說：「**妳父親和一個滿身鮮血的男人同車了那麼長的時間，卻一句也沒向警方提起，**這到底是怎麼一回事啊！」

許世常獨自回去，楊戩和鍾灰把握天黑前一點時間，在這帶陸地都市巡邏。不過，其實就是沿著陸地和空橋的邊界走一走，這個建議是鍾灰提出來的，倒不是多熱心工作，只是暫時不想回畫室，不知怎麼面對父親。

北投區東側地勢偏高，西側低窪區則幾乎被呑沒，劃歸空橋都市的地方不算很多。像他們現在的位置雖然是陸地都市的邊界，但已非常靠近河岸。

「楊戩，你覺得吹笛手是ＫＩＮＧ嗎？」

對她突如其來的提問，楊戩感到困惑：「我覺得是或不是，有影響嗎？」

「我問過黑子、問過露姊、問過山茶和善存，大家的意見都不太一樣。但我還沒有問過你，我聽說，王會對侵入地盤的強大敵人很敏感，你呢？你有感受過吹笛手的威脅性嗎？」

楊戩沉默片刻，說：「有的，我曾與它正面遭遇過。」

「啊……」鍾灰想起最初堅持吹笛手應該由災區警察接手的人，好像就是楊戩：「那是什麼情形？」

「大概在七月初左右，有一天晚上我在大稻埕附近的空橋巡邏，看見有一個年輕男生站在橋邊，身體慢慢變得透明。我一開始以為是太暗所以自己看錯，等我靠過去的時候已經太遲了。」

「那個人也在大稻埕的失蹤者中嗎？」

「不知道，我沒有看見臉。也不是每個失蹤的人都會被報案列入名單。」

「你覺得那是王嗎……」

「我不像妳一樣有能力判別王在哪裡，不過，如果妳眞的想問我的意見……我認爲是的。我當時認爲王還在附近，馬上發動攻擊，但是什麼反應也沒有。王的本體不在那裡，我看到的只是它引起的天災。但是我將這件事向上報告以後，被徹底否定了，沒有人願意相信我。」

「爲什麼？」

「那裡是大稻埕——大稻埕是幽靈蛹發跡的地方，也是出現頻率最高的地方。不可能有其他王在那裡生存。

他們說，我看見的很可能只是幽靈。」

「啊！他們覺得你看見的是幽靈分解的過程嗎？」

「絕對不是。我也見過幽靈的分解，那是因爲王殘餘的能量耗盡了，所以幽靈無法維持形體，像風化的岩石一樣慢慢粉碎。作用在那個人身上的狀況不是那樣的，那是徹底、完全的消滅。」

鍾灰見到應時飛消失的時候也是那樣的感覺——不是分解，是整個人一瞬間變淡變透明。那種衝擊太大了，以致於鍾灰覺得那是錯覺，應時飛實際上只是從窗口掉下去。

「吹笛手一定是王引起的現象。不管隱藏得再怎麼好，人的犯行一定有理由、一定會留下痕跡，只有王會這樣無聲無息地把一切都消滅。我只是不明白，它到底是用什麼方法避過幽靈蛹的攻擊而存在。」

「攻擊？幽靈蛹會攻擊其他王嗎？」

「KING本來就是這樣的存在。妳知道前陣子萬華一帶發生的天災誤報嗎？」

「啊……知道。」當然，鍾灰的消波塊就是在那場天災裡毀掉了。

「也不算誤報，只是情況比預想得更棘手。那就是一場典型的併吞，α承受不了幽靈蛹攻擊，也沒有能力跑遠，開始變得極不穩定，最後能量崩潰了。

「不論是傳播方式的不可掌控、移動速度、作用速度，還有其他α的反應，都讓我們判斷幽靈蛹是β以上的王。對你們來說，可能感覺不出蛹有多強大，但就算是最弱小的β，能量一旦全面失控，也可以輕鬆毀掉半個空橋都市。除了信義大災變外，五十年來空橋都市只出現過三次β。」

「半個空橋！」

「正因爲這樣，這半年來，空橋都市的西南部幾乎所有王都絕跡了。小型的王或者往北移動，或者避到中山、大安一帶陸地都市的邊界，在夾縫中生存。逃不過的，很多在併吞過程中能量崩潰，引起災害。」

鍾灰回想過去半年的生活，確實在空橋都市裡看到王的次數減少了很多，但每次出現天災也比往年都更激烈。從前鍾灰都沒有懷疑過這件事，只當作類似天氣變化的自然現象。

「信義的王一旦察覺其他王入侵，就會發動警報。幽靈蛹一定一樣，如果吹笛手持續在它的地盤狩獵，它不可能毫無反應。我不明白，爲什麼幽靈蛹任它踏進大稻埕？那裡是幽靈蛹的發跡之處，所有 α 都被趕走了。」

「會不會是因爲吹笛手完全不輸給它呢？所以它們只能選擇和平共存。」

楊戩卻搖了搖頭：「和平共存，這在王的世界裡是不存在的。它們不是人類，它們的本能就是同類相食、就是持續吞併，只有戰或逃，沒有什麼妥協餘地。如果吹笛手眞的與它威力相當，在彼此廝殺的過程中，一定會引起非常驚人的災難。但是……什麼也沒有發生。」

只有大稻埕的失蹤者持續增多，楊戩竟像很不甘心似說：「吹笛手到底用了什麼方法……避開了幽靈蛹？」

壓頂鉛雲四面流散，偶爾有水鳥從空中飛掠而過，發出壓抑的低鳴。藏在濃雲後的太陽，光芒漸漸地黯淡了，跨過大橋、寒霧另一頭的都市，於是一戶接著一戶地亮起來。

連接淡水河兩岸的關渡大橋，是市內唯一一座有顏色的空橋，一半玻璃一半朱漆鋼。據說這是因爲在天災爆發前，大橋工程規劃就開始進行，橋拱所使用的防蝕鋼都準備好了。後來隨著水位連年上升，朱漆橋拱的底部漸漸被水淹過，退潮時才會探出頭來——那一刻，朱紅的橋拱變得完整，帶著一股不可思議的神聖感，甚至有好事者稱爲「臺灣的嚴島神社」。

「楊戩，我們能去大橋上走走嗎？」

「王不會過去新北那一側。」

「王還眞不公平，明明就只差一條河。我跑過去都不要花十分鐘，王想過去的話一眨眼不就過去了？」

「這是因爲各縣市能量分布的密度本來就有——」

「我想聽的又不是這個。」鍾灰任性打斷他：「而且，我也不是想看王，我只是想看日落而已。」

日落在雲後，楊戩不明白：「走過去也看不到。」

「但是可以更靠近太陽一點。」

他們於是穿過北投區窄小的空橋都市，沒走多遠，便來到關渡大橋前，灰色的天與灰色的水岸，夕陽將它們全都燒成與大橋一樣的顏色。

「楊戩，我問你，太陽是什麼顏色的？」

「我不知道……」楊戩無奈地說：「太陽有顏色嗎？」

「我也不曉得，我從來沒有直視過太陽，偷偷告訴你，我的眼睛比一般人更畏光。」隔了一片晚霞，太陽或許就變得不是那麼刺眼了，鍾灰彷彿很嚮往地望向天際，楊戩覺得她的眼睛顏色深得不可思議。

「我爸爸……雖然不太好相處，但他不是壞人。應時飛不見了，他是眞的很難過。我姑姑的事也不是他的錯，他……」

楊戩沒有答話，鍾灰的反應就像在逃避現實。他也不認爲沈憐蛾會是以殺人取樂的瘋子，沈憐蛾是一個有著普遍道德價值觀的男人——或許這是鍾灰所謂「不是壞人」的意思。但這不代表他不會殺人、不會跨過某條「不是壞人」的人不該跨過的線。不過，楊戩並沒有把這些話說出口，雖然黑子總說他不會看人臉色，至少他還知道，現在並不是說這些話的好時機。

「你可能會覺得我在包庇他，但是，我知道他不指證那個人的理由。那不是我爸爸的錯，他是一個……很可憐的人，那不是他能決定的。」

楊戩不明白她的意思。但無所謂，楊戩一點都不在乎沈憐蛾是不是殺人犯的同伴，甚至他也不在乎吹笛手帶走了誰。他只想找到吹笛手，將它殲滅。剛才他已經把肖像畫的相片都傳給山茶了，希望盡快聽到她的判斷。

鍾灰在橋前停下腳步，望著大河。

天已經完全暗下，橋上路燈紛紛亮起，水面倒映著岸邊那頭五彩的燈光，再映入她的眼中，讓她的眼睛變得閃閃發亮。無比平凡的水面，鍾灰看得出神，楊戩不明白什麼如此吸引她，有時他會覺得鍾灰與陸地都市一樣難以理解，她的想法、她說的話、她喜歡的事物，都像占卜師神祕的預言，背後藏了很多沒說出來的弦外之音。

「楊戩，王也過不了關渡大橋嗎？」

「不是過不了，是不會過去。我說了，王在各縣市的分布程度都不一樣。」

一說完楊戩就覺得自己答錯了，剛才他好像說過類似的話，那不是鍾灰想要的答案。他不知道鍾灰到底想問什麼，黑子一定知道怎樣妥善回答她吧。但鍾灰追問：「那淡水河呢？王能去淡水河嗎？」

這時候楊戩終於感覺有點不對勁了，鍾灰的聲音在顫抖，他轉過頭看她，鍾灰面上是前所未見的恐懼表情。

「鍾灰，怎麼了？」

「我覺得……我看見王了。」

它靜靜覆蓋在河面上，就像某種軀體柔軟的生物緩緩蠕動著，這是頭一次鍾灰如此清晰看見王的原貌。水面上閃爍的粼光，像它乘著的波浪，王鋪天蓋地湧來，鍾灰發出尖叫：「王來了、王過來了！」

「王在哪裡！」

「水、不對、上來了！啊、啊……天啊！在橋上！橋……橋面上全部都是！」

鍾灰從未遭遇過這樣的王，它鋪滿放眼所及的河面，然後，就在一眨眼間，王從河水「跳」到了橋上，鍾灰不知道那是怎麼發生的，現在玻璃橋面上全都是王，被包圍的恐懼令鍾灰渾身顫抖。

楊戩嘖一聲，拉住鍾灰的手衝向停在路邊的機車。他伸手往發動器劃去，只聽啵一聲，爆出一道白色電弧。

「上去。」

「等等，你這是在偷車嗎？」

「沒時間管那麼多了，王在哪裡？」

我們是警察啊！鍾灰心裡哀號——這算是黑子所說的「反人類」行爲嗎？不，偷車應該不到這麼嚴重的地步吧！楊戩看她一動不動，直接將她推上車，嚴厲地大喊：「在哪裡？」

「橋、在關渡大橋上。」

楊戩發動引擎，車子以驚人的速度飛了出去，鍾灰這才想到兩人根本連頂安全帽也沒有：「嗚哇——」

「拿得穩手機嗎？」

「什麼？」

「通知黑子，我現在就追過去。」

「好、好……」鍾灰什麼都還來不及說，話便被吞沒在風聲中，車速實在太快，一股巨大的力量拉扯背部。楊戩的身體壓得很低，因此她整張臉都暴露在疾馳的強風中，風像鋼刀一樣刮著她的臉。她吃力地傳訊息給黑子，因爲幾乎握不住手機，她乾脆將手機壓在楊戩背上。同時她越過楊戩的肩膀，監視橋面上的王——

「楊戩！它開始動了！」

「往哪裡？」

「它——不不不、它往我們衝過來了！」

鍾灰拔高嗓音尖叫，但王幾乎是從他們身邊穿過，好像夾在迎面而來的那一陣風裡。鍾灰扭過頭去：「空橋、它衝到那邊的空橋上了！」

楊戩緊急煞車，在橋上猛然一個大迴轉，直接駛入對向車道。周圍登時傳來激烈的喇叭聲與一陣爆罵。

「快點！它跑進空橋都市了！」

楊戩衝入關渡的空橋都市，王似乎在空橋間如魚得水前進，他依鍾灰指示在眾多空橋與大樓間穿梭，王一直向南走，這樣一路騎下去，就會進幽靈蛹的地盤。

「王還在橋上嗎？」

「對，整個橋面上，而且它、它們在——」

「它們怎麼樣？」

「……」

「鍾灰？」

楊戩回過頭，鍾灰整個腦袋埋在他背上，發出微弱呻吟。雙手死死抓住他的肩膀，幾乎要抓出兩個窟窿。

「鍾灰！」

「啊……哎？」

「妳還好嗎？妳的狀況聽起來很糟。」

「我……頭……」

鍾灰只覺得再開口說一句話就要吐了。如果說，她平時看到的王只是躲在宿主身後，偶爾出來偷瞄她一眼，這次王就是穿透毫無障蔽的空橋，與她對上目光——好痛。就像在災區總部看見整片土地都染上天災一樣，鍾灰的大腦開始叫囂，無法承受。

楊戩頭也不回，當機立斷地下了指示：「就在前面的橋上對吧？我已經知道了。現在閉上眼睛。」

一遮斷視覺，鍾灰如釋重負。然而身邊的風速更強了，察覺到這一點，她喪失再次張開眼的勇氣。爲了追上王，楊戩一定將油門加到底了，一百一、一百二……機車最快可以騎到什麼速度，難道不會解體嗎？而且這還是偷來的車，不對，沒時間擔心這個了，如果等等車體翻覆飛出去了，楊戩那魔法般的超能力救得了他們嗎？

就在這時，鍾灰聽見一陣怪聲。嗶、啵，聽起來像過熱的吹風機快要爆炸的聲音。同時她聞到一陣像頭髮燒焦的怪味，她悄悄睜開眼睛，眼角餘光還能看見一點王的尾巴，它還在空橋上移動，但周圍好像不太對勁——

她終於反應過來。好暗，就算天黑了也不該暗成這樣才對。

叭、叭、叭——刺耳的喇叭聲此起彼落，周圍交通亂成一團，就連一直在前頭引航的王似乎也受這混亂影響慢下腳步，只有楊戩還像不要命一樣殺出一條空路來。但交通混亂不只是楊戩引起的，鍾灰緩緩抬起頭，立刻明白這場混亂的來源——路燈全都暗掉了！

還沒搞懂現況，鍾灰就看見楊戩身邊爆出兩道微弱的電弧。轟一聲，天邊閃過兩道雷光。難道是……

「等等，楊戩，不要再往前了！它停下來了！」

「什麼？」

楊戩猛然剎停，鍾灰天旋地轉：「它就停在前面的橋上，現在不動了。」楊戩斜駛切開車流，在橋邊將車停下。大停電造成了混亂，沒人注意到他怪異的舉動。

「妳待在車子旁邊不要動，等黑子帶人過來封鎖這裡。」

「等等——」

楊戩根本不聽她的勸告，沿橋的側邊奔跑起來。鍾灰雖然想追上去，但此刻王布滿整座橋面，光是睜眼就已讓她全身脫力。

同時，王也慢慢集中過來。

彷彿要與在橋邊狂奔的楊戩對視一般，它的觸角從橋的邊緣往內聚縮，隨著體積縮小，濃度便跟著提高，原來疏淡但廣布的王，集中到一個區域，濃厚得要讓鍾灰的眼睛燒起來。王停止流動了，像凝聚的水銀，鼓脹成一座堅硬又柔軟的堡壘，還會呼吸，生物一樣身軀上下起伏，微弱的月光在它身上不安遊走。

王完全集中過來了，像來觀賞那剛直不屈、膽敢與它對峙的楊戩，如果它能具現化出一雙手，想必就會從玻璃裡探出來，嘉獎般輕撫楊戩的腦袋吧！

鍾灰盯著楊戩的手機，期待同伴的支援趕快抵達。拜託……快過來吧！她有預感這樣下去會發生可怕的事情，她想起他們說過王會互相捕食的事——她不知道王對楊戩的意圖是否就是捕食的欲望，它是不是正在評估眼前的對手能否一口吞下？

如果它決定這樣做，接下來就是兩個王的衝突。現在雖然已經過了交通尖峰時段，車流量還是非常驚人，車陣雖因突如其來的大停電引發混亂，但很快就會慢慢恢復流動，一旦在這裡發生了什麼，將會是巨大的災難。

就在此時，王再次動作了。鍾灰不明白發生了什麼事，它以極快的速度再次分散，同時——

消失了。

鍾灰慌亂地左顧右盼，難道楊戩做了什麼？楊戩憑一己之力消滅了它嗎？不過，很快她就知道不是這樣，因爲她又看見王了——就在十幾公尺外的另一座空橋上。

那裡的路燈沒有受到楊戩的影響，但隔得實在太遠，憑她目力所及，也只剩一點微弱的尾巴。並且在一眨眼中，王又跑更遠了。

同時，楊戩也跑回她身邊。到底發生了什麼事——在她提問前楊戩已先開口了，他說：「不行，沒辦法在這裡發動攻勢。如果這座橋被炸毀，下方、還有前後連接的路段都會受到波及。」

炸毀？鍾灰腦中一片空白，不太理解楊戩說了什麼。他要做什麼？炸毀這整座橋是他曾列入考慮的選項嗎？這裡有這麼密集的車流，炸下去豈不是數百人以上的傷亡，那不是遠比天災更嚴重了嗎？

「只能等黑子過來支援了，內勤應該能想出更好的處理方法。這段期間內我會看著它，如果它有任何動作、或移轉到我能攻擊的目標上，請妳立刻告訴我。」

「已經……跑、了……」

「妳說什麼？」

鍾灰焦急懊惱地說：「它剛剛一直盯著你看，然後就跑掉了。對不起我應該早點說，但它速度太快了。」

「盯著我看？」但楊戩只遲疑片刻，就當機立斷跳上車：「跑到哪裡去了？」

「沒用了。」鍾灰指著遠處的空橋：「它首先跳到那裡去，接下來又跑到更遠的地方，我已經看不見了。」

楊戩訝道：「它是怎麼過去的？」

「我不知道，一瞬間就消失了。」

楊戩陷入沉默，似乎是在思考接下來要怎麼做，鍾灰不安地問：「怎麼辦，要追上去嗎？」

「不，妳也不知道它跑去哪了吧。何況我也無法當場解決它，這樣盲目去追沒有用。」

解決——鍾灰忍不住想問他剛剛打算如何「解決」幾乎吞食整座橋的王，但楊戩馬上又追問：「妳剛剛說它一直盯著我是什麼意思？」

「啊……其實那只是我自己的感覺。」鍾灰解釋王聚成一團，變得濃稠，並在楊戩正上方盤旋的情況。

「它是考慮捕食我嗎？」幾乎與鍾灰相同的判斷。但從楊戩自己口中隨意說出來，還是令人感到說不出的詭異——難道他一點也不覺得害怕嗎？

「鍾灰，它沒有對妳產生反應嗎？」

「啊……呃，大概吧，我不知道，它只是一直朝你靠近。」

楊戩神情凝重：「但它既然選擇離開，就表示就算當時它正考慮捕食我，最終也放棄了吧。」

當時楊戩與王都在衡量自己與對方的戰力差距吧？從橋上的王逃走這一點來看，或許可以視爲楊戩的勝利。這樣一想，鍾灰心裡總覺得哪裡不太舒服。他們雖然是以災區警察的名義行動，執行「消滅天災」的任務，但從對方的角度來看，**他們根本是在進行「捕食」吧？**

「抱歉……還是讓它跑了。」

「不，別這樣說。這次能觀察到它的移動行爲已經非常有意義了。」

鍾灰不好意思地傻笑兩聲，隨即她想起另一件更重要的事——從剛剛就一直令她很困惑的事：「但我看到的是誰呢？我覺得那應該不是普通的王，所以如果不是幽靈蛹的話，就是哈梅林的吹笛手。」

「我想答案應該很清楚了。」

「什麼？」

楊戩輕輕敲了敲鞋跟，盯著橋下看。順著他的目光，鍾灰這才發現橋下像發霉一樣結了一團細線——在這麼黑暗的環境中，隔著橋面玻璃，實在很難看清。在鍾灰看來，與其說像黴菌，似乎更像鐵絲，感覺很僵硬，而且有一點厚度。那團鐵絲快速擴大，隨著路燈慢慢恢復，視線也清晰起來，鍾灰變了面色，她終於看出來了——是蛹。橋下正在結蛹。

楊戩迅速脫下自己的制服上衣，鍾灰大驚失色：「你在幹麼？」

「我要下去採蛹。」

「採、採蛹？要怎麼採？」鍾灰手忙腳亂：「而且採蛹爲什麼要脫衣服？」

「我們的制服有隔離效果，可以當作簡易隔離裝置用。」

「可是你要怎麼下去？」

「手機能拍攝嗎？」

「啊？」

「請妳負責近距離拍攝它，我打算等孵化後再採集——機會千載難逢，我希望盡可能蒐集更多資訊。」

「好、好。」

鍾灰忙將手機調整成攝影模式，雖然玻璃層有點厚，還是能捕捉到蛹漸漸擴大的樣子。先前都只看到監視器的模糊影片，這是鍾灰頭一次和蛹靠得這麼近，從底下路燈的反光來判斷，蛹的材質確實類似金屬。

過了約五分鐘，蛹的大小已經不再變化。楊戩看一眼手機確認時間，黑子傳了幾封訊息過來，從地圖上看，災區警察已經準備包圍封鎖這個路段。

「楊戩！」鍾灰大聲叫他，蛹開始產生下一階段的變化了。

即使隔著玻璃，也能清楚看見蛹的頂端裂開一道縫，緊接著一團柔軟白色的東西從裂縫中爬出來。裂縫開得不夠大，那東西的爬出來的速度也不快，只能看見它身上不停有細粉剝落，像在下雪一樣。

「嗯……那是什麼？」

過了一會兒，蛹停止繼續破裂，那團白色的東西貼在蛹上一動不動，彷彿正爲自己辛苦破蛹喘一口氣。鍾灰仔細盯著它看，終於能將它的輪廓看得清晰——是一個女人。她正慢慢挺直身軀。

「準備走了。」

「等等，你要做什麼？」

「這請先替我拿著。」楊戩把制服上衣塞給鍾灰，說：「跟我一起下去，害怕的話就閉上眼睛。」

「什麼？」但沒有給鍾灰抗議的機會，楊戩已抓住她的手腕。

隨即一陣不可思議的力量將她托起，鍾灰感覺輕飄飄的，好像有一股柔和的力量在她腳下，爲她推開重力。浮起來了，鍾灰茫茫然想，同時楊戩順著這股力道往上一躍，按住橋的邊緣——

一躍而下。

鍾灰內心瘋狂放聲大叫，卻發不出聲音，恐懼使咽喉幾乎縮成一條細線。但墜落的速度並沒有想像中快，楊戩一手緊牽著她，兩人都穩當地浮在空中。

幽靈已將四肢伸展開來，她能清楚和幽靈面對面——就像一具剛塑好的蠟像，輪廓纖毫畢現，那絕對是一個女孩，穿著樣式有點老派的洋裝，頭髮約長到肩頭，鍾灰甚至能看見瀏海上可愛的髮夾。她的五官非常清晰，如果再讓鍾灰見到這張臉一次，她一定能認出來。

幽靈伸開雙手，兩腳一蹬，輕飄飄地從蛹上墜下，好像沒有重量一樣——說得也是，因爲那是幽靈啊，幽靈墜落到下面那一層的空橋上，沿著邊緣的道路慢慢行走。

楊戩目送她遠去，同時，他從腰後抽出警棍抵在蛹的根部。鍾灰這時才仔細觀察起蛹，眞不可思議，眞的是金屬做的，像一顆吊在聖誕樹上的銀色鈴鐺，她伸手輕輕觸碰表面，光滑冰冷，蛹面上映照出她模糊的臉孔。

忽地楊戩開口：「把手移開。」

「啊、好……」鍾灰忙縮回了手，楊戩又說：「準備接住它。」

說完，楊戩握緊警棍，只見警棍一端爆出亮光，白色的薄焰燒過蛹的根部，它立刻像成熟的果實一樣掉下來了。但那蛹也像他們一樣，輕飄飄浮在空中，好像在無重力的太空艙裡，楊戩指示道：「用制服包起來。」

鍾灰這才如夢初醒，一手緊抓著楊戩，一手將他的上衣往外一甩，將蛹蒙頭蓋住。只靠一件制服上衣，要將有半個人大小的蛹完全包覆還是太吃力。不過，蛹也正以驚人的速度消滅。當鍾灰將它包得牢實之時，只剩下不到一半，鍾灰甚至能感覺到懷中的蛹還在軟化溶解。

楊戩輕聲道：「抓緊。」隨即腳下那股托著兩人的力量減小了，他們開始和緩下降。等鍾灰回過神，兩人已降落在連路燈也照不進的短橋上，混亂與喧嘩都遠去了，鍾灰緊抱著一點一滴消解的蛹，雙腿發軟癱坐在地。

「我們不用管那個幽靈嗎？」

往幽靈消失的方向望去，遠方剩一點雲氣痕跡，早已什麼都看不見了。

「我無法長時間精準控制力量，所以大概也追蹤不了太久。現在盡快將蛹交給ＨＣＲＩ保存最重要。」

「說得也是。」與其半路追丟，不如期待前面路段有監視攝影機。「而且橋上已經引起騷動了，我們要是還追上去的話，肯定會被拍下來丟上網。」

「那也無所謂，頂多被當成下一個怪談而已。」

「那樣是無所謂的嗎？」

想到自己可能也會被許世常瞎寫一個什麼「系列直擊」，鍾灰就覺得頭痛得不得了。

「他們會自己編出荒唐結論的。」

「能編出什麼結論啊？你突然橫衝直撞又跳車，之後還拉著我從橋上跳下去耶！」

「發瘋情侶跳橋殉情之類的吧。」

「——」鍾灰話到嘴邊一瞬間全部堵住了，倒是楊戩一派輕鬆：「反正災區警察有專門的公關編制，他們會出來消毒的——把蛹給我。」

楊戩接過包得像嬰兒一樣的蛹，仔細裹得更加嚴實，看來現在他一心只考慮如何保全蛹的殘骸，放棄幽靈是他瞬間能下的最好判斷了。鍾灰對他能當機立斷到這個地步深感佩服，簡直像一臺會執行任務的精密機械。

「你好像完全不擔心災區警察的事曝光耶，之前嚇許世常的時候也是那樣……」

「我以前就有被拍到過一次。」

「啊！」鍾灰想起葉善存先前跟她說過的事：「是說炸毀寺廟那一次嗎？」

「妳知道？」

「嘿嘿，新人之間也是會有八卦流傳的啦……不過為什麼會發生這種事啊？」

「大概是在大災變後一段時間吧。那一兩年，幾乎所有外勤的能力都變得很不穩定，經常失控。我無法控制發電量，所以引起很大的災害。」

雖然說著自己引起天災的事，楊戩卻面無表情。他說，當時他把寺廟其中一座偏殿炸塌了，神像被燒到連灰都不剩，附近的空橋和建築也都受到不小影響。

「我從偏殿三樓跳下來的時候，全身帶著雷光的樣子，被人拍到了——除了低著頭所以五官沒拍到以外，其他地方都拍得非常清楚，尤其是拍到了放電的一瞬間。」

「沒有人想找出你是誰嗎？」

「沒有，事情被傳成神明顯靈了。」

「咦？為什麼？」

楊戩指了指警棍說：「其中一個原因是，我手上拿著這個。」雖然鍾灰一直把那當警棍，但楊戩連槍都沒配了，應該也不需要其他武器吧：「那個東西到底是什麼啊？」

「是讓我調節發電量的工具——主要是讓電壓下降。那陣子我的狀況很不穩定，所以ＨＣＲＩ才幫我準備的，但當時我用得還不是很熟練。」

原來是變壓器啊……鍾灰又問：「不過拍到這個又怎麼了嗎？」

「我炸塌的偏殿，供奉的神明是二郎神——二郎神手上有拿武器吧？我記得被我炸掉的神像上也有，是像長矛一樣的武器，我拿著這個被拍到的角度剛好和他很像。那時廟方又剛好在跟政府鬧土地糾紛，就被傳成了神明發怒顯靈。後來拆遷好像也就不了了之了。」

但這個影響巨大的謠言，反而讓楊戩因此得救。

「之後那張照片在媒體上傳了快半個月，報上都叫我二郎神，大家也就跟著叫了。」

「但是就這樣一直叫到現在嗎？」

「黑子說她去廟裡問過了，二郎神說沒關係。」

「重點不是這個吧？」不過，黑子跟著起鬨倒是讓鍾灰有點驚訝：「黑子也加入了嗎？」

「就是她帶頭開始的。」楊戩無奈地說：「雖然我拜託她不要這樣做，但好像沒用。」

後來其他人受到她的感染，不知不覺大家都跟著叫他楊戩。災區警察汰換速度很快，如果這個綽號已經有快十年的歷史，恐怕隊裡除了黑子和楊戩本人外，已經沒有別人知道他本名叫什麼了。

就在這時，上方傳來熟悉的警笛聲，抬頭一看，災區警察已經包圍上面的空橋。楊戩率先跳起來，說：「我們快走吧！」兩人穿過最近的建築物，前往上層空橋，警示燈強光交錯閃動，鍾灰瞇起眼睛。

黑子首先從車上跳下來，大叫：「楊戩！怎麼樣？你們沒事吧？」

「沒問題，順利回收蛹了。但它正在消滅中，隔離裝置呢？」

黑子迅速將背上那口金屬箱卸下，楊戩將還包著制服的蛹放進箱中。從形狀看來至少還剩一半，黑子一臉感恩戴德，想伸手去摸摸那蛹，隨即想起自己的手是專門消滅王的剋星，著火一樣又縮回了手。

「立大功了。」黑子笑得合不攏嘴，像這個蛹能讓她官階連升十等一樣：「兩個都要記功。」

封上隔離箱，黑子在電子鎖上輸入日期跟內容以後，其他支援的警員就將箱子抬回車上。楊戩說：「我沒有辦法同時去追幽靈，所以優先決定保住蛹。」

「很好，你的判斷是正確的，我讓露池去前面的路段攔截了。關於幽靈，我們這裡也有一些新的線索。不過，你們怎麼會碰上幽靈蛹？它是在哪裡出現的？」

「關渡。」

「關渡？你們跑去關渡？」但比起兩人為什麼跑去那麼遠的地方，另一件事似乎令黑子更在意：「幽靈蛹怎麼會出現在那裡？關渡不是它的地盤才對。鍾灰，妳看見幽靈蛹時是怎樣的狀況？」

鍾灰於是一五一十將她在淡水河面上看見王、它迅速轉移到橋面上，並沿空橋一路南行的情形告訴黑子，黑子的臉色變得愈來愈難看。楊戩說：「先前我們回收的幽靈，也出現在很靠近陸地邊界的地方，以前它沒有走這麼遠的紀錄，幽靈蛹在擴大嗎？」

黑子沉默片刻，顯然答案已經在她心中，只是不想說出口。終於她恨恨地啐了一聲：「把地盤上的敵人都吃掉了，能不擴大嗎？你們目睹了結蛹全程吧，大概花了多久時間？」

鍾灰看了一下錄下的影片長度：「四分半鐘。」

「比先前的平均紀錄短很多。」黑子又問：「結蛹的具體位置在哪裡？」

兩人立刻帶她到剛才結蛹的地方，空橋橋面產生不自然的突起，玻璃也出現裂痕，鍾灰發出驚呼：「剛剛沒有呀！這是怎麼回事？」

黑子彎下身觸碰空橋受損的地方：「可能是蛹裂推擠的過程中擠壓到橋面。」雖然她說得輕描淡寫，但空橋有承重需求，使用經過特殊強化的玻璃，連大卡車壓過去都沒問題了，那蛹裂的破壞力該有多高？

「明天信義警報應該就期滿十四天了。」

「對。」

「那好，只要明天陸地都市沒有發生任何異狀，就全隊撤回空橋都市。」

「什麼？」楊戩大喊出聲：「立刻撤離太輕率了！至少也要再留守一週觀察。」

「通常是這樣，但我覺得蛹的情形不容樂觀。我不是完全撒手不管，在陸地都市戒護的人手還是會有。」

「可是——」

「好了，不要再說了。收隊。」

楊戩追著她硬擠上車，黑子冷冷瞟他一眼：「我現在要回總部，你的工作是看守陸地都市。」

「黑子，不要放棄吹笛手。我們今天所以會去關渡，就是爲了吹笛手的事，我們發現一些新的線索。」

黑子停頓兩秒，問：「你說的線索，是指陸地都市的王躲在哪裡的線索？還是吹笛手是什麼的線索？」

「這兩者有什麼區別？」

但黑子沒有回應他，突兀地說起另一件事：「我還沒跟你說我們這裡調查幽靈的結果吧？前因後果很囉唆，我就簡單地說。那些幽靈出來以後，有一個固定的移動方向。換句話說，他們不是在空橋都市裡遊蕩，而是有明確的目的地。大部分都是往陸地都市的方向前進，其中一個幽靈，我們推測他想去中山區。」

「那又怎樣？」

「從終點收斂的程度來看，這個幽靈有好幾次應該都走到離它目標很近的地方。這也不奇怪，畢竟中山區有一半是空橋都市。雖然幽靈進不了陸地都市，但如果它想去的地方離邊界不遠，說不定就只隔一條街望著了。你要不要猜猜看，這個幽靈想去哪裡？」

「……」

「就在沈憐蛾畫室的附近。」

「這是什麼意思？」

「意思是，我也在想，有沒有可能當天過橋的其實是幽靈蛹？」

「根據是什麼？只因爲幽靈想靠近畫室？」楊戩反應激烈地說：「王有在陸地都市結蛹嗎？有留下任何屬於幽靈蛹的痕跡嗎？只有這樣的證據太薄弱了！」

黑子聳聳肩不置可否：「我沒說是證據，我只是說一種聯想、猜測。要說證據，你以爲關於吹笛手的證據就很強烈？從頭到尾，就只有鍾灰父女的證詞而已。」

「所以我不是說我們找到線索了！妳難道一點都不關心我們找到什麼嗎？」

「我沒有不關心。」黑子冷靜地說：「我很高興你們找到新線索，但是這些線索有非由我們處理不可的理由嗎？可以移交給後面接手的小隊，我相信他們也能做很好的處理。」

「爲什麼要突然放棄？」

「這不是放棄，我只是從科學角度做人手調度的判斷依據。在你們今晚遇到幽靈蛹之前，上午我們已經收到三次目擊通報。」

「什麼？」

「士林跟大同的交界出現一次、中正出現一次、大安南部出現一次。不只今天，這幾天幽靈蛹出現的通報明顯增多了。再加上結蛹時間縮短、力量增大，甚至跑到關渡那麼遠的地方——幽靈蛹的幾個向度都變得很不尋常。楊戩，它在增強，我們本來預估在年底之前都還是安全的，現在我沒有把握了。」

「所以呢？」

「鍾灰的能力對搜索幽靈蛹有很大的幫助。警報也過了十四天，現在看起來陸地都市沒有太大危險。」

「那好，妳把鍾灰調回去。我要留守。」

黑子苦笑道：「我把鍾灰調回來，看不到王的你在陸地都市又能幹什麼？你以爲你能像好萊塢電影一樣，偶然撞上吹笛手，然後和它對決嗎？」

「在你們找到幽靈蛹之前，我進空橋都市也沒有用處。」

「楊戩。」黑子嘆口氣：「我知道你對吹笛手一直有個執著，想證明它存在，但現在不是鬧脾氣的時候。」

「我沒有鬧脾氣。吹笛手確實存在，而且它強大又危險。我留在陸地都市，至少有威嚇吹笛手的效果。」

黑子發出一聲不耐煩的冷笑：「威嚇？你真的在意這件事嗎？」

「妳這話是什麼意思？」

「沒什麼意思。不過，我當初答應讓你去陸地都市，只是讓你保護鍾灰，以免遇到最壞的情況罷了。我可不是要你去威嚇吹笛手，再說你也做不到。」

「妳說什麼？」

「要說威嚇吹笛手的話，有信義的王在那裡，輪得到你嗎？」

「……」

「你真的很想逮到吹笛手，到底爲什麼？」

「這有什麼不對？消滅王是我們的職責。」

「我很簡單，我只看現場狀況跟數據變化做決定，但我永遠搞不清楚你做事情的標準在哪裡。我知道你曾經碰上類似吹笛手的狀況，那我問你，你信誓旦旦在空橋都市目擊的那次失蹤，你知道失蹤者叫什麼名字嗎？」

「我已經說過了，我沒來得及看到他的臉。」

「我們可是按你的證詞，隔天就去那一帶搜索了喔。在那附近的空橋下，我們找到一具溺水的屍體。」

「妳說什麼？」楊戩詫道：「爲什麼從來沒有人跟我說過這件事？」

「因爲那也不是什麼非常重要的事，我們沒辦法證明任何結論。男人，二十五歲。沒有外傷，不過血液裡酒精濃度很高，如果不是失足溺斃就是自殺吧。」

「我看到的不是成年人。」

「你只看到背影，也沒辦法那麼肯定吧！」

楊戩幾乎咬牙切齒地再說了一遍：「我看到的不是成年人！你們找到的那具屍體不是我看到的人！」

「你高興的話，就當是你說的那樣吧！但你也沒辦法證明那具屍體不是你看到消失的人。也許你就是一閃神，碰上一個失足落水的醉鬼，根本沒有什麼吹笛手，你只是抱著一個執拗的幻想不肯放手而已。你覺得自己的意見很重要，喜歡用自己的方法解決，對不對？但是你不要忘了，你跟鍾灰不一樣，你根本看不見王。」

這時，黑子的電話忽然響了，她接起電話談了一會，面色凝重。

「發生什麼事了？」

「蛹又出現了。」

「什麼！但是怎麼會這麼——不是剛剛才出現嗎？」

「我已經告訴過你了，蛹的情況正在惡化。你還是打算留在陸地都市，守著一個可能早就離開、或者根本不存在的吹笛手嗎？」

「它絕對是存在的……」

「我知道了，我也勸不動你。硬把你叫回空橋都市，你搞不好還會含怨扯我後腿。」

「我不是那種人。」

黑子根本不理會他：「反正鍾灰我要了，你愛留的話就留吧！你回空橋都市確實也不能馬上發揮用處，我會幫你向上面編點藉口糊弄過去，但你千萬不要給我惹出任何事端。」

「糊弄？爲什麼……」

「爲什麼你自己難道不清楚嗎？你的能力有很強的殺傷性，要是有個萬一，誰都不敢承擔。除了去中研院定期檢查以外，上面根本不希望你踏出空橋都市一步。這次讓你去畫室看守，也是我說服他們批准的，不然你以爲會這麼順利？」

楊戩便不說話了，他知道黑子說的是實話，這十多年來，他曾有兩次因私事申請前往陸地都市，都被駁回。

「但我警告你兩件事：第一，空橋都市只要有需要，你就要立刻回來。第二，不准採取任何行動，如果真的遭遇吹笛手，即刻跟我回報。」

「……」

「老實說，我很不高興。以你胡來的程度，沒派一個人在旁邊監視的話我也不放心。但我沒有人力可以浪費在你身上了，我也沒那個力氣。你記住我今天的話就好了。你還沒忘記左營的事吧？」

那是在黑子復出後不久的事，楊戩轉調至她在的小隊。兩人剛磨合了一段時間，隊伍還不算很穩定，卻收到緊急支援任務，需要下高雄。各行政區有自己的災區警察駐守，如果不是情況嚴重，通常不會需要借調總部的兵力才對。

當天兩人就下高雄，這才知道大張旗鼓的理由——原來出事的地方是軍事基地。四天前高雄外海進行海空聯合演習，在進行水雷布放時，忽然發生原因不明的爆炸。將水雷殘骸撈起後，發現上面附著了不明白色粉末。為此演習中斷，並將布雷海域全面封鎖。

軍方迅速調查不明白色粉末到底是什麼。最後由高雄市的ＨＣＲＩ支部確認，這是先前出現在雲嘉外海一帶的ＫＩＮＧ。這種王的寄生對象以海中魚群為主，傳播感染速率極快，由一條魚傳遞到另一條魚身上。當王更換寄宿對象，先前的宿主身上就會長出白色菌絲，覆滿全身，在很短的時間內，魚隻全身乾硬粉碎。

雖然是α型，但移動速度就等同魚群與海流移動的速度，難以追跡、難以捕捉。最初是發生在雲林近海的蚵寮，一夜之間蚵仔身上長滿白黴並破碎，漁民血本無歸，還以為是感染新型病毒。雲林沒有配置災區警察，甚至沒有ＨＣＲＩ的支部駐守，因此拖了一段時間才證實是王。然而已經太遲，王早已隨洋流南下。第一次在高雄出現案例，就是最糟的狀況。

高雄的ＨＣＲＩ支部只好向臺北總部要求支援，為此總部派出他們兩人，能以最極端的兩種方式解決對手。黑子立刻與海軍開會，楊戩一人在營區內觀察狀況。

由於牽涉範圍很廣，討論許久仍未得出結論。誰知當天會議結束時，倏地傳來數聲爆破巨響，遠遠見到海面激起沖天水花，沒人知道發生什麼事，目瞪口呆盯著大海。黑子頓時生出不祥預感，但連絡不上楊戩。

許久後終於楊戩出現了，黑子喝問他到底幹了什麼——其實也不用問了，他們很快就理出頭緒，楊戩下午時向軍方要求一艘小艇讓他出海，說要觀察狀況。不過當時水雷還未撤掉，規定楊戩只能在安全區域上移動，楊戩倒也聽話，時時透過無線電與指揮台溝通，確認水雷所在位置——

然後，事情就那樣發生了。

海面下的幾十顆水雷突然同時引爆，滔天大浪將楊戩的小艇打沉，他是搭著指揮中心派出的救援船回來的。海軍對災區警察的實際工作不了解，沒人知道詳情，全都驚懼不已。黑子最初也以為是王的能量提前崩潰，但一聽完就知道是楊戩幹的好事——海下布的都是磁性水雷。

所謂磁性水雷，是利用船艦經過海面時，艦身引起磁性變化而引爆。掃雷艦的原理，就是製造磁場變化來引爆清除水雷。換句話說，楊戩發動自己的能力，將自己當作一艘掃雷艦來使用。

「引起事件的宿主一定在那一帶海域，引爆水雷的話，一方面可以處理掉這些現在很難拆除的隱患，一方面也能確保殺死宿主。」

雖然已與楊戩共事一段時間，知道他有時手段異常激烈，但這次眞的徹底超出她這樣一個前普通科學家能理解的範圍——她的同事，利用自己的ＫＩＮＧ，一口氣引爆了軍港外海的幾十顆水雷。

這到底會產生什麼後續效應，附近海域會受到影響嗎？臺灣海峽無預警的水雷爆破是否牽動敏感國際神經？黑子完全不懂，她覺得自己必須狠狠譴責楊戩，但楊戩荒謬的程度已經超出她的思考，該從哪裡開始罵也不知道，腦中一片空白。

楊戩被記了兩支小過，他資歷比黑子深得多，但軍階永遠升不上去，大概就是這個原因。不過沒有更嚴厲的處罰了，災區警察本來就隸屬軍方，他們自然護短。對左營外海的驚天爆破，官方準備了一套界在天災和演習失誤之間的說詞搪塞。

唯一値得慶幸的是，雖然手段粗暴到令人髮指，那次的王確實地被消滅了。一切塵埃落定後黑子問他怎麼敢那樣做，他說：「被那種KING沾上的話，水雷很容易就會損壞結構而引爆，一開始演習中斷不就是因爲這樣嗎？既然引爆是遲早的事，不如由我來。」

從結論來說有道理，但黑子又覺得不能被他的歪理牽著走，楊戬又說：「再說，萬一等到王崩潰，那裡的海域會引起的災難勝過水雷幾十倍。」

但當時並沒有任何王要崩潰的跡象，就算眞的要引爆水雷，至少有不這麼莽撞、一區一區慢慢引爆的選擇。楊戬會採行這樣一勞永逸的做法，是因爲他很清楚，等會議開到「引爆水雷」這一步時，要花掉很多時間。

所謂會議，就是將每個人的上限與下限都在桌上攤平，最後圈出所有人都可接受的範圍。得出的結論或許保守平庸，但正是這樣的保守平庸避免極端意外發生，楊戬卻輕視這種保守的重要性。

這次這麼誇張的行爲，他甚至沒有猶豫，將來還會幹出什麼事來？他連水雷是什麼型號、爆炸的能量和影響範圍會有多大都不知道就出手，幸好布雷區早受隔離，沒有人員傷亡，但如果有造成傷亡風險，黑子自問，楊戬就會收手嗎？答案令她毛骨悚然——不會，楊戬不會在乎。

楊戬心中的第一順位是排除王，在正式加入她在的隊伍前，他是負責消滅異變士兵的處刑官，那讓幾乎一半的災區警察都畏懼他、憎恨他。她想改變這個情況，楊戬別無選擇，被迫做那些事已經很可憐。

但事實是這樣的嗎？他攻擊二郎神廟那一次，廟宇周圍都是普通住宅，如果不是能力失控，他的身影或許不會被發現、災情不會那麼慘重，HCRI和災區警察都將這歸咎於大災變後士兵能力波動的影響。但楊戬眞的有想過在那裡發動攻擊，可能引起什麼後果嗎？

黑子發現，自己是否對他抱持某種一廂情願？她警告楊戬這樣的事不能再發生第二次，楊戬反問她：「難道讓王崩潰就無所謂嗎？」

「你做的事會引起的傷亡，恐怕不比王崩潰少啊。」更不必說，王的崩潰有跡可循、可以計算，走到那一步前，他們都還有可以嘗試的努力。

「既然都是傷亡，那我認爲阻止崩潰更重要。」

「爲什麼？」

「不可以讓王以那樣的形式消滅，必須徹底將它破壞才行。」

黑子聽不懂他的意思——從物理角度來說，王崩潰以後確實能量就釋放了。消滅、破壞……要用什麼樣的詞彙描述都無所謂，但結果都一樣，KING將消失，也沒有證據能說明以自然方式消滅的王和人力強行破壞的王有何差別。但楊戩很堅持，不能讓它自然崩潰，必須確實執行毀滅，因爲「事情就是該那樣子的」。

他不願讓王自然崩潰的理由，並不是民眾安全、危機控制，或其他有憑有據會帶來不利影響的可能，而是某些黑子無法理解的東西。那種無法理解，首次讓黑子感到恐怖。

黑子只能如此警告他：「如果你選擇和我們團隊合作，就必須服從團隊指示。我不知道你是爲什麼而堅持，但這不是你個人的表演場，在情況惡化到無法挽回之前，不許你自作主張行動。搜查和擬定策略是我們的工作，你的力量不是用在這裡的，這樣說你能明白嗎？」

這話說得太好聽了，對楊戩來說哪有什麼選擇？楊戩不可能脫下制服，從此像個羅賓漢一樣單槍匹馬和王作戰。在王面前，他毀滅性的力量發揮不了作用，沒有HCRI的支援，他根本無法準確定位敵人所在，甚至無法分析對方是否敵人——不，在這之前，他根本走不出總部大門，HCRI絕不可能坐視他這麼危險的力量脫隊，在他解甲的那一刻，就會馬上被亂槍處決。

「我明白了。」那時楊戩這樣說，時至今日，黑子還是不知道這句話能夠相信到什麼程度。有些話聽起來太冷血，她不便直接說出口，但楊戩不能做一個射手，他只能做一把槍。只是黑子也不認爲自己拿得動這把槍，她想，那她至少要確保槍的保險是拴上的。

「我知道你有你自己的做法，你的本事，本來也沒必要在我底下聽我指揮。但至少請你不要胡來，不要搞到你比天災更像天災。」

「吹笛手已經讓好幾十個人消失了。」

「你的意思是說，只要你的行動不要鬧出比吹笛手更多的人命，就都還算值得嗎？」

「我不是這樣的意思。」楊戩鬧彆扭似說：「我知道了，我不會胡來的。」

「那樣最好。」黑子靜靜看了他片刻，說：「任何人擁有你那種力量，都會變得傲慢。」

不曉得爲什麼，黑子從不覺得楊戩會因爲擁有強大的力量而墮落腐敗，但她想，那樣可能才是最糟的。

楊戩回畫室時已近午夜，山茶和善存都休息了，鍾灰一臉含恨地在畫室裡等他。楊戩也很無奈，他自問已盡最大的努力：「我跟黑子爭取過了，沒辦法，她的態度很強硬。不過，我會留守陸地都市，妳不用太擔心。」

「你在說什麼？」

楊戩困惑道：「妳不是爲了要被調回空橋都市不高興嗎？」

「啊？我幹麼爲這件事不高興？」

兩人陷入沉默片刻，鍾灰說：「你知道我爲了把你偷來的那臺贓車還回去花了多少力氣嗎？我在關渡的警局待了兩個小時剛剛才回來，還是善存去保我出來的。」

楊戩眨眨眼，過了一會兒似乎才想起車的事：「噢，那臺車，說得也是。」

「你該不會忘記自己偷了一臺車吧？去警局坐兩小時的人應該是你！」

「我剛才急著想攔住黑子，不然我會去還車的。」

「你的表情可不是那回事！」

最後楊戩還是老實道歉了，鍾灰也勉強消了氣，問：「你跟黑子吵架了嗎？」

「沒事。那不是吵架，只是討論。」

「山茶說她從沒看過你和黑子意見不合。」

「那只是她在隊上待的時間不夠長。」楊戩說：「不會有事的。隊長是黑子，我會服從她的命令。」

「黑子跟你說什麼？」

「黑子想把人都調回空橋都市去找幽靈蛹，尤其是妳。不過我說我希望留在陸地都市，吹笛手的事不該就這樣放著不管。」

「就算把人調回空橋，黑子也不會不管吹笛手吧？」

但楊戩露出不置可否的表情：「我不知道，我跟她說了肖像畫的事。」

鍾灰忙追問：「黑子有什麼反應？」

「她只說會讓接手的人處理，我不打算完全相信他們，我會自己繼續查下去。」

「黑子是不是不太相信吹笛手的存在呀？」鍾灰不安地說：「一開始我跟爸爸被災區警察帶走的時候，黑子對吹笛手的態度就一直有點曖昧。我……那天眞的太混亂了，可是我跟你們不一樣，我對王的理解很少，除了眼見爲憑，我沒有其他判斷依據……」

「我也見過吹笛手，所以我相信妳。」

鍾灰沉默下來，其實相不相信都是其次，**對鍾灰來說，吹笛手的存在是必要的**，在災區警察曖昧不明的態度中，楊戩就像一根救命稻草。

「黑子現在滿腦子只想解決幽靈蛹，判斷比較保守偏倚，她甚至懷疑過橋的有可能是幽靈蛹。」

「什麼！爲什麼？」楊戩於是告訴她有幽靈想來畫室的事，鍾灰瞠目結舌：「那這代表什麼意思？」楊戩說：「我認爲多半只是一種巧合。」

「只是巧合的話，黑子爲什麼要特別告訴你？」

「多半是想警告我吧，黑子覺得我花太多心力在吹笛手上了，她希望我更重視幽靈蛹的事。」

「那你……都不會擔心幽靈蛹嗎？」

「幽靈蛹當然也必須消滅。但是，吹笛手是比它更糟糕的王。」

「爲什麼？」

「引起災害、攻擊人類都很危險，但沒有比吹笛手這種狀況更惡質的——它讓人消失了。消失跟將人殺死不一樣。人降生，然後死亡，這是一個自然的過程，即使是殺戮，也只是使過程加速，仍舊完成了這個循環。死者會在墓園中受到弔念，前往另一個不同的世界。但是，吹笛手卻扭曲了這個過程——消失的人，既不是生者也不是死者，他們將永遠無法落地，這一點令我非常生氣。」

「生、氣……嗎？」

「很奇怪嗎？」楊戩垂下眉，有點無奈地苦笑，與他平時的殺伐果斷相較，這可稱得上是挫敗的神情了：「黑子也總說她不懂我在想什麼，我的想法很奇怪嗎？」

「啊……不是這樣的。」鍾灰忙說：「我也不知道我懂不懂。不過你說到消失，讓我想到……我媽媽也在大災變裡消失了。」

「消失？但大災變不是——」

「我知道其實不是消失，是死了——只是我沒有看到她的屍體，就連殘骸啊、骨灰啊也沒有，什麼都沒有，因爲大災變威力太大了。雖然我知道她死了，但我很難確實地理解這件事，那種心情，我不知道是不是就是你說的落地。有一段時間我常想起她，也會夢見她。」鍾灰淡淡說：「希望明天她就回家。天災的範圍太大、死掉的人太多了，所以政府搞錯一大堆人的死活。你知道吧？很多人今天被宣告死亡，明天又沒事一樣出現。我一直抱著那樣的希望——我不知道要怎麼形容，那也不是痛苦，但就像你說的，像被懸吊起來，兩腳在空中搖晃。不過，過去十年了，再怎麼想作夢也是接受了。我覺得雖然媽媽沒有落地，但我已經可以面對了。」

證明吹笛手的存在，都是爲了父親……但聽楊戩那樣說以後，她覺得或許也是爲了應時飛。女孩消失的時候，鍾灰第一個念頭就是將她的書包和皮鞋全部丟掉，抵賴到底，只要應時飛消失得更徹底，就沒有人會懷疑到他們頭上了。

但眞的那樣做，她一定永遠不能落地了吧？鍾灰閉上雙眼，最終應時飛落地了嗎？

在窗邊，她聽見了重物墜落的聲音，但那到底是什麼？她恐懼下產生的錯覺？應時飛要逼吹笛手現形的詭計？或者……純粹只是毫無憐恤的死亡？

伴隨著應時飛的消逝，這些永遠不會再有答案。

「也許我和你說的落地不是同一個意思。但你說得對，不管吹笛手躲在陸地或空橋，都不能讓它繼續存在。」

「我會留在這裡找出吹笛手。」像邀她建立一個對抗吹笛手的堅固同盟，楊戩朝她伸手：「妳安心去空橋都市協助黑子吧！」

鍾灰猶疑片刻，不好意思地握住他。楊戩的手掌非常溫暖，可以感覺到他手心乾燥粗糙的紋路，那好不可思議，好像一個虛像忽然得到了實體。

對鍾灰來說，楊戩不像存在這個世界的人，因爲他全身都被王覆寫過一遍，像在昏暗世界裡一道劈進來的強光，像在模糊視野中唯一對焦的影像。正是這樣的格格不入，使他看起來無比虛幻。但這一刻楊戩原來是有實體的。她抬眼偷偷瞄楊戩，覺得眼前的他不再那麼難以直視，她已能漸漸適應他的王。

她想，或許楊戩也落地了。

第四章　屠夫與獵犬

然而，楊戩的諾言僅持續了三天。

幽靈蛹外殼的化驗結果出來以後，總部掀起軒然大波，一次召回北區所有的災區警察，進行嚴密的偵訊。

楊戩當然沒能例外，他坐在四壁塗白的狹窄審訊室內，審訊人員的聲音通過頭頂的擴音器傳來。雖然牆壁看起來像普通的水泥牆面，裡面其實有隔離金屬做成的夾層。大部分警官持有的ＫＩＮＧ都是α型，只要避免直接接觸，災區警察的危險性就會大幅降低，但是，對楊戩這種人沒有什麼用，他甚至可以直接將隔離金屬燒熔。

今年第一起幽靈蛹的紀錄大約發生在五月吧！在那之前，楊戩忙著什麼呢？他的印象早已淡薄，對災區警察來說，他們一年到頭執行的都是差不多的任務——消滅、消滅、無窮無盡的消滅。

或至少對他來說是如此。他取出筆記，雖然是這樣平淡無味的每一天，楊戩仍會一絲不苟地紀錄每天任務內容。在幽靈蛹出現一段時間以前，萬華一帶出現一個中型的王。經確認是α型，因此很快就鎖定了它行動的範圍。楊戩並不害怕巨大的敵人，最令他頭痛的一向是連本體也難以確認、運作方式令人大惑不解的敵人。

雖然α只要確實撒網捕捉就會有收穫，但這一次的王十分狡猾……不，那是黑子她們的說法，他不喜歡外加這些多餘形容詞。讓他來說的話，他會說，機動性很高。在遭受圍捕的過程中，它一次又一次地分裂。這與一般會盡可能吞噬同類，以壯大自身力量的王來說，是較罕見的行為。

對災區警察來說，擁有這種力量的警官能有效裂解大型敵人，十分珍貴。但若是敵人就有些傷腦筋。它對吸收同類興趣缺缺，因此災區警察找不到有效引誘方式，只能腳踏實地估算移動範圍，透過監測器檢測濃度的原始方式進行地毯式搜索。

楊戩的任務就是如此，他騎著機車巡邏濃度回報異常的區域，察覺可疑目標就封鎖進隔離裝置，帶回總部進一步檢驗。雖然這種王本身不具攻擊能力，只能不停斷尾求生，但有幾次他遭遇的宿主是生物，被他逼入牆角時會攻擊他，那時他就毫不猶豫，直接將敵人燒為灰燼。在不到半個月內，萬華地區的KING濃度顯著下降，這是他們消滅確實的緣故。

不過，就在這個時間點，全隊突然被抽撤任務——因為幽靈蛹出現了。

由於幽靈蛹的特性，始終無法準確偵測到它的位置。但幽靈蛹已經開始對附近α造成壓力，它們開始向外四處逃離，原本楊戩正在處理的王也變得極不穩定。

但負責收尾的隊伍，進度實在太慢。楊戩對此展開抗議，希望幽靈蛹的案件先交由其他小隊統籌，等萬華的王徹底解決、或至少濃度降到危險指標以下，確認地域安全再調動職務，然而高層對β的恐懼擾亂了這一切——於是在清除速度幾乎下降一半的情況下，天災發生了。

八月中，萬華臨淡水河一帶發生KING的崩潰，指標性的百貨商圈受到波及。雖然事前已經察覺α變得很不穩定並發布天災預報，破壞威力也不算太大，仍有很多無辜民眾生命財產受損，河面上的堤岸公寓不少都受到波及。楊戩感到很不甘心。

「上半年內你申請隔離裝置一百四十二次：箱型七十二次、提箱三十二次、提袋二十一次、布膜七次，其他十次，但這個月開始你申請隔離裝置的次數大幅減低，這是為什麼？」

「我被指派到疑似宿主的家中監視埋伏，以及巡邏陸地都市。」

「監視埋伏什麼？」

「避免KING現身回頭找宿主。」

在這半年內，楊戩帶出總部的隔離裝置不計其數。登記過或沒登記過的，確實派上用場或無功而返的，更有在衝突中損毀的。即使筆記中詳細紀錄自己每天調查哪些區域、回收多少王，甚至災區警察的出勤紀錄中也有資料，他仍提不出證據自己不曾拿這些工具去做其他的事。

像現在這種模稜兩可、根本難以縮小嫌疑人範圍的訊問，只是浪費時間罷了。他竟然被調查近五年內的紀錄，這已經不知道是第幾輪調查，想到上回單純因拖延而造成天災的事可能重演，楊戩就無比焦躁。

「在監視過程中是否有任何收穫？」

「沒有。」

「那麼在這段期間內你申請……」

「那些裝置不是我帶出去的！」

折磨的拷問終於暫時告一段落，但這不代表結束，等他們查核完自己的說法，下一輪的拷問會再度開始。楊戩拖著疲憊的身心回到辦公室，沒幾個人在，隊上氣氛低迷，連內勤都被叫去調查，唯一倖免於難的只有剛加入兩週的鍾灰，因爲她還沒來得及申請過隔離裝置。

鍾灰桌上堆著幾本硬殼的文件夾，那是災區警察的歷史資料。楊戩翻開來看，都是些看起來差不多的金屬塊照片。但照片慢慢出現變化，首先金屬塊上出現蓋子，讓它變得像一口金屬做的棺材；接著蓋子的形制出現變化，除了單純的上蓋外，也有嵌合式的、拉門式的、抽屜式的；接著蓋子上出現一個貓眼般的玻璃圓孔，圓孔又慢慢擴大，變成細長的監視窗，最後整個上蓋幾乎就是玻璃製成——儼然如一個收藏昆蟲的標本盒，那令楊戩聯想起畫室裡那面標本牆。

「妳爲什麼在看這個？」

一直專心盯著這些照片的鍾灰，整個人從椅子上跳起來，像幹了天大的虧心事：「我、這是……」

「這是隔離裝置吧？」楊戩抽走她手上讀著的那一本，前面幾張照片上的金屬塊，都是歷史陳列室才看得到的老古董，後面那些箱子盒子他就很熟悉了，都是還在使用中的隔離裝置。

「我請露姊給我的，我想看幽靈蛹到底複製了什麼。但沒想到光隔離箱就有幾十種，怎麼會有那麼多呢？」

「都是幾十年下來的改良。一開始像磚頭一樣的東西，光一個重量就快二十公斤了。」

鍾灰這才想起楊戩還比黑子資深，大概什麼奇怪的隔離裝置都看過了：「你們那裡有什麼新線索嗎，到底誰會有機會把隔離裝置偷出去？」

「每個人都有。調查這種事根本沒有意義，能帶裝置出去的人太多了。」

「帶隔離裝置需要經過許可嗎？」

「原則上都會登記，但實際執行比較鬆散，多半是以隊伍為單位。」

「但我們值勤時也會帶出去啊，難道不會是在那個時候被幽靈蛹複製的嗎？」

「幽靈蛹雖然出現了上百次，但實際上出現的幽靈就那幾個，這代表它複製的是固定目標。**某人偷走了總部的隔離裝置，拿來裝幽靈的遺骨，藏在空橋都市某處——這是現在能做出最合理的推論。**」

「唉……蛹的成分分析結果，竟然是災區警察的隔離裝置。這實在太怪了，眞的不可能搞錯嗎？」

「不可能，隔離合金的成分非常特別。」

「對了！這些裝置應該都有財產編號什麼的吧？如果我們能直接找出幽靈蛹複製的樣本，不就有機會找到是誰把隔離裝置帶出去的嗎？」

「找得到樣本，就能直接準備捉幽靈蛹了，根本不必管帶出去的是誰。那不重要，王也不在乎這個。」

「可是……現在不就是拚命想找出是誰帶出去的嗎？」

楊戩不耐煩地說：「現在這樣徹查為的不是清算，而是要找出那個人、讓他說出箱子藏在哪裡。幽靈蛹很容易受這些箱子吸引，只要我們能找到箱子，就能布置吸引它過來的陷阱了。」

「可是，幽靈的本體是人骨啊……是誰怎麼會不重要呢，這可能牽涉到殺人不是嗎？」

「為什麼？」

鍾灰一下愣住了，不明白楊戩為什麼這樣問，他又好奇重複一遍：「為什麼妳會覺得和殺人有關？」

鍾灰慌忙答道：「不是驗出了幽靈是人骨嗎？而且，黑子說**那是被高溫焚燒過剩下的骨灰**。」

「也可能是公墓、殯儀館。」

鍾灰想反駁，公墓怎麼會和災區警察的隔離裝置扯上關係？

但這樣說的話，殺人事件和隔離裝置扯上關係也一樣奇怪。

「可是，我聽說幽靈全都是少年少女的樣子，怎麼會這麼巧，這幾個月空橋都市剛好失蹤了那麼多青少年……」鍾灰沒有說出口的是，其中還有一個幽靈想靠近她家的畫室。

楊戩思考片刻才理清了鍾灰的思路：「原來如此，妳懷疑幽靈蛹複製的屍骨來自那些失蹤者，眞是奇怪的聯想，我從沒有這樣想過。」

「有沒有可能是兩個王之間的通力合作？吹笛手提供被害者，讓幽靈蛹去複製。」

「不可能。王沒有意志，甚至連低等動物都算不上，不可能有合作的能力。」

「如果王的宿主是人類呢？」

「以幽靈蛹發動的密度和速度來看，我不太相信它有人類宿主。至於吹笛手……現在最有可能的宿主就是妳父親了。」

「……」

「但他也經過HCRI的檢查了，體內沒有反應。就算退一萬步，他眞的曾被短暫寄宿，用吹笛手的力量無聲無息地把人藏起來殺害、燒成灰，他也沒有辦法拿到災區警察的隔離裝置。」

鍾灰聽了便安靜下來，不再開口，楊戩窺見她臉色古怪，心想自己說得太嚴厲武斷，又改口：「不過不能說妳想弄清死者是誰的想法就沒意義。妳做事的風格大概跟黑子比較像吧！喜歡穩紮穩打，不像我的手段粗暴。」

「粗暴？是說像弄壞門禁那樣嗎？」或是像那天威嚇許世常那樣，鍾灰不得不承認，那實在是很惡劣的行爲。楊戩卻說：「是像我之前把廟炸毀那樣。黑子說在天災面前，我會變得太躁進，手段也太激烈。」

「哦……」鍾灰想起黑子第一次向她介紹全員時，對楊戩的評價帶著警告性。鍾灰覺得那不完全公平，楊戩的力量非常強大，有時行動前好像不多加考慮。或許是因爲這樣，黑子對他抱著過強的戒心。但如果她擁有楊戩那樣的力量，大概也會變得莽撞和專橫。實際相處過後，她覺得黑子至少有一點說對了，楊戩不是壞人，他會笨拙唱著不知名的聖歌安慰自己，這種人再怎麼樣也不會失控到哪裡去的。

「一般情況或許太超過了，但畢竟是天災吧？」

「天災就可以被容忍嗎？」

「也不是這樣說，但畢竟是緊急的狀況吧！我住的地方前陣子也被天災毀了，我知道那有多恐怖。」想了想，鍾灰又說：「大災變的時候，我離信義災區很近。」

楊戩愣愣眨了眨眼，他還是第一次聽說這件事。

「我在大安空橋都市附近的車站，只差一班車就會進入受災範圍了。我可以直接看到信義區的大樓還有空橋塌掉，然後，我看見整個世界——從天空、到橋面、水面、建築物，整個世界都布滿了ＫＩＮＧ。」

「妳就是在那個時候得到ＫＩＮＧ的。」

「嗯，但那時候我還不知道那是什麼，你可以想見我有多詫異吧？我的世界好像開始天旋地轉，其實我知道旁邊發生很恐怖的事了，但我竟然整個人朝爆炸的中心衝，前面的橋都斷了，我還是一直往前跑。」

「突然看到ＫＩＮＧ是什麼感覺？」

「很可怕，很像近視五百度突然戴上眼鏡那樣——啊，你有近視嗎？」

楊戩搖頭：「難道妳有嗎？」

「我當然有近視，我只是平常戴隱形眼鏡喔！」鍾灰笑著說：「那用近視的比喻你可能很難理解吧，對了，你會彈鋼琴，那用鋼琴比喻好了。就像一台音準完全跑掉的鋼琴，突然被調整好了，然後有人從第一個鍵——白黑白黑白黑這樣從頭按到尾，整個散亂的世界一下全部到位的感覺。」

這樣的比喻似乎讓楊戩很能體會，他連點了好幾個頭。鍾灰本想反問他得到ＫＩＮＧ時又是怎樣的感覺，但據說那時他還是嬰兒，恐怕想不起來了。

「那眞的非常驚人，讓人一瞬間連生死大事都忘記了。我像瘋了一樣一直往前衝，就像一台在高速公路上逆向行駛的車子，沿路所有人都是回頭往大安的方向逃啊！但我只想繼續往有更多ＫＩＮＧ的地方前進，我一直跑、一直跑，直到我面前的橋斷掉、沉進水底才不得不停下來。好多人都還在橋上，就跟著橋一起掉下去了。我看到那樣的場景，目瞪口呆，忽然就恢復了正常——比起什麼ＫＩＮＧ的，還是保命更重要，我沒命地往回逃，所有情緒都消失了。後來我每次想到這件事，都會覺得很恐怖，可是也鬆了一口氣——你知道嗎？那時候橋如果沒有馬上斷掉，一定連這一側的大樓也會被拖垮。因爲橋斷了我才來得及逃走，我覺得很幸運，但又覺得自己很卑鄙，我是因爲那些人死掉才得救了。」

「想這麼多很累吧。」

「是啊，可是如果遇到那麼恐怖的事，情緒還沒有任何變化，不是更可怕嗎？不過，其實我那時候也沒有力氣承擔，我媽媽在大災變中過世了，我每天就是一直哭、生氣、傷心、害怕，最後變得麻木，陷入一種創傷後症候群的狀態吧，我過了很久以後才想起來這件事。我常常在想，如果我是載著炸藥的戰鬥機駕駛員，那時候我會不會把橋炸掉。你呢？你會炸掉嗎？」

楊戩沒有答話，鍾灰又問：「大災變的時候你在做什麼？」

「我當時不在國內，我們在海外受訓。」

「如果你在的話，搞不好就能阻止大災變了。」

「不，我的力量不可能和信義的王對決。當時總部還有比我更強的人，他也沒能阻止信義的王崩潰。」

「比你更強！」鍾灰發出驚嘆，似乎已經將楊戩當作某種尺標：「有這種人嗎？他不在我們隊上嗎？」

「他已經死了。」

「啊……」

「他當時直接衝進封鎖王的地方，試圖正面對決。雖然失敗，多少減緩了崩潰的程度。」

「好可憐……」

「他是所有災區警察的英雄。」

「我才不要死了當什麼英雄，我一定會逃命的！」說完鍾灰又擔心在災區警察前直說這種話是不是不太好，楊戩會不會叫黑子給自己一個考績丙之類的？但他低頭悶聲笑起來，一會兒說：「不會的，我不會讓妳有需要逃命那一天的。」

「說到逃命……那天你在橋上和幽靈蛹對視的時候，它也逃走了。」

楊戩記得她提過這件事：「妳怎麼能肯定那是逃走？」

「它本來一直沿著橋的兩側之字型來回走，但突然就改變走法，直接跳到底下一層的空橋——很像本來只能直走的棋子，有時候不是會犯規橫著走嗎？」

「那不是犯規。」楊戩無奈道：「妳說的是象棋的士兵吧？士兵本來就是這樣走。」

「是嗎？爲什麼？」

「因爲環境改變了，過河以後士兵就可以橫著走。」

但鍾灰只是聳聳肩：「我又不會玩象棋。」她將桌上堆積如山的文件收拾整齊，準備拿回檔案室，楊戩說：

「我替妳拿一些吧。」

走廊上的百葉窗不知被誰全部拉起來了，所內模擬的正午日光，讓地上亮晶晶地發光，窗外是滿溢KING的風景。一走出來鍾灰就遮住眼，發出哀嚎，楊戩快步去關上百葉窗，鍾灰才鬆一口氣，但她還是半瞇著眼：

「眞可怕，到底是誰拉開的？」

「這對我才不算暗呢！剛才說到哪裡了，士兵突然可以橫著走……」

「地板有打蠟過，大概剛才有做清潔工作吧。現在地板很滑，周圍也很暗，小心一點。」

「不是突然，是規則。」

「好好。」鍾灰那種無所謂的態度，讓認眞解釋的楊戩竟感到有些可恨：「那幽靈蛹也會是這樣嗎？因爲環境變了，移動規則就變了。」

「可是那天周圍的環境有什麼變化嗎？」

「變化……」

周圍昏暗的廊道上，剩微弱的光從百葉窗縫隙透進來。鍾灰沉思片刻，面色一變。她抓住楊戩袖口，焦急地說：「山茶說，幽靈蛹最常在晴天出現。我們去關渡那一天，早上也是晴天吧？」

楊戩略一思索：「對。」

鍾灰大叫：「我可能知道幽靈蛹是怎麼移動的了！」

「光？」

黑子和露池沒有比楊戩好多少，一樣被針對隔離裝置的事進行調查。但鍾灰沒讓人喘口氣，等她們一出來就抓住兩人討論幽靈蛹的移動方式。

「那天，我看到幽靈蛹在橋上兩側反覆跳躍。」鍾灰拿來好幾面鏡子，在地板上排成兩列，模擬橋的兩側護欄，她的手指在鏡子間來回比劃：「楊戩的車往這個方向前進，幽靈蛹跑在我們前面，在空橋兩側護欄之字形來回前進，看起來很像在逃命。但是，在追逐途中楊戩的力量爆走，導致整座橋上大停電。」

鍾灰倏地停下跳躍的手指：「幽靈蛹也就在這時候停下來了。」

橋上的電力設施主要用於路燈、電子道路指示牌、測速照相機等等。當時正是深夜，月光也不甚明朗，周遭登時陷入一片黑暗恐慌，只剩綿延的車陣頭燈還能勉強指引方向。

鍾灰猶豫一會說：「那時候我覺得王被楊戩嚇到了。」她知道楊戩不喜歡過分人性化的用詞，但找不到更好說法：「停在橋上的時候，它靠過來看楊戩……看了很久，我覺得它是在判斷自己和楊戩之間力量的差異。」

不必鍾灰說明，楊戩自己平時就能察覺這種傾向。大部分王與自己交鋒時，極少選擇正面挑戰，或許這就是他面對王時從未感到恐懼的理由。

「所以它又開始移動的時候，我以為是楊戩的力量展示令它害怕，不想和我們正面衝突。因為這次它的移動軌跡改變了——」鍾灰將一面鏡子推倒，手勢向下一斜：「它跳到下面一層的空橋，當時周圍很暗，這應該是距離我們最近、但沒有受到楊戩影響的橋面。我立刻就知道絕對追不上了。一開始我以為它是沿著玻璃前進的，但這次不一樣，它是毫無道理就跳過去的，而且它還繼續以那種方式往其他橋面跳，大概只過幾秒鐘，它就完全跑到我的視野範圍以外了。」

黑子詫道：「空橋間直線距離很遠，妳這樣還看得到？」

「是，因爲它布滿了整座橋面，非常刺眼。」

那之後鍾灰勸楊戩不必再追，王已經跑得沒影了。隨著他激動的情緒平復，電力慢慢恢復正常，空橋上的電光又一盞一盞重新點上。楊戩與鍾灰採集餘下的蛹，等候災區警察的聯絡。

「我也想過爲什麼突然改變移動路徑？其實我一直以爲是太害怕了，但你們也說了，不要替王想像無謂的感情。剛剛我才產生這個想法……改變走法的原因，很可能只是因爲環境改變了。那究竟是怎樣的改變？在大停電之前存在、之後消失的到底是什麼——只要這樣一想，立刻就明白了。」

「是光啊……」

「沒錯！停電幾乎消滅了橋上的光源。」

黑子沉吟片刻，說：「如果幽靈蛹依靠光來移動，確實能解釋爲什麼蛹都結在空橋上。橋面都是玻璃，不論是反射或穿透，光線都很容易集中移動。」

「山茶說，幽靈蛹幾乎都在晴天結蛹——我想，一定是因爲陰天的陽光不夠強！穿過太多層空橋的話，陽光會被過濾掉不少。」

「以光爲介質的話，移動速度的問題就完全解決了。王也不需要與目標有直接接觸，我認爲是有說服力的假說。」謝露池立刻望向山茶：「歷史上有過以光爲傳播路徑的ＫＩＮＧ嗎？」

黑子插嘴：「如果它是因爲周圍光源消滅而被迫改變移動路徑，那可能還要再限縮範圍，它依賴的大概只有可見光波段。」

山茶慌張查閱龐大的資料庫：「這裡有一起，不過我不知道能不能算是光……它是以收音機的無線電波爲介質傳遞。精確來說，是接近這個波長段的電磁波，這起案例也是β！」

黑子打了個響指：「這個可以參考，把這案例的更多細節都找出來。」

楊戩困惑道：「但這樣的話，它能作用的範圍不就接近無限大了嗎？」

「不，這可難說。」謝露池冷靜地說：「停電發生的時候，它的逃跑範圍就被嚴格限制，這代表它雖能倚賴光進行移動，但對光通量仍有一定需求。」

「光通量……」

「太微弱的光對它恐怕是不夠的，這表示它接觸的目標絕不可能太遠，否則，光走到附近時就已經被漫射消耗殆盡了。」黑子說明道：「依鍾灰先前看到的狀況，再加上移動介質是光的假設，我想幽靈蛹應該是長期寄生在空橋上。它接觸目標的方式，就是四面八方反射而來的光線。既然如此，依照結蛹位置，應該能估算出合理的橋面反射範圍，目標物大概就在這些範圍的交集中。」

「找到之後打算怎麼做？」

謝露池說：「別擔心，這是我們的強項。我保證只要找到KING的目標，我們一定能布下陷阱逮到它。」

山茶說：「我看過那天晚上停電的情形了，我不認爲它需要很強的光才能移動，即使陰天也能移動才對。但蛹出現的日子，晴天壓倒性多。」

黑子想了片刻說：「這可能表示它的目標是在陰天不易到達的地方。」

謝露池詫道：「陽光能穿透，但會受到激烈耗損的地方嗎？」

「我們要找的東西，很可能在空橋最底層。」

「就算在空橋最底層，也不至於陰暗到無法前進才對吧？」

「那麼，目標物可能還經過一個透光率更差的地方……但又不是完全不透光，否則就不會受到陰晴的影響。」黑子睜大眼：「空橋底下的……水嗎？」

「妳是說東西沉在水下？」

「裝了骨灰的金屬箱……再怎麼說也不是隨處可見的物品，沉在水下有可能就是一直沒被發現的原因，河面的透光率應該可以透過水質汙染監測的數據換算。露池，妳最快多久算出幽靈蛹的反射範圍？」

「需要的資料還很多，至少要三天吧！但可以想見算出來的範圍還是會很大，不可能靠我們單幹。雖然不知道那是什麼樣的隔離裝置，但以隔離箱來說，平均大小在二十至三十立方公分之間，假如沉在水底，不知道要花多大力氣尋找，以災區警察的人力，不可能做到這麼大規模的打撈。」

黑子沉吟半晌：「好，這裡交給我來處理。」

謝露池詫道：「妳有辦法嗎？」

「隔離合金裡至少就有四、五種辨識率高的稀有元素，爲了避免原料走私，有時出入材料研究室甚至會進行探測安檢。那跟一般維安目的的安檢不同，是專門針對合金中的稀有金屬做檢查。我想他們應該有更好的探測對策。我設法去問問看吧。」

謝露池顯得有些遲疑：「但是妳……好吧，我明白了，那就麻煩妳吧！」

黑子雙手叉腰：「沒時間拖拖拉拉了。我要盡快證實這個假說。不管水面地面，每吋都翻過來我也要找出王盯上了什麼！」

眾人匆匆散會，剩鍾灰一個人留在會議室裡，盯著那些爲了模擬光線行進用的鏡子。如果將鏡面比喻爲王棲息的橋面，那它選擇的目標物，就是無數倒映在鏡中的景色吧？

鍾灰伸手輕觸鏡面，鏡中自己的五官輪廓如此熟悉，卻又有一股說不出的陌生感。小時候她經常交互比對鏡子與照片裡的自己，明明是同一個人、同一個角度，看上去卻總有些差別。聽說大部分的人都更喜歡鏡子裡的自己，鍾灰也是一樣，因此她經常問母親，自己看起來更像鏡子裡的那個人呢？或是照片上的那個人？

母親反覆比對鏡中與照片中的她，說：「不是都差不多嗎？」

「哪有！明明就不一樣！」

「嗯……啊！我知道了！我看見鏡子裡的小灰，跟照片裡的小灰是一模一樣的。可是小灰卻不是這樣，這表示鏡子裡的東西，在我們眼裡一定是不一樣的吧？」

「這是什麼意思？」

「妳看，媽媽的眼睛在這裡吧？」母親指著鏡中自己的眼睛：「媽媽可以看到小灰的臉、可以看到窗戶、可以看到牆上那幅畫的一半……小灰可以看到哪些呢？」

「可以看到媽媽。」

「啊，後面的牆都被我擋住了啊！」母親慈祥地笑了：「就是這樣呢！小灰如果離開鏡子前面的話，鏡子裡還會出現妳嗎？」

鍾灰搖搖頭，母親又說：「明白了嗎？鏡子裡出現的內容，並不是固定的哦。鏡子裡會出現什麼，完全取決於我們的眼睛放在什麼地方。所以，除非我們的眼睛完全重疊，不然是絕對不會看見同樣畫面的。但是，我們的眼睛是不可能重疊的吧？所以就算現在我站在妳後面，盯著妳盯著的鏡子，我們看見的也是不同的東西。」

「我沒有辦法讓媽媽看見我看見的東西嗎？」

那一刻，母親露出悲傷的笑容：「沒辦法喔，小灰，對不起。」不知道爲什麼母親向她道歉了：「除非我變成妳，不然我永遠不知道妳看見的是什麼樣的世界。」

「媽媽也不知道啊……」

「但是，這樣也很好啊！因爲有小灰的存在，媽媽才知道這個世界，也有很多不同觀看的角度。」母親溫柔地撫摸她的腦袋：「妳讓我變成更好的人了。」

「妳還沒走嗎？」

忽地，楊戩的聲音從身後響起。他的面孔驟然出現在鏡中，成爲一道格格不入的風景。

啊……在鏡子裡也能看見KING啊。

鍾灰想起第一天來總部時接受的檢查，當時包括測試她是否能從影像、反光平面上確認到KING的存在。但與楊戩在鏡中也肆意展放的KING不同，鍾灰完全看不見自己的。

「我只是在想，王到底看到了什麼？」

「看到？」

「就是說……我很好奇是什麼東西反射到橋上，讓王那麼在意——不，我的意思是，讓王進行了複製。黑子說，目標物反射的光線，剛好落在幽靈蛹寄宿的橋面上，這不就很像被王『看見』了嗎？」

鍾灰會產生這個念頭，還是源於那天橋上楊戩與幽靈蛹的對峙。當時它就定身在那裡，彷彿正在凝視楊戩。

「所以如果把橋面當成鏡子，像我現在這樣盯著鏡子，大概就很像KING在做的事吧？它究竟看到什麼呢，我想試著想像它的心情、它的視野——啊，抱歉，很奇怪吧？」

「不，不奇怪。所內也有擬人派。」

「擬人派？」

「就是將KING的行為全都擬人化。比如我們通常的$\alpha\beta\gamma$分類，在他們那裡又有更多不同分法。」

「什麼分法？」

「他們又分成『眼、耳、鼻、舌、身、意』。」

「眼耳鼻……」

「就像妳覺得幽靈蛹反射、複製的行為很像人類的視覺一樣，他們也是這樣認為。」楊戩不停他們、他們的重複，像試圖將自己與那些人劃清界線：「KING有些表現很適合以人類行為模擬。雖然這是我們第一次遇到可能利用光為介質傳播，不過以前曾有透過聲波、也有以語言傳播的形式，就像人類的耳目。還有空氣傳染、實體接觸，也都很像人類五感的模擬，妳的KING就是以視覺方式運作的吧？」

楊戩比了比她的眼睛，鍾灰卻很猶豫，她看著鏡中的自己，一雙眼灰撲撲的，光澤黯淡，並不像有KING寄宿的樣子。

「說到底，一開始研究取向就認定KING的起源與人類的意識有關，產生這樣的連結也不奇怪。」

「與人類意識有關？這是什麼意思？」

楊戩道：「HCRI前兩個字就是Human Consciousness的縮寫，我不清楚具體是如何造成影響的，不過據說人類龐雜紛亂的各種思想與對『我』的意識構成巨大的能量流動。」

「既然知道來源，沒辦法解決嗎？」

「當然沒辦法。」楊戩像在報告一件與他完全無關的事：「我們至今甚至都還沒找到意識是從哪裡誕生的——我們根本不知道意識是什麼。」

人類的大腦將永遠無法眞正理解大腦，紙上畫的鯨魚即使能探出海面也探不出紙面。

「但是……我覺得你好像不太喜歡將ＫＩＮＧ擬人化。」

「對。」楊戩爽快承認。

「爲什麼？」

「所謂ＫＩＮＧ的『偏好』，只是一種自然傾向。就像向陽植物會趨光、河水會往低處流一樣，那絕不是意志的展現。颱風總會從大海吹向陸地，難道能說它天生憎恨陸地嗎？」

「可是那很重要嗎？就算有意志，我們還是要消滅它才行啊。你不想將ＫＩＮＧ擬人化，那……我們算什麼呢？我們也是其中一部分吧？」

「我們是士兵，行動時根據自己的意志。只要保有自我的意志，轉過來支配ＫＩＮＧ，我們就是人類。」

「那我們被支配，連自我意志也無法保有的時候呢？」

「那就是天災。」

鍾灰感到疑惑，人可以用這樣的方式區分的嗎？

「雖然我不認同，不過，我也可以理解擬人派的想法。」楊戩說：「但妳想要想像ＫＩＮＧ的視野，我認爲是不可能的。」

「爲什麼？你認爲人無法想像別人的視野嗎？」鍾灰反問，看向鏡中：「可是你就站在我背後，跟我分享一樣的視野，即使如此，你也無法想像我看到了什麼嗎？」

楊戩會做出與母親一樣的回答嗎？鍾灰也與楊戩站在很接近的位置，都是王的士兵，但她看不見楊戩劃分

「人」的那條線。

「當然。」楊戩答得毫不猶豫：「我走到妳背後的時候，鏡子裡的畫面就已經變了。」

空橋都市迎來連續一週罕見的大晴天。

水面明亮刺眼，河岸另一頭吹來的風甚至有些乾熱，夾雜微弱的海水氣味。

河面上出動三艘快艇，十五名以上的潛水人員。每隔三十分鐘他們就會上岸一次，兩班輪調。每人都拿著一把像拉長手電筒般的工具——按黑子說法，這是從HCRI借用的探測器，專門用來搜尋隔離金屬使用的合金。打撈工作由海軍水下作業大隊進行，維護空橋都市的水中基底也是海軍日常作業，調度上非常熟練流暢。水岸邊本來就常見維護作業，因此並未特別申請封路管制，不過看到周圍出現災區警察，民眾紛紛走避。

其實在打撈作業上，災區警察完全派不上用場，但仍需有人確認打撈成果。此外由於打撈上來的是可能吸引幽靈蛹的東西，還專門派來一支HCRI的隔離人員支援，一旦眞的找到什麼，將由他們進行初步隔離。

災區警察大部分都還在接受清查，除了鍾灰和葉善存因入隊時間較晚倖免外，黑子因爲能力特殊，很少申請隔離裝置，因此很快就查清紀錄，得以脫身。

途中雖有幾次好像有斬獲，最後都是水底下的雜物，鍾灰每次一聽到有什麼發現都第一個跑到河邊，很快又失望而歸。下午三點左右，打撈工作終於暫時休息，人員輪番去吃午飯。大稻埕一帶空橋較少，在大太陽下站了一天，鍾灰也感到頭暈目眩，黑子和她去附近的餐廳用餐。

「結果什麼也沒發現……」

「才下水不到半天，沒什麼發現才是正常的，現在開始是場硬仗，只能腳踏實地一吋吋找下去了。」

「我聽楊戩說幽靈蛹的狀況在嚴重惡化，我們還有那麼多時間嗎？」

「是很急迫了。」黑子嘆了口氣：「我想恐怕剩不到兩、不，一個月，幽靈蛹就會有部分能量開始崩潰。最糟的是，它的移動速度太快了，我們無法準確定位，沒辦法知道天災會在哪裡發生。」她看了鍾灰一眼：「所以也只能這樣縮短休息極限地做下去，在太陽下站整天很辛苦吧。」

「還好。」

「我從之前就一直很想問了。」黑子好奇地說：「妳的眼睛好像對太陽很敏感？」

鍾灰愣住，半晌都沒開口，黑子又說：「妳一直戴著隱形眼鏡工作——雖然這也不是奇怪的事，不過那是有太陽眼鏡效果的特殊隱形眼鏡吧？戴著那種東西，應該不是很舒服，但我看妳幾乎一整天都沒有拿下來。」

鍾灰的表情有些僵硬，過一會兒才說：「這樣不可以嗎？」說完連自己都嚇一跳，她的語氣聽起來像在挑釁。但她只是擔心工作上不允許，像之前在貨公司的工作就要求不能戴眼鏡。因為她也不喜歡被人問為什麼老在戴太陽眼鏡，所以雖然不太舒服，還是選擇有遮光效果的隱形眼鏡。

「不是可不可以的問題——抱歉，我是不是侵犯到妳的隱私了？我只是想知道這是不是和KING有關。」

「KING？」

「妳說妳是在大災變時被寄生吧？既然妳的能力和視覺有關，是不是王對妳的眼睛產生後遺症。」

「不，沒有產生後遺症。」鍾灰連忙否認。不過真要講的話，被醫生定性為「幻視」的症狀本身就是後遺症了吧，她偏了偏腦袋，望向黑子：「妳們會有後遺症嗎？露姊跟我說過，王可能會讓身體產生異變，所以HCRI才特別成立醫療部門。」

她現在還是被排除在外的「兼職」打工警察，未正式接受醫療部門的身體檢查。

「雖然每個人不同，後遺症多少是有的。像我的左手一直都處在不太舒服的狀態，類似老人風濕痛那樣吧。使用能力的時候，也會有遍布全身的疼痛感。」

鍾灰倒沒有這些問題，不過黑子平時總是很輕鬆，很難想像能力帶給她折磨：「楊戩也是嗎？」

「他使用能力過度的話，身體會陷入強烈的疲勞。」

雖然這樣說，但楊戩平時放電的態度非常隨便，沒見過他衰弱的樣子，大概那對他來說只是九牛一毛。

「如果眼睛不是受王影響，那妳幾乎沒有為它付出代價——啊！抱歉，我這樣說可能不太謹慎，妳的視野被強加了不必要的東西，那也是一種負擔。」

鍾灰不明白那算不算強加——按黑子這樣說，什麼是多、什麼是少、什麼才是人應俱足的呢？她盯著倒映在窗中的雙眼。黑子的左手、楊戩的周身被ＫＩＮＧ包圍，她都能清楚看見。唯獨自己例外，她從未在自己身上方寸之地見過。

「不過，ＫＩＮＧ眞的在我的眼睛上嗎……」

「啊？」

「我加入災區警察也有一段時間了，看過很多同事身上都有。當然，被衣服擋住的地方大部分都看不到，比如妳總是用手套蓋著左手。當然也有少數例外，像是楊戩，我想可能是因爲他的力量太強了。可是我從來沒在自己身上看過……這樣眞的是正常的嗎？」

黑子微微一笑：「啊，妳在煩惱這個啊。放心吧，這沒有什麼奇怪的，我們擁有的力量大部分都是α，α需要直接接觸，因此多半會沉積在肌膚表層。」

「楊戩也是嗎？」

「楊戩……我們很難做出結論，不過根據他的感染方式，還有力量的強勢程度，我們判斷多半不是。至於妳呢，其實我們現在也還沒解明妳的能力運作方式。」

「是不是跟幽靈蛹有一點像？」

如果她的能力依賴視覺，是不是也會循著光移動呢？這樣一想，鍾灰就十分不安。雖然根據ＨＣＲＩ的說法，人類長期宿主多半感染力低下，必要時他們也會服用抑制活性的藥物，但她的ＫＩＮＧ若不是透過直接接觸移動，會不會哪一天突然就跑到別人身上去了？

「現在因爲急著調查，沒辦法替妳做更仔細的檢查。但ＨＣＲＩ也非常在意妳的力量怎麼運作，之後他們會妥善安排的。」忽地，黑子露出猶豫的表情，鍾灰詫道：「怎麼了？」

「妳首次看見ＫＩＮＧ，就是在大災變爆發的那一刻——不是更早，也不是過一段時間，沒錯吧？」

鍾灰點點頭，不知事到如今爲何還要再確認這件事。

「我應該沒有向妳說過大災變那時的狀況……其實不知道該不該說，怕妳多心，但我認爲妳有知道的權利。妳應該聽露池說過了，大災變發生的主因，是當時封存信義的王裝置發生破裂，現在的是重新修建的。」

「爲什麼會破裂？」

「王在隔離裝置內能量崩潰了。等我們發現時，王已經大量逸散。當時，整個研究基地都籠罩在感染風險中，首先受到影響的，是趕來支援的災區警察，他們體內的ＫＩＮＧ感受到強大的威脅而開始產生異變。」

「異變……」

「ＫＩＮＧ本來是四個英文字母的縮寫，裡面Ｎ是用來描述感染後的狀況Non-progressive。」

「不會……惡化的意思嗎？」

黑子顯得很詫異：「哦，妳竟然知道嗎？這比較是醫學上用的字，我以爲日常生活不太用到。」

「嗯……」

「四個字大都是用來描述它的傳播和感染特色，其中Ｎ說的是我們異能雖然可以透過訓練強化，但不會產生本質變化——至少最初這樣判斷的，但後來證實這是錯的，我們的能力在某些狀況下會惡化。」

「什麼叫惡化？」

「簡單來說，會失去控制體內ＫＩＮＧ的能力。大災變時，大量災區警察都陷入這個狀態，這樣下去，情況會比大災變本身還嚴重，於是我們有一位同僚隻身與王對峙——他的能力非常適合壓制王，不過，信義的王規模實在太大，最後他還是不幸殉職了。」

鍾灰心底發出一聲驚呼，她知道！楊戩和她提過這個人——帶著追想英雄的眼神，他說這個人比自己還強，最後卻爲阻止大災變而送命了。但鍾灰難以想像還有什麼能力比楊戩和黑子更適合壓制王。

黑子也認識他吧，提起他時，她的神情變得非常憂愁：「不過，王的失控狀態確實減緩，不但威力大幅削弱，能量崩潰也停止了，讓ＨＣＲＩ能進去做隔離裝置的修復。不幸的是，王也因爲他的攻擊，裂解了一大部分，四處逃竄。雖然大都被控制在總部內，但HCRI一直認爲有一部分還是逃出去了。」

鍾灰全身起了雞皮疙瘩——黑子的意思是，信義的王有一部分可能還在市內四散嗎？那要是一直找不到宿主，難道不會再次引起災難嗎？不過，他們是怎麼聊到這裡來的？

黑子語氣沉重地說：「我聽說，HCRI一直認爲妳——」

話還沒有說完，黑子的手機便急躁響起。她看了一眼號碼，迅速走到門口去講電話。鍾灰看一眼牆上時鐘，她們出來休息快一個小時了。過一會兒，黑子匆匆回來，面色非常難看，她說：「東西好像找到了。」

鍾灰幾乎跳了起來：「隔離箱嗎？那我們要趕快回去！」

「不是我們這裡找到的，是在大安那裡。」

打撈範圍算出來後，由幾組人馬分頭調查。只是能執行打撈作業的人員有限，災區警察大多也還被禁足，所以謝露池先選幾個地點，挑出數據較明確的幽靈來打撈。

「是善存他們那邊嗎？」

「對。」但黑子的神情很奇怪：「確定狀況前，我們繼續在這裡看守。善存那裡，我會請露池與他聯絡。」

「是不是發生什麼事了？」

黑子一臉陰沉地說：「雖然撈出東西，但被HCRI搶走了。」

鍾灰花了幾秒才理解過來黑子說了什麼：「什麼？HCRI、搶？爲什麼？」

「還不清楚實際狀況，善存說，那裡的潛水人員找到很像隔離裝置的物品。爲了避免引來幽靈蛹襲擊，先交給HCRI的隔離隊做處理。本來弄好就要交還災區警察，但東西一直沒有拿過來，善存覺得不對勁去追討，才知道HCRI早就把東西拿回總部，完全沒有知會我們。」

「是不是要先拿回去做進一步檢驗？」

「一般來說是這樣，但直接跳過我們很奇怪。而且那很可能是幽靈蛹的目標，就算他們做了隔離工作，難道不需要我們的護衛嗎？」

「ＨＣＲＩ……有自己的打算嗎？」

「不知道。」黑子雖然一臉焦躁，但語氣還是振奮的：「不過，如果眞的找到東西，那我們的假設很可能正確，按理說這裡也有機會找到，搜索的腳步不能停下來。」

天暗後，在大稻埕水岸的搜索工作告一段落。黑子打了一通又一通電話，仍沒弄清楚現況。更糟的是，兩天後再次發生同樣的事。連續兩個疑似隔離裝置的物品被打撈出來後又被沒收。黑子屢次交涉，ＨＣＲＩ仍拒絕歸還，她一怒之下，拒絕對方繼續加入打撈作業，隔離工作全由災區警察進行。但這樣一來人力變少，打撈定點又縮減了幾個，工作進度開始落後。

接連幾天下來，不再出現新斬獲，所有打撈出來的箱子都在ＨＣＲＩ手上。黑子數度要求說明，都吃了閉門羹。她向北區指揮小組的長官回報，要求施壓，但那邊似乎有一股壓力頂著。如果連災區警察的要求都能擋下來，必定牽涉到很高的層級。

事關天災，黑子有把握終究能逼對方開門，但要通過多少程序？等角力結束，幽靈蛹會惡化到什麼程度？即使他們不信任災區警察，認爲他們偷帶出隔離裝置，但對此的調查不正如火如荼地進行嗎？究竟出於什麼緣故將災區警察全部排除？原先還盤算ＨＣＲＩ只是需要更多時間檢查隔離裝置的黑子，在對方虛以委蛇拖了三天，很難再幫他們找藉口。但災區警察與ＨＣＲＩ在職權上是平行單位，除非針對幽靈蛹，特別開設層級更高的總指揮中心，跨部會統一指揮，否則災區警察無法直接命令對方。

偏偏決定戰情等級的指揮部多半是以王帶來的實際損害當標準，就算災區警察認爲幽靈蛹可能引發大災變等級的災難，目前它就是沒有造成實際破壞，即使鬧出一個指揮中心，也不知要浪費多少寶貴時間。

就在雙方拉鋸的幾天裡，幽靈蛹出現次數持續增加，天災預報部門依頻率變化的速度與蛹的規模大小，修正對幽靈蛹崩潰時間的預估。從最初至少三個月的估計，大幅縮減到剩三週，和黑子的預言非常接近。

最終黑子下了決定：「我直接去第三研究中心。」

謝露池嘆道：「妳去了又能做什麼？他們是後勤，我們是前線。後勤截斷補給前線就完蛋了，但前線能有什麼威脅後勤的籌碼？放著王不管我們全都會死，總不能做逃兵。」

「那從今天起就不要這個後勤！」黑子怒不可遏：「災區警察未來重新成立自己的後勤中心，以為我們做不到？我們先封了跟西棟連接的通道，連一個人類宿主都沒有、一個樣本都收不回，我看他們做什麼研究！」

說完，她撈起椅背上的外套，風風火火衝了出去。鍾灰目瞪口呆：「黑子不會做出什麼危險的事吧？」

葉善存輕鬆安慰道：「不會啦，黑子姊的王對一般人沒有威脅性，槍在總部也是上鎖的。」

謝露池冷淡地說：「生氣也沒用，恐怕連大門都進不去。不過秦知苑在HCRI眼中比KING還危險，說不定他們眞的會嚇到和她妥協吧！」她轉向眾人安撫：「不論如何，就算拿回那些隔離裝置，要進行捕捉計畫也需要安排時間、地點，必須的設施和道具，這都不是立刻就能生出來，我們必須從現有情報來規劃下一步。」

根據勉強得到的證物照片，打撈出來的是標準箱型裝置。箱的長寬約二十公分上下，與災區警察使用的標準隔離箱相比略小。箱外殼是略呈淡粉紅的金屬，箱蓋是淺棕色玻璃，但看不到箱內構造。

「我們必須慢慢削減王的移動範圍，讓它停在固定的位置上。放置隔離箱做誘餌的地方，最好要有一定機動性，這樣才能起到引導它的效果——楊戩，你覺得呢？」

謝露池突然發問，心不在焉的楊戩聽見有人叫自己，連忙抬頭。

「將王引導到固定的位置，我們應該是有能力做到的。但接下來該怎麼做，必須跟你們外勤配合。秦知苑現在不在這裡，只能你評估。我們也是第一次遇到這麼大的王，這種情況下，通常會是你或她出動？」

楊戩略想了想：「黑子能力作用速度和大小有直接關係，在這段期間王很可能會跑掉。我來更一勞永逸。」

「但是讓你出動的話，我們就不能讓王停在橋上。」

「不能將民眾驅離嗎？」

「普通道路或許還可以。但橋像蛛網一樣連結細密，你造成的破壞範圍可能會太大。」

「那就將王趕到橋以外的地方。」

謝露池點頭：「我明白了。」她看著地圖：「那最理想的位置就是淡水河上了，淡水河夠平穩，水面有很好的反射率。」

「要讓王逃到河上嗎？」葉善存驚呼：「可是這麼大一片水域——」

「不會讓它待在河面上的，還要準備更適合的籠子。我們現在有鍾灰，可以精準判斷具體位置。楊戩，怎麼樣呢？」

「在河上交手的話，只要不讓它跑掉，對我會更有利。」

「我知道了，我會設法處理當天附近的光源。」

這時，走廊外一陣鬧哄哄的，山茶跑了進來。她左顧右盼，但沒見到想找的人：「黑子姊呢？」

「剛剛氣沖沖去第三研究中心找ＨＣＲＩ理論了。」

「理論？她要理論什麼？」

「逼ＨＣＲＩ把東西交出來吧？她在那裡待過那麼久，多半有些私人的籌碼可以用的。」

「來不及了！」山茶焦躁地跺腳大叫：「剛剛外面都在說，今天一早有直升機過來總部，而且不是一般的軍機——」出入總部有時會搭直升機，因此在這裡出現軍機並不奇怪，山茶卻說：「那是隔離用的專機，是ＨＣＲＩ的飛機，專門用來運送需要被隔離處理的東西！」

「該不會……」

「聽說飛機去南港的中研院區了。」

謝露池震驚道：「為什麼？中研院那裡的ＨＣＲＩ設備，這裡都只有更多不會更少啊！」

「他們的目的明顯不是研究設備了吧？」葉善存無奈地說：「這裡都不是ＨＣＲＩ的人，災區警察還有武力，他們一定不放心。」

「到底那箱子有什麼見不得人的，要做到這種地步？」

楊戩沉吟半晌，說：「露池，誘捕幽靈蛹需要的物品，妳大概要多久可以準備好？」

「一週以內。」謝露池幾乎沒有思考：「淡水河要管制的話必須提前預告，不過可以用天災預告發布，最糟的情況下，甚至可以當天強行管制。預告爲天災的話，也可以確保民眾不會靠近。除了必要的警艇外，我們還需要一艘符合需求的誘餌船，這裡需要HCRI配合。」

山茶驚呼：「那該怎麼辦才好？」

「沒關係，雖然我不知道出了什麼事，但他們應該不至於在這方面爲難我們。其實準備不需要到一週，不過，我希望選在新月那兩天動手。雖然我不認爲王能依賴那麼微弱的月光逃跑，凡事還是買個保險。」

「我明白了，那麼，請妳現在就開始做準備，我會確保我們能在新月前拿回箱子。」

「你要怎麼做？」

「我去跟HCRI交涉。」

「你？」謝露池遲疑道：「但秦知苑已經去了，而且你打算怎麼做？」

「黑子跟HCRI的關係一向不好，她去了多半也會被刁難。但是我不同，我和他們關係很密切，更重要的是，我可以直接出入南港的院區。」謝露池無法反駁他說的話，明顯產生動搖。

「現在唯一的問題是，我還在接受調查中，不能任意離開總部。」

「如果只是要去南港院區的話，派監視人員隨行，應該不會受到太大爲難。但是，需要一個說得過去的理由解釋你爲什麼非出總部不可。」

「我們是災區警察，怎麼會沒有理由？」楊戩很輕鬆地說：「只要說我們發現KING的蹤跡就好了。」

「……」

「鍾灰可以自由行動，讓她回報她在南港附近目睹就可以。」

鍾灰發出驚呼，謝露池也皺起眉：「可是，南港是陸地區域。」

「就是這樣才有利。哈梅林的吹笛手還沒眞正解決，只是因爲沒有什麼新狀況發生，暫時被按下而已。上面一定一點風吹草動就會緊張起來，他們應該沒有把握派一般災區警察過去，但是，其他有能力和吹笛手對峙的警官，大部分都和我一樣被困在總部，既然如此，沒有道理跳過最熟悉情況的我。」

謝露池嚴厲道：「你想向上面謊報情況？」

「這是情急手段。何況撲空也很常見，只要HCRI不能證明吹笛手沒出現過，就不算謊報了。」

楊戩很少對隊上戰略提出什麼意見，大多是默默執行隊長的指示，對他面不改色說出這些話，謝露池感到詫異，詫異外又有些不安：「但你去了又能做什麼？」

「只是去找我認識的幾位研究員試試看而已，至少也可以試著打聽到底發生了什麼事。」

終於謝露池軟化下來，雖然她仍帶一點警戒的態度：「我知道了，我會去報告這件事。」

「謝謝妳，露池。後面計畫就麻煩了，我們沒有時間拖延，一拿到箱子就要開始執行計畫。」

在院區另一頭，黑子雖然帶著魚死網破的決心前往第三研究中心，但一報上姓名編號，不但未受爲難，反而馬上獲得進出許可。

「太好了，材料所正想連絡秦隊長過來。」

「我？」到昨天爲止，黑子還和他們吵到一報出單位就要被掛電話的程度，現在卻被對方主動請來？而且爲什麼是材料所出面連絡？

疑雲重重，不過，多想無益，見面就知道了。好不容易獲得進出許可的黑子，一心想著如何爭取回那口箱子。研究員不吃威逼恫嚇那一套，不在乎她的官階軍階，必須要講出道理，沒問題，這是她最擅長的事。但心臟還是跳得好快，她快十年沒有踏進這棟研究所，也很久沒有爲自己主張的眞理辯論。

這時候的她，還不知道那些費盡千辛萬苦才打撈出來的「疑似證物」，已經由專機送往南港的實驗室。

黑子在研究室前停下腳步，第三研究中心的南2A棟完全是個人研究室，HCRI點名與她見面的人並非檢驗分析科、也不是更高層的長官，而是專精於隔離材料的研究員。這位吳教授比黑子大二十歲以上，在黑子求學時代，就是材料領域知名的學者，現在在隔離材料開發部門擔任主任職務——這一點也令黑子不安，她與吳教授過去從未有過私交，領域不同，甚至沒打過照面。整個研究圈對她的印象都不好，雖然隔離材料的研發與他們關係較遠，但沒有實際接觸過，不知道對方態度。

「請進。」

黑子推門而入，因緊張而挺直身軀。研究室還算寬廣，只是因牆面四立的書架而顯得擁擠，一位穿著深紫色套裝的白髮女性坐在桌前，在她進門前正伏案埋首於一堆文件中。

黑子向她頷首致意，女人溫和笑道：「秦警官請坐。」

屋裡沒有開冷氣，但不悶熱，更像冬天點起火爐的溫暖。舒適的扶手椅上套著縫邊精緻的椅套，桌上擺了一套白色的小茶壺。讓她覺得自己像拜訪遠房親戚，進門前那股騰騰殺氣也淡去了幾分。

「我想妳一定也知道我請妳過來是爲了什麼。」她的語氣柔軟緩慢，像在說一件很不重要的事，黑子強壓焦急和不滿，盡量謙和說：「既然隔離箱都找到了，是誰違規帶走很快就可以查出，爲什麼要把東西沒收？」

吳教授沒有開口，黑子再問一次：「難道違規帶出隔離箱的人是查了就會動搖總部的人嗎？我不認爲災區警察中有那樣的人存在。」

「妳是對的。」

黑子一愣，不明白她這句話的意思——是會動搖總部？或是災區警察中沒有那樣的人？抑或兩者皆是？

「那些隔離箱都是手工製的——沒有編號，沒有製作紀錄。」

「啊……」黑子過了幾秒才領會她的意思：「這是有人偷了原料私下做的？」

「災區警察只能拿到經過嚴格品質檢查的成品，有機會接觸到原始材料的，一定是我們的人。」

一股強烈的憤怒湧上來，黑子厲聲道：「凶手是HCRI的人，所以擋著不讓我們調查？我才不管誰是凶手！一個研究員比天災更重要嗎？」

「不是這樣的。」

「大災變那一天人您在這裡嗎？您親眼見過信義的王如何崩潰嗎？如果見過大災變是什麼樣子，我不敢相信你們會包庇同僚做出這麼荒謬的事。**幽靈蛹非常、非常危險，而且現在危在旦夕！**」

「我們當然知道ＫＩＮＧ有多危險。」

「不，妳們不知道。」黑子惡狠狠地說：「如果需要我提醒，第三研究中心就是一座圍著信義的王建起的城堡。當年我們對信義的王明明一無所知，還是沾沾自喜用它建立了一道保護網。」

「請妳冷靜，秦警官。」她忙解釋道：「我說了，不是這樣的。我知道妳很生氣，我也不贊成將東西繼續扣在這裡。我承認一開始我們的人是出於私心才把隔離箱搶過來，但是……如果只是如此，我們絕不會爲包庇同伴而干涉妳們的工作。但這件事所牽涉的，恐怕比ＨＣＲＩ當中有一個走私者、甚至殺人犯要嚴重百倍。」

「殺人犯……箱子裡裝了什麼？」

「是人類的骨灰，已經燒得很細。」

她從找出「幽靈」是什麼時就大致有過預期，黑子沒有太驚訝。

「我找妳來並不因爲妳是負責這次案子小隊長，而是妳是秦知苑博士。這次的事件，只有妳可能幫上忙。」

黑子警戒地繃緊全身：「什麼意思？跟我有什麼關係？」

「妳要向我保證，絕對不會說出去。我會設法盡快讓東西回到妳們手上，方便妳們布局作業，但絕對不要干涉我們的行動或曝光這件事。」

「到底怎麼回事？」

教授面色艱難地開口：「箱子裡的骨灰量非常少。就算是身材瘦小的少女，也不可能少到這個地步。除非是一、兩歲以下的幼兒，或這不是完整的身體。」

黑子不明白她的意思——吳教授認爲那是孩童或殘缺不全的屍體，但爲什麼讓他們這麼害怕？殺害孩童或分屍當然相當殘酷，但絕不會動搖ＨＣＲＩ——甚至連她秦知苑做出**那種事**，都沒有眞正動搖到這裡。

「不可能是幼兒吧？」

「我們不知道，遺骸燒得太乾淨了，什麼都查不出來。但……」她不安地望向黑子：「我不是這個領域的專家，眞的不可能嗎？」

吳教授寧可那是幼兒——雖然她知道不是。

黑子心想，爲什麼？**是什麼比殺害幼兒更令他們不能忍受？**

「我認爲不太可能，目前出現過的幽靈中沒有一個是幼童。按ＫＩＮＧ的習慣來說，幽靈和遺骸應該有一定程度的關係才對。另外，雖然這話沒辦法寫進正式的報告，但我們都很清楚，對王來說，嬰幼兒與低等的野獸幾乎沒有分別。如果幽靈蛹的宿主是空橋、是無生物，它尋找目標的原則一定和強烈的情感和意志有關——我想應該就來自於那些幽靈，我很難想像嬰孩會有這麼複雜的意識。」

「但，你們隊上那位『雷神』不就是嬰兒被寄宿的例子嗎？」

「他的情況太特殊了，不能一概而論，ＨＣＲＩ至今也只遇過他一個特例。」

「那麼，果然……應該是被肢解的屍體吧？」

黑子不置可否。爲什麼要肢解屍體？如果一具屍體被拆成十幾個部分，那會有多少隔離裝置被挖出來？疑問很多，但她心裡眞正不明白的是，那又怎樣？

「肢解屍體對你們有這麼大的打擊嗎？」

「這些隔離裝置沒有編號，都是私製品。我們最初以爲研究員裡出了殺人凶手，並用工作閒暇製作的娛樂品拿來保存犯罪的戰果——瘋子，全都是瘋子的作爲，很合理。但當我們檢驗遺骸就知道錯了。」

吳教授以哀憐的眼神望向黑子，似乎用盡所有勇氣才能說出口：「雖然驗不出半點遺傳物質，但三個箱子裡的遺骨都驗出了ＫＩＮＧ。」

「妳說什麼？」黑子發出拔高八度的喊聲：「爲什麼會驗出ＫＩＮＧ？」

「不知道。但我們當下就明白那個人不是瘋子——他不是出於遊戲心態用隔離箱來裝屍體。他很理性，屍體上有感染，這才是他不惜走私隔離箱的眞正原因。我聽說，你們判斷這樣的箱子至少有八件。」

黑子咬著下唇點頭，吳教授的聲音已經沒有溫度：「你們判斷的理由，是因爲出現的幽靈至少有這麼多人，是嗎？那這代表一具遺體被分成八份裝箱的可能性很低，對吧？」

「對。」

「最後我們很可能找到八具用隔離裝置處理的屍體——至少有八具屍體都受到感染。」

「怎麼會發生這種事？難道是出現專門依附在人類遺體上的ＫＩＮＧ嗎？」

「這種事妳應該比我們更了解。」

山茶不在這裡，黑子不知道是否曾有這種「食屍鬼」案例，不過就算眞的有也沒道理分裂自身能量分開寄宿。果然，吳教授很快就說：「不過，我們認爲可能性很低。三具遺骸上驗出來的ＫＩＮＧ濃度都非常高，能量頻譜也有很大差異，這恐怕是三種不同的ＫＩＮＧ。我們會將這些檢驗結果跟總部的樣本比對，看看我們有沒有保管過這樣的王——同時會檢查樣本是不是有缺損。」

「等等，妳的意思是，你們懷疑犯人甚至走私了所內ＫＩＮＧ的保存樣本？」

「不然那些屍體身上的ＫＩＮＧ哪裡來的，難道妳認爲他們會是宿主嗎？」

「不可能。」只有這一點，黑子斬釘截鐵地否定了：「生物宿主只要一死，ＫＩＮＧ會馬上消散。」

「對吧？所以只可能是死後附著上去。但哪裡這麼多ＫＩＮＧ持續感染遺體？只有一種可能，那就是人爲準備的。如果連原料都能私藏私鑄，我不認爲還有什麼事對方不敢做。」

「不論目的，妳說過感染的ＫＩＮＧ濃度很高吧？α在無生物上的轉移很慢，現在技術最多採摘小量樣本。就算對方眞的盜取所內樣本，那些是否足以造成這樣的感染，也很令人懷疑。」

「所以妳認爲這條路不可行。其實，我們已經跟轉移所和採樣科都開過會，他們也如此判斷的。」

不祥的預感愈來愈強烈，在強占證物的短短幾天內，ＨＣＲＩ竟然動員好幾個研究所爲此開會，事件嚴重性恐怕遠超乎想像，而且，既然有這麼多專家學者提供過建議，爲何還要找上自己？

「我們認爲還有另一種可能性。」黑子茫然看著她，教授無奈說：「沒有想到嗎？在前線十年漸漸不那麼敏感嗎？但那曾經是妳付出最多的領域，這也是今天找妳來的理由。」

「我的……領域？」

「我一開始就說過了，箱裡的屍骨不足一人份，而且是幼童的可能性很低。因此我們認爲，那是被肢解的人體部位。既然感染無生物的可能性很低，那我們反過來考慮，有沒有可能死者本來就是宿主，而對方有效在宿主死亡前『保存』了ＫＩＮＧ？」

黑子終於明白，雙唇不停顫抖，卻一個字也說不出來。

「爲什麼說不出口呢？**保存不就是妳一直以來挑戰的領域嗎**？雖然ＫＩＮＧ會跟著宿主死亡而消滅，但如果在宿主死前找出感染的核心部位並活體切除，處在半生半死、曖昧不明的情況下，ＫＩＮＧ將不會即刻消滅，最後平穩過渡到寄宿在無機物上的狀態。這時只要妥善隔離就能保存下來——這是妳的論點和研究。」

十年來，黑子再也沒有回憶起這些事物半次，當這一切被重新呼喚起來，自己就像沉進深深海底，看不到、聽不見，突然五感全都失靈，沒有感覺與知覺，腦中只剩最抽象寒冷、如大量符號與算式的邏輯還在運作。

「他沒有辦法找到這麼多宿主。」黑子艱難地說：「根據健檢發現的宿主資料，沒有掌握得比你們更齊全的。就算是漏網之魚，我不認爲他有超前的技術搶先一步找到宿主。」

當然，有一種情況例外，就是此人擁有跟鍾灰類似的能力，直接辨識出宿主。但就算是鍾灰，在總部以外也極少目睹人類宿主。如果對方利用內部資料鎖定目標，大量宿主連續失蹤甚至死亡一定早就引起警戒。反之，難以想像他有辦法短時間內連續找出八個未紀錄在案的目標，連ＨＣＲＩ都沒有這種本事。

「我們也這樣想。」吳教授的語調那樣柔和，就像在說我們已經將所有可能性都考慮過一輪，那讓黑子很焦躁，接下來是什麼？他們最後判斷、恐慌到不惜冒著引起天災的風險，都想掩藏證據的推論是什麼？

「最後只能推論出一個結果了——**這些宿主，是他親手感染的**。」

黑子感覺腦子裡像被什麼東西刺了一下。

「盜取ＫＩＮＧ的樣本再植入人類體內，當活性重新被激發，王可以併吞其他同類來壯大自己，這樣就能解釋那麼高的濃度。然後在宿主死亡前，他精準摘除這些被感染的部位，這些被摘下來的『器官』沒有死，因此

ＫＩＮＧ就一直保存在上面。」

「不可能，絕對不可能！我們連採摘樣本的技術都不足，怎麼可能將ＫＩＮＧ直接感染到人身上？」

「我想不出其他可能了。」

「這種事就像貿然把病毒打進人體一樣，百分之九十九會出大事的！」

「或許他就在尋找那百分之一的可能性。我想他失敗了。我不知道這是一個怎樣的實驗過程，但他……或者他們，燒屍的理由很可能就在這裡——實驗結果不是他要的，因此他想處理這些『實驗廢棄物』。但要完整處理ＫＩＮＧ，至少要超過三萬度的高溫，他恐怕沒有使用這些特殊設施的許可。」

「但是做這種事有什麼意義！」

「第一種可能，他是第二個妳，他想學習保存的技術，永遠地留住ＫＩＮＧ。第二種可能……」

黑子明知答案的，那是所有研究者都明白的最大禁忌。

「他想製造『士兵』，因為這是人類唯一能控制天災的方式。」她的語氣與其說害怕或憤怒，不如說充滿悲憫：「我對你們的領域不熟悉，不知道將ＫＩＮＧ移植到人類身上……能做到什麼地步，但只要有一點可能性存在，我們就一定要找出這個瘋子是誰，我們需要妳的幫助！」

「但我又能做什麼？我現在只是個災區警察，只能阻止幽靈蛹崩潰而已啊！」

「『移植』這個領域已經封凍很久，最接近的技術是妳研究的『保存』，怎麼樣，妳有沒有想到任何可能性？除了妳之外，妳周圍的圈子還有抱著這種理想的人嗎？」

「除了我……妳想說什麼？別把我和想製造士兵的傢伙混爲一談！」黑子大叫：「我的領域和移植天差地別，我從來沒做過那種事！移植領域連敢碰動物的人也不多，被王寄生失控的後果，人類根本無法承擔！」

「妳說得不對，妳當然做過那種事——**妳不就是自己成功製造出來的士兵嗎？**」

黑子聞言渾身都顫抖起來，但吳教授彷彿安撫她似的，換上極溫柔的口吻：「我知道妳的事，那不是妳的錯，妳沒有做那種惡魔般的實驗，ＨＣＲＩ有些人太偏激了，因此失去了理性觀察事實的能力。但是，移植和保存非常接近不是嗎？你們都在探索死亡和寄生的邊緣。」

「這真不像您會說的話，研究方向可說天差地別。」黑子努力維持住最後的冷靜：「而且妳所謂的『圈子』根本不存在，當時這個理論的實踐者只有我，能參考的研究很少。就算有些前輩啓發性的想法，但沒有人明確提出同樣的概念。」

「妳成爲外勤，某種程度自證了妳的理論有一部分正確。難道沒有可能在妳離開以後，有人接手妳的研究，或是成爲妳的信徒嗎？」

黑子不悅道：「這難道能問我嗎？」

「與妳共事期間，難道感覺不出來誰對妳的論點是相對支持、甚至認可妳後來行爲的嗎？」

「我們可以不要再談這件事了嗎？」

「就像妳說的，表面上當然沒人再做這麼殘忍的研究，但私底下呢？妳是唯一可以諮詢的對象了。」

「我已經離開ＨＣＲＩ十年了。」

「研究員的血不會這麼容易就斷的。而且，妳是唯一一個移植成功的對象。」

「那不是移植！」黑子怒吼道：「那是轉移！是感染！就像所有在這裡工作太久而成爲災區警察的人一樣，整個災區警察裡有多少成員的來源是在總部工作受到感染的，妳知道嗎？」

「但妳不一樣。就算是感染，那也是妳刻意進行的感染。」

黑子閉上眼睛，像求饒一樣說：「這種事情刻意與否，有意義嗎？感染只有必要條件，沒有充分條件。我們沒有技術保證百分之百的轉移，發生在我身上的事是偶然，是老天爺的憐憫。」

「科學家相信機率，不相信偶然。很多人一直不相信妳，認爲妳一定藏起了技術，只是他們不可能拷問妳，因爲對現在的災區警察來說，妳太重要了。」

黑子冷聲道：「那『很多人』裡包含妳嗎？」又說：「說到底，現在對遺體的推測都是你們一廂情願的假設而已，至少等更多箱子挖出來再說吧！不能把東西先還給我們嗎？」

但吳教授露出困窘的表情說：「抱歉，今天他們已經把箱子送南港了。」

黑子爲這荒謬發出一連串冷笑聲，狠狠摔上研究室的門。

隔離裝置在戒護下被運往南港的中研院實驗室，這麼危險的東西，負責戒護的人員卻是化學兵與陸地警察的特勤。他們把這當單純的生化武器運送，完全屏除災區警察介入。南港是陸地都市管轄的範疇，若ＨＣＲＩ拒絕災區警察進入，甚至指控他們入侵私人領地，他們就必須跟陸地警察衝突。

黑子從第三研究中心離開，腦中亂成一團的絲線還沒理清，現在最重要的事到底是什麼？成爲災區警察的這十年，她最在意的事變得和學者秦知苑截然不同。她想不到找出這瘋狂殺手的線索，也不急著這麼做。對她來說，當務之急是消滅幽靈蛹。同樣是失控的力量，失去理性的人類，與從無理性的大自然，到底哪一種比較恐怖？

她在入口處拿回手機，進第三研究中心前一切通訊設備都會被沒收，這段時間災區警察的群組瘋狂跳了幾百條訊息，每隔一段時間就呼叫她。

「我的天啊……」黑子發出絕望的哀號，比起隔離箱、比起殺手，還有更大的麻煩——

信義的王再次發出警告，有ＫＩＮＧ過橋了。

ϟ

楊戩第一次踏入中研院的ＨＣＲＩ研究所，是在九歲那一年。

在那之前，他一直住在空橋都市的和光育幼院中，那裡是天災後重建做得最亂七八糟的區域之一。不過，和總統府的距離很近，遠遠就能看到那棟磚紅色的建築。小時候其他孩子們很喜歡站在屋頂上看總統府，猜測那裡面還有沒有人。爲了安定民心，高級官僚帶頭繼續留在空橋都市辦公，但據說核心高官早已全部移往士林的新機關，特殊活動時才會過來露臉。

不過，必須維繫著空橋都市很安全的形象，才能讓人們願意繼續使用這裡的土地——或說強化玻璃與鋼筋水泥——否則狹小的國土無法負荷這麼多人口。楊戩小時候也一直相信空橋都市很安全，否則怎麼會有人想將育幼院蓋在這裡呢？

和光育幼院是「啓示和光基督教會」開辦的育幼機構。天災肆虐後，不少教會對經典都有了全新詮釋，到底他們還算不算是一支正統、是否遵循著正道的理念，楊戩也不明白。不論如今教會信仰的是怎樣的上帝，他們還是過著和這年紀孩子差不多的普通生活，只有每週日他們要去教會，牧師會向他們講經。成年後，楊戩也參與宿舍附近的教會活動，但發現教義和他小時候聽過的差距很大。

除此以外，育幼院平時宗教氣息並不那麼濃厚，最多就是彈彈琴唱唱聖歌而已。他在那段時間學會了簡單的鋼琴，每次要唱歌的時候，都由他負責伴奏。

透過國民健檢的資料，HCRI很早就知道他的情況，不過這麼幼小的宿主，他們似乎也是第一次遇到，不知如何應對。加上教會相當反對他們接觸，一直到他九歲，幾位反彈特別大的牧師退休，他才正式前往HCRI。因爲他的能力大大超出預想，於是受到國家強制徵召。

到成年以前，楊戩一直都在總部生活——這裡指的是當時位在大安的舊總部，大災變後，同樣受災嚴重的大安總部和象山研究所整併院區，成爲目前信義的新總部。

他在大安總部接受普通的基礎教育及與KING有關的知識，學習如何成爲災區警察。不過，總部研究設備沒那麼完整，每週一次須前往在南港中研院的院區，那兒有一整個園區都屬於HCRI，他在那裡進行身體檢查和抽血。

在車駛進南港院區之前，楊戩意示隨扈人員暫時停車。

「鍾灰，妳先回去。」

「我？回去？爲什麼？」

「接下來的事我自己處理會比較方便。妳先離開這裡，去哪裡休息一下吧。等我出來就會和妳會合。」

鍾灰不安地問：「在哪裡會合？」

楊戩想了一下，附耳低聲說：「就上次的電影院吧！」

隨扈是從陸地的保安大隊調來監視楊戩的，不可能放他自由行動。不過，他們對災區警察的勤務內容一無所知，對於楊戩遣走鍾灰，也不感到有可疑之處。

「不用擔心，大概半小時就好。」

半小時他能做什麼？鍾灰心中陰雲更盛。楊戩向駕駛的隨扈人員說：「請前往環境變遷研究中心。」

HCRI的院區大致可劃分為兩群：在化學所內有一個特別樓層，是由原分所與HCRI主導的特殊實驗室，從事與士兵完全無關的研究：例如隔離材料、活性抑制的技術——楊戩也只能這樣理解，他與黑子不同，對研究一知半解。

另一區界在生命科學院與環境變遷研究院之間，完全屬於HCRI。對外雖然歸在「環境變遷研究」名下，實際上，關於KING的一切特性研究，都在這裡進行。楊戩除了做醫療檢驗外，大部分時候就是做為珍貴樣本，讓他們研究生物宿主的反應、測試宿主的能力。

為此，密集出入南港院區的楊戩有此處的識別證。十八歲之前，他幾乎每周都來報到。雖然現在大部分設施都轉移到信義總部，體檢在總部做就可以，偶爾還是需要過來，識別證因此沒有廢除。他上次來是今年一月，如果HCRI沒想起該對他的資格做點處置，他應該可以輕鬆進入院區內那些大樓。

楊戩猜測打撈出來的東西，應該被送到化學所做進一步檢驗。不過，他沒有那裡的識別證，硬闖也不容易馬上找到——所以，他準備好了另一套劇本。

現在的南港院區早就沒有KING的實體樣本。在陸地都市保存風險太高，因此都移到空橋都市的分院，尤其大半都在現在的信義總部，以有如圖書館的方式收納陳列。

不過，在國內首次爆發天災前，南港院區仍負責保存所有從國外取得的樣本。環境變遷研究中心有一棟建築被稱作「溫室大樓」，早期負責保存天災樣本。溫室大樓備有不同溫度、濕度的隔離保存室，與各種抑制王活性用的標準設備。雖然現在不太使用，不過，仍是這裡最好的隔離環境。楊戩猜證物檢驗完畢，他們一定會送到這裡來。

在這裡守株待兔就行了。

他們在環境變遷研究院前下車，屬於HCRI本部的共有五棟大樓，最靠近後門的就是現在幾乎已不再使用的溫室大樓，此外「天災預報研究中心」與「特殊放射能研究中心」都以研究能量形式的KING爲主。楊戩平時最常出入的則是專事研究生物寄宿表現的「特殊基因體研究中心」與「醫療檢驗大樓」。至於在最幽閉一角、連建築本身都帶著一股陰暗之氣的「天災應對創新研究中心」至今楊戩也不知道裡面究竟在做什麼，不過黑子好像是從那裡出來的。

通過基因大樓前寬闊的廣場，登上層層高階，他們籠罩在門廊巨大的陰影之下。視線穿過玻璃旋轉門，隱約可見冰冷大堂，裡面幾乎沒半個研究員身影，這時，楊戩倏然停下腳步。他站在階梯頂端回望，彼方是一片明亮蔚藍的天。

「天要變了……」

萬里無雲的天空，看不出任何要變化的可能性，楊戩卻說得信誓旦旦，那兩位隨扈一愣，不由得回過頭，就在那一刻，天空籠罩在一片紫光之中——緊接著轟隆一聲徹響，閃電貫穿天際。

兩人目瞪口呆，沒等他們反應過來是怎麼回事，連續幾道落雷急追而來，寧靜的天空變得張牙舞爪。一道閃電直接擊中研究中心前的大樹，電光像長矛貫穿樹心，緊接著一簇簇蒼白的火焰從樹冠冒出來——著火了！

同時，就像感應到這場異變一般，周圍鈴聲大作，那是非常刺耳的警告鈴，目光可及之處，至少就能看見四、五座燈柱激烈閃爍起紅燈，一下四周都被紅光浸染，天空則被森冷的紫光侵蝕，眾人瞬間被拉入一個恐怖的異世界。原本靜悄悄的研究中心，不知何時也湧出大量研究員，他們以看到世界末日的表情盯著燃燒的大樹。

但最重要的是——楊戩不見了。

兩位隨扈一下清醒過來，雖然不知現在什麼狀況，但他們的任務是確保楊戩不會自由行動。兩人隨即衝入研究中心，可是大廳內只有大量慌亂的研究員，根本不見楊戩身影。

同一時間，楊戩早就從高階一躍而下，朝後門的溫室大樓奔去。

與其他嶄新光鮮的大樓相比，溫室大樓的功能被信義總部取代，已多年沒有修整，顯得頹圮老舊。但它仍是南港院區中最好的隔離中心，此刻研究中心的人必定方寸大亂，還沒弄清現況下，他們一定會先將可能吸引王的證物送到這裡隔離。

信義警報比他預期還要更快響起，反應也更大。這是他第一次用自己的雷電向信義的王挑釁——而王的反應非常激烈。一種難以形容的戰慄感通過背脊，明知現在沒空考慮別的事，他還是感受到一股如野生動物的衝動——那是興奮，不是害怕。他從來都不害怕信義的王，即使他曾目睹大災變後的慘況、即使英士都為信義的王送掉性命，他也沒有退縮過。

他可以想見這個故事的終局——信義的「慈母」，絕不會讓她永遠在那裡的。英士已經死了，黑子沒有足夠能力，最後能與這頭大怪物對峙的人，只有他一人。

如果有一天，如果那樣的機會來臨——

他的識別證不能讓他出入溫室大樓，於是他直接破壞門禁，一樓大廳裡一個人影也沒有，他猜證物會從化學所送來，再怎麼快也要十幾分鐘，但此刻電梯燈號正在閃爍——從地下上來的。溫室大樓沒有地下室，只有一條連通到基因大樓的隔離通道。難道證物從基因大樓送過來？楊戩還沒想清楚這代表什麼，身體就先行動了。

他衝上去攔住電梯，電梯門緩緩打開，靜得像地獄一樣的轎廂內，兩位研究員一臉茫然地看著他。兩人都披著白色大褂，胸前掛著識別證。其中年長的男性手中提了一口巨大的隔離箱，楊戩猜他要的東西就在這裡。

楊戩筆直走進電梯，另一名女性研究員本能察覺到危險而連退幾步，但太慢了，楊戩伸手劃過她頸側，她甚至來不及發出聲音就全身抽搐倒地。這突如其來的襲擊叫男人也目瞪口呆，電梯門很快關上，陰暗密閉的空間中，只聽見電梯隆隆上升的響聲。

「ＨＣＲＩ拿走災區警察打撈的證物，就是這個嗎？」

「我……你是誰？」

楊戩失去耐性，直接奪過男人手上的東西。男人因爲恐懼，甚至沒有抵抗。他粗暴地打開隔離裝置，裡面裝了三個小小的金屬箱，那些箱子很古怪，做工十分粗糙，金屬泛出些許淡粉紅色，楊戩從未看過這樣的形制。箱蓋有一面玻璃窗，可見裡面裝著灰白色的粉末——大概就是黑子所說幽靈的骨灰，他想打開確認，那研究員終於恢復神智，驚慌大叫：「不可以打開！」

「爲什麼？」

「那裡面是KING的感染物！」

楊戩一愣——既然是隔離裝置，裡面放的是感染物也很合理，但爲什麼幽靈的骨灰會受到感染？這是宿主的屍骨嗎？不，KING會隨宿主的死亡而消散，再怎麼強大的力量都一樣，哪怕等他死後也是這樣的。

那麼，就是人死後才感染，並被安置入隔離箱中……一股強烈的不對勁感，但楊戩說不出哪裡古怪，他不擅長太深入的思考。不論如何，他要做的只有將東西帶回去。

電梯停下，他很快抄起東西離開。這裡現在正因信義警報陷入混亂，在他們弄清楚發生什麼事前，自己有充分時間處理這口箱子。他迅速撤出大樓，若無其事地出示識別證從後門離開，然後搭上前往空橋都市的電車。

鍾灰告別楊戩，立刻按他指示，前往兩人去過的西門町劇院。她不是傻瓜，有預感楊戩想做危險的事——但在那種情況下，她不可能阻攔，何況，她也不知道阻攔對不對，或許楊戩的主張對現在的情勢更有利。

她買了票，隨意鑽進一間無人影廳，廳中播放風格老舊的西洋片，流送著拗口台詞，但鍾灰全沒看進去，在演什麼也不知道，她只是利用黑暗與雜音暫時冷靜。不知過了多久，全身脫力的鍾灰幾乎要睡著前，她聽見腳步聲。藉著銀幕光源，隱約可見男人輪廓，他手上提著一口大箱子，打量廳內一圈，馬上走到鍾灰身邊坐下。

兩人暫時都沒有說話，鍾灰覺得他們像兩個裝模作樣的諜報員。但鍾灰是太不安而不知該說什麼，楊戩則是因爲疲憊，他似乎來得很急，還能聽見輕微喘聲。一會兒他終於開口：「能幫我聯絡黑子嗎？讓她來這裡。」

「你拿著那是什麼？」
「是你們要的證物。」
「你是用搶的嗎？」
楊戩沒有回話，鍾灰覺得不祥的預感已經成真：「你不是說要用交涉的嗎？失敗了嗎？」
「交涉不可能有結果，我本來就打算這樣做。」
「你到底做了什麼……」
「沒什麼，我只是引起信義警報，讓那裡陷入混亂而已。」
「信義……警報？」
「我直接在陸地都市使用能力。」
這聽起來比鍾灰預想得好多了，至少不是暴力行動。她鬆口氣：「接下來怎麼辦？HCRI不會搶回去嗎？」
「這就交給黑子去煩惱，她要設法保住證物，讓露池去做布局。」
「你呢？」
「我應該會受到很嚴厲的懲處，但解決幽靈蛹之前，我不能被限制行動。」他接受的調查也還沒結束，楊戩補充說他打算找個地方躲起來。
鍾灰打開楊戩帶來的隔離裝置，裡面放了幾口金屬盒，長得都差不多，長寬約二十公分，深度約十公分，猛一看像個小小保險箱，不同的是，箱子有著透明上蓋，因此與其說保險箱，不如說更像個深一點的標本箱。箱裡裝著白色粉末，應該就是幽靈的骨灰。鍾灰感到不可思議，就算已經被燒成灰，這樣大小的箱子真能裝得下曾經那麼大的活人嗎？鍾灰緊抓著箱子，一個角落也不敢遺漏地觀察。她慶幸這裡如此陰暗，楊戩看不見她的手在發抖——**因為一模一樣**。
那天看了露池給的隔離裝置歷史檔案，她就隱約有預感。這口箱子與父親藏在衣櫃裡那口標本箱，不論大小、外型、觀景窗形式、就連做工粗糙處也一模一樣——唯一差別就是父親那口箱子是空的。

箱中細碎的白色粉末，是死者的殘餘。鍾灰百思不解，爲什麼父親——那自私孤僻但絕不會做什麼壞事的父親，手裡會有這口箱子？

「這在演什麼？」

楊戩打斷她飛遠的思緒，她忙將金屬箱收回隔離裝置中，牢牢蓋上封蓋。

「你說什麼？」

「我剛才把每一廳都找過了，最後才找到妳。」

鍾灰無奈笑道：「你運氣眞差。」

「不是的。」楊戩竟然有點不滿地說：「妳不是說妳喜歡看愛情片嗎？所以我才把其他的影廳先跳過了——但這個應該是恐怖片吧？」

「啊……」剛才非常緊張，鍾灰只想趕快有個安全的地方坐下，根本不記得海報寫什麼就走進來了。是恐怖片啊，她絕對不看恐怖片的。她忍不住抬頭看一眼銀幕，目前倒不像有什麼恐怖情節。

「你都知道是恐怖片了，幹麼問我？」

楊戩認眞地說：「也可能是什麼恐怖的愛情片。」

鍾灰忍不住笑出聲，緊繃的情緒終於稍稍放鬆。這時，手機傳來訊息，鍾灰驚呼：「啊！黑子到了。」

「我去找她。」

楊戩提起大箱子，從座位上一躍而起，昏暗的夾道、搖搖欲墜的燈光，半閉的廳門中，傳來五顏六色的聲音。黑子就從那一頭走過來，一見到楊戩，她瞪大了眼睛。她顯然也趕得很急，面上沒有一點血色，就算是遇到宿主襲擊那次，鍾灰也沒看過她那麼恐懼。

「你爲什麼會在這裡？你不是在禁足中嗎？」

「我以爲露池告訴妳了。」楊戩並不打算費神向她解釋的樣子，他將那口大提箱塞給黑子：「這是ＨＣＲＩ搶走的證物，之後就由妳保管。」

「我連跟露池打照面的時間都沒有，我是去南港的半途趕過來的。」黑子面露怒氣：「警報和你有關嗎？」

「是信義的王針對我的示警。」

「你在陸地都市使用能力？」黑子怒極反笑：「你知道所有人都以爲是吹笛手或幽靈蛹或管他媽什麼恐怖的王又過橋了嗎？」

鍾灰完全不敢插口，但楊戩面色如常，絲毫不以爲意：「妳是因爲這樣才去南港的嗎？」

「對，我們立刻收到指令去南港支援。」

「那災區警察的禁令也被解除了吧？」

「這是你的目的嗎？」

「不是最重要的，我的第一要務是這個。」他指著交給黑子的提箱：「接下來我應該會受到很嚴厲的處罰吧，我這幾天會先躲起來，等露池安排好了再去支援。」

「你到底做了什麼？」

「我只是稍微嚇了他們一下。」

「有必要做到這種程度嗎？我今早已經和HCRI的人見面了，他們也承諾我會將箱子歸還。你知道總部有多慌亂嗎？證物在南港，信義警報也直接從那裡來，我們全都以爲是幽靈蛹去攻擊南港了。災區警察差點暴動，隊上亂成一團，每個人都在問我狀況，連露池都沒想到事情跟你有關。」

楊戩偏著腦袋，問：「有多慌亂？」

問題橫空而來，連黑子也愣住，一會兒她才說：「這次信義警報的反應，比先前還要激烈很多，持續了將近十分鐘。對我們來說，這就等於大災變的預告了。你也知道大災變的恐怖，難道想像不到我們會有什麼反應？在陸地都市駐守的小隊甚至還沒等到下令就衝過去待機了。南港不但是陸地都市，還有一半的HCRI研究員啊！總部這裡——」黑子猛然沉默下來，她直盯著楊戩，聲音變得非常寒冷：「你那是什麼表情？你很高興嗎？」

「難道不該高興嗎？」楊戩反問：「大家終於記得大災變是怎麼一回事，記得幽靈蛹很危險、甚至有機會帶來第二次大災變了。如果早點記得這件事，HCRI就不會做出那麼無謀的舉動。」

「你一開始就打算這樣做？」黑子愕然：「你不是只去搶隔離裝置，你是想恐嚇他們？」

「恐嚇？不，不到那個程度，我只是想提醒他們而已。不過，就算是恐嚇，又有什麼不好？為什麼妳要擺出一副生氣的樣子？」

「你才該看看你自己的樣子！」

「我的樣子？」

「竟然還得意洋洋、沾沾自喜？你簡直像隻玩弄老鼠的貓，明知道我們有多怕大災變，你怎麼可以拿這件事當恐嚇工具，還問我『有什麼不好』？」

「黑子，妳等一等……」

氣氛劍拔弩張讓鍾灰非常焦慮。楊戩卻一臉無所謂，她不知道他是沒有發現黑子在生氣或根本不在乎，她忙拉住黑子，好像不這樣做，黑子就要給楊戩一巴掌了：「雖然他做得有點過分，但也是為了阻止幽靈蛹啊！而且，他也沒有真的傷害誰。」

「誰都可以這樣做，就是他不可以。」黑子甩開她的手，怒瞪楊戩：「你一句話都不打算說嗎？」

楊戩淡淡地說：「何必將自己貶低為老鼠？」

鍾灰也傻住了，現在是說這些的時候嗎？他是真的感覺不出來黑子很生氣嗎？

「對你來說，我們所有人都是老鼠！」黑子咬牙切齒地說：「就是因為這樣，你的行為才不可原諒。」

「黑子姊，別再說什麼老鼠……」

「不用替他說話，妳沒有見識過這個人的恐怖。」

「我沒有那樣想過。」楊戩冷靜地說：「我做的一切都是為了消滅KING而已。」

「是嗎？」黑子竟然發出一連串乾笑聲：「那你為什麼想消滅KING？我從來沒有問過你這個問題。」

楊戩疑惑道：「為什麼要問這種問題，妳不也想消滅嗎？」

「我想消滅的理由和你不一樣——我想阻止未來可能再發生的大災變、我想減少人命傷亡、我想讓人們免於對天災的恐懼，你呢，你是嗎？」

但還不等楊戩回答，黑子就以惡毒的尖銳聲音說：「你不是。」

「如果你是，你就不會用對大災變的恐懼來控制災區警察、控制HCRI還沾沾自喜。對你來說，排第一順位的事是排除KING。」

楊戩沒有答話，靜靜凝視著黑子，他的眼神非常乾淨，但正是這種乾淨令鍾灰毛骨悚然，乾淨得好像什麼也映不出來，就連黑子也不在上面。

「我一直知道你的第一順位和唯一順位就是排除KING，但我從沒問過你爲什麼。」

「這對妳來說很重要嗎？」

「消滅KING這件事，沒有善惡價值可言。」黑子的聲音變得和緩，剛才還燒著熊熊大火的目光，此刻摻雜了一點憐憫：「消滅是我的手段，卻是你的目的——沒有價值的事本身，不應該成爲目的。」

「價値……我不知道那是什麼，我只是在做正確的事。」

「正確？」

「這是上天賜給我的使命，這是上帝的正義。上帝的正義難道不是正確的嗎？」

黑子冷笑道：「你憑什麼認爲自己是上帝的正義？」

楊戩眨了眨眼，以虛無的眼神看著黑子，沒有說話。

下一瞬間，狹小廊道響起劈啪的火花聲，隨即他周遭爆出刺眼的電弧，在反應過來要發生什麼事前，頭頂那昏暗的燈泡，竟以楊戩爲中心、向廊道的兩端延伸，一盞接一盞熄滅。

鍾灰很熟悉這個狀況，她和楊戩在橋上追逐幽靈蛹那天，發生了一模一樣的事。是楊戩的KING正在橫衝直撞，不只走廊上的燈光，就連周圍影廳裡微微透出的銀幕光亮、還有那或歡快或哀愁的電影對白，全部都消失了，周圍變得鴉雀無聲，一片黑暗，連緊急照明燈也被破壞。在伸手不見五指中，鍾灰看不清楊戩的臉，不知道他現在是什麼表情，只聽見他壓抑的聲音，沙啞地說：

「我是唯一能徹底毀滅天災的力量。只有我、只有我一個人得到了這個力量——我就是為此回來的，上帝讓我來執行祂的正義，這就是祂讓我回來的唯一理由。」

「你是錯的。」

黑子打斷他。語氣堅定地重複了一遍：「你是錯的。上帝若要正義，又何必需要你？」

鍾灰感覺肩頭一陣風擦過，是楊戩掠過她身側。他一句話也沒說，大步朝影院的出口離開。

剩鍾灰與黑子留在原地，黑子狼狽地笑起來，一會兒燈火從另一頭慢慢亮起來，黑子提起楊戩留下的隔離箱，語氣變得輕鬆許多：「這麼舊的電影院，保險絲竟然還是可恢復式的啊。」

「就這樣放著他不管真的沒關係嗎！」

「他也說了，等我們採取行動的那一天他會出現的。就耐心等吧，只有這一點他是不會食言的。」

「黑子妳……要照他的意思做嗎？」

「反正他事都幹了，難道還賭氣把東西扔著不管嗎？倒是要費點功夫疏通道歉，至少別讓他受罰太慘。」

「我以為妳很生氣。」

雖然惹事的是楊戩，鍾灰卻產生一種連帶的愧疚感，但黑子搖搖頭：「我不是生氣，我是害怕。」

「害怕？」

「災區警察已經失去唯一能制衡他的力量了，所以我很害怕他徹底失去控制的那一天……但那一天恐怕遲早都會來的。到那時候，唯一能拴住他的韁繩，只有他自己的良心了。」

鍾灰覺得「良心」兩個字，下得太苛刻了：「他雖然手段激烈了一點，但也是因為我們真的無計可施了。而且，他也沒有傷人呀。」

不知道是在為楊戩求情，或是為自己求心安呢？黑子只是回頭斜睨她一眼：「他說沒有傷人妳就信了？說不定他把南港的ＨＣＲＩ全殺了，妳敢肯定沒有發生這種事嗎？」

鍾灰登時全身僵住，黑子嘆口氣又說：「我隨便說的，南港沒出事。不過，誰說我們無計可施？HCRI那裡已經同意把東西還給我們了。」

「但他不知道……」

「妳不用太替他說話，別被他賣了還幫他數鈔票。他硬把妳扯進這件事，懲處下來恐怕妳也躲不掉。」

「如果記個過可以盡快解決幽靈蛹的話……」

黑子苦笑道：「又是一個管不動的孩子。我又要怎麼勸妳呢？那一個連上帝都搬出來了，我總不能對他說，不要相信上帝，相信我吧！」

「說什麼上帝太誇張了，但再怎麼說，楊戩都不像會用他的力量爲非作歹的人。」

「爲非作歹？什麼叫爲非、叫作歹？難道妳也信他那一套『上帝的正義』嗎？」

「怎麼可能，上帝的正義，哪有那種東西……」

「有的。」

鍾灰一下愣住，那很不像黑子會說的話，黑子冷淡地繼續說：

「水草豐美的時候，野兔就會大量繁殖。但若超出大地負荷，草糧消耗殆盡，或野兔養活過多狼群，野兔自然就減少了。那麼人類呢？透過醫療技術的突破，我們扼住了上帝手中生死的節流閥，人口在這一百年裡是用指數曲線在成長的，妳覺得上帝失去控制我們的方法了嗎？」

「妳是說、天災……」

「不，在天災之前還有更多。人口過多會導致資源緊張，爲了爭奪資源，人類發起史無前例的大規模戰爭。但是戰爭結束以後，百廢待興，一切實業都需要人力，所以景氣會回溫、人口會激增，這些人就像爐裡一批批烤出來的麵包一樣，快速塡補了前一段時間損失過多的人口，於是，循環又重新開始了。現在要發動全球性戰爭大概很難了吧，代價實在太高了。不過，資源緊張的問題還是存在，無法分配到資源的人自顧不暇，自然扼殺了繁衍後代的欲望。不只是天災，大規模互相毀滅的欲望，還有日漸薄弱的生存欲望，就是上帝新造的生死節流閥。

鍾灰，妳想要戰爭嗎？」

「怎麼可能！」

「但這就是循環的自然原理，這就是上帝的正義——上帝的正義，並不是人類的正義。楊戩是善人惡人，根本就不重要，在那種力量面前，善與惡都會變得沒有意義——他會直接成爲善惡的裁決者。」黑子閉上雙眼，沉重地說：「可是他憑什麼？他的心中，甚至沒有善惡。」

「他只是想消滅KING啊……」

「妳認爲消滅這件事是善嗎？」

「難道是惡嗎？」

「如果是那樣的話——」黑子伸手指向她，又指向自己：「他也應該消滅我和妳，我們是宿主，我們只是附贈了大腦和中樞神經的天災。」

黑子不是以駁倒她爲樂，她的自嘲令鍾灰悲哀：「不要這樣說……是妳告訴我的，我們是士兵，不是天災。」

「我也希望是這樣。我們既不是天災，但也不是上帝，我們只是想活下去，如果楊戩能明白這一點就好了。但是，我不知道還有誰能做到這件事，他的王將他帶得太遠了。他需要退後一步，遠離他的上帝才行。」

「怎麼樣才能讓他退後一步？」

「我不知道。」黑子嘆道：「在我們科學家的眼中，上帝既不是 α，也不是 ω，而是 ∞，無窮大，妳知道這是什麼意思嗎？」

「上帝擁有無窮大的力量，是嗎？」

「當然，上帝有無窮大的力量，但我不是這個意思。我問妳，妳覺得無窮大和無窮大加一，誰比較大？」

「嗯……加一吧！」

黑子卻搖搖頭：「從數學的觀點來看，『無窮大』和『無窮大加一』是一樣大的。因爲我們已經預設無窮大是想像與不能想像的極限，沒有再向後退一步的空間了。上帝與宇宙，也是這樣的道理，建立在絕不能再退一步的基石上，才能成爲所有討論的前提。再去問是誰創造了上帝、宇宙之外是什麼，都是沒有意義的。沒有後退一步的餘地，那就是至高的定義——妳覺得楊戩是那樣的存在嗎？」

「當然不是……」

「但是，他自己或許都忘了這件事。」黑子說：「只有讓他狠狠後退一次，才能毀掉他心中的上帝。」

但又有誰能摧毀他的上帝呢？黑子與鍾灰，誰也沒有再開口。

之後，黑子幾乎沒在辦公室露面過，據說她是四面八方去道歉求饒，爲楊戩幹的好事收爛攤子。

鍾灰也聽說南港那裡起了不小的火災，雖然很快就撲滅了，附近的休憩廣場仍被燒爲焦土。畢竟是陸地都市，新聞報得很大，南港院區否認與天災相關，只說是落雷劈中樹木引起的野火。

幸好那一週天氣轉陰，短暫的晴日結束，臺北又籠罩在雨幕之中，這至少讓南港的閃電變得不那麼突兀。行動那幾天雨也停停落落，不過，謝露池說這樣更好，濃雲使天色比以往更暗了。

用來吸引王的誘餌，是長僅六公尺、寬二點五公尺的鋁製便艇，這能讓楊戩更容易發動攻擊。關住王的牢籠愈大，楊戩就必須耗費更多能量。艇身外側塗滿反光漆，內側則塗裝數層隔離金屬，船舷兩側加裝燈具與反光板，透過遠端遙控可快速封閉艙門。艙中除了打撈出的隔離裝置，也準備少許小型王當誘餌，在如此惡劣的天氣下，這將會是幽靈蛹唯一有機會「看見」它感興趣的目標。

太陽下山後，小艇緩慢駛入淡水河中央。

同時，周圍四艘較大的警艇包圍守候，船艙完全密閉，外部加固一層隔離金屬遮罩，鍾灰與黑子在其中一艘艇上待命——鍾灰以望遠鏡觀察周遭，確認王是否出現，黑子則在一旁待命，避免臨時發生意外狀況。

黑暗中河水平滑如絲綢，爲縮減王的移動路徑，入夜後淡水河便以天災預告爲由，徹底封鎖兩岸，鄰近空橋全部關閉，取消周圍照明。河上架起電網，布置綁上燈具的浮標，勾勒出幾條引導路徑，試圖讓王從附近高架橋面下來。

即使一切布置妥當，也不能保證王就一定受吸引而來，如果今晚沒有動靜，這樣的等待可能維持一週。但很難超過兩週，一旦月相與天氣變化，情況會變得對王較有利，可是除此之外也沒有更好的方法。

湖上的風變得蠢蠢欲動。

躲了整整七天的楊戩在最後一刻現身，謝露池接他上船，他們在離鍾灰的船約五十公尺外待命。楊戩的目光飄向高處，遠方能看見未被封鎖的空橋，幽靈蛹或許就在某一座橋上。雖然還未收到行動指示，楊戩卻焦躁不已，那是他們的本能，他能感覺到有什麼事要發生了。

八點十五分。

身邊的警報器響起，無線電傳來鍾灰的通知：「來了！眞的來了！」

氣氛由凝重變得肅殺，船上所有人都僵住身體，只有楊戩走到窗前，確認她說的方位。

耳機傳來更明確的位置報告，但王沒停留太久，隨即又傳來黑子的指示：「目標已離開橋面。」

或許是在水面觀測不易，又過了一會兒，才傳來新的指示。

「目標停留在淡水河面上，沿燈索編號南一二一往西南方向前進。」

「需要我立刻過去嗎？」

「不，等艙門封閉以後再行動。」

楊戩嘖了一聲，感到心焦。

「目標沿燈索編號西三〇三號持續往西南方前進，可能會從路徑A6上船，做好調轉船頭準備。」

船隻轉向頗費時間，爲了安全考量，誘餌便艇由遠端遙控操作，船上沒有任何人。

「目標已逼近到一百公尺內，目前在原地繞轉不動，隨時有登船準備。」

不僅楊戩，這次連黑子的聲音都夾雜著興奮與焦躁，這段時間來他們屢戰屢敗，連追在王背後跑的本事都沒有。然而，此刻敵人就要落入陷阱，它一登船，就等於贏了一半。

楊戩蓄勢待發，像張滿的弓弦，只要黑子一聲令下，自己就會將那艘誘餌船燒得灰都不剩。一旁謝露池也屏氣凝神，隨時準備發船逼近。但最後一次報告後又過十幾分鐘，黑子仍未傳來進一步指示。楊戩不耐煩地掐了掐手指，發生什麼事了？爲什麼持續沒有新的動靜？

終於，耳機響起一陣模糊的沙沙聲響，眾人交換了一個緊張的目光，楊戩繃緊全身，屏息以待——

但那一頭傳來的並非捷報，而是一陣淒厲的慘叫。

「黑子！黑子？發生什麼事了。」

沒有回應。

哀號聲仍持續著，楊戩立刻望向河面，一片平靜無波，黑子她們那艘船甚至連一點震動也沒有。

即使再危急黑子也不會忘記回報狀況以獲得最大支援。但現在她連求救的餘暇都沒有，慘叫因壓縮而失真，他分辨不出那是黑子或鍾灰的聲音——不，那不像人類能製造的聲音。

楊戩當機立斷道：「露池，讓我一個人過去。」

「可是——」謝露池相當猶豫，她從沒碰過這種情況——有黑子鎭守竟還是出事了。而且對於當前事態，他們完全沒有能力掌控。但現在沒有猶豫的空間，她咬一咬牙說：「好，我解開小艇，請你千萬小心。」

「我們也即刻前往支援。」耳機傳來另外兩艘護衛艇的訊息，但楊戩很快說：「不要。」

每艘警艇都還帶著兩艘小型馬達快艇，以便機動行事。楊戩迅速搭上便艇，按下啓動，一面按著耳機說：「視情況我會直接發動攻擊，露池，請妳開始準備撤退。」

「等等、可是、鍾灰跟知苑都還在——」

「我會現場判斷的，請相信我。」

水上傳來轟隆隆的馬達聲與排開水花的泡沫聲，一股寒意從謝露池體內升起，楊戩的「現場判斷」絕對值得信賴——在殲滅王的標準上。每次他留下這句話，一定都會徹底將王消滅。但事後造成的損害與代價，似乎不在他的判斷內。若只是造成破壞，還算承擔得起的代價，但現在船上有兩個人！

「別亂來！」謝露池無力地朝無線電大喊，那股恐懼讓她想起自己還是外勤的時代——即使同爲宿主，在不同方面發揮作用，但眞正能夠直面天災的力量，必須與天災一樣，具有單純而殘暴的那一面——就像英士，就像楊戩。

「露池，我們跟上去吧！」隊友支援的呼聲傳來，謝露池卻馬上否決：「不行。」

她的聲音抖得厲害，頭腦卻是前所未有的清楚。

「他一旦決定在河面上發動總攻擊，到時候連我們也會陪葬。他說得對，馬上全面撤退。」

黑子幾乎要將鍾灰的手臂折斷，若不這樣，無法將她壓制在地。

此刻的鍾灰就像溺水的人，求生意志令她產生恐怖的怪力。水面一直很平靜，但黑子感覺自己像在大浪中搖晃，她想伸手拔槍，至少削弱鍾灰一點力氣，但她沒有餘力。

到現在她還是不知道發生了什麼事——八點四十五分，鍾灰告訴她「王已經來到附近」、「遍布在誘餌船周圍的水面上」，黑子看不見她的視野，很難想像那是什麼狀況。按鍾灰的說法，它似乎像一種流動的液體，沒有固定形狀，寄宿在較小的範圍內，能將自己高度濃縮。寄宿在這片寬闊的水面時，又像被稀釋一樣，只能看見如一層薄膜般的閃耀光斑。

不過，它似乎還沒有登船的打算，鍾灰說它只在船的邊緣游走，還有很大一部分在水面上——如果沒有完全登艇，立刻將艙門封鎖可能太早，會讓部分KING逃掉，於是黑子判斷暫時不要發動攻擊。

「船上有幽靈蛹最偏愛的目標，它也許會試圖複製出來。」

「妳是說結蛹嗎？」

「對，要作用也需要一段時間。我們再觀察一陣子，如果它不再移動，持續處於靜態，很可能是打算複製箱子裡的東西，那時候攻擊可能更好。」

「如果它不肯上船呢？」

「我會指示露池調整船的方向、距離和燈光，盡可能逼它上去。最壞的情況，我們可能無法將它一網打盡，或者我必須提前讓楊戩過來。」

「啊！」鍾灰發出一聲驚呼，黑子忙追問：「怎麼了？」

「它上船了。」

濕黏黏的，如一灘流動的凝膠，王巨大的身軀緩緩伸出觸角，吞食小艇邊緣，以匍匐蠕動的方式鑽入船身。而小艇在文絲不動的水面上甚至沒有半分搖晃，那樣的畫面看上去有著說不出的不協調感。

「怎麼樣？」黑子的聲音也有些發顫：「完全登艇了嗎？」

「我不知道。」鍾灰不安地說：「實在太大了，我不知道還有多少。」

就像一頭拖著長長尾巴的大水怪，鍾灰只能看見它的身體掀起水花漫入艙中，但水下尾巴還有多長呢？隨著上岸部分增多，小艇像被海底的灰泥與水藻塗滿，敷上厚厚一層ＫＩＮＧ，鍾灰甚至快看不出船的原貌。

這時，鍾灰注意到水面有不尋常的動靜：「黑子……蛹、開始結蛹了！」

黑子忙湊過望遠鏡看。青黑水面上起了一陣微弱震動，彷彿有什麼要從水底升上來，那一帶水面實在太暗，黑子不明白鍾灰怎麼看得清楚。

水底的東西愈發膨脹，過了一會兒漸漸浮上來。黑子終於看見類似金屬外殼的東西，正微微反射周圍的光。這次它飛快開始結蛹——不僅快速，蛹的大小與擴張程度超乎預期，蛹露出水面的部分愈來愈多，就像金屬製成的大型浮標，同時，蛹頂撕開一道裂縫，從裂縫中噴出細粉般的白霧，接著，一隻手從裡面緩緩探出來。

黑子不由得屏息望著眼前這一切，會以這麼異常的速度成長，按她的理解，只有一種可能——聚集於此的ＫＩＮＧ非常大，可說本體幾乎都在於此。ＫＩＮＧ作用的效力與濃度成正比，她望向自己左手，不由得想，要與如此巨大的王對抗，以自己的力量要花多久才能將其徹底消滅？在最超常的極限狀況中，隊上能依賴的依然只有楊戩嗎？

那隻蒼白的手扳住蛹殼頂部，指尖輕輕顫抖著。很快另一隻手也勉強擠出來，初時看不出那是一只手掌，但白霧噴出的輪廓漸漸清晰。如今黑子已知道蛹內噴出來的不是白霧，而是極密極細的粉末，像被磁力線引導的鐵砂，盡其所能想重現自己原始的面貌。

然而，沒有骨骼、肌肉，沒有血管、筋脈，沒有溫度、重量——愈是明白這件事，此刻從蛹中探出的那雙蒼白臂膀，在黑子眼中看來，比起人類，更像破蛹而出的昆蟲。

昆蟲謹慎摸索著，確認自己的立足處穩固了、確認前方沒有危險的障礙了，這才將身體慢慢探出來——首先出殼的是頸部。既然沒有完整的形體存在，只是一團流動的煙霧，它要如何彎折扭曲都很容易。幽靈的頭部應該還塞在蛹中，僅露出那一截厚頸。積在這裡的粉末特別密特別多，鋪得平滑細膩，一絲褶皺都沒有，像翻過肚子一尾肥大的白色幼蟲。

接著出殼的是弓突的肩與背，那一瞬間真讓黑子產生蝴蝶破蛹的錯覺，好像下一刻幽靈就要從背上長出翅膀了。腰部與骨盆跟著慢慢擠出蛹裂，從腰部對折的幽靈，從蛹裡慢慢抽枝出來。

撲騰了兩下，幽靈終於將雙腿也伸直。破蛹的速度實在太快，不能再猶豫下去。

「差不多該準備關上艙門了。」黑子向鍾灰下令：「請妳再確認一遍現在王在艙內外的比例。」

鍾灰忙湊近望遠鏡觀看，但小艇內的狀況被那巨大的蛹擋住一半。她調轉望遠鏡角度，破蛹而出的幽靈比先前看到更清晰，連指節與紋路都纖毫畢現，彷彿只是一名穿著白衣、色素褪到近乎全無的少女——

不錯，少女。她顯而易見穿著百褶制服裙，拉到小腿肚的長襪，挺括的皮鞋。身上揹著一口又大又薄的方袋，鍾灰比誰都熟悉那是什麼——那是攜帶作品專用的畫袋。

「怎麼樣？」

「大部分被擋住了……幽靈已經完全從蛹裡出來了。」

少女終於完全脫身，輕盈翻出水面，水沫在她身軀上留不下半點漬痕，她還是那樣一塵不染，髮絲隨河面微風拂動。她抬眼望向天頂，陰雲後一片漆黑，今夜無星無月，她很無奈似垂下頭，慢慢將腦袋轉向鍾灰的鏡頭。

「啊！她轉過來——」

這是鍾灰第一次如此清楚看見幽靈的臉。她聽見心裡轟隆隆的，一陣擂鼓響聲，五臟六腑都跟著共振起來。

那些白色的粉末精確重塑了她的樣貌，像一尊希臘石雕像一樣，蒼白、冰冷、剛硬，只有燈火在她身上投下或深或淺的陰影。或許正因少了許多外在要素的干擾，使她的五官輪廓反而變得更清晰。

鍾灰這一生只見過照片中的她幾次，但怎樣也不會輕易忘記——

那是當然的啊，**她與父親長得實在像極了**。

上揚的眼角、挺直的鼻樑、略高的顴骨、削尖的下顎，還有讓她總像在笑的唇線和一對淺淺的酒窩——那是她的姑姑啊！

那一瞬間通電一樣許多聲音走穿腦內每一道線路，那些金屬箱內的屍骨不是空橋都市的失蹤者，而是在荒野的山林中，被陌生的男人殺害、鮮血浸滿了男人襯衫的姑姑。

姑姑帶著那張神似父親的微笑，朝她慢慢走來。對，走過來，她走在水上，好像水面是平地一樣。鍾灰口乾舌燥，心如亂鼓，無數聲音同時在她腦內尖叫。黑子似乎察覺她的不對勁，一把抓住她的手：「怎麼了？」

但鍾灰無法回答，就在看見姑姑的那一刻，她便感覺眼前的世界產生天翻地覆的變化，有一股巨大力量，隨著姑姑的靠近來到她面前，向她伸出手，不管她要不要接住。接著那力量變成鑽心蝕骨的劇痛，鍾灰一把推開黑子，發出淒厲的尖叫聲。

好痛。好痛好痛好痛。

腦中剩下這個念頭，黑子的每一句話每一個字都清楚流入鍾灰耳內腦中，可是沒辦法理解，大腦的某個部分被截斷了，全力爲另一件攸關存亡的大事運轉，僅留下運作痛覺的部位——如果要罷工的話，不如連這裡一起休兵算了！至少還能舒服點。但此刻連這樣思考的餘力也漸漸失去，疼痛吞噬理性，眼前世界開始扭曲。

黑子第一個反應，就是摘下手套，抓住鍾灰。她不知道發生什麼事，但她看過類似情形——最壞的狀況，恐怕是鍾灰被幽靈蛹上身了，那樣的話，或許能以自己的能力消滅。

但她的能力必須準確接觸寄生處——她按住鍾灰，卻絲毫沒有減輕痛苦。不在這裡。幽靈蛹躲在何處？

黑子很清楚自己能力限制，但大部分情況下，以接觸爲大宗移動方式的王只會在物體表面行動，持續碰觸宿主全身很快就能找到。找到時她會瞬間感受到，獵犬會貪婪吞食對方——然而現在完全做不到。這次的王是規格外的移動者，如果眞是它闖入，那麼它是如何通過艙身好幾層隔離防護的？或者這一切眞的與它有關嗎？

情況容不得多想，鍾灰的狀況更加惡化了，她激烈扭動試圖擺脫黑子，不得已之下黑子絞住她的手臂，將她按倒固定。但就在此時，她赫然發現自己的右手結起一層薄薄的水泥漿——

不，黑子其實不知道那是什麼，那層東西剛貼上肌膚時冰涼濕黏，但很快就像凝固的水泥一樣變得堅硬。水泥蔓延速度很快，從手腕開始，一路從手臂、肩膀、胸口、腰間，硬殼以駭人的速度包覆她全身，被水泥覆蓋的肢體變得僵硬，彷彿是神話中的蛇女美杜莎將她化成了一座石像。

黑子無比驚駭，但她畢竟與天災正面對抗多年，思考應對方式幾乎成反射的一部分——這絕對是王在作用。要與這頭巨大怪物搏鬥，只有兩個辦法：第一，讓和它同類的怪物去攻擊它，也就是使用自己的獵犬。第二，使用人類更超越王的本領：思考。若想脫困就必須冷靜，盡快判斷出它的作用方式。

水泥殼增生的速度極快，但黑子發現左手倖免於難。爲何單獨跳過左手？按鍾灰的說法，她所有的ＫＩＮＧ都寄宿在左手上，她能直接消滅逼近的王，或許對方朝這裡發動攻擊也無效？這樣一想，黑子忙伸出左手按住臉孔——那種被硬殼裹住的壓迫感立刻解消了，黑子的能力抵銷對方的速度極快。

可以，我比它更強。

她順著頸部一路向下——按住肩膀、手臂、胸腹，每一寸正被攻擊的領土。雖然暫時取回身體自由，但黑子也被限制住其他行動的可能。她的手一移開，水泥的硬痂又會再次生成。

這時，頭頂突然傳來一陣令人膽寒的碎裂聲。黑子抬頭望去，赫然發現就連艙頂也覆上一層厚厚的水泥殼。單單如此王還不滿意，那層外殼開始緊縮，日光燈被絞碎、金屬製的艙頂變形成波紋狀，想到剛才自己若慢一步，恐怕也會像送進掩埋場的垃圾一樣被王絞碎，便不由一陣膽寒。

恐怕這裡撐不了多久，繼續待下去，大概不用等王進一步發威，她和鍾灰就會在坍塌的船中滅頂。牆上各種通訊設備都被擠碎，發出恐怖噪音，只剩那層包住它們的灰殼，像粗製濫造的贋品取代原始的位置。鍾灰身體扭成詭異的姿勢，不停哀嚎，再這樣下去就算得救也會重殘，必須先帶她逃離這裡。

黑子一把揹起鍾灰，艙門約有三分之二已覆上灰殼外殼，門鎖像被那「水泥」焊死一樣。黑子抓住門鎖，灰殼即刻溶解，她一腳踢開艙門——出了用隔離金屬遮蔽的艙室，就等於要在沒有防護的情況下與KING直接決鬥。但她猜現在大部分的能量都以某種形式寄宿在鍾灰身上，甲板上反而比較安全。

她想盡快和同伴連絡，卻發現無線電裝置不知何時被石化，她迅速消滅外殼，但無線電早被絞碎。她已經斷訊很長一段時間，露池她們應該察覺到不對勁了，她只能期待外援盡快出現。不論如何，都要遠離王的攻擊射程，此處多待片刻都有致命危險。如果王靠光的反射行動，那麼盡量泅入黑暗的水域中——

但黑子做不到，兩腿變得非常僵硬，一挪動腳步，腿上便傳來一陣劇烈刺痛。她低頭一看，甲板也被那灰色瘟疫覆蓋，還像藤蔓一樣向上爬，水泥纏住她小腿。這次王學聰明，迅速向內縮緊，腿骨彷彿快被擠碎。

她只能先扔下鍾灰，鍾灰像個娃娃砰一聲落地，發出微弱哭聲：「黑……子。」

「放心，我不會丟下妳。」

黑子忍耐疼痛彎下身，將手覆上石化的小腿，回頭一看，船艙內的石化狀況已迅速減緩，反倒是甲板與船欄更嚴重，果然與鍾灰有關吧？遠處擺著金屬箱的誘餌小艇依舊安定地上下浮動，周圍一片死寂，援軍還沒有到。

鍾灰好像剩最後一口氣，雙眼空洞，不停呻吟，黑子緊緊握住她的手，碰觸她身體每一寸，到底在哪裡？王到底躲在哪裡？但周圍厚殼仍在增生，幽靈蛹到底複製了什麼？這片像石雕的灰暗世界到底是什麼？

那巨大的挫敗感令她想起英士死前如地獄般漫長的幾個小時——不論怎麼樣她都找不到，除了粗糙的採樣測定與不知可信度的數據外，王的藏身之處，如廣袤黑暗的大海，一盞燈也沒有。

明明只要有鍾灰在，這樣的痛苦就不必再承受一次，她能準確無誤地抓住王的心臟。可是，這一次遭到攻擊的卻是鍾灰。

到底幽靈蛹是怎麼進來的？為什麼會選上鍾灰？HCRI對她身上的KING諱莫如深，尤其鍾灰的能力不早不晚、正是在大災變那一天降臨，令機構產生許多猜測。只有黑子很高興，如果鍾灰的力量真的和信義那頭大怪物有關，其他弱小的王絕對會試圖避開她。但現在鍾灰卻遭受幽靈蛹攻擊，性命垂危。

如果我救不了鍾灰——恐懼的暗雲這十年來從未有一日眞正散過，此刻又在她心上投下濃密陰影，其實她無須恐懼，如果她無法壓制幽靈蛹，也不必考慮會有什麼後果了，她會與鍾灰一同葬身於此。但她不願這樣想，她不想死，不想讓鍾灰死，一定還有能讓兩人得救的方法！

然而，幽靈蛹的攻勢，此刻正要全面展開。

距離她們不遠的誘餌小艇也開始被水泥覆蓋。黑子大驚失色，但她雙手還扼著鍾灰，根本動彈不得，只能眼睜睜看小艇被吞噬。至少要救下最珍貴的誘餌啊！黑子心中還在哀號，誰知這時遠方出現更加可怕的景色——

「那是、什、什麼啊……」

僅用啞口無言四個字已不足以形容她此刻的畏懼，黑子爲眼前荒謬的景象震懾——

一座座盤根錯節的玻璃空橋與大廈，正從水底冉冉升起。

咦？不是……水泥？

黑子很快察覺怪異之處，最初她認爲那層包覆外殼類似水泥或石膏，但眼前這些空橋看上去仍是玻璃，只是像蒙上一層影子，灰沉沉地十分暗淡。

她沒有時間細想箇中道理，這座假都市仍舊繼續擴張——橋上的路燈與告示板、宛如籠罩在霧中的大廈，都忠實地一一再現，周圍開始被各式建築群的黯淡複製品包圍。逃上甲板後，不只這艘快艇，彷彿整個世界都被王納入瞄準範圍中。

幽靈蛹到底複製了什麼？王受宿主的情感約束與感召，以行動回應宿主的願望。如果化爲幽靈重新現世是水底那些死者的願望，那麼成爲宿主的鍾灰，她的願望又是什麼？

就在這時，天地變得一片蒼白，眼前所有事物都消失了！

黑子以爲自己與鍾灰被拋出這世界，但緊隨那白色世界而來的轟然巨響，將她拉回現實——這是她再熟悉不過的、同伴戰鬥的方式！

白光散去，天邊那蛛網般的閃電痕就變得更加清晰，一連數道天降落雷重擊水上都市，不知是那大橋比想像中脆弱，或是雷電威力太大，轉眼間僞橋便裂成十數塊，崩塌碎塊被白雪般的大火吞噬，火焰又沉入大水中。幽靈蛹複製的虛假城市瞬間灰飛煙滅，遠方浪花飛濺，一艘機動小艇疾馳而來。

「楊戩！」

然而，楊戩的力量再怎麼如天罰酷烈，畢竟是凡人之軀，他無法持續發動這麼大規模的攻擊，水下都市卻完全不需喘氣空間，不停冒出水面。楊戩暫緩第二次攻擊，小心繞過水下冒出的障礙，努力朝黑子她們的船駛來。

「不要靠近！」黑子大聲尖叫，空橋從水上升起，只差一寸就要將楊戩的船撕成兩半。滔天水花迎面而下，平靜河面如波濤洶湧的大海，楊戩使勁閃躲，在大浪中好像隨時要被掀翻，但他毫無懼色，沒等船靠得夠近，他便一腳踩住船緣，跳到她們的船上。

「到底怎麼回事？」

「幽靈蛹……似乎寄宿到鍾灰身上了。」

楊戩俯下身，鍾灰倒在地上不停抽搐。楊戩知道ＫＩＮＧ在身上肆虐是怎樣的感覺，過度使用能力時，他們的身體會承受很大的負擔——士兵與王之間是一蓮托生的存在，他們既是天災，也是凡人，因此借用這股天災之力時，必須承受天譴的反噬。他在ＨＣＲＩ受了近二十年訓練，也是等到成年後才有辦法好好控制力量，既能有效率殲滅敵人，又不至於帶給自身太大折磨。

然而，事情並非總能如己所願。大災變前後那段時間，他的力量波動劇烈，時常失控。而失控後需要承擔苦果的，不只是被他的雷霆掃蕩爲焦土之處，也包含他自己的身體。

鍾灰的身體現在一定正與想寄生的ＫＩＮＧ激烈作戰，顯然她落於下風，更糟的是，鍾灰本來就已經是宿主——楊戩沒有被複數ＫＩＮＧ寄生的經驗，不知道那是什麼感覺，但據說爲了保住自己對宿主的控制權，王之間將會展開殘酷激戰。在那廝殺之中，受最多苦的依然是宿主。

他的指尖撫上鍾灰的額頭，拂去她因汗濕而散亂的前髮：「確定她是宿主嗎？」

黑子此刻反倒不敢肯定——她耗盡全力才能阻止自身石化，但楊戩從上船到現在，完全沒有異變發生。爲什麼？標準是什麼？她不停思考，或許它不會攻擊被寄生的宿主？那爲什麼半調子的攻擊自己？又或是楊戩的「雷神」比她們都要強，它不敢靠近？但那樣的話，王應該會全面撤退，爲什麼還繼續興風作浪？

楊戩感到不耐，自己做出結論：「除此之外，我想不出什麼讓她變成這樣的理由。」

「我想應該沒錯。」黑子終於遲疑地說：「本來影響的範圍僅限於船艙內，我將鍾灰帶出來以後，外面也就變成——」轟然一聲巨響，黑子嚇得繃緊全身。

只見天上數道落雷橫掃，原來楊戩又釋放了一次高強度雷電，將逼近船身的空橋全部粉碎。

「河上那些東西再生的速度太快了，這樣下去沒有勝算。不但鍾灰承受不了力量的消耗，我的體力也沒辦法再撐太久。」楊戩按住在地面上像魚一樣不停抽動的鍾灰，面色嚴峻：「妳沒辦法削減鍾灰身上的王嗎？」

「我幾乎摸遍她全身了，如果碰到的話，獵犬開始掠食時我能感覺到的。但是……沒有，找不到。」

「有沒有可能寄生在碰不到地方，例如內臟？」

「可是……」

按黑子至今經驗來看，她的KING雖然須依賴直接接觸，但具有一定的穿透力，即使寄宿在生物體內的臟器，應該也有機會消除。而且這次依賴光傳播，眞能探進幽深的體內嗎？

「這麼大量的KING，就算妳能消除，恐怕也要耗上很長的時間。」

楊戩說完，指尖從鍾灰的額頭開始向下，劃過面孔、掠過下顎，最後停在她的咽喉上。他張開手，寬大的手掌毫不費力就能將她的脖子完全握住，鍾灰混濁的眼神慢慢聚焦，拚命想盯住眼前這人。

「沒有時間了，讓我來吧。」

楊戩的神情變得柔和無比，黑子立刻變了面色，大叫：「不行！不可以！再給我一點時間——」但話還沒說完，周圍又一陣劇震，雷光吞食天空，楊戩粗暴的雷電再一次掃平無限增生的都市，黑子看得都膽寒起來，唯恐他一個失手，連他們也要遭殃。

但藉著雷光，黑子也清楚看見楊戩面色蒼白，額上已冒出一層薄汗。他說自己沒辦法再撐幾次是真的，再拖下去連楊戩都要死在這裡。

「住手，不要這樣……」

「沒問題，不會太難受的。只要微量電流，就能讓她的心跳停止。」

這下鍾灰清楚楊戩想做什麼了，她努力擠出嗚咽聲，雖然身體已不聽使喚，仍拚命扭動掙扎，可是楊戩按著她腦袋的力氣太大了。

「不要這樣、拜託你。」黑子連聲音都在顫抖：「不要殺她。」

「只要宿主死亡，幽靈蛹就會立刻在這裡全部消滅。」

「不需要付出這麼大的代價，我們一定還有別的——」

「用鍾灰一條命來換這次的王，太划算了。」

「不、不、不划算。」黑子慌亂地尋找能說服他的理由：「鍾灰是我們珍貴的戰力，如果不是她，我們今天怎麼可能追到這個地步？」

「我也覺得很可惜，但眼前都撐不過去的話，就沒有未來了。這麼大的王，大概十年內不會有。但這十年間，或許還可以出現第二個鍾灰。」

那眞是殘酷的說法，鍾灰流著淚看他，不要用那種把我當成資源的語氣說話。可是她連掙扎的力氣也不剩，只能哀泣求饒。楊戩看著她的眼神，充滿憐憫，卻沒有動搖。

「這是最一勞永逸的方式，能將這麼巨大的王一鼓作氣消滅，妳應該要感到很高興才對。」

只聽轟隆數聲，這次卻不是楊戩引起的。彷彿呼應楊戩的雷霆掃蕩，天上打雷了，伴隨那雷聲而來，天空降下激烈的暴雨。鍾灰的嗚咽變成細若游絲的尖叫聲，楊戩的指尖移到她的胸口，像要刺穿心臟一樣。

他垂著頭，溫柔地說：「鍾灰，不要害怕。」

——死是不會痛的。

但他的話語被硝煙的砲響遮過了，只聽一聲巨震，黑子已朝他拔槍。子彈落在他身後甲板幾吋，黑子趁他反射閃開的空檔，將鍾灰拖到自己身邊。

「妳——」

「不要過來！」黑子朝他大叫：「你過來的話，我會用獵犬攻擊你！」

這句話挑起了楊戩的敏感神經，他沉聲喝道：「妳瘋了嗎？」

黑子沒有回話，牢牢抓著鍾灰。她無話可說，楊戩的判斷不能說是錯的，情況只會愈來愈嚴重，屆時連楊戩都未必有能力壓制。

但是，只要還能多拖一秒，她就絕不要放棄同伴，**她再也不要那樣做了**！

快想啊！快想辦法！黑子全身顫抖，那是眞切面對死的恐懼，楊戩對她的能力還是有一點忌憚，可是一旦他完全失去耐心，可能會把擋在前面的她先殺掉。

但幽靈蛹可不會仁慈地給他們喘息空檔，楊戩好不容易毀掉的複製城市再次竄起，這一次更密集，誘餌小艇早被掀翻，冒出建築速度之快遠超想像，轉眼間，甚至連遠方的河面都快看不到了，石林般的灰色建築塡滿視野，密密麻麻令人不寒而慄。掛在那些假大樓牆面上的看板，文字像脫漆了一樣模糊，仔細一看，許多建築甚至是重複的，好像只爲了擠滿這條河……黑子腦中陡然閃過一個念頭——

爲什麼會重複？ＫＩＮＧ複製的樣本……有限制？

黑子低下頭，她的身體再次被灰殼包覆了，壓迫感從小腿後側開始，以極快的速度往背上爬——要是爬到頭部就危險了。奇怪的是，這次只有身體背面遭到攻擊而已。

爲什麼？她把握這千鈞一髮的機會觀察自己。是王消耗太多力量所以無法全面攻擊她嗎？那一頭的楊戩王依然一下也不肯碰他，而鍾灰——她回頭瞄一眼地上的鍾灰，幾乎就在同時，雙肩一陣劇痛，灰殼迅速攻占她的脖子、肩膀與臉孔正面。黑子忙按住受襲處，一股戰慄感穿透全身。

「黑子！」

「不要過來！」

黑子迅速繞鍾灰走動一圈，果然狀況如她預想，她感到一股得救的狂喜。

楊戩一想靠近，她便朝他伸手喝道：「停在那裡！」

「妳還想再浪費時間下去嗎？」

「我知道王在哪裡了！讓我來消滅它就好！」

不等楊戩的回應，她立刻跪在鍾灰身邊——也許她這樣做，會連鍾灰最珍貴的能力都一起奪走，但那總比連性命都被奪走好吧？

水面都市的增生速度減緩了，因為王的壓力全部轉嫁到黑子身上，黑子感覺耳朵變得很重，水泥厚殼從她耳下開始，沿兩頰稜線包圍她的面孔。她伸手輕輕撫上鍾灰臉孔：「可能會有點痛——為了活命，忍耐一下。」

幸好指甲總是修得短而平整，隨時都保持清潔。

她的指尖摸索向鍾灰左眼，在她還沒反應過來之前，就以迅雷不及掩耳的速度，將手指插入她眼中。

「啊啊啊啊啊啊啊啊——」

鍾灰因疼痛迸出激烈的哀號，黑子大聲叫道：「按住她！」

鍾灰閉上眼睛的同時，黑子身上的灰殼停止增長，並飛快開始崩解。黑子以全身重量壓住鍾灰，楊戩看出情況緊急，忙過來按住她扭動的雙手。

黑子的指腹貼著眼球表面摩擦，接著探入眼窩深處，像謹慎擦拭昂貴的銀器那樣，摩擦眼球的每一寸表面，甚至彷彿能碰到那連往大腦的筋腱。同時，她感受到一股源源不絕的力量衝入她體內。

她的ＫＩＮＧ是無所畏懼、遇上更強大的敵人也會齜牙咧嘴的力量，所以被識為獵犬。但它只有殘殺本能，沒有滋養的智慧，那樣弱小的它根本無法承受無視敵強我弱、強奪來的能量，於是那些無處棲身的能量，最終便慢慢消散。

這麼單純的力量，對被感染的宿主來說，是能帶來解脫的救世主。只有承擔後座力的黑子明白，這是一股比瘋狗更貪婪的力量，強烈的能量一下撞進五臟六腑，她卻沒有消解的方式，任它在身體內橫衝直撞。

她從未直接對上這麼大的王，以往通常是較小或經過同伴分散的敵人，讓她能以和緩速度消化。但這回沒有餘暇，力量從指尖灌入體內每一道血管筋脈，直衝腦天，她的意識開始混濁，生存本能讓她撐著不倒下。

鍾灰的尖叫聲漸漸平息，黑子隱約看見那些噩夢般的空橋、大廈開始消失了。她的身體也能感覺到，王的力量正在著實削減——然而，並不是慢慢減弱，而是在一瞬間全部消失了。

幽靈蛹正在逃跑！

黑子渾渾噩噩地浮現這個念頭，但她無力再支撐下去，她鬆開手，癱倒在鍾灰身上，耳邊聽見楊戩的呼聲，可是腦內叫囂蓋過一切——好痛、左手好痛，不只是幽靈蛹，她的獵犬也想逃跑。

對上比自己強大無數倍的對手，鬥犬擊退了雄獅，卻也滿身鮮血、痛苦哀號。她的鬥犬如此害怕，**它也想要逃**——這是黑子頭一次，清楚對此產生意識。

KING會離開宿主，這件事一直都像教科書上的文字一樣、冷硬疏離，離他們那麼遠。她當然害怕失去能力，但從未有過任何實感。在這個時刻她又想起英士，他每週都會到她的實驗室報到，她與其他研究員一面檢查他的身體，一面向他叨叨絮絮如何「保養」他的王，別讓它反噬自己。

英士總是擺出順從的微笑，但她很清楚那順從多半是安撫他們用的，於是下一次她還是不厭其煩地講，那個時候，她從未想過英士會死。

會死的永遠是離自己很遠的人，是一九七二年的受災戶、是只有聽過編號甚至沒照過面的士兵、是誰的誰的誰遙遠隔了百幾層關係的點頭之交。自己一直待在清潔的象牙塔中，冰冷目送那些士兵死去。而她從沒有察覺到那就是死——直到英士死去。

那時她才知道死的意思。死不是字典上抽象的詞條。

死奪走了英士。

事到臨頭的這一刻，她比自己想像得更害怕，但她也等很久了。為了讓自己不論處於怎樣狼狽的狀態都能冷靜完成最後任務，她在腦中演練過此刻無數遍。死一定也是這樣，據說擁有眞實信仰的人，不會害怕死亡，他們早已熟記臨死的每一個步驟，知道如何走完這最後一段路。

黑子集中僅存的專注力，勉強直起身來，從口袋裡摸出黑色手套戴上。

「黑子——」察覺她的異樣，楊戩的聲音十分不安，但她只是冰冷下令：

「船艙裡有備用的隔離裝置，去拿過來。」

「妳要做什麼？」

「等一下我交給你的東西，一定要妥善隔離保護。」

「黑子？妳到底——」

「快點！」黑子嚴厲大喊，楊戩只得遵從她的命令。同一時刻，黑子從她腰後解下一把獵刀。她身上一向暗藏各種武器，只有這把獵刀從未出鞘過。雖然不能說是無用之物，但黑子本來就不擅長與敵人發生近身戰，眞正遭到攻擊時，多半都是使用槍枝。但楊戩從未過問，他認爲應該尊重同伴的個人考量。

這時他才仔細看清了那把獵刀的樣子——刀身收在深褐色的皮鞘中，但鞘上還用橡皮軟管綁了一些奇怪的裝備：一支包裝完整的針筒、內裝不明溶液的安瓿。

黑子熟練地拆開針筒包裝，將安瓿中的溶液打入針筒中，接著迅速用橡皮軟管綁住自己的左手腕。那使勁的程度，像是要將自己的手腕勒斷。她死死咬住下唇，朝手腕注射針劑，這時就算是楊戩也能想像她想做什麼了：

「黑子！」他衝出船艙朝她奔去，但黑子已將獵刀瞄準自己的手腕——

她閉上眼睛，只聽鈍重的刀聲落下，溫熱的鮮血濺了滿臉，但她的表情沒有動搖。她從制服內側抽出一條止血帶，一面手口並用綁緊血流如注的左腕，一面盯著楊戩：「快把我的手放進、隔離——」

一道雷光燒過她的左腕，隨後傳來一陣熟肉的焦臭味，楊戩正拚命想爲她止血，但黑子很生氣，現在不該是管這個的時候，必須快點將她的手掌、將災區警察最珍貴的魔法保護好。

「別管、我。」她努力想擠出幾個音節，但已聽不清自己的聲音，因爲有一道更響亮的吼聲蓋過她——水下傳來雷一般的巨響，啊！那樣的聲音，她聽見過的。

十年前的大災變，信義的「慈母」夷平大地的那一刻，她也曾聽見那個聲音。

船底傳來一陣劇震，緊接著水面驚滔駭浪起來。

與剛才高樓從水下衝起的情況不同，這次楊戩很清楚感覺到，水下形成一股巨流，拉扯船身——就像水底破了一個洞，大量的水被吸往洞中，河面產生漩渦效應。他不知道發生什麼，但肯定水底有驚人的異變產生了。

造成這麼誇張的破壞，楊戩唯一能想到的只有王而已。幽靈蛹剩下的能量從鍾灰身上逃走，失去宿主後，有一部分直接化成天災，四散崩潰。水下的爆炸還在持續，楊戩知道船撐不了多久。雖然對方損傷慘重，但現在的他也好不到哪裡去，要再正面對決一次非常勉強。

可是別無選擇了，在這種狀況下不可能逃掉，水面群魔亂舞，開著這艘船哪裡也不可能去，現在也無法取得支援。唯一破釜沉舟之計，就是將這些剩下的混亂能量全部消滅掉。

平時寧靜的河面，現在卻如暴風雨的大海，四面八方都傳來駭人的巨響，目力可及之處，玻璃空橋紛紛軟倒坍方。空橋都市是踩著水下的遺跡建上去的，王引起的爆炸，恐怕毀了底下的基盤。

不能再猶豫了。

楊戩看不見王，不知道現在具體集中在哪裡，但大概脫不出淡水河的範疇吧？無生物宿主如果只是單純被破壞，還無法消滅王，需要的是高溫——連原子結構都能扭曲、十數萬度以上絕對壓制性的、如太陽般的火焰。

他可以做到！只有他可以做到！

燒起那麼殘暴的火焰，在淡水河上會發生什麼事呢？會將半條河都蒸乾嗎？他不知道，汲汲營營算出損害報告上每一個數字，那是黑子她們才擅長的事。他只知道這樣做的話，他會在這裡耗盡力氣，恐怕連自己也逃不掉——而黑子和鍾灰就更不必說了，一定會在這裡燒成灰燼，要怎麼做才能保護她們？或許自己不該這樣做，不要正面對決，再想想逃跑的方法。

但腦中一片空白，剩下那首在腦中縈繞一生的旋律激昂地響起，這是千載難逢的機會，他可以將這麼強大的王徹底消滅。那是他的命運，是奏樂天使的歌聲，是他還活在這世上唯一的理由。

風雨搖撼著這座水上孤城，城內只有他步步進逼國王，準備拔劍相向。今夜星月無光，濃雲密布，河上布的燈索也在剛才的激戰下全部破壞。

但是，全都看不見也沒關係，王就在這裡、包圍著他，黑暗中能感受到不尋常的巨大波動，與那日他在橋上感受到的很類似。雖然不像鍾灰一樣能準確定位，但周圍有巨大的王聚集時，會有股如強勁風壓般的威嚇感。

楊戩集中所有注意力，從指尖到每一吋肌肉都向他的意志服從，眼前的對手需要全力施爲。他體內力量向四面八方下沉，分配到最細微的每一個角落。對方大概也察覺到他同歸於盡的決心，壓迫感漸漸變得像煮沸的鍋子，應和著狂風暴浪。

當他用盡全力放電的瞬間，雷光會將這一帶照耀得如正午的雲端之上——

別想藉著光逃走，我連這一點機會也不會給你。我要將能力限度開到最大，要在這雷光閃爍的瞬間，就將你蒸發殆盡。

接下來會發生什麼事，他已經沒辦法管了，在寒冷的雨中他閉上雙眼，感受能量在體內四竄，還差一點，絕不能貿然動手，要在自己狀態達到最高峰的時候出手，保證一擊發出就將一切粉碎，絕不讓它逃掉——

就是現在！

他睜開雙眼，同時聽見耳邊傳來憤怒的嘶吼！

有一瞬間，他以爲那是幽靈蛹發出的哀號，但不是這樣，周圍變得一片慘白，強光穿過濃雲每一道縫隙而入，河上每一吋都看得清清楚楚。

不是他。

楊戩的雷光還積蓄在指尖。

他沒能立刻反應過來，只能傻傻望著眼前一切，但身體早一步感受到了，那股巨大的壓迫感、猛獸被困在籠中的憤怒感，都隨這一聲轟天巨響、隨這全新畫布一樣潔白的世界，一起消失了。

王藉著突如其來的明光大放，逃走了。

「啊……」

楊戩全身顫抖，抬頭瞪著天空。那夜中忽然升起的太陽，再次沉落入黑暗的山谷底了。剩一道道蛛網般蒼白細瘦的線，在天際彼端試探地四進又退縮，終至全面退守，大地又安靜下來，雨聲重新取回了舞台。

那一刻，楊戩胸中升起一股難言的情感。

夾纏著憤怒、失望、悔恨、恐懼，還有前所未有的、巨大的羞辱感——

是天雷。

是天上降下的雷電，**真正的雷電**，放那傢伙逃跑了。

「哈哈、哈哈哈……哈哈哈……」

楊戩在暴雨中放聲狂笑。必須透過鍾灰確認，才能肯定王是否完全逃走了。但他此刻受到從未有過的激烈情感支配，根本沒有餘力再去思考。

「楊戩……」

直到身後傳來呼喚聲，楊戩才慢慢回過神來。倒在地上的鍾灰，正用微弱的力量呼喚他。黑子倒臥在她身側，面色蒼白，血雖然止住，但她失血狀況還是很嚴重，楊戩顫抖著手探她脈搏，還活著。

他費勁將兩位隊友攙扶起來，讓她們掛在自己肩上，他的力氣幾乎耗盡了。就在這時，頭頂傳來震耳欲聾的嗡鳴聲。楊戩猛抬起頭，一架直升機正在頭頂盤旋。

終於來了！是災區警察派來的援軍！

直升機打開艙門，垂下救索，楊戩扶起那兩人交給搜救員，自己緊緊抓住裝著黑子手掌的隔離箱。意識變得模糊，失去支配身軀的力量，他要被雷神反噬了嗎？那樣似乎也不壞。災區警察早就做好萬全的準備，那一刻來臨時，必定會毫無慈悲地將他了結。只可惜沒能把所有的王都消滅，但他一定能回到那個溫暖的地方吧……他朝思暮想的願望。

忽地他感到腳下一空，像在黑暗的雲端漫步，搜救員再次垂降，抱住已站不穩的他。可是他的力量終於用盡了，這一次他不再和重力作對，鬆開雙手，自己會就此沉入水底吧？那樣一想，他突然感到無比孤獨。

但他還沒能閉上雙眼，安全帶的兩道鷹爪已緊緊鉤住他腰間，他垂下腦袋，看見自己的腳尖在空中搖晃——

下一瞬間繩索提起，他已安然進到機艙中。

第五章　仁君

鍾灰彷彿聽見了潮聲。

搬進消波塊頭兩個月，她總是睡不好覺，她漂浮在海上，透過窗子看見空橋都市搖搖晃晃的。

慢慢睜開眼，她勉強看見一片白色的水泥牆。視野剩下半邊了，左眼上纏著繃帶，箍住她的腦袋，非常難受，全身肌肉都使不上力。但那都比不上眼睛的疼痛，眼前好像還籠罩著一層暗影——手指。那是黑子的手指，像燒燙的烙鐵探入眼眶。還有楊戩的手指，按在自己胸口，那是一把尖刀，離心臟只有幾吋遠，她還能記起他指尖迸出的火花。

天災——她見過楊戩在戰場上無往不利地殺戮，但那是首次她真正深切體會到，楊戩的本質就是天災。

有人開門進來，鍾灰卻連轉頭的力氣也沒有，那人慢慢朝她走近，但前進的速度好慢，鍾灰心想，這個人是不是受傷了？是黑子嗎？或是其他同伴？或是——一瞬間在她腦中閃過楊戩的面孔，她全身顫抖起來。

「妳醒了！」

然而，她的預測完全落空，那是父親的聲音。那一刻鍾灰好想流淚——啊……好溫暖，好安全的聲音。

「我去叫醫生過來！」

鍾灰忙掙扎著說：「不……爸，先等一等。」

父親站在床緣，鍾灰看不太見，但他輕輕拉著鍾灰的手，過一會，他拉來一張椅凳慢吞吞坐下。從父親遲鈍的動作，鍾灰忽然感覺到父親真的老了。

「我都忘了還有呼叫鈴。」父親有些不好意思地說，鍾灰拉著他的手，好久沒這樣抓著父親了，活下來的安心感讓她一下變得軟弱。

「我的眼睛……」

「放心，沒有事。只是有點發炎感染，不會影響。」

鍾灰茫茫然應了聲，又問：「其他人呢？我的同事呢？」

父親登時板起面孔，顯得十分不悅。他努力忍耐片刻，還是忍不住開口：

「不要再當災區警察了，回來畫室吧！雖然不是什麼有錢人，至少還養得起妳。」

「你在說什麼？」

「這工作太危險了！爲什麼需要直接闖進發生天災的地方？災區警察的性命就這麼不被政府當回事嗎？」

「不是這樣——」鍾灰想反駁，但想起楊戩指著自己心臟的一幕，話到嘴邊又退了回去。

「阻擋天災值得妳賠上性命嗎？那些警察可能眞的對自己做的事充滿榮譽，但妳才加入他們沒多久而已，妳跟他們不一樣啊！」

「你憑什麼這樣說……你又知道我跟他們不一樣了？」

「對待眞正想投注一生的事情，才不是像妳那種態度！」

哪種態度？鍾灰差點要跟父親吵起來，但脖子上還夾著固定用的頸托，沒辦法發出太大聲音。沒想到，反而是父親先軟化了，他嘆道：「而且你們也沒有阻擋天災，這樣送死到底有什麼意義？」

「天災……」在黑子開始以她的能力消滅王以後，鍾灰的意識就沉落谷底，對之後的事幾乎沒有印象了：「沒有被阻擋嗎？」

爲什麼？黑子不是已經找到王，想出解決辦法了嗎？她很肯定黑子的判斷正確，那一刻她確實感覺到幽靈蛹與黑子在廝殺。但父親搖了搖頭，面色十分沉重。

「天災襲擊了哪裡？」

「淡水河沿岸被橫掃，塌了好幾座橋，水都淹進陸地都市來了。」

鍾灰愣了幾秒，腦子才轉過來：「那……我們家呢？」

家。這個字在她舌尖上重重壓了一下，好久沒有說過這個字。這麼多年提起家裡時，她總說「畫室」。

「我們那一區很嚴重。」

「怎麼會——」鍾灰一緊張拉動了傷口，立刻痛得齜牙裂嘴，父親忙按住她要她冷靜。

「家裡情形怎麼樣？」

「沒事，就是淹水，屋子整個都淹了……不過現在水應該慢慢在退了吧。」

按父親的說法，市政府好像已經開始進行撤離跟清理，住戶都先疏散到南邊和西邊的體育館避難處。最嚴重的受害區在沿河一帶，但範圍有限，而且當天河岸已發布過天災預告進行撤離。只是沒想到會湧入那麼驚人的大水，甚至淹進陸地都市。後來又發布第二次警告，要求陸地都市民眾也往高處撤離。

不過，父親說他也不知目前具體情況，因為他這幾天都住在醫院裡看顧鍾灰。

「對了……這是哪裡啊？」環顧周圍，就是一般的醫院病房，沒有其他特徵。

「內湖的三軍總醫院。」

「內湖？」父親說，事發隔天有兩名軍官來向他說明狀況，然後他就被帶到內湖來。不同於普通民眾出入的門診大樓，院區深處還有一棟特殊醫療大樓。鍾灰被送到這裡，當時她臉上甚至掛著氧氣罩，不過她的狀況很快穩定，剩下都是外傷。

「那你知道其他人……我的同事他們狀況怎麼樣嗎？」

說起同事，父親就顯得很不高興：「我不知道，他們也不可能把這種事告訴我一個外人。」

見鍾灰很焦躁，他才勉為其難回想：「這幾天陸續都有人過來看妳，之前在我們家那個個子矮矮的、姓葉的警官也有來。其他我大部分都沒看過，他們穿的衣服都不太一樣，我不知道是不是每個都是妳同事。不過，那位王警官倒是沒有來……」

「王警官？那是誰？」

「住在畫室裡、那個話不太多，有點冷冷的男孩子。」

「啊……」父親說的是楊戩吧？原來他姓王嗎？但一想到楊戩，她就產生強烈抗拒感。鍾灰不知道事情最後怎麼解決的，楊戩沒來看她代表什麼？是不是他也在這棟醫院的哪張病床？還有黑子呢？鍾灰急忙問父親她有沒有來，但父親說沒有印象。楊戩就算了，以黑子的性格，要是她平安無事，不可能放著她不管的。

父親彷彿看出她的不安，安慰道：「現在就不要想這麼多，先好好休養身體吧！」

第三天早上，醫生來拆掉她脖子上的頸托，據說這是在她被拉上直升機時撞傷的，反而與王無關。她的左手戴著固定器，手肘處有輕微骨裂，是當時黑子壓制她的傷，眼罩則大概再過一週，確認沒有感染就可以拆除。雖然這兩天都在睡睡醒醒中度過，但身體獲得充分休息，原先那骨髓都被抽乾一樣的衰弱感便自然消失了，人類的彈性眞是遠超乎想像。

山茶和善存都來看她，才不到幾天，兩人眼下都出現深深陰影，連臉頰好像也凹了下去。山茶在鍾灰床邊坐下，說：「本來想帶水果的，但聽說妳現在還不能吃太硬的東西。」

因爲鍾灰頸部受傷，現在喉頭吞嚥時也會疼痛，多半飲用流質食物。

葉善存關切道：「身體怎麼樣？好多了嗎？」

「還好，大部分都是外傷。」

「前幾天就聽說妳醒了，應該更早來看妳的。不過，現在局裡亂成一團。」

「因爲天災的事嗎？」

「是啊！」山茶嘆道：「這大半年已經發生兩次天災損害了。尤其這次甚至還波及到陸地都市！這眞的太慘了，沒有比這更慘的了，高層大發飆，我覺得我們全員被解雇都不奇怪。」

「怎麼可能把我們解雇？」葉善存不服道：「現在幽靈蛹都還沒全部解決呢！」

「眞的嗎？我覺得我們也是沒什麼利用價值，能打的牌都出完了，現在連下一步的對策都沒有！」

「等等、爲什麼會出事呢？我們……黑子不是把王消滅了嗎？」

善存解釋：「這次對手太大了。黑子姊消滅它的途中，它逃走了一部分，然後在河面上能量崩潰了。」

山茶不滿道：「不過，其實這已經算不錯的結果了。根據HCRI的估算，黑子姊至少消滅了對手一半以上的力量，這大大削弱了之後發生的天災威力。否則災情可能更慘啊！」

「好了啦，山茶……唉、抱歉，應該讓妳好好休息的，再怎麼樣也等身體復原再來好好煩惱吧！」

「沒關係。黑子人呢？」鍾灰忙追問：「我在船上就失去意識了，後來發生什麼事都不知道。」

兩人都是面色一暗，讓鍾灰產生不好的預感。不過，山茶隨即道：「她比妳還早恢復意識，傷口基本上也都處置妥當了。我前兩天有去看過她，精神很不錯。」本來害怕要聽見什麼噩耗，結果倒是出乎鍾灰意料之外，不明白兩人為何會露出那麼灰暗的表情。

「我可以去見她嗎？」

「妳可以下床了嗎？」

鍾灰大力點頭：「醫生早上來拆掉我脖子上的夾板，說我可以推著點滴下床了。」

「她在十二樓病房，我替妳聯絡一聲！」想了一下，山茶又說：「她的情況……可能會讓妳嚇一跳。」

「什麼意思？」

「嗯……還是等妳親自過去再說吧。」

鍾灰又問：「對了……楊戩呢？他還好嗎？」

「他沒事。」葉善存說：「不過他現在還沒醒。」

鍾灰驚呼：「他受的傷比我們還嚴重嗎？」

「不，他沒受什麼外傷，但他消耗體力過度，已經連續昏迷快一週了。啊！不用緊張，醫生說所有生命徵兆都是穩定的，他的力量好像本來就有這種特色，多吃多睡就會復原了，文哥也叫我們不必太擔心。」

他們與鍾灰又閒談一陣才離去，災區警察現在也一片忙亂，沒辦法在這裡逗留過久。

用過午餐，鍾灰前往十二樓探望黑子，她刻意在病服外面套上一件夾克，比較精神抖擻，她不想讓黑子反過來擔心她。那晚的事大都剩模糊印象，但她記得很清楚是黑子攔下楊戩救了她一命，自己想好好謝謝她。

電梯停下開門，鍾灰盡可能保持輕快步伐，卻發現十二樓走廊非常安靜，只有幾位護士偶爾推著推車經過，此外沒有什麼人。安靜的氣氛令鍾灰不自覺放慢腳步，鍾灰一面在口中喃喃重複房號，一路確認牆上病房號碼。

「啊！到了！」

鍾灰停下腳步，她拉開房門一道小縫時才想起應該要先敲門。但屋裡的人似乎完全沒有察覺她的動靜，隔著門縫，看見病床邊站著一道人影，她一眼就認出那是謝露池。

謝露池動也不動，靜靜站在床尾，提著一袋鮮花。鍾灰看不見臉，但能想像她應該專注盯著黑子吧。

鍾灰猶豫該不該走進去，病房裡那一種很奇怪的氛圍，兩人之間從未有過那麼和諧靜謐的氣氛。大家都說黑子跟露池關係不太好，鍾灰沒有確證過，兩人都對她很溫柔親切，但彼此交換的話語確實總是冷冰冰的。

忽然，謝露池回過頭來——啊……她發現自己了，鍾灰有些侷促，謝露池只是朝她微微一笑，招手示意她進門。鍾灰小心翼翼推著點滴進來，唯恐破壞屋裡的寧靜，一點聲音也不敢發出來。謝露池更換了瓶裡的鮮花，床上黑子睡得很熟，面色還不錯。

「這個——」謝露池指指脖子：「拆掉了。」

「啊、嗯。」

「身體好多了嗎？」

「左手還滿痛的……其他都還好。那個、露姊，黑子她——」

但謝露池朝她比了個噤聲的手勢，細聲說：「其他的事之後再說。既然妳來了，就換妳看她吧，我也要趕快回去了。」她將裝花的塑膠袋塞到鍾灰手裡，沉甸甸的，裡面還有一些水。

「不要跟她說我來過。」說完，她便快步離開病房。鍾灰愣在原地，過一會兒，她聽見一陣呢喃，床上的黑子動了動，大概被剛才的動靜吵醒。一見鍾灰，她便笑說：「竟然是妳比我先下床啊。」

鍾灰忙拉了張椅子坐下：「妳還好吧？」

「嗯，都是皮肉傷。」她的目光在眼罩上打轉：「眼睛沒事吧？」

「醫生說沒有感染的話，一週內就可以拆了。」

黑子鬆了口氣：「那時也只能這樣做了，應該很痛吧，抱歉。」

「為什麼要道歉？如果不是妳那樣做，我現在已經死了。」

「雖然有點強人所難，妳不要太恨楊戩。」

鍾灰低著頭沒有答話，黑子又問：「怎麼樣，眼睛有感覺到什麼異狀嗎？」

「異狀？」

「那時候我直接攻擊了妳的眼睛……妳的KING還在嗎？」

鍾灰一下愣住，不知怎麼回答——和那晚被幽靈蛹選中那種排山倒海的恐怖壓力不同，當初被寄宿時她沒有特別感覺，要是她本來的力量真的被黑子破壞了，自己能察覺嗎？鍾灰伸手摸摸眼罩，靈機一動：「不然妳把手伸出來，我看看吧！」

黑子登時露出尷尬的神情：「恐怕沒辦法了。」

「為什麼？」

黑子聳聳肩，從被子裡伸出她的左手——包裹一圈又一圈的紗布，但呈現平整切面，只有一點小小的凹凸起伏，在那裡已經沒有像「手掌」的部位了。鍾灰無法馬上理解，直盯著那有如百貨公司塑膠人偶的手臂。

「我的左手截肢了。」

「什、為什麼！」鍾灰這時才回過神來，幾乎忘記這裡是病房，她大聲叫道：「是那時在船上受傷了嗎？還是因為要消除的KING太大負荷不了……」

「鍾灰，妳冷靜一點。手是我自己砍下來的。」

鍾灰目瞪口呆：「自己、砍？為什麼？」

「嗯……該怎麼解釋好呢？這個要說明的話是大工程，畢竟牽涉到還未證實的研究，而且妳對KING很多機制也不了解，只是急就章惡補了——」

黑子明顯顧左右而言他，鍾灰打斷她：「就算要講三天三夜也要講啊，妳的手、整隻手掌斷了耶！這是能用『因爲一些複雜的緣故』隨便帶過去的事嗎？妳以前不是科學家嗎？應該能用淺顯的方式說到我懂吧！」

黑子露出困擾的笑容，鍾灰又喊了一遍：「不要敷衍我！」

「好好、我知道了……簡單來說，就是我的王跑掉了吧？或者說……想溜掉？」

「溜？」

「啊！如果楊戩在這裡，又要教訓人了。」黑子像在說別人的事，輕鬆地笑了：「就像妳說的，對戰的敵人太強大了，我的獵犬苦戰到頭破血流，想脫離我這個宿主——簡單說就是覺得被我虐待，想換個新職場吧！」

鍾灰眉頭皺得更緊，顯然沒有要和她開玩笑的意思，黑子只好換上嚴謹的學者面目：「那天晚上我的王變得很不穩定，想從我身上脫離。其實我一直有這樣的準備，通常寄宿最多差不多就十年，我也到極限了。那天晚上又特別嚴重，我們幾個人情緒都很激烈，又與幽靈蛹那麼強大的對手抗爭，當然會激發它的生存欲。我很快就發現它想逃跑，當時，能阻止它的方法就只有一個。」

「砍斷手嗎？」鍾灰不自覺提高了聲調：「可是、爲什麼！」

「雖然我們都會說『人類長期宿主』很穩定，但那只是因爲宿主供給ＫＩＮＧ舒適的環境，所以它不願離開而已，並不代表眞正穩定。實際上在生物體內，ＫＩＮＧ的活躍程度是遠勝於無生物的。因此，爲了立刻降低當時活性暴升的ＫＩＮＧ，最理想的方法，是立刻將它轉移到無生物宿主上。」

鍾灰驚呼：「可以轉移到其他東西上嗎？」

黑子搖頭：「採一點樣本還可以，完全轉移的話，我們還沒有這種技術。」

「可是妳明明說……」

「這時候，生物的奇妙特權就派上用場了。」黑子朝她眨眨眼：「我們確實沒辦法任意將ＫＩＮＧ完全轉移到無生物上，但是，我們可以讓自己變成無生物。」

「妳說什麼？」

「鍾灰，妳想一想，我們眞的完全是『活物』嗎？」黑子以柔和的語調說：「不斷長長的頭髮和指甲，其實都是和身體系統斷絕了聯繫的『死物』，即使剪下來也不會感覺到痛，妳覺得妳的指甲是活的嗎？」

鍾灰沉默不語，黑子又說：

「妳有沒有聽說過『忒休斯之船』？我們的身體無時無刻不在進行新陳代謝，細胞不斷死去又不斷新生。而死去的細胞在脫落之前，仍一直黏在我們身上，換句話說，我們身上其實覆滿了死物——我們本來就是一具生和死同時運轉的機械。而我，只是讓我的手變成『死』的那一部分。

「ＫＩＮＧ在物理表現上所有特徵都很接近病毒，它非常依賴宿主細胞，寄宿能量核心會開始修改宿主細胞，進行自我強化。不過，一旦宿主死亡，它們會跟著立即消滅。但在切斷核心與宿主的聯繫時，一方面對ＫＩＮＧ來說，宿主還未眞正死亡，另一方面，它卻又缺乏能激發行動能量的宿主意識。在這段和緩『死去』的過程中，ＫＩＮＧ就能慢慢從有機宿主過度到無機宿主的狀態。」

雖仍一知半解，至少鍾灰模糊地理解了黑子行動的概念。但再怎麼說，怎麼會爲了留住ＫＩＮＧ就做出這麼恐怖的事？砍斷自己的手，跟送醫接受麻醉截肢完全是不同的概念。

黑子聽了，笑說：「不是也有人被毒蛇咬了以後，立刻砍斷自己的手臂嗎？」

「可是那是爲了保命啊！把命跟手臂放在同一個天平來考量的話……」

「對我來說，有放在那個天平上的價值。我這一生，都奉獻在這件事上了。」

鍾灰沉默下來，想起父親沉痛的警告：

那值得妳賠上性命嗎？對待眞正想投注一生的事情才不會是妳那樣的態度——什麼樣的態度？像你對待繪畫一樣的態度嗎？鍾灰這樣想，卻不敢問出口。父親的喜怒哀樂、父親的愛恨毀譽、救贖他與傷害他的事物，已全部都與他的畫綁在一起，爲此他甚至可以捨棄自己。

黑子也像父親一樣嗎？那一刻鍾灰甚至有點嫉妒，自己從未體驗過那樣的感情。

「不痛嗎？」

黑子溫柔地笑了：「很痛喔。不過當時我的王鬧得也很厲害。反正都是一樣痛，兩邊選一邊而已。」

「那之後要怎麼辦才好呢？」

「還沒想，總之先保下來再說。現在應該還放在醫檢大樓的臨時保存室裡。」

「醫檢大樓……妳是說我們檢查身體的西棟嗎？」

黑子點頭，雖然共用一棟大樓，但東西兩側是隔離開的，他們只有進行身體檢查與治療時才過去。

「為什麼會放在那裡？」鍾灰詫道：「那麼重要的東西，我以為應該會馬上放進標本圖書館。」

「我是先被送回總部，也不是立刻過來這裡的。」黑子說：「聽說他們一開始還是想將我的手縫合回去吧……不過太遲了，而且我也不希望那樣，要是手又回到我身上，誰知道ＫＩＮＧ會怎麼樣。他們大概也還沒考慮好要如何處置我的手掌，要收進標本圖書館或溫室大樓的話，都還要經過很嚴密的降低活性處置，進去幾乎就等於出不來了。但總部不會想那樣做，他們現在一定很急著想找到繼承者。」

「有可能很快找到繼承者嗎？」

黑子無奈地搖頭：「我們的技術沒有到那裡，現在都只能碰運氣。總之就先冰著，看接下來事態能有什麼發展吧！」用這種談論超市冷凍肉品的語氣說自己的手掌，鍾灰果然還是無法接受，絕不要變成黑子這種人。

「不過，切掉感染部位就能擺脫ＫＩＮＧ的話，不就能讓不想當宿主的人解脫了嗎？」

「嗯，差不多吧！妳出現的時候，其實我也考慮過這件事。」

鍾灰十分訝異：「是嗎？」

「因為在妳出現之前，我們缺乏更有效率的方式，掌握寄宿的確實位置。當然，說是這樣說，實務上沒這麼容易，ＫＩＮＧ的危害會不會大過移除寄宿部位的危害是一回事，總不會每回它都只寄宿在盲腸或指甲或多出來的腎臟上吧？而且，也有很多寄宿狀況是不明朗的——妳先前也說了，妳看不見自己的ＫＩＮＧ。」

鍾灰點點頭，黑子說：「所以，它可能寄宿在妳也看不見的地方。另外，妳說妳看到楊戩的ＫＩＮＧ布滿他全身是嗎？這跟我們的推測很接近，楊戩的放電原理，跟自然界常見能放電的生物類似，是利用全身的肌肉，因此布滿周身是合理的，總不能爲了排除王，把他全身肌肉都剔除吧？」

也就是說，即使鍾灰能看見ＫＩＮＧ精確的所在位置，未必就能用「切除」這麼簡單粗暴的方式解決。

「我還以爲可以幫上一些忙。」

「光是能看到外面亂跑的王就幫大忙了。何況帶來的不全是壞事呀！人類宿主其實沒有那麼多，除非能力會引起太大災難、或是造成宿主生命危險，我們都優先考慮招募。」

「當災區警察的戰力嗎？」

「能進入實戰當然很好，當研究對象也有很大的價値。」

這樣的說法總令鍾灰不太適應，對ＨＣＲＩ的人來說，被王感染的士兵似乎跨過某一條線，不再能被他們單純當人類看待。

「不過，如果王脫離士兵宿主，會不會又成爲新的天災肆虐呢？ＨＣＲＩ難道不擔心這一點嗎？」鍾灰想起楊戩，她親眼見識過楊戩那堪比天災的威力，就連幽靈蛹在他面前都會選擇逃跑，萬一那股力量厭倦了楊戩，難道不會形成前所未見的巨大災害嗎？

「對此我們也有應對的方式。」

想起那天在船上的事，鍾灰悲哀地說：「把壞掉的士兵殺掉嗎？」

「不要忘了，ＫＩＮＧ的本質是天災。就好像有人感染了超強的病毒，不殺死他就會有數百萬人受害，在沒有隔離手段的情況下，只能選擇殺死那個人吧？」

好像科幻小說不停詰問的難題，鍾灰不知道什麼答案才是正確的、才是正義的，但是像她這樣一個市井小民，並不是爲了正確或正義活著啊！

「那樣太奇怪了吧？爲了保護ＫＩＮＧ，可以毫不猶豫砍下自己的手。爲了消滅ＫＩＮＧ，可以毫不猶豫殺死共事的朋友！」

也許父親是對的，她根本毫無意識自己做的事情有多危險，只是玩著與朋友齊心協力的扮家家酒遊戲：「爲什麼妳要為了KING奉獻自己的半輩子？在這裡繼續待下去，人都變得不像人了啊！」

說完鍾灰又覺得自己說得太過分了，黑子手術完沒多久，雖然現在與她談笑風生，但傷口一定還痛著吧？爭論這些又會改變什麼？但黑子沒有生氣，她淡淡說：「這就是HCRI存在的理由。我們是為了尋找能讓所有人得救的方法而存在的，所以我想將人生奉獻給這個地方。」

「那你們找到了嗎？」

「曾經找到了。因為英士的出現。」

「英士……英士是誰？」

「英士是我們有過最強的災區警察。」

啊……是那個人，最強的災區警察、隻身擋下大災變的英雄、黑子他們殉職的故人。但從來沒有人願意對她詳細說他的事，在災區警察中，他變得像個禁忌。

就像早知道自己總有一天非得將這個人的事重說一遍，黑子露出寂寞的微笑：

「他是『仁君』的主人，也就是我所擁有的KING……最初的主人。」

ϟ

那一年的夏天很冷，民間流傳的謠言是水位又悄悄上升，臺灣很快要被大水淹沒。

秦知苑對此嗤之以鼻，但政府也沒拿出有力的宣傳對策，他們自己說的謊更多——他們告訴來應徵的研究員，用來保存國內唯一γ而建立的象山研究所非常安全，不過，誰都知道幾乎半座研究所都是遙控機器勉強建起的，根本沒有人敢靠近γ。會這麼熱情招募他們這些「科學的種子」進去，只是因為他們極需一些真正的人類去完成那些機器做不到的事情。

秦知苑在大五念到一半時，毅然轉換跑道，從醫學系直接跳去考基因所，在恩師的引介下，她接觸到最高機密、關於那「特殊病毒」的一切——不，只有他們生科出身的會把它視作「病毒」，實驗室裡有一些是環工出身的同學，這些地球科學家視之為「天災」，而那些理學院來的科學家則將之視為「能量」與「場」。

她花不到兩年完成學位，拿著公費去美國又念了三年，這領域的研究，海外至少領先十年以上。她回國時甚至還沒滿二十五歲，那正該是最躊躇滿志的時候，不過，她欠了很多錢——家裡一直都有債務，她書又念得太久，一路下來一筆龐大學費在背後等著，知道她離開醫學系時，家人幾乎要殺了她。於是她決定先停下腳步，應徵象山研究所的工作。

很多人勸阻過她，說憑她的學位在私人企業能找到更優渥的工作，不需要投身那麼危險的地方。不過，秦知苑比誰都清楚，表面上她拿的是病毒學與生物醫學的學位，實際上她做的全都是ＫＩＮＧ的研究，除了公部門外，她不可能在其他地方找到適當的位置。既然不管在哪裡都要與ＫＩＮＧ正面相觸，那麼去象山多拿點錢，早點將債還完、把那沒用老家的惡緣都切斷也沒有什麼不好。

而且，她沒有告訴過任何人的是，她自己也想更靠近ＫＩＮＧ一些。對她來說，那些似人又不似人的地方非常迷人——就像嬰兒一樣單純，既是人，又沒有人成長後醜陋的一面。

當然，王是具有傳染性的，但她在實務上還未看過對人體造成巨大傷害的案例，即使有副作用，也還在能藥物控制的程度。王最壞的狀態從來只有一種，那就是失去理性制馭，化為爆炸性的能量。那樣眞是太傻了，將自己的能量全部耗盡，像尚未開花結果就凋零的草木，失去在這地球上保留自己的機會。地球上沒有一種生物、不，就算是在生物與無生物間搖擺的存在都不會這樣做。活下去、將自己複製下去，那是生命最原始的印痕——啊！她忽地想起來，還有一個例外。

那就是人類，人類也是例外。在與其他人類的磨損中，人類失去了將自己留下的欲望。

秦知苑不打算生孩子，她對與他人組建以遺傳物質為牽繫的親密關係已感到無比厭惡，另一方面，她也不想浪費時間給任何人，她的時間都想留給ＫＩＮＧ，她可愛的「國王」。

象山研究所雖然位在陸地都市，但離空橋的信義特區不會太遠，北醫大也在附近。出入管制非常嚴格，那裡的學生好像一直以為這是一座神祕的病毒實驗室，老以好奇又畏懼的目光打量他們。之所以這麼嚴格，是因為當時信義的王就藏在這裡。一九七二天災過後，HCRI的存在正式對外公開，同時，他們發現這個流亡無定所的巨大能量正向外界移動，當時的資源都投入這驚人的計畫中，為的就是建起夠大的隔離場域。

來象山研究所工作的學者們，即使任務與信義的王無關，也必須與它朝夕相處，據說有不少人難以忍受，早早就離開了。

秦知苑除了自己的研究課題外，最初工作是研究KING對宿主細胞的影響。在寄宿以前完全以能量形式存在的KING，進入生物體後卻會在體內留下印記，對此束手無策的研究者，將它們視作一種全新型態的病毒，這讓生命科學家得到大展拳腳的機會。

在天災首次爆發之前，HCRI就已成立近二十年了，當時他們已建立嚴密的宿主管理情報網，只是那時宿主人數並不多，並被政府珍重地藏起來，一般的研究員只能得到檢體樣本。不過，一九七二年以後出現許多新的宿主。其中大多是在災區附近受波及的居民，政府為這些受災戶以免費健檢追蹤為名，持續取得他們的細胞樣本。果然一如預期，雖然型態、活性化程度與濃度都有差異，但有相當數量的民眾受到感染。

感染程度輕微的患者約占總體九成，理論上只要持續服用活性抑制劑，KING的活性可以被降低到完全潛伏的程度，既沒有感染性，也不會引發任何異常症狀，最後能量會自然慢慢消滅殆盡。

但另外那一成就讓HCRI頭痛無比，這些人恐怕會帶來不可預期的麻煩，不論是他們後續的健康問題、體內KING的監控問題，都不能撒手不管。他們參照先進國作法，讓這些人以某種形式成為HCRI的一部分。並在一九九〇年初，成立了災區警察單位。當然，這一切與秦知苑都沒有太大關係，她幾乎不必和災區警察碰面，只需一直待在實驗室中，日復一日的進行研究。

不過，這個情況在她加入象山研究所半年後，發生了變化。

二〇〇六年開始，天災的頻率上升，受影響的感染者大幅增多，為了精確掌控這一批全新宿主，從前只需以試管上的貼紙編號來認識這些「檢體」的她，開始必須面對面，花更多時間在每個「病人」身上。

除了分內的研究工作外，每個研究員都還必須各自「認領」幾個「病人」。秦知苑是剛加入不久的菜鳥，因此只分配到兩人——那是一對年輕夫婦，丈夫與自己同年，妻子還小自己兩歲。丈夫剛考上電信公司的工作，並幸運抽中公營事業時期的小宿舍，否則他們根本不可能住得起那一區。妻子是全職家庭主婦，其實離大學畢業也沒有太久，面上還未脫學生時期的青澀感，見到秦知苑時總是很緊張的樣子。

有一次做體檢時秦知苑順口問起她幹麼這麼緊張，她低著頭很不好意思地說：「我們年紀差不多，但是妳感覺好厲害啊！是那種走在時代尖端的菁英女性，讓我覺得自己好像滿不成材的。」

「沒這麼誇張吧。」菁英當然是菁英，何必特別點出女性，她說：「這時代女人想做什麼就做什麼。」

「可是，我的夢想就是跟喜歡的男人結婚、生兩個小孩、住在小小但很整潔的公寓裡而已……所以每次看到博士這種女生，都會忍不住想，我這樣滿腦子戀愛的女人，是不是太沒志氣了呢？」

秦知苑脫離原生家庭，從未考慮過任何向上爬以外的選項，對戀愛交友都不留心。隨著擠進那些門愈來愈窄的高等教育世界，身邊剩下的都是那些和她相似、野心勃勃的高級知識菁英。對於這樣「沒志氣」的普通人，不分男女，她心裡確實一直抱著一點鄙薄。

但今天她突然有種奇妙的感覺，她抬起頭看那年輕妻子羞澀的神情，雖然因爲天災失去了家，但這對夫婦每次來都充滿活力，好像不論被摧毀什麼，他們攜手都能重建起來。

大概是因爲年輕吧——這樣一想，秦知苑驀地意識到自己跟他們年紀沒差很多。

在這之前，她對這對夫婦只有公式化的關懷，對她來說，這兩人就是有著人類外形的試管。以前試管編號她都記後三碼，現在出於打招呼需要則會記姓氏——而且只記了何先生的，反正那女生叫她何太太就好。

那天的秦知苑一反常態，她心裡想，天災把這個女人那麼簡單、甚至讓她瞧不太起的夢想毀了，但他們還是活得那樣好，每天討論著未來重建生活的新想像——

自己又在這裡做什麼呢？

「那樣也很好啊。」頭一次她停止敷衍的回答，認眞看著何太太的眼睛，說：「滿腦子戀愛也很好。」

「博士妳騙人。」

「是真的，我要是能談戀愛也想談一場，但實驗室裡根本沒什麼好挑的。」

何太太很開心地笑了，笑出兩個彎彎的酒窩，臉頰染上一層紅暈。

「那我下次有機會，介紹朋友給秦博士吧！我會盡量找最帥的喔！」

秦知苑也笑了，這一次她低下頭來，認真看了文件上夫婦的姓名──

何英士、謝露池。

何英士就是謝露池的夢想，於是秦知苑忍不住多費了點勁打量他。從客觀角度來說，他大概稱不上英俊，這讓秦知苑對謝露池要「介紹帥哥朋友給她」的承諾打了點折扣。

但他是一個能讓人感到自在的人，他說話總是輕聲細語，從不主動發表意見，附和兩人居多，沒半點侵略性。在自己那競爭激烈、有如殺伐戰場的職場中實在少見。他的五官柔和，雙眉略略下垂，每次來實驗室都穿著一件軟塌的白襯衫，袖口捲到手肘，好像一個親切的業務員，認真傾聽秦知苑的每句話。

謝露池感染的程度算普通，體內的ＫＩＮＧ活性不算太強，定期服用抑制劑就可以保持正常生活。雖然不是能完全放著不管的宿主，但秦知苑估計五年內她體內的能量就會自然消耗殆盡。相較之下，何英士的感染情況就很不對勁。

當時測量技術遠不如現今成熟，但像何英士這樣活性波動劇烈的也是頭一次見到。他的王活性最低時，幾乎只超過謝露池一點，但有時又會飆高到機器也無法完整測量的地步。

秦知苑先從他的各項身體數值開始研究，想知道是否他體內狀況影響了ＫＩＮＧ的活性，或是ＫＩＮＧ的暴起暴落會對他的身體造成什麼影響──但什麼也找不出來，各項身體指標沒有顯著變化，即使有也毫無規律可言。若問他ＫＩＮＧ反應強烈時有無不尋常的事發生、或身體是否感受到怪異之處，何英士也答不上來。

為了更全面觀察，秦知苑於是向上提交申請，希望能就近觀察兩人。上面批准了她的請求，讓她搬出象山研究所，去做這對夫婦的鄰居。何英士與謝露池目前住在陸地都市的救援設施，空間並不算很大──其實，受天災波及的地方是何英士的公司宿舍，兩人不是屋主，雖然拿了一筆救濟金，本來是無法申請到臨時救援住處的。以當時兩人的經濟狀況來說，沒有宿舍的話，只能勉強在空橋都市租很糟的地方住，不然就得搬回南部鄉下了。但謝露池想要孩子，她不希望小孩得從小在空橋都市長大。就在這時，他們正巧碰上HCRI的研究計畫，於是以接受追蹤實驗為交換，順利申請到在陸地都市的住處。

秦知苑搬離象山研究所時，頗有一種恍如隔世之感。這幾年來她一步不曾離開象山，因為封存了國內最大的王，象山支部是非常封閉的研究所，甚至連天空都被灰色的水泥天花板封閉。

謝露池對她搬來一事又驚又喜，那一次閒談後，秦知苑與謝露池親近起來——至少謝露池這樣認為，兩人在診間裡的話變多了，謝露池不再害怕秦知苑這樣的「菁英」，將她「降格」成能安心親近的「朋友」。她熱情歡迎秦知苑成為鄰居，還要何英士請一天假來幫她搬家。但秦知苑婉拒了，她根本沒帶幾件家具過來，帶來的全是實驗所需的儀器。那是整套從象山研究所搬出來的，她的房間到時候會直接變成一具緩慢運轉的巨大機器——而組裝機器跟搬家不同，外行人不能隨便插手。

在秦知苑的堅持下，謝露池只得妥協。但等秦知苑都安頓好，謝露池又興高采烈地想拜訪她家。她的期待如此強烈，這一次換秦知苑讓步。她準備了一次性外科口罩、乳膠手套和鞋套，並再三提醒兩人不要摸屋裡任何東西——但「拜訪須知」說得太遲了，好社交的家庭主婦謝露池來時還提了一鍋燉雞湯。

最後秦知苑只好洗三個燒杯來裝雞湯，謝露池非常生氣，說：「這哪裡可以生活？根本是實驗室！」

秦知苑說：「我在學校的時候，差不多就是睡在實驗室裡的。」在象山工作時也沒差多少，謝露池問她：「那妳都在哪裡吃飯休息？」

搬來這裡後三餐都在外面隨便打發，睡覺的地方則是房間正中央鋪平的一張瑜珈用乳膠墊。對於為何擺在顯眼的正中央，秦知苑的說法簡潔明快：「插頭都在牆邊。」哪裡還看得見牆壁？這屋裡四壁都被機器填滿了。

那一天他們三人在房間正中圍成一圈，盤腿而坐——就像某種怪異的宗教儀式一樣，中間放著謝露池帶來的不鏽鋼保溫鍋，以恭敬虔誠的態度，用燒杯喝乾了雞湯。

離開前謝露池說：「如果三餐都要在外面吃的話，不如來我們家裡吃吧！」秦知苑不知道為什麼謝露池要這樣招待她，多添秦知苑這一口的飯錢，她也不能向HCRI申請。

秦知苑沒有聽她的話，自己就是沒辦法這樣踏進兩人家裡，因此還是照舊吃著便宜行事的晚餐。

有一天，秦知苑在回公寓途中接到了一通電話，是她的二叔打來的，接起電話時她還嚇了一跳，根本是認不得的號碼。二叔陌生的嗓音在那一頭斷斷續續，聽得不太清楚，但至少知道她的父親過世了，母親甚至不願親自打一通電話過來。

二叔告知了喪禮的時間地點，但秦知苑沒記住，反正她也不打算過去，父親還有其他小孩，讓他們去就可以。當她清償債務，就和這個家斷絕了關係，扳指一算，她好多年沒聽過那個家裡任何人的聲音了。

秦知苑掛斷電話，準備回房繼續出門前未完的工作，她將雨傘掛在窗台下一排S型鐵勾，收傘時水花濺濕了長褲，寒意好像從腳下鑽入全身。她想起謝露池那鍋雞湯，忽然懷念得不得了，就算是上班族週末也會放兩天假，她今天暫時不當努力的秦博士可以吧？

於是她撥撥身上的水滴，去敲兩人家門。來應門的是謝露池，她一開始很驚訝，但立刻笑開懷。

「請進。」她說：「晚餐剛煮好。」

「啊……」這時秦知苑才想到，自己事前都沒說一聲就跑來，就算謝露池有心招待，恐怕也沒有她的分。秦知苑僵在門口，頭一次對自己的疏於社交禮節感到羞愧，但謝露池像清楚她心裡想法，笑容滿面地說：「英士剛剛才打電話回來說要加班，我們先吃吧！」

「那他回來怎麼辦？」秦知苑看到桌上擺著保溫鍋，似乎謝露池正準備將何英士那一份熱起來。

「管他的，買外帶之類的，叫他自己想辦法好了。」

這回不再是克難地席地靠牆，而是在餐桌前正襟危坐，秦知苑已經很久沒有這樣的經驗，竟然感到很緊張，但謝露池輕鬆地與她閒話家常：「今天工作還順利嗎？」

「嗯……」既沒有特別的突破也沒有陷入什麼僵局，秦知苑不知道這樣算不算順利。謝露池又說：「我們都很感謝秦博士唷。」

「感謝我……爲什麼？」

「爆炸發生後，我們都被那種輻射感染了吧？」謝露池對KING的理解很薄弱，只能用她熟悉的概念模糊拼湊：「可是英士比我更嚴重，他常突然就感覺倦怠或全身疼痛。我眞的好害怕，不知道該怎麼辦。」

KING的性質、總能量大小、活性、還有宿主體質都會使副作用不盡相同，謝露池感染程度小，日常生活不受太大影響，何英士似乎較不能適應。

她身爲兩人的觀察員，對此當然瞭若指掌。嚴格來說那不是她的工作範圍，但不能放著何英士發病痛苦不管，因此會提供適當藥物緩解。除了普通的止痛藥和緩解發炎反應的藥物，也有專門抑制KING活性的藥物。

「但是，還好有妳在。每次只要拿秦博士的藥回來，英士就會好多了。」

秦博士眞厲害，開的藥很有效，指示又很明確。謝露池笑容滿面，一再傳達感謝的心情，讓秦知苑不知所措。那不是她的功勞，她不是醫師或藥劑師，只是向醫療部門轉達何英士的狀況，消炎止痛都是很普通的處方，開發抑制劑也是其他研究領域的學者。

但對謝露池來說，「感激」就是這麼輕易能給予的感情。如果自己向她解釋何英士眞正要感謝的是哪些學者的優秀研究，她想必只會微笑著說：「哎呀！那也眞要謝謝這些大師才行。」

但是，明明稱不上自己的功勞，秦知苑卻爲這種被信賴的感覺而高興。

秦知苑沒有去父親的喪禮，那一天她跑去找謝露池。沒有提前說，因此謝露池也愣住了。秦博士，今天有什麼事呢？明明隨便編個跟KING有關的理由就可以，自己卻愚鈍地站在門口，一句話也說不出來。謝露池彎著腦袋看她低垂的臉，微微一笑說：「附近有新開的餐廳，要跟我一起去試試看嗎？」秦知苑從順地點點頭，謝露池爲什麼知道自己需要這樣的藉口呢？

隨著與這一家人間交誼漸深，秦知苑開始掌握何英士惡化的發生條件。他的惡化總是毫無前兆，有時只是喝一杯水，有時只是靠在椅子上坐一陣，突然便會有股噁心的感覺襲來。

「如果立刻起身去做點其他的事，情況就會好得多。」

但是，並不是這樣就能輕鬆解決。按何英士的說法，雖然起來到處走走能中斷不適感，但那種不舒服感仍像水面的漣漪一樣，會向外一圈一圈擴散。

「就像太陽太大被曬得頭暈腦脹吧？」他盡力說明：「雖然躲進陰涼處就會好一點，但之後整天都還是會有點暈、也容易疲倦。」

秦知苑讓他記下這種狀態詳細發生的時間、還有他的處理方式、成效等等。甚至要他別按自己習慣的方式應對，多嘗試各種不同處理模式。何英士對她的指示百依百順，對將她視爲醫生的這兩人而言，這不過就是謹遵醫囑罷了，這樣的信任卻讓秦知苑隱隱愧疚，自己是科學家，對她來說，何英士的紀錄只是她的研究數據。

蒐集約兩個月的紀錄後，秦知苑肯定了一件事情：發作時間沒有規律，但最有效的處理方式是一致的：立刻離開當下場所。比起中斷手頭的事情、改變自己身體狀態，馬上離開原地更有明顯成效。

換言之，何英士的發作或許跟場所有關——按秦知苑的判斷，何英士的不適感應來自體內ＫＩＮＧ的波動。而這種反應主要有兩種理由：宿主有太大的情緒波動，或者周圍有其他ＫＩＮＧ存在。不過，按何英士所說，他發作時通常都是很普通的情境，也沒什麼情緒波動。

那麼，就是他在周圍遇上王了。

這個發現令秦知苑非常興奮，這代表何英士很可能比一般宿主更能敏銳察覺王的存在。但有一點讓秦知苑大惑不解：按理說，如果何英士對ＫＩＮＧ敏感的話，發作地點應該會有相關性。比如何英士每天都在固定地方辦公，如果那裡有ＫＩＮＧ，在它消滅或轉移之前，何英士應該會持續感到不適。但何英士的紀錄幾乎不具連續性，同一個地方通常只發作過一次，後續就再也沒有相關紀錄。

她讓何英士身上準備可攜式的簡易偵測器，不過，當時技術還不發達，需要花至少十二小時才能有效偵測出反應，因此幾乎沒有成果。

難道是自己的想法錯了嗎？何英士體內的波動是出於其他理由嗎？秦知苑也親自前往他發作過的地方調查，

都是一無所獲。但何英士所有臨床症狀都類似宿主發動能力時的狀況，她認爲自己的預測是合理的。

又過了約半個月，一次何英士在外出勘查電信設施的裝設時，突然感到強烈嘔心暈眩，就這樣直接暈過去，同事連忙將他送醫，昏睡了一整天才醒來。隔天秦知苑去該處調查，意外的是，竟出現ＫＩＮＧ的反應。從偵測器的反應看來，能量十分微弱，連防護具都不必準備，難道何英士對ＫＩＮＧ的反應比實驗室的儀器更敏感嗎？這時，秦知苑擬定出一個新的策略。

以替何英士作精密檢查爲由，秦知苑將何英士單獨帶往中研院的ＨＣＲＩ總部。當然，謝露池根本不知道那裡在做什麼，一聽說何英士那天突然昏厥、不省人事超過十個小時，她嚇得只會不停哭泣，還冇拉著秦知苑的袖口，拜託她一定要救自己的丈夫。

然而，秦知苑帶何英士去南港，倒不是要替他做身體檢查，她要帶何英士去的地方是那裡的溫室大樓——在院區正後方，一整棟收藏國內外ＫＩＮＧ樣本的保藏室，研究員都戲稱那裡「標本博物館」。

依據強度不同，她向溫室大樓借調了十件樣本，在防護設施充足的實驗室中，測試何英士對這些樣本的反應。測試持續近兩週，最初沒有反應，秦知苑只能有限度地開始卸除何英士身上的防護裝備，讓他幾乎在無防備的情況下，暴露於不同程度的ＫＩＮＧ之中。

實驗的結果幾乎與秦知苑的預測完全相同——

無一例外，卸除防護裝備後，何英士常見的症狀馬上出現，愈強的ＫＩＮＧ會讓他的不適維持愈久。他的體力一天只能測試一支樣本，途中他曾因爲太難受，請求秦知苑暫時停止實驗，休息三天才又繼續。

何英士會對ＫＩＮＧ產生反應，而且他的感受力比現有測量方式都更敏銳，這一點無庸置疑。然而，實驗結果還有一處完全超出秦知苑的預期。何英士不會對同一支樣本產生第二次反應，秦知苑無法解釋，於是她將這些樣本拿去重新檢驗一遍，發現上面的ＫＩＮＧ已經完全消失了。

這結果大大出乎秦知苑意料，甚至可說令她大駭不已。但這確實能解釋爲什麼何英士幾乎沒在同一個地方發生過同樣反應——**因為當他待在那裡一段時間以後，ＫＩＮＧ的濃度就會大幅下降。**

爲什麼？難道何英士成爲那些ＫＩＮＧ的新宿主了嗎？但他持續接受體檢，並未發現太大變化。

因此必須換個方向思考——從何英士即使離開原處，之後也會不舒服一段時間來看，秦知苑猜想，他身上的ＫＩＮＧ必定還在持續作用。那麼這「作用」究竟在做什麼？從何英士周圍的ＫＩＮＧ濃度下降這一點，恐怕會引出相當驚人的結論——他或許將ＫＩＮＧ「消化」掉了。

目前消滅ＫＩＮＧ的終極手段只有兩個：生物宿主死亡，非生物宿主超高溫毀滅。除此以外，他們能做到的就只有大量掩埋，等待它慢慢代謝乾淨。

何英士的出現，或許將會改寫一切。

秦知苑難掩自己心中興奮，立刻向總部提出要求，將何英士帶回象山研究所，密集對他進行研究。他離開工作崗位這段期間的經濟損失，將由ＨＣＲＩ全額支付。

何英士提出的條件只有一個：必須讓謝露池一同前往。

站在研究者的立場，秦知苑並不贊成這樣做。謝露池也是感染者，長期待在象山研究所對她不是好事。但要解釋到何英士明白並不容易，而且站在個人角度，就這樣拆散一對年輕夫妻，未免也有些不近人情。

還有一個秦知苑從未對任何人說過的理由——她想，這段時間以來，她與這對夫婦共同建立的生活，如果能一起帶回象山那座冰冷的灰色城池，或許不是壞事。

經過核可，謝露池得以與何英士一同搬進象山，入住院區的研究員宿舍中。但在這冷酷無機質的研究院區內，就連謝露池也很難再描繪她那廣告畫報般溫暖的小家庭想像，總是顯得鬱鬱寡歡。何英士花很多時間待在醫療部門，一人無所事事的謝露池，只能找些其他的事分散注意力，她變得對ＫＩＮＧ積極許多，經常跑到秦知苑的研究室去，就成因問東問西，她說：「我也想在英士需要的時候能幫上忙。」

她又能幫上什麼忙呢？開始時，秦知苑感到很困擾：「這對外行人很難用三言兩語說清楚。」

「是因爲我太笨嗎？」

「不……不是這樣。這是很新的領域，也有很多才剛建立的粗糙假說。就算是我們研究員，多半也只能以打比方的方式。」

「那也沒關係啊！打比方的話，我們這種普通人更容易聽懂吧？」

秦知苑很無奈，這毫無意義，不過實在敵不過謝露池的懇求，於是秦知苑在忙碌的研究空檔，還得化身科普作家，盡可能淺顯地向她說明。當時多少覺得厭煩，不過日後她成為災區警察、經常要面對一無所知的新人時，這些經驗倒派上不少用場。

不只是對ＫＩＮＧ充滿好奇，謝露池也對秦知苑的研究很有興趣。每位研究員的題目差異很大，但就秦知苑所知，沒有人做和她類似或相關的題目，原因很簡單，現階段缺乏有力的理論，也沒有實用價值。

她盡可能以謝露池也能懂的簡單言詞，說明自己的研究範疇：「簡單來說，我想找出ＫＩＮＧ寄宿最密集的部位，活體摘除後、進行後續保存與觀測。」

ＫＩＮＧ的本質是一種能量，在人類身上尤其有核心化、集中化的特性，這些能量會促使細胞產生變異，科學家猜測這就是為宿主帶來異能的本質，但這些變異細胞無法複製重現，能量核心消散後，就會漸漸消滅。與感染無生物的情形不同，學界一直找不到有效方式保存寄宿生物的ＫＩＮＧ。

秦知苑一反學界主流對變異細胞的研究，反而集中在能量核心的研究上，她認為只要能在特定條件下，準確摘除能量核心，就能讓ＫＩＮＧ避開殉主的命運，順利保存。

這理論橫空一筆而來，雖說科學的重大突破，經常倚賴的就是這樣的誤打誤撞，但也有很大的風險前方是死路。跳不過龍門的鯉魚，只能在岸上窒息而死。

秦知苑也因此被傳得繪聲繪影，說她是天才，敢走前人未走之路。不過她認為自己的研究有清晰脈絡可循，絕不是突如其來的妄想——她在實驗室中感染的猿猴與禽鳥身上都曾觀測到這種現象。自己的理論方向是正確的，少的只是有效安定的重現方式。她做過無數次生物實驗，無脊椎動物的重現率極低，脊椎動物好得多，其中又以靈長類的反應最好。但目前為止建立的數據，還是不足以構成有力的論證。

謝露池努力聽她解說了很久，還是不明白她執著這項研究的目的：「那樣有什麼好處？」

「可以有效保存人類宿主身上的KING。」

「可是為什麼要保存那種東西？」

保存愈多不同種類的樣本，對未來研究就能提供愈多幫助，能順利寄生在人類身上的KING，通常有一定程度的特殊性。但不論怎麼說明，對謝露池來說都只像是要製造一個病毒實驗室一樣。或許這也不能怪她，畢竟何英士經常受這種「病毒」折磨。

「那要怎麼做才能不讓KING跟宿主一起死掉呢？」

只要能使宿主同時具備有機與無機性質，就能有效將王困住。至於如何同時保留生與死兩種特質，秦知苑也早已有了想法：「雖然原理不同，不過很類似器官活體移植，要在宿主死前就將它取下。」

聽見器官移植，謝露池大叫起來：「好可怕啊！」

「我們沒有強迫KING從生物轉移到無生物上的手段。所以，要讓它從有機物平穩過度到無機物上，幾乎就只有這個辦法——讓身上活著的東西變成死的。」

其實，在秦知苑的研究正式完成之前，這個辦法有沒有用也是未知數。她指著謝露池及腰的長髮說：「這有什麼好怕的？生物每天都在緩慢死亡，我們身上本來就有一半的死物。像妳的頭髮，後面那一段早就死了。」

謝露池不滿地板起臉：「這是在說我的頭髮保養不好嗎？」

「不是。」秦知苑笑道：「人類從出生到死亡，就像一個循環，我們身體的組織也有這樣的輪迴。頭髮會死、肌膚會死、指甲會死、細胞會死，死後就慢慢瓦解剝落……我們是一架無數小機械組成的大機械，小機械有什麼特性，我們都會有。」

「我和英士說了，到夏天就把頭髮剪掉。如果王附著在英士的頭髮上，這樣就能擺脫它了嗎？」

秦知苑謹慎地回答：「理論上是這樣沒錯。但依據特色不同，也不能排除它在體內轉移的可能。」

「但是如果寄宿在無法剪掉的地方呢？比如在心臟……拿掉了就得死掉的地方。」

秦知苑無言以對，她沒有想過這個問題。研究這個題目為的並不是拯救宿主，而是想更好理解KING的性質，以及保存那些「有機會保存」的樣本。

何英士夫婦搬進象山大約半年後，後勤支援中心忽然有人來接觸秦知苑。

災區警察和ＨＣＲＩ一向各做各的——災區警察完全是軍方人馬，需要技術支援時才會來諮詢他們，目前和他們溝通的主要管道，就是這個由各領域研究員輪流支援、設立在災區警察總部的「後勤支援中心」。

他們問她：「何英士有消除ＫＩＮＧ的能力，妳有沒有考慮將何英士投入災區警察中呢？」

現在回想起來，他們這些研究員之間的言語何等傲慢，好像何英士是受她監護的孩童——不，好像是一具他們創造的機器人偶，而他們僅是在評價彼此人偶性能的優劣。

但那時她未曾察覺到這些語境的不合理，她拒絕了提議：「英士的能力作用機制還不是很明確，讓他上第一線幫助有限，而且太危險了。」

她至今都還記得，見到同僚頗不以爲然的眼神時，自己又補了一句：「他的案例是獨一無二的，或許會成爲我們未來最大的武器。讓他現在犧牲，實在太可惜了。」那樣的對話現在回想起來，連自己也感到無比憎惡。

不過，秦知苑對他的「保護」終究有其極限，很快何英士還是受到徵調。當時災區警察和大部分的ＨＣＲＩ研究員沒有直接互動。但她知道以後，衝去位在大安的災區警察總部，質問這是怎麼做的決定？

她被那裡的長官冷酷斥退，回來後，她還被鄰科的人譏笑：「妳叫什麼？我們那裡連未成年都去了！」她對其他實驗室的研究所知不多，鄰科卻是例外，那裡的研究員都相當資深，負責的個案是ＫＩＮＧ有直接殺傷能力的宿主，大家都叫他們「重火器科」。

她沒好氣地反唇相譏：「我們跟你們那裡的哥吉拉不一樣！」

對於成爲災區警察的危險性，這對夫婦顯然一無所知。何英士本人樂觀其成，爲了研究他身上的ＫＩＮＧ，何英士已被困在象山研究所很長時間，沒有經濟收入令他不安；另一方面，大概厭倦實驗室內的日子。換上筆挺制服、得到新生活目標，令他精神奕奕。

何英士正式入隊沒過多久，謝露池便跑來找她：「我也是宿主，我也可以當災區警察嗎？」

秦知苑大駭：「妳要當災區警察做什麼？」

謝露池很不好意思地說：「每天待在這裡，對英士什麼忙都幫不上。這樣我也能多跟英士待在一起吧？」

其實災區警察的工作並不如秦知苑想像中危險——大多數時候他們都是去處理小型、傳播方式單純的α。不但每一小隊都會配置鄰科的重火器宿主，部分成員也會配備武裝，遇上有攻擊性的生物宿主都還綽綽有餘。

然而，秦知苑還是不安，極力阻止。謝露池的ＫＩＮＧ沒有具體的行動特色，只是力量微小的α，實戰中不起作用。但災區警察需要的並不全是如同天災的力量，謝露池這種宿主最大的優勢，是只要做好必要保護措施就有機會吸引其他王靠近，畢竟它們有獵食的本能。

隨著災區警察持續擴編，很快謝露池也加入成爲一員。可惜未能如願：她沒能分派去何英士的隊伍。不過，謝露池在隊上很快建立起自己的人際關係，這對夫婦勤務逐漸加重，秦知苑愈來愈少看到他們，只有例行檢查時能見上一面。從前覺得負責照顧這些「人形檢體」耽誤她研究的秦知苑，此時竟然有一種說不出的寂寞。

當謝露池在新團隊中如魚得水時，待在警隊中的何英士，能力也得到了驚人的發揮。

比起待在實驗室時能力的虛無縹緲，何英士上戰陣時，能力非常穩定。按目前成果，在何英士五平方公尺範圍內的王，即使沒有直接接觸都能消除，而且速度很快，大多能在十五分鐘內完成。

能夠穩定拆除「炸彈」的何英士，帶給同行隊友很大的安全感，隊伍在執行任務上也變得更有效率。何英士從一個默默無名的電信局員工，一躍成爲災區警察中最引人注目的大將。

偶爾秦知苑會產生雛兒離巢的孤獨感，會漸行漸遠吧！未來他們可能由後勤支援中心的研究員與醫師接手，到那時再也不用自己兼差看顧了。不過，兩人如果都能成爲獨當一面的災區警察，對國家來說也是好事。

但天災出現的頻率持續上升，那時還沒有人警覺這不是偶然，而是一場大災難的序曲。

災難的第一個音符，就由災區警察「異變」的發生開始。

ＫＩＮＧ偏好人類宿主，一旦得以順利寄生，通常就會變得很穩定，但這種穩定是相對於他人，對宿主來說，ＫＩＮＧ像是一種難以控制、朝令夕改的病毒。在動物身上尤其明顯，動物宿主經常變得充滿攻擊性，這是爲了使宿主主動獵捕其他ＫＩＮＧ以自我壯大。爲此，災區警察會定期驅趕空橋都市內的動物，盡可能減少動物宿主的數量。

解剖這些動物遺體後，發現動物的腦結構發生不小變化，應是寄生的影響。但在人類身上這樣的情形尚未發生，相較其他動物，靈長類動物又更穩定，他們判斷或許與腦部結構複雜程度有關，人類不至於產生失控。

但這個受普遍認可的理論，開始出現變化。

事情首次發生在是一個陰暗的雨夜——正是六月潮濕的梅雨季，入夜後，濃密的烏雲掩蓋月光，在人煙罕至的小路間，只能倚靠柏油路上的水窪，反射遠方的路燈作爲扭曲的照明。

當時有四名災區警察前往回收ＫＩＮＧ，本來一切順利，已順利隔離宿主與採樣，準備收隊回總部，但這時有一人忽然失控，他的能力引發連串起火爆炸，同行隊員爲了自保，只能當場將他射殺。

這起悲劇帶給災區警察重大的士氣打擊，最糟的是這並非一起個案，在調查還未取得進展前，同樣的事情再次發生。

情況明朗化前，ＨＣＲＩ不打算讓災區警察知道太多，因此暫以意外結案，調查報告說明發狂的警員是因爲壓力過大、精神狀況長期不佳，才會發生這種「擦槍走火」的悲劇。但隨著類似事件連續爆發，災區警察開始陷入恐慌與不信任——爲何能力失控的事故頻繁發生？是否ＫＩＮＧ的性質開始發生變化？ＨＣＲＩ不是這樣跟我們說的！他們明明說寄宿有年限、途中也不會惡化啊！

另一方面，保持沉默的ＨＣＲＩ的恐懼也不比這些警察少——他們並未說謊，一直以來，ＫＩＮＧ在人類身上都沒有出現過惡化跡象啊！若要比較今年與過往災區警察有什麼差異，只有一點：大量天災出沒，使災區警察的勤務大幅上升，操縱自身能力與天災對抗的機會也增加——

迫使他們主動頻繁地使用ＫＩＮＧ，是否是引起異變的主因？

然而沒有人敢公開說出口，災區警察帶來很好的成效，即時處理與回收王引發的異常、避免後續災難與動盪發生，這些成績都是有目共睹的，沒有人想修正這個部門的運作方式。ＨＣＲＩ對內的態度很清楚——比起找出這種「異變」的理由，更重要的是尋求抑制異變的方式。

然而狀況持續惡化下去，一次回收任務裡，一位警員衝向宿主群——通常處理動物宿主的方式，是以武力控制後，關進隔離材質製作的牢籠內。當然，一般武器對這些狂化的怪物未必具威嚇性，因此無法順利擊斃對象時，也會利用警員的能力來控制目標行動。

然而那天失控的警員雖然衝往目標，卻並非試圖控制目標行動。

他一口咬住那些還算溫順、只是被檢測出有KING反應的野狗後頸，生生撕下一塊動物的血肉來。原本安靜的混種狗受到驚嚇，開始圍剿攻擊他。但他宛如一匹更凶惡的暴犬，四肢伏地，齜牙咧嘴與牠們纏鬥，很快他使用自己的能力，將動物的鮮血從內部抽乾。

那真是有如煉獄的景象，當下所有人都愣住，直到那些狗幾乎都成為乾屍才想起拔槍——失控事件持續發生後，每位警員都配備電擊槍與鎮靜劑，為的是能讓失控隊友迅速失去意識。但依據KING種類不同，即使宿主失去意識，也未必每次都能停止作用。這名失控的警員平時被叫作「吸血鬼」，能將生物體內液體以極快速度抽乾，人體撐不到三十秒，根本沒人願意冒著被他抽成木乃伊的風險靠近，當下第一反應都是拔槍——

只有何英士例外，他朝那位警員慢慢走去。

走到一個能面對面的距離，他停下腳步，盯著對方的眼睛，對方也回望著他，兩人都知道誰一鬆懈就會被對方絞死。對方的能力需要直接接觸，一旦何英士被他碰到，如果不能將他的KING徹底消滅，就等於搭上往地獄的單程列車。

就這樣僵持片刻，已經完全失去理智的對方再也無法忍耐，一面嘶吼朝何英士衝來。何英士拔出電擊槍向他攻擊，但對方的體能狀態如野生動物，他衝來的速度極快，向左向右靈活跳閃，何英士根本沒能擊中他，雖然還有一發防失誤的備用彈匣，但在何英士來得及反應之前，已被對方按倒在地。

對方咬住何英士的脖子，三十秒，那就是何英士剩下的時間，無法脫身的話就會變成乾屍。何英士雖然驚慌，卻沒有失去理智，他迅速抓住對方雙手，使盡全力運作自己的王。經過這兩年災區警察的訓練，他使用自己的能力已經十分熟練——這一次更是超常發揮，大概是寄宿在英士體內的王也察覺到這是生死一線之際吧！它絕不會拋下同生共死的宿主，傾盡全力擊倒對方。

何英士閉上雙眼，握緊那人的手，幾秒以後，還咬著何英士脖子的警員全身一陣抽搐，便倒在他身上一動不動了。過一段時間後，何英士才睜開眼睛，緩緩鬆手，對眾人說：「他身上的ＫＩＮＧ已經控制住了。」

當時沒有人知道能否相信何英士，都停留在原處一動不動，幾把槍同時指著兩人。何英士便從地上爬起來，伸手抹了抹脖子上的血，揹起受傷的同伴，說：「至少讓我和他回車上吧？」

眾人自動開出一條路，何英士揹著他鑽進廂型車後座，關上車門，拿急救箱作了簡單的傷口處理，接著將他和自己銬在一起。十幾分鐘後，被電暈的警員緩緩轉醒。除了有些驚嚇、記憶混亂外，其餘一切如常。

何英士將同伴安全送回總部，經過一連串身體檢查，吸血鬼體內的ＫＩＮＧ已經一點也不剩了。在一線戰場上，他是非常有效率的破壞者，因此災區警察不乏有人大呼可惜，但他的隊友大多鬆了口氣——再怎麼說，至少保住了性命。

從那天以後，何英士真正成爲災區警察的英雄，大家爲他的ＫＩＮＧ取了個名字——**仁君**。在眾多暴亂殘酷的王當中，只有他的王願仁慈地救濟眾人。

在災區警察內地位變得吃重，代表何英士出現在象山研究所的時間愈來愈少，大部分時間他都在大安總部，最危險的任務總是交給他與那些重火器科的特殊警員。秦知苑早已習慣這對夫婦的生活重心遠離她，但對謝露池來說就不是這樣了。何英士待在衝鋒陷陣的前線小隊，謝露池不可能被調到他身邊。她閒時頻繁來找秦知苑，或許當中也有難以排遣的寂寞心情。

「我跟英士不一樣，我在隊裡好像也派不上用場。」她失落地說：「就算上面大發慈悲，把我和英士編進一隊，我什麼都幫不上他。」

「英士也不希望妳去那麼危險的地方吧？」

「可是我討厭那樣！」謝露池大叫：「以前不是這樣的，還在宿舍的時候，雖然住的地方很小、英士的薪水也沒那麼多，但是我每天都把房子打掃得很乾淨，讓我們住起來很舒服，我煮的每道菜英士都誇獎很好吃、說他每天一進辦公室，就開始等著下班回家吃晚餐……我覺得我跟英士是一人拿著一支槳，一起討論船要划到哪裡去，那時候我一點都不覺得是英士的累贅。」

「妳現在也不是啊！」

妳一定是他那麼努力衝鋒陷陣的理由吧，秦知苑心想。何英士知道自己有保護其他宿主的能力以後，更加專注於鍛鍊控制能力。他還曾私下跟秦知苑說：「請博士多多照顧露池。」

自己又能怎麼照顧呢？謝露池可是拚了命想追到你身邊啊！但秦知苑還是向他沉沉點了個頭，像她的承諾一樣重如千鈞。何英士好像鬆了口氣，發自內心笑了，這是第一次秦知苑看見他露出那業務式、與人為善式以外的笑容：「露池啊，總愛煩惱這煩惱那的，我很擔心她又想太多。」

而此刻謝露池正如她丈夫所預言，垂頭喪氣：「可是我只能放著他一個人去拚命，什麼事也做不到。以前還能跟他一起聊受訓的話題、討論KING的事，現在我連見他的時間都好短，他如果有煩惱，也不能跟我說、我什麼也幫不上他……」

秦知苑忽如受了一記暮鼓晨鐘，她忙問：「妳想幫上他嗎？」

「當然啊！」

「那也不一定要當災區警察才能幫他，妳要不要來當我的研究助理？」

「啊……助理？」

「加入研究工作是理解KING最快的途徑，妳懂得愈多就愈能成為英士的後盾。正好我缺一個助理。」

秦知苑的臉有點熱，自己像一個貪婪的推銷員，她從沒說過這麼精緻卻違心的語言。當然，不能說她的話都是騙人的，不過她想讓謝露池當助理的原因，是想讓她退離風險愈來愈高的一線災區警察工作，或許這是她不同於何英士、保護謝露池的方法。

尤其在災區警察的異變持續發生後，她沒有信心所謂KING的N代表的Non-progressive——無惡化性。

她原本的助理拿到學位以後，立刻選擇脫離象山，到更安全的南港工作。雖說謝露池並無研究助理所需的學位，但秦知苑的研究暫時不到需要招募專業助理的地步。她利用自己在後勤中心的人脈，盡量減少謝露池的勤務，讓謝露池在她這裡「兼職」，並允諾教給她更多KING的知識。

秦知苑的研究花大量時間在解剖感染的動物宿主，既不能太快殺死宿主，又要避免它們產生攻擊性，還要觀察不同狀態下它們KING的表現形式，並檢測判斷最有可能的感染部位。因此她麻痺、切割各種動物、以及設法維持它們生命徵象的手段不但豐富，技術也非常高超。

謝露池很不適應她的實驗室裡各種藥劑刺鼻的氣味，還有就算脫掉防護服也洗不去的那股血腥味，但她確實在秦知苑身邊學到很多學術角度看待KING的方式，甚至能客觀檢視自己與何英士的狀況。

只不過，討厭的事還是討厭——秦知苑永遠都在精進她這種「殺戮」技術，尋找最完美「不殺死目標找出寄宿中心」的方式，最初謝露池很難接受：「這種事有可能嗎？」

「當然可能了，妳知道泥蜂嗎？」秦知苑一面摘下手套，扔進垃圾桶中：「有些種類泥蜂的繁殖有一個很厲害的技術，牠會把卵產在其他昆蟲體內。」

「產卵……在其他昆蟲裡面？要怎麼做？」

「把產卵管插進其他昆蟲的體內啊，像打針一樣打進去。牠們又不是哺乳動物，需要一個強壯的子宮來孵育胎兒。」

「可是為什麼要這樣做？」

「因為雌蜂不會留下來照顧這些幼蟲。等幼蟲破卵以後，就可以直接將宿主當成食物，慢慢吃掉。吃完的時候幼蟲也差不多夠強壯、有自己覓食的能力了。」

謝露池露出非常嫌惡的眼神：「一個母親怎麼會用這麼可怕的方法養育孩子？」

「『母親』只是一種人類社會特有的文化產物，可不是大自然給萬物準備的職位。所以我說了牠們是『雌蜂』，雌蜂的目標並不是當什麼慈母，而是為了繁殖後代。」

「那……這跟我們在做的事又有什麼關係？」

「這些泥蜂幼蟲在吃掉宿主的過程中，並不會把宿主殺死。因爲宿主如果太早死了，屍體會開始腐爛，產生毒素，吃到腐肉的幼蟲很快就會死掉。爲了保證食物的新鮮，牠們進食的時候有很嚴謹的順序，一口都不能咬錯地方，直到吃掉最後一塊肉時，宿主可能都還活著。」

「怎麼可能，這麼困難的事……」

「是啊，就算是一流的外科醫生也遠不如牠們。」

「但是牠們怎麼有能力學會這麼難的事呢？既然泥蜂媽媽已經不在身邊……」

「這就是生物不可思議的本能了。就算是妳說的『泥蜂媽媽』也一樣——雌蜂給予幼蟲的一切也都是本能，是大自然讓牠給的。如果一定要說母親，所有生命唯一的母親是自然。」

「知苑……妳不要老是這樣看待事情嘛。我覺得用什麼科學的角度去解釋媽媽，太冷酷無情了吧，我絕對不會想當那樣的媽媽。」

「好啦好啦，我知道了。眞好啊，我也想當露池的女兒。」秦知苑哈哈笑了：「不論怎麼說，泥蜂可是我的精神老師。只要能像泥蜂那樣，讓宿主在解剖過程中盡可能延命，我就有機會保存ＫＩＮＧ。」

「可是這樣眞的好殘忍呢。」

「妳是說我的實驗，還是泥蜂？」

「都是……吧。」

「但是，這個技術如果成熟的話，或許可以幫助很多人。」

她說這話時想的是那些異變的災區警察，其實最初投入這個研究時，並不是爲了宿主考量的。

謝露池在她身邊跟了快兩年，成爲她最得力的助手。隨著這兩年內天災增多，災區警察也改變編制。爲了彌補災區警察與ＨＣＲＩ之間優勢落差，決定在編制中增加內勤人員，希望他們兼具ＨＣＲＩ的技術性與作爲災區警察第一線的現場判斷力，如此戰術就能更具機動性。

隔年春天來得特別晚，而且比往年都更冷。

象山研究所的冬春兩季總特別難熬，或許是因爲這座設施如此封閉，隔絕了臺北最後一點堪稱奢侈的陽光。享受不了晴天，下雨時的寒冷卻一樣蝕骨。

在早已忘記何謂陰晴雨雪的歲月裡，只有那一陣子不同，研究所天天都「下雨」——據說設施天花板有些裂縫，雖然不大，仍滴滴答答滲水進來，外面想必是駭人的傾盆大雨，空氣中充滿霉味，令人不快。

很快有工班進來展開補強工作，難得在設施中再次聞到水泥與化學塗料的味道。其他同僚雖有一搭沒一搭地抱怨，嘲笑政府承包工程背後一連串汙穢的貪贓結構，但他們的態度能這麼輕鬆，只是因爲出紕漏的是無關緊要的天花板和外牆，封鎖γ的巨塔並未受損而已。

那陣子秦知苑卻眉心直跳，怎麼樣都覺得浮躁。平時總斥爲迷信，她還是忍不住查了跳左眼和跳右眼的差別，每個人說的都不一樣，她也不知如何是好。一天正午，有人在安靜的走廊上狂奔，其他科室的研究員像剛從冬眠醒來的昆蟲一樣，罕見地紛紛探出頭來。

有人說：「放射所那裡的外牆好像也裂了。」

封存γ的地方離那兒很近，於是眾人的語氣不再像先前肆無忌憚了。

「爲什麼？」

「不知道……是天氣變化嗎？」

「怎麼可能，溫差哪有大到這樣？」

「那跟先前漏水一樣是施工問題囉？不過，我們這些破研究室就算了，那裡是專門管γ的放射所耶，施工品質再差，也不可能差到這種地步吧？」

秦知苑本能察覺不太妙，立刻問：「那γ呢？有出什麼問題嗎？」

「不知道，問了那邊的人也沒有回答。」

有一個人跳出來說：「我打算過去看看，剛好我有幾件檢測樣本在放射所那裡。」

「那我也去吧！」

秦知苑回研究室裡拿上外套和傘，兩人鑽進車裡，同事才要插入鑰匙，忽地聽見好大的「轟隆」一聲，像是有東西爆炸了——但他們抬起頭，遠方依然風平浪靜，不像出事的樣子。

兩人面面相覷，這時，車內開始劇烈搖晃。秦知苑忙使勁打開車門，外頭一陣地動山搖，連車子都開始滑動，熟悉的幾棟大樓在眼前扭曲搖擺——地震？不，地震不是這種搖法，但由不得他們多加思考，爆炸聲再次響起，明明一點火光也沒看見，卻一棟棟大樓接連塌了，激起漫天粉塵。

「恐怖……攻擊？」

「不對！是天災、一定是天災——」

他們並非沒見過天災，可是象山研究所明明就屬於信義的王看管地盤，而且這種爆炸方式實在太異常了。但沒有餘力多想，必須立刻逃跑。煙塵包圍整個區域，腳下水泥地裂出火山口一樣的大縫，這裡好像一瞬間就被地獄接管。一向自認冷靜也對天災熟悉的秦知苑，此時只能跟著同事大聲尖叫。

她想衝進車裡，同事抓住她的手說：「不行，現在開車都跑不掉了。」他的聲音也抖得很厲害：「等救援！」他們衝回研究大樓，地下有緊急避難所，就算水淹進來都能撐住。

秦知苑大叫：「露池、還有露池！」

「沒時間管了！妳找死嗎？她會自己想辦法找到地方躲的！」

避難警報響起，他們按平時做的演練逃往地下避難所，等了很久也沒有等到謝露池，很快避難所封起大門，像躲在防空洞中等待戰火平息的孩子，每個人都抱膝坐在地上，沒人多說一句話。

二十分鐘後，避難所內的聯絡室傳來指示，災區警察和救難部隊都來支援了，直升機已經準備降落。

他們魚貫離開避難所，外面的損害沒有想像中嚴重，引起混亂的天災似乎結束，秦知苑和同事分批搭上直升機，她們會先被送到南港院區。即使已經起飛，秦知苑仍向地面東張西望，希望看見謝露池的身影。

在南港安頓下來後，她才勉強拼湊出現況——雖然與預想接近，證實時還是毛骨悚然：象山研究所「保管」

的那頭大怪物、國內目前唯一無主的γ，向外逸散，原因不明。

逸散同時，它開始崩潰，除了引起象山研究所的天災，封存它的巨大隔離裝置也出現損壞，它的逸散速度將會加快，甚至將可能徹底脫離隔離裝置，引起大崩潰。最好情形應是它找到宿主，快速安定下來。但在傳播形式不明、士兵特色不明的狀況下，也沒人能保證這不會造成更糟的結局。

「現在HCRI打算怎麼做？」

「正用無人機嘗試修復裝置毀損的部分，看能否減緩逃逸速度。」

「災區警察呢？」

「沒有宿主的話，他們也沒有施力點，目前都在一旁待命。」

不只災區警察無處施力，秦知苑也深深被無力感挫敗——她做的研究到底有什麼用？頭一次她動搖了。從前她一直相信，不只有追求人類福祉，追逐眞理也是科學家的天職，她的研究就算全是抽象理論，一定會在某個時候，成爲實用技術的基石。

但在這麼慘烈的災難之前，她害怕了。人眞能說出這樣傲慢的話嗎？在眞理與災難前，人類如同螻蟻。這麼多年來，他們一直與這頭沉睡的大怪物同起同臥，他們都知道它不可能永遠乖乖待在那裡——明明知道，卻還是醉心在自己的研究世界，假設這些危險「暫時」不會發生。

此刻信義的王才以刻骨的恐怖眞正敲醒了她。秦知苑渾身顫抖，從來堅信自己道路的她，世界好像一下被王掐得粉碎——

就在這時，手機響了。秦知苑渾渾噩噩接起電話，那一頭的聲音讓她迅速清醒過來。

「知苑！」是謝露池的聲音：「妳在哪裡？妳人安全嗎？」

「露池……」

聽見熟悉的聲音，秦知苑幾乎要掉下淚來，不可思議的安全感包圍了她。自然帶來的恐懼抓住她的肩膀、讓她雙腳騰空，但這一刻露池的呼喚又讓她重新落地。是啊……現在想這些有什麼用？她身邊還有那麼多人，每個人都還在用自己的方式努力著。

「妳還好嗎？妳哭了嗎？」

「我很安全。」她努力平撫自己的激動：「我被安排到南港院區避難了，妳在哪裡？」

「啊！我也在南港，他們安排我們在一棟大樓裡，但我是第一次來，我不知道這是哪裡……」謝露池當時也在象山，應該看見那恐怖的慘狀了吧，但她的聲音聽起來很冷靜。

「我可以亂跑嗎？我想過去找妳。」

「嗯，我跟妳說我這裡的位置。」秦知苑很快打起精神，忽地她又想起：「對了！英士呢？」

「英士也趕過來了，他在象山研究所待命，準備執行任務。」

「在那麼危險的——」

「沒問題的，剛剛我跟他通過電話了。英士很厲害的，災區警察一定會保護好我們。」

秦知苑好像能明白謝露池的堅韌冷靜從哪裡來了，還有一個能信賴的同伴在那裡，一定讓人會想打起精神，把自己也照顧好吧！

謝露池很快就按秦知苑的指示過來，劫後餘生，兩人擁抱彼此，謝露池眼眶都紅了，聲音變得哽咽：「爆炸的時候我聽說妳跟其他老師去放射所了，我很擔心妳，沒事太好了。」秦知苑努力壓抑想大哭一場的恐懼感，緊緊抱住她。她們待在一起，互相打氣，相信事情很快會好轉。

但惡化的速度難以想像，隔天凌晨首先傳來災區警察失控的消息，謝露池聽見時整個人變得呆滯，秦知苑忙追問告知情況的同事：「發生了什麼事？」

「信義的王能量太大，災區警察變得很不安定，有些人的狀況很糟。」

具體糟到什麼程度，因爲在完全封閉的象山研究所內，沒有人能說得清楚，只知道身體狀況快速惡化的警察迅速被撤離，深知「異變」最糟能到什麼程度的秦知苑不寒而慄。

果然不到半天，隔離小組就出現在南港。被帶來這裡避難、當日待在象山研究所的所有宿主，全被帶往有嚴密隔離設施的大安總部——當然，也包含謝露池。

謝露池被迫穿上隔離裝，服下比平時分量更多的抑制劑。她十分驚慌：「我做了什麼？」

秦知苑安慰她：「信義的王可能會造成你們體內的KING變得不穩定。」

「那英士呢？英士怎麼辦？」

秦知苑根本聯絡不上現場，也不知道何英士狀況如何了，只能不停說著蒼白無力的安慰。隔離小組迅速帶走謝露池，她像被押上絞刑台的死囚，不停用求救眼神望著秦知苑。但秦知苑也一籌莫展，她知道這是現在最好的選擇。從來無神論的科學家，第一次在心中向天祈禱，請讓這一切能順利度過，請讓所有人都平安無事。

然而，上天的喜怒無常，有時比王更殘酷。

當天傍晚，駭人的爆破聲從信義那一頭傳來——

「信義的空橋都市全垮了！」

秦知苑眼前一片黑暗，距他們研究院區北方短短幾公里、信義空橋最熱鬧的百貨地段是重災區。那裡遭受的打擊是毀滅性的，連鎖爆炸造成空橋全面崩塌，百層高樓、燈火繁華，就像謝幕後緩緩降下舞台的演員一樣，全部沉入海中——

「為什麼會這樣？王的封鎖失敗了嗎？」

「不知道，聽說有大量能量迅速崩潰……比一九七二年狀況還恐怖。」

繼續待在這裡，什麼明確的新消息都無法得到，秦知苑不願再坐以待斃，立刻前往大安指揮總部。

但總部亂成一團，資源都用在救治災區警察，包含謝露池在內地災區警察與其他宿主被安排在總部的醫療大樓。還未異變者進行隔離，已異變者送進高壓氧艙，並暫時施打麻醉、使其失去意識，避免進一步激化KING。

在大安總部秦知苑最熟的朋友是醫療部門的研究員，大學時兩人曾是同窗。她積極打聽象山目前的狀況，對方說：「跟信義空橋比起來，那裡反而是平息下來了。目前王已經退縮，暫時失去活性。隔離小組正在搶這段黃金時間，對隔離裝置進行全面修復。」

「退縮？爲什麼王會突然退縮？它不是正在全面崩潰嗎？」

「不，逸散出去的能量其實只有一小部分，剩下的還在那棵大黑樹內，活性也降到最低了。只要能修復隔離裝置，接下來情況應該就可以控制。」

但他還沒說出最重要的事，秦知苑再問一次：「王停止擴散的理由是什麼？怎麼可能忽然活性降低？」

「啊……妳果然不知道吧。」

對方一臉爲難的看著她，秦知苑心中升起不好的預感。

「何英士……第一小隊的那位仁君，自己闖進封鎖範圍，想直接消滅信義的王。」

秦知苑全身像走過一圈雷電，她甚至不知道該問什麼，光看對方的欲言又止，她就知道不管問什麼問題，答案一定都是她不想聽見的。

「那個何英士我記得是妳帶的宿主吧。」

「嗯……」

「他很勇敢。當時異變狀況眞的太嚴重了，如果不讓王停止暴動，最後所有災區警察都會變成怪物，甚至何英士自己都可能失去控制。他沒有經過指揮部同意，自己溜進隔離區想處理王。」

「他怎麼可能辦到……他連能量量級多大都不知道，他想用自己的能力消化、要消化幾輩子……」

「他應該只是想削弱一部分——他那群同事的狀況太慘了，尤其最有攻擊性的那些，就算失去意識王都還在持續作用，這樣下去，會變成一場大型的互相殘殺，比王崩潰本身還嚴重。何英士的犧牲是有價値的，他確實壓制住了，只是逃掉的那部分在空橋都市爆發，不過，至少還是在空橋都市……」

秦知苑什麼也不關心，只聽見「犧牲」二字。不過，她沒有太訝異，她最初就知道一定是這樣的結局了。

「英士死了？」

「還在搶救中，不過……我想也差不多。」

「什麼意思？什麼叫差不多！」

「離腦死就差一步了，現在接著機器續命而已。知苑，我知道妳跟他熟，但是……」

秦知苑一下失去了語言，所有念頭都從她腦中消失，包括謝露池，只剩下英士的面孔、英士對她說過的話、英士和她相處過的每一個片段。

她默默前往醫療大樓，她想看看英士最後一面，腳步卻愈來愈慢，現在這樣做還有什麼意義？英士已在死亡的邊界遊走——不，英士那樣，還算活著嗎？

她不知道。

剛開始踏入KING的研究領域時，教授總會不厭其煩，一再問他們這樣的問題：「KING是生命體嗎？」不是。就連病毒都還會想將自己複製下去，但它不會，它僅僅是浮游在天地間的能量，尋找中意的宿主。當發現願望永遠無法達成時，就自暴自棄毀滅自己、大鬧一場，這種東西，存在於世的目的到底是什麼？

踏進醫療大樓，裡面卻一片混亂，人群正緊急疏散，秦知苑差點被撞倒。

她隨手抓住一個人問：「發生什麼事了？」

「七樓出事了！南港跟信義過來的宿主開始異變了。」

秦知苑過了幾秒才回過神來，謝露池也在那裡面。

「妳還發什麼呆，快跑！這裡不能再待了！」

「那些異變的宿主要怎麼辦？」

「交給災區警察吧！」

「災區警察……」

這個人在說什麼啊！一半的災區警察也進了這棟大樓，施打了麻醉安置在高壓氧艙中，何英士幾乎已經腦死。像地獄一樣的世界裡，她不知道還有誰能來伸出援手。

第二批增援的災區警察抵達，制伏七樓失控的宿主，他們大都是固定去象山受檢的普通宿主，並沒有強到會構成危險，因此狀況很快控制。秦知苑用盡門路，總算能在穿著防護裝備的前提下進入隔離室，但只能隔著透明艙蓋看這些宿主。

謝露池也在其中。她的面孔幾乎變成水泥的青灰色，露出的肌膚上有大片明顯潰瘍，四肢都被束帶緊緊捆住。雖然被艙門隔離，聽不見任何聲音，但謝露池一面像昆蟲一樣扭動身體，一面齜牙咧嘴，甚至讓人擔心她會扯斷自己的下顎。

KING在異變時非常激烈，會帶給宿主巨大痛苦，通常會設法讓宿主昏睡，但謝露池狀況特別嚴重，現在甚至沒有人敢過去替她打一針鎮定劑。

秦知苑懇求道：「讓我去替她打一針吧！至少讓她不用清醒受這些苦。」

「妳沒有醫療執照吧？」

「現在是管這個的時候嗎？我在實驗室裡幫什麼活物都打過幾百幾千針了。」

「人跟動物能比嗎？」

「那有執照的你們爲什麼什麼也不幫她做啊？」秦知苑大聲怒吼，對方也只能無奈地將她請出病房。

她回到總部大樓，老友語重心長地警告說：「我知道她是妳負責的樣本，關心則亂。但這種程度不是我們、或你們研究員能處理的了。」

「不能處理就不處理嗎？」

「我不是這個意思。」

「不然要誰來處理？」

「災區警察。」

秦知苑一陣暈眩，又是災區警察——

她知道災區警察一貫處理方式：射殺生物宿主、非生物宿主用高溫噴焰將燒得連灰也不剩。曾經災區警察改變做法，因爲他們擁有不必殺戮的王牌何英士，但現在何英士幾乎等於死了。

簡直快瘋了，秦知苑不是宿主，無從想像KING在體內異變是怎樣的痛苦，對他們研究者來說，它一直是以一連串數據、一連串顯微鏡下奇特突變細胞的形式出現。她問過何英士，KING是如何與他共存？何英士浮現困惑的表情說：「我沒辦法說明，但我們可以感覺到它在那裡。慢慢的，像河水一樣在身體裡面流動。」

英士、英士啊……一想起何英士，秦知苑又心痛不已，不停回憶故人的音容笑貌，但漸漸地，她腦中關於何英士的記憶，開始產生變質——從模糊的、感傷的，變得清晰無比。秦知苑感覺自己好像坐在只有她一人的電影院中，在一個極度抽離的位置，客觀看待自己此刻所思所想。

唯一的念頭，令她戰慄不已。

「我知道，我不鬧了。」她問自己的老同學：「我只問一件事，英士的病房在哪裡？」

「妳問這個做什麼？」

「我救不了他老婆，去見他難道還不行嗎？」

「妳知道他已經……」

「我知道。」

她覺得聲音好像是從電話另一頭傳來的一樣，明明是自己的聲音，卻有一股陌生的疏離感，若不是頭顱因發聲共鳴而產生微弱的酥麻感，她甚至無法肯定自己正在說話：「英士還沒死，我聽說他還掛著呼吸器。」

「對。怎麼……」

「我只是想見他一面，我想向他祈禱，請他救露池。」

大概是因爲那個永遠的無神論者秦知苑，臉上的表情實在太悲哀了，對方心軟放行，告訴她何英士的床位。雖然仍在隔離專用樓層，但何英士安置在一般重症病房，此刻和一般垂死病患沒有不同。災區警察與HCRI只是出於憐憫與舊情，才沒有立刻掐斷維持他生命運作的能量——事實上，如果不是謝露池處在這種狀態，他們應該早就讓她簽署放棄急救的同意書了。

秦知苑謝過他，但她沒有前往醫療大樓，而是直接驅車回到南港。她以象山的研究所癱瘓、她需要繼續進行工作爲由，從南港這裡取得她必要的工具。她沉默地把所有設備跟試劑搬上後車廂，雖然已經盡量從簡，東西還是很多，理論上需要二到三個人才能搬動，但她接下來要做的事，絕不可能找到任何幫手。

何英士只是在那裡等死——正確地說，醫學上來說，何英士已經死了。

隔離樓層只剩少數災區警察還在看守，其他醫護人員早就全數撤離，大樓一片空蕩蕩的。這樣也好，方便接下來要做的事。秦知苑向看守者出示自己的識別證，說明道：「我是象山研究所負責何英士的研究員，HCRI特別指派我來檢查KING是否有變異或逸散發生。雖然他已經失去意識，但他的王非常特殊，我們擔心會發生例外的危險狀況。」

看守警員面面相覷，但現在整個象山研究所都毀了，HCRI又不歸大安的災區警察管，領導癱瘓，他們也不知道向誰確認。況且，一個研究員編造這種謊言又有什麼好處呢？

秦知苑又說：「這是非常緊急的狀況，恐怕來不及將他送去南港。但這裡設備和防護都沒有南港齊全，爲了避免最壞狀況發生，我希望能將這個樓層淨空。」

異變宿主大都在隔離條件更嚴格的樓層，這裡人數本來就不多。他們聯絡幾位醫療人員協助，很快將病人移往其他樓層，同時暫依秦知苑的建議將樓層封閉。

確認最後一個人也離開，秦知苑馬上回到何英士的病房。她將所有監視裝置破壞，架設她需要的器材。

足足過了六小時後，秦知苑捏造的命令才受到懷疑，在完全無法與她取得連絡、樓層的監視系統也被破壞的情況下，醫療大樓撤除該樓層警示，由災區警察小隊前往查探。

隔離樓層燈火通明，雪白的地磚擦拭得一塵不染，空無一人長廊上一點聲音就會激起回聲。這裡看起來一點危險性也沒有，但沒有人知道前方等待的是什麼，他們像要擊殺恐怖分子一樣謹慎。

何英士加護病房那一帶的燈火熄了。

不是斷電異常，周圍電燈都正常運作，也能聽見儀器穩定運作的聲音，應該是有人手動將病房的燈關掉。當然，這層樓中唯一能行動如常的只有秦知苑一人，但究竟出於什麼理由要這樣做，沒有人明白。

秦知苑對外斷絕一切連繫，他們還沒想得太深，只擔心這是她說的緊急狀況，甚至對於要不要重啓照明都起了爭論：「或許重啓照明會刺激王或引發感染？」

在門前爭論一陣後，忽地有人開口道：「但秦博士會不會在裡面遭遇危險？」

「什麼？」

「從剛剛我就覺得有一股很濃的腥味……你們沒有感覺到嗎？」年輕的災區警察不安地說：「會不會秦博士本人已經被何英士攻擊？」

他們穿戴完整防護裝備，空氣中即使有異味也大多被隔絕，但經他這麼一說，好像眞的開始嗅到一股酸腐異味。有些人懷疑那是不是王的異象，反射性向後退開。隊長指示：「繼續停在這裡也不是辦法，我們都有隔離裝備，只是調查現場應該還是綽綽有餘。」

眾人勉強同意，尤其擔心秦知苑的安危。但仍不敢開燈，僅打開頭燈大致釐清狀況。

昏暗光束穿透病房，病床的角落映入眼簾，他們謹慎調整光束照亮範圍，但在看清屋內之前，腳邊怪異的觸感先警示了他們，他們低下頭，頭燈的光束照亮腳下——

令人頭暈目眩的一片黏稠鮮血與淡黃色的脂肪，正緩緩向外流、向外流……

頭燈照明範圍不足以看遍血流的盡頭。隊長腳邊有一個球形的黑色大窟窿，像奇形怪狀的大碗，他微微彎下身，瞇細眼睛想確定腳邊是什麼東西？

「這是什麼？」

等靠得夠近時，他頓時發現，黑色窟窿底下稍微突出的肉色物體，是鼻子……人類的鼻子，窟窿旁邊還黏著一張皮。他覺得自己已經隱約知道那是什麼了，但那念頭太超出理解能力，他盯著那空無一物的黑色窟窿看了很久，甚至產生一股衝動，要將這個大碗拿起來上下左右仔細端詳——

不知是誰開了燈，終於那恐怖的景象毫無保留地暴露在眾人面前。

那不是什麼大碗或窟窿，那是一顆人的頭顱，頭顱上半部的腦殼被剖開，本來裝在裡面的東西，有一部分沾黏在底下那張皮上，有些已經不見了，隊長發出野獸一樣的嚎叫聲，有幾個人當場嘔吐了起來。

再後來都發生了什麼？秦知苑說她已經想不起來了，她被逮捕時全身浴血，跪在何英士病床前。小隊立刻請求支援，派人來接管整個醫療棟，同時將秦知苑套上防護裝備，以最警戒的規格逮捕隔離。

當天在場的人，全都口徑一致地說：「秦知苑一定要判死刑。」

然而，最終秦知苑並未正式受司法審判。

她交由內部政風單位調查，至於她那被調查人員私下以「令人髮指」來形容、罪大惡極的行徑，從未眞正傳出去。但研究人員之間或多或少取得了共識。

她自此成了被HCRI徹底流放的罪人。

秦知苑沒有受到處罰，一個原因是她完全陷入心神喪失——之後兩年她形同廢人，關押在療養設施。而另一個原因，眾人猜想，或許是因爲她將取代何英士，成爲災區警察新任的「英雄」——包含謝露池在內，她救下了所有異變的災區警察。**她繼承了何英士的仁君。**

ϟ

不可以談論她做了什麼。

那是鍾灰唯一的念頭，彷彿不知不覺間已與黑子達成共識，因此她才願意說出與何英士的事情。

「那之後露姊呢？」

「她身上的王全部被我消滅了。之後她就暫時離開災區警察，後來又回來考內勤。」

「妳們談過何英士的事嗎？」

「當然。」黑子笑一笑，用拇指和食指比出一把槍的手勢：「用這個談。」

「什麼？」

「露池大概一週後慢慢恢復過來，那時才有人敢跟她說英士的事——雖然說得很模糊，但是她一定知道我做了什麼，當然了，她跟在我身邊幫忙實驗跟了快兩年，她很清楚我的理論實踐方法。那個時候我的狀況也很差，在病房裡休養。露池帶著災區警察的配槍進來，朝我連開了六槍。」

「六、槍……」

鍾灰完全無法想像溫和持重的謝露池闖進病房瘋狂掃射的樣子，黑子指了指自己胸口兩側：「應該吧，我不記得了，我那時候眞的是神智不清了，不過我們的配槍正好六發，不是嗎？她一進門就朝我用力連按扳機——一槍打在右邊鎖骨下面，一槍差點打到肋骨，但是剩下四槍全都打偏了，就從門口到病床這裡的距離而已，而且我待在床上一動不動，像一張人形立靶。」她哈哈笑：「露池那時候的槍法眞的很爛，因爲她根本沒在値勤，老是待在我實驗室裡。」

「妳怎麼還笑得出來？妳可能差一點就要死了！」

「因爲我眞的不記得了。聽說要是她再打偏一點，我大概整個右手都廢了，但是我連痛的記憶也沒有，事情都是後來別人告訴我的，如果不是身上還有這兩個槍疤，說不定我會以爲是同事整我的惡作劇吧。」

「妳……多久才出院的？」

「很久，非常久。或許這也是好事吧！雖然得到仁君，但當時災區警察一定視我爲眼中釘。一方面恨我……但更重要的是，我拿走這麼重要的仁君，卻陷入精神失常，根本無法出隊，無法替災區警察帶來任何助益。」

「那也沒有辦法，妳遭遇了那樣的事……」

但一開口鍾灰就噤聲，自己親近黑子才說得出這種話，若用普通人的常識一想，誰也不會有這麼輕率的發言。黑子是動手施加殘酷暴行的人，「遭遇」不幸的人是何英士，她不値得同情。

但鍾灰還是替她難過，如此罪大惡極的行徑，鍾灰卻無法憎恨。一定是因爲何英士離得太遠、黑子離得太近，她才擅自美化這個行爲。謝露池恨她嗎？連開六槍，怎麼可能不恨？但比起鍾灰，露池和黑子關係更親近，她也會爲黑子難過嗎？

「不過至少露池後來沒事了。何英士……應該也會感謝妳這樣做。」

眞不負責任，鍾灰又後悔了，想咬斷自己的舌頭，黑子卻很認眞深思起來。

「我不知道。我那時候也是這樣以爲的，我認爲我的做法是對大家都最好的選擇，那是一種機器的思考方式，用數學和理論推導出來最精密的結果。但……最好的答案，就是對的答案嗎？我開始不是那麼肯定了。在療養院那兩年……不，即使到現在都還一樣，我經常想起英士，我想像英士死前恐懼的神情，想像他從床上爬起來哀求我停手，說他很痛。有時我眼前好像浮現他的臉，什麼也不說，只是睜大著眼，像看一頭怪物一樣看我。那一天在病房裡，我只急著想找到ＫＩＮＧ寄宿在哪裡，在英士徹底死去前將它搶下來，我像個屠夫，雙手沾滿鮮血傷害他。我沒有看英士的臉，一次也沒有，那時他是不是眞的曾經睜開眼睛、害怕地看著我呢？」

「何英士那時已經腦死，不可能還感覺害怕的……」

「我知道，但那也是用機器運算能推導出來的結果，那個結果已經沒有辦法再說服我了——英士已經沒有意識了，在醫學上英士已經死了，每次我想起他的時候，就會不停對自己這樣說，但我還是不停想起他。大義上我搶下能對抗天災的珍貴仁君，我戰勝了上帝的正義。私情上我救了露池和很多災區警察，我實踐了人類的正義。我沒有做錯！理性這樣告訴我，可是我還是……非常痛苦，我到底做了什麼？不管正義是什麼、理性是什麼，那都幫不了我，人類就是有一條沒辦法跨過的線在那裡。那時我就知道了，我不再有能力當科學家，眞理也說服不了我，我已無法再相信自己或相信理性了。正確答案不一定是最好的答案。如果那是最好的答案，露池和我就不會那麼痛苦了。」

「但是，妳還是重新回來了啊！」

「那不是靠我自己的力量，讓我回來的人是楊戩。」

鍾灰詫道：「楊戩？可是、爲什麼？他……對你說了什麼嗎？」

「他什麼也沒說。」黑子笑道：「在那之前我根本不認識他。」

說不認識他或許言過其實了，秦知苑確實不曾見過他，但他的大名如雷貫耳——重火器科的雷神，就算在那個武器庫裡，也是最可怕的一門大砲。

秦知苑第一次知道他，是聽說他能直接銷毀被感染的宿主。通常爲了消滅ＫＩＮＧ的殘餘，感染物必須經過高溫焚燒。現在信義總部第一、第二研究所中間，有一座被稱爲「一點五研究所」的巨大建築，不過那裡並不是什麼研究所，而是大型焚化廠，專門用極高溫銷毀這些感染物。

雷神不需要那些工具，他能直接以雷電燒掉ＫＩＮＧ——這就是「雷神」的意思，他的發電能力接近閃電，引起的火焰溫度直接上萬。除了駭人力量，關於雷神的怪異傳聞也很多，有些荒謬程度甚至說是造神故事也不爲過。但不論他本事再大，對她的研究也沒幫助。即使研究室只隔一層樓，她連雷神的性別都不知道。

在療養院第二年，有一天罕見地有人來拜訪。

向窗外看，走廊上有一個穿著白衫黑褲高中制服的男孩。他肩上斜揹著一口黑色書包，書包塞得滿滿的，顯得很括挺。男孩整個人散發一股清潔感，他的頭髮剪得短短的，打理得很整齊，額前連一絡散落的瀏海也沒有。非常一板一眼的孩子。但也是這樣的一板一眼讓人產生不快，就像工廠精密製作的機器、從流水線上出來的產品，每一件誤差毫米不到，人類不該有這個樣子——那時秦知苑的狀況稍微好轉，對他勉強評估一番，留下這個印象。但直到少年敲門進病房，她都完全沒想過少年是來看她的。

「妳就是秦知苑博士嗎？」

她隔著鐵窗，恍惚看著少年，沒有答話。少年盯著她骨細如柴的手腕，上頭掛著電子手環，有她的編號和姓名，她逃脫就會發出警報。

「我是何英士的同事。」

第一次秦知苑起了反應，死氣沉沉的眼中亮起光芒，兩年的荒蕪歲月瞬間流動起來。

少年報上自己的名字，秦知苑腦內飛快轉動——她好像聽過這個名字，在哪裡？

「英士私下幫過我很多忙。他有一箱私人物件，我認爲應該交給妳。」

「我？」秦知苑茫然問：「爲什麼給我？你知道我做了什麼嗎？」

兩年以來，她是第一次談及這件事，喉頭不由得一陣緊縮。少年沒回答，似乎並不在意答案。

「他有家人——謝露池，是他太太。」

「我知道。我還是覺得應該給妳。」

秦知苑雙眼緊緊盯著他，少年說：

「這些是我們的工作日誌，是英士對自己KING的紀錄。並不是很正式的數據，都是比較個人化、情緒化的內容。謝露池應該沒有辦法再承受任何和英士的KING有關的事。英士說過，他希望這些東西未來能派上用場。妳是英士能力的繼承者，也曾經是他的研究者，我認為這些東西最適合交給妳。」

「你看過內容嗎？」

「我大概可以想見那是什麼：關於我們的能力。如果妳也成為宿主，這些東西或許對妳很有幫助。」

「我不想要。」秦知苑冰冷地打斷他，甚至連理由也沒有說，只是以惡毒的眼神瞪著少年，瘋狂敲起牆上的聯絡鈴，結束這場會面。

但是，隔天少年又來了。

「我已經說了我不想要。」

「但是英士的遺物不應該留給我。」

少年沒有問她為什麼不想要，秦知苑覺得這一點，他比自己還強硬。

「那你就全部丟掉好了。」

秦知苑再一次要求送客，但她有預感，他明天還會再來。秦知苑若不想見到他，只能在他進來後按下聯絡鈴，表示會面結束，她沒有權利否決少年申請會面的請求。就這樣毫無進展地拖過七天，秦知苑動搖了——

或說，她終於稍微回到了正常人思考的邊緣線。

之前她頑強地拒絕一切與何英士有關的訊息，但現在她開始考慮少年的事，對他產生好奇心。秦知苑被關在這裡，不只是一個病人。她是重犯、又是珍寶，是讓HCRI傷透腦筋的存在，絕不是誰想見她就能輕鬆放行。

研究室那幾個還沒放棄她的同事，要見她也得費盡苦心。少年說他是何英士的同事，可以肯定他是災區警察的一分子，只是不知道他扮演怎樣角色。但他的地位一定很特別，就像從前何英士也有某些特權。

於是這一次，她不再一聽到開門聲就按鈴，她隔著鐵窗看少年：

「何英士給你什麼好處，你何必這樣爲他鞠躬盡瘁？」

「我說了，英士幫我很多。」

「幫你什麼？」

「他分攤我很多工作。」

「同事間互相幫忙很普通，不必爲他天天來見我。」

明明想多問出一些這少年的事，但一聽到何英士的名字，秦知苑就產生燒灼般的疼痛——好像對這三個字過敏，忍耐到達上限時，她就必須按鈴趕走少年。少年沒有反抗，也不質問她憑什麼如此粗暴任性，只是默默離開。但秦知苑不擔心，她很肯定少年明天還會來。

「你叫什麼名字。」

「我第一天來就說過了。」

「我忘記了。」

少年從善如流又一次報上他的名字。

「何英士分攤你什麼工作？」

「英士會消化掉本來要由我處理的宿主。」

「你是負責掩埋清理的小隊嗎？」

「不是，我是外勤警察。」

少年講話很簡潔，沒有問的事情，絕不回答，不會給出多餘情報。秦知苑每天只能和他說上兩三句話，兩人反覆毫無效率的對話。但至少那讓秦知苑兩年來一句話都沒說過的喉頭漸漸鬆開，僵硬的舌根變得柔軟，像泡在海水裡糊爛的思緒也理清起來。

同時，她對少年的好奇心愈來愈強，她懷疑少年是爲了保有持續和她對話的機會，拖到她改變心意，才故意將話說得躲躲閃閃。秦知苑想起那個童話故事——在新婚之夜殺死每一位新娘的暴君，只有充滿智慧的雪拉查德保住了性命。她每晚在床邊向國王說一個半途而廢的故事，讓他對結局的渴望推遲她的處刑，說了一千零一夜。

故事的結局是什麼呢？秦知苑已想不起來了。

「外勤不必處理宿主吧？有焚化廠和掩埋廠。」

「焚化廠和掩埋場只能處理無生物或屍體。」

隨著話題深入，漸漸秦知苑開始明白，少年並不是故意吊她胃口的雪拉查德。他只是小心翼翼在外圍繞圈子，不想將話題帶到自己在做什麼而已。

「你處理的是活著的宿主？」

「嗯。」

除了何英士以外，其他士兵要消滅KING的做法只有一個：殺死宿主。在外勤工作多少都殺過幾次宿主，不喜歡也得忍受，但用「處理」來形容很奇怪，而且爲什麼要特別由英士來替他消化？

「你不敢殺宿主嗎？」

「不會。」

「那爲什麼說何英士替你分攤工作？」

人類宿主以外，通常不會特別交給何英士處理——人類宿主數量不會太多，大都還是災區警察自己人。但那本來就是何英士的工作，爲什麼會替這少年「分攤」？

「有時候數量有點大……我的能力還不是很好，很容易消耗過度，但英士總是很輕鬆的樣子。」英士只要在宿主一定範圍內發動能力，就能慢慢將KING消除。

「數量太大……是說動物群嗎？」

「對。」

有時KING會像瘟疫一樣感染大片畜群，這種情形通常不會交給災區警察處置，而是交由士兵統一撲殺。

「我記得這是軍方的工作。」

「撲殺大量動物會帶給軍人很大的精神壓力。」

秦知苑想起那天在英士病房內，鮮血的溫度與氣味，她忍住按鈴衝動又問少年：「交給你就可以嗎？」

「我不必跟牠們直接接觸，處理的速度跟範圍也比軍方武器更好。」

武器？那令她立刻想起他們以前對鄰科的戲稱：重火器。已經快到達極限了、已經不想再聽見少年的聲音了，但她還是勉強自己再問一個問題就好、一個就好了——

「你的KING是什麼？」

「我能操作電力。」

「啊……」秦知苑發出歇斯底里的叫聲：「是你！你是雷神！我聽過你的傳言啊！」

「我的傳言？」

「你知道人死之後會去哪裡，對不對？」秦知苑衝到窗邊，大力搖晃欄杆：「快告訴我，求求你！真的有天堂存在嗎？聽說你跟你的研究員說你看過天堂的樣子，那是什麼樣的地方？英士是不是去了那裡？去那裡是不是就不用再受苦了？」

少年像看一頭怪獸一樣看她，很久勉強擠出一句：「我不知道。」他顯得很困惑，甚至不安，但秦知苑才不在乎，她繼續叫嚣：「你明明就知道！你明明就知道啊！為什麼不告訴我？求求你，是不是不能說？不能說的話，只透露一點點也可以，只要知道英士在那裡很好我就安心了。」

說謊也沒關係，只要少年肯說，秦知苑就相信。

但少年死死閉著嘴巴，不停後退。最後他拿起何英士的遺物，落荒而逃。

之後一天、兩天、三天，他都沒有再出現。

第三天秦知苑開始焦躁，爲什麼不再來？他放棄逼她收下英士的遺物了嗎？自己做了得罪他的事嗎？這兩年來，探望過她的人屈指可數，即使來探望也無法好好與她說上話，圭叔每次來的時候都只是不停流淚。如果少年就這樣拂袖而去，自己再也沒有開口的機會，這次就會永遠失去聲音了吧？她原本以爲那無所謂，那是她的懲罰。對了，英士應該也沒辦法說話，自己好像把英士的舌頭剪下來了。一這樣想，失去舌頭的英士立刻出現在眼前，空洞著雙眼瞪她，一定是因爲沒有辦法說話，所以用眼神譴責她。

她不停大聲尖叫，但是沒有人聽見，這座牢籠只能聽見她每次趕走少年的鈴聲。

大鬧一場以後她筋疲力盡，但不敢睡，只能靠牆抱膝坐著一路到早晨。

其實她不必這樣，這麼長一段時間，她一次也沒夢見過英士。她最初覺得一定是因爲英士恨她，連進她的夢裡也不肯。但後來她又改變想法，覺得那多半出自英士的仁慈，他一直是一個很善良的人。他一定知道自己不能再打開記憶的潘朵拉之盒，只要讓她再回到那個場景一次，即使在夢中，她也一定會再次喪失理智，再一次，就永遠不能再回來了。

但失去理智是壞事嗎？

什麼都不想的日子，她勉強得到了平靜。她甚至恨起少年，爲什麼要來和她說話？爲什麼要讓她重新恢復思考的能力。一旦思考就再也踩不了剎車，她不斷想：英士那一箱遺物裡都是什麼？爲什麼要給她？

那天下午，會客的鈴聲忽然響起，她從床上一躍而起。是他嗎？他不是被自己激怒，再也不願來了？在這個時間早已失去意義的病房，秦知苑頭一次抬頭看了牆上時鐘——五點半，外頭天快黑了，他平常這麼晚來嗎？過一會兒少年的身影出現在走廊上，依然抱著何英士那口紙箱。他今天不像平時一樣一絲不苟，頭髮有點亂，似乎是急著趕過來的，表情也比平時豐富。

秦知苑衝向鐵窗，抓著欄杆直瞪他。少年拉椅子過來，把紙箱在桌上放好，這才和秦知苑對上眼神，看到她那惡鬼般的怒視，他顯得很詫異，好像完全不知道做錯什麼。還沒來得及開口，秦知苑劈頭就問：「爲什麼你前兩天沒來？」

「啊？」少年愣住了，似乎沒有預想過會被問這個問題。

「爲什麼沒有來！爲什麼沒有來！」

秦知苑大吼大叫，拿桌邊床頭房裡所有拿得起來的東西朝他砸，少年被這陣勢嚇得退了兩步，但屋裡其實沒一件東西砸得碎的，就連秦知苑想拿頭撞鐵欄杆，上面都包了一層泡棉。

「我做錯了什麼！爲什麼不來看我了！我問你英士會去哪裡，所以你生氣了？爲什麼要生氣，我想知道有什麼不對！」

秦知苑怒吼、尖叫、瘋狂摔砸，鬧得筋疲力盡，在這囚房裡卻什麼也破壞不了。最後她雙膝一軟跪在地上，索性也不再罵，專心哭。她好久沒有這樣嚎啕大哭，連淚腺都忘記該怎麼動作，擠眉弄眼半天勉強哭出來。可是哭出來就好多了，像沖開閘門的大水，嘩一聲，關在心裡最暗角落裡的那些噩夢，隨著大水一起沖進海。

等到眼淚的洪水也流盡，秦知苑淹沒在水下的清明神智，就慢慢重見天日。一直以來渾渾噩噩的視野，被大水洗刷得清晰銳利起來。她抹乾滿臉淚痕，走到鐵欄邊重新打量這個少年。少年一臉愕然，但他很勇敢，看見秦知苑走來，他也往前靠近幾步，說：「我沒有來，是因爲我去考試了。」

那話裡竟然有些囁嚅，秦知苑沒馬上反應過來，「考試」對她來說是太久以前的事了。

「考什麼試？」

「昨天是大學的入學考試。」

秦知苑當下愣住了，過了很久，她才理解少年說了什麼。然後她就明白自己這三天發的脾氣多荒誕，好愚蠢，像一個小丑。她一直像活在一臺訊號扭曲的故障彩色電視裡，大學考試這麼現實樸素又無趣的事情，把她硬生生從異空間拉出來。

「哈、哈哈哈、哈哈哈哈……」

她忍不住笑出來，從一開始乾澀的笑聲，慢慢變成荒唐大笑，甚至笑到眼角又滲出淚水——她還以爲剛才已經把眼淚哭乾了。

少年既難爲情又不滿：「考試有什麼不對嗎？」但秦知苑停不下笑聲，大笑時鼓足的那一口氣，好像一陣暴風將心頭的陰雲都吹散。她有一種感覺，她心底的過敏原正在消失。她想起雪拉查德的結局了。

「你幾歲了？」

「十七歲。」

「今年高三？」

少年點點頭，秦知苑心裡咒罵起災區警察與HCRI，讓這麼小的孩子上前線。

「之前在哪裡念書？」

「在HCRI，這裡的研究員會教我讀書。」

跳過義務教育，是要讓他全心全意成爲優秀「士兵」吧？聽說雷神很小就來HCRI，年資可能比她還長。

「那爲什麼突然讓你去考大學？」

「他們說一直待在研究院裡，以後沒辦法適應社會，所以讓我去外面念書。」那是第一次他主動提出多餘情報：「不過，可能還是要選在臺北的學校。」

「你想念哪所學校？」

少年立刻報出他心中的前幾志願——從一路都是頂尖名校、優異成績出身的秦知苑看來，勉強算中段班尾巴吧！但少年難掩他的自豪感。

「考得好嗎？」

「不知道，我還沒有對答案……」

「你今天回去對答案吧！明天再過來跟我講你考得怎麼樣。」

她按下送客鈴，那一晚睡得很安穩，沒有再想起英士和露池。隔天少年依約來見她，手上還是抱著英士的遺物，但秦知苑絕口不提，只跟少年聊他自己，問他考得如何、問他平常都做什麼、問他現在災區警察的狀況。

「現在還有發生災區警察能力失控的狀況嗎？」

「有。」

「英士不在以後，都怎麼處理？」

「由我來處理。」秦知苑當然知道那是什麼意思，少年平靜地說：「事後比較容易向家屬交代。而且很快，沒有痛苦，比槍決更好。」

「你不難受嗎？」

「我是在幫助他們。」

少年面不改色，秦知苑卻感到悔恨。

爲什麼非要讓這個孩子做這種事？非要讓他成爲一個爲此面不改色的人？

在人類文化裡，最初擔任國王的人是祭司，是人與天溝通的橋樑，國王能享受特權，是因爲當上天降下災禍時，他們將擔負請天息怒的責任，失職的國王應以死謝罪——秦知苑想，我取走英士的皇冠，卻沒負起責任。

那一刻她下了決心：「幫我去跟這裡的負責人說一聲，請他來見我。」

「爲什麼？」

「我要從這裡出去，我想加入災區警察。」

ϟ

鍾灰終於察覺黑子說那麼多的眞正用意，她悶悶地說：「妳可以不講這些難受的事的。」

「也許這不是我該插嘴的事，不過我希望妳不要太生楊戩的氣。」

「我沒有生他的氣。」

「他不知道該怎麼做才好，所以做出他當下覺得最好的選擇——就跟我殺了英士的時候一樣。」

「妳……沒有殺那個英士。」

「是嗎？我也想這樣說服自己，但爭辯在嚴格科學定義上我有沒有『殺死』他，是眞正重要的事嗎？我日復一日受折磨，露池也一樣，我做了傷害所有人的事、連我自己也無法原諒的事——但我也保住了仁君。」

「……」

「他那時也很驚慌，如果不立刻採取行動，我們都會被幽靈蛹殺掉。」

「殺掉……」猶豫片刻，鍾灰終於問：「那時候幽靈蛹到底都做了什麼？」

黑子倒是有些訝異：「妳不記得了嗎？」

「多少還是有點印象，不過我太混亂了，而且身體很痛，到底幽靈蛹製造出來攻擊我們的東西是什麼？」

「當時幽靈蛹寄宿在妳的眼睛上，按它的運作規則來看，它能複製的就是妳的視野範圍——雖然這個複製是經過它扭曲與解釋的。比如說，船艙被一層全新的『船艙』覆蓋。我被攻擊時也是有一層『皮膚』包住我——不，與其說包住我，不如說想吞噬我。幽靈蛹的複製品有很強的攻擊性，好像想將原始的範本取代一樣。」

「幽靈蛹本來的攻擊性有這麼強嗎？」

「從先前的行爲模式來看，這是它第一次表現出如此主動的侵略性。」

鍾灰有同感，先前它製造的蛹室和幽靈就像花開花謝，靜靜誕生靜靜消滅，不對他人造成影響。

「爲什麼這次改變行動模式了呢？是受到我們追捕的刺激嗎？」

黑子的目光停在她身上，有些欲言又止的樣子。

「怎麼了？」鍾灰不安道：「跟我有關係嗎？」

「KING幾乎是爲宿主而服務的，因此它的行爲，會反應宿主當時的感情。」

「我沒有想傷害妳們的念頭啊！」

「我也不這樣認爲，所以我想一定有其他解釋——幽靈蛹擅自歪曲妳的意志做出的解釋。我本來是打算等我們身體狀況都好一點，再來討論這件事的，不過既然妳沒有當時的印象，那我就先向妳說一些我的想法。首先，幽靈蛹完全是複製妳的視野，這一點應該不會錯，因爲在妳視線會被擋住的地方，都不會被複製，我也是這樣才發現它躲在哪裡的。但是，它對妳的視野做了一件奇怪的扭曲。」

「扭曲？」

「對，複製品像是水泥灌漿一樣，我不知道它為什麼要把妳看見的東西做這一層加工。難道妳想讓世界變成灰色的水泥模型——鍾灰，妳怎麼了？」

鍾灰茫然無措地瞪著她，然後像很荒謬似地，她忽然放鬆雙肩，發出奇異的笑聲：

「不是這樣的，幽靈蛹並沒有扭曲我的視野。」

「什……麼？」黑子一臉茫然：「這是什麼意思？」

「我看到的世界就是那樣——我看不見顏色。」

黑子立刻坐直起身：「妳是說、妳是——」

「我是你們所謂的色盲。」

「我說什麼有KING寄生的地方看起來閃閃發亮，其實不是那樣的，我是看見上面出現了顏色——啊，抱歉，其實我也不知道那是不是顏色，因為我從來沒看過，我只是猜測而已，也許那跟你們所謂的顏色是完全不一樣的東西。還有，拜託不要擺出那種不知道該不該同情我的表情。」

「妳……」黑子似乎苦惱該說什麼才好：「為什麼沒有告訴我們這件事？」

「災區警察有對視力的要求嗎？我進來的時候做了各種體能檢測，但沒有測我是不是色盲。」鍾灰進入警戒：「我沒有隱瞞啊，只是沒有公開而已。沒有要求的私事，我沒必要特別跟大家說吧？」

「但是……」

「何況，說了難道不就像現在這樣——除了搞得大家很尷尬以外，什麼好處都沒有嗎？」

「妳不用這麼緊張，我沒有要責難妳的意思。妳是所有顏色都看不見嗎？」

「我不知道『所有顏色』是什麼意思。」

「就我所知，全色盲很少見。但情況也有很多種，不全部屬於性聯遺傳疾病。」

鍾灰馬上知道她的下一句，於是先發制人：「雖然我爸只是個過氣畫家，但這件事請不要讓任何人知道。」

「果然令尊也是嗎……」

「是的。」

所謂性聯遺傳疾病，指的是性別會影響遺傳的機率。

如果遺傳病基因只出現在X染色體上，擁有兩條X染色體的女性，必須在繼承自父母雙方的兩條X染色體都帶此基因才會顯現病癥。相反的，男性只有一條X染色體，只要母親帶有色盲基因，就必然會顯現病癥，是一種在男性身上出現機率遠高於女性的遺傳缺陷。

既然鍾灰從父親那裡繼承的X染色體上有色盲基因，代表父親沈憐蛾一定是色盲。然而，沈憐蛾是以精準控制色調聞名、甚至被譽為能畫出「雪的七色」的大畫家。

「不過，恰好碰上雙方都帶有這種基因，實在是相當罕見。妳父親既然知道自己帶有遺傳缺陷，決定生育時難道沒有更加謹慎嗎？」

「他把這件事藏了一輩子，連我媽都不知道。」鍾灰面上浮現嘲諷的笑容：「藏到他們發現我看不見顏色時才爆發。我媽是孤兒，根本不知道自己家族有什麼疾病史。」

黑子詫道：「這種事怎麼藏得起來？」

「在今天以前，妳也沒發現我是色盲，不是嗎？」黑子無言以對。

「他把這世界所有顏色的名字、所有顏料的編號背起來。只要願意多花一點力氣心思，我們有很多辦法裝成普通人。」

「可是有什麼必要做到這種地步呢？」雖然多少會造成生活不便，但既無傳染風險、也不是什麼受汙名化的疾病，黑子想不出沈憐蛾如此耗費心神，非要隱藏此事的理由。

「也許因為他是畫家吧……」鍾灰很寂寥似地說：「我從來沒懂過他在想什麼。」

從天頂垂落的黑色帳幔，總將最後一絲光也擋得嚴實，這裡永遠陷在黑暗中，即使夏天也非常涼爽。雖然幼年記憶漸漸薄弱，在此度過日復一日的鍾灰，怎麼樣也不會忘記父親的畫室。

每位畫家有不同作畫習慣，但父親的畫室還是非常少見。他捨棄原本採光良好的雙面大落地窗，牢牢掛上吸光防音的黑色植絨窗簾，並在畫室內另外安置照明——說是「捨棄」，代表一開始並非如此，這裡是父親老家，他孩提時代便在這裡度過。祖父母都從事與繪畫相關的行業，父親與姑姑也自小習畫。

那時這裡仍是一間普通的畫室，姑姑會在明亮的陽光中繪製她五彩斑斕的蝴蝶。至於父親童年在這間畫室如何適應，鍾灰就不得而知了。

鍾灰與父親一樣，隨著成長雙眼愈來愈畏光，本來這應該能讓她的狀況早點被發現，但畫室隨時保持昏暗，她又從小一直與父親待在畫室中。

父親深知色盲遺傳的條件嚴苛，從未預想鍾灰是色盲的可能性，初次得到孩子的他如獲至寶，將鍾灰視爲自己的延長。透過鍾灰的雙眼，他好像就擁有能清晰看見這世界色彩、與其他人都一樣的視野。

他想將自己擁有的都傳承給鍾灰，鍾灰五歲前的記憶幾乎都與這昏暗的畫室有關。從她的小手開始有力氣握住東西，父親就將畫筆放入她掌中，帶她在畫布上探索徜徉，她永遠浸在顏料與油脂的氣味當中。

母親並未反對，她常說，妳爸爸不會笑，總是很憂愁。但帶妳畫畫時不一樣，他很快樂。即使是父親最深愛的繪畫，也只能帶給他寧靜和依託，卻無法帶來喜悅。如果教鍾灰畫畫能讓他開心的話，那就由著他吧！

父親已熟練地生活三十多年，知道如何裝出「正常」的樣子，但鍾灰不同，鍾灰身上的祕密——即使她從來無意隱藏——就像一口沸騰的大鍋，沒有熄火方式，隨時都會掀翻鍋蓋。

鍾灰五歲那一年，她跟母親說好，要準備一幅畫給父親當生日禮物。

母親不會畫畫，下筆就交給鍾灰。在畫室作畫會被父親發現，所以母親私下另買畫布和顏料，讓鍾灰在自己的房間裡畫。鍾灰問母親要畫什麼才會讓爸爸高興，母親想了想說：「爸爸很喜歡蝴蝶吧——畫室裡的標本有一整面牆啊！不過，他好像沒有自己畫過蝴蝶，不然妳畫給他吧！」

「爲什麼爸爸不畫？」

「我也不知道，聽說妳姑姑以前是專門畫蝴蝶的，所以不想撞題吧？」

「那我也『撞題』怎麼辦？」

小小的鍾灰不明白撞題的意思，母親笑了笑說：「不會的，爸爸不會生小灰的氣。妳跟爸爸不是在比賽呀！妳如果能畫爸爸不能畫的東西，他一定會很開心的。」

鍾灰聽見父親會很開心，就興高采烈地答應了母親。她們去畫室尋找中意的標本，蝴蝶們僵硬地平攤著翅膀，有的比她手掌更大。雖然看不見眼睛，鍾灰卻能感覺到牠們森冷的目光。她其實一點也不喜歡蝴蝶，但如果父親會高興的話，那就忍耐一下吧！兩人討論要畫哪一幅標本，但與其說討論，不如說是母親單方面的想法。她的選擇標準鍾灰不明白：這個鮮豔、那個漂亮，對鍾灰來說，那些都是她還沒學會的字眼。

最後，母親選了一隻奇特的蝴蝶。

「就選這個吧！這個藍色好漂亮，妳爸爸也很喜歡藍色，他的畫裡用好多藍色。」

鍾灰心裡覺得奇怪，這隻蝴蝶又不是藍色的。

母女偷偷運出這只標本，母親還重新整頓了一下牆面，藏起暴露的空缺，她告訴鍾灰：「千萬不可以被爸爸知道喔，不然就沒有驚喜了，顏料跟畫布就給媽媽買吧！」

需要哪些顏料，或許由畫家本人決定會更好，不過鍾灰只有五歲，母親大概也覺得不需要那麼細緻，大致挑選差不多的顏色就好了。鍾灰很快開始祕密作畫，但母親選的顏色實在差太多，鍾灰畫不下去，她心想，不然去畫室拿吧！反正不被爸爸發現就好了。

就這樣畫了一週左右，一次鍾灰又想要偷顏料時，被父親逮個正著。他觀察悄悄將顏料放進口袋的鍾灰，在她要離開畫室時，從背後揪住她的小領子。

「口袋裡的東西拿出來。」

鍾灰無辜地朝他眨眨眼，父親無意寬貸：「爲什麼隨便拿走畫室的東西？」

這一點上父親公私紀律非常嚴明——畫室屬於公領域，在這個家中不是屬於「家庭」的地方。他在畫室開班授課，有時會有學生私人物品，因此父親很謹慎，不讓鍾灰在畫畫時亂碰別人的東西。

鍾灰老實交出偷來的顏料，父親說：「從上週開始我就注意到顏料少了好幾條，都是妳拿的？」

父親收納顏料的方式與一般畫家大不相同，牆上有整面專門爲收納顏料造的櫃子，像中藥店一樣隔成上百個抽屜，按色調與明調排列，抽屜上貼著顏料的名稱和編號。

第一次見到這種景象的人都會非常訝異，大多數畫家會將顏料放在伸手可得的地方，尤其一幅畫不是立刻就能完成，多半會將需要使用的顏色留在手邊。但父親的畫室卻像有潔癖，地上永遠連一條顏料軟管也看不見。因此，鍾灰隨便偷走顏料，在有如軍隊般整飭的空間中就十分顯眼。

「偷顏料做什麼？」

鍾灰抿起嘴不肯開口，父親板起臉來，什麼都可以嬌慣愛女，只有品德絕不能讓步。若讓鍾灰認爲畫室裡的東西可以隨便拿走，下次拿的可能就是學生的東西了。看父親完全不吃平時那一套，面色陰沉，鍾灰哇一聲哭了起來，暗暗祈禱母親趕快回家救她。

但父親依然沒有軟化，也是在那時鍾灰隱約感覺到，平日如棉花糖一樣對她溫柔寵愛的父親，骨子裡有著極爲剛硬不可冒犯的稜角。

知道哭沒用以後，鍾灰收起眼淚，拉著父親的手走到自己的房間。那時自己在想什麼呢？是想以畫作討好父親、平息他的怒氣嗎？鍾灰已不記得了。窗邊擺著小型畫架，鍾灰爲了揮散繪材的油味，窗戶都徹底打開。

門一打開，父親大概就因氣味察覺她在裡面畫畫了——他的目光迅速投向畫布，仿麻畫布上已塡上蝴蝶輪廓，鍾灰還沒有能力從標本聯想蝴蝶的動態，只能照本宣科畫標本僵硬的輪廓。但在父親訓練下，她有很好的觀察和複製能力，一點也不像五歲孩子，她老成地運用手邊顏料，忠實再現蝴蝶身上的濃淡明暗。

父親站在畫布前凝視許久，冷硬的神情總算變得柔和，看見他嘴角的微笑，鍾灰鬆了口氣，心想母親說得果然沒錯，畫蝴蝶會讓爸爸很開心。

父親注意到擺在畫布斜前方的蝴蝶標本，問她：「爲什麼要畫這個？」

「媽媽說要送給爸爸當生日禮物……」

「謝謝啊。」父親蹲下身，寬大手掌按著她腦袋晃了晃，他看著標本說：「這叫摩爾浮蝶，妳媽媽很喜歡。」

「不是爸爸喜歡嗎？」

「我嘛……嗯，我也不是不喜歡，不過可能女孩子比較喜歡吧？像妳姑姑、妳媽媽……還有妳也喜歡吧？」

「我不喜歡。」

父親詫異道：「為什麼？蝴蝶很鮮艷漂亮吧？」

「鮮豔是什麼意思？」

「就是……」父親露出有些為難的神情：「有很多顏色，配合在一起很……好看？」

「又不是只有蝴蝶這樣。」

父親哈哈大笑，說：「對，我也不懂她們喜歡哪裡。不過，要畫摩爾浮蝶的話，不能只顧著看著牠漂亮的顏色，這樣太膚淺了。妳還沒有把牠最好的特色展現出來。」

鍾灰一知半解地望著父親，他稍微推開畫架，拉著女兒坐在窗邊。午後日光從窗口投入，隔了一層紗質窗簾柔和許多，但他們還是不約而同瞇起眼睛。父親努力忍著日光帶來的不適，將手上的標本箱上下稍微轉動。

日光穿過鱗粉，蝴蝶發出金屬似的光芒，鱗翅彷彿有一瞬間變得透明。就像是陽光將顏料注入透明的翅膀中，還能緩緩看見顏料流動、慢慢擴散。

鍾灰發出驚呼，抓著標本急切晃動，看那光走在蝶翅上不斷變色，像流淌的金沙。父親看著這個景象，溫柔地笑說：「很美吧？」

「好厲害……」

「這叫做物理色——是陽光流經翅膀的時候，因為鱗粉結構而會產生變化的色彩，不是固定的顏色。能夠抓住這個景色，才是了不起的畫家。」

「我不會畫！爸爸，教我！」

「好、好，不要急，爸爸會的東西，慢慢都全部教給妳。」他指著畫布說：「我們先看看妳用什麼顏料？畫翅膀的是用幾號顏色？」

鍾灰連忙將她從畫室順手牽羊的顏料全抖出來，父親瞇細了眼，仔細檢查軟管上的編號。忽然，父親面上的笑容凍住了：「妳用了赭黃色，用在哪裡？」

顏料的色彩名稱太多了，鍾灰看不懂，也沒有眞的記住過，她只是憑直覺選取。

「我用黃色畫翅膀。」她天眞地回答：「還有紅色畫翅膀的邊邊。」

父親將鍾灰手裡的顏料全部搶過來，一個一個檢查名稱。他的手顫抖得很厲害，臉色愈來愈難看。終於他將顏料全部扔在地上，這一次重新拿起標本，檢查角落貼的標籤——Morpho menelaus。沒有錯，他沒有搞錯，這是有著淡青金屬色翅膀的摩爾浮蝶。

父親發出一陣哀號，抓住鍾灰雙肩逼問：「妳是完全照著標本畫的？標本上的蝴蝶是什麼顏色？」

「黃色……」鍾灰嚇壞了：「還有紅色。」

父親什麼話也沒說，只是發出一連串刺耳的笑聲，這個家就從那一天開始崩潰了。

「我會因爲這樣失去這份工作嗎？」

黑子苦笑：「不會。」

「太好了。如果妳說會的話，我就打算去勞動部檢舉你們了。」

「軍人不適用唷。」僵硬的氣氛暫時鬆緩了些，黑子又說：「妳跟母姓，也和這件事有關嗎？」

「嗯，眼睛檢查結果出來之後，我爸氣瘋了，跟我媽大吵一架。我爸隱藏自己是色盲的事，我媽則根本不知道自己的家族有這種基因。從兩人的立場來看，都覺得對方欺騙了自己吧？」

夾在中間的鍾灰，不明白事情究竟哪裡出錯，好多年後，她才漸漸明白自己和其他人有什麼不一樣。但那時的鍾灰至少知道爸爸媽媽會吵架都是因爲她，一聽見兩人開始爭論，鍾灰就放聲大哭。

父母從最初互相指責，漸漸升級成更大規模的冷戰。而父親提出那項要求後，事情更惡化到巔峰——

他希望鍾灰能改姓。

一想起這件事就有一股強烈的怨恨湧上鍾灰心頭，然而那時的父親一定也是混亂害怕到極點、幾乎失去理智才會提出這種要求吧？父親究竟抱著怎樣的心情，爲什麼反應這麼激烈呢？

這二十年來，忙著憎恨父親的鍾灰一次也沒想過。

在病床前緊握自己的手、已經變得衰老的父親啊，那時究竟想著什麼呢……

父親說，等鍾灰上小學，入學一定會安排各種健康檢查，她的情況不可能藏得住。

母親咆哮道：「那有什麼好藏的？」

父親露出被人刺了一下的表情，忍耐著說：「小灰是女孩子，如果她是色盲，大家都會知道父親也是。」

「那又怎麼樣？」

「我不希望這件事被知道。」父親焦躁地說：「我是畫家，一點和色覺有關的微小問題都會被無限放大。我不想要我的作品和成就全部都跟這件事綁上關係，這樣妳懂嗎？」

「現在才來煩惱這個不嫌太遲嗎？不可能沒有別人知道你的狀況吧？」

「不，眞的沒有。」父親忙說：「學校老師會被特別交代我的狀況，我學生時代身邊的朋友幾乎沒有人知道。我一直是由我父親指導，除了留學時教授我繪畫的恩師以外，應該沒有人知道了。」

他非常嫻熟於隱藏這一切，對可能碰到的狀況都有一套模擬方式。眞的藏不住也能編出另一套理由敷衍過去——只要不被人知道他看不見顏色就好了，沈憐蛾費盡一生力氣想藏住的只有這件事，其他被人怎麼想都好，他被傳過有心臟病、有皮膚病、有一隻眼睛看不見、是吸血鬼的小孩。

「我是有意識去藏這件事。但是小灰能藏住嗎？」他激動地說：「而且我就算暴露了，也沒有人會受害。但是小灰呢？她會影響到我的！這件事如果傳出去，一定會有人來打探的！現在是我要往上爬到巔峰最好的十年，至少把姓氏改掉，盡可能不要讓人察覺到我是她父親就好。」

「事情有這麼嚴重嗎？那是需要你用這種眼神對待的……那麼醜陋的東西嗎？」母親不可置信地說：「那也是那孩子的一部分！那也是……你的一部分啊！」

「妳什麼也不懂……我一生都被這件事詛咒，我藏了那麼久好不容易走到今天這步，我絕不要讓她毀掉！」

父親那座名為繪畫的城堡，是懸在峭壁邊上的寒冷孤城。那是誰也無法進攻的城堡，除非從城的內部攻擊，由裡而外瓦解。所以他絕不讓任何人走進去，為了保護這座城，他可以推開任何人、傷害任何人。獨自一人的國王，一直孤獨坐在城中心。

母親頭一次發現自己原來從未走進城中。她看著丈夫因憤怒而扭曲的表情、因恐懼而激顫的雙肩，對她來說，眼前的男人像一個遙遠的陌生人。

「你說出毀掉、什麼的、這樣的話……小灰會很難過的。」

「她才幾歲，她聽不懂！」

「小孩子比你想得聰明多了。」母親絕望地搖頭：「你簡直愚蠢透頂。我明白了，就照你的意思吧！」

母親最令人訝異的就在她的決斷快速和行動力。她的眼神中已不再有憤怒，只剩輕蔑。

「如果你要這樣看待你的孩子，我不會讓小灰留在你身邊。」母親斬釘截鐵地說：「我會讓她跟我姓，也會讓她搬出這間屋子。我現在就去準備離婚協議書，以後小灰就不是你的孩子了，你可以高枕無憂了。」

「等等——」父親這才發現嚴重性，驚慌阻止：「我不是這個意思！我沒有不要妳跟孩子的意思！我只是希望、我是她父親的事，不要被太多人知道。」

「不離婚的話，你要怎麼跟她解釋要改姓的事？」

母親已完全恢復冷靜，過於理性的態度反而令父親開始害怕。

「我不知道，也許就說妳家裡、或是……」父親兩手一攤，焦頭爛額：「或者我們可以什麼也不要說，她還這麼小，連學校都還沒有去，她不會對這種事好奇的。」

母親冷笑道：「你連個責任都不敢扛，要推到我頭上嗎？我眞是瞎了眼，怎麼會嫁給這種男人？如果你覺得這不是什麼大不了的事，爲什麼不敢照實跟她講？」

「我……那麼複雜的事，她不會懂的。」

「不，你也很清楚，就算她不能完全懂，還是會受到傷害對吧？但你知道嗎？就是因爲她不懂，你才不能這樣做，她會一輩子困在不知道自己做錯什麼事而痛苦的。」

父親陷入前所未有的慌亂，一句話也說不出來。

「不過這些你都不必擔心了。反正我會把小灰帶走，不會給你添半點麻煩。」

「我不是那個意思！」父親抓住母親的手，苦苦哀求：「請妳不要這樣，我沒想和妳們分開，我只是——」

「你搞錯了，現在是我想和你分開。」母親冰冷地說：「像你這樣自私的男人，就算今天退讓，總有一天也會繼續傷害我的女兒，我這樣說夠明白嗎？」

「不要這樣、這麼重大的決定，不要這麼——這樣對小灰……不好。」

他頹然說：「妳一定要讓她失去爸爸嗎？」

「是你自己先放棄的。」

「我只是……」

「你只是永遠把你自己放在第一位。」

父親像個小男孩一樣大哭起來，那就是鍾灰對父母分手前最後的印象，其餘一切記憶都變得模糊，父母離婚的眞正原因，也是很多年以後才向母親問出來的。

只有父親哭泣的那個畫面，深鑿一樣在她心上留下刻痕。她感到好悲傷，爲什麼爸爸這麼難過。那個總是溫柔抱著她、拉著她的手畫畫、永遠對她綻放如晴空一樣笑容的爸爸，哭得比討糖的小孩子更難看。

但那一刻的悲傷隨著歲月過去，輪廓漸漸模糊——被她後來知道的眞相風化了，眞相的風中捲著一層憎恨的塵埃，將父親的悲傷磨平。僅剩她被排拒於父親城堡外的焦灼，隨這陣帶著砂礫的風，捲成一道滔天的怒火。

中山一帶災區水終於慢慢退了，居民回到住家清理室內外，救災部隊進行消毒與衛生清潔。鍾灰經過幾天休養後出院，暫時回到家中。

雖然先前大家說得好像天崩地裂，其實情況比自己想得要好——幽靈蛹並未眞正踏入陸地都市，中山受到的損失主要是高達兩層樓的淹水。那晚幽靈蛹在河上崩潰，岸邊的空橋都市遭到橫掃，幸而當時已經很晚，也針對河岸發布過天災警報，雖然建築破壞嚴重，但人命死傷較小。不過河面水位暴漲，再加上一夜暴雨，大水仍舊淹入了陸地都市。

畫室的水雖然已退，但二樓以下的畫作全都報銷。當然，家門口那幅超大的雪景畫完全毀了，這件事最叫鍾灰難以接受。〈日昇〉是鍾灰一輩子的記憶，從她出生時那幅畫就已經掛在那裡。這樣的存在說沒就沒了，帶給她一種難以比擬的衝擊。

「我剛剛是不是聽到有人在敲門？」

父親手上提著水桶，正在清理汙泥，這幾天他都這樣埋頭打掃。鍾灰本來以爲他會對災區警察又冷嘲熱諷一番，不過，他對畫室慘狀並沒有怨言，整條街都是這樣，清理工作大概會持續上一週。

「這時候哪會有什麼人？」

「妳去看看。」

父親專橫指使，鍾灰朝他努努嘴，還是下樓來開門。外頭是災區警察的同事們，山茶朝她揮揮手，手上還提了件手禮來；葉善存一臉苦惱地拉扯她們家門把，說：「門好像被水沖歪了，用舊的方式打不開。」

「你們來這裡做什麼？」

「反正我們現在也沒事做，聽說妳家在打掃，就來幫忙了。」

雖然遭到天災橫掃，但沒有太多悔恨感傷的時間，必須盡快重新建立生活才行。

家裡二樓以下都被烏黑泥水淹沒一通，除了幾件特別大的家具實在拖不出去，其他能丟的都丟了。四樓畫室僥倖逃過一劫，只是大部分作品並不放在這裡。父親非常冷靜，好像只要畫室還在他就能活下去。

除此之外，房屋沒有什麼太大損害。鍾灰鬆了口氣。原本想著要是走投無路了，就得申請災區警察宿舍，不過她才入職不到一年，不知道能不能申請到夠大的住處。據說菜鳥只能申請到總部的住處，但親眷是不可能被允許踏入總部的。如果要申請到外面的宿舍，就必須要有年資或記功，也有人懶得抽了，自己找外面的房子。還有像黑子這樣的工作狂，據說直接睡在辦公室裡。

「不過……沒事可做，我們現在有這麼慘嗎？」

謝露池從紙提袋裡拿出好幾瓶造型優雅的空氣香氛，物色適合擺放的地點，一面說：「先前為幽靈蛹準備的誘餌——就是那些『骨灰罈』全部沉進水底了，不，說不定那時候全都炸壞了。」

「啊……」

姑姑的遺骨……毀去了嗎？

那一夜的記憶又復甦起來，鍾灰清楚看見幽靈面孔——她的姑姑，沈迷蝶，近四十年前少女連續殺人案的受害者。那麼那些水下撈出的屍體、幽靈蛹複製的死者，很可能都與當年事件有關。但這件事她還沒告訴其他人……她的目光不自覺飄向二樓，父親的房間。

眾人開始協助打掃。

人多進展也快，泡水後收藏室的門框嚴重變形，不靠蠻力弄不開，只有鍾灰父女實在束手無策，同事們幫上了大忙。父親畫作幾乎都放這裡，受災慘重，即使乍看完好的作品，布面也有明顯收縮痕跡，日後壽命必定嚴重縮短。不過，少許幾幅畫作逃過一劫——被塞在櫃子上方，雖有受潮現象，至少避過直接被汙水淹過的命運。

「哇……這是什麼？」

葉善存拉開蓋住畫板的布，畫上是一隻停泊在水邊的蝴蝶——鍾灰差點以為那是應時飛的作品，但這幅畫中缺乏應時飛作品特有瞬息萬變的光彩，畫上的蝴蝶呆板平坦。那麼是父親畫的？不，父親對畫面明暗的控制非常要求，絕不會畫出這種儼然剪紙拼貼、毫無立體感的作品。而且，父親也不畫蝴蝶。

然而，雖然鍾灰對這幅畫評價很糟，大家卻雙眼放光，發出讚聲：「好漂亮，眞不愧是沈畫家。」

鍾灰詫異地看著她的同事們，那不是出於客套，而是眞心的讚美，他們能看見某種鍾灰看不見的美好事物，瞬間那種被社會排斥的疏離感又湧上心頭。

他們請父親過來看這幅畫，父親也很吃驚，他枯老的指尖輕輕碰觸畫布，面上浮現既思念又厭憎的神情，於是鍾灰立刻明白那是誰的作品——被眾人熱烈包圍，自己卻永遠無法領略美好的事物。

那就是她與討厭的父親，唯一共通的語言。

面對旁人的讚美，父親沙啞著聲說：「這不是我的作品。是我姊姊小時候的作品。」

鍾灰解釋道：「畫室是我爸的老家，他和我姑姑小時候都住在這裡。」

「這應該是我們十二、三歲時候的作品。」

「您還記得這麼清楚嗎？」

「不是記得，是能分辨。她每個階段畫蝴蝶的方式都不太一樣。」父親閉上眼睛，露出少見的溫暖笑容：「那時候我們的技巧都還不太成熟。」

家裡還妥善保存好幾幅姑姑的作品，父親卻把他少年時畫的人物肖像全丟了。

看見姑姑的幽靈這件事，她還沒有對任何人說過。就算是黑子也沒有起疑她爲何突然被幽靈蛹盯上，但鍾灰很清楚，一定是看見姑姑那一瞬間，激烈的恐懼和驚詫吸引了王。

黑子懷疑過橋的王是幽靈蛹，因爲幽靈似乎試圖拜訪畫室，只是不明白理由。如果箱中遺骨是當年連續少女殺人案的受害者，事情就簡單多了——或許姑姑只是想回家而已。這樣一想，連幽靈那詭異的移動方式似乎都有解答，四十年來空橋都市不知經過多大變貌，幽靈還懷著死時的記憶，當然不知道回家的路早已物換星移。

然而幽靈蛹只會複製，不會把人變不見，如果過橋的是它，在自己眼前消失的應時飛又發生了什麼事？

整理告一段落，爲了答謝眾人協助，鍾灰請大家出去吃晚餐，父親身體疲憊就不跟他們出門了，不過難得態度慈祥地表示出錢買單。涼爽的夜風吹散雨後黏膩的悶濕感，甚至帶了點寒意。

謝露池專心在手機上尋找這一帶的燒肉店，其他人並行著悠閒聊天。

「妳的眼睛眞的沒問題嗎？」山茶指了指她還沒拆下來的眼罩。

「嗯，也不會痛。不過醫生說不可以隨便拔下來，以免感染。」

葉善存好奇道：「走路不會看不清楚或有高低視差嗎？」

鍾灰像跳舞一樣，靈巧地轉身繞了一圈：「看起來像嗎？」

大家笑鬧著爲她拍手，難得爲工作以外的事聚在一起，簡直像在吃慶功宴——明明事情連一件都還沒解決。

但鍾灰不得不承認，暫時放空腦袋只煩惱待會要吃什麼時，眞的輕鬆多了。

「要是楊戩學長也能來就好了。」善存一臉可惜地說：「他現在最需要大吃大喝把力量補回來啊！」

山茶扳著手指算：「哇，他已經連睡十幾天了吧？」

善存同情地說：「是啊，而且還掛了營養輸液的點滴。」

山茶輕鬆地說：「營養輸液應該比我們等等要吃到滿嘴流油的燒肉更營養吧？」葉善存一臉想反駁又想不出道理的表情，謝露池則大叫：「找到了！我感覺這家很不錯！」

「露姊……妳也找太久了吧？用APP找餐廳對妳有這麼困難嗎？」

「葉善存，你知道總部以外的地方，是沒有謝露池條款的嗎？」

「露姊可是號稱災區警察的『白色死神』（註）！」

「對了，黑子呢？」鍾灰問：「黑子還不能出院嗎？」

「黑子姊接下來一段時間要準備做手術。就是那個……她的手，HCRI會幫她裝上特製的義肢。」

氣氛一下沉重起來，謝露池拍了拍他們的肩：「反正秦知苑吃素，要是眞來了我們就不能吃燒肉了！」

那天晚上吃飽回家以後，父親一人坐在畫室的窗邊，對她說：「能幫我一個忙嗎？」原來他想將那幅姑姑畫的蝴蝶掛在畫室牆上，不過他一個人無法把畫搬上來。畫室裡本來也沒有適合掛這麼大一幅畫的空間，必須騰出一面牆。父親說，那之後就把牆上的標本拆下來，或把落地窗改成普通的牆面。

鍾灰覺得這樣很奇怪，一個畫家的畫室裡，掛了最大的一幅畫，竟然不是他自己的作品。父親本來考慮掛在一樓，取代那幅被淹壞的雪景，不過他說萬一再淹一次水就完了——他珍惜這幅畫竟然還高過自己的作品。

這麼大的畫要掛起來，勢必要額外加裝懸畫用的軌道，不是現在能完成的。於是兩人暫時先將畫拖到窗邊靠著。老父弱女，吃力地把畫從二樓收藏室搬到畫室，累得氣喘吁吁，鍾灰覺得剛才吃的大餐都消化完了。

她責怪父親怎麼不趁同事還在時讓他們一起幫忙，父親苦笑著說沒想那麼多，他是臨時起意。他眷戀地看著那幅畫，有這麼好看嗎？鍾灰眼中只看到一片平坦、沒有半點凹凸起伏的輪廓。

但父親看到的與她應當是同樣的景色。

這麼多年來，她一直想，如果芸芸眾生只有她一人能看見這片風景，是不是太寂寞了呢？能不能也有誰陪我一起看見這個世界呢？

她明明不是一個人，父親與她明明共享一樣的風景。

但父親推開了她，那麼漫長的歲月中，她也逐漸忘了這件事。

「我不喜歡這幅畫，我實在看不出好在哪裡。」

父親沒有回頭：「我也是。」

「那爲什麼一直盯著看呢？想看出自己比不上她的地方嗎？」

「講話不必這麼刻薄。」

「這是跟你學的。你以前批評我的時候差不多就是這種口氣。」

註：二次大戰期間芬蘭的傳奇狙擊手席摩．海赫。

「那不是刻薄，只是勸妳早點認清現實。」

「我又不要做畫家，不需要追求巔峰的決心，只要畫畫的時候感到快樂就可以了。」

父親的手指抽搐了一下，鍾灰感覺到他的氣勢變得軟弱，現在的話，父親或許願意多說一點吧！

「爸爸，你從來沒有跟我說過姑姑的事呢。」

「平常不是跟我多講兩句話都很難受的樣子嗎？」

「你是說你自己吧。」

「人都死那麼久了，有什麼好說的。」

「你們小時候是一起畫畫的吧？」

「嗯，我父親是畫家。」

「你們姊弟感情好嗎？」

父親陷入片刻沉默，好像那是什麼難言之隱：「當上警察，連自己的爸爸也要拷問嗎？」

「我們在編制上不算是警察。」鍾灰散漫地說：「何況算什麼拷問？好或不好，這個問題這麼難答嗎？」

「妳沒有兄弟姊妹，所以很難明白。」

「當然了。像你這種人，還是不要有更多後代比較好吧。」

空氣立刻結凍，兩人目光短暫地接觸一瞬，但父親先別過頭了。過了很久緩緩開口：「沒有好或不好的問題。妳知道吧！我們是雙胞胎，每一件事都在一起，沒有誰會先多走幾步，沒有誰在前面等、在後面追的。所以不會產生依賴、尊敬、疼愛、期望這種因爲家族位置產生的人際關係——難道妳會問妳跟自己感情好嗎？」

就像是自己的半身一樣，但就算父親一廂情願這樣想——

「可是，你跟她還是兩個不同的個體吧。」

「當然了。而且同時開始畫畫，所以會有同伴間的競爭感。但競爭意識跟感情好壞沒有直接關係。」

「爸爸應該是全面落敗吧！」

「也不能這樣說。」意外的，父親對此非常平靜：「我們各有擅長的地方，妳應該也了解才對。」

因爲幾乎沒有辨色能力，在日常生活中反而變得對明暗很敏感。對鍾灰來說，區分物體完全是看亮暗來決定的，灰度就是她的色階。

父親的作品就是在這一點大放異彩——他能畫出一片白茫茫雪地中幽微的變化，讚美他的人說：就算實際站在雪中也難以察覺，但一旦看過他的作品，就會驚覺他畫的事物確實存在，像在千呎深的礦坑裡淘出了金磚。加上父親看不見顏色，因此選色隨心所欲，讓他的畫作中又添增一股魔幻的超現實感。

「迷蝶——妳姑姑對色彩的敏銳度很高，就像音樂家能知道哪些音階連在一起能構成優美的曲調，她知道那些顏色誰跟誰待在一起時最好。當然，其實我不知道那是什麼意思。她的畫在我眼裡看來，像一片荒蕪的原野。迷蝶看我的畫也是這樣的，她總說我的畫看起來總是很黯淡。」

是不是因爲眼前掛著姊姊的畫呢？平時很沉默的父親滔滔不絕起來。

「所以她才選蝴蝶來畫嗎？」

「要說題材的話……其實我也畫過，因爲家裡有很多標本。」

鍾灰詫道：「我從沒有看過你畫蝴蝶。」

「其實有的。但妳可能沒有發現那是蝴蝶。我畫蝴蝶的時候，總是集中在他們的眼睛。」

「眼睛？」

「是啊，聽說一般人會先被鮮豔的翅膀吸走注意力，很難注意到牠瘦小的身軀。但我看上去最醒目的地方就是那裡了，亮晶晶的，光在上面的轉動那麼清楚。所以我喜歡畫眼睛，但不太受歡迎，總被說很噁心。」

「我也討厭昆蟲的眼睛。」

「是吧，所以我不再畫了。」

鍾灰明白他的意思，自己受盡父親批判以後就很少再提起筆。雖然對她來說，失去繪畫也不是件太心碎的事，但偶爾還是會想，如果那時沒有搬去和父親住就好了，也許還能勉強記得畫畫的快樂。

「我母親告訴我，迷蝶已經畫得很好了，我不必和她競爭一樣的題材，後來就不太畫了，迷蝶倒是愈畫愈多。」和父親正好相反，姑姑的蝴蝶受到讚譽，因此不自覺往那個方向一直走：「在那之前，我們還是什麼都畫的。雖然我們的長處和短處完全相反，我不討厭和她一起畫畫。」

「沒有想過再試著畫蝴蝶嗎？」

「沒有特別想過。」

「那為什麼要讓應時飛選這個題材呢？」

父親很驚訝：「為什麼突然問起時飛？」又說：「雖然是自己不畫的題材，也不表示不能指導學生吧？」

「但你更擅長的應該是其他東西才對。姑且不說能不能指導，你已經變得不喜歡畫蝴蝶了吧？」

就跟自己一樣，但鍾灰還是緊抓著手裡那隻蝴蝶的燕尾，不肯放開，不肯讓牠飛遠。

明明知道蝴蝶已經死了。

「不喜歡蝴蝶嗎……我沒有這樣想過，我只是很少再畫而已。」

鍾灰忽然為父親感到可憐，到了最後，他都沒有發現自己放棄蝴蝶的理由。

「時飛來找我的時候，正躊躇於沒有題材。她想表現的只有概念，沒有實體。後來我們找到了蝴蝶，讓她表現展翅瞬間的景色。繪畫是靜止的，是光和影帶來了時間感。我沒有辦法教給她迷蝶那種操縱色彩的技術，但我教她操作光影的方法。即使不看重顏色，也可以抓出蝴蝶另外一種層次的魅力。」

說到這裡，父親振奮的語氣又變得低落：

「不過，時飛有正常的辨色能力，或許並不需要我多事……我根本沒有辦法判斷，說不定她在用色方面也是很傑出的。」

「你嫉妒嗎？」

「怎麼會，老師是不應該嫉妒學生的。我只希望她繼續畫下去，但是她……」好久沒有提起這件事了，應時飛當時在他面前消失，他受到的打擊比誰都大。他長長嘆口氣，不願多提：「怎麼會突然想到妳姑姑？」

「我……」該把實話全盤托出嗎？但那樣就得向父親解釋幽靈蛹一切來龍去脈，更得和父親說關於那些隔離箱裡屍骨的事。鍾灰還是退縮了：「我先前夢見了姑姑。」

「妳姑姑？可是妳……」

「姑姑和你長得很像，我一下就認出來了。她看起來就跟應時飛差不多年紀，好年輕。」

「妳夢見了什麼？」

「姑姑……全身都是白色的，飄浮在空中，就像幽靈一樣，她想要回家，所以一直往畫室的方向移動。她一開始是從一個……金屬的箱子裡走出來。箱子是透明的上蓋，就很像牆上這些標本箱，但用金屬做成的。」

父親的表情從最初的殷切盼望，瞬間變得充滿恐懼。但他沒有多說什麼，也沒有再問箱子的事，只強做鎮定說：「眞是古怪的夢。今天妳也忙一天了，去休息吧。」

過一會兒，鍾灰聽見他下樓，回到自己臥室裡。鍾灰偷偷跟上去，耳朵貼在門上，雖然不知道父親在做什麼，但聽得出他打開衣櫃門，正在裡面摸索。接著她聽見長長一聲嘆息，鍾灰知道父親一定拿出那個箱子——藏在他衣櫃深處、那和水底打撈出來的隔離箱一模一樣的箱子。

喀噠一聲，父親打開了那個箱子。

鍾灰閉上雙眼，像逃命一樣離開這個家。

剛轉出巷口，就看見昏暗街道那一頭，一個明亮鮮豔到刺眼的人影，正朝畫室方向走來。他實在太醒目，就算天塌下來鍾灰也沒有辦法錯認這個人——是楊戩。

「啊……」鍾灰不由得輕呼出聲，他出院了？身體恢復了嗎？

這陣子鍾灰沒有探望過他，大家都說楊戩沒有大傷大病，只是需要休養回復體力。鍾灰看他穿普通常服，不像有疲憊病容的樣子。最重要的是，他身上的KING……那能與幽靈蛹正面廝殺、災厄般的雷火，一點也沒有減少與衰弱，依舊那樣耀眼。

「鍾灰……」

「你怎麼會在這裡？你剛出院嗎？」

「黑子說畫室在打掃……讓我來幫忙。」

「不用了，已經打掃好了，大家都回去了。」

兩人陷入一段尷尬沉默，楊戩似乎沒有要離開的樣子。他一下看看前面的畫室，一下又瞅瞅周圍，但就是不開口，鍾灰感到有點不耐煩：「還有什麼事嗎？」

「不，只是……」他的目光這回終於轉到鍾灰身上了：「妳的眼睛……」

「不要講那個了。」於是楊戩又沉默了，但還是沒有離開的打算，鍾灰只好搬出藉口：「如果你要找我爸的話，他在樓上。我要去買東西，我先走了。」

當然鍾灰也想不出楊戩找父親的理由，果然才走沒幾步，他就跟上來了。

記得也有一次兩人單獨在黑夜的街道上並行，那時並不覺得不自在，心底還有一點不足爲外人道的竊喜。但現在的氣氛很怪，她不想和楊戩說話，或至少不要在這種杳無人煙的地方。鍾灰也想二話不說、頭也不回就把他甩掉，但這樣實在太尷尬了，再怎麼說，除非自己未來不當災區警察，不然以後還是要天天碰面吧。

路燈仍在癱瘓，周圍街道一片黑暗，沿途家家戶戶都在搗清爛泥，一切都很平靜，像僅經歷一場尋常颱風。不必黑子做和事佬，她對楊戩不生氣也不憎恨。楊戩下了一個她能理解的判斷，但身體不聽從理智指揮。她刻意領先楊戩幾步，要是並肩而行，她會產生本能的排斥。動物就是這樣，如果知道對方眞的可能傷害自己就無法打從心底親近。她覺得楊戩也察覺到這一點，他要趕上鍾灰很容易，但一直保持落後她一段的距離。

這種不安全感在擠進人群後稀釋了，楊戩望著周圍的明亮喧鬧，詫異道：「我還以爲這裡也算災區。」

鍾灰無精打采地說：「算啊，只是再不營業也會餓死吧。」

「眞有活力。」

「那不叫活力，叫求生意志。」

「妳要去哪裡買什麼？」

「嗯……」臨時瞎掰出來的理由，鍾灰遲疑了一下：「來幫我爸跑腿的，買一些掛畫的工具。先去附近的美術社找找看，不然就再走一段路，我記得前面有五金批發百貨吧。」

「原來如此。應該是很重的東西，我也幫忙拿吧。」

鍾灰終於忍不住停步，說：「你到底來幹麼？你有什麼事來找我的吧？」

「……」

「快點講，你這樣我覺得很煩。」

「黑子……」終於楊戩開口：「說我應該要和妳道歉。」

鍾灰一聽他這樣講就一陣心頭火起，這算什麼，隊長指示啊？

她大聲喊道：「黑子叫你來你就來，黑子是你媽嗎？」

楊戩睜大著眼睛看她。大概沒看過鍾灰這樣發火，見他吃驚的樣子倒有種難以言喻的復仇快感。兩人站在街道中央，旁邊的人偷偷投來好奇目光，再吵下去說不定會被人當笑話錄下來傳上網，但鍾灰覺得出這口惡氣就是這個機會了，她一手扠著腰，冷淡地說：「道歉，你做錯什麼了？」

楊戩一句話也沒說，只看他的表情鍾灰就知道，那是隊長命令，所以他不得不來，終於他回答：「我不覺得我做錯什麼。」

「好，我也沒覺得你做錯什麼，所以你可以回去了。」

「鍾灰……」

「真的。我沒生氣或什麼的，也不需要道歉。我只是覺得……」鍾灰遲疑很久怎麼形容：「你太奇怪了。」

「我很奇怪。」

「我知道那時候的情況很危險，如果再拖下去，可能黑子也會做出一樣的判斷——可是你連一點猶豫都沒有，這樣太奇怪了！」

是奇怪嗎？鍾灰不知道，她覺得自己也沒有說出全部的實話。如果躺在那裡的人不是她，或許鍾灰不會產生那麼大的反彈。就算是她，楊戩也一點猶豫都沒有，這一點才最讓她難以忍受。

「對不起。」

「請你不要再說對不起了！這樣我還要顧慮讓你的心情好受一點，很煩！」

「但是，我不知道我還能做什麼……」

楊戩看起來很落寞，這一點讓鍾灰更生氣——自己明明才是受害者，還是忍不住要顧慮他的心情：「我說了，我知道你那時為什麼會那樣做，我也沒有因為這件事生氣，所以你不必說對不起。只是，你覺得我死了也是無所謂的，這一點讓我覺得很……我不知道。」

「我並沒有覺得妳死了是無所謂的。」楊戩說：「如果妳死了，我就會永遠的失去妳。」

鍾灰抬眼靜靜望著他，期待他的回答，所以呢？失去我以後會怎麼樣？

「但那是對我造成的影響，失去妳的是我、是我們所有人。如果只是對妳個人而言，死亡本身，並不是一件壞事，死是不會痛的，妳會到一個很好的地方……」

好不容易熄滅的怒火又滔天燒起來，所以他到底是在乎還是不在乎？鍾灰已經不知道他在說什麼了，她大叫：「就是這一點最奇怪！你在講什麼我根本聽不懂，正常人才不會這樣想！」

「那我應該怎麼做才好？怎麼樣才能不這麼奇怪？」

「我哪知道！」鍾灰厭煩地吼回去：「這個問題為什麼要問我！」

楊戩於是不再開口，周圍的人用一種看落敗者的同情眼光看他，那些圍觀的目光實在太刺眼，鍾灰指著附近的連鎖咖啡店：「反正，我們先進去吧。」兩人入座，鍾灰不想再跟他糾纏那一堆莫名其妙的討論，馬上丟出其他話題：「你什麼時候醒的？」

「今天下午。」

「你這樣馬上就能動了？」

「只是體力消耗太多而已。我已經睡好多天了，幽靈蛹也不會等我們的。」

「幽靈蛹現在要怎麼辦？我聽說那些箱子都沉進淡水河了。」

箱子……想起姑姑，心裡又是一陣沉重。

「確實狀況很不妙。不過，這幾天結蛹的情況似乎減少了。黑子消滅掉它大半力量，加上又有一部分在淡水河上崩潰，現在能量剩不到最初一半。雖然我們被它重挫，但它也很慘，我想或許還能再拖一點時間。只不過……這也讓我很擔心吹笛手。」

「吹笛手？這跟吹笛手有什麼關係？」

「既然幽靈蛹的力量大幅削弱了，吹笛手很可能就會有動作。在幽靈蛹的全盛時期，它就有辦法避開幽靈蛹，接下來可能會更活躍。」

「這表示……失蹤案可能會再次出現嗎？」

「只是我的推測。但我跟黑子說了，希望我可以調回陸地都市。」

「現在不可能吧……」他們幾乎全員傷兵，人力已經夠吃緊，加上幽靈蛹引起巨大災難，鍾灰覺得就算把所有災區警察的力量都投入幽靈蛹也不奇怪。好長一段時間沒有消息的吹笛手，恐怕會被暫時擱置。

「嗯，大概不容易。」果然楊戩說道：「我聽說這週達成決議，要將應時飛失蹤的案件交還陸地都市了。」

「啊！」鍾灰聞言，受到不小衝擊：「那……我爸會怎麼樣？」

「不知道，陸地都市應該也很困擾，都過去一個月了，就算有什麼證據都不可能找到了。」

「什麼證據啊，說得好像我爸真的做了什麼壞事似的……」

「不論最後調查結果如何，我的承諾都不會改變。我一定會找出吹笛手，然後消滅它。」

鍾灰對他那種預設結果一定對父親不利的語氣感到不滿，正想出言辯護，但想起自己提起姑姑時父親駭怖的眼神，一下失了底氣：「算了，怎麼樣都無所謂了。我爸……說不定給陸地警察查一查也好。」

楊戩詫道：「妳不想找出吹笛手了嗎？」

這個人眞是從頭到尾都沒理解過自己的心情啊，鍾灰苦笑道：「只要有吹笛手存在的話，我爸爸就是清白的——我想要的只有這樣而已。不過，現在我已經不知道了……」

「爲什麼？妳不相信沈畫家嗎？」

「我……那天在船上，我看到幽靈的臉了。」

楊戩不知爲何此時提起幽靈的事，靜靜等她繼續說完。

「那個幽靈是我姑姑。」

「妳姑姑？妳是說被捲進連環殺人案的——可是這又代表什麼？」楊戩大惑不解，他片刻想通後驚呼：「等等、難道說，那些骨灰是、至少四十年前的死者嗎？」

「不知道。」

「這樣的話，這段期間總部做的清查全都白做了……」

HCRI交出箱子後，災區警察的調查隨即終止，矛頭轉而指向隔離材料的研究員——那是一批沒有編號的私造隔離箱，製作水準也較粗糙，和現行使用的隔離裝置有一段落差，HCRI推測這可能是因爲製作者無法自由取用所有資源，只能使用未被管制的老舊材料和基礎設備。可是這麼一查下去就陷入困境。如果只是過時的材料和設備，取用限制相當寬鬆，畢竟隔離裝置既不具危險性，也沒什麼盈利價值，每天能接觸到隔離材料的研究員驚人得多，比清查災區警察還困難。

但是，如果這些箱子是在四十年前製造的，情況就完全不同了。

「我會告訴黑子。這是重要線索，四十年前的話，有能力取得資源、私造隔離箱的人應該不會太多。」

鍾灰無力地說：「可是，事到如今找出是誰又有什麼用呢？你不是也說，誰偷走箱子根本沒有意義、王也不會在乎嗎？」

「我們本來打撈出來的箱子，現在全沉進河底了，已經失去再次吸引幽靈蛹現身的方法。如果能找出是誰走私箱子，或許可以讓他說出其他箱子在哪裡。」楊戩迅速盤算道：「這箱子在快四十年前被偷走的，假設拿走箱子的人是殺人犯、是妳父親在山上遇到的人。按他的說法，那個人大概只有三十多歲，那就表示現在他……」

「大概是七十多歲？」

「對，他很有可能還活著。」

「就算活著，眞的有可能找到他嗎？」

「那就要請沈先生幫忙了。那個人既然可能是HCRI的人，只要讓妳父親指認當時的研究員——」

「等一下。」鍾灰的聲音有些打顫：「還有一件事，我沒有告訴你。」

「什麼？」

「我父親……也有那個箱子。」

楊戩沒有馬上明白過來她說了什麼，一臉茫然看著她，鍾灰重複一遍：「拿來裝我姑姑的隔離箱，我爸爸有一個一模一樣的，就放在房間裡，他小心翼翼保管了二十幾年。」

「這……爲什麼會？」

「我不知道！」鍾灰焦躁地大叫：「我如果知道我就去問我爸了！不是每個人都說他做僞證、說他跟凶手勾結嗎？所以我說乾脆都給陸地警察查一查好了！」

「鍾灰，妳冷靜一點。」楊戩忙說：「妳確定沈畫家知道這個箱子是什麼來歷嗎？如果知道，爲什麼當初沒有將這麼重要的證物交給警方？」

「我爸爸……不會對身外之物有很大執著，但他對那口箱子非常寶貝，那對他來說一定有很特別的意義。」

這已是承認沈憐蛾不可能對箱子的來源一無所知，那麼，他是從凶手那裡取得的嗎？或者這是凶手送給他的訊息？爲什麼他對此保持沉默？分析推理並不是楊戩擅長的領域，若要知道隔離箱的來源與對沈憐蛾的意義，唯一方法就是單刀直入問他。

楊戩提出自己的看法，但鍾灰強烈牴觸：「不行！我辦不到！」

「妳不想盡快釐清沈畫家跟這件事的關係嗎？」

「我不想……我不知道，但眞正的答案是什麼很重要嗎？」

「不重要的話，妳提起這件事的理由又是什麼？妳怕沈畫家眞的跟殺人案有牽扯嗎？」他單刀直入到簡直可恨的地步，鍾灰忍不住狠狠瞪他。楊戩說：「妳上次跟我保證，他沒有向警察做僞證，我覺得妳很相信他。」

鍾灰一下像顆消了氣的皮球：「我……可是我眞的有相信他的立場嗎？我們實際一起生活的日子很短，加起來甚至不到十年吧！我對他根本一點都不了解，甚至連應時飛的事，我都沒辦法肯定說他是清白的。」

父親持有殺人犯的工具、父親對警察一再隱瞞、只要一提起肖像畫父親就怒不可遏……父親到底是一個怎樣的人？鍾灰發現自己原來一直都一無所知。

「我相信妳目擊到應時飛的消失——她的消失是天災，只有這一點是不會錯的。」楊戩說：「去找妳父親，問出跟那個凶手有關的事，愈多細節愈好。我們一人負責一半，HCRI那邊我來想辦法，我會找出研究員的名單，剩下的部分，由妳去跟妳父親談。」

「不能……就從HCRI那裡找就好嗎？」

「我希望能盡量縮減嫌犯的範圍，而且，最終還是要由妳父親確認。」

「可是他一定不會跟我說的。」

「不試試看怎麼知道。」

「就算他說了，也可能是對我說謊啊，他連對警察都可以說謊了，憑什麼覺得他會把實話都告訴我！」

「鍾灰，妳到底在怕什麼？」

「我才沒有——」

「沈憐蛾是殺人犯或是什麼對我來說都無所謂，我關心的只有KING，但是對妳來說不一樣吧？我認爲妳應該親口去問他。」楊戩的語氣很冷淡，鍾灰卻覺得那是一種怕激起她情緒反應而刻意維持的冷淡，帶著一點可恨的憐憫。她反抗似地說：「這是上級命令嗎？是的話我就去問。」

「我不是妳上司，我沒有下令的權力。」楊戩略一猶豫：「我只是覺得妳不能總是遇到妳父親就逃避。」

「我逃避？」那兩個字太刺耳，鍾灰拔高聲量。楊戩說：「難道不是嗎？」

又來了，又是那種好像自己了解一切的態度，鍾灰簡直怒不可遏。

「這算什麼？你現在還能指導我人生方針了嗎？」

「我沒有……」

「你當然有。你也強迫黑子收下英士的遺物不是嗎？無視別人的心情，決定應該做這做那才是正確的，這又是什麼上帝教你的正義嗎？」

「我不……」但楊戩沒能再講下去，鍾灰立刻就看出來了，英士兩個字踩痛了他。他別開眼，靜靜望向窗外，鍾灰這才覺得自己說得太過了。

「我沒有強迫黑子收下，英士的遺物還在我這裡。」

「啊……」

「英士的事，是黑子告訴妳的？」

「嗯……差不多吧。」鍾灰有點心虛：「你和英士是很好的朋友嗎？」

「不算朋友。隊友……應該也不算，我以前不在小隊編制內，只能算是同事吧。」

「不在小隊編制？你以前不是災區警察嗎？」

「我是。不過我通常不負責消滅王的任務，我主要的工作是──」他出神片刻：「處理異變的宿主。」

「你……」──你殺人嗎？所以那天你才能下手這麼乾脆，對我也毫無猶豫嗎？鍾灰用盡全力才沒讓自己脫口而出，但楊戩接著說：「人類宿主大都交給英士。」

ϟ

楊戩在HCRI待了十幾年，日復一日，從未特別感到情緒起伏過。與一般人相比，那天或許遠遠稱不上生氣，但他心中確實有什麼翻湧──想讓何英士管好他自己，別伸手到別人的工作裡。

HCRI的大英雄、被稱作仁君的何英士，身材不高大，只是國中生的自己都快要追上他。何英士的輪廓很柔軟，臉孔可說有幾分少年稚氣，他們交談過幾次，說話溫溫呑呑，找不到施力點。與楊戩心中對「英雄」的想像天差地遠。

第一次找何英士抗議的那天，他坐在辦公室裡，被他的隊友包圍著，他們不知在說什麼有趣的事，所有人都笑得非常開心。楊戩的隊伍也常見這種景象，但他總是無法加入歡笑群眾，他抓不到該放聲大笑的時機。當楊戩走到何英士面前時，所有人都停下笑聲，然後潮水一樣地退開了。

何英士也認得他吧，他詫異地說：「有什麼事嗎？」

「能跟我出來一下嗎？」

他不想在辦公室吵架，何英士從善如流地隨他走了，彎過走廊轉角到很少人經過的隱蔽處，楊戩準備朝他發火——但何英士先開口了，他本來就不算大的眼睛笑得瞇瞇的，他說：「我好少有機會跟你單獨說話。」

「我們又不同隊。」

「你好高啊，你不是國中生嗎？我大姊的兒子跟你差不多年紀，但是才長到我這裡呢——不過，男生一進入發育期，有時候就會咻的竄高——」

楊戩不耐煩地打斷他：「我不是來找你聽這些的。」他甚至覺得何英士刻意提起年齡輩分就是要警告他保持一點對大人的尊重。但楊戩不以爲然，他待在HCRI的時間是何英士的好幾倍、他控制KING的能力超過總部所有人，而且他是這裡最強的力量。沒想到何英士眞的就靜下來，用那雙從順的眼看著他。

「這是第幾次了？」楊戩盡可能壓抑不悅：「原本要交給我處理的宿主，爲什麼全都被你先消滅了？」

「嗯……因爲我正好閒著沒事吧！」

「閒著沒事？你開什麼玩笑？」

「不論誰去做，KING都消除了，這樣不好嗎？」

看結果當然是皆大歡喜：宿主保住一命、自己省了力氣，到底有何立場抱怨——就是這點讓楊戩最不耐煩。

「不是好不好的問題，這是指揮部的安排，我們應該按照安排行事。」

「為什麼？有很多宿主可以不必死的。」

「你的力量要用在更有必要的時刻。」楊戩嚴厲地說，何英士比他大了十幾歲，卻一點也看不出大人該有的樣子：「會把那些宿主統一交給我解決，就是因為數量太大、判斷由我來消滅最乾淨最快。每個士兵使用能力的強度和次數都是受到精算的，你這樣跑去處理沒必要由你處理的目標，會讓身體陷入強烈的疲憊，在眞正需要你的時候使不上勁！」

「那你呢？你不累嗎？」何英士似乎沒有要與他正面辯駁的意思，狡猾地岔開話題。

「當然不累，我說了，那些都是HCRI精算過的。」

「最近異變情況明明愈來愈嚴重了。但是，你還是像每天準時出現的垃圾車一樣。不只生物，對於無法有效掩埋的無生物，也非常仰賴你的力量吧？他們眞的有在計算和考慮你的身體狀況嗎？」

「垃圾……車？」

「抱歉！我沒有冒犯的意思。唉……露池總是叫我閉嘴少說兩句。」

「隨便是垃圾車還是什麼，我已經說了我的身體可以負荷，不需要由你來擔心。」

「那我的身體也可以負荷啊！」

楊戩被自己的話打了回來，一時無言以對。

「就算這樣，也不是你破壞規定的理由。」楊戩勉強擠出幾句：「今天你破壞『清理』的分配規矩，下次是不是也要違抗隊伍的命令？如果每個人都像你一樣我行我素，這個組織還要怎麼運作？」

何英士微笑著看他道：「你好厲害啊！好不像國中生，講話好有力量也很清楚，完全辯論不過你呢。」

「既然這樣就不要多管閒事，確實服從上級的指示，不要給其他人添麻煩。」

「我知道了。」

楊戩竟有種心上大石落地的感覺，客套的道別也不說，轉身就走。既然確實傳達了訊息，那他與何英士沒什麼好說了。但這時何英士叫住他：「對了，你知道文山區下水道的事嗎？」

「什麼？」

「文山區附近發生下水道坍方的事件，應該是與ＫＩＮＧ有關。」

楊戩奇怪道：「那裡不是陸地都市嗎？」

「事發點正好在一個有點尷尬的位置，雖然不是空橋都市，但信義的王好像照顧不到那裡。」

「我們能直接去陸地都市支援嗎？」

「不行，不能公開是天災。他們現在正在找一些理由，我聽說打算直接將現場掩埋。」

「不需要掩埋，我可以去處理源頭。既然本來信義的王就管不到，那我去應該也不會引起警報。」

「聽說是有相當規模的王，直接衝突的話對我們不利。而且那附近有很多化學氣體管線，又跟住宅區連得很近，貿然有什麼大動作的話很危險。」

「那也可以由你去吧？」

「據說裡面的宿主異變很厲害，他們不希望我冒險。」

異變——也就是說，地下是生物宿主。

何英士無奈地說：「我剛才說我很閒是認眞的，上面對我有點過度保護，如果不是必要，稍有危險的現場都不會派我去。」

「那也是理所當然的。」楊戩頓了一下又問：「你爲什麼突然跟我說這件事？」

「怎麼樣，要不要跟我一起去？」

「你在胡說什麼？沒有人打算指派我們處理吧？」

「我知道，就是去看看情況而已。」何英士微微笑：「你也知道掩埋並不是最好的解決辦法吧？他們連那是什麼樣的王都沒辦法肯定，萬一是會溢出來的那種就麻煩了。」

楊戩明顯面露動搖，何英士又加把勁繼續說：「我覺得派我去才是最好的判斷，可是他們太擔心我的安危，變得綁手綁腳。我說的是眞的哦，我常常想，就算哪一天他們抽取我的基因，做一個複製人出來都不奇怪！」

「複製人也沒辦法連KING都複製的。」

「眞的？」何英士連困惑也顯得天眞：「可是說不定有一天做得到啊！你知道秦知苑博士嗎？她是負責我的研究員，一直很希望穩定保存和複製我的能力。如果有一天我死了，她一定第一個把我從墳墓裡挖出來。」

說完，他竟然被自己逗笑了，楊戩冷眼看著他。雖然沒有正面見過秦知苑，但與她有關的傳說如雷貫耳。聽說她的研究很冷門，但仍是年輕一輩研究員中最被看好的明星。

「怎麼樣，還是讓我去看看比較好吧？雖然很危險，但我想如果有你在應該就沒問題了！」

「我？」

「你的能力這麼強悍，而且控制的技術又這麼好。雖然這樣說有點不好意思，如果我遭受攻擊，你絕對可以保護我吧？」

楊戩思索片刻，他破壞KING的手段是直接將宿主徹底燒滅，但在狹窄的下水道內除非精準定位、而且不至於影響下水道結構，否則這種作法施展不開。但如果只是要排除被異變宿主攻擊，那還是綽綽有餘。

「嗯。」

「那我們兩個不就可以當很好的搭檔嗎？你先不用煩惱KING的事，全部交給我就好，你的力量只要用來保護我就可以了。」

楊戩認爲計畫可行性很高，於是答應了何英士。第二天下午，楊戩收隊回來時，何英士興沖沖來找他。

「我弄來一張地下水道的臨時出入許可證了，我們快去吧！我開車。」

「這麼快，你從哪裡弄來的？」

「啊！這個不是災區警察的必備技能，你就不用學了。」何英士看起來心情很好：「不過記得別隨便跟人說啊，尤其是我老婆露池。」

楊戩根本連他已婚也不知道。

何英士弄來的許可證顯然不是好好申報取得——最好的證明就是他開自用車而非災區警察的公務車。這是楊戩第一次搭私家車外出，雖然是公務，但在何英士老舊的車裡，產生一股奇特的輕浮感——糟糕的避震設計讓車體隨時都像要崩解，車窗上有雨水沖刷積塵後留下的斑痕，掠過窗外的景色因此像套上一層濾鏡一樣新鮮。最難以忍受的是，何英士一面開車一面哼歌。他一路上已經說了三次：我最喜歡開車了，每次開車我都想像自己在拍美國公路片！

楊戩半生都待在HCRI，很少離開總部，即使因公外出，車內也總是裝備齊全的隊伍，人人穿著筆挺制服，一言不發，空氣充滿緊張凝滯感，他甚至沒有產生過看一眼街景的想法。

總部離這裡不遠，很快兩人就抵達事發點。

兩人在車內換上制服——何英士讓他穿便服但帶上制服，這讓楊戩很肯定他絕對是瞞著隊伍偷溜出來的。部分裝備有管制，沒有經過核可批准帶不出來，不過楊戩認為無所謂，只要他在，根本不需要那些多餘的武器。而只要有何英士在，也不需要準備隔離裝置，讓他直接消滅源頭就可以了。

何英士出示了臨時許可證，沒受到什麼阻礙兩人便輕鬆進入封鎖現場——不如說現場人員見到兩人出現，露出如釋重負的神情。兩人攀著狹長的梯子進入下水道。楊戩先下去，他很快著地，但何英士戰戰兢兢爬了五分鐘。他成為正式隊員的時間也沒多久，受過的體能訓練和楊戩完全無法比擬，而且他的運動神經很糟。

楊戩拿著手電筒，領在前頭。他們沒有帶任何儀器，無法確認王的具體位置。不過何英士即使不知道目標在哪裡，只要發動能力就能慢慢將目標消除。

何英士溫吞地說：「被國中生保護，實在很不好意思呢！你也要小心一點喔。」

「請你集中精神，確認有沒有消化王的感覺就好。」

不過何英士依然我行我素，繼續說道：「對了，抱歉有件事瞞著你。其實那張出入許可證是我請人幫我弄來的，根本沒經過上層同意。」

「我知道。」

「咦！什麼？你知道嗎？」

「如果是堂堂正正拿到的，就可以申請正式出隊，不必穿便服，也可以直接開好一點的公家車。」

「哈哈……」何英士尷尬地笑了，又小聲抱怨：「我的車也沒什麼不好吧？」

「總之，盡快找到王才是最重要的，請集中精神。」

但何英士忽然輕聲笑道：「所以任務是不是上級指派，你也不是眞的那麼在意。」

楊戩猛然停下腳步——他回頭瞪著何英士，那話聽起來像挑釁，何英士面上神情卻很柔和：「那我搶了你的任務、先一步把宿主的王消除，也不是那麼可惡的事吧？」

「你到底想說什麼？」

何英士慌張地說：「我沒有要說什麼，我沒有要吵架或什麼喔！只是我在想啊……我猜對了，規範紀律也不是你最在意的事，那你最在意的到底是什麼啊？」

「當然是有效率將王消滅這件事。」

「是這樣啊……」何英士沒有再多說什麼，只是露出了很寂寞的神情。

兩人一言不發地繼續向前，目前並未察覺到明顯的異變，但楊戩莫名浮躁，何英士問那個問題是什麼意思？那何英士最在意的又是什麼？

就在這時，前方傳來一陣微弱的呻吟聲。

聲音很細，不仔細豎起耳朵根本無法察覺。開始時像有人在地上哀號，但若細聽又像獸類發出低沉威嚇。楊戩立刻伸手示意身後何英士停步，下水道太暗，手電筒照明範圍有限，很難察覺是什麼東西在前方。

他們事前得到的資訊不多，楊戩皺了皺眉說：「請你先留在原地，我去前面看看。」

「等等，怎麼可以讓你一個人去！我們一起走吧？」

「我不知道前面有什麼，或許非常危險。」

「那有我在或許更安全啊！總比你直接跟他們打起來好吧？」

楊戩有些遲疑，但何英士非常堅持，他也只好退讓：「好吧！不過我還是想先確認一下狀況。」說完，他扔下手電筒，伸手在牆上管線摸索。只聽「啵」的一聲，他的指尖拉出一道電弧，隨即那鋼管外殼像滾燙的煤一樣燒紅起來，那紅光更迅速向前遊走，將前路照得更加清晰，很快便突破剛才手電筒的極限，逼近聲音的來處。

何英士對他的花招簡直百般讚嘆：「天啊！這是什麼！好厲害！」

「噓——」

楊戩猛然收止電光，同時將電力轉向另一個目標。一陣閃光掠過，一股混合惡臭的焦味迅速瀰漫在空氣中，何英士掩住口鼻猛咳起來，楊戩的面色變得很難看。

「快點往回走，這裡交給我！」

「等、等一等！」

「還不快走！」他那因未完全變聲還有些尖銳的嗓音怒喝道：「你剛剛沒看到前面有什麼嗎？」

楊戩電光所及之處，可以看見黑暗中伸出一隻厚厚的昆蟲前肢。

因為光照角度看不太清確實的顏色，但前肢布滿密密麻麻的細毛，即使猛然一瞥也十分駭然。那很像是蜘蛛的腿，只是體型實在太大。不過，考慮到這是受ＫＩＮＧ的影響，那也就不奇怪了。

無法立刻辨明眼前敵人，但楊戩本能感受到生命威脅，他的速攻似乎引起怪物不滿，剛才那細微的呻吟變成低頻率的連續顫音，而且是此起彼落的合奏，好像從四面八方將他們包圍，甚至身後都能聽見——

或許陷入敵人的巢穴中了，楊戩環顧周遭，視野能見度太低，他無法清楚把握敵人包圍的狀況。

「可惡！」

他再一次發動攻勢，但不再是針對同一目標的突襲，而是以圓弧狀向外掃動一圈。承受如此猛烈的電擊，不論什麼生物都承受不住，焦臭味變得更濃厚，怪物開始憤怒地尖叫，但能聽出聲音明顯減少了。

「敵人……沒有那麼多嗎？」

楊戩一開始就做好最壞打算，如果它異變了下水道的昆蟲，很可能整個下水道的蜘蛛都已經變成這個樣子，光用想像就毛骨悚然，天知道下水道裡能有成千上萬的昆蟲？屆時牠們若如洪水般一擁而上，楊戩也沒把握全身而退，他一面發動攻擊，一面思考逃跑的方式。

但敵人的數量比想像得更少。是感染速度比較慢嗎？但能在生物間接觸移動的王通常傳播速度很快。

「等等、拜託你先等一等……」

何英士抓住他的手腕，楊戩幾乎本能想甩開他，對士兵而言，何英士固然是救世主般的仁君，但他施救那一刻就等於將ＫＩＮＧ徹底剝奪──若要保住性命就要捨棄士兵身分。楊戩絕不願自己的雷電被他奪走。

但何英士抓得很牢，他焦急地說：「不用怕，我只是想請你聽我說一下。」

「不趕快把敵人──」

「他們還不能說是敵人，目前是我們單方面的發動攻擊而已。」

「你在這種時候還想發揮天眞的仁慈心嗎？」

「不是的，請你相信我！」

何英士撿起地上的手電筒，一手掩住口鼻，以緩慢的腳步向前推進。

「你在做什麼！很危險！」

「我知道很危險，所以請你跟在我後面。如果牠們眞的要攻擊我，就照你想的去做。但在那之前請不要出手，交給我就好。」

楊戩聞言咋舌，對何英士冒進的行爲惱怒。但何英士仍舊堅持，如果激怒他讓他做出更冒險的行爲，到時候自己也沒有把握能完全保住他。

「我知道了。」

「你稍微和我保持一點距離。你的雷電非常迅速靈活，不必貼身保護我。」

他冷靜下指令的樣子，和最初那畏縮又沒有原則的樣子判若兩人。楊戩平日早就習慣服從指令，只要判斷合理，對何英士的指揮沒有什麼牴觸感。

兩人向前走了約十幾公尺，對方似乎也在緩緩前進，那令人駭怖的昆蟲前肢再度進入視野。楊戩不自覺繃緊全身，但何英士沒有半點退縮，慢慢地怪物的身姿已完全暴露在手電筒的光照下，牠至少超過兩公尺高，如預期般是類似蜘蛛的生物，在腹部中心一雙已看不見眼白的眼珠子咕溜溜地轉動著，似乎在打量兩人。

「啊……」就連楊戩也不由得發出顫抖的驚呼，何英士長嘆一聲：「果然跟我想得一樣……」

怪物發出微弱哀鳴，這次聽在楊戩耳裡不再是怪獸的低吼，而是他最初的反應，那更像人類的哭泣聲。

被八條長腿拱住的蟲體正中央，長了一張人類的臉孔。

並非僅是類似人類五官的花紋，那確實是人臉，雖然那臉孔已經開始腐爛，但五官高低隆陷都非常清楚，連毛髮與肌膚的紋理都還能看見。雙眼並非沒有眼白，而是充滿血絲，在昏暗燈光下彷彿與瞳仁融合為一。

怪獸繼續發出低鳴，但楊戩不願細聽。他總覺得如果仔細聽下去，就能聽出他理解的某種語言來，他立刻轉向何英士：「這是怎麼回事？」

「我聽說這裡被王占領之前，在做下水道修繕工程。」何英士垂下了眉：「對外說法是塌陷嚴重，下水道內工人全數死亡。但災區警察明明控制現場了，如果工人是因為塌陷喪命，他們最起碼會把屍體帶出來或嘗試這樣做吧？可是完全沒聽說，我猜想情況可能更棘手，例如根本帶不出來……」

何英士向前踏進幾步，怪物又咆哮起來，緊接著出現更多同類。楊戩揚起手來，但何英士阻止了他：「這恐怕是會引起融合的王吧，把人類跟下水道裡的昆蟲膠結在一起。災區警察想讓這些人全部困死或被壓死在下水道，這樣王自然就會消滅了。」

果然，從暗影中慢慢靠近的怪物不只蜘蛛，也有跟其他昆蟲或老鼠結合的樣子，一面發出令人作嘔的惡臭，一面又發出如人類哭泣的啼聲。雖然景象戰慄，怪物數量不多，恐怕這裡的全員就是當時現場所有的工人了。

這竟令楊戩鬆了口氣，但何英士似乎完全沒有在考慮分析，他只是悲哀地說：

「當下死了也就算了，為什麼變成這樣呢？」

「他們已經沒有意識了。」楊戩立刻說道：「也不會感到痛苦。我來把它們全部燒掉！」

「不，讓我來吧！」

「你的能力要花上一段時間待在牠們周圍，這樣很危險。」

「我知道，能請你幫忙嗎？你控制電力強弱技術那麼好，能在不殺死牠們的狀況下，讓牠們暫時癱瘓嗎？」

對楊戩來說這並不困難，但他不明白何英士多此一舉的意義。

「我想爲他們解除KING。」

「就算解除了，已經跟其他生物融合變形成這樣，他們也不可能復原吧？」

何英士陰鬱地點頭：「應該在解除的時候，他們的身體就無法承受這種變形而必須死去。」

「既然如此，讓我來不是更快嗎？我可以把它們燒掉，這樣連處理屍體都沒有必要。」

「可以的話……我還是希望他們能以人類的身分死去。」

楊戩不明白那是什麼意思：「這樣做有什麼意義？你自己不是也說了嗎？要是直接死掉就好了，死了就不會再痛了。所以就快點讓我——」

「不是的，我說的不是肉體上的痛苦，你聽，他們在哭啊！」

楊戩感到很厭煩，對他的多愁善感束手無策，好，如果何英士希望如此，那就這樣吧！反正以敵人的數量來看，他有把握能控制場面。他不太肯定癱瘓這些怪物需要多強電流，因此就按照對人類的標準。何英士聽從他的指示，停步在自己有把握能保護他的範圍。

何英士在怪物包圍圈內席地坐下，楊戩緊繃精神，一刻也不敢鬆懈地盯著何英士。這是他第一次看見何英士發動力量的樣子，與自己那雷鳴電閃的誇張景象不同，僅從外觀根本無法看見什麼變化。

但過了一段時間以後，他發現原本倒在地上抽搐的怪物們漸漸放鬆了掙扎，不再發出哀號。開始時他以爲這些怪物已經死了，但很快就發現並非如此，他們的眼珠還在緩緩轉動，血絲也漸漸退去了，能看出原本一雙雙人類的眼睛，一致朝何英士的方向看去。

那一刻，楊戩不知道盯著何英士的怪物們心中在想什麼，或許他們什麼都沒想，早已失去人類的理性。

「你們可以聽到我的聲音吧？不要擔心你們的家人，國家一定會照顧他們。我在這裡幫你們祈禱，希望你們去西方極樂世界、去投胎一個很好的來生。」

何英士合十雙手，掉下淚來。

甚至那些異形都已闔上雙眼、一動不動地嚥氣，何英士仍安靜地哭泣。楊戩判斷周圍已經沒有危險，但說不定還會有KING殘留，或許盡快離開才是上策。可是何英士就待在那裡哭，他不知道該怎麼辦才好。

「我眞的很討厭這份工作。」

何英士小聲地說，因爲哭泣還帶著濃重的鼻音：「爲什麼我們非得成爲宿主不可？我每天都在想一件事，如果我可以消滅KING，爲什麼我不能消滅掉自己的力量？如果我沒有這個力量，我就不用整天面對這些東西了。我不想當什麼英雄或仁君，我只想跟露池過簡單普通的生活。」

楊戩聽了何英士這番告白，感到非常震驚。

他在HCRI待了很久，當然也見過許多憎恨自己成爲宿主的人，但那些人大多是被不良的KING寄宿，會造成身體病痛，或對生活造成強烈影響。

然而，何英士爲什麼要生氣？何英士拿到的可以說是最好的了，雖然初期不適應時似乎有一點副作用，但在研究員協助訓練下有了長足的改善。據他所知，何英士現在使用能力非常隨心所欲，跟自己相比甚至更如魚得水。他雖然熟悉操作電擊，畢竟還是有體能極限，過度使用時會全身脫力。

而且，何英士也如他所說，受到很好的保護，幾乎不須上前線犯險。大多時候都是由其他人控制宿主再送到他面前來。他只要坐在安全的地方，像剛才那樣釋放自己的力量就可以了。比他辛苦的隊員多得是，他到底憑什麼哭？憑什麼不滿？

可是何英士哭得好傷心，讓楊戩連動怒也做不到，所有怪物都已沒了聲息，何英士再一次雙手合十，朝他們深深一拜。然後他說：「走吧！這裡已經沒有王了。」

「你肯定嗎？」

「我的王剛享用了一頓大餐，吃得很開心，如果還有的話它不會放過的，一定會一直催促我繼續找，我們請清理隊負責收拾後續吧。」

「那些東西的遺骸要怎麼辦？」

「我不知道，看清理隊判斷怎麼做最妥當吧。」

楊戩感到很空虛，當然徹底消滅比掩埋要安全多了，但他覺得這一切好像就只爲了滿足何英士最後的儀式，讓他流那些眼淚。

回程的路上何英士不再唱歌了，雖然他擦乾了眼淚，也還勉強維持著笑容。好軟弱。

凌駕於他們這些能力強悍的宿主，被災區警察當神明崇拜的何英士竟然哭成那樣，爲一堆連人樣都看不出來的異形哭泣，眞的好軟弱。

「今天謝謝你。」何英士忽然說道，讓正不明不白生氣的楊戩嚇了一跳。

「謝我什麼？」

「謝謝你保護我。」

「你是隊友，這是當然的。」

何英士蒼白的臉上，露出一個虛弱的微笑：「雖然我很討厭這份工作，討厭這麼荒唐的世界，但我沒辦法眞的討厭我的ＫＩＮＧ。」他仍用那天眞語氣說：「有這個力量，我才可以保護露池，我也可以保護大家。如果有一天，你的ＫＩＮＧ要傷害你，我也會保護你的——啊！今天我哭了的事，不要告訴露池啊。太丟臉了。」

我也會保護你的。

那是第一次，被稱爲雷神、一路衝鋒陷陣的他，被人說了這樣的話。

ϟ

「英士死後，他的工作就交到我手上，直到黑子回來。」

楊戩的語氣輕描淡寫：「我的做法和他不一樣，所有災區警察都很排斥我，有一段時間我甚至失去雷神這個名字，他們都叫我屠夫和劊子手。我經常想起下水道的事，如果最後異變的宿主都是要死，我和他最大的不同是不是就在那裡？到今天我都還會翻看英士留下的日記，想知道是他的話會怎麼做、爲什麼要那樣做？不過，看了很多遍還是不能明白。鍾灰，妳覺得呢？我和英士最大的不同是什麼？」

「我、爲什麼要問我？」

「可能是因爲……」他想了想，笑說：「英士經常會讓我覺得我是錯的。這一點和妳很像。」

鍾灰覺得楊戩簡直不可理喻，這個人向我認錯過半次嗎？甚至連那個「對不起」都是黑子讓他來講的。

「我……對別人的判斷經常出錯，我不懂英士爲什麼哭泣、不懂妳爲什麼生氣，也許這就是妳說我很奇怪的意思。鍾灰，妳是怎麼判斷別人在想什麼、又需要什麼的？」

「需要什麼……也沒有這麼了不起，正常跟別人相處久了就會明白吧。」

但鍾灰又想，他的生命與一般人很不一樣。他在教會成長、在HCRI度過半生……自己說的話對楊戩一點用處也沒有，因爲支撐他的事物，只有上帝與KING而已，那樣孤獨純粹的信念，能撐起的世界一定很單薄。鍾灰忽然明白自己對他所有的忍耐與不耐從何而來，他與父親有很相似的地方。

「你覺得那些人死了比較好，因爲死是不會痛的，死後會去一個更好的、像天國一樣的地方，對不對？」

「對，所有人都會去那裡。」

「可是萬一天國不存在怎麼辦？」

「是存在的。因爲我曾親眼見過天國。」

「我以前工作的地方，對面是一個邪教教團，他們也說一樣的話。」

「……」

「可是，你的天國只有你一個人看得見，那樣的天國，死後一定也只有你一個人能去吧！你無法理解的我與英士，都會被排拒在你的天國外面。」

她說排拒的時候，讓楊戩想起那天往河裡下墜——不、或者更像他誕生那一剎那，睜眼便從雲端落下的感覺。永遠都是這樣，永遠只有他一個人。那是連重力也拋下他的、無比巨大的孤獨感。

他執拗地說：「天國不會排拒任何人，只要叩門它便會開。」

鍾灰沉默著打量他，她不知道楊戩如此深信天國的理由，也不知道天國是否存在。但她能隱約感覺到，楊戩拚命想守護的那個天國，不過是他避難的城堡而已——就和父親一樣。

楊戩讓她去開父親的城堡，那麼楊戩自己呢？他知道自己也困在城堡裡了嗎……一這樣想，她就無法眞正對這個人生氣：「就算你說叩門，可是我連門在哪裡都不知道。」

「那我……又該怎麼做才好？我要怎麼做，才能讓你們也來到我的天國？」

他的聲音裡充滿焦躁與挫敗。可是沒有用的，只要你不開門，誰也進不了你的城堡。鍾灰心想，必須讓他確實明白這件事才可以。

「爲什麼是我們過去？既然你人就在這裡，爲什麼不是你把天國帶下來呢？」

「把天國……帶下來？」楊戩的眼中充滿迷惘，鍾灰笑道：「是啊，如果天國是那麼好的東西，就別把門關著，開門迎接我們，把天國帶下來吧！」

第六章　雷神

每天在信義總部工作的起碼上百人，其中大半都是HCRI的研究員，這還沒算上臨時換證出入的外部研究員，能接觸到隔離材料、甚至走私出去的研究員太多了。這就是爲什麼至今仍難以鎖定製作那批隔離箱的人。但如果箱子是在四十年前製造的，情況就會有很大的改變。四十年前，HCRI的規模與現在相比很小，成員人數有限，鎖定技術人員的話或許很快會有發現。

根據報告，被打撈出來的隔離箱使用的材料成分是早期的主流。愈新的隔離材料需要的技術也愈複雜，以目前來說，若要製造一個陽春的隔離箱，至少就要通過二十個部門以上的技術——這些技術已複雜到非常專精化的地步，很難輕易繞過或找出取代方式。因此，HCRI判斷對方採用如此古舊技術，正是因爲憑藉個人力量，無法做出現今規格的製品。

這樣的判斷非常符合現實，唯一令他們困惑的一個疑點是：在這三個箱子之間，就已經出現技術落差。雖然幅度不大，但在取得資源不變的情況下，只憑單人之力取得這樣的進展，是令人很難想像的。但如果東西本來就是四十年前做的，就能輕鬆解答這些不協調之處——當時管制更加寬鬆，研究員能自由做各種研究以求突破，所有資源唾手可得，試作品間不斷產生進步非常合理。而且，當時HCRI才起步不久，投入研究計畫的大半是年輕學者——換言之，當時的研究員很可能到今天都還在HCRI。

楊戩首先告訴山茶這個想法，他想知道當時有能力做這種東西的有哪些人？山茶大致認同他的推論，卻顯得有些爲難：「名單要查閱應該不難，但是恐怕也很難鎖定。」

「爲什麼？」

「當時的研究員多半身兼多職——就算是研究病理的專家，也會突然跨足過來隔離材料。這應該不難想像吧？因為專門部門人力有限，有時候想要什麼東西，就得捲起袖子自己做。所以，只給你隔離技術研究員的名單還不夠，至少要把半個研究所的名單都給你才行。」

這樣一來，和現在的情況相比，也沒有占到更大的優勢。

「不過這應該是政風的工作吧？你為什麼這麼關心，我們現在不是應該專心追查ＫＩＮＧ的下落嗎？」

「反正我現在也沒有別的事可以做。」

「哦，這還真不像你耶！」

「這是什麼意思？」

「你不是那種會因為沒有工作指派，就跑去做些閒事的人啊！」

楊戩語塞片刻：「當然，如果能正面迎戰的話……」

「好啦，反正你不惹是生非，隊長一定也很開心。我會盡量幫你過濾有用的資料，你就繼續維持這樣吧！」

「黑子情況怎麼樣？」

「復原得很順利，昨天還和我們說說笑笑的……不過恐怕非退役不可了吧？」

雖然早在預期，聽見山茶這麼篤定地說出來，楊戩還是心頭一沉——黑子已經失去ＫＩＮＧ了，不論如何都不可能再擔任外勤。接下來她會調到哪裡呢？內勤或回到研究崗位？不論去哪裡，對她來說或許都是個很艱難的位置。

黑子是楊戩最久也最熟悉的戰友，近十年的歲月中，雖不一定認同黑子做法，他一直像尊敬英士那樣尊敬她。他忍不住思考仁君接下來的去處——目前成功將ＫＩＮＧ轉移到人類宿主身上的只有黑子一人。但黑子能得到仁君，完全只是運氣好而已。

為了守護這個力量，即使只有極小的可能、即使要犯下跨越人性界線的罪行，黑子也會毫不遲疑地去做。若能找出穩定轉移的技術，她絕不可能保持沉默。那麼，接下來仁君該怎麼辦呢？就算很幸運地能長期困住它，沒有後繼者等於沒有任何用處。

「啊！」山茶忽地驚呼：「說到隊長，說不定你可以去問她，有哪些研究人員會跨足隔離箱的研究。」

「爲什麼？」

「就我所知，隊長以前做的領域也會用上隔離技術啊！」山茶解釋道：「正確來說，是分離並保存的技術。我想她自己應該沒有太深入的知識和技術，畢竟有HCRI這麼大的組織當後盾嘛！有需要的話很多專業部門能直接協助。但她前輩就不一定了，那個年代凡事都要捲起自己的袖子啊！倒是楊戩——」

「什麼？」

「哇！這是你第一次回應這個綽號耶！」

楊戩啞口無言，山茶朝他眨眨眼，開心地笑了：「我好像是第一次跟你講這麼多話耶！」

告別山茶之後，他以最快的速度前往醫院。黑子半靠在床頭，把桌燈圈在腕裡看書。

他順手開了牆上的燈，她才抬起頭。

「啊！是你啊！」這訪客來得出乎意料，她歪了歪腦袋：「不用開燈了，就算我們是有名的揮霍公帑部門，至少也該對地球盡點心力嘛。」

「那以後開燈的電力我來出吧。」

黑子一臉駭然：「你剛剛是在說笑話嗎？」

楊戩在她床邊坐下，黑子伸手拍了拍他：「身體好多了嗎？」

「嗯，完全復原了。」

「這麼快？」黑子詫道：「你的能力是不是愈來愈強了。」

「我睡了整整十二天……」

「你不記得自己那天多誇張吧？我都差點以爲自己在金星上了。」

「那是什麼意思？」

「金星可是雷電之鄉啊！那裡的火山到現在都還隆隆響著，兩百小時內可以觀測到七千次閃電呢！」黑子感嘆說：「總覺得你怎麼這麼難理解呢，也許你是個從金星來的孩子吧！」

楊戩笑著沒回答，他看黑子被重重綁帶裹住的左手問：「感覺怎麼樣，會痛嗎？」

「現在沒有感覺了。」

楊戩心想，黑子必定要從災區警察的身分退下——不只失去ＫＩＮＧ的力量，她恐怕連槍都拿不動了，不可能參與外勤行動。那她之後有什麼打算呢？

「大概之後才要開始慢慢適應吧。」

「適應？適應什麼？」

「當然是新左手啊！難道你以為我會為了紀念仁君就一直放著左手不管嗎？」

「新的手……是義肢嗎？」

「是啊！機械手掌，很靈活的東西唷，畢竟是我的老東家開發的，不會差到哪裡去嘛！唉……不過再怎麼先進，也是要靠自己來適應吧！」黑子輕輕嘆了口氣，楊戩卻感到安心許多。不論接下來黑子要往哪裡去，至少她還有往前的力量，這樣的人不會輕易被擊倒的。

「你來找我有什麼事？難道幽靈蛹又出現什麼動作了嗎？」

「不……」

「怎麼了？吞吞吐吐的，不太像你。」

「黑子，妳以前的研究領域是保存ＫＩＮＧ的技術吧？」

黑子沒料到他沒頭沒腦問起這件事，畢竟楊戩一直以來都是勇往直前的士兵，對研究和後勤的領域沒投注過太大關心。

「嗯，概略來說的話是這樣。怎麼樣？」

「妳對這個領域的研究者應該很熟悉。如果是三、四十年前，約三十多歲的研究者呢？妳會認識嗎？」

「三十多歲……我念書是二十年前的事了，所以這樣的人當時大概是落在五十多歲左右吧？有做出成績的話，那個時候應該小有名氣了，但是沒有做出什麼成果的人，就會慢慢被時間淘洗掉了。」黑子好奇道：「你問這個做什麼，突然對保存技術有興趣嗎？」

「我聽說早期專業分工有限，有些研究者必須設法跨足其他領域，以便滿足自己研究時某些特殊需求。比如說，研究保存的人，很可能也需要研究隔離技術。」

「這倒沒有錯，早期的研究者有時要身兼數職，我剛進這個圈子的時候也是這樣的。」

黑子對隔離技術有相當程度的理解，在行動時總能給出非常迅捷正確的指示。

「妳認爲裡面有人有獨立製作隔離裝置的能力嗎？」

「可能有吧！但我還是不懂，你問這個幹麼？」

只要將幽靈蛹複製的死者是誰、沈憐蛾擁有隔離箱的事和盤托出，就能簡單說明，但楊戩現在還不打算這樣做。他希望等鍾灰跟她父親談過。

「現在HCRI不能鎖定是誰私造那批隔離箱，是因爲隔離技術部門人員很多，誰都能輕易出入製作工廠。雖然尖端的原料設備不是人人都能接觸，但這個人放棄使用最先進的技術，只讓成品達到勉強能用的水準就好。如此一來，就算在部門內技術和權限都較低，也能順利製作出箱子——這是目前爲止HCRI做的判斷。」黑子點頭表示理解，他繼續說：「但那些隔離箱不一定是近期製作的，技術和原料的落差，或許有其他解釋方式。」

黑子敏銳察覺他先前提問的用意：「你是說……那可能是三、四十年前做的嗎？」

「對。並不是無法取得足夠資源、只能勉強做出三流製品的現任低階職員。而是當時走在技術先端、能隨意使用資源的研究者。」

「但憑什麼這樣判斷？」

「幾個箱子間有明顯的技術進步，表示對方能取得的資源很豐富。而且當時管制門檻應該比現在寬鬆。」

黑子沉吟片刻：「我不能說沒有這樣的可能性——當時做什麼多少都會扯到一點隔離技術，因此我老師那一輩的人，大致都有一些隔離知識。」

「黑子妳也是吧？」

「嗯，不過我懂得不算深。畢竟到我那個時候，隔離材料領域已經發展相當成熟，有專門的技術人員。就算給我充分的工具和材料，我也不太可能自己作出合格的裝置。原來如此……確實，就算都懂隔離技術，水準應該還是有精粗之別。HCRI判斷那些箱子之間製造的時間不會差太久，如果這麼短的時間，持續就能有技術進步，對方在這個領域很可能是下過相當工夫的。除了材料本科以外，還會需要有這種技術的領域……」楊戩屏氣凝神，不敢打斷她。黑子考慮許久，終於開口：「按你說的時間推算回去，會這麼懂隔離技術的非材料專業其實也不多。不過，有一個領域……就算是跟我同期的研究者，或許都能辦到。」

「什麼領域？」

「移植。」黑子道：「就是研究KING的轉移方式——吸收、轉嫁、採摘樣本這些技術都算是移植的一環。但跟我同期的人基本上已經不做動物實驗了。」

楊戩勤奮地筆記下來，黑子的眼神漸漸充滿懷疑：「現在換我問你了，你聽到了什麼風聲？」

「我？」

「不用編藉口了，你一定是從哪裡得到了什麼情報，對吧？我才不相信剛才那些簡單推論，就能讓你明確鎖定年代。你是不是聽說了什麼移植領域發生的事？」

「不，我剛剛是第一次聽到移植這件事……我們有這種技術嗎？」

黑子瞇著眼上下打量他，衡量他是不是對自己說謊：「一定程度是可以的。比如你熟悉的採摘樣本、吸收殘餘能量用的掩埋材料，其實都算是移植領域的成果。不過，在生物之間的移植，至今沒有任何突破。」

「生物移植是做什麼？」

「做過很多，從單純進行植物宿主的雜交、胚胎移植、輸血、器官移植，到抽取宿主細胞培養、編輯感染細胞的基因，你能想到的都做過，試圖確認是細胞中的什麼特質讓我們擁有這種特異能力。不過結果都是失敗的，去研究細胞本身沒有用。因爲改變我們細胞的並不是病毒，這些細胞也不會自我複製，那比較像是輻射引發的突變，沒有取得這個輻射核心，就無法取得能力。

「稍微有點複雜吧，不太懂也沒關係。在移植領域中，動物實驗這一塊幾乎處於眞空，除了我剛才說的那些失敗外，另一個問題是道德倫理——這個領域想做動物實驗的人，大概只分成兩個譜系：一個是想從動物宿主身上取得ＫＩＮＧ，另一個就是想讓動物感染爲宿主。換句話說，就是做出類似病毒株的ＫＩＮＧ，並施打在動物身上、製造宿主。」

「動物……那麼，人類也能被施打這種病毒嗎？」

「理論上可以。」

「這代表可以用人力製造士兵嗎？」

「對。但我再說一遍，這是『理論上』，這種實驗不可能被允許。而且就我所知，理論研究本身一直沒什麼進展，你應該可以想像，如果眞的作出這種東西，光是施打在動物身上，就會製造出一支多瘋狂的兵團。」

楊戩負責殲滅過大量感染的動物，深知那情況的危險性。

「我們都很清楚，製造人類根本控制不了的怪物沒有什麼好處，做動物實驗的理由，絕對是爲了下一步——施打在人類身上，製造眞正的人類士兵，人類擁有意識與理性，能夠控制ＫＩＮＧ。」

製造士兵……但不再單純是他們將ＫＩＮＧ與宿主比擬爲「國王」與「士兵」的關係，那是眞正的士兵，如果有能力量產特定類型的宿主，會成爲非常危險的武器。

「這種感染實驗很殘忍，但我從來沒有聽過成功案例。」

「眞的有人做人體實驗？」

「不知道，都是私下聽來的——但我聽過最誇張的，也只跟動物有關，而且每個結果都很糟。動物實驗並沒有明令禁止，有些學者或許會出於對眞理的追求繼續嘗試吧！但既然人體實驗是絕對不受容忍的犯罪行爲，繼續進行動物實驗也沒有意思，甚至會被人質疑研究目的。覺得前途渺茫時，沒有人會想投注自己的青春進去。到我那個時候，就很少聽說嘗試感染動物的研究了。」

楊戩點點頭：「那很好。」

「不過，老實說，那時的我是覺得很可惜的——像你這樣強大的力量，或許會有失控的顧慮，但像英士那樣的力量對我們來說是非常重要的。如果那時候我們能有技術，穩定複製轉移宿主的力量⋯⋯」

黑子沒有再說下去了。對他們來說，英士的力量確實是一道救命的蛛絲，最重要的是，如果它能被大量複製，甚至可以消滅信義的王也說不定。但也正爲了保護如此珍貴的事物，使黑子陷入萬劫不復的地獄。

「他們對移植環境的要求很複雜，現有隔離技術不一定能滿足需求，有時必須自己設計實驗環境。這是在我所知中，技術能力最接近隔離本科的研究者——當然，這說的是八〇年代的事，現在沒必要了，隔離技術已經很先進，而且這個領域也幾乎被冷凍了。」

「那麼，想要鎖定那段時間從事相關技術的研究員應該不會太困難吧。」

「差不多吧。我已經告訴你我知道的事了，現在換你了吧？到底是誰告訴你這件事的？既然你說你沒聽過移植領域，那你聽到的到底是什麼消息？四十年這個時間是誰給你的？」

但楊戩先反問：「妳的意思是妳也聽過什麼消息嗎？」

黑子哼了一聲：「你就是不想坦白就對了？」

楊戩像緊閉的蚌殼，不吭一聲，黑子無奈嘆口氣：「我本來不打算把這件事牽扯進災區警察的。ＨＣＲＩ確實聯絡過我，他們沒收箱子的眞正原因，不是因爲那是私造品，而是因爲箱中的骨骸驗出了ＫＩＮＧ。」

楊戩想起那天他搶走隔離箱時，南港的研究員似乎也曾這樣警告過他。

「這是什麼意思？這些死者都是宿主嗎？」

「不，死後ＫＩＮＧ會逸散，屍骨驗不出來，這是死後才感染的。」

「死後感染⋯⋯」

「但是，感染的濃度太高了，現在的技術只能做到採樣本那種程度，不太可能是人爲的轉移。如果說是自然寄生，又很難解釋爲何同時出現這麼多案例。因此他們還猜想另一種特殊的可能性：有可能是令人類宿主感染以後，將寄生中心活體摘除。」

「……」

「當然，這只是一種推測——對方擁有感染人類的技術，一樣可能性趨近於零。只是因爲這個可能背後的危險性相當高，HCRI問過我，是否可能有人做這樣的研究。」

「那妳怎麼說？」

「我已經離開研究前線很長一段時間了，不過我們這個領域有我們的倫理規範，我自己從未聽過有人做這種事。如果眞的有人私下做這種研究，絕對早就被趕出去，HCRI問我的時候，我覺得完全不可能。不過，那是因爲當時我只從現在的學術圈考慮。你的論點確實指出另一種可能性：這些事不是現在發生的。」

「那個年代知名移植、隔離這兩個領域的研究員，我能上哪裡找到他們的資料嗎？」

「你還是不打算回答我你聽到了什麼嗎？」

「只要讓我確認一件事，一件事就好。之後我就告訴妳答案。」

「還是一樣管不聽啊……有什麼理由要這樣做嗎？」

「我不想傷害無辜的人。」

黑子盯著他沉默了幾秒，說：「總部大概不會有這麼無聊的資料，去南港院區的歷史圖書館看看吧，那裡大概有歷史沿革的資料庫藏。」

「好。」黑子給了他幾個名字，是她認爲可能與此有關聯、當時頗負盛名的學者。楊戩匆匆抄下，黑子又問：「你還能進去嗎？你現在應該是那裡的頭號戰犯了。」楊戩露出恍然大悟的神情，黑子不由得苦笑：「拿我的識別證去吧！在我辦公室位置上。」

雖然承諾會和父親把話講清楚，鍾灰還是沉默拖過了三天。

沒有辦法，實在不知從何開口。連家裡都整理得差不多了，她每天搬運毀損的大型家具到清潔隊規定的地點、里長過來發預防傳染病的藥物……生活在樸實軌道上運作，有時鍾灰都快忘記自己是災區警察。他們也順利裝了懸畫的軌道，之後再請人來幫忙，就可以將姑姑的畫掛起來了。

軌道就安裝在落地窗的正前方，父親說他以後想把那扇窗鎖死，不會再打開了。兩人站在窗前看著姑姑的畫，鍾灰問：「姑姑畫的都是蝴蝶嗎？我之前看見應時飛臨摹其他的作品，其中有一幅是蛹。」

「啊、那個呀……」父親露出很懷念的神情：「對，只畫了那一幅。小時候我們家裡種了一些柑橘來吸引蝴蝶，有一次，有蝴蝶在上面結蛹了。我們很高興，簡直像是自己養的一樣，天天都要去觀察牠，所以迷蝶就專程為牠畫了畫。那時候我們兩個還在那裡打賭，賭孵出來的是雌蝶還是雄蝶。」

「你們分得出差別嗎？」

「有些蝴蝶雌雄的顏色會不同。不過，那時我們也不知結蛹的是什麼蝴蝶。」

鍾灰無奈道：「那不是姑姑說什麼顏色就什麼顏色了嗎？你還跟她打賭，真笨！」

「那也無所謂啊！我們兩個人那時候，每過一陣子就改自己的答案。後來有一天迷蝶還說，會不會這個蝴蝶像我們一樣，最後結出來是雙胞胎呢？」

「蝴蝶是昆蟲，哪有什麼雙胞胎啊？」

「小孩子嘛，也不懂。」

「那最後怎麼樣，是誰贏了？」

父親遲疑了一下，說：「蝴蝶死了。」

「……」

「牠的翅膀沒有伸直，僵成一團黏在葉子上。我們兩個不知道要怎麼辦，後來想著，至少從葉子上救下來，就拿了一個紙盒和牙籤過來。但是，蝴蝶在那裡曬了一整天，早就死了，我拿牙籤把牠撥下來的時候，蝴蝶的翅膀裂開，碎成了兩半……簡直好像迷蝶講的一樣，真的變成了兩隻蝴蝶。真可憐，平常飛的樣子那麼靈活，誰曉得是這麼脆弱的生命呢？」

他感嘆的絕不只是蝴蝶吧！鍾灰靜靜望著他，她已厭倦站在城門外等候他開口，父親這一生說的謊言太多了：「爸爸，姑姑是爲什麼死的？」

「妳問這個要做什麼？」父親因回憶而柔軟的神情又僵硬起來，他像打量敵人一樣看著鍾灰。

「那是我姑姑啊，爲什麼不能問？」

「死了就是死了，有什麼好說的。」

「是沒什麼好說，或是你不想說？不能說？」父親一下變了面色，鍾灰鼓足勇氣，她不想再當被動的那一方了：「可是就算你不說我也知道。那天說我夢見了姑姑是騙你的，我是眞的看見她了，災區警察找到了姑姑的遺骨，她是被人殺死的。」

「妳說……什麼？」

「她的遺骨裝在一口像標本盒的金屬箱子裡，就跟放在你衣櫃裡的那一個一模一樣……爸爸，那到底是什麼？你是從哪裡拿來的？」

「爲什麼妳會……妳從哪裡偷拿我的東西！」父親猛一下抓住鍾灰肩膀大力搖晃，他本來就細瘦的臂膀隨著年老更如兩支枯骨。鍾灰想甩開，他卻比想像中更有力量。

鍾灰強烈恐懼著眼前的父親——但和要被逐出他城堡的恐懼不同，是單純對武力比自己更強的陌生人的恐懼。他要做什麼？我會被他殺掉嗎？鍾灰甚至模糊地想著，槍呢？我的槍呢？這個念頭令鍾灰悲哀，她不想懷疑父親，可是爲什麼他的反應會這麼大？當她發現自己推不開他，乾脆奮力一搏：

「那些犯人用來分裝屍體的箱子，是非常特殊的政府管制品。你如果不是從他那裡拿來的，那是從哪裡拿到的？你告訴我啊！」鍾灰大叫：「只要你說得出來，我就一定相信你！」

父親陡然失去力量，鬆開手，他頹喪地笑出聲：「說？妳要我說什麼？」

肩膀還隱隱發疼，鍾灰忍耐著恐懼繼續追問：「我聽說你是當年唯一見過犯人的目擊者，你甚至還跟他說過話、搭過車，你給了警察他的肖像畫。」

「妳知道得還眞清楚。」父親冷笑：「對，我見過那個人，那又怎樣？」

「你和他在事件發生後，還有任何聯繫嗎？」

父親瞬間像遭到重擊，令鍾灰無比焦躁：「到底怎麼樣？你說啊！」

「沒有。」父親又恢復冷冷的面孔。

然而，即使只如冰面微弱的裂紋，鍾灰還是察覺到他的動搖：「求求你不要騙我，爸爸，我一定會幫你，請你跟我說實話吧！」

「我沒騙妳。」父親垂下頭喃喃自語：「妳說政府管制品是什麼意思？那人是……妳知道他是什麼人嗎？」

「除非你告訴我箱子是怎麼拿到的，否則我什麼也不會告訴你！」

「我……」

「是他親手拿給你的嗎？」

「不……」父親忍耐著某種屈辱般說：「我沒有再見過他，那是他後來寄給我的。」

「爲什麼他要給你這種東西？」

但父親只是不停顫抖，剛才的窮凶惡極，如今縮水成不忍卒睹的樣子。

「既然你知道那是犯人給的，爲什麼不報警？你倒說點什麼啊！那是他給你的什麼？威脅？嘲笑？獎賞？」

「獎賞？妳說獎賞是什麼意思？」父親恨恨地看著她：「妳覺得我是他的共犯嗎？」

鍾灰抿緊了唇，沒有開口。原以爲父親會很憤怒，但他的力量彷彿已被抽乾，虛弱地笑起來：「妳覺得我是這樣的人嗎？共犯……當然了，不是只有妳一個人這樣想過。警察反覆盤查我很久，就連我的父母也一樣……妳問我爲什麼不報警？所有人都覺得我是共犯的時候，我怎麼敢拿這東西給警察？」

「他爲什麼要給你？」

「是啊！哈哈、哈哈哈……」父親停止笑聲，目光充滿輕視：「拿出來的話，他們一定也會用妳這樣的語氣質問我吧？妳如果覺得我是共犯，就去查啊！要舉發四十年前的案子，妳可以去啊！」

又是這種眼不見為淨，不聽不看不聞就可以當一切都沒發生過的逃避態度。

比起對真相的關心，鍾灰感到更多的是難以壓抑的怒火。

「你總是這樣呢，爸爸。」鍾灰譏諷道：「就算那個箱子可能提供凶手的線索，你也選擇藏起來，因為不想給自己添麻煩、不想給自己增加痛苦。你有沒有想過，被殺死的人是你的姐姐啊！那個人一定就是看出你這一點，才敢把箱子寄給你吧？怎麼樣才能生出你這麼自私的人？你還真是從來沒有變過，就跟你對待我的方式一模一樣，把我趕走，**就不必看見有人在你眼前提醒你的基因缺陷了**。」

「我沒有把妳趕走。」父親痛苦地低喝：「是妳媽要離婚、非要把妳帶走——」

「你連我是你的女兒都不想承認啊！」

「我只是……不想……」他的話愈來愈模糊不清，鍾灰大叫：「夠了！不要再編那些藉口了！誰在乎你覺得事情是怎樣的？從你的象牙塔裡出來，看看自己實際上都做了什麼！說我根本不該畫畫的時候，把我的畫撕掉的時候，你記得自己是怎麼羞辱我的？你有多麼瞧不起我啊！你恨我的眼睛，可是，這不都是你遺傳給我的嗎？因為這雙眼睛受苦的人明明是我，你憑什麼恨我？誰都可以嫌棄我，就是你不可以！不准你用那種高高在上的表情看我！你這種人為什麼還敢生小孩？你要搞清楚，我這一輩子受的苦難，全都是你帶來的！」

說完，鍾灰奪門而出。自己實在沒資格嘲笑父親，每次和父親起衝突，她也總是選擇轉身逃跑。但才衝出家門就覺得自己力氣抽盡了，跑不遠，她蹲下來坐在門口，想自己還有什麼地方可以去，哪裡也想不到了。

口袋裡的手機響起來，她摸出來一看，是楊戩打的電話。

這時候找她幹麼？難道楊戩能通靈，又知道她和爸爸吵架了嗎？但那一瞬間鍾灰還是抱著古怪的希望接了，電話那一頭傳來楊戩的聲音：「妳和沈先生談過殺人案的事了嗎？」

對了，楊戩是來驗收成果的。

對方繼續自顧自說：「有沒有關於那個人的外貌情報？我這裡正在篩選——」一點溫度都沒有的機械化指令

讓她惱怒，那說得上約好嗎？那不是楊戩一廂情願地強迫她嗎？不知講了多久楊戩才察覺電話那一頭太安靜了，後知後覺地問：「妳有在聽嗎？」

「沒有。」

楊戩竟然無奈地笑了一聲，又問：「妳還好嗎？」

「不好。」

「妳在哪裡？」

「我家門口。」算了，這種問一答一的彆扭態度太幼稚了，又不是小孩子，也不是楊戩找了她的麻煩，於是她又補上一句：「我問了。但我什麼都沒問出來，我完全搞砸了。」

「妳等我一下，我過去找妳。大概二十分鐘，不要亂跑。」

說完就匆匆掛了電話，甚至沒有得到鍾灰的應允，這個人眞是我行我素啊！鍾灰根本不想理他，但就算想亂跑也沒有想去的地方。她抱膝坐在家門口，努力思考哪裡可以去，雖然是夏天的夜晚，但總覺得有股退不去的寒意。想著想著，就看見巷口亮起一道強光，是楊戩騎著機車過來了。二十分鐘就這樣過去了？

楊戩隨手把車一擺，見到她坐在門口似乎很驚訝：「爲什麼坐在門口？我來會敲門的。」

「我又不是在等你。」

「快點進去吧，外面很冷——」

「我不要，你自己進去。」

「爲什麼？」

「我跟我爸吵架了，我不想看到他。」

「沈先生現在在裡面嗎？」

「在畫室。」

鍾灰把鑰匙扔給他，楊戩從機車後座抱出一大疊文件，又問：「妳還要待在外面嗎？」

「我不要進去！」

「但他不是在四樓嗎？」鍾灰仍板著一張臉，楊戩困擾地說：「最近這裡很混亂，治安變得不太好，還是進屋去比較好，吵架沒有這麼嚴重吧？」

「很嚴重，我對他說了很過分的話。」

「說什麼？」

「我攻擊他的病。」鍾灰垂著眼睛，非常沮喪，好像被攻擊的人是她自己一樣：「遺傳病，我那樣眞的很卑鄙，這世界上沒有人想生病的。」

楊戩嘆了一口氣，半推著鍾灰的肩膀進屋：「我去和他談吧。我不會讓他下樓的，如果他要下來的話，我就電昏他好嗎？」這話似乎起了點作用，鍾灰不再那麼抵抗，但她又說：「不要對我爸使用暴力。」

「好。」楊戩笑了，抱著文件很快上樓去。

一進畫室，楊戩的視線登時被窗邊那幅蝶畫吸引，雖然屋裡很暗，不可思議的是仍能看出那明亮的青藍色。垂頭坐在椅子上的沈憐蛾幾乎被黑暗吸收，蜷成一團的身姿很不顯眼。

「沈先生，有幾個問題想打擾你……」

沈憐蛾這才慢慢抬起頭，冷冷看著他，但那眼裡亮晶晶、濕漉漉的。他打開門邊的燈，沈憐蛾眼裡冰涼的水光消失了，換上一副無所謂的撲克臉。楊戩帶來的文件堆在桌上，就像一座小山一樣。

「這是什麼？」

「關於四十年前那起連續殺人案……」

沈憐蛾厭倦地說：「又是那件事嗎？那就問吧，我已經被問了一輩子，也不差這一次了。」

「鍾灰的事……是我不對，是我要求她問你的。」楊戩說：「不過，她現在很混亂，我想可能沒有把話說明得很清楚，所以我再向您詳細解釋一遍——我們之所以要追查這件事，是因為你持有的那個箱子，是中研院的ＨＣＲＩ、也就是災區警察前身的單位製作的。」

「災區警察……」

「製作這種箱子使用的金屬，含有非常特殊的成分，只可能出自我們手中。換言之，如果箱子確實是殺人犯親自交到您手中的，那麼有極高的可能性，這個人是當年的研究員——這裡是我篩選出來的研究員名冊。」

並非所有研究員名冊都有電子建檔，楊戩雖盡可能縮減年分範圍與部門，數量仍很驚人。名冊中至少有一張清晰的正面證件相，每個人都穿著白色長袍，就像學校的畢業紀念冊，楊戩暗暗期望這些統一拍攝的證件照與本人別差太多，至少是讓沈憐蛾認得出來的程度。

但清一色黑髮與白衣的研究員群像，在沈憐蛾眼中，其實比任何風景都更清晰。

「我過濾了相關部門性別、年齡符合的研究員，請看看這當中是否有你能認出的人。」

「啊、啊……」沈憐蛾緊握雙拳，劇烈顫抖。隨即他垂下雙手：「找出來又怎麼樣呢？我見到那個人的時候，他至少有三、四十多歲了，就算他活到今天，也只是一個風中殘燭的老人，說不定甚至已不在這世上了。」

「我並不是爲追求當年的正義、或解決現在的案子而來的。」

蒼老的畫家抬起頭，眼前的青年人目如朗星：「找出這個人的身分，對我們內部當然很有幫助。但更重要的是弄清他與你的關係，請當這是爲了鍾灰吧！應時飛失蹤案的偵辦權限，很快會交還給陸地警察，當一般刑事案件處理——換句話說，我們內部目前傾向判定失蹤案與天災無關。既然無關，那就必須找出一個凶手來。」

「是……我嗎？」

「雖然不算直接證據，但你是目前和所有失蹤者有最多共通點的人。」

沈憐蛾不發一語垂下頭，楊戩繼續說道：「可是，我相信失蹤案與你無關。」

沈憐蛾冷笑道：「你根本不認識我，憑什麼這麼說呢？我不怕被人懷疑的，我姊姊死的時候，我已經體會過一輪了。我是最後和凶手接觸的人、我隱瞞了事實沒有向警察報告，我甚至手中還拿著殺人犯給我的東西……」

楊戩冷淡地打斷他：「我並不是出於對你人格的信賴而說出這番話。我只是深信失蹤案是天災，這是我的直覺。但是，我不可能用直覺說服其他人。案件恐怕很快會移轉到陸地警察手上，屆時他們也會翻出當年你牽扯進殺人案的事，還有那口箱子，也藏不了多久的。我不知道陸地警察的做法，可是一旦此案脫出我們管轄，你恐怕接下來要忍受更多的災難，沈先生。」

他輕嘆一聲：「你的女兒調查這件事，是想保護你。」

「我和那個人沒有任何關係，眞的、我說的是眞的啊……」沈憐蛾哀啼道：「我只在山裡那一天見過他──那時候，我還在畫畫。」

說完，他伸出顫抖的手，緩緩翻開研究員名冊的第一頁。

濕潤的草地總會夾帶兩種氣味──

一種是生機蓬勃的青草香，一種是腐爛積累的泥土腥。

自己坐得太久嗅覺已有些麻痺，但從林子那一頭忽然吹起的涼風，會將那股氣味再一次攪亂又調和。

如果側耳細聽，就能聽出晨起與午後的鳥囀有很大的差異，應該是完全不同的兩群鳥吧！俗諺說：早起的鳥兒有蟲吃，看來鳥兒確實也分成晨起晚起。每次聽他說起這些叨叨絮絮的小事，迷蝶就會笑得開心：「你怎麼能分那麼細？我感覺起來都差不多！」他總想如果一個人的注意力是有限的，迷蝶看不到聲音、氣味、材質也是理所當然，因爲她的世界被色彩塡滿──一眼就要分出世間百花百色，那麼多色彩的名字，細到顯微分毫，該動用多少集中力啊！那是沈憐蛾完全無法想像的。而就像迷蝶聽他說這些可有可無的小事總會笑一樣，他也喜歡聽迷蝶拉著他的手，指著山川草木，對他說這叫什麼顏色、那叫什麼顏色。

兩人都知道對方聽不懂，只屬於自己世界的細微差異，對方永遠分不清，但那也無所謂──他不太喜歡人家說他們是雙胞胎，他們並非被一分爲二的同卵雙生子，只是有緣同時寄居在一個城堡的姊弟兄妹，如果看到一樣的世界，那不是很無聊嗎？

他們總是一起行動，但戶外寫生時例外。

他的眼睛畏光，白天出門必須戴上太陽眼鏡，但他不想畫被鏡片過濾失眞的世界。何況戴上眼鏡，還是很難支撐太久，因此他總選在晨光初露或太陽西下時出門；迷蝶相反，她最喜歡正午驕陽。雖然他會用書上知識反駁，陰天光線更能還原物體寫實的樣子，但迷蝶說：「求眞的話我照相就好了！我就是最喜歡太陽下一切都鮮豔又閃閃發光的樣子。」

沈憐蛾不知何謂鮮豔，但羨慕她像要發光的眼神。

身後突然響起腳步聲，有人踩碎了葉上的晨露——是一個穿著厚重靴子的成年男人，他穿著棉襯衫、牛仔長褲，看起來約三十多歲，背上扛了一口塑膠大箱。

「哇！同學，你這麼早在這裡做什麼？」

「畫畫。」

「不冷嗎？而且周圍不會很暗嗎？」

沈憐蛾從小就不是活潑多話的孩子，更不必說和這種時間出現的怪異陌生人閒聊。但男人像和他很熟似的，直接走到畫布旁邊。除了迷蝶，沈憐蛾不習慣有人在他畫畫時靠這麼近，即使是老師指導也讓他很不自在。但男人垂著眼睫，入迷一樣看著他的畫——很少有人這麼做，總是迷蝶的作品吸引更多目光。一開始的不自在感慢慢消退了，反而心生一股親切感。

「眞不可思議啊……你的作品。」

「哪裡不可思議？」

「其實我一開始以爲你在畫潑墨山水畫——我還想，畫山水畫的人會用畫架嗎？」

沈憐蛾畫的是那一頭的山景。

清晨可以選擇的主題很多，但這一天水氣濕潤，從山谷升起濃雲，山頭在雲霧的流轉變幻中，他彷彿看見一位仙人忽隱忽現、若即若離的身影。大概那時候沈憐蛾畫最多的就是人像畫，因此一下就產生這樣聯想。

迷蝶不喜歡他畫黑白畫，所以他時常隨機加入其他色彩做影子。但這次他捨棄那些不熟悉的色彩，因爲仙人走得好快，他怕自己的筆也留不住。他本來不打算給任何人看，反正迷蝶不會喜歡，就說今天畫壞了。但男人讚賞的神情令他心中萌生一點小小得意。

「站在這裡都能看見顏料的厚度，好厲害，你怎麼能畫得像煙一樣輕。」

「叔叔你也是畫家嗎？」

「哦，不……我不是。」男人遲疑了一下：「我只是業餘的。我也喜歡畫畫，只是沒辦法像你畫得這麼好。但我也做其他類型的作品，不是平面繪畫的。」

「像現代藝術那樣立體空間的作品嗎？」

「現代……要說現代，可能走得太前緣了吧。」他很愉快地說：「如果有機會，我也讓你看看我的作品。」

「有照片嗎？」

「沒有，我不會幫我的作品拍照。」

沈憐蛾感到奇特，每個人作風不同，但立體作品通常不好移動，多少會希望用照片這類方式傳播得更遠吧！他望向男人揹的那口大箱子，問：「裡面是你的畫具嗎？」

「算吧。」

「我可以看看嗎？」

「不行。」男人惋惜地說：「這是機密。」

「爲什麼？」

「其實叔叔呢，正在幫一個科學機構工作，裡面的東西是機構的祕密。」

分明是逗孩子的謊言，但此刻沈憐蛾充滿好奇，不論什麼都想聽他再說一些。

「你剛才不是說畫具嗎？爲什麼又變成科學機構的祕密呢？」

「這不矛盾呀！我的作品也能給科學發展派上用場，就是這樣子而已。這世上又沒有規定一件物品只有一項用處——你畫的是那一頭被雲包圍的山吧？」

沈憐蛾點點頭，男人天花亂墜地說：「我剛才走過來的時候，以爲你畫的是人——你可能不相信，我以爲你畫的是我走來的背影。所以我才嚇了一跳啊！你的視線難道能繞過地球一圈，穿到我的背後嗎？」

沈憐蛾忍不住笑了：「我畫得這麼差嗎？」

「不，眞的很像。我說的不是輪廓喔，是那種好像隨時在走動的感覺。當時周圍只有我一個人吧？我很吃驚，想說該不會畫的是我吧。」

「好像恐怖故事的情節啊。」

「是啊，在太陽都還沒出來的時候，四下無人的山裡卻有人在寫生，確實很像恐怖故事的開場呢！」

沈憐蛾喜歡他說話那種詭辯的方式。自己平常不多話，但如果努力逗引話題，好像他就會說出更多有趣的事物。沈憐蛾絞盡腦汁想讓話題繼續。而且他心裡其實很高興。不論男人是什麼原因看錯或只是信口開河，他竟然在自己的畫中看出仙人遠去的步伐。

「你幾歲啊？國中生？高中生？爲什麼要挑這種時間一個人出來畫畫，不害怕嗎？至少也等天亮一點吧？」

「我的眼睛不太好，天亮以後陽光就有點太強了。」猶豫片刻，沈憐蛾還是說出口了。他也很訝異會對一個陌生人這樣做，或許正因爲是陌生人，不論說什麼都沒有顧忌。

「咦！爲什麼？你的眼睛受傷了嗎？」

「是遺傳病。」

「看不出來耶。」男人湊近他，仔細打量他的眼睛，明明很冒犯，但這個人天生親近人的氣質化解那種不自在：「你的眼睛很漂亮啊！顏色好像比一般人更淺一點，像琥珀一樣。」

就算他這樣說，自己也不知道琥珀是什麼顏色，沈憐蛾輕咳兩聲，蒙混過去。

「反正我打算畫到日出就回去了。」

日出後，雲氣漸漸消散，他的畫題自然結束了，男人卻一臉訝異：「眞的嗎？可是日出的景色很美。」

「日出以後的陽光，我就有點受不了了。」

「眞的很嚴重耶……好像吸血鬼一樣。」知道這件事的人總是對他投以同情的眼神，但男人只是不太莊重地笑了：「那你這輩子都沒有看過日出嗎？」

「也沒有那麼誇張。」

比起日出，正午的陽光還要嚴厲的多。並不是真的完全無法忍受太陽，只是沈憐蛾對霞光萬丈的日出景色沒什麼興趣，就不曾主動參與。

「那你跟我一起去吧！看日出。」

「什麼？」

男人歡快地在背包裡摸索一番：「我有一副太陽眼鏡，戴上這個就會好得多吧？」

「不用了，我馬上就要走了。」

「別這樣嘛。我知道這附近有一個看日出很好的地方喔，走路過去不到二十分鐘吧！怎麼樣，戴上太陽眼鏡跟我來吧？」

「戴太陽眼鏡看日出？這樣有什麼意義啊？」

「沒看過怎麼知道有沒有意義呢？反正你一次也沒看過不是嗎？」

沈憐蛾倒無法反駁，男人像個孩子一樣興匆匆將眼鏡塞到他手裡：「東西先放著吧！快點，天要亮了。」自己不知不覺便跟他繼續往山裡走。就像男人說的，路程只要二十分鐘，但爬升高度比想像更驚人，坡度很陡，有時手腳並用才能向上。沈憐蛾眼睛本來就不是很好，偶爾誤判坡面落差，男人經常要回頭拉他一把。

沈憐蛾這時才驚詫自己的行動——不但跟一個身分不明的陌生男人走，還跑來這麼危險的地方，他到底在做什麼？幸好這折磨不太長，很快男人停下腳步，那裡有一個突出的小平台，男人看了一眼手表。

「等一下吧！今天這樣的天氣，雖然能看到雲海，不曉得日出有沒有機會呢！」

既然已經到了這裡，本來的抱怨也就吞回腹中，沈憐蛾抱膝在岩石邊坐下，男人坐在身邊，在他鼻樑掛上太陽眼鏡：「你的眼睛是什麼毛病啊，這麼怕光？」

「說出來搞不好你也沒聽過。」

「哎！是這麼罕見的病嗎？」

「不是。」

「什麼呀！」

男人笑了兩聲，眼中的顏色好像一瞬間暗下來，又好像閃閃發著光——到底哪一個呢？隔著濾了光的太陽眼鏡，世界的對比變得孱弱，讓沈憐蛾失去把握。

「看不出來你是個會調皮開玩笑的人呢，明明一臉好學生的樣子。你讀什麼學校的？」

兩人有一搭沒一搭閒談起來，但聊了一會沈憐蛾便漸漸察覺，自己幾乎把身家來歷都招了一半，對男人還是一無所知。剛才覺得有趣的詭辯，原來本質是迂迴閃躲，他會在問到自己私事時巧妙繞過去，再順便把話題帶回沈憐蛾身上。這人爲什麼總避談自己呢？那時沈憐蛾心底必然也有些不安了吧？但少年的好勝心將不安的苗頭壓下了——兩個人好像在比賽誰能藏住祕密。

就像他察覺男人在閃避，男人一定也發現提到眼睛的事他就會打太極。不知是出於歪斜的惡意或對挑釁的回應，男人樂於接下挑戰，一直旁敲側擊眼睛的事。這一次讓他四兩撥千斤避過去，一會又改頭換面再繞回來。就在沈憐蛾覺得自己招架不住、就向他認輸吧那一刻——

太陽升起了。

「啊！眞幸運！雲都散了。」

男人歡喜地驚呼，一下注意力都被吸引到東方，日光冉冉地從山頭後升起，原來昏暗微汙的天際改頭換面，變得明亮無比。隔著眼鏡，連太陽那像髮絲一樣四面輻射的光芒也纖毫畢現。

男人情不自禁發出感嘆：「我經常來這座山，這還是第一次看見這麼明亮乾淨的日出呢！謝謝你啊。」

沈憐蛾明白他那股感謝之情從何而來，因爲他也忍不住摘下眼鏡，強忍直視強光的痛苦，只想用這雙眼親自禮拜——那是即使他的世界全無色彩、美感也不會有半分減損的壯麗景色，太陽是如此平等慈愛。

但他沒有撐過幾秒又戴上眼鏡，眼睛刺痛得不得了，眼皮劇烈抽搐。男人看著他的樣子，詫異地說：「我剛剛一直在想你是不是騙我呢！原來是眞的。」沈憐蛾使勁摀住眼，不想讓人看到眼皮直翻的醜態。

「你還好嗎？眼睛很不舒服吧！爲什麼要把眼鏡拿下來，不就是專程借你來對付太陽的嗎？」

「……」

「你說什麼？我聽不見。」

「我想把……日出的樣子畫下來，加到剛才的畫面上。隔著太陽眼鏡，我沒辦法看到日出眞正的樣子。」

「哦——」男人驚呼道：「眞是爲藝術獻身的偉大精神啊！可是日出時間這麼短，你也沒辦法對著畫吧，而且你的畫具都不在這裡。」

「沒問題的，我已經記下來了。」想了一想，沈憐蛾忍不住開口：「雖然我畫的是山景，其實你說得沒錯，我也是一邊想著一個仙人走路的樣子畫的。只是我一直沒有想好要讓他走向哪裡——謝謝你帶我來看日出，我想讓他走向太陽升起的地方。」

男人似乎笑了——沈憐蛾還遮著眼，看不見表情，但聽見了笑聲。

「原來你眞的是畫人像，這樣說來我算猜對了一半啊！」

「是啊，如果你是神仙的話，就算百分之百了。」

「那這勉強算一幅我的、嗯，百分之五十肖像畫吧？就算濃度不純，姑且是肖像畫，你畫完後送給我吧？」

沈憐蛾難得不再反抗他的話：「好啊，就當是帶我來這裡的謝禮吧！」

反倒是男人比較吃驚：「眞的？」

沈憐蛾覺得他的聲音聽來有些苦惱，眼皮慢慢停止抽痛，鬆開手問：「會添麻煩嗎？不方便的話就算了。」

「不不不，我很開心啊。」

「不過我可能沒辦法很快畫完，你能稍微等一下嗎？」

男人突然沉默下來，一會兒才說：「不，我還有事，可能不能待太久。不過，我晚一點再繞回來吧！那時候你應該就畫好了。」

「好！一言爲定！」沈憐蛾開心地說，這是他第一次打從心底想將畫送給別人。

「那就謝啦！我過了一個很愉快的早晨，希望有緣再見。」

沈憐蛾心裡奇怪，他不是晚點還要回來拿畫嗎，爲什麼說有緣才能再見呢？

加筆時間沒有太長，十點前就完成了作品，男人說稍晚會再過來，他的稍晚不知是什麼時候？沈憐蛾在原處耐心等待，不知不覺已過正午，雖然男人留給他太陽眼鏡，陽光對沈憐蛾還是有些吃力。他找一棵茂密大樹，小心翼翼縮在陰影下。

過了下午兩點，他想，畫展最忙的時候應該過去了，現在迷蝶大概到處在找自己吧！昨天兩人大吵一架，他不想參加迷蝶畫展的開幕，一大早就溜出來。對他的賭氣方法迷蝶瞭若指掌，但她也清楚他的身體狀況，天一亮後他能待的地方就會變很少。應該盡快回去，但午後豔陽高照，就算有太陽眼鏡，對他來說這段路還是太難熬——而且，說好要來拿畫的男人還沒回來。該不會剛才是客套話，他根本懶得多扛一張畫布回去吧？

想到這裡竟對男人有些怨恨。明知無理取鬧的是自己，男人並沒有說他會忙到什麼時候，他擅自預想大概是兩、三小時內的事才做下約定。但男人終究沒回來，害他被困在這裡。看來一整天就只能徒然消耗在此了，還有畫材，也有新畫布，但已完全失去繪畫的興致。他瞇著眼，從枝葉落下的縫隙間窺視天空，隨聚隨分的雲絮緩緩流過，幾道影子伴隨啼聲掠過天際。

在暖和微風的包圍下，他沉沉睡去。再睜眼時天已暗了，他摘下太陽眼鏡，已經超過五點，再不快點離開，山上很快就會變得全暗。迷蝶一定很擔心他，必須盡快回去。他慌忙收拾，忍不住看了畫布一眼，對方終究還是失約了！工具材料迅速整頓妥當，只有畫布不知爲什麼不想收入畫袋裡，他謹慎地抱在手中。

就在這時，他聽見了腳步聲。他屏住氣息，腳步聲漸漸近了。

「哎呀！你還在這裡啊？」果然是那個男人，他說得一副很困擾的樣子：「我以爲你早就走了，都過去十幾個小時了嘛！」

沈憐蛾本來很氣他失信，但他終究出現了。如果預期自己已離開，爲什麼還要回來呢？男人那時多半不是信口開河的客套話，是眞的很喜歡他的作品吧？一這樣想，他就像討到糖吃的孩子，覺得什麼都不重要了。

不過，沈憐蛾不想承認自己爲了等他，在這裡枯等了半天。

「畫完的時候已經中午了，我跑不掉。」

「不是給了你太陽眼鏡嗎？」

「別小看太陽對我的影響，只有那樣還不夠，至少得把我的眼睛蒙起來才行。」

「被太陽給抓住了嗎……眞可憐。」男人的聲音和早上不同，開朗的氛圍完全消失，只剩強烈的壓抑感：「整整十二個小時，我還以爲你能逃掉的。」

「你說什麼？」

「不過這一點我也是一樣的啊——整整十二個小時，你沒逃掉，我也沒逃掉。我還是回來了。雖然我說有緣就會再見，實在不是什麼好緣分啊。」

男人的輪廓慢慢清晰，和來時不同，身上那口很大的黑色保冷箱不見了，但肩上多揹一口畫袋。早上穿的深色外套脫下，剩裡面一件沾了汗漬的白襯衫，身上沾著濃烈複雜的氣味。霧濕露重，只穿一件襯衫恐怕有點冷吧？當男人走到身前，沈憐蛾才看清他像被潑過幾桶油漆，襯衫四處沾著深色潑灑斑痕。

那個油味……是油性漆嗎？剛才是去作畫了嗎？不知道是什麼樣的作品。

也許之前那個大箱子裡裝的就是油漆和畫具，他身上沾著油畫顏料的味道，還有一股不知是什麼的嗆鼻腥味。漆似乎還沒全乾，污痕顏色深淺不同，或者是沾上幾種不同的深色漆。

「這是說好要給你的畫。」

沈憐蛾匆匆遞出畫布，但想了想又將畫收進畫袋裡，連著畫袋一起交給他。

男人卻很不高興說：「你在跟我開什麼玩笑嗎？」

他臉上什麼表情也沒有，顯得陰沉恐怖。沈憐蛾不明白他爲何生氣。從剛才起男人就有一點陰陽怪氣，和一早的明朗截然不同，令他不安。他指著男人肩上的畫袋說明：「那裡面放的是你的作品吧？都還沒有完全乾的畫，不要放在一起比較好。我還有別的畫袋，這個就給你吧！」

「……」

「畫袋又不是什麼很貴的東西，我可不想折損自己的作品。」

男人視線冰冷地打量他，像懷疑孩子說謊的父母，正考量他話中有幾分眞誠。這讓沈憐蛾莫名火大，自己說了什麼？我有必要說什麼謊嗎？

「如果你不想要——」沈憐蛾不悅地說：「你可以一開始就講清楚，不用放我鴿子。」

但如果最初就不想要畫，爲什麼還要折回來呢？

男人的臉孔忽然在眼前放大，他彎下身來，臉靠得很近，沈憐蛾甚至清楚看見他的瞳孔縮細，就像某種掠食動物……還沒釐清心裡的不安，男人呵一聲笑了：「如果你是在裝傻，眞的很聰明，反應也很快。」

「裝傻？」沈憐蛾才覺得男人在裝傻吧？眼前和早上出現的人，好像兩個穿上一樣戲服、戴上一樣面具、背誦一樣台詞的早晚班演員。

「也好，我喜歡聰明的孩子。我的車在那裡，上車吧！」

「上車？爲什麼？」

「天已經黑了，你要回去也很麻煩吧？我送你一程。」

這倒是個不錯的提議，沈憐蛾說：「啊……那就麻煩你了。」

男人將東西全部粗魯地丟進後車廂，早上的黑色保冷箱也在那裡。只有沈憐蛾交給他的畫，十分珍重地放進後座。發動時車子發出刺耳聲音，大概是很老舊的車型吧，車子晃得很厲害，同時，沈憐蛾聽見後車廂傳來一串有節奏的古怪震動聲。

「後面是不是有什麼東西？好像有聲音。」

「聽錯了吧？裡面只有我畫畫的工具。」

「對了，說到這個，你的畫袋裡裝了你畫的作品嗎？」

不知為什麼男人竟考慮片刻，這難道不是是非二擇一的問題嗎？

「勉強算吧！」

「能讓我看看嗎？」

「不行。」

「為什麼！這樣太不公平了吧？我還送你一幅畫呢。」

「因為是未滿十八歲不適合看的作品。」

「哎——」沈憐蛾聞言一下住了嘴。

「你要去哪裡？」

「我要回學校裡，我住在裡面的會館。」

「你不是這裡的學生吧？你是來做什麼的？」

沈憐蛾猶豫片刻說：「我姊姊今天在校內的美術館開畫展。」

「姊姊？」男人好奇地問：「你姊姊也是畫家嗎？」

「『也』……你是把我也列進去了嗎？我們只算是業餘的吧，稱什麼畫家呢？啊，不過迷蝶也許算吧！她大概是館內展覽過的最年輕畫家了。」

「我聽說藝術天分會遺傳，看起來是真的。」

「會遺傳的也不只藝術天分而已。」

沈憐蛾厭棄地說：「會遺傳的也不只藝術天分而已。」

「你是說你的眼睛嗎？」男人很敏銳地察覺他話中的話：「早上你說的吧，你的眼睛是遺傳病。」

「……」

「那，姊姊也有一樣的遺傳病嗎？」

「沒有。」

「哦，可是你們不是雙胞胎嗎？」

沈憐蛾忍住想朝男人發火，哪裡不好，他偏往最痛的地方踩——雙胞胎，就是這一點讓他無法釋懷。他故作冷淡地說：「龍鳳胎是異卵雙胞胎啊，本來就是完全無關的個體，把我們看成剛好同時住進媽媽肚子裡的姊弟就可以了。」

「弟弟得到，姊姊卻避開的遺傳病啊，眞倒楣。」忽然男人睜大眼說：「啊……該不會是性聯遺傳病吧？」

沈憐蛾沒有接話，男人也不再開口，車內陷入微妙沉默。奇怪的是，沈憐蛾隱約察覺剛才那股令人窒息的壓迫感消失了。男人不知爲何心情變得很好，雖然並未多說，但他又恢復早上明朗的樣子。反而是沈憐蛾無來由的不安——車窗外天色完全暗了，什麼也看不到，他還是不停向外張望。

「怎麼了，臉色很難看的樣子。」

「我出來一整天了，我姊姊應該很擔心我，我怕她會跑出來找我。」

「感情眞不錯啊，姊弟。」男人笑道：「不過外面這麼暗，就算出來也回去了吧？」

「嗯……但我就是覺得哪裡怪怪的，總覺得她好像在附近。」

那種不祥的預感始終無法消失，咚、咚、咚，隨著車子上下顚簸，後車廂那口箱子不停發出規律的敲擊節奏。沈憐蛾猛然回頭瞪著箱子，聽起來就像有人在裡面敲打。

「你在看什麼？」

「那個箱子……裡面有東西嗎？」這是沈憐蛾第一次仔細看箱子，外殼全黑——磨砂啞光的金屬，上面用銀漆描繪一個奇特符號，像三把鐮刀背對著背，鐮刀中心有一個圈，圈圈內卻又打了個叉，旁邊還有一串英文數字混合的編號。沈憐蛾不知道標誌是什麼意思，但直覺想到放射物警告標誌，在醫院裡他時常看見的。

男人沉默片刻，說：「有，放著我的工具。」

「一直發出怪聲。」

「大概是車子震得很厲害，裡面的東西撞來撞去吧？」男人輕鬆地說：「聽說雙胞胎會有心電感應，如果你擔心姊姊跑出來找你，那我帶你在這附近繞一繞吧？眞的碰到她，就可以順便帶她一起走了。」

「眞的可以嗎？」

「沒事沒事。萬一眞的一個女孩子這麼晚在荒郊野外遊蕩，也很危險嘛！」

男人依言帶著沈憐蛾在四周繞了一陣，但沒見到迷蝶身影，想想也是理所當然，迷蝶再擔心他也不至於在這種時間一個人跑進山裡，自己莫名的焦躁感才是不可理喻。

男人於是送他回校門口，但他沒打算進校門，他說自己還有事。

「那我就送你到這裡了。」男人和他握了手：「謝謝你的肖像畫，其他畫具記得帶走。」

「好。」沈憐蛾收拾好自己的東西，突然又想到：「對了！還有你的太陽眼鏡。」

「沒關係，給你吧！」

「可是……」

「反正是便宜貨，當這幅畫的回禮吧！」

沈憐蛾不滿地說：「什麼回禮？就這副眼鏡嗎？我的畫將來一定會很値錢的。」

男人苦笑道：「好吧！那我之後再給你更好的回禮。」

「之後？你要怎麼給我？」

還會再見面嗎？但男人只是聳了聳肩，說：「誰知道呢？」

眞是怪人。但想到就要在此告別，心中竟感到幾分惆悵。如果能再多說點話就好了，雖然年紀有點差距，沈憐蛾難得遇到讓他覺得說話不是件苦差事的人。但自己不好意思開口向他索討聯絡方式。

「謝謝你送我到這裡。」他禮儀端正地向男人鞠了個躬，男人輕佻地朝他揮揮手：「下次記得天亮前就逃走啊，吸血鬼王子，別再被太陽抓住了。」

送他下車後，男人調轉車頭，在登山步道附近的公用廁所換下衣服。沾滿血的衣物扔在公廁裡——事後證明和姊姊的血型一致。她是在當日展覽結束閉館後消失的，沒有人知道她如何和那個人接觸，山中也沒能找到疑似命案現場的地方。搭了男人便車的他受到嚴厲偵訊，他說出一切細節，仍無法洗脫嫌疑，警方不能理解爲何坐在車裡那麼久，他完全沒有注意到男人的異狀。

沈憐蛾拚命解釋，男人身上蓋滿顏料的氣味，他根本不知道那裡面夾雜的一股怪味是血腥味。至於男人全身沾滿鮮血，難道他沒有察覺任何異常？沈憐蛾辯解他以爲那是顏料，但警方認爲難以理解，最後他不得不承認眞正的、他想隱藏的理由——

楊戩傾著頭，十分困惑地問他：「爲什麼你會以爲那是顏料？」

「因爲我看不見顏色。」

「看不見？你是說……」

「我是色盲。」

對他來說，那不像乾涸的血漬。血跡深淺程度有差，在他眼裡就像不同顏色。終究警方沒能找到直接證據認定兩人有共犯關係，不再對他緊迫盯人，但對沈憐蛾來說，災難遠遠沒有結束。

雙親完全不能接受迷蝶的死，尤其是母親，即使依據鑑識結果，那大量血液應屬於迷蝶，但在遺體出現前，她都堅決不肯相信女兒已經死了。

她不相信的，還有沈憐蛾的證詞。

警方終於相信他的說法，轉往其他方向調查，一天晚上，母親來到房中。母子說了許多話，包含迷蝶的事、那天展覽的事、他心情的事，但最後母親忽然幽幽問了一句：「你眞的分不出那是血嗎？」

他不知道母親的意思，也不知道母親想要什麼答案，於是他一時無法回答，那怔愣的表情在母親眼中是不是就像畏罪怯縮？他回想剛才的對談，他們說到展覽、說到前一天他和迷蝶爭吵。母親一直認爲他很介意開始時說好姊弟一同的展覽最後只選了迷蝶的畫，姊弟的風格差得太多，最後館方還是希望集中主題。

沈憐蛾並不否認，但他與迷蝶的爭吵和這件事無關，可是母親顯然不這樣認爲，就像他不斷解釋，在自己眼中男人衣服上沾的一點都不像血漬，更像潑漆畫時，母親一臉困惑——那一刻沈憐蛾無比憤怒，啊！明明是她將這雙眼睛遺傳給我的，但母親擁有正常的色覺，她根本不知道我在說什麼，她無法想像理解我看到的世界，她認爲我在說謊。

理解到母親認爲自己說謊時，沈憐蛾感覺有某些事物垮了，但那並未將他壓碎，他早就習慣那股重量。他一直很希望自己能有一些母系的男性親族，這樣或許能找到他的同類，能從他們那裡得到慰藉，但似乎得回溯到好久以前，外祖父母是渡海逃來的難民，連族譜也斷了。

母親一直都是這樣，對他的眼睛抱著一股混合不關心與嫌惡的幽微感情。不像迷蝶很快找到擅長方向，他摸索很久才累積出一點東西。但在他的畫受到誇獎時，母親卻用在謙遜中小心翼翼包藏輕蔑的語氣說：「因爲這孩子的眼睛那樣，對光影的層次比較敏感，算是有得有失吧。」對於他因眼睛失去的一切隻字不提，卻在他有成就時又用那雙眼過來掠奪一切，好像若沒有這疾病，他再怎麼努力也不會帶來任何成果。

迷蝶讓她很驕傲吧？母親是一個收藏家，偏好非常明顯，牆上那些蝴蝶、父親華美的創作、迷蝶爲討好她而存在的畫風……一切都爲她存在。誰都可以對他的眼睛說三道四，迷蝶和他開玩笑，父親爲他哀嘆，這個家中只有母親、只有高貴又傲慢的母親，對此始終不置一詞。他的缺陷正是母親缺陷的證明，她一定視爲恥辱，總是表現出一副事不關己的樣子。

又過了一段時間，一切才要慢慢塵埃落定之時，他們收到了一件包裹。

好不容易才要癒合的傷口又被撕開撒鹽，冷凍快遞中裝了迷蝶一部分的遺體。

「迷蝶的……眼睛。像標本一樣，裝在填充滿防腐劑的容器中。」

眼珠栩栩如生，沒有縮水沒有腐爛，好像隨時都能塞回眼眶。

母親立刻崩潰了，父親勉強維持一點冷靜將眼珠交給警方，當時ＤＮＡ鑑識剛起步，警方證明確實是迷蝶的眼珠，死後才摘下的，母親的希望徹底破滅。

「那之後我開始作夢……一個在黑暗中只聽到聲音的夢。我坐在車子裡平緩前進，背後有一個東西，一直發出匡啷匡啷的聲音。我想回頭看，但是身體沒有辦法轉動，在我背後的箱子……那裡面到底裝了什麼東西？我媽媽問我是不是眞的看不出那是血、是不是眞的不知道旁邊坐了一個殺人犯。開始作這個夢以後，我也變得不敢肯定了。我一直在想，箱子裡會不會是……是不是她想跟我說話，一直在敲打箱子求救。但是我沒有聽見，或者我假裝沒有聽見？」沈憐蛾的面孔埋在雙手中，全身不停顫抖。

「那是什麼樣的箱子？」

「一個很大的黑色保冷箱，上面畫一個奇特的符號——」沈憐蛾隨手拿起炭筆，在手背上畫給他看：「旁邊寫了一串英文數字，像編號，我不知道是什麼意思。」

「我會去調查清楚，這應該是我們內部隔離天災使用的裝置——他寄來的遺體，也是用那樣的箱子裝的嗎？或者，是用你有的那口盒子裝的？」

「都不是，只是普通的冷凍快遞。」

「那你的盒子是怎麼來的？」

「又過了大約半年，我準備去留學，那時候收到的。是普通的郵遞，沒有人起疑心，我一開始也以爲是留學相關的物件，打開來就是那口盒子而已，裡面什麼也沒有。」

「你怎麼知道那是他給你的？按我們所知，當年警方並未查到類似證物。」

「裡面有一封給我的信。」

「你沒有把信交給警方？」

「我不覺得那上面有什麼線索。我馬上就要出國了……我父母也已經到極限了，我不想再捲起什麼波瀾。」

「信上寫了什麼？」

但沈憐蛾搖搖頭，沒打算多說下去。楊戩也失去逼迫他的意思，他沒有興趣追跡別人的隱私到如此地步。如果他都說實話，至少已能弄清楚箱子來處，沈憐蛾與凶手確實只是萍水相逢的過客。楊戩並不認爲他說謊，即使是近四十年前的事，他仍說得歷歷在目，好像昨天才發生。若要說謊，臨時很難編造出這麼多的細節。

這時，沈憐蛾身體忽然一晃，摘下了眼鏡。

「怎麼樣，有找到像是凶手的人嗎？」

「沒有……裡面沒有那個人。」

過去兩個小時，沈憐蛾一面細敘當時，一面機械性地持續翻頁，楊戩已盡可能縮減範圍，但沈憐蛾將每張照片都移到眼前端詳，看得很慢很仔細。但至少看完八成名冊，仍舊沒有收穫。楊戩也開始懷疑，眞的在這些人當中嗎？再說已過去四十年，即使再看見那個人，沈憐蛾還能認出來嗎？

沈憐蛾面色蒼白，緊閉雙眼，身體甚至有些發抖，這時楊戩才察覺不對勁：「你還好嗎？」

「讓我的眼睛休息一下。我現在很難受，頭也痛起來了。」

「是看這些東西太累了嗎？」

但沈憐蛾那麼激烈的反應，實在不像單純的用眼過度。

沈憐蛾嘆道：「這也是一個原因，但主要還是我的眼睛已經不行了。這幾年很容易這樣，眼睛稍微過度使用，血管就會受很大的壓迫。如果再早幾年，只要他在裡面，我一定能認出來，到死我也忘不了那張臉，但現在或許有點吃力了。」

「眼睛因爲年紀大而退化了嗎？」

「應該說，惡化。我們眼睛天生就比別人脆弱得多，更別說我消耗得更凶。近年不論看什麼都模模糊糊，像蒙上一層紗，視野也愈來愈窄。現在我們靠這麼近，但如果你不講話，其實我都很難判別你是什麼人。」

幸好自小眼睛不便，他的聽力一直非常敏銳。加上他深居簡出，這幾年下來倒也沒對生活造成太大障礙。

楊戩詫異道：「但您還是持續創作。」

「想到這雙眼或許也撐不了太久，就想把握最後的時光再做點什麼。將上天託付給我的景色，用什麼形式給留下來……」

「可是你的作品會上色，那不能算是上天託付給你的景色吧。」

沈憐蛾一愣，苦笑道：「你說得沒錯。」

「爲什麼要上色呢，不能就照著你看到的東西畫嗎？」

「偶爾也是會的。」沈憐蛾閉上眼：「其實我更喜歡只用黑白兩個顏料，不必上色時總是比較輕鬆。」

「輕鬆？」

「要塗顏色的話，總是很害怕出錯。你或許無法想像，我對顏色的認識全部是用背下來的。天空是藍色的、人的面孔是膚色的，我完全沒有辦法想像那是什麼。你大概會想，按照背下來的資訊塗上顏色，應該很容易吧？但是，實際做畫時是不會有人這樣的，完全想重現一件東西『該有的樣子』，那已經是幾百年前的做法了。眞實世界的景色，色彩會隨著光源產生更複雜的變化，但我沒有那雙能捕捉眞實的肉眼。所以，我只能用猜的——如果單純用知識去選色，就會做出沉悶陰暗的畫作，但是僅憑想像的話，會令人感到很不安。事實上，我根本不知道自己做了什麼，只能從別人的反應中擬出結論，修正方向……磨練出了這樣奇特的技巧。」

「這樣畫畫會感到快樂嗎？」

「當然。」沈憐蛾幾乎不做猶豫地說了：「不論多了什麼額外情緒，本質都是不會變的。對我來說，繪畫就是這樣的一件事情。如果完全表現自我，不向外界屈服，一定也是很有趣的創作經驗。但是，那樣確實就會更快樂嗎？我也不明白。你要說我是隨著外人的評價而行動也無所謂，只要能拿起畫筆，我就非常開心了……」

停頓片刻，沈憐蛾突然開口道：「我也畫了他的肖像畫。」

「你說誰？」

「那個殺人凶手。結果最後我還是替他畫了肖像畫——我是唯一正臉見到他的人，所以當時我爲警方畫了他的肖像畫。我自己就受過良好素描訓練，沒有另外再找畫家。」

男人說沈憐蛾畫的山景是他「百分之五十的肖像畫」，彷彿某種惡質的預言，沈憐蛾最終將剩下那百分之五十也補上了。想到這裡，他就彷彿要從骨髓裡開始發寒。給警察的那幅畫，是他身爲肖像畫家的終點，從此以後，只要提筆畫人像，眼前就會浮現那男人的容顏……

「那如果我能找到警方案件紀錄中的肖像畫……」

「我牢牢記住了那張臉，一輩子也不可能忘記！但與其依賴我的眼睛，或許比對當年的懸賞畫更好。」

「我明白了，謝謝你，我馬上設法去調資料。」才轉身他又停步，回頭問：「鍾灰知道您眼睛的狀況嗎？」

沈憐蛾搖頭，一臉落寞，楊戩問：「爲什麼不告訴她？」

「告訴她又有什麼用？我的眼睛不會好了。這是天生的缺陷，本來就有很高機會引起黃斑部病變，我們開刀的風險很高，現在也沒有妥善的治療方式。」

「我認爲這並不是有用或沒用的問題……」楊戩說：「您還是打算將眼睛最後的時間全都貢獻給畫，不分給鍾灰一點嗎？或許不該由我多事，但我覺得你爲了保護自己，已經隱瞞太多事情了。如果現在連眼睛的事都繼續隱瞞下去，你們之間永遠不會有改變的。」

厚重的絨布窗簾被風微微掀起，窗戶沒鎖好嗎……從窗外看出去，漆黑的天際還能看見一顆低垂明亮的星。

楊戩向他告辭，下樓來鍾灰還縮在沙發上，用可憐兮兮的眼睛看著他。她沒亂跑倒是出乎意外。那表示她信任自己去做和父親溝通的橋樑吧？這樣一想，楊戩忽生出一股任重道遠之感，跟必須消滅王的使命感不同，那是更加柔軟……帶著一點喜悅的。他覺得自己該說點什麼，回應她的信任。

「我認爲殺人犯和妳父親沒有什麼關係，不用想太多。」

「你只說這樣我怎麼相信啊！」

「陸地警察那裡有犯人的肖像畫，剩下的事我會請ＨＣＲＩ接手。只要能解決幽靈蛹，接下來我們就可以專心找哈梅林的吹笛手。」

「要怎麼找？」

「總會有辦法的。既然他肯談肖像畫的事了，應時飛的事、還有他去空橋都市畫肖像畫的事，我想慢慢都能問出來的。」

「你說的……不是在敷衍我吧？」

「妳不相信的話，就自己去問他，現在他應該願意多說一些了，而且，他應該也有一些事想跟妳說。」

「跟我說？」鍾灰不敢置信，又猶豫道：「可是我剛剛才說了那麼過分的話……」

「我覺得他沒有生氣。」鍾灰仍帶著期望的眼神看他，好像希望他再多說一點。楊戩盯著她的眼睛，一時有些不知所措，他也不能隨便幫沈憐蛾發言，該怎麼回應這份期待才好？忽地他想起一件事，他詫道：「鍾灰，妳……剛剛說沈先生的遺傳病，是眼睛的遺傳病嗎？」

「他跟你說了？」

這簡直比父親不生她氣還更叫她訝異，楊戩又繼續追問：「那麼，妳也有遺傳到沈先生的疾病嗎？」

鍾灰臉上的表情，全部消失了：「這也是他跟你說的？」

她的聲音冰冷，幾乎帶著敵意，讓楊戩感到驚慌，不知怎麼回答才好，沈憐蛾沒有提及鍾灰，他也不知道是不是一定會遺傳。只是剛剛看著鍾灰的眼睛時，他腦中閃現出這樣的可能性。

「不，沈先生沒說什麼。只是王會向宿主索取使用代價，我一直不知道妳的代價——是妳的視力嗎？」

鍾灰被寄宿時，創造出整片灰色的都市——如今他才明白那代表的意義。那就是鍾灰無法傳達給他人的、只屬於她的世界吧！楊戩當時拚盡全力只想將它摧毀，如今竟生出想再看一眼的念頭。

「看不見顏色……是一件很難受的事嗎？」

「我哪知道？」鍾灰嘲笑道：「沒有什麼好不好，就是我的一部分而已。」

「但是沈先生卻覺得很難受，妳才能拿這件事來攻擊他吧。」

「當然了，寧可跟我斷絕關係、叫我把姓改掉，也不想被別人知道這件事，因爲他是畫家啊！我一切做的不好的地方，他都可以推到我頭上、可以嘲笑我。只有這件事不行，基因、血緣、我的遺傳病……**奪走了我的顏色，那是他的原罪**，所以我能拿這件事攻擊他。」

「妳是眞心想要那樣攻擊他嗎？」

「你不明白。」鍾灰笑著看他：「這是我唯一能傷害他的方式了。」

那樣的笑容很寂寞，像要哭出來一樣。

楊戩不明白，如果是會讓兩人都想流淚的話語，為什麼要說出口呢？

「那天在河上，幽靈蛹為妳複製了一切，除了我。為什麼？」

鍾灰愣愣看著他，她不知道，她一點記憶也沒有，楊戩卻無比迫切：「因為我和這世上妳看見的其他東西都不同是嗎？王對妳來說是什麼？是色彩嗎？鍾灰，妳看見的我……究竟是什麼樣子的？」

「我……不知道什麼叫色彩，也許我看到的、和你們是完全不同的東西，不過我想應該就是那樣吧！」提起色彩時，她的敵意消失了，她輕聲說：「你是我的世界裡，唯一擁有色彩的人。」

楊戩聞言，心中湧起難以言說的溫暖情感，他閉上雙眼，祈禱般虔誠地說：「那麼今後……妳父親奪走的色彩，由我來還給妳吧！」

楊戩離開以後，鍾灰重整了自己的思緒。如果父親還有話願意對自己說，那就聽聽無妨。

傷人的話語像一把尖刀——不是每個人都能察覺這件事，只有被刺痛過的人才會明白。而鍾灰認為自己深刻明白，所以她總是小心將刀收起，絕不輕易揮舞。她很清楚揮刀以後即使血會流乾、傷會癒合，但那裡總會留下一道疤痕，絕不可能再像最初一樣了。

妄想不留下任何痕跡而傷人，既天真又愚蠢。鍾灰一直小心保存著那把刀，即使討厭父親，也沒打算將刀拿出來過。只有這一次，不知為什麼再也無法忍耐了。父親確實被她的利刃割傷那一刻，鍾灰覺得好快樂，但也好悲哀，那些感情現在變成畏懼，她不想回去面對結果。

她開口時，就明白那句話會永遠改變某些東西。但也不可能就此裝沒這個父親，再怎麼說，他們是彼此最後的親人了。遲早都要面對，拖著今天不碰，明天起來也許都會想當沒發生過這件事，讓傷口慢慢潰爛。

鍾灰硬著頭皮上樓，父親點了一盞小夜燈，大概正如楊戩所說的那樣，他正在等自己。

「箱子是妳在追查的那個人，事後寄給我的。」父親開門見山就說：「當時還附了一封信。內容太令我難以忍受，所以立刻燒掉了。但是，信上寫的文字，我這一生都不會忘記。」

「他寫了什麼？」

「妳知道我最討厭妳姑姑什麼地方嗎？」

話鋒跳轉，鍾灰措手不及：「什麼？」

「我最討厭她的地方，就是我們是雙胞胎。如果只是姊弟或兄妹就好了，那樣我心裡能平衡一點，當我只是選錯了時間來投胎。明知結果沒有差別，但人就是這樣，總是相信著沒有發生的那件事會更好一點。」

「為什麼？」

「我們住在同一片溫暖的水域裡，分享共同的養分、擁有共同的起源，在幾乎一樣的時間來到世上。我們那麼相似，我們的一切幾乎都是一模一樣的，只有一點例外，我們的眼睛……而帶來這一分別的，只是一條相異的染色體，於是迷蝶就得到了我所失去的一切。」

最初就不曾擁有過的事物，能稱得上失去嗎？

鍾灰第一次為這樣的被剝奪感到憤怒，是在「大災變」發生的那一天。

天地異變，眾人尖叫逃竄，鍾灰卻在空中四散的玻璃碎片裡，看見了折射的千光百色。那一刻，她的大腦被迫面對這十幾年來都不須處理的資訊，無比混亂，卻也無比狂喜——

那是什麼？好像忽然飛到無人能抵達的山峰，縱覽世上每一個角落的壯麗景色。在見到這素未謀面的世界以後，她深深感到自己的渺小。聽說宗教信仰能徹底扭轉一個人的思考方式，鍾灰終於明白那樣的感受，信仰來自神蹟，神蹟能穿透一切理性，到達腦中支配意識的最終端。

但爆炸的風聲歇下了，一切恢復原狀，曇花一現的色彩，再次從眼前消失了，不論哪裡都找不到，鍾灰像瘋了一樣在空橋上奔跑。於是在向神蹟屈服的同一日，鍾灰心中的憤怒也首次醒來——她慢慢理解了，她看見的東西，一定就是書上描述無數次的「色彩」。

這就是我被奪走的東西，而上天又再一次把它奪走了。

至少在「大災變」前，鍾灰從未真正為此憤怒過。她隱約知道「色彩」就是父親排斥她的理由，但對她來說，那或許就跟不夠聰明、不夠可愛、不夠聽話沒有兩樣。唯一差別是，如果努力一些，她也許可以變聰明、變可愛，但不可能變成她甚至不知道意義的、「有色彩」的人。

如果連對理想的終點都無法想像，人就無法向理想的道路跨出一步。

如果連第一步也無法跨出，人就不會對途中的挫折感到憤怒無力。

可是，父親不一樣。他明明不知道那「理想」的終點，卻因爲身邊沈迷蝶的存在而被迫必須認識。鍾灰不知道他心中產生了怎樣的想像，他描繪出的「有色」是怎樣的世界，但因爲那個世界出現了，他便產生永遠無法抵達的理想鄉，父親爲此而瘋狂。

「我們幾乎是同時開始作畫，也會比較彼此的作品。但我從來看不出迷蝶的作品好在哪裡，就像一面打磨平坦的木板，上面什麼也沒有，而迷蝶——也不喜歡我的作品。」

姊弟最早的畫題便是蝴蝶，但只有迷蝶的作品得到認可，漸漸就連父母也察覺那或許不是適合他的題材，勸他轉換選題：「兩個人都畫一樣的題材容易被比較。」背後的意思就是，你比不上她。

於是沈憐蛾從善如流地換了題目，那之後他嘗試過很多題材，在漫長的道路摸索，終於得到回報——他開始畫黑白人像，得到前所未有的讚譽。那令他多麼鬆了口氣啊，終於可以停下腳步，不用再漫無目的尋找歸處了。

然而，迷蝶不喜歡這幅作品。

她說：「好冰冷啊，什麼顏色也沒有。」

最初的寒冷是從這裡開始的，雖然得到許多專業的讚賞，迷蝶的話總是在腦中打轉。他再次感到迷茫，爲了明白自己和迷蝶究竟誰才是對的，他向老師詢問自己的畫好在什麼地方。

「在大部分的人眼裡，黑白是兩個顏色而已，但你跟他們不一樣，你能看出黑到白之間千千萬萬的色彩，並將它表現出來。」

父母也這樣說：「那孩子可以在幽微的光影變化中求取表現，應該避免讓他畫以色彩調和爲優勢的作品。」

「啊……因爲他看不見顏色，所以對明暗的差異特別敏感吧？」

「雖說失去了色彩，但能看見別人看不見的題材，也是託了色盲的福呢。」

沈憐蛾聽他們一言一語討論自己，感到心裡前所未有的冰涼。迷蝶那裡從未聽過有誰說她是「託了什麼的福」，她永遠是才華洋溢、爲畫而生的人。自己只是利用疾病討巧的人。

但沈憐蛾沒敢爲此拋棄畫題，好不容易找到被認可的方向，即使要被說那是依賴什麼得來的，他也沒勇氣放棄。只要不讓人知道眼睛的事就好了，這樣就不會有人對他的創作說三道四，把他的人格從作品中徹底抹消。

就這樣，他把蝴蝶讓給了姊姊，兩人走向背道而馳的路，彼此都不喜歡對方的作品。

「你的畫爲什麼看起來總是這麼灰灰的，讓人心情很不好？」

迷蝶總是這樣問他，他偶爾也想對迷蝶說，妳的畫好像一片平板，看不出深淺與明暗，但他從來不敢說出口，因爲他才是那個有缺失的人。於是他聽從迷蝶的建議加入顏色。因爲腦中毫無概念，就像黑暗中摸索道路前進，每次使用色彩都很不安。幸而外人看來，畫面還算和諧，漸漸地根據外人反饋，他知道在哪裡使用什麼顏色是正確的、是會被喜愛的。

但他仍不敢用鮮豔色，那些顏色個性太強，碰撞時毫無緩衝，他哪拉得動一匹不知韁繩在哪的瘋馬？

「但我這輩子其實只和她爲畫吵過一次架，就在畫展前的那一天。

「那時候是冬天蝴蝶的繁殖季，我們其實也是爲蝴蝶去的。但我不畫蝴蝶，所以必須選其他題材。迷蝶還是希望我再試一試，用我自己的方式去表現蝴蝶的其他魅力，而不是選擇相對安全的黑白題材。於是我們就吵開了。什麼叫做用我自己的方式去表現蝴蝶的魅力？我的方式是什麼，她根本一無所知，到底憑什麼對我指手畫腳？吵到後來，我也批評她的作品，我說在她的畫裡，我連蝴蝶在哪裡都看不到。

「她一定非常震驚，每個人都盛讚不已的作品，被我批評得一無是處，竟說像一塊泥板。我也是頭一次看見迷蝶那麼激烈的反抗，但她有更好的立足點反駁——那都是我不好，因爲我看不見顏色。我們爲此大吵，我什麼都能退讓，但她拿顏色出來當盾牌，只有這一點我無法忍耐。她到底憑什麼把這件事掛在嘴上，她看得到顏色而我不能，難道不就差在那一條染色體嗎？所以我向她說了，妳的藝術，如果眞有贏過我的地方，也只有一個原因——**因為妳是女生！妳避開了遺傳病，黑白的世界妳讓我一個人承擔。」**

鍾灰心想，父親將刀子揮下去了。

正因爲和迷蝶如此親近，形影不離，父親比誰都清楚傷害她的方式。

「那是我第一次對她說實話。」父親閉上雙眼：「也是最後一次。迷蝶睜大眼瞪著我，那不是憤怒，是非常詫異——她沒想到我這樣看待她。以爲是親密的弟弟，原來是恨不得拿刀子殺她的仇人。本來隔天要幫忙畫展，但我實在沒辦法在說了那些話，還若無其事和她碰面，天都還沒亮我就抱著畫具出門。我恨她頤指氣使的樣子，只帶了白色和黑色，我心想，她如果要我用我自己的方式繪畫，我就告訴她我最原本的樣子是怎麼樣的。」

在那裡，父親遇見了將他的人生推向瘋狂的人。

父親鉅細靡遺告訴鍾灰那天和那個人所有互動，鍾灰一面聽，感覺心臟的跳動好不眞實——只差一步，被殺死的人就是父親，自己也就不會在這裡了。

「警方對我的證詞始終很懷疑。即使我已說了我無法辨色，他們也很難相信我能看著一個滿身血跡的人而無動於衷。就連我父母也是，一再用各種方法試探我，是不是眞的不知道那個男人是誰，在車上坐那麼久，難道眞的因爲色盲就一點異狀也沒有察覺……他們都知道前一晚我與迷蝶大吵了一架。」

父親面上浮現悲哀的笑容，那是有如地獄的一段歲月，只要說錯一句話就會招來懷疑。就像用錯顏色時被旁人投以詫異的目光。父親說，而我甚至不知道自己錯在哪裡。

「那樣被反覆質問無數遍後，連我自己也開始懷疑，我是眞的沒有察覺異狀，或者只是不願費神多想？那個人不帶任何附加條件地喜歡我的作品，讓我很高興，所以變得遲鈍，要是我能再多費點心思、多點懷疑警醒，是不是就能改變什麼？我一直想、不停想，我想起那老舊的引擎聲、車裡混合著工業油品的刺鼻氣味、後視鏡下懸著的十字架，還有……後車廂那口箱子裡傳來的撞擊聲。」

「撞擊聲？」

「對，那個箱子一直發出聲音，我不知道是什麼的聲音。」父親說：「說不定也沒有聲音，只是我的錯覺，其實我早就想不起來了。但是，我開始作夢。夢裡我坐在車上，什麼也看不見，一片黑暗，只有後車廂傳來規律的敲擊——只有敲擊聲，沒有別的了，從夢境開始敲到結束，就是這麼單調的夢。但每晚我都從冷汗中驚醒，那個聲音就像噩夢開始的訊號，總是先聽見敲擊聲，我才意識到黑暗將要開始。什麼也沒有……沒有人說話，沒有色彩，沒有明暗，沒有氣味，**只有敲擊聲**，和那段永遠無法結束的車程。

「於是我開始問我自己，那時我聽見的聲音，真的只是車行顛簸的撞擊聲嗎？聲音只有一下嗎？是不是有好多下？那是不是誰在那口箱子裡求救的聲音？迷蝶很單薄，也許折彎手腳就能把她塞進那個保冷箱中。那個時候她是不是還活著？她是不是聽見我的聲音？她是不是想要我救她？我一直到今天……都還在作這個夢。」

「爸爸……」

「在事情半年後，我收到了那口箱子和一封信。」

信裡說：「這口箱子是爲你預留的。」

我不知道這是什麼意思，也不知道空箱有什麼作用。

但不知爲什麼，心中立刻產生強烈念頭，這封信與迷蝶有關，我不得不繼續將信讀完：

「可以的話，我希望裝在裡面的是你。」

「但是我沒有辦法殺你。」

「我一直以來都只能殺女孩。」

父親的身體都還在發抖：「妳可以想像，我馬上把這封信燒掉了。」

即使只過目一次，那些文字仍烙印在腦海某處，時至今日，父親仍能一字不漏背誦下來。

「離開我以後，他一定在美術館裡碰見迷蝶了，我們長得很像。我能逃過一劫，迷蝶成爲替代，只有一個原因，那就是前一天晚上我拿來攻擊迷蝶的原因——」

因爲她是女孩啊！

鍾灰抓住父親的肩膀，他抖得實在太厲害了，好像只要自己一鬆手，父親就會斷碎成無數截。

「不是這樣的，爸爸……不可以這樣想、不可以……請你看著我的眼睛——」

她望進父親盈滿淚水的眼中。她與父親長年關係惡劣，即使相對也無話好說，每每眼神要交會的瞬間，都會不自覺迴避彼此。這麼多年了，或許這是她第一次與父親正對上眼。

父親的眼睛原來是這樣的啊……鍾灰心裡想，她在什麼地方看過呢？她必須費很大的勁才想起來，因爲她跟一般人不一樣，這不是她的本能，她必須建立一個額外的資料庫，才能分類、記憶那些事物……

對了，是孔雀的尾羽、是立冬前的海水、是腐爛的蘋果、是楊戩的雷電。

父親的眼睛擁有她在這些東西上也曾看過的——

所謂的「顏色」。

ϟ

如果要取得當年沈憐蛾爲犯人畫的肖像畫，就必須跟陸地警察合作。

但楊戩在陸地都市虛耗了數個小時，卻是一路碰壁，對方要求必須由災區警察正式發函，才能進行合作。就算不情願楊戩也得承認，只有他一人根本不可能跟陸地警察交涉，還是得依賴黑子才行。

他決定先回總部，騎車回空橋都市時，剛才畫室看見的那顆星還掛在天上。

在空橋都市裡反而覺得星星沒那麼低矮，或許因爲這座都市是透明的，沒有橫在星空前的阻擋。

涼風颼過頸側，風中有股潮濕的水氣，過橋與否，風的味道就會出現很大差異——不知爲什麼，他心裡總有一種說不出來的怪異感。

風……這裡的風跟畫室很不一樣。

可是，畫室裡爲何有風？空橋都市死寂無聲，只剩他的車穿過風的聲音……因爲畫室的窗戶開著，所以風灌了進來。爲什麼畫室的窗戶開著呢？當然，開著並不奇怪，這幾天都在打掃，稍微打開通風很自然，奇怪的是最初爲什麼沒有注意到？夜風很冷，爲什麼到走的時候自己才察覺？因爲一開始那裡並沒有風……風後來才灌進來的，但沈憐蛾一路都坐在椅子上，自己一直盯著他，沈憐蛾沒有起來開窗……對了！他想起來了，因為有東西擋在窗前，風沒能進屋。是什麼東西甚至能擋住落地窗？一定很大，楊戩瞇著眼，那東西的輪廓漸漸浮現——

明亮的、青藍色的蝴蝶，在水邊棲息。

那顏料實在太亮了，在夜裡簡直像發出了螢光，一旁的沈憐蛾反而被黑暗吞噬。

畫呢？楊戩怎樣也想不起來。離開的時候有看見嗎？不，楊戩只有在窗邊看見了星……沒有畫。那麼大的畫擋在窗前的話，絕對不可能看見夜空。

那幅畫到哪裡去了？只有兩個人在的畫室、一秒也沒移開眼睛的他、一步也沒離開位置的沈憐蛾，占據整個牆面的畫是誰拿走了？

就在這時，他的手機響了——

是黑子，他才正打算過去說明一切。但她的聲音非常急迫慌張：「楊戩，你在陸地都市嗎？」

「我剛剛從畫室回來，有件事要……」

「你在畫室發動了能力嗎？」

「什麼？」

「信義警報又出現了！」黑子也很混亂：「在畫室那一帶，持續時間很短，反應也很弱，但確實出現反應了！怎麼搞的？到底是什麼？吹笛手又出現了嗎？還是你又做了什麼？楊戩、楊戩？你有在聽嗎……」

哈梅林的吹笛手、消失的畫布、沈憐蛾與他那雙漸漸失去視力的雙眼……雙眼，那一夜在船上，鍾灰用一雙眼就創造了整座都市。

楊戩一句話也答不上來，因為他好像明白了答案，寒意電走過全身。

「黑子，關於幽靈蛹的特性，我能問妳一個奇怪的問題嗎？」

「嗯？什麼？」

「幽靈蛹以光為傳播途徑，目標物是能反射光線的物體——就像是複製眼睛看到的景象，對吧？」

「差不多可以這樣比喻……嗯，以鍾灰的例子來說，就不算比喻了吧。」

「那如果眼睛什麼都看不到、什麼也不能反射的話，會複製出什麼？」

黑子困惑道：「不能反射？但最初ＫＩＮＧ會選中的目標就是反射性夠好的——啊！你的意思是，比方說宿主被困在一個伸手不見五指的地方這樣吧？不過沒有光的地方，它本來就不能行動。那你說的是像瞎子吧？嗯……這個說法有意思呢，盲眼的成因有很多，沒有光反射進來，跟反射了卻什麼也沒看到的景象，還是有很大差別的。ＫＩＮＧ確實通過了光線，但在宿主的理解中，他並沒有看到景色。不、不對，他還是看到了，看到了**什麼也沒有**的景色——那樣的話，它也無法違逆宿主的意思吧？」

楊戩對她繞圈圈的說話方式感到不耐煩：「到底會複製出什麼？」

「我想，可能會把『無』複製出來。」

「什麼叫複製『無』？」

「宿主什麼也看不到，那是宿主的五感失靈了，並不代表真的沒有東西存在吧？根據我的了解，我猜它大概會用某種方式實現出『無』這件事，不過會怎麼做我就不知道了。」

「如果像鍾灰那樣，它能用黑白的世界覆蓋掉彩色的世界，它也能用『無』覆蓋掉『有』嗎？」

「咦？」黑子詫道：「你知道她眼睛的事？」

「別管了，先回答我的問題！」

「覆蓋……這倒是不錯的比喻。大概就像刪除電腦檔案的感覺吧？」黑子說：「數學裡所謂的空集合，就是無的具體展現。『無』也是一種狀態，代表『有』的消失——我想，ＫＩＮＧ會讓原有的東西消失吧？」

楊戩閉上雙眼，那幅蝶畫，已經哪裡也不存在了。

他說：「**我知道哈梅林的吹笛手在哪裡了**。」

這個時間，槍枝練習場裡一個人也沒有。這樣也好，沒有人會注意到鍾灰古怪的行徑。

災區警察的識別證無法任意出入西側醫療棟，練習場是唯一東西兩棟相通的連接口。當然，若沒有識別證也無法刷開西側的電梯。不過，畢竟隔絕並非眞正出於安全或機密考量，更多還是基於研究員不想密切與災區警察相處的心理，因此做得相當表面。打開安全門就能進到西棟。

黑子說過她的手還放在醫檢大樓的保存室內，鍾灰不太肯定那是什麼地方，不過從樓層名稱判斷，她猜想是六樓的「醫療樣本保存室」。在密不透光的安全梯樓道中，她一面開著手電筒辨路，默數現在到底幾層——

這裡應該是六樓了。

安全門只能從內側開，但這個時間ＨＣＲＩ也還有人輪班留守。她深吸口氣，大力從內側敲打安全門。過一會兒她聽見腳步聲，很快有人過來開門，是値班守夜的研究員，大概以爲是同事不小心反鎖自己吧，但看鍾灰完全不像這裡的人員，對方愣住了。鍾灰高高揚起手，咚一聲，研究員的腦殼發出嚇人的聲音。

畢竟這是一塊沉沉的鐵啊，鍾灰心裡不停向倒地的人道歉。揮下槍柄的那一刻，鍾灰以爲自己殺人了。幸好似乎沒有想像中嚴重，只是昏過去而已。

如果自己擁有楊戩那樣的能力，就不必這麼費工夫，也可以直接癱瘓門禁系統，要是楊戩能成爲自己的助力就好了，雖然心裡這樣想，但鍾灰此刻腦筋卻比任何時候都清楚——

絕不能依賴楊戩，絕不能讓他知道這件事。

不如說，現在最大的敵人就是他。

鍾灰哆嗦地取下對方識別證，想了一想又剝下對方身上的白大褂，披在自己身上。她將對方拖進安全梯樓道，關上門後迅速離開。將槍扔進白大褂的口袋，鍾灰兩手插兜，看起來一派氣定神閒，但那只是她害怕不能及時拔槍反應。她握緊口袋裡的手槍，心想，至少她還有這個，既然敲昏一個了，再多來幾個也沒差。

她繞了ㄩ字形的樓層一圈，這層樓猛一看就像大型超市的冷凍區，除了角落有兩間像辦公室和研究室，其他看起來都像倉庫。一道道封死的金屬牆門聳立，光是站在走廊上都能感受到牆後滲出的絲絲寒氣。

除非擁有楊戩那種等級的暴力，否則要憑蠻力闖進冷凍室是不可能的。每個冷凍倉庫都是一個密閉空間，金屬門一體成形，採用電子門禁，必須有管理人員的門禁卡才能出入。她在周圍稍微繞了一會兒，冷凍和冷藏的區域是分開的，從門外的溫度管理器上可窺知資訊。

這一側走廊上的倉庫保持在零下二十五度左右，另一側約在零度左右。按理說，黑子的手應該會在這邊的倉庫吧？鍾灰所知訊息實在太有限，能用的手段也不多，但她想不到第二條路了。

這與先前懷疑父親是否涉入殺人案，是完全不同等級的事——就算父親眞的是殺人凶手，或許她仍有勇氣向黑子求助。但這一次黑子也絕不會站在她身邊。她已經見識過災區警察如何處理這種狀況——尤其黑子已經失去仁君了，他們只剩下楊戬的雷神，以力量統治一切的暴君。

楊戬絕對會殺了父親的。只要能阻止這件事，不管她會惹上多大的麻煩都無所謂。

鍾灰小時候就常被說大驚小怪、沒有定性。摔倒在地會立刻哇哇大哭，在鬼屋裡也總是第一個尖叫。但那都是因爲她知道哭泣尖叫就能得到安撫。相反的，如果那樣做只會帶來壞處，鍾灰就能十分克制。

因此，看見父親眼底的色彩時，鍾灰雖然很害怕，心卻異常冷靜，將今後會發生最糟的情況都描繪了一遍。

「爸爸，你能夠相信我嗎？」

「相信……什麼？」

「相信我接下來做的一切，都是爲了你的性命著想。相信我不論在什麼情況下，都一定會保護你。」

鍾灰不知道寄宿在父親眼中的KING是什麼，是幽靈蛹？或是哈梅林的吹笛手？也許兩者都不是，但她沒有那麼天眞樂觀，尤其鍾灰有被寄宿眼睛的經驗。萬一是兩者其中之一，不知父親會受到怎樣的處置。

「性命？發生什麼事了？難道是天災……」

「比天災更糟，你絕不能被災區警察抓到。」

鍾灰四處張望——首先要先封住王的手腳，絕不能讓它繼續行動。

當然，如果王亂跑脫離父親，那是求之不得的好事。但想到自己被寄宿後引發的恐怖後果，鍾灰不敢保證接下來不會發生更可怕的事。與其冒這種險，不如先將它困在父親眼中，封住行動。

那麼，就必須先封住父親的眼睛——至今鍾灰也沒能完全搞懂ＫＩＮＧ運作原則，但似乎會受宿主意志相當程度影響。如果這是那天寄宿在自己身上的幽靈蛹，光是視線所及就能讓它發動。如果是哈梅林的吹笛手，不知道做什麼才有用。不過，現在也只能且戰且走。

「爸爸，閉上眼睛。」

「這是怎麼……」

「請你相信我。」

閉上眼睛是最快遮斷王的方式，若那天能早點發現幽靈蛹寄宿在眼睛裡，或許就不必引發這麼大的災難。但閉眼能支撐多久仍有限，光還是能穿透眼皮，人也可能一不小心睜眼，因此，最好還是要將父親眼睛蒙住。不只蒙住，還要找遮光率極佳的材質，最好還能有一定程度的隔離效果。

「對了！」身上這不就有現成的工具嗎？真要感謝自己災區警察的身分了。鍾灰立刻取來多少能當作隔離服的制服外套，並將它剪成細長布條。

「妳在做什麼！」

「爸爸！我不是讓你閉上眼睛嗎？」

從未見過鍾灰如此強硬的沈憐蛾，一時不知該如何是好，他不安問：「小灰……這跟天災的事有關嗎？」

「先把眼睛閉上！」

天災現在就寄宿在你的眼睛裡！鍾灰不知該如何開口，萬一解釋不當的話，反而會引起父親恐慌。

「對，跟天災有關，姑且先這樣想吧！最壞的情況有兩個，一是再次引起天災，一是……」

「是什麼？」

「災區警察會殺了你。」父親屏息不語，鍾灰飛快道：「但是不用害怕，只要聽我的話就好，我絕不會讓天災發生，也不會讓他們傷害你。」

「上次他們帶走我的時候說我是天災。」父親細聲問道：「是這樣嗎？是我讓時飛、讓那些孩子失蹤，讓周圍發生這麼嚴重的災難嗎？」

「不是。」鍾灰斬釘截鐵。如果因爲被寄宿而必須成爲災難，那麼她與黑子、楊戩、與死去的英士、與隊上爲了對抗天災而努力的夥伴，不全都是災難嗎？絕不可以否定自己，否則人會連一步也不能向前的。

「但是……」

「爸爸。」鍾灰停下支解自己制服的雙手：「你覺得我是天災嗎？」

「什麼？」

「我現在很難跟你解釋清楚天災是什麼——不過你的狀況跟我一樣，我就是這樣才被災區警察找上的。所以你覺得我是天災嗎？」

「怎麼會！妳是我的……」

「天災找上我們，但我們不是天災。」鍾灰將細長布條一圈圈纏在父親眼睛上，雖然不知道這樣能發揮多少效用，但連自己都焦慮起來的話，會給父親增添更多不安的。「我們不能待在這裡了，爸爸，請你抓緊我的手，我要馬上帶你離開。」

這次父親從順許多，不再執著追問，只是仍顯得惶恐：「這裡會遭遇危險嗎？」

「災區警察知道這裡。」雖然去找旅館投宿也是個辦法，但一方面怕留下能被追查的紀錄，一方面接下來自己還有幾件事得做，無法分身照顧父親，將他一人丟在旅館令她十分不安。

只能拜託認識的人了——她一邊牽著父親下樓，一邊招手叫了計程車，同時，她撥了通電話給許世常。

計程車司機看著父親那嚇人的樣子一臉驚恐，鍾灰忙道：「只是受了點小傷，不是什麼大事，能送我們到聯合醫院前嗎？」

「好、好……」

電話那一頭傳來許世常的聲音：「什麼傷啊？妳受傷了嗎？」

「不是，你能幫我一個忙嗎？我會感謝你一輩子。」

「什麼啊！這種忙聽起來就不要多管閒事比較好。」

「拜託，我是說眞的，弄不好的話，我跟爸爸人身安全都會有問題。」

「喂……眞的假的，該不會跟災區警察有關吧？」

「我們在聯合醫院前面等你，剩下的事我當面說。」

約二十分鐘後抵達醫院，許世常的車早到了，他一臉憂心忡忡，一見鍾灰扶著父親下車，像被火燙了一下那樣跳起來：「這是怎麼回事？災區警察做了什麼嗎？」

「不是，這是我弄的。」雖然現在災區警察應該什麼都還不知道，但也難保能拖多久，鍾灰決定速戰速決，由她主動去搶來消滅ＫＩＮＧ的機會。「我現在還有點事要解決，你那裡有地方讓我爸藏一陣子嗎？」

「藏？妳爸又做了什麼？」

「不用幾天的，有個地方能棲身就好。」鍾灰哀求道：「我跟你保證，我們什麼壞事都沒做！拜託你，我現在能相信的只有你了。」

「住倒是沒有問題。我室友前陣子剛搬走，還有一個空房間，不過沒有打掃過，跟倉庫一樣……」

「沒問題，我等等過去幫忙打掃，能把他跟你隔離開也好。爸爸，就麻煩你忍耐一下吧！」

「喂……隔離？到底是怎麼一回事啊？愈說愈恐怖了。該不會是什麼傳染病吧？」

「不是。不會傳染。我會盡快把事情解決的。」

「妳……還好吧？」

「什麼？」鍾灰詫異望向他，許世常蹙著眉：「妳現在不太像平常的樣子。怎麼說呢……冷靜得有點嚇人，妳該不會要做危險的事吧？」鍾灰苦笑兩聲沒說話，許世常打開車門：「妳這次可欠我大人情了。」

告別許世常與父親，鍾灰即刻回家換上制服，前往災區警察總部。雖然父親暫時安置妥當，但還不能安心。鍾灰是災區警察最快也最準確的情報源，但不代表他們沒有其他得到ＫＩＮＧ情報的手段。接下來，她必須趕在災區警察發現這件事前就將一切解決。

將父親交給災區警察，是目前最能避免災害的選擇。理論上是這樣，但災區警察內部還在混亂中。現有手段對這次的王沒有作用，他們失去了黑子的力量，只剩楊戩這個暴力手段。而鍾灰已領教過楊戩的思考模式——他重視效率和合理大過一切，那時他一定不會有任何猶豫，選擇最快速最不留後患的方式：殺死父親。

失去能力的黑子，大概很快就要離開災區警察，這也等於失去對這支隊伍的控制權力。恐怕楊戩會是下一任隊長，他的意見將掌握一切生殺大權。

父親必死無疑。

自己獨斷的處置可能帶來更大傷害，但鍾灰決定自私到底。她不覺得有另一條不自私的路能百分之百確保父親性命安全。組織內消化這麼強大KING的方式，現在只有殺掉宿主一途。想期待它像對獵物失去興趣的猛獸一樣自己走開太不切實際，因此唯一可行的道路只有一條：

設法取得黑子的能力。

只要能使用那個能力，將父親眼中的王消除就好了。

問題就在如何取得能力——她聽黑子說過，災區警察想保住這股力量，因此手掌目前還在醫檢大樓保存，未進入標本隔離室，HCRI也在考量下一步該怎麼走。

現在的HCRI並無百分之百的移植技術，但從黑子取得能力的過程可以推測，她的王屬於接觸型轉移，因此只要暴露在它周圍一段時間，就有機會使目標感染。這代表沒有任何技術的她也可以賭上一把。其實鍾灰腦子裡一片空白，根本不知道下一步在哪。但既然已踩在鋼索上，一停下腳步就會墜入深淵。

繞行一圈冷凍倉庫觀察狀況後，鍾灰確認想進去一定要有一張等級夠高的識別證。當然她沒有，也不認爲自己騙得到手。但她跟這些研究員不同的地方是，她手上有槍，既然騙不到，那就去綁架一個有卡的人就可以了。

她按下倉庫外的紅色緊急警示鈕——她不知道按下去會發生什麼，也許來的會是警衛或技工、也許一次會來一大群人，她握緊口袋裡的槍，全身貫注等待。

過了好幾分鐘，她才聽見腳步聲。來人是從走廊盡頭的研究室出來的，看起來是研究員。這令鍾灰大大鬆了口氣，隨即她又感到不安——看上去是個中等身材的男人，如果是女生就好了，這樣制伏她或許會容易一點。剛才順利敲昏對方只是運氣好，要是這次失手的話就完了。

來人態度輕鬆，或許是心裡已預設只是警報誤響——這也不奇怪，信義總部裡都是自己人，很難想像有外敵會闖入。他隨興確認了一下警報器，甚至沒有開門打算。

鍾灰本來想趁他開門後溜進去的，但他連檢查一下都沒有就折返。鍾灰不由一陣火大，她衝出走廊轉角，槍口指著他的腦袋，盡可能不讓雙手發抖。

「不要動！」

那人很困惑，鍾灰身上披著HCRI的白大褂，猛一看就像個普通研究員。但研究員哪來的槍？他顯然認爲這是個值夜班太無聊的同事開的玩笑，朝鍾灰走近：「喂，這是什麼，哪來的槍？警察家家酒嗎——」

鍾灰亮出大褂下的制服與警徽，惡狠狠地說：「災區警察。」

研究員即刻明白鍾灰手裡拿的不是玩具，他縮住腳步，面色變得蒼白——謝天謝地，男人不知道總部內槍會上鎖的「謝露池條款」，不知道她只是在虛張聲勢。

「妳、妳要做什麼……」

「你有進這些冷凍庫的權限嗎？」

「爲什麼災區警察要——」

明明應該很害怕，但看對方比自己更害怕，鍾灰心中的波濤起伏靜了下來——對方害怕的不是她，而是她手裡這把槍，只是這樣一塊鐵，明明連保險都沒打開，就能控制別人的心情，也控制自己的心情。

一瞬間，她覺得自己似乎學會了運作世界最基本的道理。鍾灰走到男人面前，兩人剩不到一隻手臂的距離，男人全身像篩子一樣抖起來，但鍾灰握槍的手已連一點顫動都沒有了。

「別管我要做什麼，只要回答我的問題就好，你能不能進去這些冷凍庫？」

「可、可以。」

「是用識別證刷開嗎？還是要輸入指紋或密碼？」

「識別證就可以。」

「拿下來給我。」

研究員戰戰兢兢取下掛在脖子上的識別證，還沒遞出就被鍾灰一把拽過來。

「那裡面都是重要的管制品，要是不小心碰到了——」

鍾灰冰冷地打斷他：「跟我過來。」

「好、好……我都聽妳的，妳不要拿槍指著我。」

冷凍室外的顯示器寫裡面零下十至二十五度，黑子的手掌一定在這裡。但這些冷凍倉庫實在太大了。

「你有辦法找收進倉庫的某件特定物品嗎？」

「如果妳有藏品編號的話……」

鍾灰心底暗罵了一聲，她當然沒有那種東西。

「我沒有編號，還有沒有其他方法？比如說用日期檢索。」

「管理室應該有電腦可以調出倉儲的紀錄，但是……」

「帶我去管理室。」

管理室在另一側逃生梯旁邊，鍾灰用識別證刷開門，抬起下顎示意他進去操作電腦。

「妳到底要做什麼？這些東西比妳想得更危險。」

「我知道自己在幹什麼，這是上級交辦的祕密任務。」鍾灰隨口說道：「東西應該是二十三號晚上九點以後進來的，不會超過一天。」

「二十三號……有了，總共有十件。」

「十件？」這比鍾灰預想更多，她焦躁地咬了咬下唇問：「資料庫還有沒有其他資訊？裡面裝了什麼，大小、重量之類的？」

「沒有了，這裡能查到的只有入庫時間跟編號……」

當天鍾灰也失去意識，根本沒辦法再限縮黑子的手掌送回來的可能時間。難道要十件都翻出來，一件一件打開？不行，她連倉庫怎麼區劃也不知道，而且她不可能在冷凍庫待那麼久。

她瞄研究員一眼，他雙眼不停眨動，鍵盤上雙手抖得非常厲害，視線不時偷偷投向鍾灰。

「放進倉庫的東西，不可能全都用同樣等級的隔離裝置吧？至少α、β就會做不同的隔離處理，KING的濃度也是問題。」

「呃、嗯……這當然。」

「入庫時應該至少有這方面的資料才對，不能調出來嗎？我要找的是用最高級隔離材料保護的東西。」

「但我的權限恐怕……」

「難道不能試試看嗎？」

「我試過了……但是沒有辦法搜索啊！妳看——」

他展示搜索失敗的畫面，鍾灰對這些操作不熟，無法分辨出他說的真假。鍾灰冷冷地盯著他看，心想他大概賭自己不會真的開槍。

「我知道了，我直接進去找吧。」

「那我可以走了嗎？」

「不，你跟我一起進來。在我找的這段時間，就麻煩你老老實實跟我一起待在冷凍庫裡。」

「什、什麼？讓我在那種地方有什麼用？」

「人類穿上防寒衣多少能撐五到十分鐘吧？可能很難受就是了，當然如果我愈快找到，你就能少受一些苦。」

「妳——」

「我不知道能撐多久不失溫，只好祈禱運氣好盡快找到了。現在把那十件樣本的編號都抄下來給我，有冷凍庫裡的區劃圖嗎？」

「有、有……」對方立刻說：「冷凍隔離室的隔間分布在這裡，物件按照隔離等級分成六區，裡面再按照不同的尺寸收納。」

啊，果然沒錯，自己已經抓到控制人的訣竅了。

「是嗎？我要找的東西應該在隔離等級最高的一區，大小恐怕不會太大，二十公分內的盒子吧！不過編號有十個的話，就得一一核對檢索……畢竟我也沒有辦法打開隔離箱。」

「等等，我再試試看能不能縮小範圍吧！」研究員慌忙說：「我剛剛忽然想到一種檢索方式。」

鍾灰一句話也沒說，看研究員飛快敲打鍵盤：「有了、有了，二十三號進來的有一件放在最高層級的保護，整整兩年就只有這一件做到這麼高的保護措施，大小是──啊、啊……等等，這個東西難道是……」

「把編號、位置抄下來給我。」

「妳真的知道自己在做什麼嗎？妳知道為什麼要用最高層級保護嗎？那個可是……那是多重要的東西！」

「你們又做過什麼來保護這麼重要的東西啊！難道不是黑子把自己的手砍下來才勉強保住的嗎？」鍾灰不滿地反駁：「我告訴你，最害怕失去這東西的是我們災區警察！」研究員鐵青著臉抄下資訊，鍾灰持槍押他前往冷凍室。門一打開，冰天雪地的惡寒刮面而來，在這裡每一秒都是如坐針氈。

「等等，別把門關上！在這裡真的會冷、冷死的……」

驚人的低溫讓腦袋都痛起來了，但若不盡快關上門，應該會引起警報。方便作業員工作，冷凍倉庫第一區劃溫度明顯較高，左右兩側各有一扇小門，放置各種工具，裡面也掛一排防寒衣。鍾灰扔給對方一件，自己還拿著槍，只能先勉強披上。

研究員穿好防寒衣後，鍾灰將他反鎖進工具室內：「對了，隔離箱要怎麼打開？如果沒辦法打開，我還得額外花很多時間確認裡面是不是我要的東西。」

「隔離箱都是電子鎖，輸入編號和密碼的話……」

「你剛剛應該也抄下密碼了吧！」

研究員帶著恨恨的眼神將密碼交出來：「那是HCRI最寶貴的物品……妳千萬不要毀了它。」

即使說著這些大義凜然的話，對他來說性命還是最重要的，所以他交出密碼了——就像為了父親的性命，鍾灰也膽敢背叛災區警察。能掌控他人性命的人就能掌控權力——鍾灰終於理解這麼簡單的道理。

本來她完全沒有考慮之後該怎麼辦，但這時心中浮現模糊的念頭：掌握災區警察生死的天秤兩側，一側是消滅KING的力量，一側是消滅宿主的力量。曾經仁君取得優位，一旦失去這個力量，天秤就會產生傾斜，新的統治者將成為楊戩。可是，楊戩的力量只有單純的毀滅，因此HCRI研究員姑且不論，只要保住這股力量，第一線的災區警察一定會站在仁君這一邊。

就連黑子犯下那種罪都能被輕輕放過，只要得到仁君，災區警察就絕對不會對她做出處置。

她按地圖的指示向冷凍庫深處前進，內部與一般大型倉庫沒有不同，兩側都是金屬製貨架，架上按大小擺列形形色色的隔離箱。有完全封死的，有玻璃觀景窗的，雖然不能清楚看出裡面放什麼——按她的理解，這裡存放的大部分是生體與須經防腐處理的樣本。要再經過完整的活性降低措施後才會送往標本圖書館。

隔著觀景窗，鍾灰仍能看見裡面流動扭曲的色彩。那位研究員不是在開玩笑的，這裡很危險，像包裹惡意胚胎的溫床，任何輕率的舉動，都可能造成翻天覆地的毀滅。再往倉庫深處走，明顯感到溫度又降了，本來兩側的貨架變成冰櫃。防寒衣作用有限，鍾灰意識開始模糊。

低溫太過迫人，她只能一鼓作氣快步前進。倉庫很深，天花板上像賣場分類一樣掛著金屬標誌牌，分成A、B、C區……她不知道這些是按照什麼條件來分的，但是愈往倉庫深處走，每一個區劃間的距離就變得愈短。

終於她抵達最後一區，裡面只擺了三座像專業大型冰箱的冷凍櫃，但從中散發出的壓迫感令鍾灰毛骨悚然。

「編號……」

「在這裡！」

在二十三號當夜送入的、兩年來唯一進來的一件樣本。

手指幾乎凍僵，鍾灰得使勁才能按下密碼。

冷凍櫃內擺放各種型制不一的隔離箱，那整齊劃一的肅然感如壘滿髑髏的戰場，同時對鍾灰而言，更是難以形容的魔幻艷麗——她太了解那群魔亂舞的色彩意義了，這個地方簡直是惡魔的墳場。也許一伸出手，自己又會成為KING操弄的人偶，這一次既沒有黑子來保護她，也沒有楊戩來殺她了。

隔離箱都有貼上編號，裝黑子手腕的箱子很容易就找到了，大小和她想像得差不多，裝置非常複雜，沒有觀景玻璃窗，從外部無法看不出KING的痕跡。

鍾灰迅速關上冷凍櫃門，身體非常難受，頭痛欲裂，胃部發寒，被關在工具室的研究員大概沒比她好到哪裡去，一定恨她恨得咬牙切齒吧！她忍著寒意輸入密碼，確認隔離箱內確實是她要的東西——

鍾灰很少有直接見到這隻手的機會，每次它都被保護在黑色薄手套中。如今它結出一層薄霜，肌膚蒙在冰霧中，變得比以往更蒼白。但那令人目眩神迷的色彩還在，像黏稠的岩漿一樣緩慢流動。

「對不起，黑子。」她撥開霜花，拔下防寒手套，握住箱中斷肢。才在空氣中暴露幾秒，手指就好像要凍斷一樣痛。「拜託，快點把這個能力過渡給我。」

黑子必須直接接觸宿主才能發動能力，應該屬於α型，理論上持續接觸就有機會把KING引來身上。當初黑子也是用這樣的方法搶走何英士的力量，但終究轉移沒有百分之百成功的法則，鍾灰只能賭運氣。

然而過去了好幾分鐘，黑子手心流動的色彩，依舊執拗地留在原處。

「不行……撐不下去了。」

指尖已開始麻木凍裂，絕對沒辦法多待一秒了，得先出去再想辦法。鍾灰將手放回隔離裝置，匆匆離開。被關在工具室的研究員狀況比她好，只是唇色發白，聲音不停打顫。他恨恨看著鍾灰：「妳不知道自己做的事會引起什麼後果。」

「放心好了，如果它跑了，我比你還快知道。」鍾灰將他趕回管理室，在櫃子裡找到束帶綁住他的手腳：「等他們察覺不對勁了會來找你的。」

她順手摘了研究員身上的識別證，深吸口氣，做出一副堂堂正正的樣子，將槍收進口袋裡。利用識別證很輕易就離開西棟大樓，沿途沒有受到阻礙。她回到東棟，將大衣、識別證全丟進女廁垃圾桶，配槍歸回腰後槍套，將隔離箱放進預先準備好的飲料保冷桶中。

看一眼時間，剛好來得及趕上下一班接駁船。離開以前，鍾灰最後再看了災區警察總部的大樓一眼，在心中默默請求原諒——謝謝大家這段時間的照顧，對不起我成爲了叛徒。

如果仁君沒有選上我。這也許是最後一次我出現在這裡了。

當楊戩趕回沈家畫室時，早已人去樓空了。

不論怎麼敲門都沒有反應，楊戩強行將門燒開一個洞。屋裡一盞燈也不剩，他四處搜索屋內，一個人也沒有，日用之物都沒帶走，桌上還有喝了半杯的茶，走得很匆忙，楊戩甚至在桌上找到沈憐蛾的手機和皮夾，是有人帶走他的，而會這樣做的人他只能想到一個——他立刻打電話給鍾灰，但沒有回應。

「她先發現了嗎……」

鍾灰的能力沒有因先前騷動受損，如果幽靈蛹跑到她父親身上，她很可能比任何人都早一步發現。而她卻選擇背叛災區警察，將這件事隱藏起來嗎？考慮到她有隱瞞前科，楊戩愈來愈確信自己的猜測沒錯——

沈憐蛾的視覺正在快速惡化，眼前經常只能看見一片白霧，**選擇了如此宿主的幽靈蛹，就是哈梅林吹笛手的真面目。**

幽靈蛹忠實反映出沈憐蛾的視野——如果他什麼也看不見，就將現實改寫爲他的版本。王會配合宿主意志行動，楊戩無法判斷沈憐蛾的力量在什麼情況下發動，但「複製」沈憐蛾現實的結果，就是讓這些人「消失」。幽靈蛹已崩潰一次，本來就不穩定，誰都不知道會發生什麼，哪怕早一刻也好，他必須盡快將那兩人帶回。

這時，手機響了。

可惜，不是鍾灰回電，是謝露池——楊戩非常詫異，他與謝露池並非會互通電話的友好關係，不知道她打來做什麼。他接起電話，那一頭謝露池的聲音幾乎在顫抖：「鍾灰在你身邊嗎？」

聽見鍾灰二字，他心頭一跳，產生不祥的預感：「沒有，發生什麼事了？」

「鍾灰持槍攻擊醫檢大樓的研究員。」

「什麼！」楊戩忍不住大聲驚呼——他確實擔心鍾灰護短，窩藏父親，但持槍襲擊總部遠超過想像。

「她做了什麼？為什麼攻擊醫檢大樓？」

「她持槍挾持研究員，闖進冷凍隔離室，把秦知苑保管在冷凍室的手搶走了。沒有造成傷亡。」

「……」

「我完全不知道為什麼她會做出這種事？是跟KING有關嗎？難道被寄宿甚至會支配她的思想嗎？」謝露池混亂地說：「現在事情還來得及，我和秦知苑還有辦法把事情壓下去。如果她在你身邊，趕快把她帶回來，她不是那麼莽撞的人，一定有什麼原因……你有在聽嗎？你倒是說點什麼啊！」

楊戩無法回應，他已能掌握鍾灰的思路——她沒有被王支配理性，但也沒有回去的打算了。這是將所有籌碼全部擲下去的一搏，她打算以一己之力對抗整個災區警察，保護她的父親。

「不用了，直接準備抓人吧！」

「你說什麼？」

「不用煩惱她的苦衷了，現在她身邊有更大的麻煩。」楊戩立刻說：「如果夠幸運她的警徽還在身邊，應該可以用警徽裡的發信器追蹤到她的位置。如果沒有的話，馬上清查她的金融紀錄，很可能有在旅館消費的紀錄。一有消息請馬上告訴我，我去找她。」

「等等，你說更大的麻煩是什麼意思？」

「我猜幽靈蛹現在在她那裡——她想獨力解決掉那傢伙，所以才搶走仁君。」

電話那頭傳來謝露池倒抽的一口涼氣：「你說什麼？這是怎麼回事？」

「我現在沒有時間跟妳解釋那麼詳細，我必須盡快找到她。」

「可是、那、那至少，為什麼她不和我們商量？」

「她從沒信任過災區警察。」楊戩心想，那也不能算是鍾灰的錯，今天會逼鍾灰採取這麼激烈極端的行動，最需要負起責任的就是自己：「露池，不要慌張，趕快按我說的去做，找到她以後把她的位置給我。」

「你在哪裡？我派增援——」

「不用，不要再派任何人來，我一個人去抓她就好——如果事情如我預料，我直接面對王比較安全。」

「可是你要怎麼做？王在哪裡？你有什麼制伏手段？」

「必要的時候我會處決宿主。」

他知道會聽到謝露池說什麼，因此在她回答前就掛斷電話。張望四周，這裡沒有留下可供參考的線索，鍾灰不知道警徽裡有發信器，如果她才離開總部不久，很可能還沒將制服換下。

幽靈蛹再次現身，對他來說是求之不得的大好消息。與現在的幽靈蛹對決，他有絕對的勝算。然而，這是他第一次在心中產生取勝以外的念頭——

他希望鍾灰被仁君選上。

手指好冰。

指尖發麻，每隔幾秒鍾灰就因難以忍受冰冷而抽出手。指尖上還沾著冰水，她只能握緊拳頭，以免弄濕車內引來司機懷疑。事實上，司機已經問過她兩次：「桶子裡有什麼啊？我看妳一直把手伸進去。」

「我的手受傷了，在冰敷。」

「什麼樣的傷啊？不是什麼都可以冰敷喔。」

健談的司機打開話匣子，鍾灰卻一個字也聽不進去，只能擺著假笑，編造連她自己也不相信的故事。不知什麼時候開始，謊話也說得非常流利了，不然能怎麼樣呢？告訴司機自己每隔十秒休息一次，將手伸進冰桶，和一只女人的斷掌握手五秒嗎？光是想像說出這些話，鍾灰都感覺荒謬得想笑，事情發展到這個地步，意識好像已從自己的某部分脫離，從高處俯瞰這一切，沒有任何實感。

鍾灰不停接觸黑子的斷肢——感謝這雙眼睛，讓她得以確認仁君還在，但她很清楚下一秒就有可能消失。那種感覺就像頂著一顆鑽石在鼻尖走路，腳下是萬丈深淵。隨時都要毀掉這珍貴力量的恐懼感，正是她必須剝奪一切實感的理由，不這樣做，下一秒她就要崩潰了。

然而，不論如何力量都無法轉移到她身上。

當年黑子拿下仁君完全是上天垂憐，那時狀況比現在更糟。怎麼辦？怎麼辦？她腦中不停混亂叫囂。就拿斷掌直接接觸父親眼睛吧？可是沒有宿主的意志，KING會以什麼形式運作、是否能運作都不知道。

車在許世常住的老舊公寓前停下，鍾灰抱著冰桶，麻木地爬上三樓，她不知道下一步在哪裡。按了門鈴，許世常看見她抱著冰桶，一臉世界末日的表情站在門口。

「咦？為什麼妳穿著……等等！天啊！發生什麼事了？妳袖子上那是血嗎？」

「小灰……」

父親坐在客廳裡，一聽見她的動靜立刻東張西望，但他眼上還蒙著布，一抬頭差點就撞上許世常。許世常忙按住他的肩膀，將他穩當地固定住。

「血、你說血？到底發生什麼事了？」

「我沒事。」

鍾灰的聲音很冷靜，父親纏上這條布帶已經很久，什麼都看不到的感覺很恐懼吧？她走到父親身邊握住他的手，好像這樣就能給他一些力量——或者其實是她想從父親身上得到力量，父親的手好溫暖，跟黑子浸在冰桶裡的斷掌不一樣，鍾灰好想哭，她兩腳一軟，癱坐進沙發裡。

「總之先把傷口弄乾淨吧！」

「那不是我的血。」

這句話效果顯然驚人，許世常面色都變了。

「我拿槍敲昏了一個人，應該是那時候沾上的。」看他依舊面色不善，她又補上一句：「沒死。應該吧。」

「妳哪來的——啊……先不管這個了！」許世常戰戰兢兢地問：「妳就是爲了拿這個冰桶回來嗎？」他伸手就要去碰，被鍾灰一掌拍開：「不要碰！」

「怎、怎麼了？」

「裡面的東西有點嚇人……不要露出那種表情，不是什麼惡質犯罪的結果，我會惹上點麻煩沒錯，不過到時候再說吧！能讓我跟我爸獨處一下嗎？」

「裡面房間空著……喂，鍾灰，妳真的沒惹上什麼麻煩吧？」

鍾灰先進浴室沖洗雙手，右手腕上沾了污跡，尤其袖口繡銀線的地方全部染成深色了，自己完全沒有注意到。鍾灰乾笑兩聲，大力將血跡搓掉，或許仁君討厭鮮血的味道，所以遲遲不肯接受她——不過，這樣說的話，黑子也沒有資格繼承才對。

究竟要什麼條件，才能讓仁君選擇自己呢？

雖然那是楊戩最討厭的理論，但她在隊上聽過無數次，ＫＩＮＧ會回應宿主的強烈欲求。就連黑子自己也承認，她認爲當時能順利繼承何英士的能力，是因爲她太想保住這個力量、太想用這股力量救其他人。

現在的自己不行嗎？想救父親、不想讓他被災區警察處決的心情沒有半分虛假，爲何仁君不肯伸出援手？是因爲我太自私嗎？

她將房內所有窗簾攏上，電燈也都關掉，室內陷入一片黑暗。接著，她緩緩解下父親的眼帶。

父親眨了幾下眼睛，他的眼角起皺，如乾涸的水渠，眼睫與眉毛都覆上一層霜白，原來父親在不知不覺間已老去了。鍾灰暗自祈求，希望父親睜眼時眼中已什麼都沒有——但終究沒有這麼便宜的好事。

鍾灰吸了吸鼻子，朝他退開兩步。接著，她從口袋中掏出一把束帶，牢牢將父親的四肢固定在椅腳上。

父親驚呼：「妳在做什麼？」

鍾灰像快要哭出來，哽咽地說：「爸爸，接下來我要做的事很可怕。引起天災的怪物，現在吞沒了你的眼睛，我要將它消滅。可是，我沒有百分之百能成功的把握，所以使用的方式或許很極端。你要忍耐一下。」

鍾灰打開冰桶，不肯向她紆尊降貴的仁君，仍如寶石般流光溢彩。

「那是什麼？」父親的聲音因恐懼產生激烈變調：「小灰，妳做了什麼？」

「如果可以的話，我也希望力量至少可以轉渡到我身上，但是我做不到、它怎麼樣都不願意幫我。」鍾灰的眼淚不停掉落：「一定是它要懲罰我那麼自私，但是那也無所謂，只要能救你就好。爸爸，你放心，你不要怕，我什麼壞事也沒有做，這是手的主人自己砍下來的，你把這當成標本就好。可能會有一點痛，但是只要能趕走天災，這一點痛是值得忍耐的。」

說完，她伸手用力撐開父親眼皮。

「不要這樣、小灰——啊、啊啊啊啊啊——」

鍾灰不理會父親的哀號，將黑子冰凍僵硬的手指插入父親眼中。

她實在太心急，不知道怎麼控制力道。她努力回想那天在船上黑子是怎麼消滅她眼中的KING——但那時還是一只活人的手，有肌肉的柔軟、血液的溫度，還有那避免傷害她而小心拿捏的力道。但現在手中是人類斷肢的標本，切斷以後，甚至長出一層短短的指甲。

父親發出淒厲慘叫，雖然四肢都被綁住，但仍激烈掙扎，甚至翻倒了椅子。但鍾灰沒有停下，再難受都比被楊戩殺了好，回想起他指尖的電流接近自己胸口的一刻，恐懼感將鍾灰的猶豫一掃而空。

「一下就好了！爸爸，我們再試試！」

鍾灰不敢停下來思考自己究竟在做什麼，她用盡全力才能壓住在地上扭動的父親。就算年過半百，男人的力氣仍大得多，鍾灰將黑子的手指再次按入父親眼中，像要將他的眼睛挖出來一樣，指甲深深陷進他的眼窩。

父親不斷哀嚎，但她的心已經麻木，感覺就像在做普通的清掃工作、像拿抹布擦拭桌面的灰塵。不論是黑子的手，或是父親的眼球，都沒有任何感覺神經與她相連，只要不去知覺，她就能像機械一樣忠實執行任務。

然而，情況沒有改變。父親的眼珠與仁君擁有不同的色彩——那是彷彿會互相攻擊的兩種色彩，光是彼此接壤，就帶來強烈衝突的美麗。

但誰也不願過界，兩國的王依舊各守壁壘。

「到底爲什麼、爲什麼不能消滅啊！」

鍾灰歇斯底里大叫，與父親恐懼的哀號一同在屋內響盪。

聽到那淒厲的叫喊，許世常忙撞開房門，屋裡一下變得明亮。

他站在門口，一臉恐懼：「妳到底在做什麼啊！」

那實在是太超出常理的怪異場面——鍾灰一臉惡魔憑依的恐怖形象，握著還結霜的人類手掌，粗暴地將父親按倒在地。在能理解這是什麼情況之前，許世常憑本能衝了上來。

「放開我！放開我！」

鍾灰大聲尖叫，那一刻許世常認爲她瘋了，他將她壓制在地，匆匆解開沈憐娥身上的束縛。

她倒在地上，惡鬼般厲聲道：「你會害死我爸！」又流起淚：「爲什麼不選我！爲什麼仁君不能救爸爸！」

「妳冷靜一點，我先……我的天！這到底是什麼東西？」

許世常盯著那隻手掌滿臉嫌惡，上頭的霜慢慢融化了，指尖垂下的水滴沾濕了地板。

「喂……別開玩笑了，這個、該不會是、眞、眞人的……」

但鍾灰狠狠朝他咬了一口——許世常眼明手快地先堵住她的嘴，腦中仍一片混亂，不知該怎麼處理。鍾灰狀態明顯不正常，爲什麼她會帶一隻人掌？他將鍾灰綁起來，一面猶豫該不該碰地上那隻手掌，鍾灰像察覺他的意圖一樣，嗚咽道：「不要碰那隻手……」

被綁住以後，她似乎漸漸冷靜下來，不像剛才一樣歇斯底里了。

「妳……還好嗎？」

「我不會再掙扎了。」

雖然她這樣說，許世常還是不敢解開綁縛。

「把手放回冰桶裡的盒子，這不能在外面暴露太久。」

那隻手上覆的霜已經化盡，加上一連串粗暴動作，現在許世常能清楚看見水光淋淋下，清晰的肌膚紋路與青紫蒼白的膚色，從骨架大小判斷應該是女人的手，他不敢直視手腕切斷面，眼角餘光瞄一兩眼——這應該是眞的吧……鍾灰揮舞著冷凍人類斷肢對自己的父親在做什麼？強壓下噁心和怪異，他不知道能否再信任鍾灰。

但他還是把冰桶撿過來，冰塊已融了大半，打翻在地面上全是水漬。

「幫我解開，我不會再鬧了。」鍾灰說：「讓我把手放進去。」

「我……我來就好。」

「這隻手是眞的。你想碰嗎？」

雖然心裡多少已猜到，實際聽鍾灰說出口，還是感覺胃裡一陣翻攪。「爲什麼、會有……」

「我剛才說了，至少不是犯罪行爲，不用擔心，當成醫療行爲吧。」鍾灰的聲音很疲憊，但至少沒有剛才瘋狂了。許世常考慮片刻，終究解開她身上的繩子。

「謝謝。」

鍾灰打開金屬盒，將那隻手妥善收入，冰塊剩不到一半了，鍾灰抬頭問他：「能跟你借一點冰塊嗎？」黑子的手未經完整的防腐處理，拿出來到現在也過好幾小時。

「我這裡沒有冰塊，我等等去買吧。」鍾灰將冰桶抱在雙膝間，臉色灰敗，他戰戰兢兢地問：「雖然我想不太容易，不過……妳能不能盡量簡單告訴我現在的狀況？至少看我能不能幫上一點——」

但話還沒說完，鍾灰就大哭起來：「我不知道。我不知道我還能做什麼！我不知道要怎麼辦了！」

「不能聯絡那些災區警察嗎？我是說——我不知道詳情，但這應該和天災有關吧？如果交給他們——」

「不能交給他們！絕對不能找他們，他們會把我爸爸殺掉的！就是這樣我才搶了這麼寶貴的仁君、看到KING了也不跟任何人說，如果天災再次發生，全部都是我的錯，可是我已經不知道要怎麼辦了！」

「那——」

叩、叩、叩。就在這時，外頭傳來敲門聲。

兩人面面相覷，規律的敲門聲持續著，許世常起身說：「我去看看。」

鍾灰茫然看著他，這個時候會是誰……她慢慢恢復思考能力，一種誤判的恐怖蔓延全身。

「不要開門！」

她尖叫，但那警告太遲了，在握住門把的一瞬間，一陣酥麻感通過許世常手心——靜電嗎？他腦中才閃過這個念頭，門已被粗暴地撞開。

下一秒不再只是輕微的觸電刺激了，電流穿過全身，所有神經都向這道雷電臣服，肌肉痙攣起來，他連來人是誰也沒能看清楚便倒地抽搐不止。但他聽見一陣陣火花迸裂聲，全身上下唯一能轉動的眼珠，看見一雙叩響的男人皮鞋從他身邊走過，深黑色的褲管和鍾灰的制服是同樣的顏色。

那雙鞋在沙發前停下腳步，虛弱的沈憐蛾倒在那裡。

是那個……災區警察的魔術師。

楊戩冷眼睨視癱倒的沈憐蛾，他按著雙眼發出微弱呻吟。鍾灰在眼角餘光中出現，她正舉著槍口直指他。

「你為什麼……」

楊戩平靜地問：「幽靈蛹現在在哪裡？還在沈憐蛾眼睛裡嗎？」

「……」

「不說話嗎？妳搶走了黑子的仁君，不就是為了救妳父親嗎？」

即使搶走手掌的事暴露了，他們也不可能知道到底發生什麼事，未必會馬上聯想到ＫＩＮＧ。在這短暫的時間內，只要仁君能夠賜下恩惠……像這樣依賴運氣的計畫，果然無法一帆風順。現在一切都完了，災區警察比她想像得動作要更快。

可是，除了運氣以外，她還能依賴什麼呢？

若不能放手一搏，父親只有一個下場。想到這裡，鍾灰又浮現勇氣。那夜在河上她對楊戩萌生的恐懼太巨大，如黑夜裡蒙頭罩來的一張網，讓她連抵抗的力氣也沒有。然而，此刻的勇氣凌駕了本能——

我可以不必害怕他，鍾灰想，我絕不能害怕他。

楊戩瞬間就能打倒她，甚至不需要殺她，只要像攻擊許世常那樣癱瘓她的行動就可以。但他還沒有這樣做，純粹的殺戮並非全能，自己也有他難以取勝的力量。

「仁君在哪裡？」

他的聲音裡隱含著壓抑的怒氣。犧牲了英士與黑子，災區警察唯一的救贖，卻爲了鍾灰一人的私心冒上隨時會消滅的風險——

這就是楊戩比自己更軟弱的地方。

此時此地，知道仁君和幽靈蛹在什麼地方、是什麼樣子的只有自己一人。

「在這裡。」鍾灰敞開雙手，楊戩立刻問：「妳成爲仁君的宿主了嗎？」

「對。」

「那麼，沈憐蛾身上的王已經消除了嗎？」

鍾灰沒有馬上回答。說了第一個謊，每一句話都是埋滿地雷的道路，不能輕率前行。

「還沒有，是嗎？」

「……」就算鍾灰堅持已將ＫＩＮＧ消滅，ＨＣＲＩ也不會簡單銷案了結。他們有的是測試方式，在這種地方說謊一點意義也沒有。

「仁君眞的寄宿在妳身上嗎？妳只是想要拖延我的行動，才捏造這樣的謊言嗎？」

「不，確實就在這裡，我的眼睛能夠看見它。」

「那爲什麼沈憐蛾身上的王還沒消除？」

「我不知道……我試過了，也許我還沒有找到正確運作它的方法。你們不也是這樣的嗎？要花一點時間、才能適應新的能力……」

她說得那樣眞誠，甚至都快相信自己成爲新一任的仁君，但楊戩皺起眉：「王會服從宿主的意志，既然妳看得到它，只要讓寄生處接觸沈憐娥的眼睛，應該就能消滅它了才對……就像黑子做的那樣。」

「仁君在我身上，好像和在黑子身上的表現不一樣。」

「這是什麼意思？」

「我剛才試過了，但只有接觸沒有用，我也沒有感受到吞沒力量的感覺。」

「仁君應該是接觸時就會發生效用的α才對。」

「是嗎？你可以肯定嗎？」鍾灰反問：「英士就不必？」

「……」

「它在黑子姊身上時，只集中在左手而已。但在我身上不是這樣。它在我週身遊走，就像你的雷神一樣。我想何英士也是這樣吧？雖然我沒有親眼見過他，但他使用的方式，似乎和黑子也不一樣。」

「英士……確實不必接觸目標。但……那應該是因爲黑子搶救下來的只有很小一部分的仁君。」

但他說得很遲疑，當然了，英士早就死了，這是誰也沒辦法證實的理論。

「也就是說，妳沒辦法控制新得到的力量，是嗎？」

「只是暫時還沒辦法而已。」

鍾灰不敢回頭看裝著黑子手掌的隔離箱，不敢想像仁君此刻是否正在離開。她害怕一個眼神游移，就會被楊戩看穿謊言。正面與他相抗，取勝的機率是零。只能耐心地欺騙他，至少爭取最後一點奇蹟發生的時間。

「小、灰……」就在這時，父親發出微弱的呼聲。

剛才楊戩判斷他沒有威脅性，因此沒有立刻剝奪他的行動能力，鍾灰看穿他心中的盤算，忙大叫：「不要攻擊我爸爸！」同時，她迅速跑到父親身邊。

「發生什麼事了，爲什麼王警官會……」

「爸爸，不要張開眼睛。」鍾灰哀求道：「拜託你。」

楊戩退開兩步，頭一次感到這蒼老的男人充滿威脅性：「王寄宿在他眼睛裡，是嗎？」

「對……」

「鍾灰，去把妳父親的眼睛蒙起來，立刻帶他回總部。」

「等等……不要回總部，拜託，你知道他們會做什麼，再給我一點時間，我保證——」

「妳有什麼能保證的籌碼？萬一幽靈蛹在這裡失控，妳要周圍的人全部陪葬嗎？立刻把他眼睛蒙上！」

這是楊戩最大的讓步，誠實說，他寬厚得遠超鍾灰預料——將她帶回總部適應仁君，並在災區警察的戒護下把KING消滅。鍾灰打從心底感謝，本來這該是最好的結局了。

可是，她沒有仁君啊！

「鍾灰！」

「好、好……我聽你的——」

現在不服從命令，她和父親都會在這裡被殺，鍾灰戰戰兢兢去撿蒙眼的布條，楊戩取出預先準備的手銬。

「你要做什麼！」

沈憐蛾慌亂地想揮開他的手，那樣孱弱的力道甚至不必視為一擊。然而，抓住他手腕準備上銬的楊戩卻在瞬間愣然——手銬不見了！剛剛還緊握在手中的手銬，就這樣在他眼前、一點痕跡也沒留下地、徹底消失了。

「啊——」

還沒反應過來，沈憐蛾已甩開他的手，楊戩反射性朝他發動攻擊，電流通過沈憐蛾的四肢，他很快倒地。雖然是微弱的電流，但對這老人太過嚴厲，他劇烈抽搐起來。

「爸爸！」

「不要靠近他！」楊戩發出警告，但鍾灰根本不理會他。比起口頭警告，不如直接剝奪她的行動能力更快——他抓住鍾灰手腕釋出電流，或許是沈憐蛾激烈的反應讓他稍微縮手，這次電流不如剛才強烈。

但他沒有抓住鍾灰。

手中握住的體溫像從指縫間滑落的沙，只維持了不到一秒，鍾灰甩開了他？不，這不可能，他低下目光，只見鍾灰也用恐懼的眼神盯著他。

他的手……不見了。

不見了？楊戩費了幾秒才反應過來，他抓著鍾灰的手，就那樣定格在半空中，然後消失無蹤——不，還不到完全消失，而是像散去的霧一樣，正在變淡、變薄……他立刻回頭看沈憐蛾，他雖然癱倒在地，雙眼仍執拗地盯著他，帶著恐懼與憎惡的視線——

我的電快不過視線，會被殺。

這個念頭比電流來得更快，楊戩登時鬆手，翻身跳到沙發後面。

按照先前交手的經驗，只要障蔽它的視線就能確保安全。他看了一眼自己的左手，變得像某種特製標本，皮膚與肌肉都變得透明，僅剩下染色的骨骼與血管，在玻璃般的輪廓中放出妖豔的光。

幸好似乎因作用時間太短，他的手還沒完全消失。即使外表透明化，與神經聯繫的實感並未消滅，雷電的釋放也不受影響。王與宿主完全融合後，驅動效率會受宿主意志很大影響，沈憐蛾現在情緒激動、被恐懼支配理性，驅使幽靈蛹的效率恐怕達到空前的巔峰。必須盡快做出處置，否則他也會有危險。

但這裡還有鍾灰和許世常，他若貿然動手，所有人都得死。而且站在個人立場，他並不想殺死他們。他不明白，不該是這樣的——以往若和這種規模的王交手，他絕對會毫無猶豫將這裡燒成焦土。

然而，敵人沒有給他考慮的餘裕，就在猶豫的幾秒間，眼前的障蔽又消失了。沙發在一瞬間消失，楊戩胃中一陣緊縮，他立刻推翻一張大桌，躲在桌後，但這張桌子恐怕撐不了半秒，即使被黑子消滅了一半，幽靈蛹還是擁有如此威力，只要自己在他的視線範圍內，他可以用光的速度將自己消滅——

不是像雷電那樣將一切燒爲灰燼，而是像塗掉畫布上的汙點一樣，徹底抹消他的存在。

這是比誰更快更殘暴的比賽，而對方兩者都遠在他之上。

抹消存在……楊戩至今都還無法理解那是什麼意思。他對死亡從不畏懼，因爲他知道人死後會到一個永恆安寧的去處，死亡既不疼痛，也不可怕。但連存在也消失呢？那和死亡是同一件事嗎？

轉眼他拿來當盾牌的桌子也消失了。他繼續逃跑，放電用強光遮蔽自己。但是頭頂的日光燈消失了。吊扇消失了。身後的水泥牆消失了。腳下的地板消失了。

他所在的空間正以驚人的速度消失，此時沈憐蛾的目標已經不是他了，單純的恐懼支配了沈憐蛾，他現在看到什麼就攻擊什麼。沒有下一次機會了，他唯一的勝算，是在沈憐蛾視線還沒捕捉到自己之前——

忽然，他聽見「咚」一聲。

強光中楊戩自己也看不清發生什麼事，好像有東西撞上地板。他慢慢隱去電光，瞥見一條黑色影子蓋住沈憐蛾。那是鍾灰，她蜷成一團壓在沈憐蛾身上，擋住他的視線。

「不要靠近他！」

楊戩忍不住大叫出聲，現在的沈憐蛾就是一臺消滅的機器，任何東西靠近都會被徹底抹殺。鍾灰卻對他的勸告置若罔聞，她反覆誦念哀求：「爸爸，閉上眼睛，求求你、閉上眼睛……」

沈憐蛾不斷哀號，想必他的身體正在試圖承載ＫＩＮＧ，恐懼使幽靈蛹發動程度提到最高，那不是人的肉身所能承擔的，即使楊戩什麼都不做，這樣下去他恐怕也得喪命。

但鍾灰的哀求似乎起了作用，又或是她有效遮蔽視線。周圍毀滅性的狀況正在減緩，鍾灰看來也沒有異狀。楊戩環顧四周，許世常幸而未被波及。至於自己的手還是維持半透明的霧狀，連腰部和左膝也變得模糊。看起來雖然嚇人，但身體倒沒有太大異狀，難道幽靈蛹力量的本質不過是一種視力的幻覺嗎？

但是，那些失蹤者仍是確實地消失了吧？否則該怎麼辦……如果不再被任何人看見，無法發出聲音，變成在世上永遠遊蕩的亡靈，那樣眞是太孤獨了，即使楊戩都覺得十分可憐。

「鍾灰，妳也看到了吧？」

他朝父女二人走近，鍾灰哀聲道：「不要過來，求求你。爸爸不會再那樣了。」

「幽靈蛹在他體內已經徹底失控了，下次他再睜開眼睛的時候，恐怕連妳也難倖免。」

「不、他不會……」

「我也絕不可能坐以待斃——到那時候會變成單純的力量對決，我的王一旦先發動，會把這裡燒成一片焦土。難道妳希望看見這樣的結果嗎？」他在二人面前停下腳步，緩緩伸出變得透明的指尖：「既然最後結果都是一樣的，那就用安靜一點的方式結束。鍾灰，請妳讓開，現在退開的話，我可以不必傷害妳。」

「不……可以，不可以。」鍾灰擠出聲音：「我不會讓你動手的，你馬上退開！帶其他人離開這間屋子！」

「妳還能做什麼？」

「我和爸爸留在這裡就好，我會試到讓他的王消滅爲止——」

楊戩壓抑著怒氣，寒聲道：「妳要所有人跟妳們父女陪葬嗎？」

「退開！這是我最後的警告。如果你沒有辦法忍受，現在就殺掉我。」

「妳認爲我不敢嗎？」

鍾灰無畏地瞪著他：「我當然知道你敢。但我也想活命，如果你使用雷神，我也會使盡全力發動仁君。」

瞬間楊戩發熱的腦袋冷卻下來，明白了鍾灰威脅他的底牌。

「最好的情況，你們失去我的眼睛和仁君。」鍾灰一個字一個字清楚地說：「最壞的情況，會連你的雷神之力也一起被消滅。」

那樣的話，幾乎可視爲災區警察最大王牌的全面摧毀。

「妳……」

「我現在非常害怕。」鍾灰說，但聲音一點也聽不出害怕，她很冷靜，知道自己在做什麼：「王的效率會受宿主的情緒意志驅動，在生死存亡關頭，你的雷電威力會變得更強大，但是我也一樣，仁君會爲了保護我，把所有敵人都消滅吧？」

「那樣的話，爲什麼還無法消滅幽靈蛹？妳應該比任何人都希望和平解決這件事才對。」楊戩盡可能冷靜地反問：「仁君眞的聽從妳的指揮嗎？妳眞的繼承仁君了嗎？」

「等ＨＣＲＩ來了，就能知道答案吧。」在這樣的情勢下，鍾灰竟然笑了：「在那之前，你只能相信我的話，不是嗎？你要賭嗎，HCRI最寶貴的雷神？」

楊戩不敢相信這是鍾灰——但現在再說什麼都是後見之明。壓力緊迫下人可以變成任何樣子。

楊戩不知道她的話是眞是假，但他非常肯定鍾灰說到做到。她跟自己不同，HCRI的未來與如何處置天災都不在她的第一順位。如果仁君在她身上，她絕不會心軟，會將自己的力量也消滅。那令他動搖——他不想承認，那動搖中包含恐懼。所有災區警察都仰慕擁有仁君的黑子，卻也隱約畏懼她。黑子戴上隔離材質做的手套，不只爲了保護仁君，也爲了告訴那些人可以再靠近她一些。

自己也推開過英士伸來的手，要是自制力再差一點，甚至會當場殺死他也說不定。被寄宿以後，他們就不再是單純的人類，而是士兵。士兵的本能中，既包含人類想活下去的本能，也包含王想活下去的本能。

「你現在想著，和我結束這個交易以前，出其不意把我電死，對吧？」鍾灰冷酷地說：「但是請你千萬不要動這樣的念頭。因爲我看得見——當你準備發動力量的時候，你全身上下的顏色，會變得比平常更強烈，所以我會比你更快知道你正在發動力量。也許我的反應速度跟不上，但仁君就不一樣了，它一定會驅動這具身體能使用的一切力量，以求與你相抗吧……」

楊戩有九成的把握能在此殺死鍾灰父女，但只要出一成的差錯，讓鍾灰懷抱敵意將仁君先行發動，甚至是讓沈憐蛾先睜開眼睛——

鍾灰的眼睛、黑子的仁君、他的雷神。在這裡全軍覆沒，那樣眞的值得嗎？

「後退。」

他向後退了幾步，鍾灰緊盯著他，她看得見KING，因此自己不能發動能力——甚至只要一動念都可能引起鍾灰緊張誤判。王接手這具身體後，身體的支配權就不再只屬於士兵了。

「門不要關上，就維持這樣速度退開。」

那麼是否還有其他手段？比如暫且妥協，從這裡出去以後，直接將整棟房子燒成灰燼。或者使用其他武器，只要不發動能力——忽然，門外傳來一陣響亮的腳步聲。

「她說得對，不要輕舉妄動。」

楊戩與鍾灰瞪大了眼，面面相覷，那聲音兩人都非常熟悉。

「黑、子……」

「你的手是怎麼回事？」黑子一看見楊戩透明的手，登時發出驚呼。

「是沈憐蛾……幽靈蛹現在寄宿在他眼中。鍾灰拿走了仁君。」

黑子沉吟片刻：「總之，你先退下，傷口的事之後再想辦法，剩下的就交給我們。」

「不行！」楊戩說：「幽靈蛹殺傷力比上次更強大，沈憐蛾會把一切都消滅！」

「但是他沒有消滅你吧？」

「那是——」

「那就表示他們沒打算走到同歸於盡這一步，還有說話的餘地。」

黑子大步踏入屋內，鍾灰半點不鬆懈，像護崽的野獸擋在父親身前，輪流盯著兩人。

「很好的眼神啊！果然妳很適合當災區警察。我第一天就這樣想了，遇到危機的時候，妳會比誰都更難纏——英士的仁君，選上妳了嗎？」

鍾灰低聲道：「那不是英士的仁君，是妳的。」面對黑子，她的攻擊性似乎便退縮了一些。

「是誰的都無所謂。況且現在也不是我的了，是妳的。」黑子態度很輕鬆的樣子：「能讓楊戩怕得往後逃，妳一定是拿仁君要脅他，對吧？我太了解了，因爲我也幹過這種事，那傢伙唯一的弱點就是這個，眞好用。」

「妳這樣拖下去想做什麼？」

「不用這麼警戒，我不是來殺妳們的。」

「讓楊戩離開這裡，現在！馬上！」

楊戩還想反抗，但黑子馬上說：「聽她的。楊戩，現在帶不相干的人離開這裡。」

「怎麼能讓妳一個人——」

「我雖然交出解職申請，但上面批准還沒下來。現在隊長還是我，知道吧？」

楊戩恨恨再看一眼兩人，終究不再反抗，扶起許世常轉身離開。當只剩黑子與鍾灰對峙時，黑子的眼神也變得柔和：「其實妳肯放他走，我鬆了一口氣。」

鍾灰舉槍指向黑子，黑子高高平舉雙手，她的左手裝上了黑色的義肢，還能看見指節間有訊號燈在閃爍。但是，已經永遠沒有顏色了。

「我知道妳是要換我當人質。那樣對妳來說，也比較安全。」

「這句話是什麼意思？」

但黑子沒有正面回應，她環視周遭慘況，言不及義地說：「妳也不想把事情弄到更糟的地步吧？」

雖然已大致預想情況，實際進來黑子還是相當驚駭。地板和梁柱消失了大半——不，不能說是消失，只能說再也看不見了。她腳下仍踏著實地，但那地面已變得比玻璃更透明、只剩一點模糊輪廓，光站著就要產生一股隨時要墜落的不安全感——這恐怕就是哈梅林吹笛手的眞面目，令楊戩也不免色變的壓倒性力量。

「對妳父親眼中寄宿的KING有什麼了解嗎？」

鍾灰咬著下唇，艱難地說：「我不知道，我只是在他的眼睛裡看見顏色。」

「但妳馬上就選擇帶他逃走了，因爲妳判斷非常危險吧？」

鍾灰低下頭，黑子又問：「那是怎樣的力量？是以什麼原理運作？」

「我不知道。東西一直消失，好像被爸爸看見的東西就會不見，但是我不知道爲什麼，也不知道發動的條件是什麼。黑子，那個是不是就是……」

「哈梅林的吹笛手。」

「可是……剛才楊戩明明說是幽靈蛹啊？」

「對妳來說，有什麼差別嗎？」

「如果是幽靈蛹，你們會直接殺掉我爸爸吧？如果是哈梅林的吹笛手，也許還……」但鍾灰再也說不下去，原來心中還抱的一點希望，在目睹父親驚人的破壞力後灰飛煙滅，災區警察絕不會容許父親這樣的天災存在。

「難道妳沒有考慮過，不論是哪一個，我們都會設法保住他的性命嗎？」

「如果妳還在的話，也許吧……可是災區警察已經失去仁君了。」

「但妳又取回它了，不是嗎？」

鍾灰閉上嘴巴，警戒地盯著她。

黑子嘆道：「我先回答妳剛才的問題吧！妳問到底是幽靈蛹或哈梅林的吹笛手，也許兩個都是正確答案。」

「什麼？」

「這兩者恐怕是同一個ＫＩＮＧ——**幽靈蛹寄宿在妳父親身上時，就表現為哈梅林的吹笛手**。」

「怎麼會……可是、爲什麼——」

「妳父親的眼睛已經快要看不見了吧？」鍾灰直起身，瞪大了雙眼，比起得知吹笛手的眞貌，這一點更令她訝異。黑子詫道：「妳不知道嗎？他沒有向妳說過這件事嗎？」

「……」

「是嗎？這一點倒是出乎我預料。不過，妳應該多少也有相關知識吧，妳的醫生不可能沒有預警過，你們眼睛的缺陷，初期會導致辨色能力大幅衰退、畏光、震顫，之後則加速黃斑部病變，眼中增生大量血管壓迫視神經。其實能拖到這個時候已經很不容易了。」

「可是我爸爸還在畫畫啊！如果都快看不見了、他要怎麼……」

「他一定辦得到，這一點妳不是比誰都還清楚嗎？」

「爲什麼……不告訴我啊！」

鍾灰的聲音像要哭出來一樣，但父親只是閉著眼，虛弱地喘氣。

「幽靈蛹會將宿主的視野複製重現，而妳父親看見的景像——」

就像散盡的霧一樣，愈來愈薄、愈來愈淡，終至消失不見……絕望像大浪一樣淹沒了鍾灰。

她想起自己在大災變中的逃命，如果比周圍塌陷的速度跑得更快，或許能活命。但人快得過視線嗎？人躲得過消失嗎？只要幽靈蛹不肯離開，父親會成爲比大災變更可怕的天災。

「你們……打算對我爸爸做什麼？」

「妳能用仁君消滅它嗎？」

「我試、試過了，但沒有用，它不聽我的指揮。」

「確實，要熟悉新的力量並沒有這麼快。」黑子幾乎沒有懷疑她：「跟我回總部吧！我會讓你們在安全的隔離環境裡，直到妳的力量進入穩定。」

「等……會等多久？」

「先把沈先生扶起來。」黑子說：「多久都會等。」

「妳說的是眞的嗎？」

黑子只是微笑著，遲疑片刻，鍾灰戰戰兢兢扶起父親，又讓他不要睜開眼睛。

「妳怎麼知道他眼睛這件事的？」

「楊戩打電話給我——就在妳鬧出那場騷動的時候。」黑子苦笑：「他跟我說了妳父親的狀況，雖然他沒有多說什麼，大概那時候他就猜到哈梅林的吹笛手是什麼了。」

「他沒有通知災區警察嗎？」

「他讓露池查了妳的位置，說要帶妳回來。不過，他竟然沒說ＫＩＮＧ的事，打算一個人單幹，雖然很像他，但也太無謀了。」

無謀……鍾灰心想，她說楊戩沒有透露他是來追王的，但黑子一進門就掌握大部分狀況。是她說謊嗎？不，恐怕她早就從楊戩的話中發現蛛絲馬跡，推測出事情全貌。她和楊戩不同，是深謀遠慮的人，那樣的她會去賭鍾灰取得仁君、而且乖乖聽話，這麼一帆風順的劇本嗎？

更不必說她還是仁君前任主人。她親自和鍾灰談判，心甘情願取代楊戩成爲人質，因爲她是隊長嗎？因爲對說服鍾灰很有把握嗎？她說「那樣對妳來說，也比較安全。」是什麼意思？她知道鍾灰對楊戩虛張聲勢嗎？

「妳說露姊……對了，露姊在哪裡？」

一瞬間，她察覺黑子的表情微微扭曲。

鍾灰立刻舉起槍，瞄準黑子的眉心：「我們不回總部。」

「妳能去哪裡？這裡的樣子妳也看到了，妳父親只要睜開眼一秒，周圍可能全部被他消滅。」

「那就不要睜開眼就好了！我會把他的眼睛蒙起來……回總部也一樣，難道總部就不怕被他消滅？讓我們走，不然我會開槍，我眞的會開槍的！」

黑子沒有退縮，她嘆了口氣說：「我肩上有兩個槍傷，妳也見過的。六發子彈只中兩發，全都打在偏離要害的地方。鍾灰，妳有把握自己能比露池更準嗎？」

「妳、妳……」

「而且，妳打算怎麼救他──仁君根本不在妳身上吧？」

鍾灰倒抽一口涼氣，更用力握住槍柄，指尖緊緊貼著扳機。

黑子平靜地說：「我猜對了嗎？但是不要怕，我有辦法救他，請妳相信我，還有──」她原來高高平舉的雙手，忽然握成拳頭，她說：「相信露池。」鍾灰沒有眞正聽見她說了什麼，只看見描繪的嘴型，那是因爲黑子開口的同時，她身後傳來一道破空巨響──

砰！

背後的玻璃窗忽然爆開，震得鍾灰縮起肩膀，一陣煙霧從地面衝出，一下就瀰漫整個房間，什麼也看不到，像忽然被丟進一無所有的異界，只有手中挽著的父親還給她一點眞實感。但緊接著第二聲槍聲響起，手裡一輕，父親腦袋向後一仰，身體軟倒下去。

「啊、啊──」

鍾灰大聲尖叫，瘋狂連按扳機，後座力幾乎要將她的腕骨都震斷，好痛，滾燙的東西擦過面頰，但她什麼也看不見，甚至不知道自己在對什麼開槍、又打中了沒有。直到再怎麼按扳機也沒有反應，只剩下撞針虛無的敲擊聲，鍾灰終於無力鬆手，槍枝砸落，但她沒聽見落地聲，因爲身後爆出第三發殘酷的槍響。

眼前一切都化爲大霧，鍾灰不知那是因爲煙霧彈還沒散盡，或是自己的意識已經溶解了。

在公務車上，楊戩見到濃煙從公寓窗口爆散，伴隨震撼天際的連續槍響。

黑子做了什麼？他腦中一片空白，但公務車帶他愈走愈遠，很快連那濃煙都只像天邊薄雲。楊戩立刻大叫：「停車！停車！」司機不理會他，楊戩於是直接發動能力，癱瘓的車子在路上緊急煞停，發出刺耳尖叫聲。他使勁撞開車門，頭也不回地衝回公寓現場。但太遲了，災區警察的後援很快收拾了殘局，公寓已經清空。

黑子下的決定太快太狠，她根本不是來談判的，她早就掌握現場狀況，安排了狙擊手在對面公寓埋伏，騙鍾灰放下戒心，然後就朝公寓連開了三槍。楊戩即刻轉頭返回總部，但抵達時發現所有人都不在。據說黑子一回來就跟HCRI召開聯合會議，楊戩連一個清楚狀況的人也找不到。

最後他聽說謝露池沒去開會，人在槍械室，於是風風火火趕去。謝露池人在保養室裡慢悠悠擦拭拆卸的槍管。這是狩獵動物的槍，用胡桃木托柄，她平時用步槍的機會不多，還是第一次拿到這麼輕的大槍。

見楊戩一臉狼狽地闖進來，謝露池嚇了一大跳：「你來這裡幹麼？我以爲秦知苑也要你去開會。」

「那三槍是妳開的？」

「啊，你看到了。」看他充滿敵意的態度，謝露池也謹愼起來：「是啊，秦知苑特別請我幫忙的。」

「爲什麼殺了──」

楊戩盯著那一桌槍械部件，口乾舌燥，剛才那一幕景象又在腦中鮮活起來──爲什麼非要開槍不可？如果只是要殺了他們父女，他也可以做到，就是想找活路才對峙那麼久，黑子怎麼可以這麼輕易按下扳機？

謝露池看他那悵然若失的神情，輕輕笑了：「不要那樣哭喪著臉，我沒殺他們。」

「什麼？」

這時山茶衝進來，大叫：「後山的禁閉室已經準備好了，黑子要妳過去確認——露姊，妳還在弄什麼啦！這些小事叫別人做就好了！」

「好。」她饒富興味看了楊戩一眼：「怎麼樣，你要幫我收拾這些槍嗎？」

「楊戩！」山茶這才注意到他也在這裡，她又大叫：「怎麼連你也不做正事？黑子找你找快瘋了，你完全沒注意訊息嗎？」

楊戩完全沒想到內部聯絡頻道，或許他害怕確認裡面出現兩人的死訊。

「快去找秦知苑吧，她會跟你說清楚的。」

楊戩只好匆匆前往HCRI，黑子正坐鎮指揮，一看見他就暫時中止會議。

「你總算來了。」

「抱歉，我……」

「幽靈蛹……或不管是什麼，總之現在已經抓到了。接下來我們會馬上將沈憐蛾移入完全隔離狀態，也只能向老天祈禱我們的判斷是正確的了。」

「沈憐蛾？妳不是已經朝他開槍——」

「哦。」黑子一愣，然後笑道：「什麼啊，你看見了。你嚇到了？」

「……」

「我可沒有殺他們哦，那是麻醉槍。」

「麻醉槍？」

「一定要先壓制沈憐蛾，他破壞力太強了。當然，如果能和平帶走他，我也不想動武，畢竟麻醉槍也可能出人命。但只讓他閉眼難保不會出事，剝奪他的意識還是最安全的。反正就結果來說還算好吧！」

「那爲什麼早點不告訴我！」

黑子不滿說：「什麼啊？什麼時候告訴你？是你先抗命想私了沈憐蛾的事，一回來又跑得不見人影啊。」

楊戩倒是理虧，悶著聲不反駁。「那……現在還有我能做的事嗎？」

「這段時間ＨＣＲＩ爲了準備封鎖幽靈蛹，製作了一個特殊的禁閉空間，就在後山，剛好可以用來拘禁沈憐蛾。現在其他小隊在看守。不過你跟它交過手，反應最快，我希望你也能過去。」

「好。」猶豫片刻，楊戩又問：「鍾灰呢？」

「以麻醉的劑量來看，至少要再三個小時才會醒吧。啊！不過畢竟是年輕人，可能會早一點也說不定。」黑子看了一眼牆上的鐘：「你想去見她嗎？」

楊戩沒有說是或否，黑子輕鬆笑道：「好好，你先去休息一下吧！你整晚都跟他們對峙，應該也累了，休息夠了再去交接。時間差不多的時候，我會先帶你去看鍾灰的。」

楊戩點了點頭，又不安地問：「不過我……可以去見她嗎？」

「爲什麼不行？」

「如果她要將我的力量……」

黑子恍然大悟：「哦——你是說仁君的事嗎？不用擔心，你先去睡吧。」

楊戩在會議室裡小寐一會，是黑子搖醒他的，否則他大概會一直睡，看來他比想像中更疲憊。「起來了。」黑子說：「算一算鍾灰應該差不多醒了。」楊戩忙起身跟她走，臨去前看一眼牆上的時鐘，已經快八點，應該是早上八點吧……時間感變得模糊，黑子帶他前往西棟的醫療檢驗大樓，楊戩詫道：「她不在我們這裡嗎？」

「嗯，我讓她也順便做了一次檢驗，姑且買個保險。」

「檢驗……」楊戩一臉茫然：「什麼意思？」

「確認仁君不在她身上。」

楊戩煞停腳步，兩眼直盯黑子。

「什麼啊，別用那種小學生看老師的眼神盯著我。」黑子不耐煩地說：「快點，我私下拜託人家做的，這件事不能被上面知道，不然鍾灰就死定了。」

「妳早就知道鍾灰身上沒有仁君？」

「大概八、九成的把握吧！抽血檢驗做完應該是確定了，她體內的KING沒有產生太大變化，被二次寄宿的話，前一個多少也是會反抗的。」

「妳怎麼知道的？」

「她一臉窮途末路的表情啊——被逼到那種程度，我也會說謊吧。我有沒有跟你說過被仁君寄生的事？」

「沒有。」

「雖然擁有『仁君』這麼敦厚的名字，其實它是一股粗暴又貪婪的力量。你有沒有想過為什麼我會知道仁君在左手上呢？因為從寄生開始，我的左手就一直很痛。」

「很痛？妳……」

「每個士兵都會產生後遺症，就算是你也一樣啊。大家每個月都要『進廠維修』吧？不過每個人後遺症都不一樣，大家當然也不會彼此分享，畢竟疼痛是很私人的事。」

鍾灰的眼睛……那算是一種後遺症嗎？好像命運都安排好了，楊戩不明白何者是因、何者是果。

「我的狀況與其說是後遺症，不如說是長期慢性病。仁君永遠無法填滿的食欲，讓我的左手總是像在燒一樣痛，甚至看見其他士兵時，也會有直接攻擊他們的欲望。」

「妳一直忍耐著這種事嗎？」

「也稱不上忍耐，畢竟這個職場，就是我這種士兵的獵食天堂。只要每天準時出勤，到處都有KING餵給我。而且……」黑子忽然露出寂寞的神情：「當時英士身上的仁君沒有全部讓渡給我，只留下一小部分而已。我們的力量強度和影響範圍都有很大差別，但也託此之福，就算我沒有受過訓練，也能承擔影響。大概只要保持意志清醒，攻擊你們的欲望就能壓抑下來。當然，使用過度也會痛，不過比餓肚子時要好得多。」

「那……英士呢？」

「英士的情況比我糟得多。」

在黑子提起飢餓的疼痛時，楊戩就想起英士。英士搶走他所有的工作——那背後不僅是他的意念，也包含他能力帶來的痛苦嗎？

「我是負責英士的研究員，他們夫婦的身體狀況，我比誰都清楚。他承受的疼痛，在我這裡是以數據和圖表具象表現的。」黑子的聲音沉了下來：「他說，最好的情況，就是睡前躺平、閉上眼睛的時候。可能是因爲五感開始休息，和外界的情報可以暫時隔離的緣故。但是早上醒來時，疼痛就會向全身蔓延。因爲醒來時首先張開的是眼睛，所以會從眼瞼開始痛起，像有一個人捏著他的眼珠那樣。接著這股被擠壓變形的疼痛，會沿四肢慢慢擴散。他當初會立刻選擇辭掉工作，接受HCRI的研究，也是因爲痛得太難忍受，他想接受治療。」

「我從沒聽過他說這些事……」

「他也沒有對露池說，他就是不喜歡被人擔心的個性。但我算是他的醫生，所以他可以盡情傾訴。」黑子露出懷念的笑容：「成爲災區警察，或許是他最大的救贖吧！他找到合理發散這股力量的管道，只要消耗足夠的KING，忙於進食的仁君就沒空折磨他。否則，他就只能依賴嗎啡這些藥物了。因爲我太清楚他痛起來是什麼樣子，所以我非常肯定，仁君並未全部傳給我。同樣的，在我觀察，鍾灰也沒有類似反應產生，那種痛是會難受到讓人拚死求援的。所以我猜鍾灰沒有體會到仁君的嚴酷之處，她沒有繼承這股力量。」

「那我們……永遠失去仁君了嗎？」

「仁君現在應該還留在我手上。但也只能祈禱留得更久一點……如果仁君消失，她會變成千古罪人的。」

黑子停下腳步，敲了敲房門，一會兒戴著細框眼鏡的男人睡眼惺忪地來開門，楊戩不知道他的名字，只知道他是西棟的醫療主任，但記得他對自己並不友善。

「人呢？醒了嗎？」

「不知道，在後面的病房裡。」

「什麼啊？你就把她一個人丟著嗎？」

男人聳聳肩：「不然呢？難道她醒了還會殺人放火嗎？」

黑子怒氣沖沖破門而入，不過鍾灰還乖乖躺在床上，蓋著一條薄薄的毯子，雙手交疊，胸口規律起伏。黑子鬆了一口氣，男人探頭進來：「這不是睡得好好的嗎？你們下的劑量都夠打死一頭熊了。」

楊戩站在床邊，心裡有一股很不可思議的感覺，他輕輕握了握鍾灰的手，手心很溫暖，是活人的溫度，這不是一具安裝了機械心臟的蠟像。幾個小時前他還想著必須殺死鍾灰，但槍聲響起的那一刻他又感到徹骨的恐懼，直到這時才完全安心下來。那樣大起大落的情緒變化，他從未體會過，不想再體會了。

黑子也終於放心，她說：「她醒了以後大概還有得鬧吧！你在這裡等她醒，跟她解釋狀況好嗎？」

「我一個人嗎？」

「嗯，我跟他們說好你九點半過去交班，我還有其他事要處理。」

「我知道了。」

黑子拍拍他的肩膀，楊戩又說：「黑子，謝謝妳。」

「現在知道可以相信我了吧？」

「我猜我一定一直都相信妳……」

黑子大笑：「自己的想法還要用猜的嗎？」

外頭的燈光很明亮，楊戩過去把窗簾拉上，然後數著老舊窗簾上汙痕的數量，耐心等候鍾灰醒來。許久以後，忽然感覺身邊床欄搖動，他輕輕喚了聲：「鍾灰。」

鍾灰整個人從床上彈起來，但麻醉還沒完全消退，因此又往後倒下，楊戩眼明手快撐住她，沒讓她撞上床頭。鍾灰瞪著他，手指一下一下顫動，如果不是現在無法行動，她一定會掐住自己脖子，要讓她冷靜下來才行。

「沈憐蛾沒死。他跟妳一樣，只是中了麻醉槍。」他飛快念完這串魔法咒語，鍾灰的掙扎跟憤怒馬上消失了，但眼中仍充滿懷疑和恐懼。楊戩鬆口氣坐回椅子上：「沈先生在HCRI特別製作的禁閉室裡。」

「禁閉室？」

「我也還不知道那是什麼，聽黑子的說法，應該是一個可以完全遮斷光線的大型隔離裝置。」

鍾灰還有一千個問題，但知道父親性命無礙，總是安心許多。這時她才注意到自己的處境，兩條腿好像變成一塊浮腫的象皮，她拖著半麻的手掀開毯子，但雙腿一切如常，她僅是失去知覺。

「麻藥什麼時候才會退掉？」

「應該很快就會退了。」

楊戩隨口說的，他根本不知道，剛才那個男人說打死一頭熊都夠了，不知道是不是開玩笑的。但鍾灰也不和他糾纏：「我能去看我爸嗎？」

「不行，禁閉室不會讓人進去。」

「那監視影像也可以！」

「那房間裡面根本沒有光。」

據黑子的說法，禁閉室內分好幾層，每一層牆面都漆上幾乎吸收百分之百可見光的特殊塗料，最裡一層內壁完全由鏡面構成，爲的是最後要將ＫＩＮＧ趕出來，困進六壁的無限反射之中。

「要怎麼把王趕出來？」

「我不知道。」楊戩有些不好意思：「不過黑子應該有對策的。」

「是啊，黑子會有對策的。」她的表情很沮喪，楊戩詫道：「怎麼了？」

「黑子有受傷嗎？」

楊戩略一絲忖：「看起來不像有，怎麼了嗎？」

「我對她開了……六槍吧。」鍾灰歪了歪腦袋：「我把配槍裡的子彈全部射完了。」

「幸好一槍也沒中。」

鍾灰不滿地說：「笑什麼，那六槍本來是要招呼你的。」

雖然沒見到面、也沒聽見聲音，但知道父親還好好地在某處，那種安心感讓她一下變得非常疲倦，於是沉沉睡去了。睡著以前，她彷彿聽見楊戩輕輕說了聲：「晚安。」

再次醒來時雙腳的浮腫感已消失大半，取回身體的控制權令鍾灰想大聲歡呼。病房裡一個人也沒有，楊戩也不見了。她不知道現在幾點，在總部永遠感覺不到外界的晨昏變化。她試著掀開毯子下床，但這時門打開，她即刻心虛縮回床上。

來人是黑子，她一臉驚奇地說：「可以動了啊？年輕還眞好。」

「黑、子！」

「本來只是想看看妳身體狀況的，既然醒了，要不要跟我去看沈先生？」

「進……禁閉室嗎？我可以去嗎？」

「嗯，他已經醒了，現在狀態似乎不錯。我本來也要過去和他討論處理ＫＩＮＧ的事。」

鍾灰立刻緊繃起來：「你們打算怎麼做？」

「不會殺人的。不過，我的做法也必須取得他的同意。」黑子笑了一笑，將本來拎在手上的外套丟給鍾灰：「相信我吧！」鍾灰忍不住感覺脖子一陣麻癢——上次黑子這樣說完，自己後背就中了一槍麻醉。

但不論如何，黑子確實是信守住她的諾言了。

黑子借來公務車，不太熟練地在方向盤前比劃：「啊——眞麻煩。我還沒熟練到能用這隻手開車。」

「我去請別人來幫忙吧？」

「妳要不要開？」黑子拿鑰匙在她面前晃一晃，眨眨眼：「妳會開吧，反正總部空橋也沒紅綠燈。」

鍾灰很訝異自己沒有猶豫就答應了，總部裡行車本來就少，在寬闊的空橋間行走比想像中輕鬆很多。

「不介意我抽菸吧？」

「啊、嗯，當然。」

黑子搖下車窗，從口袋裡摸出一包菸，原來她會抽菸啊……煙氣隨著風的流向被車遠遠甩在身後了，黑子倚窗的神情很疲憊。

「黑子……」

「嗯？」

「對不起。」

「對不起什麼？」黑子過一會兒才想到：「啊！是說對我開槍的事嗎？」

「那個也是，不過……對不起，把那麼重要的仁君搶走了。」鍾灰的聲音愈來愈小：「那個力量很重要——

但對妳來說，不只是重要。妳一定很生氣，眞的很對不起。」

但黑子竟然笑出聲來，她搖搖頭說：「不，我不生氣。」

「怎麼可能？」

「是眞的，我覺得很輕鬆。」黑子把菸捻熄：「仁君還在手上的時候，我每天都很害怕它會消失，它對我來說，重得不可思議。當然，我應該要對妳生氣、也應該要擔心仁君消滅，但……那時候我眞的輕鬆多了，現在我覺得，反正不管怎麼樣，事情都會有解決的辦法。」

漸漸車行駛入山路。

囚禁沈憐蛾的禁閉室，設置在從前象山研究所的南部院區——本來象山研究所就是背倚荒山建起，大災變爆發以後，靠近信義空橋那一側的院區幾乎全被夷平，但靠近山區的部分還算保存完整。這裡現在被總部稱作「後山」，十多年來，這塊土地就這樣荒蕪放任，不過，並非完全放棄，而是做爲重要的能源試驗場，在這裡進行KING擴散與清理的實驗演練。

光開車就超過三十分鐘以上，她從不知道信義總部背後的山區不算陸地都市，而是他們的領地，夾道都是高聳大樹，十年過去，人類的基地被摧毀，自然依舊鬱鬱蒼蒼。如果不是必須通過哨卡，鍾灰或許會以爲這裡只是一個熱門的打卡觀光景點，樹林中的空地矗立一顆巨大的金屬立方塊，像超現實主義作品才會出現的景象——父親就被關在這裡嗎？

守門的人應該是災區警察吧？但他們穿上眞正全套的隔離服，只有楊戢例外。黑子打了聲招呼，兩人換上隔離服，由楊戩替她們開門。爲了不讓王有任何逃跑機會，禁閉室內外分成三層。必須等前一道門完全封閉，下一道門才會打開，這是爲了保持絕對的遮光性。在屋內活動時，一點光源都不允許。從外面看雖是光華四射之屋，內部卻貼滿吸光材料，是完全的黑暗。

屋裡非常安靜，行走時只能站在輸送帶上，緊緊握住兩側扶手。站到穿越夾層門之前，機器自動偵測到人的存在，會一面發出提示音一面開門。確認身後第一道門已經關上，第二道門才開啓。就這樣連過三關，鍾灰才來到父親的牢房前。

「妳先進去吧。」黑子說：「你們應該有很多話想說。」

等背後的門關上，父親所在的那扇門才打開，她聽見屋裡有些響動，試探地呼喚道：「爸爸？」

「小灰……」

在絕對的黑暗中，父女只能以聲音確認彼此的存在。

「你還好嗎？他們沒有讓你做什麼危險的事吧？」

「我沒事，一切都好，妳呢？」

「我也沒事。在這麼黑的地方還能適應嗎？」

父親苦笑：「黑暗不就是我們最能適應的空間嗎？」

「對不起，事情變成這樣……你應該嚇壞了吧。」

「這裡的警官已經向我解釋過事情的來龍去脈了。」

「你……相信嗎？」

一直對天災嗤之以鼻的父親，對此意外釋然接受：「都看到周圍變成那個樣子了，怎麼可能不相信？對了，那位王警官還好嗎，他被我傷了吧？」

他說的是楊戩——雖然早上和他打過照面，但鍾灰一心惦記父親，完全忘記他受傷的事了。

「那些孩子會消失，都是因爲被我看見了，是嗎？我的眼睛……將他們化成了霧。如果不曾見到我就好了，時飛也是這樣，那麼聰明有才能的孩子，被我心中某種低微的願望給消滅了吧？」

「爸爸，你的眼睛看不見了……這是真的嗎？」

「還不到那個地步，不過，眼前時常霧茫茫一片，連要看清妳都很吃力，這幾年來，作品很難畫細了。」

鍾灰心中湧起一股強烈悔恨，這段時間以來，她一點也沒有察覺。父親卻說：「我很小心地過生活，就像我能藏住自己看不見顏色一樣，要藏住我看不見東西，也不是那麼困難的事。」

「爲什麼不告訴我？」

「也不是不告訴妳，只是……」

在完全的黑暗中，鍾灰也看不見父親面上的表情。但聽他的聲音便能輕易想像——那是父親困擾時會發出的笑聲。雖然是很久以前的記憶，只要向他提出讓他爲難的撒嬌，父親就會發出那樣的笑聲，露出苦惱的表情。然後，一定會完成自己的願望。

「覺得那樣很沒有出息吧！再說，讓妳知道又有什麼用呢？也不會好了。按妳的個性，一定又會急匆匆地想替我做這個、做那個吧，其實不需要的，我慢慢也就習慣了。」

何時這個人才能停止他那個「習慣就好」呢？明明不需要習慣、不需要忍耐，不需要說謊，老實展現原本的面貌就好了。那樣的話，旁邊的人就會對你伸出手，會走進你的城堡，帶你出來外面的世界。

「我聽他們說，妳先前也曾被這個……天災寄生過一次，是嗎？」

「嗯。」

「雖然他們說得很可怕，其實我一點感覺也沒有，它好像就很和平地和我共存。妳呢？妳那時候住院好像吃了不少苦頭，就是因爲這樣嗎？」

「它也是從我的眼睛進去的。」鍾灰說明道：「其實我已經想不起來那天發生什麼了，我痛到神智不清，後面的細節都是他們告訴我的。它好像根據我的視野，在現實世界中做一個複製品出來。那些複製品增殖很快，我造出來的一切，建築、橋梁還有船隻，全都是灰色的，就像我建造了一個全新的灰色世界一樣。不過，其實我也不知道『灰色』到底算什麼，所以無法想像我造出來的世界跟現實有什麼差別就是了。」

「這裡的警官跟我說，它會複製出什麼，跟妳當下腦中的想法、心裡的願望有關。」

「那也沒經過科學驗證。」鍾灰不滿地說：「我那時候全身都痛得快散了，哪可能有什麼想法？就算眞的有，大概也只有『痛死了』而已。」

「眞的嗎？什麼願望也沒有……」

其實那天以後，鍾灰自己也想過很多遍，但她還是得不到答案——

那讓她非常孤獨，她不知道自己的願望是什麼，願望大概埋在很深很深的地方，連自己也蒙騙了。但是，總覺得如果父親能早一點問這個問題就好了，那樣也許他們兩人，都能好好地去想這個問題。

爸爸，我的願望呢……大概是很簡單的。

那沉默長得或許令人不舒服了吧，鍾灰聽見父親不安地挪動身體，發出微弱的沙沙聲。

「按你們的說法，天災複製了我的『看不見』，投射在那些受害者身上。但如果只是這樣，我看到的東西，應該全部都會消失才對。爲什麼只有他們？是因爲天災強烈回應我的願望，他們才會消失的吧？就連我自己也不知道的願望，讓十幾個人活生生消失了。時飛也……天災究竟回應了我心裡的什麼，連她也要消滅？我心中有著摧毀他們的願望嗎？」

「那天楊戩來公寓時，你的能力完全發動了，而且幾乎是無差別的全面破壞，連我在旁邊也覺得很害怕。爸爸，那時候你想著什麼呢？」

「我……雖然不清楚發生了什麼事，但能感覺到很強的敵意。我想他一定是要來帶走我們的，他要傷害我、要傷害妳。」

父親的回答，與鍾灰心中預想非常接近。

「你將楊戩視爲敵人，想將他趕走、想將他排除、想讓他從那裡消失，對吧？」

「……」

「爸爸，你希望對方從眼前消失——我認爲這是你的天災發動的條件，是王會起反應的情感作用。」

「我不知道自己曾經這樣想過。」

「那時候你心裡也未必有明確的念頭，那應該更像生存本能吧！從結果來說，只要楊戩從那裡離開，危機就會解除。」父親安靜下來，鍾灰問：「你還記得看見那些學生時，產生什麼念頭嗎？」

「我不記得了。」父親絕望地說：「我甚至連他們的樣子都沒留下印象。」

「那你還記得應時飛消失的時候，你心裡的想法嗎？甚至只是最後你和她說了什麼話也好，你還記得嗎？」

因爲眼睛的關係，沈憐蛾本來早就打算收了畫室，也不想再收學生。

但從前的學生一再殷切懇求：「她的畫法……雖然我無法具體說明，但我覺得和老師有著非常相似的地方。」他才願意見應時飛一面。看過應時飛的作品以後，他似乎能明白學生的意思——技巧還粗糙，可是應時飛的畫令他感到很孤獨。

自己看不見顏色，所以總會下意識迴避色彩，大部分畫面都以白色鋪張。以前明暗對比更激烈一些，但在迷蝶的事以後，他變得很排斥使用深色顏料。他的畫主幹還是靠謹愼的光影交錯構成，應時飛也一樣——當然，他看不見色彩，但畫上有著強烈的時間流動感。

他告訴應時飛，她應該學會畫光的方法，那也是自己最擅長的事。

「我以爲老師是畫雪地聞名的？」

「在大多數人眼中，雪地就是一片蒼茫的白色，沒有區別。有人會在雪地上拍攝特殊照片，因爲整個畫面都是白色，就像一張白紙，會讓觀者甚至失去深度感，千里之外的東西，也能看起來像捧在手上。但是，那是因爲他們無法看見細微的差異——雪並不是平坦的，雪會反射細碎的光。最柔和清潔的白，能彰顯所有的色彩，染出不同程度的雪景。如果能注意到這一點，就能畫出雪的輪廓。要明白光對雪的反應，我能將雪畫得好，並不是因爲我擅長畫雪，而是我擅長畫光。」

於是應時飛留在他的畫室中學習，之前她並未受過專業的繪畫訓練，沈憐蛾便讓她從基礎的素描重新開始，鼓勵她思考接下來要怎麼進步：「並不是一定要畫固定的題目，不過一開始有個明確的目標也是好事。在同樣題材的挑戰中，容易看到缺失而改進。」

她學得非常快，沈憐蛾喜出望外。

但是，沈憐蛾總覺得她對繪畫的態度很奇怪，太輕盈了，甚至可以說漫不經心。

這個想法很矛盾，她主動來上課，對繪畫也有追求，應該是喜歡畫畫吧？但她好像總在避免付出全力。

應時飛很聰明，一點就通——與其說她很有美感或天分，不如說她掌握事物訣竅的速度快。這樣的人，只要稍加訓練跟引導，很容易就能往前走得又快又遠。

但之後還能走多遠，終究要看心，必須有一顆非常寧靜的心，不去聽周圍的吵嚷之聲。

若僅從能力來說，他相信應時飛能走得很遠。但若說心……他卻沒有這樣的把握。她和自己這種對抗不了雜音時就割捨一切的愚人不同，她能聽清四面八方來的雜音，巧妙地控制槓桿來回擊球，輪番讓現在最大的雜音消失，她妥善地應付身邊每一個人，有時沈憐蛾也覺得，她在應付自己。

轉動槓桿成了習慣，不知不覺，就連繪畫這件事也放上了秤台。

幾次沈憐蛾想提醒她，別依靠小聰明、別想走捷徑、別應付他，都被應時飛四兩撥千金閃了過去。

她不想正面向沈憐蛾認錯，那對她來說也很容易，她是玩轉槓桿的高手，有時他也能感覺到應時飛對他的叨唸不滿。但如果被念得不高興，不要來畫室就好了。那麼是家裡勉強嗎？沈憐蛾只聽過強迫孩子讀書考試，很少聽過強迫他們花這麼多時間練習才藝的。

要是像自己一樣，父母都是從事藝術行業，那還能夠想像，但應時飛是高中以後才玩票著參加美術社的，若有心要栽培這方面的能力，絕不會拖到這時候才開始。久了沈憐蛾愈來愈困惑，他當老師很久了，就算對學生的私生活一無所知，多少還是能掌握他們的個性。但對這個女孩，愈是相處便愈感到陌生。

可是，他也沒有挑毛病的機會。她凡事應付得恰到好處，沈憐蛾交代的事每一項都做好，做得剛剛好。

這種難以形容的怪異感，一直如鯁在喉。

終於有一次沈憐蛾旁敲側擊地問：「妳眞的喜歡畫畫嗎？」

應時飛停下筆，按她平時狡猾的靈巧，立刻就敷衍過去了。但這次她認認眞眞反問：「爲什麼這樣問？」

沈憐蛾說不出口，總不能說，他是用自己的直覺給她扣帽子，他才不想成爲那種老師。

兩人相對無言了一段時間，應時飛微笑著先開口了：「老師很敏銳呢。我想應該是喜歡吧？」

「畫了這麼久，連自己喜不喜歡也不知道嗎？」

應時飛不以爲意地說：「這樣很奇怪嗎？這樣的人應該很多吧？」

沈憐蛾無法反駁，她又說：「我覺得人要做什麼事都可以，但不要太投入，要保持隨時逃走的彈性才好。」

「爲什麼要逃走？」

「比如說，老師，你收藏了這麼多蝴蝶標本，應該稱得上喜歡蝴蝶吧？但你會蒐集毛蟲或蛹的標本嗎？」

沈憐蛾不明白她的意思。

「毛毛蟲有一天會變成蝴蝶，可是蝴蝶怎麼樣也不會變回毛毛蟲了。羽化以後，牠一生到死，都要用蝴蝶的身分活下去。我覺得人類也一樣，所以結蛹的時候必須很小心，一看狀況不對就要逃走。不然，萬一結出的是鐵鑄的蛹怎麼辦呢？出不來又逃不掉的話，最後會被壓碎的。」

那種少女特有、迂迴的說話方式，令沈憐蛾感到很頭痛。「妳覺得繪畫是一個會壓碎妳的鐵蛹嗎？」

「我也不知道，我一直在逃跑。」

「那爲什麼不停下來試一試呢？」

「可是試過以後碎掉了怎麼辦？」

那天兩人就沒有再繼續說這個話題了，又過一段時間，應時飛的父母登門拜訪來交學費，順便和他談論女兒的畫作。夫婦看來都非常體面，但年紀似乎比自己還大。兩人對女兒熱心投入繪畫都興高采烈，一般來說，除非學生是小孩子，或是以準備藝大爲目標，很少看見父母對這年紀孩子的「不務正業」這麼高興。沈憐蛾猜想，或許是晚來得女，異常溺愛吧。

「以後打算讓她繼續畫下去嗎？時飛的天分很好，往這條路走是有機會的。」

「我們當然都會全力支持，但也要看她自己。」夫婦倆有些不好意思地說：「那孩子就是這樣，三分鐘熱度，興趣一個換一個，沒有一個撐得久的。」

沈憐娥苦笑道：「孩子都是這樣的，我女兒也是。」

一次沈憐娥偶然問起她有沒有兄弟姊妹，但她的反應很奇怪，首先反問：「爲什麼要問這個？」於是沈憐娥提起上次看到她父母，兩人年紀似乎比她同齡人的父母高。「哦，原來是這樣。我沒有其他兄弟姊妹了。」

「那妳是晚來的孩子啊。」

「不算是，我是試管手術出生的。」

大大出乎沈憐娥意料之外，而且這好像也不是會隨便對外人說的事。

「老師，我的名字聽起來很不像女生吧？」

「嗯……」確實是比較中性的名字，一開始沈憐娥也以爲是男孩。

「因爲這個本來不是我的名字。」她一面揮著畫筆，一面輕鬆地說：「我剛剛說沒有兄弟姊妹，其實不太對。我有一個比我大十幾歲的哥哥，不過已經死了，是因爲遺傳病死的。『時飛』是我哥哥的名字。」

「遺傳病……是什麼遺傳病？」

應時飛聳聳肩：「我不知道，和心臟還是腎臟什麼的有關吧！他年紀輕輕就死了，我媽媽很難過，說要再把他生出來一遍，所以雖然已經四十幾歲了，還是去做了試管嬰兒手術。以現在的技術，很簡單就可以避開遺傳病基因了。但那時候好像有什麼地方溝通出錯，我媽媽本來想要男孩子的。」

「……」

「不過，生都生出來了，也不能怎麼辦，還是把這個名字給我了。幸好不是什麼更雄壯威武的名字，不然煩都煩死了。」

「妳不喜歡自己的名字嗎？」

「也沒有喜不喜歡的問題，都用習慣了。名字可以改，但還是會想起自己用舊名字的那個時候吧？沒有人會忘記自己有過的名字，這種東西就像有魔法一樣，把你抓住就抓住了，我覺得比興趣、職業還更難逃掉。」

靜了一會兒，她忽然低聲說：「聽說，我哥哥以前也喜歡畫畫。這種事也會遺傳嗎？」

沈憐蛾自己就出身繪畫家庭，跟迷蝶幾乎一生都綁在一起。或許這是一種詛咒，但他又想，小灰、他的女兒，就沒有走上這一條路。

「我想沒有絕對關係的。」

「可是，聽說我有很多興趣和習慣，都和我哥哥一樣。」

「就算那樣，他也不可能畫出和妳一樣的東西。」

應時飛轉過頭，兩眼一眨一眨地看他，沈憐蛾突然發現這是第一次聽應時飛說這麼多關於自己的事。

「老師，我一直很想問你，爲什麼教室裡掛了這麼多蝴蝶標本？」

「問這個做什麼？」

「這裡好乾淨，什麼裝飾也沒有，一切都是爲了繪畫而準備的。但牆上放這些不相干的標本好奇怪。」

沈憐蛾一時不知該怎麼說明，蝴蝶標本其實不是他的，是母親家族的藏品，但他也沒有特別想到拿下來過。結果妻女認爲標本對他有很大的意義，女兒才會在他生日的時候畫標本給他……

「妳要看看嗎？」他實在沒有興致對一個外人說漫長無趣的家族史，只好轉移話題，但應時飛顯得很開心。

「好啊！其實我一直都想要看看，但不太敢問老師。」

「爲什麼？」

「那好像是很重要的東西。」

沈憐蛾沉默著取下懸在牆上的標本，應時飛將它擺在膝上，幾乎畢恭畢敬地欣賞。

「好美！」她不停發出驚呼：「大自然竟然會有這種顏色！」

那一刻，應時飛的身影與沈迷蝶產生了重疊。

迷蝶從前也如此，那些標本對自己沒意義，但對她不同，她爲那些蝴蝶傾倒。自己被她們排擠在外。

「好不可思議啊！只是光照的角度變了，就好像變成另一隻蝴蝶一樣。」

她將標本平舉到眼前，幾乎將雙眼放在玻璃窗上。

沈憐蛾不加思索便問：「妳想要畫這個嗎？」

「啊！可以嗎？」

並沒有什麼可以不可以，她喜歡就好，雖然跟他們最初訂的目標有別，但這種小事調整一下就行了。

「老師你看。」她將標本拿到沈憐蛾面前，輕輕轉動，夕陽從窗口斜斜照進來，蝴蝶像變魔術一樣，一下明亮而一下黑暗。「我好像明白你說的、光可以控制時間，是什麼意思了。雖然標本是死的，但光從牠翅膀上流過去的時候……眞的產生牠就要飛走了的感覺，好像又活了過來一樣。」

他記得自己也曾對女兒說過一樣的話……以此爲導火線，他永遠地失去了妻女。

雖然對那些標本不存好感，但如果能對她產生幫助也是好事，他說：「那妳就試試吧！」

那天以後，除了日課以外，應時飛就向他借走標本去素描。很快她便完成第一幅作品，令沈憐蛾訝異的是，她的畫與蝴蝶標本完全是兩碼子事。原以爲她會像當初女兒那樣，照著標本的樣子平坦描繪，但她畫的卻是窗臺邊準備起飛的蝴蝶……不，或許是剛好停下來，沈憐蛾說不清楚，這張畫就是有這樣不安穩的魅力。

這樣借走標本又有什麼意義呢？幾乎是完全發揮想像力自由創作了。

像是看出他的疑惑，應時飛說：「我會像這樣轉動標本箱。觀察不同角度光影和顏色的變化，然後混合在一起。不過總覺得看起來還是怪怪的，這個方法不對嗎？」

「不，怪是因爲從蝴蝶的形狀開始就沒有掌握好。」沈憐蛾指明道：「蝴蝶展翅的樣子，妳終究只是靠自己想像的吧？翅膀的形狀一改變，就有光到不了的地方，光影表現自然也會有變化。」

「可是我也沒辦法找到眞正的蝴蝶來畫，而且，這種蝴蝶好像國外才有呢。」

「那就必須依靠知識和技術的磨練提升。」

「知識……雖然老師有很多洗鍊的作品，但我有時候覺得，比起實際體驗，老師似乎更依賴知識呢。」

沈憐蛾沉默半晌，只說：「我很喜歡這幅作品，我們一起把它的缺點打磨成優點吧。」

「眞的嗎？爲什麼？喜歡什麼地方？」

「我沒有想過可以用這種角度去畫蝴蝶。」

雖然總是喜怒不形於色，沈憐蛾是眞心喜歡這幅畫，他想，那樣的情緒一定也感染到應時飛了。不過，他沒有直接說出口，畢竟原因難以啓齒——在很長一段時間裡，他覺得對蝴蝶的話語權被姊姊拿走了，**但現在應時飛替他拿了回來。**

開始畫蝴蝶後，應時飛愈畫愈好，不再像從前應付，不再說鐵蛹、逃走的事，甚至跟沈憐蛾討論起未來朝這方面發展的可能。沈憐蛾非常高興，當他覺得畫標本不能再學到什麼後，就從收藏室取出沈迷蝶的畫作。

「這是什麼？」

「以前認識的人畫的作品。她也是以蝴蝶爲題的職業畫家，在表現準確性與畫面豐富性上，當然都勝過妳許多。但是，妳的作品也有她不及之處，那就是生動的張力。她的蝴蝶是觀景窗裡不動的標本，妳的蝴蝶在飛翔。現在妳參考她的作品，保留優秀的部分，不足的就以妳擅長的地方重新挑戰一遍。這是我出給妳的課題。」

畫總共有十幅，應時飛發現後面的編號並不連續。

「老師，看編號應該不只十幅吧，爲什麼這裡只有這些？」

「有一大部分出售了。這裡有些也稱不上完成品，只是試筆之作。」

「試筆之作卻留在你手上，老師，這一定是你很親近的朋友吧！」

「……」

「這裡好多蝴蝶我都在標本牆上看過，這位畫家也是畫這裡的標本嗎？」

比起對畫的興趣，應時飛似乎更好奇畫家是誰。

沈憐蛾只好無奈地說：「對，畫家是我的姊姊。」

應時飛詫道：「爲什麼老師一開始不說是『姊姊』就好了？」

「就只是我說話的習慣罷了。」

「老師的姊姊也是畫家，很有名嗎？我有機會聽過她的名字嗎？」

「妳問這麼多幹什麼？」

「我只是好奇而已。」

「妳不會聽過她的，妳只要專心完成這些課題就好。」

於是應時飛沒再囉嗦什麼，或許是看出他對這個話題的厭惡吧！

她遵照沈憐蛾的指示，將這些畫以自己的風格重建一遍。於是原本固定在觀景窗內的蝴蝶，在她筆下有了令人不安的怒張之勢。那令沈憐蛾非常欣喜，當然技術是比不上迷蝶的，但那樣活潑翻飛的靈魂，在迷蝶的作品中找不到。她在被迷蝶封死的高牆前，尋尋覓覓、兜兜轉轉，找出了翻越的手段。

她和迷蝶年紀差不多吧？他們姊弟幾乎睜眼就開始拿畫筆了，迷蝶會勝過她是當然的。但技術花時間慢慢累積就可以了，重要的是作品深處發出的呼喚，她的作品有這種力道。

沈憐蛾心想，我一定要把她訓練成超越迷蝶的畫家。

然而，應時飛對迷蝶的興趣有增無減，每次畫畫，她都會若有似無地提起。

「老師，爲什麼我到處都找不到你姊姊的消息？她還有在畫畫嗎？」

「老師的姊姊畫得眞好，我想看她更多的畫。」

「老師，你還有她其他的作品嗎？」

「如果有機會，老師可以介紹我跟她見一面嗎？」

沈憐蛾不勝其煩，終於告訴她：「我姊姊已經過世很久了。」

應時飛完全沒能掩飾她的驚訝，呆愣許久，她問：「老師，你們以前是一起學畫的嗎？」

沈憐蛾不明白她問這個做什麼。「對。」

「你覺得自己比不上她嗎？」

那突如其來的一句猛攻，叫沈憐蛾揚高了聲調：「妳說什麼？」

但應時飛沒有半點退縮：「因爲這樣才讓我畫這些畫嗎？你想利用我來贏過死去的人嗎？」

沈憐蛾大怒道：「胡說八道！我爲什麼要做這種無聊的事？」

她恨恨望著他：「你以爲我沒發現嗎？你讓我重畫你姊姊的畫，根本就不是爲了我，只是爲了你自己吧？」

雖然大吵一架，但隔天應時飛還是如常來上課。但從那一天起，沈憐蛾便開始隱隱察覺一種惡意的反抗。

在挑戰快完成時，有一天應時飛問他：「老師，你對我的作品有什麼想法呢？」

這一幅畫十分大膽，完全捨棄迷蝶作品原有的輪廓——將原本畫面上只有零落幾隻的蝴蝶，重複畫了十倍、百倍，蓋滿整面畫布。那眞是說得上駭人的景色，光是想像下一刻蝴蝶將振翅而起、吞噬天空的樣子，就令人毛骨悚然，但也正因如此，將她作品中那種不安穩的魅力推到顚峰。

「妳的風格幾乎已經確立了，即使以後不畫蝴蝶，這種危險的感覺只要能維持住，作品魅力就能維持住。」

「危險？」

「妳想追求的『瞬間』就是這個。所謂的瞬間是什麼？就是在意識到同時便消失的東西，就是立刻粉碎，那不就是一種危險的極致嗎？恆常穩定的事物，沒有捕捉瞬間的價值。妳說想捕捉瞬間的感覺，事實上想捕捉的是崩壞的感覺。這一點，不就在妳的作品中反覆展現了嗎？」

「老師的心得……就這樣而已嗎？」

應時飛像是很失望似地看著他，那眼神令沈憐蛾感到不安——

應時飛的反應和他預期的實在差太多了。我說了很多吧？我幾乎已經將她身爲一個畫家的特點都點評完了，她一向很機敏，不可能聽不懂。

「老師不覺得很奇怪嗎？爲什麼我要把沈畫家的畫改成這樣，你難道一點都不好奇嗎？」

「奇怪？妳們本來就是不同的個體，我讓妳用這些畫發揮，也不是要妳仿作，而是要妳創造新意出來啊！」

「可是，除了構圖以外，我改動最大的地方，老師連問都沒有問啊！比方說『爲什麼要這樣做』、『這裡想表達的是什麼』……老師全都跳過去了，好像這跟構圖比起來，是微不足道的小事——是這樣嗎？這幾乎占了整個畫面的構成耶！」

她在說什麼？每一個咬字都很清晰，但沈憐蛾完全聽不懂她在說什麼。

腦中一片空白，同時，這空白令他從背脊升起一股難以言說的恐怖。

每當他遇見無法掌握的事，就會產生這種感覺——之所以恐怖，是因爲他知道現在發生的情況中，出現了他無法掌握的事。但他並不是因事情「無法掌握」而害怕，眞正令他害怕的，是他甚至連此處有「需要掌握之事」都沒能察覺。

每一次露出這樣的破綻，都會爲他費心建立的一切假象帶來崩毀的風險，因爲這世上只有一件事，能讓他毫無覺察地從指縫間溜過——

應時飛咯咯笑起來，笑得好開心，這是頭一次沈憐蛾看見她打從心底高興的樣子，那雙深沉幽暗的大眼，瞇成了細細的新月。總是矜持抿成一線的薄唇咧開，露出一整排雪白整齊的牙齒。

「老師，我把畫裡的蝴蝶換成了粉紅色。」

沈憐蛾感到眼前景象開始發黑，應時飛的臉都看不清——不，不是看不清，而是應時飛露出他從未見過的殘酷表情，讓他認不出是她。

「自然界中沒有這樣顏色的蝴蝶喔——這麼不自然的螢光粉紅色，這是人工的顏色，動物身上不會見到。啊！老師知道什麼是粉紅色嗎？我花了很大的功夫呢，要讓牠的灰度和青色接近，好像總會有些不自然的地方。用我這雙正常的眼睛，要憑空想像灰階的樣子是很難的唷！

「最近畫裡的蝴蝶，每隻我都選了大自然不該有的顏色，畫得像是人工裝飾的假蝴蝶。如果是色覺正常的人，第一眼會質疑的應該是這裡吧——畫什麼螢光色的蝴蝶呀！眞噁心。」

她前所未見的饒舌，怪腔怪調模仿著想像中的觀眾：

「各種色相都測試過了。幸好畫了這麼多幅，讓我能試各種可能。我一開始只想知道老師分不出來的顏色到底是什麼，結果眞是嚇了我一跳啊——你一次都沒有質疑過我，老師，你一種顏色都看不到吧？」

「妳、妳怎麼會……」

「藏得眞好啊，我一開始也被騙過去了！不過起了疑心就很難回去，所以只好想辦法證明囉。不過，比我想像中的還難呢，老師好謹愼，幾乎已經練成反射動作了。如果不是有這個作業的話，恐怕也很難有逮到你馬腳的機會。老師，你都還沒回應我呢，怎麼樣？我說的是對的吧？」

「……」

「我查了好多關於你的事蹟、獎項和報導，可是竟然沒有一篇提到過你的色盲！你應該是故意把這件事藏起來了吧？而且是從小就開始藏了，因爲老師你小時候就很有名了嘛！可是我想不明白，爲什麼要隱瞞這件事呢？不光是隱瞞，老師你的行爲已經算說謊了吧？你開班授課，教授的項目包含色彩學喔。連顏色都看不見的老師，教導色彩學，還有比這更荒謬的事嗎？爲什麼呀？老師？又不是殺人放火，色盲是什麼値得你藏到這個地步的醜事嗎？能告訴我嗎？老師花這麼大力氣，把自己僞裝成一個普通人的理由。」

「妳知道這些又怎麼樣！」

「哦，這算是承認了吧？」應時飛的眼珠靈活地轉了轉，面上浮現促狹的微笑：「沒有意義喔，只是覺得很開心而已，總算被我抓到你的把柄了。」

「把柄？」

「喂，老師，雖然我不知道原因是什麼，但既然你藏到這個地步，表示你非常介意吧？我如果說出去的話，會讓你困擾嗎？畫壇一定會很驚訝，原來你那讓人讚譽有佳的用色技巧，其實完全是胡亂塗畫。現在開的美術教室，恐怕也很難再繼續下去了。」

「妳到底想怎麼樣？」

「老師，如果不想這些事被揭發的話，你就要乖乖聽我的話喔。」

「妳……要我做什麼？」

「嗯……」應時飛露出笑容，像惡作劇得逞的孩子：「我也不知道，我還沒想好。」

這下換沈憐蛾啞口無言了，如果什麼目的也沒有，為何要這樣處心積慮地找他的弱點？

第二天，應時飛依然準時出現在畫室。

以往總是很期待她的現身，上一堂的班級結束後，他會草草收拾教室，一個人坐在畫室中央等待。比起其他機械化的教育過程，與應時飛在一起更有教學相長之感，她的創作總是久違點燃起自己靈感的火花。

然而，如今期待變成惴惴不安。

自己像懸在鋼索上行走，心愛培育著後生晚輩結成的蛹，破殼後卻出現從未見過的怪物。

「老師。」應時飛來到四樓畫室，行禮如儀地向他點頭，帶著往常一樣的笑容。但從那一天開始，沈憐蛾可以看見那雙眼中暗閃著惡意的精光。

他心不在焉完成今天的課。昨天的事，應時飛一句也沒有提起。讓他幾乎懷疑自己只是作了一場噩夢。

課後應時飛收拾好自己的東西，低頭說了聲：「老師再見。」沈憐蛾目送她準備下樓的背影，忽然，應時飛停下腳步。她轉過身來，又是那樣，掛著純粹惡意的笑容。

「對了，老師，昨天的事我想好了。」

「什……」

「我說要老師做一些事來換取我的封口，對吧？」

「妳要……什麼？」

「禮拜五來畫室的時候，都會剛好和前一班學生錯過，我常偷瞄他們的作品——好厲害呀！那麼精確的素描技術，應該是準備要考藝大的吧？已經畫得那麼好了，為什麼要來拜師呢？和我不一樣，他們只是想向資深畫家尋求更精進的技術而已，那樣的話，去找其他畫家也可以，不一定要老師您吧？」

「這樣您就能專注指導我一個人了吧？或許我會進步得更快哦，甚至超越老師的姊姊，畫出您心中最嚮往的蝴蝶。」

「爲什麼……」沈憐蛾甚至連訝異都感覺不到，只是麻木地接著她的話下去。

「所以我的第一個條件就是，將其他課堂都取消，只留下對我的指導。」

「……」

「老師應該有存款才對？您以前的作品賣得很好啊，現在開教室只是閒著打發時間吧？何況也只要撐到我的課程結束爲止。至於關掉教室，雖然有點對不起學生，不過只是指導任誰來都一樣的基礎技術，臨時換老師也不會造成太大的傷害。」

「素描教室是我的工作，關掉的話我就沒有收入了。而且，那些學生的課程也才剛上到一半——」

「關教室的理由，要多少就有多少。比如身體狀況啊，搬出這個的話，誰都不能指責您吧——其實本來就該休息了，老師的眼睛愈來愈差了不是嗎？」沈憐蛾倒抽一口寒氣，應時飛微笑道：「老師該不會覺得沒有人注意到吧？您有時候會連我都差點認不出來喔。我也看過醫院的藥袋，是附近市立醫院的眼科，上面連您有什麼毛病都寫了。不過，黃斑部病變開刀就可以改善，爲什麼您遲遲沒有動作呢？明明已經相當嚴重了，每天只來這裡兩小時的我也能察覺。是不想影響教室嗎？或是因爲您的眼睛本來就比較脆弱，醫生不敢貿然動作呢？」

「我要怎麼突然跟他們說中止？」

沈憐蛾覺得自己像落入一張織得細密的蛛網中，他的一言一行都困在其中。對一生都在設法避人耳目的他來說，那簡直是難以忍受的恐怖。她到底還能知道多少事，她到底還會深挖到什麼地步？

「收掉課堂的事，我給老師三天的時間考慮好嗎？第三天要告訴我答案喔。」

藏頭縮尾一輩子，甚至失去妻女。外人眼中不值一哂的小事，在年逾半百的此時，竟成爲學生威脅的事柄。

沈憐蛾很生氣，要怎麼做隨便她好了——雖然這樣想，但那是自己逃避了半生的事，只要一想到這件事公開以後周圍的反應……畫壇的畫友與評論家、知道當年殺人案事件的朋友、將孩子託付給自己的父母——身邊所有人都將用不同的眼光看待他。憐憫？輕蔑？懷疑？還有他最討厭的、最討厭的色盲這件事……

沈憐蛾最終屈服了。

就如應時飛所說的，關掉教室對他來說，並不是一件非常嚴重的事。

也在那時候，他才隱約察覺應時飛「行事」的方式──就像有些家暴犯，絕不是單純被衝動支配，在暴力行爲之外還包裹一層狡猾的糖衣。他們很清楚該在哪裡下手，絕不會讓傷痕出現在會被人看見的地方。

此外，他們也懂得對方的極限在哪裡──讓人屈服的手段，就是絕不能超過對方忍無可忍的底線。應時飛知道，對自己來說，關掉教室還是他能承受的代價。只要不超過那條線，巧妙運用對方息事寧人的心態就能予取予求。這樣的人絕不會一次就收手，嘗到甜頭只會變本加厲。

然而，沈憐蛾明知道這一點，還是向她屈服了。

沈憐蛾以身體因素爲由暫時關閉教室。或許應時飛的說法也沒錯，關教室後大大減輕眼睛的負荷。但那也意味他必須留更多時間與應時飛獨處，先前應時飛只在一、三、五過來，和他另外幾班稍微錯開。上課時間只有兩小時多，那是他身體負荷的極限。但既然其他班級取消了，應時飛就順理成章每天都過來。

就個人來說，沈憐蛾實在一點也不想再和她扯上關係了。光是獨處就充滿難以忍受的恐怖，他永遠不知道這個女孩下一句話要說什麼。但一旦投入繪畫，一切恐怖就都被擠出去了，那三個小時他能投入全力指導，好像只要不留下任何空隙，就不必與繪畫以外的應時飛接觸。

應時飛大概也察覺到這一點，並不會特意破壞兩人的默契。她畫得確實愈來愈好了。不只在技術層面，畫面上那種隨時都要崩毀的不安定感，也變得像暴雨前濃密的陰天，愈發帶著一股威壓與震懾。

或者，那只是他投射了自己對她的感覺呢？

相安無事地過了前兩週，沈憐蛾慢慢鬆懈心頭重擔，心想，或許這孩子就只是想要獨占指導資源而已。但這樣一廂情願的想法很快就破滅，週六一大清早，應時飛穿著輕便的夏季便服過來。除了慣常的畫袋外，她還帶了自己的繪畫工具，平時她多半用教室裡的畫材，沈憐蛾不知道爲什麼今天例外。

正午時，沈憐蛾意示今天可以休息了。應時飛收拾好東西，說：「老師，我們出去吃飯吧！」

「什……不，我在家裡吃就好了。」應時飛立刻斜下雙眉，很不滿的樣子，沈憐蛾考慮了一下，像要討好應時飛似說：「妳要留下來吃嗎？」

「不要，我想出去吃。」她自顧自說：「我今天帶了自己的畫具出來，下午我想去公園寫生，我想畫室外的蝴蝶。老師，吃完飯我們一起去畫畫吧！」

用詞間甚至不給一點緩衝，像是預設他絕不會拒絕一樣。若是其他不痛不癢的要求也就算了，但正午出門這件事，對他來說是很困難的。

「我不能去。」

「為什麼？」

既然應時飛都知道色盲的事了，他也就不再遮掩。「我的眼睛對強光敏感，正午時出門會很不舒服。」

「那就戴上太陽眼鏡就好了嘛！」

應時飛輕快的語調，在他腦中卻激起了一片漣漪，嗡嗡作響，和他從前聽過的某個聲音發生共振——那個人也是這樣，毫不猶豫駁回他，要他戴上太陽眼鏡和他一起看日出。

一瞬間，眼前少女的身影和那個男人重疊了，就連笑容的角度也一樣。

「就算戴上太陽眼鏡，正午還是太……」

「難道不能稍微忍耐一下嗎？」少女以蠻橫的口氣說，隨即她的神情一變，像小孩使性子的嬌憨之態消失了，嘴角冷淡地又浮起那個笑容：「老師說了會答應我的要求啊，我是因為這樣才對老師那些事保密的唷。」

又來了，恐怖從四肢末梢慢慢升高水位、淹過心臟的感覺。

沈憐蛾一陣暈眩，回過神時，自己已戴上太陽眼鏡、鴨舌帽，還有取來一柄拐杖。

「我幫老師撐傘吧！」應時飛甜美地笑著：「老師好像吸血鬼一樣。」

他們去附近的家庭式簡餐店吃午餐，沈憐蛾胃裡沉沉的，好像隨時都要嘔出酸水，不論菜單的料理看來多美味都沒有食欲。

應時飛觀察他的樣子，說：「老師沒有辦法下決定嗎？這也難怪。這裡的料理每一道看起來都很好吃呢。」怎麼可能看不出來他臉色有多難看呢？但應時飛對他的沉默視而不見，像在演一齣獨腳戲：「那我幫老師點吧！我很喜歡這家店，知道什麼最好吃喔！」

就這樣應時飛替他決定午餐，他機械化一匙一匙送入口中，但因心情沉重根本嘗不出味道，直到結帳離開他仍不知道她究竟點了什麼。

午飯過後，應時飛拉著他前往公園。

正午的太陽將他最後的清明也毀去，不只強光令他眼皮直跳，多年來養成避日的習慣，也讓他對外頭驚人的高溫很不適應。但穿著夏日輕薄衣裙的應時飛絲毫不受影響，她拉著神智不清的沈憐蛾在公園裡閒晃。

「那一區種了很多柑橘類的植物，聽說有機會看到手掌這麼大的鳳蝶。我已經畫膩標本了，今天是我們的課外練習，對吧？」

沈憐蛾什麼也沒聽進去，任她擺布。當應時飛終於找定理想的地點架設畫架時，沈憐蛾靠在樹蔭下虛弱地休息。應時飛只是微笑看著他，什麼也沒有說。就這樣大約畫了一個多小時，充分休息以後，沈憐蛾總算好轉一些。就像抓準時機、知道又可以跨近底線一步一樣，忽地，應時飛轉過頭來說：

「老師，你怎麼一直待在樹下呢？應該要過來看看我畫得怎麼樣啊！不然不就失去指導的意義了嗎？」

「就過來看一眼就好了。」

「你不是說會答應我的要求嗎？」

沈憐蛾連起身的力氣也沒有，但她的聲音在腦中嗡嗡作響，他像傀儡一樣，只能隨那聲音起舞。

「我有好多地方不知該怎麼處理，正覺得很困惑呢！老師，你趕快過來啊！」

應時飛面上的笑容如此純潔，不知為什麼忽然讓他想起自己的女兒，最後一次看到她的笑容也像這樣，無邪無垢，衷心等待著父親的誇讚。

傍晚回家後，因爲整日曝曬，沈憐蛾出現輕微中暑現象，身體非常不舒服。他幾乎無法保持清醒，整晚都躺在床上睡睡醒醒。但這樣的折磨沒有結束，那天以後，週末一起出門寫生成爲例行公事。應時飛要求他帶自己去市內各處寫生，有時甚至得搭車很遠。開始時還會碰上應時飛有其他社團活動而告假，但漸漸這些活動都消失了。應時飛說：「我想更專心畫畫啊，這麼多活動實在吃不消。」跟她最初冷淡說「人不該太專注在同一件事」時的樣子天差地遠。

沈憐蛾甚至分不清她是眞的想投注更多時間繪畫，或只是迷上折磨自己。公園還有樹蔭能躲藏，但她接下來選的地點一處比一處更酷烈。

「我以前就一直夢想這樣。」應時飛說：「假日全家人出來玩，不用去海外旅行、不用去有名的遊樂園，就在家裡附近走走就好。不過爸媽都不喜歡，可能是因爲以前兒子身體不好，全家都很少出去曬太陽吧。」

在身體與精神都漸漸不堪負荷之時，沈憐蛾的眼睛也日趨惡化。

醫生看著檢查報告，不悅地問：「我不是交代過盡量避免過度使用眼睛嗎？」

「我沒有……」

「那麼就是缺乏保養意識。我也說了，必須避免白天出門，你的眼睛不能再承受更多紫外線。」

「我——」

「不要說你沒有，你都曬黑一層了。」

沈憐蛾低下頭，這時才注意到雙臂、領口露出的肌膚都深了一個色號。平日他對顏色的深淺變化是最敏感的，但最近連這樣的餘裕也沒有了。

「最近發生了什麼事嗎？你的臉色非常難看。」

「不……」

「你的眼睛根本不適合勞動，偏偏你就選了一條最傷害它的路。既然選都選了，也過去大半輩子了，沒什麼好再抱怨。但都這個年紀了，至少多投注一點精神、關心自己的身體也做不到嗎？」

沈憐蛾唯唯諾諾地應承，茫茫然回到家中，卻不知道下一步。是啊，醫生說得沒錯，都到這個年紀還有什麼可以失去？他在意的那些巔峰榮景早就過去了，還有誰將他放在心上？誰還記得他的存在？

他決定下次要拒絕應時飛──但在好不容易下定決心以後，應時飛的態度又改變了。

他從醫院回來不久後，應時飛忽然說：「最近愈來愈熱了，我也不想頂大太陽中午出去，我們不要再寫生了吧！」應時飛終於膩了，不想再折磨他了嗎──但才一這樣想，應時飛就說：「爲了彌補這段時間的損失，我希望老師可以教我畫肖像畫的方法。」

「什麼？爲什麼要畫肖像畫？」

「老師以前是肖像畫的高手，不是嗎？」應時飛得意洋洋地說：「不過，後來就再也不畫了。爲什麼呢？那時候明明受到很好的評價。」

「這和妳沒有關係吧……」

「嗯，確實無關。」應時飛點頭：「但是我想學肖像畫啊，老師能教給我的吧！」

「我已經停筆很久，技巧都生疏了。」

「沒問題的，我看過老師以前的作品──我找了好久才找到的，畫得很好啊。」

「我不想再畫那種東西了。」

「爲了指導學生也不願意嗎？」

沈憐蛾不悅地喝道：「妳要畫肖像畫做什麼，那是妳一開始想畫的東西嗎？如果是那樣的話，妳不用特別來我這裡上課。」

應時飛沒被他的凶惡形象嚇倒，她很冷靜地看著沈憐蛾失態，慢慢露出微笑：「老師，你是不想畫，還是不能畫了？」

「……」

「你眞的好排斥肖像畫。我找過你留學回來以後的作品，不要說沒有肖像畫了，連人像都找不到。就算應該以人物爲主題的畫作，竟然也找不到半張人臉。一開始我以爲是特殊作風，但久了也能從畫裡感覺到一種憎惡呢……爲什麼？老師，你以前明明最喜歡畫肖像畫了啊，放棄的理由是什麼？有什麼故事嗎？」

聽見應時飛輕率地將他生命中經歷的一切簡化爲「故事」，沈憐蛾怒不可遏，轉頭就走。但應時飛沒有放棄，隔天她還是來畫室報到，她說：「我昨天回去想了想，確實是我要求太多，中途換畫題也不好，我還是繼續完成老師給的題目吧！」就在沈憐蛾以爲她要放棄時，應時飛說：「不過，老師能給我一些範本嗎？」

「範本？」

「嗯，能畫一些肖像畫給我嗎？」

「我已經說了我不再畫——」

「只要十張就好了。」應時飛懇求似說：「畫誰都可以，只要老師畫十張肖像畫給我，我保證以後就不再拿你的祕密威脅你，也絕不會說出去。」

那哪裡是懇求呢？那是一輪新威脅，女孩找到新玩法了，她發現沈憐蛾最討厭的事，所以要求他去做。

但是，沈憐蛾終究還是照辦了。

他的眼睛不便，不敢到太陌生的地方，也想避開日光強烈的地方，空橋都市是個好選擇，因此他總是去大稻埕一帶繪畫。眼前已經漸漸模糊了，無法畫得太細緻。他喜歡光，即使不能靠近，他永遠忘不了自己第一次試著描繪日出的樣子，閉上眼睛都還能看到如箭矢般的太陽閃焰。他也喜歡月光，喜歡月光落在河面上歪曲了原有的形影，變成一片溶解的光液。

但他不能畫太久，畢竟沒有體力了。這時他能依賴的只剩下其他感官，從小他的聽覺就比常人更敏銳。這空橋都市中的繁華街，他甚至能分出人群中有哪些聲音，疲憊的通勤族、嬉鬧的學子、堅持不懈的抗議者、轉角街頭藝人悠揚的樂聲……眞好，這些人在這條街道中流動，身心都還如此強韌，從身體裡迸發出強大的能量。

要是我也能跟他們一樣就好了……他心裡想，我多想再一直畫下去，保持身體最顚峰時的狀態，就這樣一直畫到死去，如果這樣愚蠢的願望能實現該有多好——但歲月對所有人都是公平的，他的時間漸漸被剝奪殆盡。

開始的哀嘆漸漸變成恐懼，他再也不想聽見那些他已失去的歡快聲音，畫著那些年輕的活力，令他不安，最後他總是快速捲起畫板，如逃命般離開那地方。已經不是單純對肖像畫的憎惡，更多是對自己無能的憎恨。他想趕快結束這一切，玩這樣的遊戲對應時飛來說，究竟有什麼意義？她有自己所沒有的一切：時間、才能，還有色彩。這樣的她能從折磨自己身上得到什麼快樂？

無盡的折磨要到什麼時候呢？七月底，因受天災波及，女兒不得已搬回家裡。

但他竟為此鬆口氣，因為應時飛與鍾灰相處得似乎不錯，變得安分多了。她似乎打算信守諾言，專心畫好最後的作業，不再提起祕密的事。兩人都是十張畫，他給應時飛十張肖像畫，應時飛畫十張複本作業，然後他們就可以擺脫彼此。

就在這段時間，空橋都市開始連續發生青少年失蹤事件。

聽說失蹤者年紀與她相近，大多是高中生，畫室離空橋都市有一段距離，不過沈憐蛾還是覺得小心為上。尤其二年級學生很快就開始上暑期輔導課，她通常還是下課後才來畫室，畫幾個小時就九點多了。他提過好幾次，在事情落幕前暫時停止上課，或是假日中午來上課。雖然多少存了點私心，但也是真心顧慮她的安全，但應時飛始終當耳邊風一樣聽過。

直到出事的那一天——

那天，應時飛收拾完畫具以後，沈憐蛾照例又提了一遍，她笑瞇瞇地說：「老師這是在擔心我嗎？」

「這不是當然的嗎？」

「我如果失蹤的話，老師也比較輕鬆吧，就不必擔心我把你的祕密捅出去囉。」

「我當然不希望妳說出我的私事，但這完全是不同程度的嚴重性，沒人會因此希望妳遭遇不幸。」

「真的？如果我被壞人抓住了，他對我說：『只要說出沈憐蛾的祕密，我就放過妳唷！』然後押著我錄一段影片寄給電視臺，還上傳直播到網路上，廣播給全國知道，這樣也沒關係嗎？」

到這個地步，與其說生氣，沈憐蛾不如說哭笑不得。

「如果利用我這個老頭子的一點隱私能救妳一命的話，就好好利用吧。」

應時飛一臉不快地瞪著他，很久後才說：「我爸媽都不管我幾點回家了，你管那麼多幹麼？」又說：「反正這種事根本不可能發生，你口頭隨便施點恩惠也不必付出代價，才會這麼慷慨吧？講得好像不在意的樣子，事實上不是全聽我的話，什麼惡意刁難都照辦了嗎？」

原來她也知道自己在惡意刁難嗎？沈憐蛾嘆息：「不是這樣的。我討厭妳威脅我。但我還是不希望妳捲入危險，沒有人會希望那種事，妳父母也不會。」

說到「討厭」兩個字時，應時飛像被人從背後狠狠拍了一下。她咬住下唇像在忍耐什麼恥辱一樣。一會兒抬起眼，眼中又充滿鬥志——用鬥志來形容或許很怪，但沈憐蛾就是那樣想，她好像在跟某種看不見的東西作戰，沈憐蛾覺得自己也是她「作戰對象」的一部分。

「老師的表情好難過啊——我從沒看過你這麼低落的樣子，失蹤案觸及你的什麼傷心往事了嗎？」

「什……」

「老師眞的只是擔心我的安危嗎？或是年輕女孩捲入不幸的犯罪事件，是你心底什麼巨大的創傷嗎？」

她現在的樣子，就像在一敗塗地的戰場中，忽然拿出王牌武器那樣的洋洋得意。

她的惡意，與鬥志，幾乎是同一種力量。

原來如此——沈憐蛾慢慢了解到，當她想對抗沈憐蛾時，就會傷害他。爲此她不惜蒐集一切訊息當武器。但這有什麼意義呢？爲什麼自己非得成爲她對抗的目標不可呢？他做了什麼讓她如此憎恨的事嗎？

沈憐蛾已經知道她要說什麼了，他想讓她閉嘴，但她對自己毫無仁慈之心。

「聽小灰姊說了我才知道，原來沈畫家是捲進犯罪事件死的。我可是翻遍了圖書館的舊報紙，才終於找到那是什麼樣的事件。眞嚇人，沒想到那種時代，居然有這麼恐怖的社會案件！但我更驚訝的是，老師你好像還被當成嫌犯過喔！看到的時候我很生氣，這是什麼笨蛋警官嘛！你才十六歲而已，怎麼可能做出這麼恐怖的事呢？但我又看到他們說，你不是主犯，只是從犯，你跟犯人保持密切關係，老師，是這樣嗎？你殺了自己的姊姊嗎？你恨她嗎？——姊姊夭折的畫，你想讓我來完成嗎？不對，你只是想要贏過她，想要藉著能夠看到顏色的我來贏過她，是嗎？老師，你一直想把我改造成另一個沈畫家、讓我取代你自己贏不了的沈畫家，不覺得噁心嗎？」

「我沒……」

但她勾起的回憶實在太痛苦了，沈憐蛾胸口悶痛，呼吸困難，視野逐漸模糊。

「你還和凶手保持聯絡嗎？現在的失蹤案就是獻給他的祭品嗎？」

「妳說什麼？」

「不要再裝了，老師，我早就知道了。你就是空橋都市的連續誘拐犯、哈梅林的吹笛手吧！」應時飛自己的聲音有些顫抖，但仍努力虛張聲勢：「我一直不願意相信……不管再怎麼懷疑，我也不願意相信老師眞的會做出這種事，但是，這已經不是你第一次犯罪了，是嗎？」

沈憐蛾完全不明白她在說什麼，茫然看著她，應時飛走到窗邊，突地伸手揭起窗簾將落地窗打開——陽光與風一下闖入畫室，沈憐蛾雙眼刺痛，低下頭來。

「老師，你猜猜看，我是怎麼識破魔法的？」

「哈梅林？魔法？我不知道妳在說什麼！爲什麼我會跟那種犯罪事件有關？」

「犯罪事件，哈哈。」

睜不開眼睛，只能聽見她冰冷的笑聲。

「老師，如果我現在從這裡掉下去，你一定會惹上很大麻煩的吧？」

「妳要做什麼！」

「我說了啊！我要來拆穿你的魔法。」

沈憐蛾努力撐開眼皮縫，朝應時飛走去，他不知道應時飛想做什麼，但他有預感，接下來將要發生非常不好的事——但他看不見，眼睛好痛，窗外的強光癱瘓他的視線，他甚至很難判斷應時飛和窗口的距離。只能勉強看見應時飛的裙擺隨風起伏，像蝴蝶振翅起舞，應時飛在窗邊遊走。

「老師，我們這次來玩犯罪遊戲吧？只有我單方面控制老師太無趣了，我們可以成爲共犯啊！共有一個祕密，互相要脅彼此，這樣是比親人更緊密的聯繫吧？」

「快過來，窗戶很危險，外面沒有圍欄！」沈憐蛾慌張朝她伸出雙手：「不要玩了，這一點都不好玩！」

「我還沒想好要是怎樣的犯罪才好玩，老師有什麼主意嗎？畢竟你是哈梅林的吹笛手嘛！應該很有想法吧！而且你還有共犯對嗎？」

「不要鬧了！快點回來……妳到底想要什麼？爲什麼要這樣折磨我？」

「折磨？我以爲我們玩得很開心啊！」

「我一點都不開心！妳也該適可而止了，我到底做了什麼要讓妳這樣做？」

「哈哈。」應時飛忽然笑了兩聲，她的聲音變得很細，輕飄飄地說：「這還用說嗎？因爲我討厭你啊。」

「爲什麼……」

「你的一切我都討厭。」她說：「那種活在自己世界的樣子、那種假裝好人的樣子、那種高高在上說教的樣子、那種利用我完成自己願望的樣子——討厭的話，就大聲斥責我，把我推開啊！」

她不是在開玩笑，也不是在鬧脾氣，沈憐蛾感受到深刻的惡意。

爲什麼？爲什麼要那樣恨我？

這時，沈憐蛾聽見樓下傳來一陣激烈的腳步聲，有人來了嗎？應時飛輕呼一聲：「啊！回來了啊。」

然後她用嚴肅的語氣，向沈憐蛾下最後通牒：「既然你還是要裝傻，這次就換我來當哈梅林的吹笛手吧！老師，我現在就要用你綁走那些人的魔法，從你面前消失。加油哦，現在畫室只有我們兩個人，要是你找不到我，你會變成誘拐犯的。」

「等等、時飛、後面那裡是——」

「把你能用的魔法全都用上，把我找出來吧！」

應時飛張開雙手，身子微微後仰，如那能飛翔的、行邪術的魔術師一般。沈憐蛾大聲慘叫，**明明他已經無法**

再靠近陽光一步，他還是拚死衝向窗邊，伸出雙手。

應時飛似乎完全沒料到他竟會朝自己衝過來，一下慌了手腳，她手上本來好像抓著什麼……是窗簾嗎？還是繩子？陽光太刺眼，沈憐蛾看不清，他只顧著想拉住應時飛——應時飛不知所措地大聲尖叫：

「不要靠近我！」

抓住了！

明明感覺自己已握住少女纖細的手腕，但陽光下他什麼都看不見，眼睛在這時候偏偏使不上勁。同時，他手裡的感覺——

消失了。

像煙霧一樣，一點痕跡也不留地散去了。

同時，身後傳來另一聲慘叫，那是心愛女兒的呼聲。

「爸爸！」

他勉強睜開眼，眼前什麼也沒有留下。

「那一瞬間我確實對她感到憤怒。」在鍾灰面前，父親靜靜地說：

「明明擁有許多我所渴求的事物，卻滿不在乎地、像扔進水溝裡一樣地把那些都拋棄了。我半點也無法明白她的心情，到底在對誰、對什麼生氣——我一定是對此感到憤怒吧！同時，也感到害怕。遠看時美麗的蝴蝶，細看時會看到牠屬於昆蟲的那一部分，巨大不成比例的眼睛，只爲裝下運轉生命的機器而存在的、像容器一樣細長的身體。因爲喜歡美好的那一面，對醜陋的地方就忍耐下來，但真的被強迫去看那一部分時，又害怕與憤怒得不得了……如果不要看見就好了，不要站得那麼近就好了，一開始不要存在就好了，但已經看見的事物，也不能反悔——我就是用這麼草率的心情，毀掉了一個人的人生嗎？」

「家裡丟掉的那些東西、姑姑的畫……也都是這樣不見的嗎？」

「大概吧……不想看見的東西，我就別過眼去。妳和妳媽媽都說過這樣的話。」父親悵然若失：「看起來最了解我的人，一直都是妳們啊！」

身後傳來警報提示音。雖然允許她探視，但HCRI不希望她待的時間過長，以免給幽靈蛹逃脫機會。

「怎麼會……」總覺得好像還沒和父親說多少話，探視時間就結束了。

「趕快回去吧！」

鍾灰默默起身，警報引導她移動到傳輸帶定位上，黑暗中必須緊握住輸送帶兩側扶手，像在懸崖棧道上行走。到門口時她感覺腳下有一股推力升起，她往前晃了兩步，不久，身後傳來大門關閉的聲音。

「沈畫家還好嗎？」

「黑子……」

黑子站在另一側輸送帶上，與她只隔一隻手臂的距離。

「嗯……感覺他精神還不錯，也很冷靜。」

「那太好了。他要是緊張或混亂，對我們反而是最危險的。」

「妳說妳有辦法救我爸爸，是眞的嗎？」

「只要沈畫家願意，有一試的價值。」

「不會殺他吧……」

「我已經答應過妳了，不是嗎？」

輸送帶警示音第二次響起，鍾灰感到自己又被往前拉，要通往第二道關卡閘門，而黑子和她往反方向移動，父親禁閉室那一頭的門開了。

出了禁閉室，門外楊戩正閉目養神，鍾灰默默走到他身邊。

「出來了？沈先生情況怎麼樣？」

「嗯……一切都還好。你呢？你的手好多了嗎？」

「狀況沒有什麼改變。」楊戩很誠實地說，但手被外衣遮住，外觀上看不出來。見到鍾灰小心翼翼的眼神，楊戩挽起袖口露出半截手臂，皮膚和肌肉幾乎變成透明，骨頭和血管勉強留有一點輪廓，很像魚類的透明標本。但其他並不受到影響，楊戩伸出另一隻手，握住透明的部分，仍有明顯的體積。

「有檢查過這在科學上是……什麼狀況嗎？能治好嗎？」

楊戩搖頭：「有取下我的皮膚組織檢查，不過，一取下來的瞬間一切就恢復正常了。衣服也是，換下來之後就恢復，不過總不能把皮膚跟肌肉都割下來。」

「不能恢復的話怎麼辦？」

「如果能消滅幽靈蛹的話，我想應該不至於無法恢復。」

「你害怕嗎？」

「就算不能復原也無所謂。只是外觀產生改變，手的功能幾乎不受到影響。」

鍾灰無奈地笑了兩聲，這也是很楊戩式的回答。

「如果消滅了幽靈蛹，應時飛……還有那些失蹤的人，他們會恢復原狀嗎？」

「我不認為。作用的時間和影響力差太遠了。」

「你講話眞是不懂得給人希望啊……那他們會到哪裡去呢？」

「我不知道。」

「你那個時候怕不怕？我爸爸……他的視線追到哪裡，哪裡就消滅。雖然我第一個衝上去把他眼睛蓋住，其實我那時候也怕死了。」

「有一點。」

「眞的？我以為你連死也不怕。」

「死是不會痛的。但那和死不一樣，那是純粹的消滅，一定是更加孤獨的事。」

又來了，又開始講外星語了，鍾灰厭煩地想，但聽見楊戩這些熟悉的囉唆，竟然讓她感到安心。

「死不就是消滅嗎？」

「不是的。」

不是我認爲、我覺得、我相信——只有對死亡這件事，楊戩總是那樣篤定。

「死亡不是消滅，而是結束。每個人都需要開始和結束，突然消失的人會永遠漂浮在空中、永遠不能結束。

最後我們通常會以死亡結案，向家屬交代。」

「這樣做……眞的比較好嗎？」

「這很像是英士會給我出的難題。」楊戩笑了：「但是，只有死亡能讓他們落地的。」

另一邊，黑子走進禁閉室最深處一層。

她知道周圍六面都是鏡子做的，但一點光都沒有也分不出來。相較他們，沈憐蛾很熟悉這片黑暗。

「是誰？」

「好久不見了，沈先生。這應該是我第一次正式向你自我介紹。我叫秦知苑，是鍾灰的隊長——啊，嚴格來說，我們這樣也遠稱不上『見』吧！很抱歉，必須委屈你在這樣的地方待著，什麼都看不見，一定很不安。」

「不……對我的眼睛來說，這樣反而舒服。」

「我今天來，是想向您說明我們接下來的打算，也就是如何處理天災。」她有些苦惱地說：「您可能很難一下接受所謂天災……」

「我聽過你們的說明，大致可以想像天災是什麼了。」

「你相信我們嗎？」

「事情都變成這樣，不相信也沒有辦法。那位王警官的手……似乎被我弄得很糟，他沒事吧？」

「我們試過了，沒有治療的辦法。天災的力量還在發揮影響，除非能將這次的天災徹底消滅，不然他大概一輩子都要這樣了。」

「消滅……」沈憐蛾的聲音變得緊張，黑子說：「不論怎麼說，你身上的天災我們一定要除去，爲此，或許要做出相當的決斷犧牲。」

「啊！妳是秦隊長的話……」沈憐蛾恍然大悟道：「小灰那天帶回來的……那是妳的手，對嗎？」

「對，現在左手已經裝上義肢了，你如果不信，可以摸摸看。」

「不，我沒有要懷疑妳的意思。」沈憐蛾忙道：「那隻手就是妳說的『決斷犧牲』嗎？因爲妳的天災就生在那隻手上。」

「可以這樣說。」

「我的天災則在眼睛上。那麼，我可以將這個天災理解爲是可以被切割、不對、抽取？或者說……移除的嗎？就像把壞死的臟器或被癌細胞感染的部位摘除那樣。」

「要解說具體原理有點麻煩，不過基本上是這樣沒錯。」

黑子心想或許不須自己開口，沈憐蛾已經考慮過接下來的事，而且與她的想法方向一致。

「那麼只要將我的眼睛挖掉，就可以消滅這個天災了嗎？」

「通常沒那麼容易，它的求生欲很強，依照特性，有些可能順著跑到身體其他地方去，不過……」

話還沒說完，沈憐蛾便焦急搶白道：「但是，它寄生在我眼裡的目的，不就是爲了看到外面的世界嗎？就連我這樣一雙殘缺的眼睛，也讓它依戀得不得了啊！」

「這正是我要說的。」黑子說：「對它來說，最大的吸引力是宿主對景色的解釋，如果身爲宿主的你喪失視覺，無法做出任何知覺行爲，或許會迫使它離開。因此，我確實打算這樣做——我想剝奪你的視力。」

沈憐蛾的嘆息聲中有些顫抖，黑子分不出那是出於恐懼或安心。

「我一直很猶豫要怎麼向你開口，奪取視力幾乎是不可逆的，請你爲了國民百姓把自己弄瞎，這樣的話，我還眞是不知怎麼說出口。」

「不，這樣很好。反正我幾乎失去八成視力了，如果能夠消滅那麼殘酷的天災……」

「不過，沒必要做到摘除眼珠的地步，我打算移除你的角膜，縫合替代的生體材質上去。雖然機率不高，未來若再進行一次正常角膜移植，不能說沒有機會取回光明。不過你本來的眼疾不會有改變，甚至可能加速惡化。我不能保證它一定會離開，也許一切都是無謂的犧牲，但這就是一場賭博……我們在賭天災的意志。」

「總比殺了我好。」沈憐蛾苦笑道：「你們要是殺了我，我女兒也會很難過的……何況，我的眼睛本來也就不剩多少時間了，醫生說，至多一至兩年吧！」

聽到醫生這樣宣告時，他心中並沒有特別絕望之感。或許是早有心理準備，這雙眼陪了他五十多年，他感謝過，也憎恨過，然而不論如何，如果沒有它的存在，自己也不會走進繪畫的世界，他一生最珍貴的城堡。

如果這雙眼是上天指引他走向城堡的路標，那麼上天要收回去，他也不會有怨言。那時他想，就這樣吧，在上天允許他與畫告別的這段時間裡，他想畫到最後一刻。但是，此刻他的想法改變了。如果這段時間，只能用來交換一件最珍貴的寶物，那麼他——

「我會乖乖合作的。但是，我有一個條件。」

「什麼條件？」

「一次也好，請……點燈吧！」

雖然看不見黑子的臉孔，但沈憐蛾能聽見輕微的抽氣聲。

「我想再見我女兒最後一面，至少讓我好好記住她的樣子，拜託妳！」

「不可以。」黑子立刻說：「在那種狀況下，KING很可能跑到她身上。」

「只要幾秒、不、一秒也好——」

「不可以有光，絕對不可以。我們為你進行手術的時候，也會透過機器手臂遠距離開刀。視訊的話還可以，但絕不能直接接觸。」

「不是照片或影像……我想親眼看看她、看著在面前活生生的她啊！」

「你要害死你女兒嗎？要是轉移到她身上，這次就真的沒救了。你想要我們殺了她或弄瞎她嗎？」

「唉……」沈憐蛾難掩失望，黑子無奈說：「我能明白你的心情，但你絕對也不會想傷害鍾灰吧！」

出了禁閉室，楊戩和鍾灰都還在門口等待。

「怎麼樣！我爸說什麼？」鍾灰焦急道：「妳要怎麼做？」

黑子說明計畫，本來還很苦惱要如何說服這對父女，尤其是鍾灰，她一定會反彈。但沈憐蛾意外配合，鍾灰就不攻自破，只是顯得很沮喪，囁嚅半晌問：「那我爸爸說的……」

「不行。沈畫家想見妳的這個願望，我實在不可能答應。」

「可是、只要一下下……就算幾秒鐘也好。」

「所有可見光都有危險性，萬一這一次再利用光逃走，我們眞的就束手無策了。」

「怎麼這樣、難道眞的一點辦法都沒有？什麼奇怪的光都可以、難道就沒有幽靈蛹不能使用的光——」

「對，只要能讓他看見妳的光，都有風險。」

「不，還有一種光是安全的。」

沒想到，這時一直在旁靜靜傾聽的楊戩突然插話。

黑子一臉愕然，轉過頭瞪著他：「你說什麼？」

「我的雷光。」楊戩說：「雷光就是我的KING力量展現，它絕對不敢用我的光逃走。讓我來吧！光由我來點亮——可能沒辦法維持太久，但只要別太久、威脅性別太大的話，讓他再見鍾灰一面是可以的。」

「你在說什麼傻話？如果發生轉移，你能負責嗎？」

「我來負責！」鍾灰大叫：「拜託，如果眞的跑到我的眼睛上，我願意接受所有處置！」

「不會的。黑子，妳那麼熟悉KING的本能，應該知道我沒有亂說。它絕不會向更強的力量自投羅網，此刻的我比幽靈蛹強太多了。」

「你們兩個——」

楊戩柔聲道：「放心，不會有事的。」

兩人難得一致槍口對外，黑子考慮許久，最後說：「十秒鐘，不能再長了。」執行手術前的傍晚，楊戩帶鍾灰再一次進禁閉室。

「爸爸。」黑暗中，鍾灰輕聲呼喚父親。過了今夜，他們就要摧毀父親的眼睛。父親視這雙眼如同性命，不論有多少不滿，那都是曾賜予他繪畫生命的靈魂之窗，如今要他拱手讓出，大概比死更難受。可是，父親的聲音卻很平靜。

「小灰，過來我這裡。」

黑暗中什麼也看不見，但父親的聲音就在筆直正前方，像是在漆黑的森林中，一道光亮的出口。鍾灰鬆開楊戩的手，朝那聲音走去。

「小灰。」

自己好像變成一種回聲定位的動物，那聲音的所在如此清晰。

「小灰。」

父親呼喚她的名字——那之後過了多久呢？再也沒有聽見過這樣溫柔與慈愛的呼聲。

「過來。」

鍾灰屈下身，顫抖著伸出手，在彷彿空無一人的黑暗中，摸到了一雙溫暖的手。蒼老起皺的、骨節嶙峋的、乾枯單薄的、父親寬大的手。

「爸爸。」她在父親身前跪下，父親的手順著她的肩膀慢慢往上走，直到在她的臉上停留。

「我的小灰啊……」

父親的聲音顫抖著、哽咽著，但一點都不虛弱，不如說，這是頭一次父親的聲音裡讓鍾灰感受到剛強。與他平日那種故作威嚴不同——那只是剛硬，如果受到外力猛擊就會悽慘粉碎的剛硬。

父親小心翼翼碰觸她的輪廓，像要把面上每一寸凹凸都刻在心裡一樣，指尖緩緩地遊走。最後，他的手掌在鍾灰眼前停下，蓋住她的雙眼。父親說：「對不起……」

鍾灰不知道他爲了什麼道歉，但這是他這一生第一次向自己說對不起。

這樣就好了，我想聽的，一直都只有這句話而已。

只要說對不起就好了，什麼我都可以原諒你。

「不要……哭。」

父親伸出拇指抹去她的眼淚，自己卻也夾了濃重的鼻音。

「要哭的話也是我要哭才對，對不起……」

「把這雙眼睛帶給妳。」

「把這雙眼睛帶來的痛苦也帶給妳。」

「我這一生都在爲自己被剝奪的東西痛苦，所以我把那份痛苦也教給妳，可是不應該是這樣的。」

父親的聲音因哽咽而破碎，變得很難聽清楚：

「在我開始看不見以後，我忽然懷念起那些以前我痛恨的風景。我總是爲了看不見的事物痛苦，但是我明明也曾爲了看見的事物快樂……我能看見這世界萬物的纖維毫理，它們通過我的眼睛，來到我的雙手，讓我在這世上留下紀錄。我竟然忘記那種快樂，那才是我爲人父母，應該要教給妳的東西。

「睜開眼能夠看見這個世界，只是這一點……就已經是無上的恩典與喜悅。我給了妳一雙能看見這世界的眼睛，只是這一點，我就應該要挺起胸膛，爲妳、爲我和爲妳媽媽驕傲才對。但我只覺得……很生氣，爲什麼會那樣呢？在妳出生的時候，我明明體驗過那種感恩和喜悅的，但我卻忘記了，只剩下這雙眼睛曾帶給我的屈辱與悔恨。我蠻橫地讓妳也承擔那樣的痛苦，將妳當做上天對我的嘲笑與詛咒……」

「爸爸。」

這一刻，鍾灰終於得到某種勇氣，開口問出自己這一生都不敢碰觸的問題。

「爸爸，」鍾灰又一次呼喚他：「我是你的一場天災嗎？」

「不是的。」這一次父親沒有任何質疑了：「妳是上天賜給我，這一生最好的禮物。」

「小灰，把頭抬起來。」父親鬆開手，鍾灰慢慢睜開眼：「讓我再看妳一眼。這恐怕是最後一次了，爸爸會好好記住妳的臉。」

說完，鍾灰身後傳來一陣霹靂聲。

同時，像螢火蟲一樣，無數細小的光點從地面浮起，向四面八方慢慢散開。

好像萬花筒一樣……

楊戩周遭閃現電弧的閃光，最初明明如此薄弱，轉眼卻光明大放。在六面鏡子互相反射下，彷彿宇宙間無數星河流過身畔，千道萬道雷光開天闢地而來，延伸到無窮遠的地方。

原來光是這樣的東西嗎？

好溫暖、好明亮……

父親專注地望著鍾灰，想將這張臉孔的一切細節都刻進腦中——就像在心裡畫下一幅肖像畫。

我是畫家。父親說。這是我做得最好的事。

鍾灰動也不敢動，好像自己眞的是畫家的模特兒，直到畫家的心也停了筆，滿足地閉上雙眼。

幾乎在同一時間，楊戩將光熄滅了。

「謝謝你。」不知是向誰道的謝，父親輕嘆一聲：「我已經沒有任何遺憾了。」

在黑子的陪同下，由專門的眼科醫師遠端操縱機器爲父親進行手術，期間黑子在旁監測他眼中KING的變化狀況，確認幽靈蛹正在離開，由於光源非常有限，進行十六小時才完成。結束手術，父親在禁閉室內仍須待滿十二小時，除休養外，也是爲了給幽靈蛹充分離開的時間。之後，他們以移動型隔離室將他運出禁閉室，送往第三研究所內部的隔離設施，期間災區警察全力警備。

又再經過漫長的二十四小時，確認禁閉室內KING能量未有顯著變化，同時，進入隔離設施的沈憐蛾也不再測出反應，可以判斷計畫應按預想順利執行了。最後剩將幽靈蛹消滅，一切就能塵埃落定。

能執行任務的只有一人——知道那就是楊戩在隊上的定位，鍾灰還是不免有些為他感傷，螢幕上的監視影像從四面八方捕捉禁閉室，楊戩踱著慢慢的步伐進來，攝影機很遠，因此他在畫面上看起來僅是一個黑點。

初次見面時，楊戩像電影英雄一樣從空而降，撼動整個夜空的雷光，幾乎刺瞎鍾灰雙眼，但那時他一定還是節制著。直到淡水河上那一夜，楊戩展現雷神真正的威力，才讓鍾灰明白為什麼黑子也承認士兵的本質就是天災。那樣恐怖的暴力，除了天災，她找不到任何形容。即使如此，她還是想再看見那景色一次——在她灰色的世界中，獨一無二的鮮烈色彩。

楊戩停下腳步。

「要來了。」

黑子話中充滿屏息而待的意思，那究竟是期待或是緊張呢？隊裡其他人也一樣，雙眼一眨不眨地盯著螢幕，好像在等候一場狂歡嘉年華的開幕。那也是理所當然的——王的項上人頭，正是他們災區警察最大的戰利品。楊戩與它對峙三次，沒一次占得上風，但這回不同，對手被困入牢籠，已是窮途末路。

被送上前線為王斬首的、這位有如他們新王一般的人物——舉起了屠刀。

鍾灰先是目睹他身邊爆出細小的電弧，接著變得更醒目，風颳過時，歪曲的電弧如在他肩頭無數振翅的白鳥，如無數把死神揮舞的純白大鐮。

緊接一瞬間螢幕中心像斷訊一樣爆出一道強光，刷白整個畫面，楊戩的身影也湮沒在那強光之中。扛不住巨大的閃電斷線了嗎？但全白的螢幕上凌亂顫動的碎形讓人明白——不，那片白光是火焰。

通天的火焰。

蒼白的火焰。

如天國彼方直下的、神明的火焰。

黑子發出一聲分不清是敬畏或讚美的嘆息，她說：

「我常在想，如果真有所謂末日吹響的號角，大概說的就是他的火焰吧！」

鍾灰想起禁閉室裡，他為自己與父親點起的燈。與眼前這天災般的雷火相比，或許孱弱得不值一提。但那光彷彿能傳遞到無窮遠的地方，如此柔和、如此溫暖，就連鍾灰這樣的眼睛也能忍耐。

一切光焰熄滅後，緊隨而上的是後續清理程序，大量水柱沖刷被高熱洗禮過的土地。只剩楊戩佇立原處，好像什麼也沒有發生過，靜靜望著眼前空無一物的焦土。然後他轉過頭去，半點留戀也沒有地離開。

肆虐了大半年、驕橫任性卻又情感纖細的那位暴君，終於讓他砍下了首級。

終章　王δ

時節漸漸轉涼，明亮的天光從窗外射入，鍾灰兩手抱著山積的書冊，雖然鼻樑上歪歪斜斜掛著太陽眼鏡，經過畫室時仍忍不住伸手遮眼——他們已經改裝深色鍍膜玻璃，過濾掉大半直射的陽光，但對她來說還是有點吃力。不過，不打算再把窗簾裝回去了——父親很喜歡畫室裡這片被太陽包圍的空地，他說非常溫暖。失去視力後閉著眼睛，反倒無所謂對強光敏感與否。從前本能迴避日照的父親，晚年竟得到了與日光安閒共處的時光。

但鍾灰可沒有這樣的好處。看著悠閒享受日曬的父親，心裏竟產生一點怨恨的感覺。你倒是輕鬆啊，擺脫那雙眼睛，從今以後像個自由人一樣，我可還沒解脫呢！

父親面前一如往昔擺著畫架，與從前不同的是，現在畫架旁多了一口桐木製的小櫃子，切分成兩百格，每一格底下都貼了色號標籤，鍾灰會定期替他補充顏色進去。父親什麼也看不見了，不過，他還是沒有停止繪畫。

他早已將世上所有的顏色，以數字編號的方式刻進腦海，鍾灰不知道他想像中的色彩是怎麼樣的，或許跟自己也不同，不過，那裡一定有一座只屬於他的王國。

或許無法再畫出精巧的細節，但過往紮實的訓練，讓他仍能很精準地畫出各種形狀。什麼樣的色彩擺放在一起會和諧、以什麼樣的比例調配顏料能做出他要的濃淡，他像一台留聲機般能準確復唱。

現在父親的繪畫，就像小孩玩積木，只能用幾個固定形狀組合，但積木也能拼出廣闊世界。父親說，藝術從來都是戴著手銬與腳鐐起舞，現在他的銬鐐變得更重，但他早就習慣身上有一份重量存在了。

雖然只能抓取大致的輪廓與印象，畫風卻也變得更奔放自由。他畫完後會詢問鍾灰的意見，問她看見了什麼，讓她做自己眼睛的補佐——明明可以請其他人幫忙的，那些人甚至能給他色彩的意見，但父親執拗地只讓鍾灰為他做這件事。

今天父親依然安恬畫著。

鍾灰將他的書一一進櫃——他們重新整修畫室，主要目的是將父親的臥室和書房搬上來，省去他時常上下樓梯的風險。那面標本牆拆掉了，改裝成書櫃，大部分是關於繪畫的書。父親再也沒辦法讀這些書了，不過，現在偶爾鍾灰晚上會讀，沒有值班而回家休息的夜晚，鍾灰會縮在角落的單人沙發上，一頁一頁翻看。雖然學過一段時間繪畫，對鍾灰來說內容還是稍嫌艱深，所以她看得很慢。

有一天，父親聽見捲動書頁的響聲，突然停下畫筆，問：「妳在看什麼？」

鍾灰報上書名，父親遲疑了一會兒，說：「能不能讀的時候也念出來給我聽？」

鍾灰於是起身轉小收音機播放的老派西洋音樂，將書本翻回章節開頭，一句句朗誦出聲。父親露出放鬆的神情，彷彿配合著鍾灰的抑揚頓挫般揮動著畫筆。

「維拉斯維……」

「維拉斯奎茲。」當鍾灰明顯卡住時，父親就會糾正她，或要她把那段再念一遍，然後向她說教起來：「這麼有名的畫家，怎麼名字都還會念錯？」

鍾灰不滿地說：「有名的畫家那麼多，我哪可能一個一個記住，這人有什麼特別的？」

「沒什麼特別的。」父親微笑著說：「他是國王鍾愛的肖像畫家。」

即使不知道誰是國王的畫家，地球一樣會繼續轉動，但鍾灰卻好開心，好像知道了什麼劃時代大發現一樣。那讓她想起國中還在畫室掙扎的從前——不，是更久以前，對了！是小時候，她和父親整天都待在黑暗畫室中的時候，父親在身旁看她運筆，經常喃喃念些她聽不懂的高深言詞。那時母親總會倚在門邊，帶笑看著她們父女：

「不要對這麼小的孩子說教這麼難的知識，連我都聽不懂！」

分離的鴻溝還是太長了，她與父親能交換的共同言語並不多，但只有這一刻，她為父親朗誦，父親為她解說。她覺得好像又回到過去，兩人能夠自然對話的那段時光。

「怎麼了？」父親察覺到氣氛變化，停下筆來：「小灰？」

「沒事，我只是覺得這個人好像滿有趣的。」她小心壓抑濃重的鼻音，若無其事地說：「爸爸，再多跟我說一點國王的畫家故事吧！」

那天睡前，鍾灰覺得眼前世界變得不太一樣了。

並非風景產生什麼變化，依舊一片灰暗，但心頭某處好像明亮起來。她從櫃子裡挖出深深埋葬的畫，畫布沒有裱框，綑成一捲，方便她隨時帶在身上。解開麻繩，她輕輕碰觸粗糙的畫布——上面畫著略嫌稚拙的蝴蝶。

無法與姑姑或應時飛相比，那是除了輪廓準確外，幾乎沒有任何優點可言的蝶畫，有時鍾灰看著這幅畫會想，這樣生硬的作品有什麼意義呢？還不如看標本就好了。對顏色她也沒有把握，她後來重畫時，很小心按照書本的描寫、顏料標籤的指示，選擇正確的藍色，但是，父親根本看不出來。

輪廓也不喜歡、顏色也不喜歡，鍾灰始終不知道該拿這幅畫怎麼辦。

這幅畫在她身邊已經快二十年了，五歲時她模仿父親珍藏的標本，在上頭畫了一隻紅色的蝴蝶，但畫最後還是沒有送出去，就那樣跟她一起離開了沈家。直到現在，她都還不停爲這幅畫加筆，紅色的蝴蝶被顏料一再清洗，如今換上了（理應是）藍色的新外衣。

畫到這樣可以了吧？合格了吧？不會再觸怒父親了吧？

雖然努力這樣告訴自己，但只要一停筆，耳邊就會聽見父親的冷嘲熱諷：「所以說妳不要再試了，妳一點才能也沒有。」然後那好不容易停下的筆，就又重新動起來——應該還能再更好、應該還能找出缺點、只要我的技巧繼續進步，畫應該也會跟著進步……二十年來，每當打開這幅畫，這些聲音便如影隨形。她從未想過完成這幅畫後要怎麼辦，與父親斷絕聯絡，她從沒打算眞的要將畫交給父親。然而，每年仍舊不停改、不停改，好像只要終於改到完美的那日，她就能從詛咒中釋放出來。可是今天鍾灰忽然明白了——

不需要再這樣做了，她可以從這幅畫中解脫了。

她將畫放到窗台上，站在一個稍遠的角度觀看它。非常難看，就算是她這樣凡庸的畫家，也覺得眞是乏善可陳的一幅畫。輪廓僵硬，情致單調，色彩……她就不多做評論了，不過至少是符合自然界規律的，如果顏料上的標籤沒有貼錯。

可是，她再也不想再多動一筆一畫了。

即使是這樣粗陋的作品也沒關係，這幅畫就要從她手中離開了。

幾天後，鍾灰抱著那幅畫來到畫室，父親仍一如往常占據那個最溫暖明亮的位置，聽見她的腳步聲，父親似乎很吃驚：「現在這裡的太陽很大吧？」

「爸爸，我有東西想給你。」

「嗯，是什麼？」

「是給你的生日禮物。」

父親困惑地說：「生日禮物？我的生日還沒到吧？」

「我知道，不是今年的，是二十年前的。」

「二十年前？」

「那時候我畫了一幅畫要給你當禮物，不過，後來沒有送出去。」

父親沉默下來，想必也明白她說的是什麼。他緩緩轉過頭，雖然他根本看不見鍾灰，沒必要多此一舉，但對著那雙漆黑無光的眼珠，鍾灰仍能感受到父親的視線。

「那幅畫我沒有丟掉，一直留在身邊，想把它改到好，改到你看了也無話可說的地步。」

「小灰……」

「不過就像你說的，我大概沒有什麼才華，或者我投入的時間也不夠。每年我都改，但改到今天了，還是覺得它難看得要命，好丟臉，實在不想給任何人看。不過，這不是我的東西啊——這是要給你的生日禮物，我已經把它偷走二十年了，我想，今天也該還給你了。」

她緩緩走到父親身前，拉起他的雙手，讓他握住剛裱好的畫框。

「還是非常難看唷。如果你能看見，一定會囉囉嗦嗦指出一大堆缺點吧！這個不行、那個不好、這樣的東西只能算半成品……但是，我還是想給你。因爲不論畫得多好，這幅畫永遠都是半成品，只有給你——只有給你了，這幅畫才算完成。」

「爲什麼突然……」

「我一直不想將不夠好的東西交到你面前，因爲我很害怕……」

父親低下頭，緊緊抱住那幅畫：「不用再害怕了，我已經什麼也看不見了。」

他的語氣如此寬慰，好像失去眼睛是一件幸福的事。

「其實有一件事我一直很想問妳，但又不敢開口……」

「嗯？」

像是很難爲情似的，父親掙扎了片刻才說：「我最初那個愚蠢的過錯……妳小時候可能不太懂，但後來應該從妳媽媽那裡知道爲什麼會改姓吧？」

「……」

「如果願意……還有考慮過回來跟爸爸姓嗎？」

什麼啊，原來是要說這個。父親說得極其彆扭乏力，顯然自己也很害怕吧。

鍾灰忍不住笑了，男人眞是愚蠢，那笑聲令父親很慌張，那一刻，她對父親最後一點恐懼也煙消雲散了。

「不要。」

「啊……」父親沒料到是這麼斬釘截鐵的回答，連一點讓他緩衝的時間都沒有，他發出難掩失望的聲音。

「爸爸，我喜歡媽媽還勝過你一百倍喲。我這輩子都會姓鍾，就這樣了。」

「嗯……」父親低垂腦袋，像個做錯事的孩子。鍾灰說：「你要一輩子都記得這件事情。不過，也許明年就變成剩九十九倍了。」

父親抬起頭來，但鍾灰還來不及細細品味他臉上的表情時，樓下電鈴就響了。這種時候會是誰？鍾灰訝異地下去開門，門外竟然是楊戬。鍾灰愕然看著他，心裡七上八下。關於她的懲戒，現在具體內容還沒有下來。難道楊戩是來傳達此事？不過，代表官方過來的話應該會穿上制服才對。

「有什麼事嗎？」

「我有些話想告訴沈畫家。」

竟然是來找父親的？這倒大出鍾灰意料外：「什麼話？」

「能讓我直接跟他談談嗎？」

鍾灰像審查國境邊界的士兵般謹慎打量他，但這時樓梯上竟傳來父親聲音：「小灰，是王警官嗎？我聽到他的聲音了。快請他進來啊！」平時那麼拒人於千里之外，現在又好客了，鍾灰為忠誠守衛邊境的自己感到不值。

「你幹麼下來啦！你走樓梯很危險耶！」

「沒事，又不是不能走，我早就習慣了。」

她忿忿讓開一條路，楊戩規矩地點頭示謝，脫鞋進屋。

「王警官，好久不見。」聽見他來，父親似乎很開心。

「您的身體還好嗎？生活一切都還適應嗎？」

「很好很好。多虧這雙眼終於休息，現在待在太陽下也不會不自在了。」父親說完，反過來憂慮地問：「你呢？你的手好點沒有？」

「順利消滅以後，我的手就恢復原狀了。」

「是嗎……那太好了。」不過，父親聲音不是特別開心，他很快問：「今天專程上門有什麼事呢？」

「有些事我想應該有告訴您的必要。」

「是什麼？」

楊戩回頭看了鍾灰一眼，她兩手一攤表示與我何干。

「我認為這些事私下跟您談比較好。」

「是不方便讓小灰知道的事嗎？」

「不……也不能這樣說。不過，我想那畢竟還是您的個人隱私。」

「好好，我走就是了！」不等父親爲難，鍾灰取下掛在牆上的鑰匙：「我半小時再回來，夠聊吧？」

兩人在大廳沙發上坐下，沈憐蛾急切地問：「你說ＫＩＮＧ消失後，手就恢復原狀了。那麼，那些失蹤的孩子……有下落嗎？他們有……重新出現在什麼地方嗎？」

楊戩垂眼望向眼前這怯弱的老人──當然，沈憐蛾早就知道答案。如果他們重新現身，不可能不引起外界騷動，無消無息已足夠說明結果了。

「沒有。」既然如此，自己有責任將他的願望徹底斷念：「ＫＩＮＧ在他們身上作用的力量太長久太完全，他們已經徹底消失了。」

沈憐蛾發出悲哀的長嘆，什麼話也沒說。楊戩正尋思是不是該更委婉表達時，他緩緩開口：「搬回這裡以後，我經常站在畫室窗口往下看──眞好笑，我已經看不見了，但我還是不自覺……我多希望能在底下聽見那孩子的聲音，就算是摔得頭破血流的哀號也好，要是能再出現就好了，要是沒有遇見我就好了。」

「請您不要這樣想，應時飛和那些人的消失，並不是您的責任，那是ＫＩＮＧ單方面的殺戮。」

「但是，它是隨著宿主的意志行動的不是嗎？那麼，若不是因爲我最初便心存惡意……」

「沈先生，您是否相信惡魔的存在？」沈憐蛾露出迷茫的神情，楊戩說：「那就姑且當作相信吧！如果有一個惡魔，能爲人類實現所有惡意的願望，這時候該怨恨的是惡魔或是人？」

「惡魔……不對，要看是不是人類指使惡魔這樣做的吧！」

「那您認爲，人類能夠命令惡魔嗎？」

「大概不可能吧……」

「不對，是可能的。」楊戩態度堅決地否定了他：「我能夠命令惡魔。」

「啊……」

「所以，如果是我。願望就不算由惡魔實現的，而是由我實現的，我才是惡魔──但沈先生，你不一樣，你不能命令惡魔，你沒有讓願望實現或不實現的選擇。」

「你也曾有過心存惡意的時候嗎？你總給我一種嫉惡如仇的感覺，但也因爲這樣清廉無比……我很難想像你對人存在惡意。」

「當然有的。」

「是嗎……那是怎麼樣的惡意，能告訴我嗎？」

「我小的時候，住在教會的育幼院裡。」

和大部分育幼機構並沒有差別，只是偶爾教會的牧師會過來爲他們上課，他們會輪流到教會幫忙。日常生活中會祈禱，此外就是唱誦聖詩——育幼院裡有一間演奏室，雖然不大，那裡有架桐木作的鋼琴，年代久遠但保養得很好，琴蓋上總閃耀著鏡面般潤澤的光。他們教楊戩彈奏鋼琴，他總是負責伴奏的那個。

「當時我受到的待遇是有些特別的。」像在說別人的事一樣，楊戩的語氣非常平淡。「因爲我身上一些奇怪的傳聞，讓教會裡一部分神職人員對我另眼看待。」

「是指你的特殊能力嗎？」

「不。那時雖然我多少有些察覺，偶爾也會做點惡作劇，但其他人都不知道。」

「那麼傳聞是……」

「是我自己也無從證實的、非常怪異的傳聞。」楊戩說：「我跟其他孩子們並不住在一起，自己一個人住在三樓盡頭的房間、飯也和大家分開吃。我很難打進他們的群體中——除了特別待遇讓大家討厭我以外，也是因爲那些傳聞，讓他們不喜歡和我親近。不過，當中也有些教士持完全相反的意見——不如說，他們特別痛恨對我的特別待遇。其中有一位牧師，現在我已經記不起來他姓什麼了，但是他對我非常嚴厲。

「那該說是對我嚴厲嗎？或許他眞正想嚴厲對待的，是那種對我特殊的態度吧！輪到他來育幼院的時候，他一定會逼我參加所有人都參加的活動。如果我犯了什麼錯，他也絕不會睜一隻眼閉一隻眼過去，會嚴厲地處罰我。尤其，他非常反對將我交給研究機構。牧師的鋼琴彈得很好，他來的時候，總會帶我們唱聖歌。我很不喜歡唱歌，本來我負責彈琴，可以不用唱，但他來的時候就不行。他好像特別針對我，如果我裝模作樣對嘴，一下就會被抓到。但是一旦我唱壞了，也會被揪出來當眾教訓。」

「在所有責罰中，我最常爲了唱歌這件事挨打。」楊戩無奈地說：「老實說，我很怕他，也很希望我可以一直坐在鋼琴前面就好。我經常想，如果牧師不願意彈那架鋼琴就好了，有沒有什麼方法可以讓他討厭那架鋼琴呢？剛才也說了，那時我漸漸察覺自己的特殊能力，所以我想到了一個好方法，在他要來的那天，我就會在鋼琴上覆上一層薄薄電力。牧師被我電了兩三次，我以爲他會放棄，改指派我去彈鋼琴。但小孩子的想法還是太簡單了，他後來過來時，都會戴上預先準備的手套。所以，琴他還是繼續彈，我也還是繼續挨打挨罵。」

沈憐蛾笑道：「這只是小孩子的惡作劇而已，算什麼惡意呢？」

「不。後來有一天，牧師就沒有再過來了。」

「……」

「我也是後來聽人說才知道的，他那天出門前忘記帶手套，因此又特別折回去拿了一趟。結果下樓時不小心踩空，從階梯上摔了下來。本來就是上了年紀的人，聽說摔斷了幾根骨頭，入院休養了。」

見識過楊戩的雷電那恐怖的暴力，知道結局只是這樣就打住，沈憐蛾反倒鬆了口氣。

「之後他有順利復原嗎？」

「我不清楚。」楊戩說：「在他入院期間，ＨＣＲＩ又來找教會，當時除了那位牧師特別反對強烈，其他人都還算贊同用科學來研究我引發的奇蹟本質，因此我就被帶走了，之後沒再聽過牧師的消息。」

「雖然這樣，我還是經常在聽見琴聲的時候想起他，想起我那一點微不足道的惡意，也給他帶來了傷害。」

沈憐蛾有些不負責任地說：「我也摔過一兩次，我想大概會復原吧……」

「不，請別這樣說。」

「我希望他不要再彈鋼琴，或許根本希望他不要再出現——即使那不是我的本意，就結果來說，也是我的惡

抱歉……是非常幼稚的陳年往事。」

意帶來了他的不幸，或許，這也影響了我的後半生。」

「……」

「即使不是本意，也會爲人帶來傷害，我學會了這件事。但是，一件事會發生，或許沒有哪一點是眞正的開端。『如果不是我在鋼琴上動了手腳，牧師就不會摔斷腿』，是這樣的嗎？我認爲意外並不是用這樣一句話就能了結的事情，一直抱著這樣念頭苛責自己，讓我覺得很不甘心。我不想這樣，所以就把這件事忘了——不過，我的例子或許不夠好，我根本沒有苛責過自己，對經常粗暴毆打我的牧師，我沒有產生任何歉意。」

「是嗎？可是，如果是那樣的話，我想你就不會特別對我提起這件事了。」

楊戩沉默片刻，點了點頭：「或許是吧！雖然我很討厭他，但至少他教會我一件很珍貴的事。是他告訴我，不要把自己看得太高，聖經中復活的故事一點也不稀奇，他至少還能舉出六個——比如您也畫過的拉撒路。」

「爲什麼這件事很珍貴呢？」

「是很愚蠢的事，我說出來的話，也許您會笑我。」

沈憐蛾心裡想，雖然不知道爲什麼，但是他想告訴自己。於是他溫和地勸慰道：「我不會的。」

「好吧，您曾告訴過我您很重要的祕密，我也應該有所回應才對。剛才我說，教會裡流傳著關於我的怪異傳聞吧，那傳聞是這樣的，他們說——」

我是一個復活的死者。

沈憐蛾一下愣住了：「什、什麼？爲什麼？」

「我出生在冬季，聽說那時正好來了一波很強的寒流，那天又下雨。我被丟在一家小兒科診所前面，大概是覺得小兒科醫生會對小孩發點善心。但那天診所根本沒有營業，所以我就被扔在外面凍了一整晚。」

「那……是誰發現你的？」

「是醫生。那是他自己家改建的診所，他就住在二樓。他說，會下樓也是很巧的事。因爲同一天晚上，隔壁獸醫診所門前，也被人丟了一箱黑色的小狗，小狗吵得要命，已經睡著的醫生又被吵醒，他下樓去看到底怎麼回事，才順便看到我。不過，那時候的我，已經沒辦法跟那些小狗一樣大哭大鬧了，因爲我早就死了。」

沈憐蛾太過驚愕，一句話也說不出來，半晌支支吾吾地問：「你是……從哪裡聽說這件事的？」

「醫生是我們教會的教友，就是他帶我來育幼院，我也是從他那裡聽來這件事的。當然，也許他說的都是假話也不一定。」楊戩用事不關己的語氣說：「醫生說，他把我抱進診所，但是已經太遲了，我全身都凍成了紫色，也聽不見心跳了。醫生爲我祈禱，然後他開始考慮該怎麼辦才好？我連出生證明也沒有，還要不要這麼麻煩給我一張死亡證明？或者該當成醫療廢棄物處理就好？」

但在醫生產生這不莊重的念頭時，凍得渾身青紫的嬰兒，忽然猛烈抽搐了一陣，隨後大聲啼哭，恢復了穩定的心拍。

「爲什麼會發生這、這樣的……」

「醫生自己都找不出科學的解釋，後來提起這件事，只說是上帝的奇蹟。」楊戩苦笑道：「不過，ＨＣＲＩ的看法不一樣。他們研究我體內的細胞，認爲ＫＩＮＧ在我體內幾乎寄生了一輩子。所以他們猜想，大概就是在那個時間點，我被寄宿了——您知道我的力量是雷電吧？」

「那麼，那時天災的雷電——」

「是的，正如您想得那樣。」死去的同時，喜怒無常的王將雷電放入他的胸口。於是電流通過心臟，黃泉湧起的大浪又將他推回了陽世。「那天聽到您和鍾灰說的話，讓我回去以後也一直思考一件事。沈先生，有個問題，我能問問您的意見嗎？」

「如果我能回答的話……」

「不知道爲什麼，我的父母親最終選擇捨棄了我。對他們來說，我的降生……是一場天災嗎？」

沈憐蛾無法看見他的表情，但那樣的話……女兒問過一樣的話，那令他非常悲傷：

「不是這樣的，你是上天賜予的禮物。」

「可是對他們來說，我不是很好的禮物。」楊戩輕笑兩聲，說：「其實我也並不是想知道答案，只是想聽聽其他人的意見。抱歉……說了這麼多無聊的事，本來不是要聊我，我今天是爲另一件事專程來找您的。」

「找我什麼事呢？」

「關於當年連續少女殺人案……」沈憐蛾大概沒料到是此事，表情變得很僵硬。楊戩說：「首先，您持有的隔離裝置——凶手寄給您的金屬盒子，屬於我們內部研究機密，因此無法歸還，非常抱歉。」

「嗯……」

「此外，關於死者——我們沒有找到全部遺骨，而且這些遺骨曾遭高溫焚燒，已經無法辨識身分。不過，根據當時發生的某些現象，大致可以判定令姊的遺骨在哪裡。事涉機密，我們很難將這些遺骨還給當事人家屬，因此最後決定，將骨骸葬統一在災區警察專門的墓地，令姊的遺骸也已尋回入葬其中。這件事牽涉太大，HCRI與軍方絕不會公開，但若您想去拜見令姊遺容，請不必客氣，隨時向我說一聲，我會帶您過去。」

沈憐蛾交握著發顫的雙手，拚命點頭。

「另外還有一件事，我不知是不是應該告訴您。」他猶豫地說：「或許是會讓人非常難受的話題，但我自作主張認爲……這是傳達給您較好的事。」

「和我姊姊有關嗎？」

「是。」

「那麼請告訴我。」沈憐蛾毫不猶豫：「不論是怎樣的事，我都願意承受。」

「我明白了。」楊戩立刻道：「我聽您說過，與犯人同車時，您一直聽見後車廂傳來敲擊聲，對嗎？」

沈憐蛾就像結凍一般全身僵硬，五官皺成一團。即使知道要談論沈迷蝶之死，實際提起時仍像刀斧加身。

「您當時描述，犯人帶了一口巨大保冷箱——包含上面的特殊標誌。爲此，我回去做了調查，想釐清是否能找到線索。我確實得到一些收穫。您所看見的，是我們研究所內部使用的隔離裝置——您在禁閉室內待過一段時間，應該比較容易理解我的說法。所謂隔離裝置，就是避免讓天災逃跑，而以特殊金屬製作的封閉空間。根據您對外型的描述，那應該是淘汰不再用的舊型裝置，不過，箱子上印的標誌，現在仍通行使用。」

「可是、爲什麼要用那種裝置？迷蝶也被感染了嗎？」

「現在沒有人能知道答案了。除非找到凶手，否則不能明白他行動的用意。但是，箱上的徽記透露出一條重要的線索。事實上，隔離裝置依其功能又區分爲兩種，會使用不同的標記，您待的禁閉室其實也有描繪類似的記號——而那箱子上使用的是另一種。」

「那有……什麼區別？」

刻意將話迂迴遠繞的楊戩，終於輕輕嘆口氣：「隔離箱會以標記區分其中宿主是生物或無生物。您說那標記下打一個叉，對吧？那代表箱中裝的是死物。感染物是活體與否影響很大，因此絕不會有錯。」

「你的意思是那個箱子、那個箱子裡……」

「是。我認爲那個箱子裡裝的——不論是否令姊，應該都是一具屍體。所以，您不可能聽到聲音。從來都沒有聲音，在那個時間點，不論您做了什麼、發現了什麼，箱中裝的都是死者，只有這一點是無法改變的。」

「啊、啊……」

「所以，請您不要再作那樣痛苦的夢了。」

沈憐蛾好像又回到十六歲那年，但這回不同，所有的恐懼和悔恨終於都能釋放，終於不必再避諱他人懷疑的目光。忘了眼前還有客人，他如幼小少年般嚎啕大哭。那是什麼都不在乎、只有純粹悲痛與解脫的哭聲。

明明是無關的他人之事，卻讓楊戩感到心頭沉重。

雖然共同生活過一段時間，楊戩不敢說自己與這位畫家有多親近，也不認爲自己能了解他的人格。但他還是很難想像如此堅硬頑固的老人這樣大哭——那是像要將一生的悔恨都託付給眼淚一樣、不留餘地的哭泣。

那忽然令他想起英士，英士的眼淚像湖水那樣安靜。

「我要說的話就是這樣而已，那麼，我就先告辭了。」

「等等、等等！」淚眼模糊的沈憐蛾慌亂起身，抓住楊戩的手：「謝謝你、謝謝你告訴我這件事——」

「這沒有什麼。」

「不……你聽我說，我剛才說的都是認眞的，你是上天賜予的禮物，上蒼讓你死而復生，一定是爲了讓你帶給其他人……來自天堂的、最珍貴的禮物。」

楊戩有些困擾地笑了：「沈先生，你眞的相信我說的故事嗎？」

「爲什麼不相信呢？你們告訴我，KING會被強烈的意志吸引，你覺得嬰兒會有什麼強烈的意志？」楊戩啞口無言，沈憐蛾說：「我聽過小灰出生時候的哭聲，所以我知道那是什麼——是你的求生欲啊！它一定是察覺到……你想好好活下去的心情吧！」

「你對我爸做了什麼？」

一出畫室，便看到鍾灰站在門外，雙手環胸，戰戰兢兢警戒著他。

「妳一直在這裡等嗎？」

「我聽到門裡爆出超級嚇人的哭聲，你該不會對他使用暴力了吧？」

「沒有。」

說得也是，如果雷神眞的使用暴力，大概不是父親哭一哭就能了事。

「我只是跟他說了一些和沈迷蝶有關的事。我覺得那對妳父親來說或許很重要。」

「嗯……」能讓父親發出那樣撕心裂肺的哭聲，一定非常痛苦……但也正因如此，一定對他有非常深刻的意義：「謝謝你特別過來告訴他這件事。」

「所以妳一直在這裡等嗎？」

「你一直死纏爛打問這件事到底要幹麼啦？」

「妳聽得到我跟沈先生講話嗎？妳聽到我跟他說什麼？」

「我又不是偷聽，是聲音自己、多少……就從門縫裡跑出來了啊！」楊戩不肯罷休，鍾灰焦躁地說：「什麼呀！又不是國家機密，都可以跟我爸講，被我聽到不行嗎？」

「不是機密，只是有些難爲情。」楊戩淡淡苦笑：「我的生命裡……也有一些自己都無法喜歡的地方。」但他倒眞的不再糾纏：「對了，黑子讓我跟妳說，請這週五回總部一趟，醫療部門希望重新幫妳做身體檢查。」

「爲什麼？」鍾灰驚恐地說：「發生什麼事了嗎？」

「我不是很清楚全部，黑子說要等重新檢驗的結果出來以後再說。」

「你一定多少聽說過一點風聲吧？不能透露一點給我嗎？」

「嗯……好像和幽靈蛹的樣本有關。」

「樣本？幽靈蛹有樣本嗎？」

「在我消滅它以前HCRI有採摘非常少量的能量下來。」

鍾灰目瞪口呆，雖然她見過總部那陳列驚人的圖書館，但一想到造成這麼可怕損害的怪物還是被保存下來了，仍是毛骨悚然。

「我們採下樣本以後會追索這個KING的譜系……科學細節我也不是很懂，不過他們會設法找出特性最相近的進行分類。」

「我跟幽靈蛹有什麼關係嗎？」

「不知道，所以黑子才要妳回去。」

「我知道了……」

「如果擔心，我跟妳一起去吧！」

「你去有什麼用，我做檢查還需要有雷神鎭壓嗎？」

「跟雷神無關……我只是覺得不安的話，有熟悉的人在比較好吧？啊……」楊戩恍然大悟道：「說得也是，跟我一起去也不會感到比較安心吧！那樣的話，我可以請露池——」

「我有這樣說嗎？爲什麼要隨便幫我解釋！」鍾灰生氣打斷他，楊戩不知道自己又說錯什麼，連忙保持緘默，鍾灰瞪他一會，態度終於軟化，細聲說：「喂，我沒跟你說過，我爲什麼開始喜歡看電影吧？」

楊戩趕緊回想，眞的沒有這樣的記憶，謹愼地搖了搖頭。鍾灰說：「大災變以後，我去看了很多科的醫生……就是把KING當成幻視去治。那時有一位醫生，告訴我一件很有趣的事：他說，以前的人作的夢大都是黑白的，但彩色電視機出現後就愈來愈多人開始作彩色的夢。從此以後，我就經常跑去電影院，如果哪一天能在電影裡看到彩色幻視……說不定我就不必再被動等待幻視發生，可以自己作彩色的夢了，對吧？」

「那……最後妳有看到彩色電影嗎？」

鍾灰不滿地說：「當然沒有，我哪知道我不能從影像裡看到KING？不過……」她忽然笑了。她伸長手，像不小心掠過那樣、輕輕碰觸他的額心：「楊戩，不管你覺得自己是一部怎樣的爛製作，都不要忘了，你在某人的生命裡，可能是唯一的一場彩色電影。」

說完，那碰觸他的手很快就小氣地收回了，楊戩失神一會後問她：「現在妳能作有色彩的夢了嗎？」

鍾灰笑著聳聳肩不予置評，只說：「週五就麻煩你陪我走一趟吧！」

「是……那部分我們會再補件，第一次災區法庭預計最快何時開始？四月之前能開嗎……好、好……我明白了，我會再追問。」在小會議室裡埋頭苦幹的謝露池，一聽見敲門聲便頭也沒抬說「請進。」

順利消滅幽靈蛹後，要處理的麻煩事還很多。尤其哈梅林的吹笛手引起的失蹤案已可確認爲天災，必須申請災區法庭——換言之，必須捏造完整偵查進度甚至審級裁判，讓事情在社會上至少有一個「落幕」。雖說後續細節不必由災區警察處理，但要將每一起案件過程都寫成詳細報告上呈，光想到這一點就頭痛得不得了。她連外勤都抓來幫忙，也請其他隊伍支援，還是被堆積如山的文書工作壓得抬不起頭。

「我每次聽到災區法庭就很害怕啊！妳不覺得嗎？可以這樣隨便捏造一個故事，就抹消掉某人人生。」

謝露池抬眼，說話的人抱著一疊文件站在桌前。和這十年來總是一身窒息黑衣不同，她換上雪一樣的襯衫與淺褐色長褲，看起來十分輕盈。只有一處格格不入——她的左手，碳纖維製的漆黑外觀，如果不是關節處信號燈偶爾會發亮，猛一看就像她長年戴的黑手套。

「我是來跟妳說職務調動的事。」謝露池停下敲打鍵盤的手，黑子說：「我會調回HCRI，接下來隊長的職務，會交給妳。」

「我？」謝露池驚呼：「怎麼會是我？按資歷來說也應該是楊戩吧？」

「妳覺得他適合嗎？」

「……」

「在他可以做個『適任』的隊長之前，我會一直向上面打小報告，阻撓他升官之途的。」黑子嘿嘿乾笑：「不過，暫時妳只能掛『代理隊長』的職銜。說起來也是很官僚的理由……因爲妳沒有軍階。」歷任當上隊長的人，至少要有上尉或同等以上職階，謝露池轉至內勤後就算是文官，職階一直是比照公務員方式升上去。

「爲什麼會做這種決定？就我所知，歷來也沒有文官做隊長的。」

「雖然時間不長，妳也擔任過外勤人員，資歷上算是合格了。」

「但——」

「隊長最重要的是判斷行動時機和部署戰略，這一點妳毫無疑問比任何人都適任。」

見謝露池依然無法釋懷的樣子，秦知苑無奈地說：「好吧！是我推薦妳的。」

謝露池的臉一下就垮下來：「我不需要妳爲我做這件事。」

「我又不是按妳的需要做這個決定的，我是爲隊上考量。」

謝露池雖覺得有狡辯的成分在，卻不知如何駁斥。

「妳就放心吧，再怎麼樣都還有楊戩在的。管他什麼厲害的敵手，讓他放把天火就燒掉了。」

「那妳呢？妳之後回HCRI哪裡？」

黑子顯得有些詫異，眨了眨眼才說：「我還要跟HCRI商議。回第三研究所拿一間實驗室已經是不太可能了。不過我還是想做我原本的領域，我希望人類可以最低程度地控制KING。」

謝露池喃喃道：「人類真的該跨過那條界線嗎？」

「誰知道呢？」黑子聳聳肩，輕鬆地笑道：「反正我是科學家，不是哲學家。」

「是啊，妳是科學家，也不是警察，我都快要忘記這件事了。」謝露池陷入沉默，一會兒，她說：「這樣也好，妳已經被綁住了十年。本來那裡才是能讓妳伸展的天地。」

聽見她輕輕巧巧說出「十年」時，黑子不自覺拳起漆黑的左手，關節像彈鋼琴一樣，白色燈號一個接一個亮起又熄滅。

「資料給我吧！」謝露池面無表情地說：「還有什麼事嗎？」

「我們好久沒有這樣說過話了。」

「『這樣』是什麼意思。」

「開玩笑、閒談、或之類的，像朋友一樣的說話。」

「我跟妳不是朋友。」

「我知道。」黑子微微一笑，低頭端詳那碳纖維製的義掌：「但我還是覺得太好了。可以這樣普通講話。我想大概是這隻手的功勞吧！妳知道嗎？只要那隻手還連在我身上、只要仁君支離破碎的力量還留在我身上，就連靠近妳都會讓我很害怕。」

「為什麼要說得像我才是壞人一樣？」

「別這樣，我們不要辯論誰是壞人，妳知道我一定贏不了的。」黑子柔聲說：「這十年來，我身上一直帶著整套工具，就是為了等這一天。把手砍下來的時後，比起害怕，我更多的感覺其實是解脫……再也不必再看到它了，不必再把它藏起來、保護起來，把它看得比自己的性命更重要。甚至鍾灰把它搶走，我也沒有楊戩那麼憤怒——我只覺得輕飄飄的，好像在看一場和我無關的電影。我心裡想，我終於得救了。」

謝露池焦躁道：「妳跟我說這些到底想要什麼？」

「有一件事，我甚至沒有跟上面報備。但妳是未來的隊長，所以一定要讓妳知道。」黑子停頓片刻說：「鍾灰恐怕，沒有拿到仁君。」

「妳說什麼！」謝露池激動地起身：「那仁君呢？」

「先別說出去，否則她會受到非常嚴厲的懲罰。我已經找了些理由，暫時讓那隻手還能保存在最好的隔離條件下。但在事情爆出去之前，我們要想出辦法。因爲幽靈蛹樣本的事，他們打算重新檢查鍾灰，第一關至少要想辦法蒙混過去。」

「妳們簡直瘋了……」

「我也會利用HCRI的資源幫忙的。今天開始鍾灰就是妳的小隊員了，妳要好好保護她。」

謝露池意恨難平地瞪了她幾秒，終於深吸口氣，重新坐回位子上。

「我知道了，我會想辦法，這件事我不會聲張的。」

「謝謝。不過，妳比我想得更冷靜。」

「不然呢？拿槍掃射妳可以解決問題的話，我是很樂意那樣做啊。」

黑子識趣笑了幾聲，隨即收斂笑意：「對我來說，仁君已經不再是那麼沉重的負荷，只是普通的天災罷了。露池，那對妳來說，還有英士遺物的分量嗎？」謝露池沉默不語，黑子哀嘆：「揹著那股力量，很沉重的。」

「英士一點也不重。」謝露池凝望著她，已經有很多年，兩人的眼神從未交會過了。她說：「這麼多年了，我還是常在想著我開槍的那一天，然後就非常悔恨——哪怕一槍也好、哪怕我要被關一輩子、被判死刑也好，要是那時候能殺掉妳就好了。」

「我知道妳恨我……」

「不是的，我不恨妳。」黑子猛一下抬起頭，謝露池幽幽地說：「妳能搶下仁君的唯一理由，就是因爲在那個時間點……英士還活著。只要想到這件事，我就快要發瘋，我就沒有辦法原諒妳。但是，我也沒有辦法眞正恨妳。既不能恨、又不能原諒，我到底該怎麼辦。如果妳那時候死了就好了，我就不必繼續忍受這種痛苦了。我跟英士……我們只是那麼平庸的兩個人，爲什麼命運要把我們推到這裡？」

「對不起。」

「但是，妳活下來是一件好事，因爲這樣，我們多留住了仁君十年。」謝露池細聲說：「有時候我也會想，知苑，妳讓我活下來，或許也是一件好事。因爲妳需要有一個人活下來原諒妳。」

有多久她不曾聽見露池這樣叫自己的名字了？

「但是，我不知道那個人會不會是我——我想也許我永遠不會原諒妳。」

「我知道、我都知道。」說完，黑子像要逃命一樣，頭也不回地離開。

黑子原辦公室東西一部分先寄去第三研究中心了，不過實驗室還未找定，那裡暫無棲身之處，她也不好意思賴在災區警察那裡。在需要她的任務出現前，先回空橋都市的公寓吧！好像快兩個月沒回去過了。

從空橋往下望，寧靜的水面像一條大江，在模擬的日光下閃閃發光。她離水面有至少二十公尺遠，但覺得在水中看見自己的影子。那一刻，她忽然有一種赤裸的感覺——她剛成爲災區警察的時候，受訓了三個月，所有體能成績都很差，爲了至少不成爲累贅，她只能拚上全力，什麼事都無法思考。

但當她終於可以出隊時，被分配到露池的隊伍。

在她荒蕪的兩年間，露池回來考上內勤，上面的人不知道是什麼考量，將兩人分到同一隊。那時她很害怕，不過露池什麼也沒有說，只是冷淡地向她交派任務，好像兩人素昧平生。

光要應付任務，她就耗盡全力。老實說，不必再去思考如何面對露池，讓她鬆了口氣，心裡甚至感謝露池的沉默。就這樣拖著，誰都沒有再開口過。有時她也會想，是否那時兩人當面說開一切，事情就會好轉。但她心底清楚不會有什麼改變，說又能說開什麼？關於英士的一切，沒有討論的餘地，不論何時開口，都會和剛剛十分鐘是一樣的結局。她不需要露池的寬恕、不需要英士的諒解、不需要任何人給予她什麼——一定是這樣，也只能是這樣，但她心中仍有一個虛無的洞。

那就是所謂的赤裸，當一切能拉著她往前衝的任務都被剝除，她不得不停下腳步，清楚凝望鏡中的自己，去思考那個巨大的黑洞是什麼，有沒有可能填上？她一直都在水裡，只因爲接替了英士的位置，讓她必須拚命向前划，還在動，所以不像溺水，但是一停下來，就發現自己根本看不見岸。

接下來還有很多事要忙——鍾灰的事、調查私造隔離箱的事、回去投身研究的事，馬上這赤裸的空虛又要被蓋上了吧——下次再想起這個問題會是何時，我還能再上岸嗎？

手機突然響起，是楊戩打來的：「妳在哪裡？辦公室找不到妳，妳東西全部不見了。」

「我先搬出來了，東西暫時先寄到第三研究中心，等辦公室安頓下來再說。」

「妳在那邊的院區嗎？」

「喔……沒有，我還在東棟。」想了一下，她又說：「我在六樓抽菸的陽台那裡。」

「我去找妳。」

一會兒楊戩到了，他趕得很匆忙，一見黑子就皺眉：「妳的東西怎麼搬這麼快？」

「總不好一直賴在那裡嘛，不然遞補新人進來要坐哪裡？」

隊上現在也沒滿額，楊戩知道她只是想先離開。黑子又問：「你找我有什麼事？」

「重新檢查的事我跟鍾灰說了。」

「那就好，這件事還是找個信賴的人當面跟她說比較好，不然她一定又會想東想西。她的反應怎麼樣？」

「好像有點擔心。」楊戩又問：「到底要重新檢查什麼？我聽說和幽靈蛹的樣本有關是眞的嗎？」

「這個嘛……」

「鍾灰的能力和幽靈蛹有什麼關係嗎？」楊戩忽然想到：「幽靈蛹的運作原理很接近視覺，鍾灰的能力也和眼睛有關，是這個理由嗎？」

「怎麼說明才好呢？如果性質類似，我們不至於這麼緊張。」黑子顯得很爲難：「不過首先要稍微修正你的觀點，醫療部門的意見也統整出來了，他們想法跟我很接近——鍾灰的能力和眼睛沒有關係。」

「咦？」

「鍾灰在沈憐娥眼睛上看見了KING，但從來沒在自己身上看到過吧！」

「那不會是在眼球更深處的地方嗎？」

「楊戬，你知道色盲的原理嗎？」

「……」

「我們眼睛辨色機制主要依賴視網膜上的錐狀體、柱狀體兩種感光細胞，柱狀體細胞對光敏感，協助我們辨明亮暗程度。錐狀體又分好幾種不同類型，各自對不同波長的色光敏感。」她伸直那碳纖維製的機械食指，像一道光束射入眼睛那樣指著自己的眼球，說：「換句話說，一道自然光射入眼中時，這些細胞就會各自開始工作、對綠色敏感的細胞就辨認綠色、對藍色敏感的細胞就辨認藍色——最後再向大腦統一報告，這道來拜訪的光裡，有多少紅色、綠色、藍色。然後，大腦就會依據結果分析，告訴我們眼前的物件是什麼顏色的。當然，每個人的視錐細胞會如何切分色彩波段是會有差異的，因此某樣你覺得是橘色的東西，對某些人來說更像是黃色。」

楊戬略一消化，問道：「那麼鍾灰就是這些負責分辨顏色的細胞無法作用嗎？」

「對，她的情況正確來說是數量很少，所以無法確實完成工作，回報大腦物體反射哪些波段的色光。KING若要強行修復這個缺陷，第一種可能性就是使她原有的錐狀細胞足以作用、或在當下能製造出某種能執行錐狀體工作的視覺細胞。不過這樣的處理方式，我認爲比較可能造成一瞬間鍾灰的色覺完全恢復正常——但她的情況不是這樣，她只能看到被寄宿的部位。另外一種可能，就是大腦接替了這份工作。也就是說，即使鍾灰的錐狀細胞怠工，什麼有用的情報都沒傳回來，大腦還是透過其他情報辨釋出宿主的位置，並且重新編譯解釋。鍾灰雖然能辨別宿主和非宿主之間的色彩差別，但我們不是她，也無從知道她看見的是什麼景象，很可能與宿主表面反射回的色光波長沒有直接關係。這樣你明白是什麼意思嗎？」

「眞正寄宿的位置，可能是她的大腦某處……」

「對。」

楊戬沉思片刻，黑子正要說下去，他又問：「妳說鍾灰解釋顏色的方式跟色光波長沒有直接關係。那就是說……」他盯著自己手心看了一會兒：「她看到的我們也可能是綠色皮膚和紫色的頭髮嗎？」

「嗯，有可能。怎麼了嗎？」

「沒事……」

「如果我們能研究鍾灰如何編譯解析這些視覺回傳的話，或許就有辦法把這個能力完全程序化。但跟大腦有關的技術正是門檻中的門檻啊！我的研究領域跟這裡的距離就像是——」

楊戩和黑子已經認識十年了，很曉得該在什麼時候打斷她：「但這又跟幽靈蛹有什麼關係呢？爲什麼HCRI會這麼緊張？」

「最開始HCRI對鍾灰怎麼判斷的，你知道嗎？」黑子面色凝重地說：「鍾灰得到KING的那一天，不早不晚，正是大災變爆發——也就是信義的王逃逸的那一天。」

楊戩倏然睜大雙眼，立刻明白了黑子的意思：「難道你們認爲鍾灰的KING是……」

「沒錯，最初馬上比對了鍾灰跟信義的王。因爲信義的王沒有生物宿主，我們無法透過生物檢體去檢查，只能從能量射線的特性來研究。當時的結果，非常曖昧不明，能量頻譜有一部分波形疊合了，但就只有一小部分，從比例上來說，鍾灰的KING跟信義的王稱不上太接近。」

「那爲什麼突然又……」

「可是出現幽靈蛹後，情況有點不同了。我們分析了幽靈蛹，結果發現跟它最接近的王有兩個——一個是鍾灰，一個是信義的王。也就是說，它的能量頻譜有小一段與鍾灰重合，有一小段與信義的王重合。我只有這樣說，你恐怕很難理解什麼意思吧！就像病毒擴散感染後在不同宿主身上產生新突變，鍾灰和幽靈蛹，都繼承了信義的王一部分特質。只是之後往不同方向變化了。如果說，王有屬於它們的譜系，我認爲可以懷疑信義的王部分逃脫以後開枝散葉，就像一道白色的光，穿透三稜鏡後，折射出七道不同的色彩。信義的王太過巨大，是絕對不可能找到宿主的，但如果能利用它這些『後代子孫』的變化，最終我們或許能拼湊出它擁有怎樣的原貌。」

「那麼鍾灰……HCRI還會對她做什麼？」

黑子笑道：「不用那麼緊張，以後還有我在呢！一日隊長，終身隊長。我怎麼可能讓他們瞎搞胡來。」

「妳要回HCRI嗎？確定了？」

「嗯，不過大概一開始不會太順利就是了，我知道所裡還有一派很想讓我繼續接受司法審判。就算沒有制裁，要人沒人、要錢沒錢，研究領域也像一片永凍土一樣，啊！我還要工作二十五年才能退休吧，眞悲哀。」

「妳之後打算做什麼？還是延續以前的研究嗎？」

「有一部分也是。不過更重要的是，我要找出那個人是誰。」

「那個人……」

「私自打造隔離裝置、感染了八具遺骨的殺人犯，不管他現在是活著或死了，都不能這麼簡單放過他。他到底做了什麼，這件事不查乾淨不行。」

「不過，我已經核對過沈憐蛾畫的肖像畫，沒有找到相似的人。」

「就算隔離裝置是HCRI流出來的，實際下手的人也不一定是研究員，可能只是共犯。那個人的研究做得非常隱密，HCRI已經在大清掃當年的研究員，還是什麼都沒找到。」

「或許他的研究日後就停止了。」

「那樣的話當然最好。」黑子說：「但我們不敢這麼樂觀，他的東西哪怕只留下一點，都可能變成比信義的王更大的隱憂。我這次回去，也是爲了協助肅清後繼者存在的可能。」

「如果有我能派上用場的地方，請不必顧慮，隨時告訴我。」

「以後你的隊長就不是我了，我哪能隨便調動別人的兵馬？」

「我是認眞的。」

黑子微笑道：「知道了。不要露出那種被主人拋棄的小狗的寂寞表情啊，有空會回去看你們的。」

「……我們幫妳辦一場歡送會好嗎？」

「歡送會這三個字一從你嘴裡說出來就變得一點都不歡了，要辦的話讓山茶主導啊！」

楊戩竟然乖巧地點頭：「好。」黑子還想說兩句話來調侃他，畢竟離開災區警察後，這種機會就沒那麼多了——一張口卻什麼也說不出來，難以形容的虛無像大浪一樣打來。黑子捧著雙手，漆黑的機械手掌，她的罪孽、也是她與災區警察最後的緣分，就到這裡徹底了結了。黑子像個耗盡能量的機械玩偶，頹然垂下了肩膀。

「怎麼了？」

「不、只是……仁君走了，我也眞的要離開災區警察了。」她有點落魄地笑起來：「這種感覺好奇怪，這下我眞的永遠失去英士了。這算什麼？哈哈……這算一種幻肢痛嗎？」

「失去英士……是一件不好的事嗎？」楊戩不解道：「我和妳成爲隊友快十年了，幾乎沒再聽過妳提起英士。我一直以爲妳希望趕快放下英士往前走。」

「我也以爲是這樣。」黑子無奈地笑了：「可是我才發現，原來我一直在水底走。英士是很重的氧氣瓶，現在我能把他放下了，但也沒有辦法呼吸了。」

「不能試著游到岸邊嗎？」

「還能游到岸邊的人，就不叫溺水了。」

「河裡的人不能伸手拉妳一把嗎？」

「我的河裡已經沒有其他人了。」

「那麼，從岸上拋一條繩子下去可以嗎？」

岸上的繩子？不，楊戩沒有明白她的意思，所有人都活在自己的河裡，沒有人眞正站在岸上。但當黑子抬頭望向他，他面上卻是她從未見過、戰戰兢兢的神情。

「妳還有沒有印象……妳還待在療養院的時候，曾經問過我一個問題。」

黑子茫然。那段時間他是少數出現在面前的活人，是消磨無趣時光的辦法，她問過他成千上百個問題。

「妳問我，人死了以後會到哪裡去？問我天堂是什麼樣子的？」

「啊……」黑子想起來了，連著當時楊戩愕然的神情也歷歷在目，日後她想起這件事總有點後悔，那對楊戩來說是很傷人的問題吧。「抱歉……那時的我就跟條瘋狗沒兩樣，問了這麼失禮的問題——」

「我記得。」

黑子一下就噤了聲，時間好像在她的眼中停止了。

「災區警察的傳聞、說我有死後的記憶，這不是假的，我確實記得。那是一片白色的世界……光？或者大雪？周圍什麼都沒有，但令人非常安心。那裡沒有疼痛、沒有恐怖，只有美妙的歌聲——我經常彈奏的那首曲子，妳也有聽過吧？那不是我自己編出來的，是我在那個世界聽見的。我想那一定是奏樂天使的歌聲。英士到院以後，身體雖然還在運作，但意識已經死了。他的意識去了哪裡？我想，他一定也去了那個地方，在那裡不會再感覺到疼痛了。」

黑子顫抖著雙肩，難看地笑起來：「你在說什麼啊？這就是你在岸上編出來要丟給我的繩子嗎？」

「妳知道只有在這件事上，我是絕對不會說謊的。」

黑子像要哭出來一樣大喊：「那爲什麼一開始不告訴我啊！」

「對不起。」楊戩垂下眼：「我不喜歡回想那個記憶，因爲一回想起那裡，我就感到非常孤獨。爲什麼只有我不能留下？只有我必須回來？我想破了腦袋也不能懂。後來在教會裡學習，我漸漸明白了，那裡一定就是所謂的天堂，我不能回去，是因爲我還有要完成的使命。」

「使……命？什麼使命？」

「我不知道，所以我一直拚命尋找。只要完成『使命』，我一定就可以回到那裡了……我想既然我是被KING喚醒而得到雷電的力量，那麼我就是爲了發揮這股力量、消滅所有天災回來的吧？但是，不論再怎麼努力，我還是不能回去，我一直被困在這裡……我很疲憊，也很挫敗，我不知道自己做錯了什麼。」

「那你爲什麼現在又肯告訴我？」

「如果我注定不能回去，我想也許我……可以把它帶下來吧。還有，黑子啊……」他輕聲說：「別再露出那麼難過的表情了。我唱天堂的歌給妳聽吧。」

那天夜裡，沈憐蛾作了一個夢。

夢裡耳邊依舊不斷沙沙作響，他平日總不敢輕舉妄動，唯恐一張開眼便看見一片如地獄的光景。但今夜不知怎麼，他覺得可以睜眼。他緩緩撐開眼瞼，那一刻才想到，不對，自己的眼睛已經毀了，什麼都看不到。但在夢中他竟拾回光明，風景在他面前展開——

這一次不是被鮮血染滿的山野。

那是一片白色的世界……光？或者大雪？

發出沙沙聲的，原來是飛揚的大雪。他站在空無一物的雪原中，羽毛一樣的雪花從天上落下，細細碎碎模糊了視野，眼前景色看不太清，只能感受到雪的寒冷，與那清潔的雪聲。他抬起腳步，兩腳雖被鬆散的雪包裹，但雪地沒有留下任何印痕，這奇特的景色讓他覺得彷彿在空中飄浮。他飄浮著在雪地前進，漸漸在雪的另一頭，見到一道黑色影子。於是他停下腳步，對方似乎也正等這一刻，分毫不差地轉過頭來。

黑色的影子，原來是蓋住肩背的烏黑長髮，他看見那人滿面的笑意，那是自己少年時的面影——不，不是自己。雖然是與自己十分相似的輪廓，但那是一張女孩特有的、稜角柔和的臉孔。

只是因爲太久沒再看過這張臉，他的記憶像鏽蝕了一樣，一時竟沒能想起。

「過來我這裡啊。」

記憶中最思念的人、我所失去的半身……

沈憐蛾幾乎是朝她狂奔而去，這時他才注意到自己四肢不再蒼老虛弱，充滿了少年特有的柔軟彈性。

「——」他大聲朝她呼喊，在夢中一次又一次呼喊的名字、一次又一次懺悔的名字。

「別擺出這麼難過的表情嘛。」

他只是不停流淚，他張口結舌，拚命傾吐心裡埋了三十多年的話，妳知道嗎？妳知道嗎？在妳離開以後，我的生命發生了這麼多事。周圍仍只聽得見雪聲——但即使一點聲音也發不出來，沈憐蛾仍使盡力氣，將他記得的一切都說出來，將他這一輩子的故事都告訴她。

就像以前，兩人永遠熱切地交換生活中的一切。明明朝夕相處，發生什麼事彼此都很清楚，但一點也不會膩。現在也是，她微笑著靜靜聽他說，聽他說完他那三十多年的生命、那彷彿代替她一起活下去的生命。

終於沈憐蛾停下來，他口乾舌燥、渾身虛脫，但總算將自己的心情傳遞給她了。心中沃積的沉澱物，順著言語的細流，慢慢流進了大海。

她緩緩開口：「對不起，沒有早一點來見你。我呢，今天是來向你告別的。」

為什麼！沈憐蛾大喊，好不容易才回來的！

「以後你不必再找我了，不必再被我的影子綁住了，不必再將你的痛苦，寄託在任何人身上承擔了。」

我沒有在找……但沈憐蛾沒辦法把話說出口，她帶著慈祥的笑容看著他。

「有喔，你一直在找我，所以傷害了很多人。」

我……

「但是，其實你沒有義務找我，也不需要找才對，我一直在想該怎麼告訴你才好。」

為什麼……

「因為他們說的都不是眞的，你自己心裡怎麼想的，自己一定最清楚才對。你從來沒有想過要傷害我，那個女孩的事也是。」

那個女孩……

「她在窗邊的時候說了什麼，你還記得嗎？」

她說，如果把我捲進犯罪事件，我一定會很困擾……

「不是這樣的，她還說了別的。」

那一天的記憶在恐怖中已變得淡薄了，至今他還是不知道應時飛在想什麼，為什麼那麼痛恨自己。但是，在她從窗台踏空之前，確實像懇求一樣地向他說了什麼……

「要用你所有的魔法來找到我——」

沈憐蛾一直對她很生氣，她擁有自己所沒有而想要的一切，卻那樣奢侈地拋棄，還反過來嘲笑他，若無其事說著風涼話。但那一刻，她的存在變得好稀薄，她就要消失了！會掉下去的、不要這樣——

然後，他朝應時飛伸出了手。

好像早就知道結果是什麼似，她靜靜看著沈憐蛾的眼睛。

「怎麼樣，那時候你心裡想的是什麼呢？」

「我很生氣……」

沈憐蛾終於第一次聽見自己的聲音，他聽說，在夢裡聽見自己的聲音時，就代表夢要醒了。不要再說了！不要再發出聲音了，他有種預感，這是最後一次兩人能夠這樣見面了，但他還是忍不住——

「可是我眞的好希望能拉住她，不要掉下去！我不想看見她掉下去啊——」

她說，我是擁有魔法的吹笛手，那麼我的魔法啊！你聽見了嗎？

我不想看見她掉下去啊！

「要是能活下來就好了……」

要好好活下來啊，活到能展開翅膀的時候。

「……要是妳能活下來就好了。我一直都好想妳，姊姊。」

她微微一笑，說：「那樣就好了。」說完，幾乎令人生恨地、她轉身離去。是她的身影漸漸消失在遠方呢？或是眼前視野被大雪捲走了？

終於沈憐蛾什麼也看不見，他睜開了雙眼。

後記

我在想寫亂步式殘酷耽美推理與超能力熱血少年漫畫間掙扎許久，最後想想只有小孩子才做選擇，於是大膽服膺於奧坎剃刀的法則，兩個都給他寫下去。

關於勝利

我認爲冒險小說和偵探小說之間有一個共通點：通常主角必須打倒一個強大而邪惡的敵人（凶手）。我雖熱愛這種主角必勝的故事，卻發現自己落筆時，更傾向塑造一個無機質、無人格、無意志的大魔王：比如命運、比如大自然。

這倒並非說本人是個環保先鋒，只是，如果故事最終能透過打倒一個人（或這個人背後代表的某種結構）來了結一切，那似乎有點可怕。那樣好像在告訴讀者：這世上一切難題，只要打倒某個萬惡之源，就會迎刃而解。

我覺得這是個危險的想法。

關於末日

每個時代的人，大概都覺得自己正活在末日倒數中。比如我也常覺得二〇二八年之前如果人類無法演化出全新的散熱器官就會滅亡（除了邪惡的資本主義大鱷，他們將會在地下碉堡存活，等天黑後登上地面，隨處撿拾烤熟的人肉乾回去當晚餐）。

不過我想，這一年眞的又特別不一樣，本書從動筆至出版這段時間，全球風雲變色，所有常識都在改寫，就算明天一覺醒來，我發現自己已經進化成仙人掌型態的人類亞種，可能也不會感到太驚訝。相信任何人都能強烈感受到，這個世界就要變了。

不同作家寫末日的切入點都不同，有人寫末日倒數、有人寫末日瞬間，有人寫末日後的生存之戰。我想寫的則是一種末日後安逸的習以爲常，寫非日常中的日常。跟天災對決完了？那我們去吃壽喜燒吧！在紛亂的世界中，我想我們需要更好的平衡感。

關於我

以上說得十分冠冕堂皇，眞相是我最強烈的末日感都來自寫作過程，寫每一本書我都充滿末日感，爲什麼我眞的每次都在截稿日前順利交稿了呢？這是我至今也想不明白的一點，或許這就是ＫＩＮＧ給我的超能力吧。非常感謝陪伴我渡過這段漫長末日時光並且沒有嫌棄我大量使用奇怪符號的責任編輯，感謝繪製了美麗的天災ϟ標本館的ＳＵＩ老師，感謝幫助這本書誕生的所有人、更要感謝讀到這裡的您。

如果有一天末日降臨了，希望我們都能像仙人掌一樣堅毅又充滿彈性地、對這難纏的世界打起精神來吧！

本文寫於二〇二〇年

K.I.N.G.：天災對策室

作　者／薛西斯
責任編輯／詹凱婷
行　銷／徐慧芬、陳紫晴
編輯總監／劉麗真
事業群總經理／謝至平
榮譽社長／詹宏志
發 行 人／何飛鵬
出 版 社／獨步文化
城邦文化事業股份有限公司
115台北市南港區昆陽街16號4樓
電話：(02) 2500-7696　傳真：(02) 2500-1951
發　行／英屬蓋曼群島商家庭傳媒股份有限公司城邦分公司
115台北市南港區昆陽街16號8樓
網址／www.cite.com.tw
讀者服務專線／(02) 2500-7718；2500-7719
服務時間／週一至週五：09：30～12：00　13：30～17：00
24小時傳真服務／(02) 2500-1900；2500-1991
讀者服務信箱E-mail／service@readingclub.com.tw
劃撥帳號／19863813
戶名／書虫股份有限公司
香港發行所／城邦（香港）出版集團有限公司
香港九龍土瓜灣土瓜灣道86號順聯工業大廈6樓A室
電話／(852) 2508-6231　傳真／(852) 2578-9337
E-mail／hkcite@biznetvigator.com
馬新發行所／城邦（馬新）出版集團
Cite (M) Sdn Bhd
41, Jalan Radin Anum, Bandar Baru Seri Petaling,
57000 Kuala Lumpur, Malaysia.
Tel: (603) 90563833
Fax:(603) 90576622
email:services@cite.my

封面設計／高偉哲
插　畫／SUI
排　版／游淑萍
印　刷／中原造像股份有限公司
●2020年8月初版
●2024年8月15日初版3刷
售價499元
 ISBN 978-957-9447-80-5

國家圖書館出版品預行編目資料

K.I.N.G.：天災對策室／薛西斯著．–初版.
– 台北市：獨步文化，城邦文化出版：
家庭傳媒城邦分公司發行，民109.08
面 ； 公分

ISBN 978-957-9447-80-5

861.57　　　109009670